GEORGIA CLARK

Pretty

GEORGIA CLARK

PRETTY

Roman

Ins Deutsche übertragen von
Katrin Reichardt

LYX

LYX in der Bastei Lübbe AG
Dieser Titel ist auch als E-Book erschienen.

MIX
Papier aus verantwortungsvollen Quellen
FSC® C019821
FSC
www.fsc.org

Die Originalausgabe erschien 2016 unter dem Titel
»The Regulars« bei Emily Bestler Books/Atria Books, a division of
Simon & Schuster, Inc., New York, NY, USA.

Textredaktion: Andrea Kalbe
Umschlaggestaltung: © ZERO Werbeagentur, München
unter Verwendung von Motiven von © FinePic®, München
Satz: Greiner & Reichel, Köln
Gesetzt aus der Adobe Caslon
Druck und Verarbeitung: C.H. Beck, Nördingen
Printed in Germany

ISBN 978-3-7363-0462-8

1 3 5 7 6 4 2

Sie finden uns im Internet unter www.lyx-verlag.de
Bitte beachten Sie auch: www.luebbe.de und www.lesejury.de

Für Lindsay,
mein Ein und Alles

Teil eins:

Foundation

1

Obwohl ihre Mutter mit großer Inbrunst das Gegenteil behauptete, hatte sich Evie Selby selbst nie als schön empfunden. Es gab Augenblicke, da fand sie sich hübsch: auf manchen, aus hohem Winkel und bei schummrigem Licht aufgenommenen Selfies, auf denen ihr gefärbtes, schwarzes Haar, ihr kleines Gesicht und ihr entschlossener Gesichtsausdruck sie schalkhaft, fast niedlich wirken ließen. Es gab Augenblicke, da fühlte sie sich cool: am Tag, an dem sie begonnen hatte, eine Brille mit der dicksten, schwarzen Fassung, die sie hatte auftreiben können, zu tragen, an dem Abend, an dem eine Gedichtzeile in ihren blassen Unterarm tätowiert worden war. Aber schön? Nein, das war die Domäne von Frauen mit gleichmäßigen, überproportionierten Gesichtszügen, deren Haare Pferdemähnen und deren Körper ausländischen Sportwagen glichen – kantig, auffällig und unterschwellig kraftvoll. Frauen wie das selbstzufrieden schmunzelnde Model, das einen der hochglänzenden Korrekturabzüge zierte, die sie gerade unter dem Arm trug. Hätte Evie auch nur über ein Viertel, ein Fünftel, ein Achtel der Reize dieser Frau verfügt, hätte sie sich bestimmt weniger Sorgen über das Date gemacht, das heute Abend anstand.

Lass das sein, ermahnte sie sich selbst. Sie schob die Brille auf dem Nasenrücken weiter nach oben und atmete tief die sommerlich-schwere Stadtluft ein. *Du bist eine Göttin. Du bist ein toller Fang. Du bist, na ja, das Resultat jedes Ratgebers, der jemals geschrieben wurde. Und außerdem*, stellte sie mit einem Blick auf die Uhr fest, *bist du zu spät dran.* Sie hätte schon vor dreieinhalb Minuten bei der Wythe Gallery sein sollen.

Ungeachtet dessen, was die glücklich Vergebenen darüber dachten, waren neunundneunzig Prozent aller Online-Dates nicht aufregend genug, um Spaß zu machen, oder nervenaufreibend genug, um abenteuerlich zu sein. Sie waren einfach nur ... peinlich. Langweilig. Eine Stunde Smalltalk mit einer Person, die man erst nach reiflicher Überlegung aus einem brennenden Haus retten würde. Online-Dates waren wie Russisches Roulette. Größtenteils Rohrkrepierer. Aber hin und wieder hatten Bekannte von Evie trotzdem den viel zu seltenen Volltreffer gelandet: einen klugen, ästhetisch ansprechenden New Yorker, der noch alleinstehend war. *Vielleicht ist ja heute der Abend*, dachte Evie, *an dem ich ins Schwarze treffe.*

Die Galerie war halbleer. Obwohl Montag war, hätte sie trotzdem damit gerechnet, dass allein Willows prestigeträchtiger Nachname ein größeres Publikum anziehen würde. Doch lediglich ein paar vereinzelte Bewohner von Brooklyn, in durchscheinenden Hemden und mit Vintage-Fliegen um den Hals, standen schwatzend vor den experimentellen Fotografien im Westentaschenformat, die ihre Freundin hier ausstellte. Und alle schienen sie mit einem Partner gekommen zu sein. Alle, bis auf ein einzelnes Mädchen, das auf der gegenüberliegenden Seite des Raumes stand. Sie war etwa so groß wie Evie, jedoch dünner, feingliedriger. Ihr dunkles Haar fiel ihr bis auf die Schultern. Sie trug einfach nur ein T-Shirt und enge Jeans. Als sie sich umwandte, um die Fotos zu betrachten, klappte Evie die Kinnlade herunter.

Total süß.

Total Ellen-Page-mäßig.

Unfassbar, aber Quinn war in Fleisch und Blut sogar noch attraktiver.

Panik erfasste Evie. *Ich hätte beim Kleid doch in die Vollen gehen sollen.*

Sie brauchte etwas Hochprozentiges. An einer kleinen Bar wurden Wein und Bier ausgeschenkt. Willows Freund Mark spielte den Barkeeper.

»Hey.« Sie lud die Druckfahnen auf dem Klapptisch ab. »Kann ich die hier liegen lassen? Ist mein Make-up in Ordnung? Welchen Weißwein hast du denn?« Verstohlen schielte sie zu Quinn hinüber, noch nicht bereit für Augenkontakt.

»Evie, hey.« Der großgewachsene junge Mann mit Brille reagierte schnell. »Ja, ja und Sauvignon Blanc. Harter Tag auf der Arbeit?«

Evie schüttelte den Kopf. »Ein Date.« Dabei nickte sie in Quinns Richtung.

»Ah.« Mark reichte ihr einen Becher. »Unterhaltsam.«

»Nervös.«

»Unnötig.«

»Lüge.«

»Stimmt nicht!«

Evie musste lächeln.

Mark grinste. »Schnapp sie dir, Tiger.«

Evie nahm noch einen weiteren Becher für Quinn und steuerte auf die junge Frau zu, wobei sie sich bemühte, das aufkommende, irritierende Nervenflattern zurückzudrängen. »Quinn?«

Beim Klang ihres Namens drehte sie sich um und zeigte ihr mondförmiges Gesicht und ihre Augen, die eher rund als oval waren. Reine Haut. Entzückendes Lächeln. »Evie?«

»Höchstpersönlich«, antwortete Evie und versuchte, nicht

an ihre weniger reine Haut und ihr weniger entzückendes Lächeln zu denken. »Hi.«

»Hi.«

»Hi«, sagte Evie noch einmal und trat sich dafür, dass sie wie ein Roboter klang, im Stillen in den Hintern. Sie bot Quinn den Becher an. »Durstig?«

»Eigentlich trinke ich nicht. Ich muss mich nicht berauschen, um das Leben genießen zu können.«

Evie sah sie verdattert an. *Verfluchte Online-Dates* –

»War nur Spaß.« Grinsend nahm Quinn ihr den Wein aus der Hand. »Danke.«

Evie lachte erleichtert auf. Online gab Quinn sich bissig und schwer einschätzbar, Eigenschaften, die Evie ebenso attraktiv fand wie die herzlichere, weniger künstlich wirkende Person, die nun vor ihr stand.

Quinn sah sich um. »Ist das die Vernissage deiner Freundin?«

»Ja. Willow Hendriksen.« Erst jetzt entdeckte sie Willow, die in einer Ecke stand, umringt von irgendwelchen Künstlertypen. Ihr unförmiges, grünes, seidenes Hemdkleid und ihr helles, aschblondes Haar mit einer Spur zartem Pink darin verliehen der Zweiundzwanzigjährigen etwas Losgelöstes. Willow Hendriksen wirkte ätherisch, als würde sie sich in eine Schar Vögel verwandeln, wenn man mit den Fingern schnippte. »Das ist sie.«

Quinn spähte verstohlen zu Willow hinüber, so als wolle sie nicht ertappt werden. »Sie ist die Tochter von Matteo Hendriksen, oder? Dem Filmemacher?«

Evie nickte.

»Wow. Cool. Kennst du ihn persönlich?«

»Ja.« Evie nickte erneut und freute sich, dass diese Tatsache Quinn zu beeindrucken schien. »Aber sicher. Heutzutage hält er sich nur selten in den Staaten auf. Aber Willow wohnt noch zu Hause, und wenn er zufällig auch dort ist, dann hängen wir zusammen ab. Chillen. Wir sind Chillkumpel.« Evie verzog gequält das Gesicht. *Habe ich gerade tatsächlich Chillkumpel gesagt?*

»Oh Gott, kaum vorstellbar, wie das sein muss«, begeisterte sich Quinn. »Wenn man so viel große Kunst geschaffen hat, die die Menschen mögen und respektieren.«

Evie fand es kaum vorstellbar, dass Quinn sich mit ihr abgab. »Und du bist also Musikerin?«

Quinn zuckte mit den Schultern. »Ich versuche es.«

»Du klingst, als hättest du eine tolle Singstimme. Und du siehst klasse aus.«

Quinn lächelte überrascht. »Vielen Dank.« Sie ging weiter zur nächsten Fotografie. Evie folgte ihr. »Jemand hat erst vor Kurzem zu mir gesagt, dass das, womit man den Großteil seiner Zeit verbringt, das ist, was man im Leben tut. Wenn man beispielsweise von sich behauptet, Schauspieler zu sein, jedoch nur einmal in der Woche zu einem Vorsprechen geht und die meiste Zeit kellnert, dann ist man ein Kellner. Ich habe mal nachgerechnet, und, hey, offensichtlich bin ich Musikerin.« Quinn blickte lächelnd und fast ein wenig schüchtern zu Evie auf. »Und aus deinem Profil habe ich geschlossen, dass du Schriftstellerin bist. Worüber schreibst du?«

Evie hielt sich nicht für eine Schriftstellerin, nicht auf die Art, auf die Quinn Musikerin war. Sie hatte einen Blog mit dem Titel *Achtung, bissig*, doch die Beiträge darin verfasste sie anonym, und obendrein verbrachte sie damit nicht *den Großteil* ihrer Zeit. Die floss in ihren Job als bescheidene Korrektorin bei einem Frauenmagazin namens *Salty*, wo sie Artikel mit Überschriften wie »So hauen Sie ihn mit dem Inhalt Ihres Kühlschranks um« auf Tippfehler überprüfte. Jemanden wie Quinn würde das sicherlich nicht beeindrucken.

»Ich schreibe für die *New York Times.*« Die Worte flutschten aus ihrem Mund, so unbeabsichtigt wie ein Niesen.

»Wow!« Quinn lachte verhalten. »Mensch, das ist toll.«

»Weißt du, wahrscheinlich wollen sie einfach nur die Frauenquote in ihrem Hause verbessern«, improvisierte Evie, der gleich darauf einfiel, dass bei den Journalisten der *Times* das größte Geschlechterungleichgewicht in der gesamten Branche herrschte. »Hat seine guten und schlechten Seiten. Wie alles eben.«

»Du bist fest angestellte Journalistin?« Quinn machte noch immer große Augen.

»Jep«, antwortete Evie. »Während meiner College-Zeit habe ich dort ein Praktikum gemacht und erst vor einigen Monaten fest dort angefangen.«

»Wow. Ich weiß, ich wiederhole mich, aber das ist wirklich beeindruckend.« Quinn sah Evie etwas länger als nötig in die Augen, ehe sie den Blick schließlich senkte. Warme, zähflüssige Begierde stieg langsam in Evies Bauch auf, wie eine Katze, die sich nach einem ausgiebigen Nachmittagsschläfchen erhob.

»Hast du schon etwas gegessen?«, fragte Quinn.

Evie schüttelte den Kopf.

»Oh, gut. Ich verhungere gleich. Um die Ecke gibt es ein marokkanisches Restaurant. Hättest du Lust?«

»Klar.« Aber sicher. Dreitausendprozentig.

»Toll. Ich gehe nur kurz zur Toilette.«

Evie schwang sich die Handtasche über die Schulter und postierte sich neben der Eingangstür der Galerie, um dort zu warten. Dabei nippte sie an ihrem Wein und kämpfte gegen die überbordende, freudige Erregung an, die Quinns Vorschlag – und noch mehr Quinns Interesse an ihr – bei ihr auslöste. Sechs Monate waren vergangen, seit sie zum letzten Mal Sex gehabt hatte. Das Erotischste, was sie den ganzen Sommer über erlebt hatte, war ein Vaginalabstrich gewesen. Und obwohl Sex (wenn man ihn richtig machte) eine ganze Menge schmutzigen, wilden Spaß bringen konnte, vermisste sie es doch am allermeisten, geküsst zu werden. Den nervösen, begeisterten, fast immer stümperhaften ersten Kuss, der einem durch seine Unvollkommenheit, seinen der Leidenschaft geschuldeten Mangel an Eleganz im Gedächtnis blieb. Bis jetzt versprach der Abend, auf diesen Kuss hinauszulaufen. Das Essen, der Drink nach dem Essen, der gemeinsame Aufbruch zur U-Bahn, der Kuss.

Selbstverständlich war die Lüge, die sie Quinn aufgetischt hatte, dumm gewesen. Aber einen Rückzieher konnte sie später immer noch machen. Oder, wer weiß, vielleicht könnte sie es auch *wirklich* schaffen, etwas in der *Times* zu veröffentlichen. Gut, sie war erst dreiundzwanzig, doch Quinns bewundernde Blicke hatten ihr das Gefühl gegeben, als könne sie ohne große Anstrengung selbst den Kilimandscharo besteigen.

»Evie.«

Die leise, fast melodisch klingende Stimme konnte nur zu dem Star des Abends gehören. »Willow, hallo!« Evie umarmte sie mit einem Arm, drückte die freie Hand auf ihr kantiges Schulterblatt. »Gratuliere.«

Willow ließ mit einem wehmütigen Lächeln den Blick durch den halbleeren Raum schweifen. »Ich wollte nie allein aufgrund meines Namens berühmt sein, aber das hier ist irgendwie deprimierend.«

»Nein, ist es gar nicht! Das ist toll.«

»Weshalb du schon wieder gehst … nach fünf Minuten.«

»Ich gehe nicht! Ich … wechsle nur die Location –«

Willow tat die Entschuldigung mit einer Handgeste ab und lächelte vielsagend. »Erlebe ich da etwa gerade einen höchst seltenen Evie-Flirt?«

»In der Tat.« Evie musste unwillkürlich grinsen. »Wir gehen etwas essen.«

»Das ist super. Du siehst sehr hübsch aus.«

»Ach, ich bitte dich.« Evie rubbelte über die dunklen Ringe, die ihre Brille mit Sicherheit noch betonte. »Ich sehe aus, als hätte mir jemand ins Gesicht geboxt.«

»Hör auf.« Willow zupfte liebevoll an einer Strähne von Evies dunklem Haar.

Da erklang hinter ihnen Quinns Stimme. »Dein Freund an der Bar hat mir die hier gegeben. Damit du sie nicht vergisst.«

Evie fuhr herum.

Quinn hielt die *Salty*-Korrekturabzüge in der Hand. Ganz oben auf dem Stapel lag ein Artikel über Vajazzling. »*Verleihen Sie Ihrer Mumu das gewisse Etwas*«, las Quinn den von Evie erdachten Untertitel laut vor, ehe sie sie stirnrunzelnd ansah. »Oh Mann.«

»Gott, Evie, nimmst du immer noch Arbeit mit nach Hause? Ich dachte, das wolltest du sein lassen.« Willow schenkte Quinn ein Lächeln. »Ich bin Willow.«

»Quinn«, antwortete Quinn, sah jedoch unablässig Evie an. »Arbeit?«

»Schon das ganze Jahr über versuche ich, sie dazu zu überreden, zu kündigen«, erklärte Willow. »Vielleicht kannst du mir ja dabei helfen, sie zur Vernunft zu bringen.«

Evie blickte hastig von Willow zu Quinn und auf die Seiten in ihrer Hand. Ihre Kehle war wie zugeschnürt. »Also, die sind eigentlich nicht für mich.«

»Aber dort steht dein Name.« Quinn deutete auf den weißen Zettel, der oben an dem Packen angeheftet war und auf dem stand: »Korrektorin: Evie Selby«.

»Ach so.« Evies Wangen wurden warm. Sie atmete nur noch flach. »Ach so.«

»Ruf mich nachher an.« Damit zog sich Willow zurück.

»Dann bist du nicht nur Journalistin, sondern auch noch Korrektorin«, sagte Quinn in einem Tonfall, als würde sie ihren eigenen Worten keinen Glauben schenken.

Mist. *Mist.* »Nein.« Evie war sehr leise geworden. »Ich meine, ich bin nur das Zweite.«

Quinn stand vor Verwirrung der Mund offen. »Dann hast du in Sachen *Times* also einfach gelogen.«

»Nun, eigentlich handelte es sich vielmehr um eine positive Visualisierung meiner perfekten Zukunft.« Evie leckte sich die Lippen. »Eine sehr wirkungsvolle Technik.«

»Lügen?«

»Visualisierung.«

Quinns Gesicht bekam einen fassungslosen Ausdruck. Alle Herzlichkeit, alles Interesse war wie weggeblasen.

»Bitte, geh nicht«, sagte Evie. »Du – verflixt, du bist wirklich süß und nett und ich auch, nett meine ich. Ob auch süß, darin ist sich die Jury noch uneins«, brabbelte sie. »Ich habe Mist gebaut. Tut mir leid.«

Quinn wich einen Schritt zurück, langsam, als stünde sie einem aggressiven Hund gegenüber, den sie nicht reizen wollte. »Sorry, Evie, aber das fühlt sich für mich alles nicht richtig an.«

Damit verschwand Evies Date aus der Galerie und ließ sie mit einem Becher Wein und einer Anleitung zur Vaginadekoration stehen.

2

Es war bereits nach zehn, als Evie schließlich mit den Korrekturen der Abzüge fertig wurde. Unter Kristas Tür schien noch Licht hindurch. Evie klopfte leise bei ihr an.

»Mensch, du musst doch nicht klopfen.«

»Das siehst du vielleicht so«, entgegnete Evie. »Ich nicht.«

Krista Kumar, Evies zierliche Mitbewohnerin, saß inmitten eines Durcheinanders aus Kissen und Decken und sah sich irgendetwas Lautes auf ihrem Laptop an. Auf einem Kissen vor ihr stand ein wackeliger Teller mit den Resten eines pinkfarben glasierten Kuchens. Evie musterte ihn kritisch. »Was ist das?«

Krista drückte die Leertaste. »Die Bäckerei in unserer Straße hat ihn entsorgt. Vermutlich war der Karton eingedrückt.«

»Du isst Kuchen aus der Mülltonne.«

»Ich esse *Kuchen*. Er schmeckt richtig gut. Möchtest du auch?«

»Nein.« Evie ließ sich auf die andere Seite des Bettes sinken. »Ja.«

Krista reichte ihr die Gabel.

»War das dein Abendessen?«, erkundigte sich Evie.

Krista schüttelte den Kopf und nickte mit dem Kinn in Richtung der halb leer gegessenen Essensverpackungen, die aus dem Sing Sing Palace, dem südostasiatischen Restaurant gegenüber, stammten. Krista hatte in der Vergangenheit bereits mehrfach erwähnt, dass sie sich selbst weitaus appetitlicher fand als deren sechs-Dollar-neunundneunzig-Mittagsmenü. Schließlich war ihre Mutter halb Malaysierin, halb Inderin, und ihr Vater stammte aus Sri Lanka. »Wie war dein Date?«

»Ich wurde bei einer schamlosen Lüge ertappt, und dann ist sie gegangen.«

»Du hast sie angelogen? Warum?«

»Weil ich verrückt bin«, nuschelte Evie, den Mund voller Kuchenglasur, die, wie sie zugeben musste, sehr gut schmeckte.

»Du bist nicht verrückt. Du bist klasse. Iss noch etwas von dem Müll-Kuchen.«

Evie zwickte sie in den Oberschenkel, woraufhin Krista aufjaulte wie ein kleiner Hund. Krista war eigentlich *tatsächlich* wie ein Welpe: null Aufmerksamkeitsspanne, total verschmust, und wenn man sie alleine ließ, heulte sie herum. Evie dagegen war wohl eher wie eine Katze: launisch und versnobt.

»Hey, Evie?«

»Ja?«

»Was glaubst du, tut Amy Poehler wohl gerade?«

Evie machte es sich lächelnd auf dem Bett gemütlich. »In diesem Moment trinkt Amy Poehler bestimmt White Russians, die sie selbst gemixt hat, und hält dabei eine motivierende Ansprache, mit der sie all ihre Zuhörer total begeistert. In einem Whirlpool. In Japan.«

Krista seufzte anerkennend und gleichzeitig neidisch. »Amy ist so cool.«

»Ich weiß«, pflichtete Evie ihr bei. »Sie führt das tollste Leben, das ich mir vorstellen kann. Hast du eigentlich noch mein blaues Trägertop?«

»Es müsste eigentlich … dort drüben liegen.« Krista wies vage auf einen der zahlreichen Kleiderhaufen, die auf dem Boden verteilt lagen.

»Kris.« Evie seufzte und entdeckte tatsächlich das nun recht zerknitterte Top. »Also wirklich.«

»Tut mir leid. Ich wollte es eigentlich noch waschen. Ich wasche es. Lass es einfach hier – «

»Ist schon gut«, murmelte Evie. »Bist du wegen des zweiten Vorsprechens morgen schon aufgeregt?«

»Unheimlich aufgeregt.« Kristas Blick driftete zurück zum Computerbildschirm. »Ich schaffe es gerade so, mich zusammenzureißen.«

Evie bedachte Krista mit einem argwöhnischen Blick. Vor sieben Monaten hatte ihre College-Mitbewohnerin ihr Jurastudium in Boston abgebrochen und sich in den Peter-Pan-Fernbus nach New York gesetzt, um sich in »Schauspielerei und so« zu versuchen. Evie war sich noch immer nicht ganz sicher, ob ihre Freundin das getan hatte, um ihrem übermäßig strengen, übermäßig kontrollversessenen Vater eins auszuwischen oder weil sie tatsächlich Schauspielerin werden wollte oder weil Krista einfach nur gern morgens lange ausschlief. »Hast du dir den Wecker gestellt?«

»Es findet doch erst am Nachmittag statt.«

»Hast du das Geld für die Einkäufe vom Supermarkt?«

»Wie viel haben sie denn gekostet?«, erkundigte sich Krista.

»Fünfunddreißig Dollar pro Nase.«

»Nein.«

»Du hast keine fünfunddreißig Dollar?«

»Jedenfalls nicht bei mir«, entgegnete Krista.

»Und was ist mit Venmo?«

»Evie«, ächzte Krista. »Ich sehe mir gerade einen *Film* an – «

»Okay.«

Krista verdrehte die Augen. »Ich weiß, Evie. Ich weiß, dass die Miete fällig ist.«

Evie zerknüllte das blaue Top in ihrer Faust und versuchte

sich einzureden, dass die Verärgerung, die sie gerade empfand, wahrscheinlich nur allgemeiner Erschöpfung geschuldet war. Sie rutschte von Kristas Bett. »Ich habe doch gar nichts gesagt.«

»Das war auch nicht nötig«, entgegnete Krista. »Es steht dir deutlich ins Gesicht geschrieben.«

»Da steht überhaupt nichts geschrieben. Ich bin wie diese Sexorgienleute in *Eyes Wide Shut*. Mein Gesicht ist eine Maske!«

Als Evie die Tür zu Kristas Zimmer schloss, konnte sie sie noch immer kichern hören. Die Auseinandersetzung über die Miete würde sie in weniger als einer Minute wieder vergessen haben. Krista konnte nie lange auf jemanden sauer sein. Sie war ein unvoreingenommener Mensch. Und sie betrachtete einen Job nicht als bedeutsamen Mikrokosmos, der die gesamte Existenz ausmachte.

Evie hingegen schon. Sie sackte aufs Bett und ließ zu, dass ihre Trübsal sie übermannte. In die vertrauten Tiefen der Depression zu versinken, empfand sie manchmal als richtig wohlig, ja fast schon merkwürdig genüsslich. Heute jedoch fühlte sie sich nur einsam. Und traurig.

Hätte sie ihr Date doch noch einmal von vorne beginnen können. Sie hätte Quinn von ihrem Blog berichten oder ihr die Wahrheit über *Salty* erzählen und einfach abwarten können, was passierte. Aber wahrscheinlich hätte das auch nicht viel geändert. Wenn sie selbst schon keinen Respekt vor ihrem Job empfand, wie konnte sie das dann von ihrem Date erwarten?

Sie zog sich aus, löschte das Licht und zerrte sich die Bettdecke über den Kopf.

Quinn hatte recht. Das, womit man den Großteil seiner Zeit verbrachte, war das, was man im Leben tat. Demnach war sie schlicht und einfach eine Nachwuchskorrektorin, die in der Hierarchie des Verlagswesens auf der untersten Stufe stand.

Der tief verborgen liegende, finstere Teil ihres Selbst, dem sie im Stillen den Namen *Höhle der Scham* gab, wusste, dass das bedeutete, dass sie eine Versagerin war.

Eine Niete.

3

Krista Indrani Kumar hatte sich noch nie im Leben zügig fertiggemacht.

Je knapper die Zeit war, desto länger dauerte es bei ihr – eine Art modebezogene Stressreaktion. Sie hatte sogar die Beerdigung ihres Großonkels verpasst, weil sie zu sehr damit beschäftigt gewesen war, ein ansprechendes, komplett schwarzes Outfit zusammenzustellen. Doch den heutigen Termin durfte sie unter gar keinen Umständen versäumen. Heute war der Tag, an dem Krista Kumar sich einen Werbespot fürs nationale Fernsehen angelte, der dem andauernden Druck der Schulden, der sie permanent heimsuchte wie ein Geist mit Taschenrechner, endlich ein Ende bereitete. Der Spot würde fast einundzwanzig Monate lang im Fernsehen laufen und ihr knapp dreißigtausend Dollar einbringen. Zudem war es eine Werbung für Bongo, einen Softdrink, der seinem Hersteller schon viele Millionen Dollar eingebracht hatte und den alle Welt kannte – was für Krista höchstwahrscheinlich noch mehr Buchungen und noch mehr Arbeit bedeutete. Doch obwohl sie an diesem Morgen schon relativ früh aufgewacht war (um halb zehn), hatte sie es wieder einmal irgendwie geschafft, für ihr Vorsprechen um ein Uhr nachmittags spät dran zu sein.

Alles hatte mit einer Joggingrunde angefangen. Den Tag mit einem ausgiebigen, gesundheitsfördernden Lauf zu beginnen war etwas, das Leute taten, die ihr Leben total im Griff hatten – und aus diesem Grund hatte Krista das unbedingt ebenfalls tun müssen. Gut gelaunt war sie an den Hipstern und Gassigängern und Gassi gehenden Hipstern vorbeigetrabt und hatte auf dem Rückweg noch in einem der besseren Cafés vorbeigeschaut, um sich von ihren letzten fünf Dollar einen doppelten Sojalatte zu gönnen. Erst, als sie feststellte, dass sie ihren Schlüssel vergessen hatte, verpuffte ihre Fröhlichkeit. Sie klingelte bei Ben, der im Stockwerk unter ihnen wohnte. Keine Reaktion. Evie war bereits in die Innenstadt zur Arbeit aufgebrochen. Dann erinnerte sie sich plötzlich an die Feuerleiter. Das Küchenfenster blieb für eventuelle Notfälle stets unverschlossen.

Um die Feuerleiter erreichen zu können, musste sie einen schwarzen Plastikmüllcontainer unter die Leiter schieben und in ihn hinein auf den Müll klettern. Das war unglaublich widerlich. Die Leiter war festgerostet, aber nachdem sie einige Male fest daran gezerrt hatte, ließ sie sich schließlich doch herunterziehen. Endlich die Feuerleiter erklimmen zu können fühlte sich triumphal an und musste daher unbedingt mit einem kurzen Siegestanz gefeiert werden.

Das Küchenfenster war verriegelt. Kristas Bemühungen, es zu öffnen, blieben erfolglos. Der leichte Anflug von Panik verwandelte sich blitzschnell in eine waschechte Panikattacke. Sie musste in die Wohnung hinein.

Das Einzige, was sich außer ihr noch auf der Feuertreppe befand, war eine tote Pflanze. In einem schweren Blumentopf aus Keramik.

Beim ersten Versuch bekam das Glas nur Risse. Beim zweiten Versuch zerbrach es. Der Anblick der vertrauten kleinen Küche ließ Kristas Herz höher schlagen, als wäre sie jahrelang fort gewesen und nicht nur einige Minuten. Mit dem dritten, vierten und fünften Schlag entfernte sie schließlich die letzten Reste der Fensterscheibe.

Gegen Mittag war sie mit Duschen fertig. Allerdings stand die Auswahl des Outfits noch aus, und die war gar nicht so einfach. All ihre Kleidungsstücke waren entweder schmutzig oder zerknittert oder albern oder zu sexy oder nicht sexy genug. Und danach kam das Make-up an die Reihe, mit dem es sich in etwa so verhielt wie mit Kokain: Man brauchte jedes Mal ein klein wenig mehr. Doch irgendwie gelang es ihr, oh Wunder, um zwanzig vor eins fertig zu sein. Die Fahrt mit der U-Bahn in die Innenstadt dauerte etwa eine halbe Stunde, vielleicht auch ein wenig länger. Sie würde nur ein paar Minuten zu spät kommen. Sie schnappte sich ihre Umhängetasche, knallte die Wohnungstür zu und hetzte die Treppe hinunter, wobei sie immer zwei Stufen auf einmal nahm. Am Fuß der Treppe rannte sie direkt in zwei Polizisten hinein. Ein Nachbar hatte sie wegen eines Einbruchs alarmiert.

Krista brauchte geschlagene vierzig Minuten, um die Beamten davon zu überzeugen, dass sie in ihre eigene Wohnung eingebrochen war. Vierzig Minuten lang redete sie aufgeregt auf die beiden ein, wies anhand von Rechnungen ihre Adresse und mit drei verschiedenen Ausweisen ihre Identität nach und verlegte sich am Ende schließlich darauf, die Beamten anzuflehen.

Als sie endlich am U-Bahnhof eintraf, war es zwanzig nach eins. Vor zwanzig Minuten hätte sie bereits dort sein sollen. Geistesblitz: Sie würde ein Uber-Taxi nehmen. Vier unendlich lange Minuten verstrichen, ehe endlich der schwarze Wagen vorfuhr. Sobald sie saß, rief sie Dale, ihren Agenten, an. Er nahm beim zweiten Läuten ab. »Wo zur Hölle bleibst –«

»Ich bin im Auto.« Sie zündete sich eine Zigarette an. »Noch fünf Minuten.«

»Du solltest eigentlich jetzt hier sein!«

»Rauchen verboten!«, wies der Fahrer sie lautstark zurecht.

Fluchend warf Krista die Zigarette aus dem Fenster. »Kannst du meinen Termin nicht etwas nach hinten schieben? Erzähl ihnen, dass ich gerade operiert wurde. Irgendeine Wahloperation.«

»Nein.« Sie konnte sich bildlich vorstellen, wie er genervt die Augen verdrehte. »Sieh einfach zu, dass du herkommst.«

Dale legte auf. Der Wagen bog auf die Williamsburg Bridge ab. Und hielt an. Vor ihnen endlose Schlangen aus Autos. Die alle stillstanden.

»Nein!« Krista hieb mit der Faust gegen die Seitenscheibe.

»Nicht gegen das Fenster schlagen!«, brüllte der Fahrer.

Die Brücke zu überqueren dauerte *eine Ewigkeit*. Ihr Vater rief zweimal hintereinander an, doch sie drückte ihn weg, obwohl sie dabei jedes Mal tausend Tode ausstand – für dieses Verhalten würde sie noch teuer bezahlen. Zu behaupten, dass ihre Eltern über ihre Entscheidung, das Jurastudium abzubrechen, enttäuscht waren, war in etwa genauso untertrieben, wie den Hulk als leicht angesäuert zu beschreiben. Dale schickte ihr drei Mitteilungen. Sie konnte sich lediglich dazu überwinden, auf die letzte zu antworten: Ich komme!! Lass sie nicht gehen 🧁💪🙄👯

Dales Büro befand sich Ecke Siebte und Vierundvierzigste Straße, doch als an der Fünfunddreißigsten eine Ampel direkt vor ihnen auf Rot umsprang, hielt sie es nicht mehr aus. Sie sprang aus dem Wagen, und dann war sie weg, raste die Siebte Straße entlang wie ein Actionheld, der eine Bombenexplosion verhindern wollte. »Alles okay«, beschwichtigte sie sich keuchend. »Ich bin nur eine Stunde zu spät, sie wollen bestimmt noch eine ganze Reihe anderer Leute sehen, Dale bekommt das schon hin, bei solchen Terminen wird es oft etwas später –«

Sie hetzte ins Foyer des Gebäudes, in dem Dales Büro angesiedelt war, und schlug hektisch auf den Aufzugsknopf. Die Räumlichkeiten von Clever Casting befanden sich im fünfundzwanzigsten Stock. Sie war fast da. Sie hatte es geschafft.

Eine Handvoll aufgekratzter Mädchen in Stöckelschuhen stieg zu ihr in den Aufzug, und eine von ihnen drückte den Knopf für den zwanzigsten Stock.

»Unglaublich, dass du tatsächlich eingeladen wurdest«, sagte eines der Mädchen aufgeregt.

»Ja, nicht wahr?«, antwortete ein anderes überschwänglich. »VIP!«

Unwillkürlich spitzte Krista die Ohren. Was war VIP?

Im zwanzigsten Stock öffneten sich die Aufzugstüren. Die Räume hier waren ebenso offen angelegt wie bei Clever Casting, doch es handelte sich nicht um ein Büro. Überall standen Kleiderständer, Regale mit Schuhen und Kisten voller Taschen und Gürtel herum. Auf der offenstehenden Glaseingangstür klebte ein A4-Blatt, auf dem *VIP Gilt City Sample Sale* zu lesen war.

Kristas Mund wurde knochentrocken. Liebe Güte. Das konnte doch nicht wahr sein.

Die Mädels kreischten kollektiv auf und drängten im Pulk aus dem Lift. Eine Frau mit einem Klemmbrett überprüfte ihre Ausweise und erkundigte sich: »Gehört ihr zusammen?«

»Ja«, antworteten sie im Chor.

Krista stand direkt hinter ihnen. Heiliger Bimbam, sie konnte sich nicht einmal mehr daran erinnern, nach ihnen aus dem Aufzug gestiegen zu sein.

Die Frau mit dem Klemmbrett ging davon, und die Mädchen begannen freudig, nach den Kleidern zu greifen.

Nein. Was zum Teufel tat sie hier? Sie musste zu ihrem Vorsprechen. Es war ganz egal, dass bei Gilt City Designerkleidung zu Sonderpreisen verkauft wurde, und dass sie bei einem Sample Sale noch billiger angeboten wurde, war in diesem Augenblick ebenfalls vollkommen *irrelevant*. Krista drehte sich auf dem Absatz um, fest entschlossen, wieder zu gehen. Und genau da sah sie es. Ein rotes Seidenkleid mit einem verspielten, ausgestellten Rock, der bis kurz übers Knie reichte, und einem U-Ausschnitt, von dem sie jetzt schon wusste, dass er ihr Dekolleté toll zur Geltung bringen würde. Ein Stück von Zac Posen. Der ursprüngliche Preis auf dem Etikett betrug zweitausendfünfhundertneunzig Dollar. Er war durchgestrichen. Das Kleid kostete noch vierzig Dollar. *Vierzig gottverdammte Dollar*!

Vor ihrem inneren Auge sah sie die Schulden auf ihrer Kreditkarte – eine monströse Zahl, die mit beängstigender Geschwindigkeit immer weiter ins Minus rutschte. Sehnsüchtiges Verlangen, Reue und unkontrollierbare, blanke Gier lieferten sich in ihrer Brust ein Gefecht. Sie hatte absolut kein Geld, weshalb sie dieses Kleid selbstverständlich nicht kaufen sollte, und außerdem war sie schon viel zu spät dran.

Ganz genau. Sie kam ohnehin viel zu spät. Ob sie nun eine Stunde oder eine Stunde und zehn Minuten später eintraf, machte keinen Unterschied mehr. Absolut keinen. Und das hier, das war buchstäblich eine Chance, wie sie sich nur einmal im Leben bot. Eine Reduzierung von zweitausendfünfhundertneunzig Dollar auf vierzig Dollar bedeutete eine Ersparnis von – Krista rechnete rasch im Kopf nach – achtundneunzig Prozent. Wenn sie es kaufte, *verdiente* sie also im Grunde noch Geld damit. Und vor allem war es das perfekte Outfit für das Vorsprechen. Absolut *perfekt*.

Was soll's. Sie würde höchstens fünf Minuten brauchen, wenn überhaupt. Krista nahm das Kleid vom Ständer und blickte sich hektisch nach einer Umkleidekabine um – oh Gott, Schuhe!

Fünfundvierzig Minuten später hetzte sie in das Büro von Clever Casting, gleichzeitig begeistert über ihre Einkäufe, beunruhigt, Dale gegenübertreten zu müssen, und nervös wegen des Vorsprechens. Atemlos begann sie der Rezeptionistin zu erklären: »Hi, ich habe einen Termin mit –«

»Krista Kumar.« Dale schlenderte mit gerunzelter Stirn auf sie zu. Sein schulterlanges Haar hatte er mit Gel zurückgekämmt und zu einem Pferdeschwanz gebunden, und er führte ein Tier an einer Leine. Ein wuseliges, pelziges, widerwärtiges Vieh.

»Was in aller Welt ist das?« Krista wich einen Schritt zurück.

»Das ist Willis.« Dale hob das haarige Ding hoch. Sein Körper war merkwürdig lang und außergewöhnlich beweglich. »Er ist ein Frettchen.«

»Wozu hast du ein Frettchen?«

»Mein Psychiater hat mir empfohlen, einen Hund anzuschaffen, aber mit einem Frettchen konnte ich mich mehr identifizieren. Stimmt's, Willis?« Er verfiel in Babysprache. »Ja, nicht wahr, mit dir konnte ich mich identifizieren.«

Krista unterdrückte ein Würgen. »Wo sind die Leute von Bongo?«

Dale spitzte die Lippen vor dem Gesicht des Frettchens, als wolle er es küssen. Das Tier wand sich wild in seinen Händen und reckte die kleinen Pfoten. »Die Leute von Bongo sind gegangen, Krista. Die Leute von Bongo sind weg.«

»Was?«

»Du kommst zwei Stunden zu spät. Sie haben jemand anderen engagiert.«

»Aber … Aber … Ich hatte mich aus meiner Wohnung ausgesperrt. Und das Auto stand im Stau. Und –«

»Ich glaube nicht, dass diese Agentur gut zu dir passt, Krista.«

»Wie? Was meinst du damit?«

»Nehmen wir zum Beispiel Willis. Wenn er etwas will, sieht er zu, dass er es bekommt. Er ist zielstrebig. Entschlossen.« Dale sah sie missbilligend an. »Er ist alles, was du nicht bist. Mach dir nicht die Mühe, mich noch einmal anzurufen.«

Damit schlenderte Dale mit dem Frettchen davon und ließ sie allein zurück.

Allein.

Pleite.

Und … gefeuert.

Ein Telefon klingelte, die Empfangsdame nahm ab, und jemand eilte mit einem Stapel DVDs an ihr vorbei.

Krista ließ ihre Umhängetasche zu Boden fallen und begann zu weinen.

Obwohl es ein herrlicher Spätsommernachmittag war, war es im Inneren von McHale's Ales so finster und trist, dass man glauben konnte, es herrsche tiefster Winter. Krista schleppte sich zu einem der Barhocker und bestellte einen Whisky.

Ihr Kopf pochte. Ihre Nase war vom Weinen verstopft. Sie hatte den Auftrag für den Werbespot vergeigt. Wie sollte sie das nur Evie erklären? Evie. Stöhnend verbarg sie das Gesicht in ihren Händen, als sie daran denken musste, dass sie auch noch das Küchenfenster eingeschlagen hatte. Oh Gott, und sie hatte für die Fahrt über die Brücke ein Uber-Taxi genommen. Ein Uber! Sie konnte sich nicht einmal mehr Klopapier leisten. Und dazu kamen noch die Einkäufe … Und dass sie gefeuert worden war … Ihre überwältigende Dummheit drückte ihr Gesicht nach unten auf die Bar. Das rote Kleid, das sie trug, erschien ihr plötzlich wie eine gigantische rote Flagge. Sie war ein Riesenversager, daran bestand kein Zweifel. Ein totaler und komplett –

»Krista?«

Na klar. In Manhattan traf man nie jemanden Bekanntes, außer man hatte gerade geweint. Krista spähte vorsichtig in die Richtung, aus der die Stimme gekommen war. Eine elegante Blondine in einem tief ausgeschnittenen, schwarzen Seidenjumpsuit saß am anderen Ende der Bar. Ihre vollen, pinkfarbenen Lippen waren zu einem wissenden Lächeln verzogen. Krista kannte niemanden, der einen tief ausgeschnittenen, schwarzen Seidenjumpsuit besaß, geschweige denn jemanden, der darin wie ein gottverdammtes Supermodel aussah. »Ja?«

»Krista!« Die Frau schenkte ihr ein strahlendes Lächeln. »Du erinnerst dich nicht mehr an mich.« Sie rutschte von ihrem Hocker und hob die Reisetasche aus Leder vom Boden auf, die in etwa genauso teuer aussah wie ihr Jumpsuit. Ihr Lächeln wirkte großmütig und nachsichtig. »Penelope. Wir haben Anfang des Jahres gemeinsam einen Improvisations-Kurs an der UCB belegt. Oh, du warst so witzig.«

»Dankeschön.« Krista hob den Whisky, der plötzlich vor ihr auf der Bar stand, an die Lippen.

Penelope setzte sich neben sie. »Machst du das immer noch?«

»Was?«

»Impro. Oh, du warst zum Totlachen.«

»Hin und wieder.« Krista rieb sich die Augen. »Im Moment kann ich mir eigentlich keine Kurse leisten.«

Penelope sah sie mit geneigtem Kopf an. »Was ist denn los?«

»Ich … Oh Mann, ich habe heute einen wirklich schlechten Tag. Wenn es einen Gott geben sollte, dann hat sie es heute wirklich auf Krista Kumar abgesehen.«

»Willst du darüber reden? Ich bin eine gute Zuhörerin.« Penelopes Stimme klang wie zerrissene Seide.

Obwohl sie es eigentlich gar nicht beabsichtigt hatte, begann

Krista plötzlich, Penelope ihr Herz auszuschütten. Sie fing damit an, wie sie zu spät zur Vergabe des Werbespots gekommen war, doch binnen kürzester Zeit ging es um noch viel mehr: den generellen Mangel an Vorsprechen, ihre miesen Aushilfsjobs, ihr armseliges Liebesleben, ihre erdrückenden Schulden, von denen nicht einmal ihre beste Freundin wusste – einfach alles. Einfach nur zu *reden* fühlte sich so gut an. Penelope hörte aufmerksam zu und gab hin und wieder mitfühlende Laute von sich, die Krista als wahrhaft tröstlich empfand. »Ich hätte heute wirklich einen lukrativen Treffer landen können«, stöhnte Krista. »Aber ich habe es verdorben. Es verbockt, so, wie ich alles verbocke. Ich bin so eine verdammte *Idiotin* –«

»Du bist keine Idiotin.« Penelope drückte Kristas Schulter. »Das stimmt nicht. Du bist wirklich lieb. In dem Kurs damals hast du mir sehr dabei geholfen, auf der Bühne selbstbewusster zu sein.« Dann, als fiele es ihr erst nachträglich ein, fügte sie noch hinzu: »Damals waren nicht alle so nett zu mir.«

»Von welchem Kurs redest du eigentlich?« Krista schielte zu der Frau hinüber, zwar ein wenig angetrunken vom Whisky, aber dennoch überzeugt, als sie sagte: »Ich habe niemals einen Kurs mit dir belegt. Daran würde ich mich erinnern.«

Penelope ließ die Zunge über die Oberlippe gleiten. Nur eine nachdenkliche Geste, aber sie sah unheimlich sexy aus. Aber wahrscheinlich hätte sie auch beim Putzen einer Toilette sexy ausgesehen. »Ich habe mich seit damals verändert«, sagte sie schließlich. »Lass mich dir noch einen Drink spendieren.«

Krista setzte sich auf, nun gänzlich davon überzeugt, dass sie diese nette, hübsche Frau noch nie im Leben getroffen hatte. »Wer zum Teufel bist du?«

Penelope beugte sich zu Krista und sah sie mitfühlend an. Sie duftete nach Rosen und Champagner. »Jemand, der dir einen Gefallen tut.«

4

achtungbissig.net – Eure wöchentliche Portion Biss

Seid mir gegrüßt, meine lieben Beißerchen.

Erklärt mir mal Folgendes: Warum wird ein Wochenende, das man damit zubringt, Cheese Puffs zu essen, ab und an zu masturbieren und dabei eine Folge *OITNB* nach der anderen zu schauen, als »deprimierend« erachtet, wenn man Single ist, aber als »romantisch«, wenn eine weitere Person daran beteiligt ist? Und warum kann ich niemanden finden, der mir dabei Gesellschaft leistet?

Es ist nicht so, dass ich nicht nach jemandem gesucht hätte. Wie die Hälfte der US-amerikanischen Bevölkerung ist auch Madame Bissig Teil der billionenschweren Industrie namens Online-Dating. Aber um ehrlich zu sein, bin ich mir nicht ganz sicher, was ich davon halten soll. Klar, Dating-Seiten haben unsere Auswahlmöglichkeiten und auch unsere eigene Verfügbarkeit deutlich vergrößert, doch gehören Wahlmöglichkeiten und Verfügbarkeit nicht auch zu den Grundpfeilern des Kapitalismus, dem Sirenengesang reicher, weißer Arschlöcher, die unseren Planeten zugrunde richten? Und wenn es da draußen tatsächlich so viele Menschen gibt, die potenziell daran interessiert sind, mich als Partner auszuwählen, *warum werde ich dann niemals ausgewählt?*

Das zentrale Paradoxon beim Online-Dating besteht für unter Dreißigjährige darin, dass man sich selbst verkaufen muss, obwohl man noch damit beschäftigt ist, herauszufinden, wer man eigentlich genau ist. Keiner weiß, wer er ist, und das Resultat davon sind Dating-Profile, die aus einer verwirrenden Mischung aus groben Projektionen, Taschenspielertricks und glatten Lügen bestehen. Wenn man natürlich eine Frau mit strohblonden Haaren, üppigen Möpsen und Lippen von der Farbe eines Himbeerlutschers ist, hat man das nicht nötig. Man könnte Alcatraz als bevorzugtes Urlaubsziel auflisten und bekäme trotzdem die, ähm, Inbox reichlich voll. Unser Selbst, in dessen Kultivierung wir so viel Zeit investieren, wird auf ein Profilbild reduziert. Das ist Meritokratie à la Disney. Ihr findet, ich übertreibe? Bei einer kürzlich veröffentlichten Studie gaben neunundvierzig Prozent der Online-Dater an, dass körperliche Eigenschaften bei der Auswahl eines potenziellen Partners am wichtigsten seien. Was bedeutet, dass meine Visage daran schuld ist, dass ich so wenige Brieffreunde habe.

Aber Rettungsringe und Kurzsichtigkeit sind nicht das, was mich ausmacht.

Evie überdachte noch einmal die Worte auf ihrem Bildschirm. Voll konzentriert berührte sie ihre Oberlippe mit der Zungenspitze. Dann fügte sie hinzu: *Oder vielleicht doch*?

Um sie herum, in den offen angelegten Büroräumen von *Salty*, herrschte nachmittägliche Betriebsamkeit. Telefone schrillten. Man hörte gedämpfte Unterhaltungen, hin und wieder unterbrochen von spitzen Schreien. Das neue Rihanna-Album lief leise auf der Stereoanlage, sexy und bedrohlich.

Evies Kolleginnen waren der topgepflegte Beweis für Fönfrisuren und geschickt aufeinander abgestimmte Accessoires. Weshalb die Angestellten des Magazins ebenso gut aussehen mussten wie die retuschierten Models darin, entzog sich Evies Kenntnis. Allerdings stand heute die monatliche Themenkonferenz an, weshalb auch sie sich besondere Mühe gegeben und sich in eine schwarze Vintage-Bluse und ihren vorteilhaftesten Bleistiftrock gekleidet hatte. Dazu kam die obligatorische dicke Maske aus Make-up. Anfangs hatte Evie in der Arbeit kaum Make-up getragen. Nach etwa drei Wochen hatte Bethany, die Beauty-Redakteurin, ihr einen kleinen Tiegel mit Abdeckcreme und einen pinkfarbenen Lippenstift überreicht.

»Sind die für einen Artikel?«, hatte Evie gefragt und verwirrt hinter ihrer Brille mit dem breiten Gestell geblinzelt.

»Nein«, hatte Bethany geantwortet und nachsichtig gelächelt. »Das ist für dich. Von mir.«

»Oh. Danke. Aber –«

»Aber was?«

»Ich trage nicht viel Make-up.« Sie sagte das in einem Tonfall, als müsse sie ein geringfügiges Vergehen eingestehen: *Ich war diejenige, die dein Eis aufgegessen hat.*

»Ich weiß«, sagte Bethany sachlich und nahm die Abdeckcreme zur Hand. »Die hier ist gegen deine dunklen Augenringe, und außerdem kannst du damit die Rötungen an deinem Kinn abmildern. Die Creme ist toll, und sie ist richtig teuer. Und der hier« – sie tippte auf den Lippenstift – »wird dir ein bisschen Farbe verleihen. Du weißt schon. Dein Gesicht ein wenig lebendiger wirken lassen.«

Evie nahm die Kosmetik entgegen und kämpfte dabei gegen die Schamesröte, die ihr ins Gesicht gestiegen war. Sie hatte ein lebloses Gesicht. Ein totes Gesicht.

»Du darfst dir aus dem roten Beauty-Schrank alles nehmen, was du möchtest«, ergänzte Bethany. »Da hinein stelle ich alles, womit ich fertig bin. Ernsthaft«, betonte sie. »Alles. Wimperntusche, Rouge, Lidschatten …« Sie musterte Evies Gesicht mit der Schamlosigkeit eines Schönheitschirurgen. »Lippenkonturenstift. Unbedingt ein Lippenkonturenstift.«

»Okay«, sagte Evie. »Ich werde mir die Sachen mal ansehen.«

»Sehr gerne.« Bethany drückte Evies Arm. »Wir Mädels müssen uns doch umeinander kümmern, stimmt's?«

»Stimmt«, echote Evie, obwohl sie sich nicht sicher war, ob diese Beschreibung auf das, was sie gerade erlebt hatte, zutraf.

Nun saß Evie also an ihrem Computer, mit semiprofessionell aufgetragener Foundation, Abdeckcreme, Rouge, Lidschatten, Wimperntusche und Lipgloss im Gesicht, und fügte sich damit nahtlos in die professionelle Femininität von *Salty* ein. Hinter ihrem Rücken erklang plötzlich das Klacken hoher Absätze. Evie wechselte blitzschnell von ihrem Blog zu einer InDesign-Datei, kurz bevor Ella-Mae Morris, die stellvertretende Chefredakteurin, neben ihrem Schreibtisch erschien. »Hey, Evie.«

»Hey, Ella-Mae.« Evie lächelte unsicher. Ella-Mae wirkte stets ein wenig verstört, was Evie ihrem Perfektionismus zuschrieb, der sich in Form einer leichten Essstörung manifestierte. Über ihrem Computer hatte die Achtundzwanzigjährige ein kleines, bedrucktes Kärtchen aufgehängt, auf dem stand: »Wenn ich es will, kann ich es auch haben, aber will ich es wirklich?« Was bedeutete, dass das Einzige, was sie wirklich wollte, Babykarotten waren.

»Bist du mit den Beautyproofs fertig?« Ella-Maes Stimme war hoch und klang merkwürdig kindlich.

»Jap, ich habe sie gestern Abend noch fertig gemacht.« Evie reichte ihr die korrigierten Seiten. »Und als Überschriften für die Anleitung zum Skype-Sex habe ich mir ›Girls on Film‹, ›Licht, Kamera, Schlafzimmer-Action‹ und ›Bereit für dein Close-Up?‹ überlegt.«

»Mmm.« Ella-Mae nahm vorsichtig den Stapel Seiten auf.

»Ich kann mich gerade nicht mehr erinnern«, fuhr sie fort. »Wer sollte noch mal die Real-Girl-Story über die Frau transkribieren, die sich einer kosmetischen Operation unterzogen hat, um wie Blue Ivy auszusehen?«

»Du hast mir aufgetragen, das zu erledigen«, antwortete Evie. »Aber da es im Grunde nicht zu meinem Job gehört, Sachen zu transkribieren –«

»Oh toll«, sagte Ella-Mae und reichte ihr ein silbernes Diktiergerät. »Ich verliere noch den Verstand.«

»Vielleicht solltest du mehr essen«, murmelte Evie.

»Hä?«

»Nichts.« Evie lächelte strahlend. »Hey, wusstest du eigentlich, dass ›Hä‹ zu den wenigen Worten gehört, die in jeder Sprache gleich sind?«

»Hä?«

»Ganz genau. In Mandarin, in traditionellen, australischen Sprachen und vielen anderen hat es weitestgehend den gleichen Klang und dieselbe Bedeutung. Was dafür spricht, dass Sprache aus sozialer Interaktion entsteht, und, na ja, keine biologisch angeborene Eigenschaft ist.«

Ella-Mae sah Evie eigentümlich an, als wäre sie eine Babykarotte, bei der sie sich nicht sicher war, ob sie sie nun wollte oder nicht. »Interessant«, sagte sie in einem Tonfall, der so viel bedeutete wie *Du bist merkwürdig*.

»Ich maile dir das Blue-Ivy-Transkript«, sagte Evie.

»Danke«, antwortete Ella-Mae. »Ich werde mich vor dem Meeting noch einmal frisch machen.«

»Wir sehen uns dann dort.« Evie setzte noch einmal ein Lächeln auf, das jedoch in der Sekunde verschwand, in der die stellvertretende Chefredakteurin ihr den Rücken zugekehrt hatte. Sie wollte Ella-Mae nicht unsympathisch finden. Sie war kein schlechter Mensch. Evie hatte nur rein gar nichts mit ihr gemeinsam, und alles, was sie sagte oder tat, wirkte irgendwie irritierend auf sie. Obwohl zwischen der Vorstadt-Highschool in Chicago, die sie besucht hatte, und ihrem aktuellen Arbeitsplatz Hunderte von Meilen lagen, fühlte sich Evie in den Büroräumen von *Salty* wieder wie damals auf dem Schulhof: unsichtbar und unwichtig.

Evie drückte mit den Fingern die Haut über ihrer Nasenwurzel zusammen. Sie bekam das Date vom vorigen Abend einfach nicht aus dem Kopf. Unablässig hörte sie Quinns Worte widerhallen. *Womit man den Großteil seiner Zeit verbringt, ist das, was man im Leben tut.* Wenn das stimmte, wovon Evie eigentlich überzeugt war, dann war sie wirklich nur eine überarbeitete Handlangerin, die sich peinliche erotische Wortspiele ausdachte.

Vielleicht war es an der Zeit, sich neue, höhere Ziele zu setzen.

Die monatliche Themenkonferenz, in diesem Fall für die Novemberausgabe, fand in einem Besprechungsraum mit Glaswänden statt. Die diversen Spartenredakteure, das Designteam sowie weitere Korrektoren saßen um einen großen, ovalen Tisch herum. Evie nahm Kurs auf die Moderedakteurinnen Gemma und Rose, zarte Porzellanpüppchen, die nur von Zigaretten und grünem Tee lebten. »Darf ich mich zu euch setzen? Ich brauche einen Platz bei der Tür, falls ein Snack-Notfall eintritt.« Die beiden bedachten Evie mit einem Lächeln, an dem weder ihre Zähne noch ihre Augen beteiligt waren, und rutschten wortlos mit ihren Stühlen beiseite, um ihr Platz zu machen. Das Gefühl, diejenige zu sein, die außen vor blieb – die Letzte, die beim Völkerball ausgesucht wurde, die Erste, die sich freiwillig als Fahrerin meldete, um eingeladen zu werden –, erfüllte sie plötzlich wieder bis in die Knochen. Evie setzte sich und nahm sich für die Zukunft vor, nicht mehr vor ihren Kolleginnen zu witzeln.

Der freie Platz am Kopf des Tisches war für die Chefredakteurin Jan Stilton reserviert. Alle am Tisch spannten sich merklich an, als sie in den Raum stakste, eine klapperdürre, ernste Mittvierzigerin in leichtem, kamelhaarfarbenem Kaschmir und mit dunklem, kühlem Lippenstift auf den Lippen. Im Vorwort des Magazins, das Jan verfasste, wirkte sie stets spritzig und überschwänglich wie Champagner. Doch in Wirklichkeit war sie kühl, einschüchternd und furchterregend wie ein hochwertiges Fleischerbeil. Zudem gab sie sich extrem britisch. »Beauty.« Jan wies auf Bethany. »Fangen wir mit dir an.«

Bethany ließ aufgeregt ihre orangefarbenen Fingernägel gegeneinander klicken. »›Das Gesetz des Dschungels‹, ›Der Fantastischste überlebt‹, ›Wie schminkt man perfekte smoky Katzenaugen, wie zaubert man eine dicke Löwenmähne‹.«

»Ein Beitrag über Gesichtsmasken aus Amazonas-Schlamm?«, überlegte Ella-Mae laut.

»Es gibt eine neue Linie Henna-Haartönungen, die von einem Stamm inspiriert ist, der gerade erst entdeckt wurde«, erläuterte Bethany. »Der, der keine Sprache kennt. Ich dachte mir, das könnte interessant sein.«

»Wende dich an Carmen vom Marketing«, sagte Jan. »Das könnte gut zur Winterkampagne von Revlon passen.«

Eine Spartenredakteurin nach der anderen stellte Jan nun ihre Ideen vor. Den Großteil davon nickte sie ab, wobei sie auch ihre eigenen Vorschläge abgab. Nur hin und wieder verzog sie das Gesicht zu einem Ausdruck, der besagte: *Vergiss es.* (Jan war sehr auf der Hut vor Falten, weshalb sie dies wirklich nur höchst selten tat.)

Evie fand, dass von allen Spartenredakteurinnen die Kolleginnen im Bereich Entertainment die spannendste Aufgabe hatten. Der Name *Salty* öffnete ihnen Tür und Tor zu jeder Veranstaltung der Stadt. In der nächsten Woche wären sie bei der Buchpremiere von *Milchzähne*, dem fünften Roman von Evies Lieblingsschriftstellerin Velma Wolff, dabei. Es überraschte Evie nicht, dass Jan damit einverstanden war, einige Fotos von der Veranstaltung abzudrucken. Nicht weil Velmas Bücher mit Preisen ausgezeichnet wurden, sondern weil sie mit Victoria's-Secret-Models ausging. Jede auch nur halbwegs prominente Lesbe von der Ostküste würde dort sein. Das passte hervorragend zu der Idee von Vielfältigkeit, die *Salty* vertrat. Berühmte, attraktive, homosexuelle Frauen, für die heterosexuelle Frauen in ihren Tweets schwärmten und gerne lesbisch werden wollten.

Die einzige Spartenredakteurin, von deren Ideen keine einzige abgelehnt wurde, war Crystal, die den Bereich Sex und Liebe betreute. Sie arbeitete bereits seit zehn Jahren für das Magazin und trug daher ihre Notizen leicht gelangweilt vor, als handle es sich dabei um ihre wöchentliche Einkaufsliste. »›Die geheime Sexpraktik, von der nicht mal deine Freundin zugibt, dass sie sie ausprobiert‹, was bedeutet, sich mit verbundenen Augen in den Hintern vögeln zu lassen.« Ein Nicken von Jan. »›Oralsex neu durchdacht‹, Untertitel ›Kleiner Tipp: Sie machen es nicht richtig‹. Dabei wird es um Saugtechniken gehen.« Wieder ein Nicken. »Und dann noch ›Was er möchte, dass du tust – aber niemals zugeben würde‹. Was bedeutet, dass die Frau sich als seine Lieblingscartoonfigur aus der Kindheit verkleiden soll, damit er sie als Wilma Feuerstein oder April von den *Teenage Mutant Ninja Turtles* vögeln kann.«

»Sehr schön«, befand Jan, woraufhin alle in nachdenklichem Einvernehmen nickten.

Nachdem sie auch die Themenvorschläge, die die freischaffenden Autoren für die zehn Hauptartikel des Heftes eingereicht hatten, durchgesprochen hatten, verkündete Jan, dass ihnen trotz allem noch immer eine Story fehlte. »Irgendwelche Ideen?«

Das war das Stichwort für den Beginn der offenen Diskussion. Jeder am Tisch konnte Vorschläge einbringen. Evie hatte sich bisher nie getraut, sich zu Wort zu melden. Sie räusperte sich. »Ähm, ich hätte da ein paar Ideen.«

Ein Tisch voller verblüffter Erdmännchen. Alle Köpfe wandten sich in ihre Richtung.

»Evie.« Jan klang so überrascht, wie die anderen aussahen. »Ja?«

Evie hielt einen farbigen Ausdruck hoch. Alle am Tisch stießen freudig-angewiderte Laute aus. Es handelte sich um das aktuellste Foto von Lucy De La Mar, dem früheren Kinderstar, deren Sucht nach plastischer Chirurgie ihr ein schiefes Frankenstein-Gesicht eingetragen hatte. Der heimlich aufgenommene Schnappschuss, den Evie hochhielt, war kürzlich durch alle Medien gegangen, was jeder Kommentator zum Anlass genommen hatte, darüber zu lamentieren, dass sie es mit der »Instandhaltung« ihres Gesichts etwas zu weit getrieben hatte.

»Was ist der Aufhänger?«, wollte Ella-Mae wissen. »Gute Nasenkorrekturen mit bösem Ende?«

»Wir verteidigen sie«, sagte Evie. »Die Medien haben diese Geschichte genüsslich ausgeschlachtet. Doch das Interessante dabei ist die Doppelmoral, die dahinter steckt. Uns Frauen wird eingeredet, dass Schönheit uns Wert verleiht. Doch wenn die Bemühungen, diese obligatorische Schönheit zu erlangen, nach hinten losgehen – was unvermeidlich ist, weil einem unerreichbaren Ideal nachgejagt wird –, zerreißen einen die Medien in der Luft.«

»Aber sie ist so furchtbar eitel. Sieh dir doch nur an, wie viel sie hat machen lassen«, meinte Rose verschnupft.

»Aber glaubst du nicht auch, dass sie das des sozialen Drucks wegen getan hat? Das ist ungerecht. Als ob du deine Haarfarbe herauswachsen lassen würdest und dich plötzlich alle Streifenhörnchen nennen würden.«

»Wer nennt mich Streifenhörnchen?«, fragte Rose geschockt.

»Niemand«, zischte Ella-Mae mit einem ärgerlichen Blick auf Evie.

»Nächster Vorschlag.« Jans Tonfall war eisig.

Evie schluckte. »Ich habe noch einen. Ein Beitrag darüber, wie Frauen die sozialen Medien für Protestbewegungen nutzen.«

Jan hob eine Augenbraue. »Okay«, sagte sie vorsichtig.

Der zurückhaltende Zuspruch ermutigte Evie sofort. »Wir beginnen mit den saudi-arabischen Aktivistinnen, die auf YouTube Videos von sich posten, wie sie Auto fahren. Vielleicht unter der Überschrift ›Miss Dhuka braucht keinen Chauffeur‹ oder ›Frau am Steuer‹. Dann machen wir weiter mit dem Arabischen Frühling – «

»Oh«, meldete sich Bethany unvermittelt zu Wort. »Ein Wellness-Report? So etwas wie die Liste der Top-Fünf-Schönheitsfarmen?«

»Nein«, entgegnete Evie. »Es geht um die Aufstände im Rahmen des Arabischen Frühlings. Die Proteste in der arabischen Welt, die 2010 ihren Anfang nahmen.«

Evie war plötzlich nur noch von skeptischen Mienen umgeben.

»Den Frauen brandete viel Widerstand entgegen, sogar von ihren eigenen Mitstreitern«, erklärte Evie. »Doch trotzdem leisteten sie einen wichtigen Beitrag, insbesondere online.

Es gibt da einige fantastische Bloggerinnen, mit denen wir in Kontakt treten könnten.«

Gemma ließ ihre Augenlider flattern und sagte mit kuschelweicher, leiser Stimme: »Das klingt irgendwie … deprimierend.«

»Es ist wichtig«, hielt Evie dagegen. »Es ist ein Thema, das Frauen beschäftigt.«

»Stimmt«, sagte Bethany. »Ebenso wie Schönheitsfarmen.«

»Ja, also ich glaube, die Idee mit den Schönheitsfarmen hat uns allen gefallen«, bemerkte Ella-Mae und kritzelte eine Notiz.

»Aber das habe ich doch überhaupt nicht vorgeschlagen!« Evie versuchte, sich zu fassen, wieder ruhig zu werden. »Leute, diese Ausgabe sieht jetzt schon toll aus, und ich kann es gar nicht erwarten, einem Typen zu eröffnen, dass er mich als Schlumpfine verkleidet vögeln darf, aber vielleicht können wir ja eine bunte Mischung an Ideen zulassen.«

»Eine bunte Mischung?«, fragte Jan.

»Ja!«, rief Evie. »Vielleicht könnten wir ja eine Meinung zu aktuellen Geschehnissen und all dem sexistischen Mist, der in der Welt geschieht, haben. Vielleicht wird es Zeit, uns neue, höhere Ziele zu setzen.«

Schweigen im Walde.

Angesäuertes Schweigen.

Ella-Mae lehnte sich mit einem piepsigen Seufzen auf ihrem Stuhl zurück, während Gemma und Rose ungläubige Blicke wechselten.

»Neue, höhere Ziele setzen –«, begann Bethany sarkastisch, wurde jedoch von Jan unterbrochen.

»Evie, liefere uns einen Einseiter über die besten Schönheitsfarmen in Amerika«, sagte sie. »Nur große Städte. Meine Lieben, das war hervorragende Arbeit heute.« Sie erhob sich und sammelte ihr Handy und ihr Notizbuch ein. Evie blieb reglos sitzen. Sie fühlte sich beklommen. »Und Evie«, wandte Jan sich noch einmal von der Türschwelle aus an sie. Ihre Miene war undefinierbar. »Schau doch noch einmal kurz in meinem Büro vorbei, bevor du heute gehst.«

Das alles war ein Fehler gewesen.

Ein riesengroßer, gottverdammter Fehler.

5

Von Jans Bürofenster aus wirkte New York malerisch und harmlos; wie die Stadt, die man sich gewünscht hätte, und nicht wie die Stadt, die es in Wirklichkeit war. Während Jan zu Ende telefonierte, fragte sich Evie, ob dies wohl das letzte Mal war, dass sie Manhattan aus nächster Nähe sah. Krista war chronisch arbeitslos. Sie hatte mehr oder weniger eine Allergie gegen Arbeit. Und Willow hatte noch keinen Tag in ihrem Leben richtig gearbeitet – abgesehen von einigen kurzen Zwischenspielen als Kellnerin, um allen zu beweisen, dass sie auf eigenen Beinen stehen konnte. Evie durfte diesen Job auf keinen Fall verlieren. Es war ein Erwachsenenjob, der Erwachsenenvorteile und Erwachsenenzukunftsaussichten bot. Ihre Mutter war alleinerziehend gewesen, und daher wusste sie, wie wichtig jeder einzelne Arbeitstag war, um über die Runden zu kommen. Vier aufreibende Monate lang war sie arbeitslos gewesen in New York, ehe sich endlich ihr vorangegangenes Sommerpraktikum ausgezahlt und sie das Angebot bekommen hatte, sich als Korrektorin vorzustellen. Die Anonymität, die es mit sich brachte, Absolventin einer Kunstschule zu sein, in einer Stadt, die vor solchen Leuten schier überquoll, war mehr als bedrückend gewesen – geradezu beängstigend.

Salty war ihr Rettungsring gewesen. Gut, das Magazin war ziemlich dämlich, und ja, sie korrigierte nur und schrieb keine richtigen Beiträge. Doch immerhin tat sie das für eine Zeitschrift, die sogar ihrem Großvater ein Begriff war und die sich im Besitz eines der größten Medienkonzerne der Welt befand. Und jetzt hatte sie es womöglich geschafft, sich die Kündigung einzuhandeln.

Nervös versuchte Evie, die aufsteigende Panik zurückzudrängen. Wie verzweifelt musste man sein, um ernsthaft über eine Karriere auf dem Straßenstrich nachzudenken? Im vergangenen Winter hatte Evie es mit Telefonsex probiert, einer von den Jobs, die Krista über Craigslist aufgetan hatte. Als der Kerl am anderen Ende der Leitung sie gefragt hatte, was sie denn mögen würde, hatte sie ohne nachzudenken mit »Krieg der Sterne!« geantwortet und dann schnell aufgelegt.

Jan war mit Telefonieren fertig. »Entschuldige bitte die Verzögerung –«

»Bin ich gefeuert?« Evie brüllte die Frage fast. »Denn damit würdest du mir meine natürlichen Rechte verwehren.« Sie zermarterte sich den Kopf nach Formulierungen aus den üblichen Tiraden, in denen Krista sich jedes Mal erging, wenn sie rausgeschmissen worden war. »Ich finde nicht, dass man mein Benehmen als ›grobes Fehlverhalten‹ werten kann, und wenn du einen Blick in meinen Arbeitsvertrag wirfst, wirst du sehen –«

»Ich will dich nicht feuern, Evie.« Jan legte die Fingerspitzen aneinander, um ihre Lippen spielte ein leichtes Lächeln. »Ich möchte nur mit dir reden. Fühlst du dich hier wohl?«

»Ja«, antwortete Evie. »Selbstverständlich.«

»Ich meinte damit nicht, ob du dich jedes Mal freust, wenn du deinen Gehaltsscheck bekommst«, erläuterte Jan. »Ich möchte wissen, ob du hier glücklich bist? Gefällt es dir hier? Gefällt dir das Magazin?«

Evie rechnete fest damit, dass Jan sich so furchterregend wie immer zeigen würde. Sie wand sich ein wenig. »Darf ich ehrlich sein?«

Jan wedelte auffordernd mit der Hand, als wolle sie sagen *Nur zu.*

»*Salty* hat wie viele Leser? Drei Millionen?«

»Dreieinhalb.«

»Das macht es zu einer fantastischen Plattform. So viele Leute! Ich habe einfach das Gefühl, dass wir bei vielen jungen Frauen einiges bewirken könnten. Bei Frauen generell. Wenn wir nur ein bisschen mehr ...«

»Ein bisschen mehr was?«

Evie zierte sich. Ihr Gesicht fühlte sich inzwischen ganz heiß an. »Na ja, wenn wir ein bisschen feministischer wären.«

»Du findest, *Salty* ist nicht feministisch?«

»Nein«, antwortete Evie. »Im Gegenteil. Bei *Salty* geht es nur um Sex und Shoppen.«

Jan sah sie nachdenklich an. »Was bedeutet Feminismus für dich? Was kann er für junge Frauen bewirken? Für Frauen generell?«

Evie fiel es dank der ungefähr sechs Millionen Treffen von Women's Action Collective, die sie während ihrer Zeit auf dem Sarah Lawrence College besucht hatte, nicht schwer, darauf zu antworten. »Er verleiht ihnen Stärke.«

»Er hilft ihnen, sich in ihrer Haut wohlzufühlen«, sagte Jan. »Befreit. Unabhängig.«

»Genau.«

Jan nahm eine aktuelle Ausgabe des Magazins zur Hand. Lauren Conrad lächelte ihnen beiden einfältig von dem Hochglanzcover entgegen. Einen ihrer kirschroten Fingernägel hatte sie in den V-Ausschnitt ihres T-Shirts gehakt, wodurch ein überraschend üppiges Dekolleté zum Vorschein kam (Photoshop). Für ein Magazin, das im Allgemeinen mit Lesbianismus nichts am Hut hatte, fielen die Cover oft irritierend aufreizend aus. Die Leserinnen sollten sich dazu animiert fühlen, Lauren nachzueifern, doch sie sollten dabei – trotz ihres Komm-und-nimm-mich-Schmollmundes und ihrer leicht geöffneten Lippen, die *fass mich an* zu sagen schienen – niemals mehr für sie empfinden als freundschaftliche Sympathie oder angemessene Eifersucht.

Seltsam.

»Sag mir, was du hier siehst«, forderte Jan sie auf.

Die Headlines schrien ihr in grellem Neonorange entgegen, modeverrückt und notgeil. Evie las sie laut und mit der pseudobegeisterten Stimme aus einer Dauerwerbesendung vor. »›Acht Stiefel für den Winter, die du UNBEDINGT HABEN MUSST‹, ›Wie man ihn dazu bringt, DARUM ZU BETTELN‹.«

Jan tippte auf einen der größten Schriftzüge. »›Good Vibrations: Wie man seinen ERSTEN VIBRATOR KAUFT‹.« Dann hob sie eine ordentlich gezupfte Braue und sah Evie an.

Evie musste sich beherrschen, um nicht die Augen zu verdrehen. »Ich glaube nicht, dass der Besitz eines Dildos eine Revolution auslösen kann.«

»Ich glaube, dass der Großteil der Frauen kein Interesse an einer Revolution hat.« Jan klang belustigt. »Ich denke, sie wünschen sich eine Publikation, die einen gesunden, sexuellen Appetit propagiert. Ich denke, sie möchten ein Magazin, das sie lehrt, auf die Art sexuelle Lust zu geben und zu empfangen, wie es sein sollte: mit Spaß. Abenteuerlust. Ohne voreingenommen zu sein. Wo sollen sie sich deswegen sonst hinwenden? Das Internet ist voller Perverser. Und seine Mutter befragt man darüber wohl kaum. Und die Freundinnen sind wahrscheinlich genauso ahnungslos wie man selbst und wurden in ihrer sexuellen Vorgeschichte bestimmt schon mal auf einer Studentenparty gefingert.« Es klang fast, als ließe sie eine angenehme Erinnerung wiederaufleben. »Ich glaube, dass sie eine Publikation wünschen, die die Tatsache zelebriert, dass Frauen gern shoppen. Pfeif auf das, was die Jungs darüber denken. Pfeif auf das, was die Eltern darüber denken. Unser Magazin sagt, dass sie das Geld, das sie selbst verdient haben, ausgeben können, wofür immer sie wollen, und bietet ihnen gleichzeitig einige tolle Vorschläge, wie sie es investieren könnten. Denn genau das ist es, was der Feminismus für die Frauen getan hat. Er hat uns sexuell befreit und finanziell unabhängig gemacht. Ich finde«, schloss Jan, »dass Sex und Shoppen unseren Leserinnen *durchaus* Stärke verleihen.«

Evie war sprachlos. Instinktiv wollte sie Jan widersprechen. Doch sie kam nicht darauf, warum. Aus irgendeinem Grund ergaben die Worte der Redakteurin Sinn.

Jan fuhr fort. »Wenn du für *Jezebel* arbeiten willst, dann geh und arbeite für *Jezebel.* Aber wenn du hierbleiben möchtest, dann musst du auf meiner Seite sein.« Jan beugte sich über den Schreibtisch. Sie sprach mit sanfter, akzentuierter Stimme. »Unsere Markenzeichen sind Sex und Shoppen. Wenn du für *Salty* arbeiten willst, musst du auch dahinterstehen. Schaffst du das, Evie?«

Evie versuchte, Nein zu sagen. *Nein.* Dass sie gehen würde, wenn Jan nicht dazu bereit war, breiter gefächerte Themen anzugehen, darüber zu schreiben, was wirklich wichtig war, ja, sich neue, höhere Ziele zu stecken. Weil im Leben jeder jungen Frau – jeder *Frau* – der Augenblick kam, in dem man für das, woran man glaubte, einstehen musste. In dem man die Moral dem Geld vorziehen musste, in dem man mit der Faust auf den Tisch hauen und verkünden musste: »Verdammt noch mal, das lasse ich mir *nicht mehr* bieten.«

Doch bedauerlicherweise war dieser Augenblick noch nicht gekommen.

»Ja«, sagte Evie. »Selbstverständlich.«

»Gut. Hör mal, du bist eine gute Korrektorin, und ich möchte, dass du zufrieden bist. Ich weiß, dass das Special über Schönheitsfarmen nicht unbedingt das war, was dir vorschwebte. Aber vielleicht ergibt sich in Zukunft ja etwas anderes, wobei du uns unterstützen kannst. Hast du schon mal von *Extra Salt* gehört?«

Das hatte Evie, zumindest vage. Das Webteam befasste sich damit. Es handelte sich um eine Webserie, von der alle zwei Wochen eine neue, kurze Episode erscheinen sollte.

»Bei den Recherchen für die Storys könnten wir eventuell ein wenig Hilfe gebrauchen«, sagte Jan. »Immer davon abhängig, wen wir als Moderatorin anheuern. Einige der Frauen haben bereits journalistische Erfahrung. Und andere haben einfach nur …« Sie wirbelte mit der Hand in der Luft.

»Ein hübsches Gesicht«, vollendete Evie den Satz.

»Weniger Erfahrung.«

»Wenn du also ein hübsches Gesicht ohne Erfahrung für die Aufgabe in Erwägung ziehst, könnte ein Job für mich rausspringen.«

»Exakt«, antwortete Jan. »Nur kurzfristig – verzichte vielleicht vorerst darauf, noch mehr Brücken hinter dir abzubrechen.«

Evie sah ihre Füße an und lächelte grimmig.

»Die Vorsprechen finden morgen und am Donnerstag oben im neununddreißigsten Stock statt«, fuhr Jan fort. »Schau doch mal vorbei.«

Evie bemühte sich sehr, sich über dieses Angebot zu freuen. Eine neue Chance, eine neue Herausforderung. Doch aus irgendeinem Grund schaffte sie es nicht. Am Ende würde es doch wieder auf dasselbe hinauslaufen, oder? »Okay. Mach ich.«

Jan richtete den Blick wieder auf ihren Computerbildschirm. »Danke.« Das war für Evie das Signal zum Aufbruch. »Und Evie?«

Sie verharrte auf der Türschwelle. »Ja?«

Für eine Sekunde war die Redakteurin nichts weiter als eine zierliche Frau mit unglaublichem Knochenbau. Absolut nicht bedrohlich. »Wir leisten hier gute Arbeit. Das weißt du, oder?«

6

»Dreh das Gesicht ein wenig mehr ins Licht.«

Mark gehorchte und wandte den Kopf um einen halben Zentimeter.

»Mmm. Jap. Gut.«

Willows Kamera klickte träge, der Klang einer langen Belichtungszeit.

Mark versuchte, den Mund nicht zu bewegen. »Hast du meine jüdische Nase auch in all ihrer Pracht drauf?«

»Das lässt sich kaum vermeiden«, murmelte Willow.

Grinsend streckte Mark den Fuß nach ihr aus, schaffte es, sich in ihre Beine zu haken, und zog sie zu sich. Er saß auf einem Hocker vor einem Bettlaken, das Willow als eine Art Fotostudioersatz aufgehängt hatte. Unter der Decke waberten Räucherstäbchenschwaden im Nachmittagslicht. Obwohl Willows Schlafzimmer auf den Central Park hinausging, hatte sie alle Fenster mit Stoff verhängt.

Die Fotos gelangen nicht recht. Warum nur? Willow versuchte, ihre Gedanken zu beruhigen, ihr Gehirn dazu zu bewegen, zu finden, was immer es auch war, das ihre Hand führte, wenn sie ihr Zimmer dekorierte. Das Bett mit dem Samtüberwurf, die alten Flohmarktlampen und die Sammlung aufgespießter Schmetterlinge ließen den Raum weniger wie das Schlafzimmer einer Frau, sondern eher wie das Atelier eines

Dichters aus den Zwanzigern wirken. Sie hatte diese Atmosphäre nicht vorsätzlich kreiert – sie war mehr oder weniger von allein entstanden. Doch nun schaffte sie es nicht, die überirdische Aura des Raumes einzufangen, die sich einfach nicht in Marks Mimik widerspiegeln wollte. Vielleicht lag es daran, dass er hier war. Sie ansah.

Schon stieg das Gefühl des Versagens in ihrer Kehle hoch. Sie schluckte schwer, um es zurückzudrängen. Den Gedanken zuzulassen, dass Mark ihr gerade Avancen machte, würde alles nur noch verschlimmern. Sie hatte keine Ideen für eine neue Fotoserie. Warum gab es einfach keine Inspiration? Warum sah sie nicht, wo der Weg weiterging?

Mark drückte das Gesicht zwischen Willows kleine Brüste, wobei sich seine Brille tief in seine Wangen grub. Er atmete tief ein und stieß die Luft mit einem unterdrückten Stöhnen wieder aus. Sie merkte, dass er erregt war.

»Erzähl mir etwas von dir, was ich noch nicht weiß«, sagte er an ihrer Brust.

Ihr Telefon summte. Sie entzog sich Marks Armen, um es zu holen. Es war eine SMS von Evie: Sind gerade bei dir aus der U-Bahn gestiegen. Krista hat den Spot nicht bekommen und ist sehr schräg drauf – nur Wein kann uns jetzt noch helfen! Willow sah wieder Mark an. Sein Blick war ihr viel zu intensiv, um in ihm zu versinken, so wie er es sich wünschte. Stattdessen ließ Willow den Blick über seine dicken Augenbrauen gleiten, hinab zu seinem Kiefer und zu der kleinen, sternförmigen Windpockennarbe an seiner Schläfe.

»Ich habe heute meine Tage bekommen.«

»Das stört mich nicht«, antwortete Mark ohne Zögern. »Wirklich nicht.«

Willow wechselte die schwere Kamera etwas unbeholfen von einer Hand in die andere. »Mich aber.«

Mark ließ die Hände sinken. »Okay«, lenkte er ein. »Darf ich einen Augenblick aufstehen?«

Willow nickte. »Ich importiere derweil die Fotos.«

Mark ging zu ihrem Bett hinüber und streckte sich dort flach auf dem Rücken aus. »Prunik hat uns für kommenden Donnerstag zum Essen eingeladen. Er und seine Frau möchten dich wirklich gern kennenlernen.«

Prunik war Marks Geschäftspartner. Willow sah über die Schulter hinweg zu ihm hin und lächelte zögerlich. »Warum?«

»Als Beweis dafür, dass du existierst. Ich glaube, der exakte Wortlaut von Pruniks E-Mail lautete: ›Du und deine Fantasiefreundin seid herzlich zu einem indischen Festmahl eingeladen.‹«

Willow erstarrte. Da war es, dieses Wort. Freundin. Und obwohl Mark es in lässigem, scherzhaftem Tonfall ausgesprochen hatte, fühlte es sich für Willow wie ein Schlag in die Magengrube an.

Mark setzte sich auf. »Ich möchte dich nicht unter Druck setzen oder so, aber … es sind jetzt schon acht Monate.«

»Siebeneinhalb«, verbesserte sie ihn.

Er grinste. »Rechnest du etwa genau mit? Du hast doch gesagt, das wäre albern.«

Errötend zog sie den Kopf ein. »Ist es auch.«

Mark stand auf, durchquerte das Zimmer und kniete sich neben sie. »Wenn du noch nicht bereit bist, ist das für mich in Ordnung. Ich bin bereit. Aber …«

»Aber was?«

»Das soll sich jetzt nicht wie ein abgedroschenes Klischee anhören, aber … Ich möchte wohl gern wissen, worauf das hier hinausläuft. Denn wenn du nie meine Freundin sein willst, dann sollten wir vielleicht …«

»Was vielleicht? Willst du mit mir Schluss machen?«

»Ja. Nein. Ich weiß es nicht.« Er stand auf und wirkte plötzlich verärgert. »Es sind jetzt siebeneinhalb Monate. Die Hälfte der Woche bin ich hier, die andere Hälfte verbringst du in meiner Wohnung, und alle in der Arbeit fragen ständig nach dir, danach, wie es meiner Freundin geht, und ich korrigiere sie nicht, fühle mich dabei aber, als würde ich lügen, verstehst du? Und auch irgendwie wie ein Idiot.«

Willow erhob sich ebenfalls und legte die kleinen Hände um seine.

Mark. Der solide, verlässliche, vertrauenswürdige Mark. Der Mann, der nie die Steuerbehörden hinterging, geschweige denn seine Freundin – zumindest soweit sie das beurteilen konnte. Wenn sie jemandem vertrauen konnte, dann Mark. Doch trotzdem wisperte eine finstere, leise Stimme in ihrem Kopf, dass Mark zu vertrauen – generell einem Mann zu vertrauen – dumm wäre. »Dann frag mich.«

Begreifen erhellte sein Gesicht. Breit grinsend blickte er auf sie hinab. Dann hüstelte er, räusperte sich und begann in einem spöttisch-feierlichen Tonfall: »Willow Alice Hendriksen.«

»Ja?«

»Willst du meine Freundin sein?«

Angst presste ihre Rippen zusammen. Sie ignorierte sie. »Ja.«

Mark gab ihr einen sanften Kuss. Sie hob die Hände, schob sie in sein Haar, und schon legten sie los, gierig, wie in den Anfangszeiten ihrer Beziehung. Er legte die Hände auf ihren Po, der flach war, fast wie der eines Jungen. Seine Lippen glitten über ihren Hals. Sie konnte seine Erektion durch seine Hose hindurch spüren. Er begann sie in Richtung des Bettes zu manövrieren. Sie leistete Widerstand. »Meine Tage …«

Er legte die Hände an ihre Wangen. »Na und?«

Willow schluckte. »Die Mädels werden gleich hier sein –«

Ihr Protest fiel jedoch recht verhalten aus. Ohne Vorwarnung legte Mark einen Arm um ihren Rücken und einen in ihre Kniekehlen und hob sie hoch. Sie kreischte überrascht auf, was sie nur selten tat, und dann taumelten und stolperten sie zum Bett. Marks Mund fühlte sich wie ein hungriges, lebendiges Wesen an. Eine unersättliche Kreatur.

»Warte.« Sie wand sich unter ihm hervor und bahnte sich durch Platten und Kleider einen Weg zur nächsten Lampe.

»Lass es an«, keuchte Mark, der gerade seine Hose aufknöpfte.

Ohne zu antworten, knipste sie die Lampe aus, was den Raum in Dämmerlicht tauchte.

»Ich will dich sehen«, maulte er, mäkelig vor Erregung. Er versuchte ihr den Slip herunterzuziehen, doch sie ließ es nicht zu. Er küsste sie, presste die Zunge in ihren Mund, als wolle er sie mit Haut und Haaren verschlingen.

Willow schloss die Augen und ließ in ihrem Kopf den abgedroschenen Porno ablaufen, den sie hasste, ohne den sie aber auch nicht kommen konnte. In ihm waren ihre Brüste abnorm riesig, geradezu gigantisch, wie zwei dicke Wassermelonen …

»Babe.«

Marks Gesicht über ihr wirkte offen, roh.

»Wo bist du?«, fragte er.

»Hier.« Sie küsste ihn, er erwiderte den Kuss. »Ich bin hier.«

»Stellen wir uns vor den Spiegel.«

»Was? Nein.«

Ehe sie sich versah, hatte er sie schon mit sich vom Bett vor den Ganzkörperspiegel gezerrt. Willow war so fassungslos, dass sie keinen Widerstand leistete, als er ihr, ungeschickt vor Erregung, den Slip auszog. Er küsste ihren Hals, rieb sein Glied an ihrer Klitoris. Sie konnte es nicht spüren. Sie sah nichts anderes als ihren Körper, ausgestellt wie die aufgespießten Schmetterlinge an der Wand.

Mark schob sich in sie. »Sieh dich doch nur an«, stöhnte er. »Sieh doch nur, wie verdammt sexy du bist.«

Willow regte sich nicht, starrte schreckensstarr in den Spiegel. Nicht existente Brüste, kaum eine Handvoll, eher männlich als weiblich. Unproportioniert lange Oberschenkel, die bei jedem seiner Stöße wie Wackelpudding wabbelten. Eine riesige Stirn, so groß wie eine Servierplatte. Warum hatte sie nur den Pony herauswachsen lassen?

Mark stöhnte wieder und wurde schneller. »Du bist so verdammt heiß.«

Das war es? Das fand er so erotisch – diese vollkommen unspektakuläre Ansammlung von Gliedern und Fleisch? Unmöglich. Das sah *grotesk* aus. »Nein.« Sie wand sich.

»Baby.« Mark stieß weiter zu. »Baby, oh Shit, ich komme gleich –«

»Nein!« Panisch riss sie sich von ihm los, taumelte vorwärts und stieß dabei den Spiegel um.

Mark verdrehte die Augen, fasste sich jedoch sogleich wieder und streckte die Hand nach ihr aus. Seine Erektion war gigantisch. Keuchend fragte er: »Was? Was ist denn los?«

Willow rannte durchs Zimmer zur Kommode.

»Willow?« Er war hinter ihr, berührte sie jedoch nicht. »Was ist los?«

»Das hat mir nicht gefallen.« Sie fand eine Jogginghose und schlüpfte hinein.

»Was?«

Sie fuhr herum. All ihre Empfindungen verschärften sich zu Zorn. »Das hat mir nicht gefallen!«

»Fuck, tut mir leid.« Mark fuhr sich verwirrt durchs Haar. »Baby, es tut mir sehr leid.«

Im Foyer erklang der Türsummer.

»Das sind Evie und Krista.« Willow rieb sich gequält das Gesicht. Sie wollte nicht, dass Mark sie so sah – so erschüttert, so fassungslos. »Du solltest gehen.«

»Können wir darüber reden?«

»Jetzt nicht.«

Wieder erklang der Summer, diesmal ausdauernder und nachdrücklicher. Das war bestimmt Krista.

»Kann ich noch duschen?«

»Natürlich. Ich muss die beiden reinlassen.« Willow blieb in der Schlafzimmertür stehen. Für einen Augenblick erwog sie, sich noch einmal nach ihm umzudrehen und sich dem Blick, den sie in ihrem Rücken spürte, zu stellen.

Doch sie tat es nicht.

7

Sie hatten sich im Sommer 2014 in New York kennengelernt. In einer großen *Salty*-Reportage über It-Girls sollte unter anderem auch über Matteo Hendriksens zwanzigjährige Tochter berichtet werden, und so hatte sie sich in den Büroräumen des Magazins eingefunden, um sich fotografieren zu lassen. Evie arbeitete dort erst seit wenigen Wochen als Praktikantin und hatte den Auftrag erhalten, der jungen Frau bei der Auswahl eines Outfits zu helfen. Evie konnte sich noch genau daran erinnern, wie Willow abrupt herumgefahren war und sie erschrocken angesehen hatte, als sie unvermittelt an die Tür des Kleiderfundus geklopft hatte. Von einem ihrer Finger hatten ein Paar blutrote, hochhackige Schuhe gebaumelt.

»Entschuldige bitte, ich wollte dich nicht erschrecken. Ich bin Evie.« Evie wies auf die Schuhe. »Hast du schon etwas entdeckt, was dir gefällt?«

»Oh nein! Die nicht. Ich wollte sie mir nur einmal anschauen. Sie sehen so … gefährlich aus.«

»Lieber Himmel.« Evie nahm Willow einen der Schuhe aus der Hand. »Mit diesem Ding kann man ja jemandem ein Auge ausstechen. Tod durch Pfennigabsatz.« Evie tat so, als würde sie mit dem Schuh zustechen.

Willow kicherte. »Ja, nicht wahr? Ich finde, hohe Absätze haben irgendwie etwas Masochistisches.«

»Auf jeden Fall. Aber pst«, fügte Evie hinzu und legte den Finger an die Lippen. »Für solche Äußerungen kann man hier erschossen werden. Das kommt einem Hochverrat gleich.«

Willow kicherte wieder. Dabei erstrahlte jedes Mal ihr ganzes Gesicht.

Während Willow verschiedene Outfits durchprobierte, rief Evie ihre Website auf und stellte überrascht fest, dass dieses schüchterne, hübsche, blonde Mädchen eine richtig gute Fotografin war. Ihre Arbeiten waren subtil und stimmungsvoll, mit Einsprengseln von makabrem Humor. Besonders gut gefiel Evie eine Fotoserie über einen heruntergekommenen Laden für ausgestopfte Tiere, der auf Schildern mit Slogans wie »60 % Rabatt auf alle Nage- und Schalentiere« warb, während der Tierpräparator selbst eine bizarre Ähnlichkeit zu den ausgestopften, steifen Tieren in seinem Laden aufwies.

Einige Magazine – die unendlich viel cooler als *Salty* waren – hatten bereits über Willow berichtet und einige ihrer Fotografien veröffentlicht. Evie kam zu dem Schluss, dass die Idee, Willow als It-Girl zu stilisieren, ein Resultat dieser Wertschätzung war, in Kombination mit dem Ruhm ihres Vaters und ihrer überirdischen Attraktivität. Am Ende schaffte es Evie tatsächlich, die Redaktion davon zu überzeugen, Willow nicht als Boho-Babe, sondern als aufstrebende Künstlerin zu porträtieren, woraufhin Willow sie aus Dankbarkeit auf einen Drink einlud. Willow bestellte, ohne mit der Wimper zu zucken, einen Johnny Walker Black. Evie, die verunsichert war, weil ihr ein mehr oder weniger prominentes Mädchen gegenübersaß, nahm das Gleiche. Im Laufe des Abends bestellten sie noch zwei weitere Runden. Als schließlich die Rechnung kam, stellte Evie mit Entsetzen fest, dass sie sich auf einhundertacht Dollar belief. Doch Willow überprüfte den Endbetrag nicht einmal, sondern zückte einfach ihre goldene Kreditkarte. *So muss es sein, wenn man Geld hat*, dachte Evie.

In jenem Sommer tauschten sie den Sonnenschein gegen düstere Bars und tiefgründige Gespräche über Bücher und Kunst ein. In Willows Gegenwart kam Evie sich belesen und klug vor. Sie vermutete, dass Willow sich dank ihr ebenso fühlte. Insgeheim googelte sie Willows Namen und scrollte sich durch die Bilder, die sie bei Premieren der Filme ihres Vaters zeigten – ein unsicherer Teenager, der Kleider trug, die wahrscheinlich mehr gekostet hatten als Evies gesamte Garderobe, und der mit eingezogenem Kopf in die Kamera blickte. Diese Bilder erschienen ihr so gar nicht vereinbar mit der bescheidenen, jungen Frau, die ihr, verborgen hinter einem Vorhang blonder Haare, in einer spelunkigen Kneipe gegenübersaß und sie fragte, ob sie *Der Report der Magd* gelesen habe.

Als Evie schließlich für ihr letztes College-Jahr an die Sarah Lawrence zurückkehrte, verloren sie sich aus den Augen. Evie ging davon aus, dass sie Willow nie wiedersehen würde. Das einzige Lebenszeichen, das sie während dieser Zeit erhielt, war eine nächtliche Nachricht auf ihrer Mailbox. Willow wollte »nur kurz Hallo sagen«. Ihre Stimme klang zerbrechlich. Doch am kuriosesten waren die Hintergrundgeräusche. Evie hätte schwören können, dass sie klangen wie die in einem Krankenhaus.

Als Evie 2015 nach ihrem Abschluss nach Brooklyn zog, rechnete sie nicht damit, dass Willow ihre E-Mail beantworten würde. Doch sie tat es. Als sie sich auf einen Drink trafen, schien es, als hätten sie sich erst tags zuvor zum letzten Mal gesehen. Und natürlich verzichtete Evie darauf, die Mailbox-Mitteilung zu erwähnen. Irgendwie erschien ihr Willow durch sie nur noch reizvoller.

In jenem Jahr fegte auch Krista, die Jura gegen die Schauspielerei und Boston gegen New York eingetauscht hatte, wie ein Wirbelsturm in Evies Leben. Willow lud sie beide zu sich an die Upper East Side ein. Dort war es wie in einem völlig fremden Land. Evie kam es so vor, als wäre sie hinter den Spiegeln oder in einer Wiederholung von *Gossip Girl* gelandet. Während Evie verkrampft auf der Kante eines cremefarbenen Ledersofas kauerte, das in etwa die Größe eines Segelbootes hatte, hopste Krista fröhlich von Zimmer zu Zimmer wie ein kleines Kind an Weihnachten. »Oh Mann, dieser Ausblick ist unglaublich! Sieh doch nur, wie groß dieser Fernseher ist! *Was*, du hast einen Indoorpool? Ich *fasse* es nicht.«

Nach anfänglicher Befangenheit füllte Willow sie schließlich mit drei Flaschen Moët ab, was in einer fröhlichen, nächtlichen Planschparty in besagtem Pool endete. So kam es auch dazu, dass sie Matteo Hendriksen kennenlernte. Der niederländisch-amerikanische Regisseur mit der einschüchternden Ausstrahlung hatte das bahnbrechende Kriegsgefangenenepos *Keine Zeit für Morgen* mit Clint Eastwood und Burt Reynolds gedreht und dafür im Jahre 1978 den Oscar für die beste Regie gewonnen. Außerdem war unter seiner Federführung der Liebesfilm *Das wissen die Spatzen allein* mit Barbara Streisand und Robert Redford entstanden, den ihre Mutter so gern mochte. Er wurde weithin als Kinolegende angesehen. Evie traf ihn ausgerechnet in dem Moment, als sie sich angetrunken im Synchronschwimmen versuchte. Doch ihn schien das nicht zu stören. Später fiel Evie auf, dass er einfach nur erfreut darüber gewesen war, dass Willow Freunde hatte.

Inzwischen war der Reiz des Neuen allerdings verflogen, und Evie hatte sich so sehr an die Wohnung ihrer Freundin gewöhnt, dass sie den Warhol im Foyer kaum noch eines Blickes würdigte. Nun war sie nur noch die Bleibe, in der Willow mit ihrem Vater und dessen überraschend cooler Freundin

Claire lebte. Evie sah Willow grinsend an und fragte unverblümt: »Ist Mark da?« Dass Willow gerade gevögelt hatte, war nicht zu übersehen: Ihre Haare waren strubbelig, und sie wirkte ein wenig geistesabwesend. Evie rechnete eigentlich damit, dass Krista in die Frotzelei einsteigen würde, und warf ihr einen schnellen Blick zu. Doch ihre Mitbewohnerin hatte sich bereits auf den Weg ins Wohnzimmer gemacht. Merkwürdig.

»Ich hatte einen ziemlich seltsamen Tag.« Evie folgte Krista, schlüpfte aus ihren Schuhen und streckte sich auf dem Segelbootsofa aus. »Ich hatte während unserer Themenkonferenz einen Anfall von Aufsässigkeit, der mir möglicherweise einen neuen Job eingebracht hat.«

»Ach wirklich?« Willow machte es sich am anderen Ende des Sofas bequem und zog ein Kissen vor ihre Brust.

Evie begann, von ihrer Unterredung mit Jan zu berichten, und verstummte erst, als plötzlich Mark, mit nassen Haaren und einer Kuriertasche über der Schulter, aus Willows Schlafzimmer trat.

»Hey Markie«, flötete Evie.

»Hey Mädels.« Er gab Willow einen Kuss auf die Stirn und raunte ihr etwas ins Ohr, was sie mit einem Nicken quittierte.

Willow hat so ein Glück, dass sie mit einem Mann wie Mark zusammen ist, dachte Evie versonnen, während sie in einer Glasschüssel mit Nüssen wühlte, die auf dem Beistelltisch stand. Mit jemandem, der interessant und klug war, einem guten Kerl, der aus dem Meer von Nullachtfünfzehn-Mittelmäßigkeit herausstach. Obendrein war er auch noch einer dieser sexy Nerdtypen. Evie hätte alles dafür gegeben, Nachmittagssex zu einem normalen Teil ihres Lebens zu machen.

»Habt einen schönen Abend.« Mark winkte ihnen auf dem Weg zum Aufzug noch einmal zu.

»Bye, Markie.« Evie war die Einzige, die sein Winken erwiderte.

In der Wohnung wurde es ungewöhnlich still. Willow starrte ins Leere, und Krista, die normalerweise schon längst den Fernseher eingeschaltet hätte, klebte mit hoch konzentrierter Miene an ihrem Telefon. »Was machst du da?«, erkundigte sich Evie bei ihr.

Krista antwortete, ohne aufzublicken: »Ich suche jemanden.«

Evie bewarf sie mit einer Pekannuss. »Wen?«

»Jemanden, mit dem ich mal einen Impro-Kurs belegt habe … Oh, na so was.« Krista hob den Kopf. »Jemand hat ein Foto von uns auf dieser Party in Bushwick hochgeladen.«

»Ich kann mich gar nicht daran erinnern, dass wir für ein Foto posiert hätten.« Evie rutschte übers Sofa an die Seite ihrer Mitbewohnerin. Das war der Abend gewesen, an dem sie alle ein wenig zu viel Tequila getrunken hatten und Krista mit einem Typen mit Sombrero auf dem Kopf herumgeknutscht hatte. »Andererseits kann ich mich aber auch nicht mehr daran erinnern, wie ich nach Hause gekommen bin.«

»Wir haben gar nicht posiert«, entgegnete Krista. Sie hielt das Handy hoch.

Auf dem Foto lachten Krista und Willow über etwas, das Evie offenbar gerade gesagt hatte. Evie grinste spöttisch, Willow und Krista dagegen hatten die Münder aufgerissen und die Augen zugekniffen.

Willow verzog das Gesicht und wandte sich rasch ab. Dabei murmelte sie etwas davon, dass sie dringend zum Friseur müsse.

»Dieses Kleid ziehe ich nie wieder an«, sagte Evie, die beim Anblick des Fotos blass geworden war. »Es ist am Bauch viel zu eng. Ich sehe ja aus wie E.T.«

»Wenigstens hast du keine Männerarme.« Krista tippte aufs Display.

»Wenn du Männerarme hast, dann habe ich Gorillaarme!«, rief Evie. »Da hängen zwei Fleischvorhänge an meinen Schultern. Und ich hasse mein Lächeln. Ich und meine gelben, schiefen Zähne.«

Krista und Willow kicherten, doch Evie fühlte sich fast ein wenig schuldig. Eigentlich war das, was sie da taten, nicht in Ordnung. Sich selbst so zu verunglimpfen. Aber das Foto war nun mal besonders unvorteilhaft. Als Krista verkündete, dass sie die Verknüpfung mit ihrem Namen von dem Bild wieder entfernen würde und Willow die gleiche Absicht äußerte, stimmte auch Evie sofort zu.

»Wie hungrig seid ihr?« Evie blickte sich nach der Fernsehfernbedienung um. »Könnt ihr auf den guten Chinesen warten, der immer eine Ewigkeit braucht, oder ist heute eher ein Schlechter-Chinese-der-verdächtig-schnell-ist-Abend?«

»Ach du Scheiße«, flüsterte Krista, die noch immer auf ihr Telefon starrte. »Das ist sie.«

»Wer?«, fragte Willow.

»Penny«, antwortete Krista, deren Stimme ungewöhnlich gedämpft klang. »Ich kannte sie unter dem Namen Penny. Penny Baker.«

»Was?« Evie rutschte wieder über die Couch, um einen Blick auf Kristas Telefon zu werfen. Sie sah ein Foto von einer Gruppe von etwa zwanzig Leuten, die alle jung aussahen und grinsten. Kristas Haare waren lang; das Foto musste also Anfang des Jahres entstanden sein. Evie erinnerte sich nur vage daran, dass ihre Mitbewohnerin an einem Improvisations-Kurs teilgenommen hatte.

Krista deutete auf ein blasses, etwas pummeliges Mädchen, dem es augenscheinlich äußerst unangenehm war, fotografiert zu werden. »Das bedeutet …« Krista schüttelte irritiert den Kopf. »Das bedeutet … dass sie die Wahrheit gesagt hat.«

»Wieso die Wahrheit? Kris, wovon sprichst du bitte?«

Krista sah mit geradezu grotesk aufgerissenen Augen zu den beiden Mädchen auf. Sie sprang von der Couch und stand dann ein wenig verlegen im Zimmer. »Mir ist heute etwas passiert. Etwas, das irgendwie merkwürdig war.«

»Ach du liebe Güte.« Evie erstarrte. »Geht es dir gut?«

»Ja, ja, ja, so etwas meine ich nicht. Ich habe jemanden getroffen. Penelope – Penny – das Mädchen auf dem Foto. Sie hat mir etwas gegeben. Etwas … Bedeutsames.«

»Etwas Bedeutsames?«, wiederholte Evie. »Meinst du etwa Geld?«

»Kann sein.« Krista biss sich auf die Lippe. »Okay, also ich sage euch einfach, wie es war. Sie hat mir das hier gegeben.« Damit zog Krista ein kleines Glasfläschchen aus der Tasche. Es war nur wenige Zentimeter groß und mit einer purpurfarbenen Flüssigkeit gefüllt. »Es heißt Pretty, und es macht einen … na ja, hübsch.«

Krista schien es so todernst zu meinen, dass Evie dem spontanen Impuls, sich über sie lustig zu machen, widerstand. Sie blickte zu Willow hinüber, die sie ebenfalls fragend ansah, und erkundigte sich dann vorsichtig: »Ist das … so ein Pflanzenpräparat?«

Krista schüttelte den Kopf. »Nein, das ist etwas ganz anderes. Diese Penny war früher – also, ihr habt sie auf dem Foto gesehen. Und ich habe sie heute wiedergetroffen, und, oh Mann, sie war verdammt noch mal *wunderschön*. Und das nur durch das hier.« Krista hob wieder die kleine Flasche hoch. »Ein Tropfen wirkt eine Woche lang. Man verändert sich.«

»Davon habe ich schon gehört«, verkündete Evie. »Das ist tierische Plazenta. Aus Asien. Absolut illegal.«

»*Nein.*« Krista stampfte mit dem Fuß auf. »Das ist keine tierische Plazenta. Es verwandelt einen. In eine andere Person. In einen vollkommen anderen Menschen. Genau das ist auch mit Penny passiert!«

»Du hast gesehen, wie es passiert ist?«, hakte Willow nach. »Du hast gesehen, wie diese Frau sich in jemand anderen verwandelt hat?«

»Nein, sie hat mir nur davon erzählt.«

»Sie hat dir nur davon erzählt?« Evies kritischer Gesichtsausdruck verwandelte sich in ein Lächeln. Sie hatte Krista gern, richtig, richtig gern. Aber, herrje, manchmal war sie einfach so unglaublich *blöd.* »Süße, ich befürchte, da hat dir jemand einen Bären aufgebunden.« Eilig fügte sie hinzu: »Du hast ihr doch kein Geld gegeben, oder?«

»Nein! Es war ein Geschenk. Weil ich nett zu ihr gewesen bin. Und«, fuhr Krista fort, »ich möchte es gern ausprobieren.«

»Sei doch nicht so dumm. Das ist höchstwahrscheinlich Gift«, wandte Evie ein. »Können wir jetzt endlich bestellen? Ich verhungere gleich.«

»Eve, begreifst du nicht? Das hier macht dich hübsch. So richtig superheiß.«

»Du verlangst von mir, dass ich an Zauberei glauben soll?« In Evies Stimme schwang ein scharfer Unterton mit. Willow erhob sich und nahm Krista neugierig die kleine Flasche aus der Hand.

»Wir wissen doch gar nicht genau, wie die Dinge in diesem Universum funktionieren!«, rief Krista aus. »Was ist zum Beispiel mit Geistern? Oder Zwillingen mit übersinnlichen Fähigkeiten? Oder den rätselhaften Lichtern, die 1997 über Phoenix gesichtet wurden? Evie, was ist mit den Lichtern über Phoenix?«

»Oh mein Gott.« Evie lachte freudlos. »Du bist so ein Schwachkopf.«

»Hey.« Willow löste den Blick von der Flasche und sah Evie erbost an.

»Aber das ist sie nun mal.« Evie spürte, wie sie errötete. »Zauberei ist etwas für Kinder, und außerdem bist du sowieso schon schön. Deshalb würde es ohnehin nicht funktionieren.«

»Oh bitte, erspare mir das Oprah-Winfrey-Special«, entgegnete Krista genervt. »Männerarme. Schon vergessen? Wenn das hier funktioniert – «

»Was dann?«, meinte Evie herausfordernd. »Wärst du dann glücklich? Würdest du dann flachgelegt werden? Du hast jetzt schon mehr Sex als wir beide zusammen, und sie hat immerhin einen Freund.«

»Evie«, rügte Willow sie sanft, doch das machte Evie nur noch zorniger.

Krista starrte Evie an. »Warum regst du dich denn so auf?«

»Ich rege mich gar nicht auf!«

»Wenn es wahr ist – «, fuhr Krista fort.

»Was unmöglich sein kann«, unterbrach Evie sie.

»Dann könnten wir richtige *Supermodels* werden«, sagte Krista. »Wie diese Frauen in den Magazinen.«

»Die Frauen in den Magazinen sind digital nachbearbeitet«, wandte Evie ein.

»Penny aber nicht«, widersprach Krista. »Dieser Unterschied zwischen ihr und *ihr*« – sie hielt das Handy mit dem Foto auf dem Display hoch – »das ist, als hätte man per Photoshop aus Seth Rogen James Franco gemacht.«

»Herrgott noch mal, Krista!«, fauchte Evie. »Ich kann nicht fassen, dass du das alles tatsächlich für real hältst. Was ist nur los mit dir?«

»Evie!« Krista ließ sich aufs Sofa fallen. »Kapierst du es denn nicht? Das hier könnte alles für mich verändern!«

»Ach, kann dieser Zaubertrank dafür sorgen, dass du zu Vorsprechen pünktlich erscheinst?«

»Nein, er würde mir helfen, überhaupt erst zu Vorsprechen *eingeladen* zu werden.« Evie stellte überrascht fest, dass Krista mit den Tränen kämpfte. »Ich habe es so satt, immer zu der bescheuerten, anonymen Masse zu gehören. Zu Castings zu gehen, bei denen eine Million Mädchen herumlaufen, die viel heißer sind als ich.«

»Ich probiere es aus«, sagte Willow.

»Und wenn ich dann mal zum Zuge komme, erwartet man von mir immer gleich einen astreinen indischen Akzent oder einen Bollywoodtanz. Immer bin ich entweder zu asiatisch oder nicht asiatisch genug, und wenn ich ihnen erkläre, dass ich diesen dämlichen Akzent nicht beherrsche, verlangen sie, dass ich mir ›einfach etwas ausdenke‹. Wisst ihr eigentlich, wie beleidigend das ist? Als wäre ich ein *Zirkusäffchen* –«

»Leute.« Willow hatte die Stimme gehoben. »Ich will es ausprobieren.«

Stille. Evie sah Willow entsetzt an. »Soll das ein Witz sein?«

»Nein.«

»Aber du bist doch –« Evie sprach nicht weiter, doch sie war sich sicher, dass die beiden anderen genau wussten, was sie hatte sagen wollen. *Aber du bist doch die Hübscheste von uns allen.*

Willow zuckte mit den Schultern. »Ich will es ausprobieren.«

Evie sah rasch Willow an, dann Krista, dann wieder Willow. Sie konnte Willow genauso wenig wie Krista vorschreiben, was sie zu tun hatte, und das wusste Willow auch. »Aber warum?«

Willow hob wieder betont bockig die Schultern. »Ein Tropfen?«

»Ja, hier ist die Pipette«, erklärte Krista, ehe ein vernichtender Blick von Evie sie zum Schweigen brachte.

»Was? Hier? Jetzt?«, fragte Evie.

Willow entgegnete kühl: »Deiner Meinung nach wird es doch ohnehin nicht funktionieren.«

»Doch, das wird es.« Krista setzte sich schnell neben Willow. Ihr Gesicht leuchtete, die Tränen waren plötzlich vergessen.

Willow drehte die Flasche auf, hielt sie an die Nase und schnupperte. »Kein Geruch«, informierte sie Evie, ehe sie das Fläschchen Krista hinhielt. Doch ihr Blick blieb dabei fest auf Evie gerichtet. »Ein Tropfen?«, fragte sie noch einmal leise Krista, die eifrig nickte, mit einer Begeisterung, die sonst nur Freigetränke oder Gratissnacks bei ihr hervorriefen.

Schweigend verfolgten sie, wie Willow vorsichtig auf die Pipette drückte und ein wenig von der purpurfarbenen Flüssigkeit in das Glasröhrchen sog. Anschließend streckte sie die Zunge heraus und hielt die Pipette darüber. Dabei sah sie Evie unverwandt an, als wolle sie ihre Freundin dazu herausfordern, sie aufzuhalten.

Wenn Willow tatsächlich glaubt, dass sie hübscher sein müsste, Himmel, was muss sie dann erst über mein Aussehen denken?, dachte Evie.

Evie fragte: »Worauf wartest du?«

Willow drückte auf die Pipette. Die Mädchen verfolgten, wie ein einziger, glänzender, purpurfarbener Tropfen wie in Zeitlupe auf Willows ausgestreckte Zunge fiel. Er landete geräuschlos und verschwand augenblicklich.

Willow verzog das Gesicht und schluckte. »Sauer.« Sie reichte die kleine Flasche zurück an Krista, die gehorsam den Deckel darauf schraubte und dann Willow erwartungsvoll ansah.

Ein Augenblick verstrich.

Dann ein weiterer.

Evie merkte, dass sie lächerlicherweise tatsächlich darauf wartete, dass etwas geschah. Fast hätte sie nachgefragt, ob die Wirkung sofort eintreten solle oder nicht, bremste sich aber, da sie sonst den Eindruck vermittelt hätte, dass sie Krista tatsächlich glaubte. Das einzige hörbare Geräusch war das leise Brummen der Spülmaschine in der Küche. Evie spürte, wie die Anspannung in ihren Schultern nachließ. Sie atmete aus. »Seht ihr? Es hat nicht funktioniert.«

Krista machte ein langes Gesicht. Es sah aus, als würde sie gleich in Tränen ausbrechen. »Ja«, murmelte sie. »Diese Frau war wohl nicht ganz richtig im Kopf. Lasst uns etwas zum Essen –«

Willow rülpste vernehmlich. Die Mädchen starrten sie entgeistert an. Willow schlug schnell die Hand vor den Mund.

»Oh Mann.« Krista kicherte, doch da geschah es schon wieder. Ein richtiges Männerrülpsen, lautstark und tief.

Evie rutschte ein wenig dichter zu ihrer Freundin. »Geht es dir gut?«

Willow legte die Hände auf den Bauch. Sie kniff die Augen zu. »Ich fühle mich nicht besonders.«

»Oh Shit«, sagte Evie. »Krista, was zum Teufel war das?«

»Hier steht nur der Name, Pretty, mehr nicht.« Krista hielt die Flasche hoch. Auf ihr klebte ein weißes Etikett mit verschmierten, handgeschriebenen, schwarzen Buchstaben darauf.

»Evie, ich glaube, ich muss mich übergeben«, winselte Willow.

»Bringen wir sie ins Badezimmer.« Evie ergriff Willows Arm. Er fühlte sich verschwitzt an. »Verdammt. Soll ich einen Arzt rufen?«

»Nein! Nein.« Willow kam unsicher auf die Beine. »Mir geht es gleich wieder gut –« Ein feuchtes, knatterndes Geräusch erklang. Willow riss die Augen auf. Im Zimmer roch es plötzlich nach Kacke. »Oh mein Gott«, stieß Willow zittrig hervor.

Krista stand der Mund offen. »Hast du dir etwa gerade in die Hose gemacht?«

Bereits eine Sekunde später bestätigte sich diese Vermutung. Die Sauerei tropfte Willow von beiden Knöcheln auf den weißen Teppich. Sie stöhnte auf, jedoch mehr schmerzerfüllt als beschämt.

»Badezimmer!«, brüllte Evie. Halb schleppten, halb zogen sie ihre Freundin in Richtung des kleinen Gästebads. Lediglich ein oder zwei Schritte trennten sie noch von der Schwelle, als Willow zu würgen begann. Sie taumelte auf die Toilette zu, schaffte es jedoch nicht mehr, den kunterbunten Schwall Kotze zurückzuhalten, der sich einige Sekunden zu früh aus ihrem Mund ergoss. Erbrochenes klatschte auf die Kloschüssel, spritzte gegen die Wand dahinter und durchweichte den weißen Korb mit den ordentlich gestapelten Rollen Toilettenpapier.

»Ich habe es an den Händen, Willows Kacke ist an meinen Händen.« Krista streckte entsetzt die Arme aus.

»Scheißegal, ruf 911 an!«, kreischte Evie. *Totschlag*! Immer wieder schrie Evies Hirn *Totschlag*!

Willow übergab sich schon wieder, würgte eine Riesenladung Erbrochenes in die einst blütenweiße Toilettenschüssel. Der Geruch war kaum auszuhalten – der faulige, durchdringende Gestank von Exkrementen, gemischt mit dem widerlich süßen Kotzegeruch.

»Wo ist dein Telefon?«, schrie Evie Krista an.

»Ich weiß es nicht, ich weiß es nicht, oh Gott, Willow, was passiert hier nur, es tut mir so leid –«

»Such es! Wähl den Notruf!«

Krista hastete zum Waschbecken, drehte beide Wasserhähne auf und hielt die Hände darunter.

»Lass das jetzt!«, keifte Evie hysterisch. »Ruf einen Krankenwagen!«

»Schrei mich nicht an!«, brüllte Krista.

»Tut mir leid«, schrie Evie zurück. »Ich drehe gleich durch!«

Willow richtete sich keuchend ein Stück weit auf. Sie stöhnte. Ein seltsam schrilles Seufzen. Evie und Krista drehten sich abrupt nach ihr um – und erstarrten.

Alles schien stillzustehen. Der Gestank, die Übelkeit, die Panik – Evie vergaß alles.

Dort vor der Toilette saß nicht Willow.

Sondern jemand anderes.

Das Mädchen am Boden wischte sich mit dem Handrücken über den Mund und stöhnte, dann sah es Evie leiderfüllt an.

Evie erwiderte den Blick der Fremden.

Ihr Hirn versuchte verzweifelt, einen Sinn, eine Ordnung zu finden, jedoch vergebens. Seltsamerweise musste sie genau jetzt an eine Situation im vergangenen Frühling denken, als sie, im Rahmen eines unerfreulichen Dates, eine überraschend gute Zaubershow im East Village erlebt hatte. Ein Kerl mit einem dünnen Schnurrbärtchen und roten Hosenträgern hatte direkt vor ihrer Nase eine Zigarette in einen Stift verwandelt. Vom Verstand her wusste sie, dass es sich dabei lediglich um einen Taschenspielertrick gehandelt hatte, doch der Effekt war trotzdem verblüffend gewesen. Wie wahrhaftige Magie, ein Riss in der Realität. Und genauso fühlte es sich jetzt auch an, nur eine Million Mal intensiver. *Ich werde verrückt*, dachte Evie zögerlich. *Ich habe einen Gehirntumor und verliere den Verstand.*

Noch immer strömte laut zischend Wasser aus beiden Wasserhähnen. Evie drehte sie zu. Nun herrschte Stille im Badezimmer.

Das Mädchen richtete verwirrt den Blick zuerst auf Evie, dann auf Krista, dann wieder auf Evie. Diese minimale Regung reichte aus, damit Krista sich rasch hinter Evie versteckte. Evie wich einen Schritt zurück, streckte instinktiv die Hände abwehrend von sich.

»Oh mein Gott«, flüsterte Krista, die hinter Evies Schulter hervorlugte. »Es hat funktioniert.«

»Was?«, fragte das Mädchen.

Seine *Augen*. Evie konnte den Blick einfach nicht von den *Augen* dieses Mädchens lösen. Sie standen so weit auseinander, dass es schon fast unnatürlich wirkte. Und diese *Farbe*. Ein strahlendes, berauschendes Meergrün, das durch die dichten, dunklen Wimpern, von denen es umgeben war, noch schockierender wirkte.

»Willow?«, krächzte Evie.

Das Mädchen senkte den Blick wieder auf die Toilette. »Maria wird mich umbringen. Oh Gott, das ist mir alles so peinlich.«

»Willow?«, wiederholte Evie.

Wieder blickte das Mädchen zu Evie auf, und bei dieser zweiten Drehung seines Kopfes offenbarte es Evie ein Gesicht, das so entzückend war, einen Hals, der so lang war, dass Evie sofort einen neuen Adrenalinschub verspürte. Ohne groß darüber nachzudenken, stürzte sich Evie auf die Unbekannte, packte sie an den Schultern und zog sie hoch.

»Hey«, protestierte das Mädchen schwach. Evie bugsierte es keuchend vor den Badezimmerspiegel.

Das Mädchen sah sein Spiegelbild. Der Schrecken, der es dabei augenblicklich erfasste, war ihm deutlich anzusehen, und es wich hektisch einige Schritte zurück. Rasch trat Krista ebenfalls an seine Seite. Erst jetzt bemerkte Evie, dass das Mädchen in ihrer Mitte mindestens fünf Zentimeter größer war als Willow, dazu zart und anmutig, wie eine Ballerina oder eine Rauchschwade.

Krista grinste irre und triumphierend zugleich. »Oh Mann, es hat funktioniert, es hat verdammt noch mal funktioniert. Es – hat – *funktioniert.*«

Das Mädchen – Evie wusste, dass sie damit aufhören musste, sie so zu nennen, denn dieses Mädchen war unglaublicherweise, *unglaublicherweise* Willow – stand mucksmäuschenstill vor dem Spiegel, versunken in seine eigene Reflexion. Auch Evie schaffte es nicht, damit aufzuhören, sie anzustarren, bemerkte jetzt erst das rötlich blonde Haar, das viel wärmer und voller wirkte als Willows dünne, aschblonde Locken. Die gleichmäßig gebräunte Haut, die runde Spitze der niedlichen Stupsnase. Die vollen, geschwungenen Lippen, die sich nun erstaunt öffneten. Sie hob die Hände ans Gesicht und begann, ihre Wangen zu betasten, ihre Stirn, zupfte an dem mit Erbrochenem besudelten Haar. Sie öffnete und schloss den Mund einige Male, bevor sie sich zu Evie umwandte, die Augen weit aufgerissen, die Pupillen geweitet. »Evie? Geschieht das tatsächlich?«

Evie starrte die neue Kreatur an, geboren aus ihrer Freundin, besudelt mit Exkrementen und anderen klebrigen Flüssigkeiten, die auf wackeligen Beinen vor ihr stand. »Alles okay? Wie fühlst du dich? Soll ich Hilfe holen?« Es fühlte sich an, als würde man in einem Traum Fragen stellen – albern und sinnlos.

»Hallo?«, ertönte die Stimme einer Frau. »Oh mein Gott …«

Willow sah abwechselnd Krista und Evie an. »Das ist Claire.«

Bevor Evie Gelegenheit hatte, sich auch nur ansatzweise einen Plan auszudenken, erschien auch schon Claire Horowitz, Matteos neununddreißigjährige Lebensgefährtin, auf der Schwelle des Gästebadezimmers. Sie trug ein graues T-Shirt mit dem NPR-Logo und weite Jeans. Ihr dunkles Haar war feucht und zu einem Pferdeschwanz zurückgebunden, und über einer Schulter trug sie eine Sporttasche. Ihr Gesichtsausdruck rangierte irgendwo zwischen Sorge, Verwirrung und Ekel. Sie hielt sich die Hand vor die Nase und rief ihnen so allen wieder den furchtbaren Gestank ins Gedächtnis.

»Evie«, sagte Claire, »Krista. Was geht hier vor?«

Evie starrte Claire verdutzt an. Ihr Hirn, für gewöhnlich eine verlässliche und gut geölte Maschine, war zusammengebrochen, zerstört, vorübergehend außer Betrieb. Zwar bestand durchaus noch immer die Möglichkeit, dass nichts von alledem real war – Stichwort Gehirntumor –, aber irgendwie wusste Evie, dass doch alles in Wirklichkeit geschah. Claires Blick fiel auf das Erbrochene, die Kackeflecken und die Fremde, die in ihrer Wohnung stand.

»Evie?« Claires Stimme wurde eine Oktave tiefer. »Habt ihr … etwas genommen??«

»Nein!«, entgegnete Evie zu laut, zu panisch. »Nein.« Sie zwang sich dazu, weiterzusprechen. »Das hier ist meine … Cousine.«

»Oh.« Claire betrachtete Willow erstaunt.

»Sie … ist … krank«, erklärte Evie weiter, rang sich jedes Wort mühevoll ab.

»Lebensmittelvergiftung«, meldete sich nun Krista zu Wort, wobei sie fragend zu Evie spähte.

»Ja. Ja!«, rief Evie. »Lebensmittelvergiftung. Sie ist gerade erst angereist aus … Idaho. Das Flugzeugessen. Schlechtes Flugzeugessen.«

»American Airlines«, fügte Krista erklärend hinzu, nickte und schüttelte dann den Kopf.

Sofort wurde Claires Miene versöhnlicher. »Oh, du armes Ding«, sagte sie zu Willow, die noch immer keinen Muskel gerührt hatte. »Das ist furchtbar. Meinst du, es geht dir gut genug, um zu duschen?«

Willow wechselte rasch einen Blick mit Evie, ehe sie sich wieder Claire zuwandte und verwirrt antwortete: »Ja?«

»Okay, dann tu das doch«, sagte Claire. »Du kannst dir etwas von Willows Kleidern leihen.« Sie spähte über ihre Schulter. »Ist sie da?«

Die Mädchen sahen sich alarmiert an.

»Ähm …«, setzte Evie an, doch Claire zückte zum Glück bereits ihr Telefon. »Ich rufe unsere Haushälterin an und frage, ob sie beim Saubermachen helfen kann.«

»Es tut mir leid«, flüsterte Willow, aber Claire winkte ab.

»Mach dir deswegen keine Gedanken«, sagte Claire. »Ernsthaft. Ich hatte mal in Thailand eine Lebensmittelvergiftung. Die schlimmste Nacht meines ganzen Lebens. Als wäre jede Öffnung meines Körpers ein voll aufgedrehter Wasserhahn.« Dann sprach sie ins Telefon: »*¿Hola, Maria? Es Claire. Perdón por llamarte en tu día libre* –«

Evie rannte zur Badezimmertür und schlug sie zu. Sofort begannen alle drei, laut durcheinander zu flüstern.

»Mann, ich habe doch gesagt, dass es funktionieren würde. Ich habe es euch gesagt!«

»Wie geht es dir? Ich kann noch immer einen Krankenwagen rufen.«

»Mir ist noch ein bisschen übel. Aber ich glaube, so weit ist alles in Ordnung.«

»Das ist so unglaublich cool, ich kann nicht fassen, dass es geklappt hat!«

»Wie kann das sein? Das ist nicht mein Gesicht.«

»Ich weiß auch nicht … Vielleicht eine Art … Ich weiß es nicht, Will.«

»Wen interessiert's?« Krista drehte Willow an den Schultern um, sodass sie direkt in den Spiegel schaute. »Du siehst aus wie ein Supermodel.«

Evie verfolgte, wie Willow ihr puppengesichtiges Spiegelbild musterte, ihr Gesichtsausdruck entsetzt und verwundert, vertraut und doch fremd, alles zugleich. Nicht gerade ein beruhigender Anblick, doch Evie konnte sich trotzdem nicht davon losreißen.

Krista hatte recht gehabt.

Das Pretty hatte gewirkt.

Zehn Minuten später nahm Willow in ihrem eigenen Zimmer eine Dusche, während Evie Kleider vom Boden aufsammelte und in einen Stoffbeutel stopfte.

»Warum machst du das?« Krista hockte am Ende von Willows ungemachtem Bett und umklammerte das Fläschchen mit Pretty, das sie, zum Glück unbeschädigt, unter dem Wohnzimmertisch gefunden hatte.

»Sie wird bei uns wohnen müssen.«

»Was? Wieso?«

»Sie ist schließlich nicht mehr Willow Hendriksen, oder?«

Es klopfte an der Tür.

Evie richtete sich auf und rückte nervös ihre Brille zurecht. »Ja?«

Claire steckte den Kopf ins Zimmer. »Alles in Ordnung mit ihr?«

»Sie duscht gerade.« Evie nickte in Richtung der Badezimmertür. »Sobald sie fertig ist, bist du uns los.«

Claire nickte und schien damit sagen zu wollen *Nur keine Eile*. »Wo ist Willow?«

Verdammt. Eigentlich hatte Evie sich eine kluge Geschichte ausdenken wollen, doch wieder einmal schien ein kritischer Systemfehler ihr Hirn außer Gefecht gesetzt zu haben. Sie blickte zu Krista hinüber, die sie jedoch nur mit großen Augen ansah. Von ihr war keine Hilfe zu erwarten. »Sie ist nicht da«, begann Evie. »Sie … bleibt für den Rest der Woche bei Mark.«

»Brillant«, flüsterte Krista, doch Evie ignorierte sie.

Claire schien es zu widerstreben, die Türschwelle zu verlassen. »Die ganze Woche? Warum?«

»Warum? Warum?«, wiederholte Evie. »Gute Frage. Die Wahrheit lautet … Also, in Wirklichkeit ist es so …«

»Sie ist sauer auf dich«, verkündete Krista.

»Was?«, fragten Claire und Evie im Chor.

»Sie ist sauer auf dich, weil du hier eingezogen bist«, erklärte Krista.

»Aber ich wohne doch schon ein Jahr hier.« Claire legte die Hand an die Kehle. »Wir haben darüber gesprochen. Sie meinte, es würde ihr nichts ausmachen.«

»Mensch«, sagte Krista. »Ist nicht böse gemeint, aber du bist über zwanzig Jahre jünger als ihr Vater, oder? Das ist ziemlich schräg.«

»Krista«, zischte Evie, aber Claire hörte gar nicht zu.

»Ich wusste es«, sagte Claire leise zu sich selbst. »Ich wusste, es ist zu viel.«

Die Badezimmertür ging auf.

Willow trug ein blassgelbes Kleid, dessen Ausschnitt so tief war, dass man ihre vollen Brüste sehen konnte, die sich unter dem Stoff wölbten. Ihr nasses Haar war ordentlich gekämmt und reichte ihr knapp bis zu den Schultern. Sie grinste. Sie bot einen atemberaubenden Anblick, wie ein prächtiger Regenbogen oder ein Wildpferd. Alle drei Frauen betrachteten sie, und jede von ihnen empfand dabei eine Mischung aus widersprüchlichen Empfindungen: kribbelnde Aufregung, bittere Verunsicherung und großes Staunen.

Willow begann, manisch zu kichern, was Evie zurück in die Gegenwart holte. »Gut, dann gehen wir jetzt. Nochmals Entschuldigung wegen all der Umstände. Und ich bin mir sicher, dass sich Willow bald wieder beruhigt. Sie braucht nur etwas Zeit.«

Willow horchte auf. »Wie bitte?«, fragte sie, doch Evie hatte sich die Tasche mit Kleidern bereits über die Schulter geschwungen und bugsierte ihre Freundin in Richtung Tür.

»Ich hoffe es.« Claire trat beiseite, um ihnen Platz zu machen. »Ich hoffe, es geht dir besser. Und ich habe deinen Namen leider gar nicht mitbekommen. Ich bin Claire.«

Willow verharrte mitten in der Bewegung. »Ich bin … Caroline.«

»Caroline?«, wiederholte Krista verwundert, doch Claire schüttelte bereits Willows Hand und bemerkte es dadurch nicht.

Evie marschierte voran in Richtung des Aufzugs und versuchte dabei, nicht auf den durchdringenden Gestank von Erbrochenem zu achten, der sich inzwischen in der ganzen Wohnung ausgebreitet hatte. Kaum standen sie im Aufzug, da drehte Willow sich schon zum Spiegel um, um ihren Anblick zu bewundern. Dabei flüsterte sie ehrfürchtig: »Meine Möpse. Liebe Güte, seht euch doch nur mal meine Möpse an.«

Die dicken, silbrigen Aufzugtüren glitten anmutig zu, bis das schimmernde Foyer dahinter verschwunden war.

Krista sah Evie erwartungsvoll an. »Was tun wir jetzt?«

Evie umklammerte grimmig die Tasche mit Kleidern. »Ich habe absolut keine Ahnung.«

8

Am Nachthimmel zeigte sich bereits das erste Hellgrau der Morgendämmerung, als Evie es endlich schaffte, einzuschlafen. Ihr vorübergehend außer Funktion gesetztes Gehirn war wieder in Gang gekommen, und ihre Gedanken waren endlos um eine einzige Frage gekreist: *Wie, wie, wie konnte das alles geschehen?* Als die Erschöpfung sie schließlich übermannte, lagen die Antworten darauf irgendwo zwischen militärischer Nanotechnologie und Zauberbohnen. Es schien ihr, dass sie gerade erst eingeschlummert war, als etwas sie wieder aus dem Schlaf riss. Der erste Gedanke, der ihr durch den Kopf schoss: *zu hell; schon spät.* Der zweite Gedanke: *jemand neben mir.* Mit einem Aufschrei fuhr sie zurück und streckte erschrocken die Hände aus. Eine weibliche Stimme kicherte kokett. »Morgen.«

Evie tastete nach ihrer Brille. Das Mädchen, das einst Willow gewesen war, erschien vor ihr. Blond und wunderschön wie ein lebendiges Klischee. Krista stand noch im Schlafanzug an den Türrahmen gelehnt, stopfte sich Lucky Charms in den Mund und grinste. Evie ächzte. »Wie viel Uhr ist es?«

»Nach zehn.«

»Was?« Evie warf die Decke beiseite. »Ich komme zu spät!«

Zum Duschen blieb keine Zeit mehr. Evie schlüpfte rasch in ihre Kleider, versuchte gleichzeitig, ihre Haare zu kämmen und gab den anderen Anweisungen. »Du musst sie heute zu einem Arzt bringen. Wer weiß, vielleicht verwandeln sich ihre inneren Organe gerade in radioaktiven Glibber. Aber geh nicht zu deinem Hausarzt.«

Willow gähnte. Aus irgendeinem Grund sah sogar das unglaublich süß aus. »Einen richtigen Hausarzt habe ich eigentlich gar nicht.«

»Gut. Lass dich durchchecken. Und kümmert euch darum, dass das Küchenfenster repariert wird. Es grenzt an ein Wunder, dass bisher niemand versucht hat, einzubrechen. Deo, wo ist mein Deo … Und ihr müsst euch etwas überlegen, was wir Mark erzählen können.«

»Und was?«

»Ich weiß auch nicht … Dass du deine Mutter besuchen willst. Schuhe, Schuhe, Schuhe …«

»Igitt. Warum sollte ich das tun?«

»Keine Ahnung! Dein Stiefvater hat sich das Bein gebrochen, und sie braucht deine Hilfe im Haushalt.«

»Wie hat er sich das Bein gebrochen?«, fragte Krista interessiert.

»Mädels!«, rief Evie entnervt. »Ein paar Entscheidungen müsst ihr auch selbstständig treffen, okay? Ich muss zur Arbeit.« Evie schnappte sich ihre Tasche. »Verratet niemandem, was geschehen ist. Macht keine Dummheiten. Verstanden?«

»Zu Befehl«, sagte Krista und salutierte. Willow kicherte.

Evie musterte sie ungehalten. »Lasst es einfach sein, okay? Das ist unser neues Familienmotto. Wie lautet es?«

»Lasst es sein«, antworteten die Mädchen im Chor. Dabei grinsten sie bis über beide Ohren.

Als Evie das Heimert-Schwartz-Gebäude erreichte, war es bereits nach elf. Sie schlitterte über den unechten, glänzenden

Marmorfußboden und reckte den Arm blitzschnell in Terminator-Manier zwischen zwei sich bereits schließende Aufzugtüren.

»'tschuldigung«, keuchte sie, als die Türen wieder aufglitten. »Spät dran.«

»Kein Problem«, antwortete eine weibliche Stimme.

Evie sah sich Velma Wolff gegenüber.

Für eine Sekunde stand Evie einfach nur da, wie erstarrt. Velma stand in der linken Ecke und wischte lässig über das Display ihres Telefons. In ihren schwarzen Hosen und dem seidigen, weißen Hemd wirkte sie trotz des schwülen New Yorker Morgens leger, cool und entspannt. Ihr dunkelblondes Haar fiel ihr in einem locker geflochtenen Zopf über eine Schulter. Der Duft von Lavendel hing in der Luft.

Evie stieg in die Fahrstuhlkabine ein. Warum ausgerechnet heute? Im Geiste ging sie die Liste ihrer Nachlässigkeiten durch: Ihre Haare waren eine Katastrophe, ihr Rock altmodisch, und sie hatte kein bisschen Make-up aufgelegt. Außerdem war sie sich fast sicher, dass sie vergessen hatte, Deo zu benutzen.

Die Aufzugtüren hatten sich bereits geschlossen, als Evie darauf kam, dass sie einen Knopf drücken musste. Sie fuhren nach oben. Evie spähte verstohlen noch einmal zu Velma. Sie strahlte eine kühne Schönheit aus. Eigenwillig und unverfroren. Die Zahnlücke, die sich zeigte, wann immer sie lächelte, und ihre Römernase hätten durchaus hässlich wirken können, doch bei Velma hatten sie etwas Ikonisches. Sie schien zu den Frauen zu gehören, die wussten, wie man Wein bestellt, die niemals Flecken auf der Kleidung hatten und die stets etwas Besseres und Interessanteres lasen als man selbst.

Sag etwas, befahl Evie sich selbst. *Sie ist deine Lieblingsautorin, diese Chance bekommst du nie wieder. Wenn du sie jetzt nicht ansprichst, wirst du es bereuen*. Fieberhaft zermarterte sie sich den Kopf über eventuelle Wortspiele oder einen klugen Einstieg, grübelte, wie sie eine Verbindung zu ihr aufbauen könnte. »Also, ich wollte nur sagen, ich bin ein Riesenfan«, platzte Evie heraus.

Velma fuhr erschrocken zusammen.

Evie bemühte sich, ihr Lächeln nicht allzu gruselig ausfallen zu lassen, doch sie war sich fast sicher, dass das misslang. »Ich habe all Ihre Bücher gelesen.«

»Vielen herzlichen Dank«, erwiderte Velma lau. Dann widmete sie sich wieder ihrem Telefon.

»Ich arbeite ebenfalls in der Verlagsbranche«, fügte Evie hinzu. »Also, ich verstehe, wie das ist. Ich *verstehe* es. Wirklich, ich, also … Ich verstehe es.«

»Sie sind Schriftstellerin?«

Die Gegenfrage kam so unerwartet, dass Evie ihre Antwort beinahe brüllte. »Ja! Also, ich schreibe einen Blog. Eigentlich arbeite ich für *Salty*. Ich bin, äh, ähm, Korrektorin.«

Sie konnte sehen, wie Velmas minimales Interesse augenblicklich verpuffte, wie Luft, die aus dem winzigsten Ballon der Welt entwich. Velma Wolff die Wahrheit zu sagen hatte sich als ebenso erfolgreich erwiesen wie Quinn zu belügen. Zum ersten Mal in ihrem Leben betete Evie darum, dass die Aufzugkabine abstürzen möge.

Im achtundzwanzigsten Stock glitten die Türen mit einem Ping auf. Hier befanden sich die Büroräume von *Sheaf*, dem anspruchsvollen, monatlich erscheinenden Kunstmagazin. Es gehörte zu jener Art von Publikationen, deren zehnseitige Berichte begannen mit: »Eine Degustation mit Damien Hirst erweist sich als germanisch, satanisch und als Gegenteil der Mode zur Zeit der Titanic.«

Velma sah Evie an, als wolle sie sagen: *So, du Langweilerin, damit endet zum Glück unsere gemeinsame Zeit.*

Evie nickte einmal, zweimal, viel zu oft. »Aber heute arbeite ich gar nicht bei *Salty*, weil, also –«

Velma stieg aus dem Fahrstuhl, und Evies Worte verhallten armselig hinter ihrem Rücken.

»Heute … ist alles anders.«

Evie stieg im neununddreißigsten Stock aus, wo ein handgeschriebenes Schild verkündete: *Casting für* Extra Salt. *Toller erster Eindruck*, schalt sie sich selbst. *Ich möchte unbedingt diese Show machen, Jan, solange der Job nicht meinen anspruchsvollen Schlafbedürfnissen in die Quere kommt. Und wenn ich es wider Erwarten doch schaffe, mich vor der Mittagszeit aus dem Bett zu bewegen, liebe ich es, mich vor meinen literarischen Idolen lächerlich zu machen.*

Sie rannte um die Ecke. In einem großen Vorraum saßen dreißig junge Frauen etwa in ihrem Alter. Sie hoben kurz den Kopf, wandten sich dann jedoch genauso schnell wieder ab und ignorierten einander sorgsam.

Evie fühlte sich sofort eingeschüchtert und ärgerte sich gleich darauf über sich selbst, weil sie sich einschüchtern ließ. *Du bist nicht hier, um vorzusprechen. Du bist hier, um sie schlau aussehen zu lassen.*

Sie bahnte sich einen Weg durch ein Meer aus Wangenknochen, so scharf wie Taschenmesser. *Lag das am Selbstbräuner? Oder war es … Zauberei? Nahmen alle Supermodels Pretty? Gab es überhaupt richtige Supermodels? Was war mit –*

»Hi.« Ein junger Mann mit randloser Brille stand plötzlich neben ihr.

»Hi.« Evie erschrak, fasste sich jedoch gleich wieder. »Ich bin –«

Er reichte ihr einige Formulare. »Füll die aus, und gib sie mir wieder –«

»Ich bin nicht zum Vorsprechen hier.« Sie gab ihm die Vordrucke zurück. »Jan Stilton hat mich gebeten, herzukommen. Ich bin Evie, ich arbeite für *Salty*. Eventuell helfe ich bei der Show mit.«

»Oh. Dann will sie dich bestimmt drinnen haben. Ich bin Lukas«, fügte er hinzu. »Folge mir.«

Lukas blieb vor einer geschlossenen Tür stehen und lauschte, bevor er sie öffnete. Hinter einem langen, weißen Tisch saßen ein halbes Dutzend Menschen. Jan entdeckte Evie und winkte sie herein. »Hört mal alle zu«, sagte Jan, »das ist Evie Selby, *Saltys* Ausnahme-Korrektorin. Sie wird uns eventuell bei den Recherchen unterstützen. Evie, das hier sind unser Regisseur Rich und unser Produzent Kelly.«

Rich, ebenfalls Anfang zwanzig, lümmelte auf seinem Stuhl und war völlig von seinem Handy vereinnahmt. Er war so weiß, wie man es sich nur vorstellen konnte, hatte keine erwähnenswerten Muskeln, trug eine Brille mit schwarzem Gestell und ein T-Shirt mit der Aufschrift *Hallo Newman* und einem Bild von Paul Newman. Er erinnerte Evie an die Comedy-Nerds, mit denen Krista zusammen Improvisation gemacht hatte: jederzeit in der Lage, Louis C.K. zu zitieren, aber unfähig, mit einer Frau zu sprechen. Kelly dagegen war Ende dreißig/Anfang vierzig, saß breitbeinig auf seinem Platz und verfügte über die Ausstrahlung eines Großstadtcowboys. Das dicke, blonde Haar hatte er sich mit Gel aus dem gebräunten Gesicht gekämmt. Auffällige, himmelblaue Augen. Der Typ Mann, der sich am Flughafen besoff und anschließend eine Flugbegleiterin anbaggerte. »Tag auch«, begrüßte er Evie, wobei sein Akzent verriet, dass er Australier war.

Die elegante Dame Mitte/Ende vierzig mit der ausgeprägten Ich-bin-eine-große-Nummer-Aura war Laurel Flynn, die Casting-Agentin. Neben ihr saß eine adrett gekleidete Latina mit Unmengen Make-up im Gesicht, der Evie ansehen konnte, dass sie »gut mit Menschen konnte«. Carmen Lopez aus der Verkaufs-und Marketingabteilung. Carmen war das einzige Mitglied dieses Ausschusses, das Evie ein strahlendes Lächeln schenkte, wobei man ihre gebleichten, weißen Zähne sehen konnte. Evie versuchte, das Lächeln zu erwidern, ohne zu viel von ihren eigenen Zähnen zu zeigen, die ihrer Ansicht nach eher wie teebraune Kieselsteine aussahen.

»Hi.« Evie winkte den Versammelten ungeschickt mit beiden Händen, wie eine Krabbe. Dann setzte sie sich auf einen freien Stuhl hinter ihnen.

»Holen wir das nächste Mädchen rein.« Laurel nickte Lukas zu. Eine Brünette mit glänzendem Haar wurde auf den leeren Stuhl bugsiert, der vor dem Tisch stand. Ihr gesamtes Äußeres war geglättet worden, zu perfekter Symmetrie geebnet. Eine Glockenkurve in Stöckelschuhen. Lukas reichte das Casting-Foto, das sie mitgebracht hatte, an Kelly weiter.

Laurel stellte alle Anwesenden kurz vor und überprüfte noch einmal, ob das Mädchen das richtige Manuskript bekommen hatte.

Kelly drückte seitlich an der Kamera einen roten Knopf.

»Fang bitte an, und nenn deinen Namen und den deiner Agentur«, wies Laurel sie an.

Das Mädchen blickte mit einem breiten Lächeln in die Kameralinse. »Brittany Bilsen, Tony Yuro Agency«, sagte sie in einem schleppenden Südstaaten-Tonfall.

»Ausgezeichnet«, sagte Laurel. »Wenn du so weit bist, kannst du beginnen.«

Brittany warf die Haare über die Schultern. »Schöne Lippen sind das ganze Jahr hindurch ein Muss. Doch welcher Lippenstift bietet die beständigste Deckkraft?« Ihre Stimme klang warm und verlockend wie Karamellsoße. »Wir haben Ihre

Lieblingsmarken getestet, um es herauszufinden. Aber Achtung – wir nehmen kein Blatt vor den Mund.«

»Super«, sagte Rich. Seine Stimme klang irgendwie nasal. »Kannst du das noch mal wiederholen, aber diesmal etwas mehr Sex in den Schluss legen?«

Brittany wiederholte den Text noch einmal, lächelte diesmal jedoch bei den letzten Worten kess in die Kamera und wackelte ein ganz klein wenig mit den Schultern.

Jan hatte Arme und Beine verschränkt. Evie konnte der Chefredakteurin genau ansehen, wie wenig begeistert sie war. »Hast du denn irgendwelche Ideen für Storys, die du gerne bringen würdest?«

»Aber klar.« Brittany schlug wieder die Beine übereinander. »Online-Dating.«

Jan verzog keine Miene. »Was ist mit Online-Dating?«

»Ach, Sie wissen doch«, meinte Brittany schulterzuckend. »Dass es eben nicht mehr nur für Loser ist. Meine beste Freundin ist auch online, und sie ist eine echt heiße Puppe.«

Evie fragte sich, ob Brittany das wortwörtlich meinte, ob eine Puppe bessere Mitteilungen bekam als sie selbst.

»Schön und gut«, sagte Jan. »Aber was wäre dein Aufhänger?«

Evie wusste genau, weshalb Jan so gereizt reagierte. Genau wie »Dreißig Dinge, die man vor dem dreißigsten Geburtstag getan haben sollte« und das Wort *Netiquette* war auch das Thema Online-Dating ausgelutscht, tot. Sämtliche Redakteure vermieden es geflissentlich, das Thema für Beiträge vorzuschlagen, außer, es gab etwas wirklich Neues darüber zu berichten – wie eine neue App oder eine gute, reale Horrorstory.

Brittany geriet aus dem Konzept. »Nun ... vielleicht könnte ich mich online verabreden. Ich habe einen Freund«, beeilte sie sich klarzustellen. »Aber vielleicht lasse ich mich einfach auf eine Verabredung ein, und dann passiert etwas.«

»Und was beispielsweise?«, hakte Rich nach.

»Ich weiß auch nicht. Etwas Witziges?«

»Und was beispielsweise?«, wiederholte Rich und senkte den Blick auf sein Telefon.

Brittany legte den Kopf schief und dachte nach. Dann hellte sich ihre Miene auf. »Also, zum Beispiel taucht der Typ auf und sitzt im Rollstuhl! Und ich sage dann so ›Nee! Keine Chance!‹« Sie verzog das Gesicht in gespieltem Entsetzen. Evie starrte angestrengt auf ihre Schuhe, um ihre ungläubige Miene zu verbergen.

Kelly zwinkerte ihr zu. »Danke, dass du da warst, Brittany.«

Brittany dankte allen Anwesenden und trottete hinaus. Die am Tisch Versammelten lächelten sich matt zu.

»Sie hatte einen tollen Look«, meinte Carmen versöhnlich. »Ich bin mir sicher, dass sie den Sponsoren gefallen hätte.«

»Bei ihr war es das gleiche Problem wie bei dem Mädchen davor«, sagte Jan seufzend. »Ich verstehe einfach nicht, warum es so schwer ist, jemanden mit dem passenden Aussehen zu finden, der dazu verdammt noch mal ein bisschen Persönlichkeit hat.«

»Das werden wir noch«, sagte Laurel.

»Was ist mit Stand-ups?«, fragte Jan Kelly. »Könnten wir vielleicht Scouts in die Clubs schicken?«

Kelly schüttelte den Kopf. »Dafür ist keine Zeit. Wir müssen heute, spätestens morgen, jemanden finden. Montag beginnen die Dreharbeiten.«

»Und kommenden Mittwoch müssen wir online sein«, rief Carmen den Anwesenden ins Gedächtnis. »Die Verträge sind bereits unter Dach und Fach.«

»Wir brauchen jemanden mit dem gewissen Etwas.« Jan

runzelte dezent die Stirn. »Jemanden mit einem Akzent. Oder eine sexy Lesbe –«

»Eine sexy Bisexuelle«, korrigierte Carmen. »Mit einer Lesbe würden wir zu viele Sponsoren verlieren.«

»Evie.« Jan drehte sich um, um Evie direkt ansehen zu können. »Kennst du vielleicht jemanden, den wir nehmen könnten?«

Das tat sie.

Sich selbst.

Sie war bisexuell. Vielleicht keine sexy Bisexuelle, aber sie hatte die Zunge definitiv schon in den Mündern anderer Mädchen gehabt. Sie kannte die Marke, die verkauft werden sollte, und war es gewohnt, sich interessante Aufhänger für Storys auszudenken, wenn auch nur von *Achtung, bissig*. Vor der Kamera hatte sie bisher noch nie gestanden, aber ging es dabei nicht hauptsächlich um Sprechtechnik und Selbstvertrauen?

Doch sie saß genau hier. Und niemand im Raum hatte sie als Kandidatin vorgeschlagen. Sie konnte sich lebhaft vorstellen, was geschehen würde, wenn sie es selbst täte. Das betretene Schweigen, das nervöse Papiergeraschel, weil niemand sich traute zu sagen »Sorry, Evie, aber du hast einfach nicht den *Extra-Salt*-Look … Du bist einfach nicht hübsch genug.«

»Meine Mitbewohnerin Krista«, sagte Evie. »Ihr könntet meine Mitbewohnerin vorsprechen lassen.«

Die anderen wirkten interessiert. Evie verspürte einen Stich.

Wenn Selbstlosigkeit etwas Gutes war, warum fühlte sie sich dann so mies?

9

Nach drei weiteren gleichermaßen ernüchternden Vorsprechen teilte Evie Jan mit, dass sie wieder ins Büro zurückmüsse. Jan bestätigte noch einmal, dass sie bezüglich ihrer Mitarbeit an der ersten Folge von *Extra Salt* »das Gespräch mit sehr hoher Wahrscheinlichkeit fortsetzen« würden. Evie reagierte mit einem »Super!«, war jedoch nicht mit dem Herzen bei der Sache. Willow und Krista antworteten nicht auf die Textmitteilungen, die sie ihnen geschickt hatte. Sie machte sich Sorgen.

Sie versuchte zu arbeiten, doch den ganzen Nachmittag über brachte sie nichts Ordentliches zustande. Sie konnte einfach nicht damit aufhören, *Neurowissenschaften*, *Zellregeneration* und *militärische Schönheitsexperimente* zu googeln. Schließlich beschloss sie, ihre Arbeit später zu erledigen und sich erst einmal zu versichern, dass Willow noch am Leben war. Um Punkt achtzehn Uhr rannte sie zum Fahrstuhl. Zwei U-Bahnen und einen Sprint durch Williamsburg später kam sie atemlos zu Hause an. Erst nachdem sie die Haustür aufgerissen hatte, bemerkte sie die Musik.

Beyoncé.

Mitten im Wohnzimmer wanden sich zwei schlanke Körper wie Schlangen. Sexy Schlangen. Schlangen beim Spring Break. Der Couchtisch stand voller Weinflaschen. Ein leichter Geruch von Bleiche hing in der Luft.

Die erste Schlange kannte sie: Pretty-Willow – Caroline –, die das knappe Fetzchen trug, von dem Krista vergangenen Silvester behauptet hatte, es sei ein Kleid. Die zweite Schlange dagegen kannte sie nicht. Eine Brünette, die sich jetzt bückte, um die Musik leiser zu drehen. Sie trug Kristas liebste Hotpants mit Leopardenmuster. »Evie! Sei nicht sauer. Aber … Ich habe es getan!«

Evie schloss die Augen. Vielleicht würde sie der Gehirntumor ja, wenn sie sie wieder öffnete, nach Hawaii versetzen oder ins Weltall oder in ein ruhiges, weißes Krankenhausbett. Als sie die Lider wieder aufschlug, befand sich Krista – denn selbstverständlich, *selbstverständlich* handelte es sich bei dem zweiten Mädchen um Post-Pretty-Krista – noch immer vor ihr und hopste erwartungsvoll auf und ab.

»Ich bin hübsch!«, kreischte das Mädchen. »Sieh mich an! Sieh dir doch nur meinen Hintern an!« Sie wirbelte herum und wackelte mit ihrem Po, der rund war wie ein Strandball.

Evie trat einen Schritt zurück. »Bist du mit Willow zum Arzt gegangen?«

Das Mädchen stöhnte auf. »Sei doch nicht immer so langweilig, *Mom*. Kannst du nicht einmal einfach nur Spaß haben?«

Evie öffnete den Mund, doch es wollte ihr keine Erwiderung einfallen. Sie hatte Spaß. Sie hatte andauernd Spaß.

Oder etwa nicht?

»Wir waren dort, Evie.« Willow plumpste auf die Couch. Sie nahm sich ein Weinglas und trank einen Schluck. »Mit mir ist alles in Ordnung.« Sie grinste süß. »Ich bin kerngesund.«

»Mensch, also wirklich. Dieses Zeug ist der Hammer.« Das Mädchen – Krista – präsentierte sich Evie stolz. »Sieh mich mal genau an.«

Genau wie Willow war auch Krista nun größer. Allerdings war Willow nur wenige Zentimeter gewachsen, Krista dagegen schien fast einen Kopf größer zu sein. Ihr kurzer, strubbeliger Bob war einer glänzenden, dunklen Lockenmähne gewichen, die ihr halblang über den Rücken fiel. Ihre Gesichtszüge waren schärfer geworden. Kristas Nase – die sie immer gehasst und als zu groß und zu flach bezeichnet hatte – war jetzt gerade. Sie hatte hohe Wangenknochen bekommen, ihre Lippen waren anmutig geschwungen und hatten einen dunklen Pinkton angenommen. Ihre ebenmäßigen, ovalen Augen strahlten smaragdgrün und wirkten genauso faszinierend wie die von Willow. Doch den größten Unterschied sah man an ihrer Haut. Kristas eigentliche Haut war schokoladenfarben. Der Hautton des Mädchens dagegen erinnerte eher an Milchkaffee. Von dem Anblick wurde Evie ganz flau im Magen. »Deine Haut«, sagte sie. »Ich weiß.« Kristas Blick huschte zum Spiegel über der Couch. »Total eurasisch.« Sie warf sich in Pose.

»Das Pretty hat dich weißer gemacht«, sagte Evie matt.

»Ja«, antwortete Krista lachend. »Ist das nicht toll?«

»Nein«, entgegnete Evie. »Das ist nicht toll. Nur ein blödes, westliches Ideal.«

»Was meinst du?«, fragte Willow.

»Dass weiße Haut hübsch ist«, sagte Evie.

Krista blickte weiter in den Spiegel, doch Evie bemerkte, wie ein klein wenig Wut in ihren Augen aufblitzte. »Mensch, du kapierst das einfach nicht.« Sie fuhr herum, ihr Tonfall schwankend zwischen scherzhaft und defensiv. »Ich bin ein heißes, ethnisches Klischee. So bekomme ich jeden Werbespot, den ich will.«

Evie wich einen weiteren Schritt zurück. »Das ist alles so falsch.«

Krista schnaubte harsch. »Komm bloß nicht auf die Idee, mich über Rassenproblematik belehren zu wollen. Du bist weiß, du wirst das nie verstehen.«

Evie sah die beiden Mädchen irritiert an. Sie erwiderten ihre Blicke – schlaksige, fremdartige Versionen ihrer beiden besten Freundinnen. Angst hämmerte in ihrer Brust. »Das wird langsam alles viel zu seltsam. Wir sollten uns Hilfe holen. Es jemandem *erzählen* –«

»Nein, nein, nein.« Die beiden Mädchen eilten auf sie zu.

»Uns geht es gut«, säuselte Willow.

»Alles bestens«, pflichtete Krista ihr bei und zog Evie in Richtung der Couch.

»Und wir haben alles sauber gemacht –«

»Das war so eklig, aber jetzt ist das Badezimmer sauberer als jemals zuvor –«

Die beiden platzierten Evie auf der Couch.

»Und wir haben noch etwas für dich.« Willow warf Krista einen auffordernden Blick zu, die daraufhin sofort in der Küche verschwand.

Evie schlüpfte aus ihren Schuhen. »Ich bin mir einfach nur nicht sicher, was das alles zu bedeuten hat.«

»Vielleicht hat es überhaupt nichts zu bedeuten«, rief Krista aus der Küche. »Vielleicht ist es einfach nur Spaß.«

»Spaß ist ein wichtiges feministisches Thema«, antwortete Evie. »Nein, halt, das ist Fett. Fett ist ein wichtiges feministisches Thema.«

»Ta-da!« Krista erschien in der Küchentür. Sie hatte eine Flasche Dom Pérignon, zwei unterschiedliche Weingläser und einen Becher mit der Aufschrift I ❤ NY mitgebracht. »Wir haben nur zwei Gläser«, bemerkte sie mit Blick auf den Becher. »Aber trotzdem: Ta-da.«

Evie setzte sich auf. »Wie konntet ihr euch den denn leisten?«

Krista nickte Willow zu, die nur fröhlich lächelnd mit den Schultern zuckte. Krista stellte die Gläser ab und reichte Evie die Flasche. »Das ist doch deine Lieblingsmarke, oder?«

Sie verhielten sich wie zwei Welpen, die unbedingt von Evie von der Leine gelassen werden wollten, damit sie auf ihre entzückende Art und Weise Riesenchaos anrichten konnten. Und obwohl Evie sich große Sorgen machte, hasste sie es auch, sich als die Langweilerin abgestempelt zu sehen. Sie musste wenigstens versuchen, so zu tun, als hätte sie Spaß. Und außerdem: Wenn es einen Zeitpunkt gab, um sich mit wirklich, wirklich, wirklich teurem Champagner zu betrinken, dann war er jetzt definitiv gekommen.

»Klar.« Als Evie die Flasche entgegennahm, quietschten die beiden verzückt.

Evie zog unter dem Jauchzen der Mädchen den Korken aus der Flasche. Dann füllte sie ihren Becher und trank schlürfend. Lecker. Krista drehte Beyoncé wieder auf, und plötzlich war die Party erneut in vollem Gange. Evie lehnte sich auf der Couch zurück, trank und beobachtete die beiden Frauen, in die sich ihre besten Freundinnen verwandelt hatten, dabei, wie sie tanzten, als würde ihnen ein Publikum zuschauen.

Kristas Motive waren leicht nachzuvollziehen. Es gab nichts, was sie glücklicher machte als ein neues Paar Pumps. Kein Wunder, dass ein neues Paar Beine sie in Ekstase versetzte. Evie wusste, dass Krista unter Druck stand und unbedingt ein Engagement als Schauspielerin brauchte. Und Krista trat Herausforderungen nun mal mit einer Koste-es-was-es-wolle-Mentalität gegenüber.

Aber Willow? Warum hatte *sie* den Trank genommen? Fand sie sich selbst denn nicht attraktiv? Willow, die sich nur ganz selten neue Kleider kaufte oder Make-up trug. Willow, die Kameras Cocktails vorzog, die danach strebte, eine bessere Künstlerin zu werden, die bereits den perfekten Freund gefunden hatte. Willow schien Evie in gewisser Weise die Verletzlichste ihres Trios zu sein – die spärlichen Besucherzahlen bei ihrer

Vernissage am Montag schmerzten sie wahrscheinlich mehr, als sie zugab –, aber ihres Aussehens wegen war sie eigentlich nie unsicher gewesen. Oder vielleicht doch?

Diese ganze Angelegenheit nahm langsam Züge eines Films von Sofia Coppola an: hübsch anzusehen – aber was hatte das alles zu bedeuten? Alles? Oder nichts?

Die beiden Mädchen posierten schmollend für ein imaginäres Fotoshooting. Krista schlich auf Evie zu, blieb vor ihr stehen, einen Finger an den offenen Mund gelegt und eine Hand in die Hüfte gestützt. Sie blickte sich einmal, dann ein zweites Mal im Zimmer um, bevor sie sich ein wenig wankend umdrehte und wieder zurück zu Willow stakste, wobei sie die Füße übertrieben weit hochhob. Bei Willow angekommen, reckte sie die Hand hoch und klatschte ihre Freundin ab. Evie erwartete, dass Willow kichern und sich wegducken würde. Doch zu ihrer Überraschung richtete Willow sich auf, und ihre Miene entspannte sich. Schwungvoll, ohne jede Mühe, setzte sie einen Fuß vor den anderen. Dabei blieb ihr Gesicht so ausdruckslos und wunderschön wie bei einer griechischen Statue. Sie blieb vor Evie stehen und nahm problemlos zwei verschiedene Posen ein, dabei drehte sie sich nur leicht, fand jedoch ideale Positionen, um ihren perfekt proportionierten Körper zu präsentieren.

Das sah so echt aus, dachte Evie. Und dann, leicht beschwipst: *Das* ist *echt*.

»Evie!«, riefen die Mädchen im Chor. »Du bist dran!«

»Nein!« Evie schüttelte den Kopf, doch die beiden Mädchen stürzten auf sie zu.

»Du musst aber!« Willows Wangen waren gerötet, und ihre Augen glitzerten wie Sterne.

»Komm schon«, beharrte Krista und zerrte sie hoch. »Rauf auf den Catwalk!«

»Okay, okay!« Evie nahm die Schultern nach hinten und begann, wie auf einem Laufsteg auf die leere Couch zuzugehen. Dort angekommen warf sie sich in eine Modelpose, stemmte die Hände in die Hüften und machte einen Schmollmund. Im Spiegel über der Couch konnte sie Willow und Krista sehen, die breit lächelnd hinter ihr standen: eine blonde Göttin, die strahlte, und eine bezaubernde Brünette, die ein wenig einfältig lächelte. Im Gegensatz zu den beiden sah Evie fast kränklich aus. Pummelig. Und ihre Modelpose wirkte nicht so witzig wie Kristas oder so elegant wie bei Willow.

Sie gab ein tragisches Bild ab.

Ein erbärmliches Bild.

Jemand hämmerte gegen die Wohnungstür. Die Mädchen erschraken. *Ben*, dachte Evie sofort und sprang auf, um die Musik auszuschalten, die bestimmt den Unmut des Mieters unter ihnen geweckt hatte. Dann eilte sie zur Tür, bereit sich zu entschuldigen, und hoffte, sie würde dabei nicht zu betrunken klingen. Aber dort stand nicht Ben. Es war ein Mann. Ende vierzig, taffe Ausstrahlung, in einer knallorangefarbenen Weste mit dem Firmenzeichen von Con Ed. Er sah Evie kaum an, sondern fragte sofort: »Krista Kumar?«

Evie schob die Brille auf den Nasenrücken. »Das ist meine Mitbewohnerin.«

Der Mann drückte ihr ein Blatt in die Hand und spähte an ihr vorbei in die Wohnung. »Ich bin hier, um den Strom abzustellen.«

»Was?« Evie warf einen Blick auf das Papier in ihrer Hand. Die Worte »offene Zahlungen« und »Gesetze des Staates New York« verschwammen vor ihren Augen. Ebenso wie die rote, fett gedruckte, unterstrichene Summe von 612,34 Dollar.

»Ihre offenen Rechnungen wurden seit sieben Monaten nicht bezahlt«, erklärte der Mann und trat in die Wohnung.

Seine Ansprache klang einstudiert. »Mehrfache Versuche, Sie per E-Mail und Telefon zu erreichen, waren erfolglos.«

»Mehrfache Versuche?«, wiederholte Evie. »Nein, das ist ein Fehler. Krista hat Con Ed bezahlt.« Evie hatte ihrer Mitbewohnerin jeden Monat Geld dafür gegeben.

»Sind Sie Krista?«, fragte der Mann Krista.

»Ähm –« Krista blickte hektisch zwischen Evie und dem Mann von Con Ed hin und her.

»Sind Sie Krista Kumar?«, fragte er noch einmal gereizt.

»J-ja.«

Er überreichte ihr das gleiche Schreiben, das er Evie gegeben hatte. »Wo ist Ihr Sicherungskasten?«

Krista starrte mit großen Augen auf das Papier in ihrer Hand. »Oh Kacke, Kacke, Kacke.«

»Krista.« Evie trat näher an die beiden heran. »Erkläre ihm, dass hier ein Fehler vorliegt.«

»Es ist kein Fehler.« Kristas strahlend grüne Augen begannen sich mit Tränen zu füllen. »Es tut mir leid, ich habe einfach … Anfangs war es nur eine Rechnung. Ich brauchte etwas für die Miete. Und dann kam eine weitere hinzu, und dann wahrscheinlich noch eine. Irgendwie habe ich den Überblick darüber verloren, wie lange ich nicht mehr gezahlt habe.«

»Sieben Monate«, sagte der Mann. »Wo ist Ihr Sicherungskasten?«

Evie starrte Krista fassungslos an. Evie verfügte über keinerlei Ersparnisse. Sie lebte von Gehaltsscheck zu Gehaltsscheck. Selbst wenn sie es gewollt hätte, hätte sie die offene Stromrechnung nicht begleichen können. Aber das wollte sie verdammt noch mal auch gar nicht.

»Ich versuche ja schon, es wieder in Ordnung zu bringen!«, sagte Krista flehentlich mit einem raschen Seitenblick auf den

Mann von Con Ed. »Darum habe ich ja die … Sachen genommen, um so an Geld zu kommen –«

»Herrgott noch mal, Krista!«, explodierte Evie. »Du hast mich quasi *bestohlen*!«

»Es tut mir leid –«

»Was ist mit den anderen Rechnungen?«

»Wie?« Krista leckte sich panisch die Lippen.

»Die anderen Rechnungen. Die, die auf deinen Namen laufen. Ich begleiche die Miete, du kümmerst dich um die Rechnungen?« In dem Augenblick, in dem sie die Worte aussprach, hörte Evie selbst, was für eine abgrundtief dumme Idee das gewesen war.

»Ähm … Ich brauchte Geld für die Miete.«

»Oh mein Gott.« Wie lange, bis man ihnen auch noch das Wasser abdrehte? Das Gas? Das Internet? Oh Gott, bitte nicht das Internet. Evie starrte Krista mit unverhohlener Fassungslosigkeit an. Wie war es möglich, dass dieses Mädchen, die Leiterin des Debattierclubs, die das Trinkgeld ohne die Hilfe ihres Handys ausrechnen konnte, so unglaublich verantwortungslos handeln konnte? »Wie hoch sind deine Schulden?«

»Die Studienkredite mit eingeschlossen?«

Evies Tonfall war kalt wie Eis. »Alles mit eingeschlossen.«

»Hundertdreißigtausend.« Krista wischte eine Träne fort. »Plusminus.«

»Hundertdreißigtausend?«, keuchte Evie. »Hundertdreißigtausend verdammte Dollar, liebe Güte, *Krista* –«

»Ich habe doch schon gesagt, dass es mir leidtut –«

»Ladys.« Con Ed hob beide Hände. »Hören Sie mir mal zu. Wie die meisten Leute habe auch ich nichts gegen eine gute Realityshow einzuwenden, aber Sie sind gesetzlich dazu verpflichtet, mir Ihren Sicherungskasten zu zeigen. Ansonsten sehe ich mich gezwungen, die lokalen Behörden einzuschalten.«

»Entschuldigen Sie bitte, Sir?« Willow heftete den Blick auf Con Ed. Sie hatte die Lippen leicht geöffnet, und ihre Augen glühten. Evie meinte fast, die Feuerzungen sehen zu können, die ihm von ihrer Haut entgegenleckten.

Als Con Ed antwortete, klang seine Stimme ein wenig höher als bisher. »Ja?«

»Ich weiß, Sie erledigen nur Ihre Arbeit, aber vielleicht könnten Sie ja etwas Nachsicht mit meinen Freundinnen walten lassen.« Willow schob sich noch näher an den Mann heran. Instinktiv wich Evie einen Schritt zurück, fort von der seltsamen, verführerischen Willow.

»Nein«, sagte er. »Das ist nicht möglich.«

»Oh, natürlich ist es das.« Willow legte grazil ihre Hand auf den Arm des Mannes. Es sah aus, als würde ein Schmetterling auf einem Holzscheit landen. »Vielleicht war ja niemand zu Hause. Vielleicht könnten Sie nächste Woche noch einmal wiederkommen, um den Strom abzustellen.«

»Und vielleicht ist bis dahin die Rechnung schon bezahlt.« Krista schnappte sich seinen anderen Arm und bedachte ihn mit einem *Bitte-bitte-bitte*-Blick.

Der Mann sah abwechselnd die beiden Frauen an, die sich an ihn schmiegten wie Selkies. Er räusperte sich unbehaglich. »Das könnte ich vielleicht tun.«

»Vielen Dank.« Krista atmete erleichtert auf. »Mensch, also wirklich, tausend Dank.«

Evie starrte Willow an. Wie hatte sie das gemacht? Selbst wenn Willow verkündet hätte, in Wirklichkeit eine ägyptische Göttin zu sein, hätte es Evie nicht mehr verblüffen können. Doch Willow sah Evie überhaupt nicht an. Sie blickte mehr in sich hinein, und ihre blassgrünen Augen blitzten triumphierend. Ihre feinen Gesichtszüge hatten einen ungewohnten Ausdruck angenommen. Sie sah merkwürdig resolut aus. Beinahe schon grimmig entschlossen.

Als Evie schließlich die Wohnungstür schloss, stand Krista direkt hinter ihr. »Evie, das alles tut mir so schrecklich leid, aber ich schwöre bei Gott, ich bringe alles in Ordnung.«

»Du glaubst nicht an Gott.« Evie sank auf die Couch und griff nach ihrem Becher mit Champagner.

Krista ließ sich neben Evie nieder, wobei sie ihre beste Freundin unverwandt ansah. »Dann schwöre ich eben bei Amy und J. Law und Michelle Obama, dass ich gleich morgen als Allererstes zu CPU gehe, mir einen superheißen Agenten beschaffe, einen Werbespot an Land ziehe und dann *die Kasse klingeln lasse*. Ich werde das hier benutzen« – sie wies mit ihren Händen auf ihr Gesicht und ihren Körper – »um dir alles zurückzuzahlen. Jeden Penny. Ich schwöre es bei allem, was gut ist. Du eingeschlossen. Du *ganz besonders*.«

»Aber klar.« Evie stürzte den Rest ihres Champagners hinunter. Vor Wut und Enttäuschung – über sich selbst, über Krista, über *Salty*, über alles – fühlte sie sich matt, wertlos. Sie wollte sich nur noch ins Bett legen und nie wieder aufwachen.

»Nein, Eve, ernsthaft. Eve, hör mir zu.« Krista nahm ihrer Mitbewohnerin den Becher aus der Hand und zwang sie, sie anzusehen. »Du musst mir unbedingt glauben. Du musst unbedingt *an* mich glauben.«

»Warum?«

»Weil du die Einzige bist, die das überhaupt tut.«

Evie blickte überrascht zu dem Mädchen auf, das einmal Krista gewesen war. Krista erwiderte ihren Blick fest und ernsthaft und herzzerreißend hoffnungsvoll. Evie merkte, dass sie ihr glauben wollte. Und dann, zu ihrer eigenen Verwunderung, dass sie ihr tatsächlich glaubte. Ob es nun am Alkohol lag oder an Kristas perfektem Gesicht oder ihrer fünfjährigen Freundschaft – sie glaubte ihr.

»Selbstverständlich glaube ich dir, Dummerchen. Du bist meine beste Freundin.«

10

»Bist du sicher, dass du nicht mitkommen willst?«, versuchte Krista sie mit der Hartnäckigkeit eines Kleinkindes, das unbedingt auf den Arm genommen werden wollte, zu beschwatzen. »Das ist mein erster Abend als Pretty. Wir müssen feiern!«

Evie schüttelte den Kopf. »Ich muss noch Arbeit erledigen.«

Obwohl sie sich tatsächlich die Seiten, die sie noch bearbeiten musste, mit nach Hause genommen hatte, entsprach das nicht ganz der Wahrheit. Tief in ihrer Höhle der Scham rumorte ein Gedanke: Sie machte sich Sorgen darüber, wie sie für die anderen aussehen mussten.

Zwei Prettys und eine Normale.

Evie Selby: die hässliche Freundin.

So etwas wie hässlich gibt es nicht, wies sie sich selbst verdrossen zurecht. Es ärgerte sie, dass sie sich überhaupt ärgerte. Sie hatte das Gefühl, einen Mini-Zusammenbruch zu erleben, und ihr tat das Hirn weh.

»Das ist wie einen Lamborghini zu fahren.« Krista drückte ihre Brüste. »Mann, du solltest mich mal nackt sehen. Selbst *ich* werde von meinem Anblick scharf. Ich kann es kaum erwarten, in diesem Ding Sex zu haben.«

»Dieses *Ding* ist dein Körper und –«, setzte Evie an, brachte den Satz jedoch nicht zu Ende, weil ihr Kristas Kommentar darüber wieder einfiel, dass sie sich anhörte wie eine besorgte

Mutter. Sie empfand einen Stich des Bedauerns, oder der Reue, oder vielleicht war es auch nur Traurigkeit, und sie senkte den Blick wieder auf ihre Seiten. »Viel Spaß.«

Erst als die beiden Mädchen mit klickenden Absätzen und in einer süßen Parfümwolke die Wohnung verlassen hatten, fiel Evie das Vorsprechen für *Extra Salt* wieder ein, das sie für Krista organisiert hatte. Schon schwebten ihre Daumen über der Tastatur ihres Telefons, bereit, ihrer Freundin eine Mitteilung über die Details zu schicken. Doch dann legte sie das Telefon wieder weg. Krista jetzt zu belohnen, nachdem sie herausgefunden hatte, dass sie sie in den vergangenen sieben Monaten andauernd belogen hatte, fühlte sich mies an. *Ich muss mich um mich selbst kümmern*, dachte Evie. *Ich bin die Nummer eins.*

Der oberste Artikel auf ihrem Stapel trug die Überschrift »Fünf Freundinnen, die Sie so schnell wie möglich loswerden sollten«. Er begann mit: *Nummer eins: Die langweilige Freundin. Zwar ist Ihre langweilige Freundin immer verlässlich da, wenn es nach Partys ans Aufräumen geht, aber mal ehrlich: Eigentlich wollten Sie sie bei der Party überhaupt nicht dabeihaben –*

Evie warf den Stapel beiseite und ließ sich mit einem unglücklichen Stöhnen aufs Bett fallen. Immer so fleißig. Immer so verlässlich. War sie die Langweilige? Sie konnte sich gar nicht mehr daran erinnern, wann Willow und Krista zum letzten Mal mit ihr ausgegangen waren. Vielleicht war das, was sie gerade tat, gefährlich – zuzulassen, dass sie merkten, wie viel Spaß sie haben konnten, wenn Evie nicht dabei war …

Nein. Sie verscheuchte den boshaften Gedanken, bevor er sich einnisten konnte.

Sie stakste ins Wohnzimmer, entdeckte dort noch eine Flasche warmen Weißwein und füllte trotzig ihren I ❤ NY-Becher auf. Dann öffnete sie die Kühlschranktür, um ein paar

Eiswürfel zu suchen. Die Schale war leer. Niemals, in all der Zeit, die sie bereits zusammenwohnten, hatte Krista die Eiswürfelschale wieder aufgefüllt. Das war so was von nervig. Einmal hatte Evie sie tatsächlich dabei erwischt, wie sie die leere Form einfach zurück in den Kühlschrank stellte. »Oh«, hatte Krista daraufhin erwidert und die Schale in ihrer Hand angestarrt, als wäre sie durch Zauberei dort erschienen. »Ist mir gar nicht aufgefallen.«

Zähneknirschend füllte Evie den Eiswürfelbehälter wieder auf, knallte die Kühlschranktür zu und kehrte mit ihrem *warmen Wein* in ihr Zimmer zurück.

Auf der Suche nach Ablenkung scrollte sie durch Twitter. Einige ihrer Twitter-Freunde twitterten ein Zitat aus Velma Wolffs neuem Buch *Milchzähne* weiter.

»Wenn du der König des Dschungels sein willst, trage ein Löwenfell.«

Ihr Hirn spielte ihr netterweise noch einmal die Episode ihres demütigenden Zusammentreffens mit der Autorin im Fahrstuhl vor. »*Also, ich verstehe, wie das ist. Ich* verstehe *es. Wirklich, ich, also … Ich verstehe es.*«

Wie Velma am Ende lässig, ja sogar höflich Evies gesamte Existenz einfach ausgeblendet hatte.

Erschauernd trank sie noch einen Schluck Wein. Dann googelte sie *Velma Wolff Freundin* und klickte auf Bilder.

Als Top drei Suchvorschläge erschienen »Velma Wolff und Emiko Aki«, »Velma Wolff und Drew Barrymore« und »Velma Wolff neue Freundin«.

Mit Emiko Aki, dem japanisch-amerikanischen Model-Schrägstrich-Schauspieltalent hatte Velma fast vier Jahre zusammengelebt. Vor sechs Monaten war die Beziehung zu Ende gegangen, begleitet von leidenschaftslosen Stellungnahmen ihrer beiden Pressesprecher, in denen sie erklärten, noch immer viel füreinander zu empfinden, blablabla. Sie hatten ein tolles Paar abgegeben: Velma mit ihrer wallenden, dunkelblonden Mähne, Emiko mit ihrer Sichel glänzenden, schwarzen Haares. Die Fotos waren eine Mischung aus Paparazzi-Schnappschüssen und Aufnahmen vom roten Teppich. Die Paparazzi hatten seltsam fesselnde Momente ihres Privatlebens eingefangen: wie sie als Paar eine Straße entlanggingen, gemeinsam zu Mittag aßen oder sich einfach nur unterhielten. Es gab auch einige unscharfe Aufnahmen von Emiko, wie sie schrie, die Miene aufgebracht, die Hände in die Höhe gerissen. Velma war angeblich eine Schürzenjägerin, aber Evie war sich nicht sicher, ob das nicht einfach nur eine Fantasievorstellung der hyperaktiven, hysterischen Medien war. Den Großteil der Bilder machten jedoch Fotos von Promi-Events aus. Sie gefielen Evie am besten. Emiko grinste wie eine Wildkatze, eine Hand besitzergreifend um Velmas Arm geschlossen. Velmas Gesichtsausdruck lag irgendwo zwischen Selbstzufriedenheit und Langeweile. Meistens trug sie die für sie charakteristischen Hosenanzüge von Dior, in denen sie immer aussah wie Marlene Dietrich. Manchmal ließ sie dabei sogar großspurig eine dünne Zigarette von ihren Lippen hängen. Mit ihrem Schlafzimmerblick, ihrem zahnlückigen Lächeln und ihrem nachlässig zurückgebundenen Haar sah Velma umwerfend aus und einzigartig.

Es gab keine Fotos, auf denen sie und Drew Barrymore als Pärchen posierten. Diese Beziehung war niemals offiziell bestätigt worden. Die einzigen digitalen Indizien dafür waren ein gemeinsames Cover-Foto für das *Out*-Magazin, eine Reihe von Fotos, auf denen sie gemeinsam ein Sleater-Kinney-Konzert besuchten, und Bilder von feministisch angehauchten Wohltätigkeitsveranstaltungen. Es gab sogar einige, auf denen sie sich küssten, die Münder aufeinandergepresst, bewusst provozierend. Auch wenn Evie gern geglaubt hätte, dass die beiden eine Affäre miteinander gehabt hatten, so waren sie höchstwahrscheinlich in Wahrheit nur Freundinnen.

Die Fotos unter dem Suchvorschlag »Velma Wolff neue Freundin« waren die neuesten und am zahlreichsten. Die hexenartige, tätowierte Chess Hudsen, die den prestigeträchtigen Kaikou-F.-Lozzi-Preis gewonnen hatte, ein Jahr, bevor auch Velma ihn für ihren zweiten Roman *fghwncbuwo* bekommen hatte. Jemima Westley, das Victoria's-Secret-Model mit dem Gesicht eines Kätzchens und dem Körper eines Pin-up-Girls aus den Fünfzigern. Und eine ganze Reihe junger Schauspielerinnen und berühmter Töchter und professioneller Partygirls, die entweder bi oder lesbisch oder experimentierfreudig oder auf Ruhm aus waren. Obwohl Velma schon seit zehn Jahren regelmäßig fotografiert wurde (und dadurch googlebar war), trug sie stets den gleichen Gesichtsausdruck zur Schau. Sie strahlte eine gewisse Unerreichbarkeit aus. Hielt Distanz. Velma schien es nicht zu interessieren, was andere über sie dachten. Als würde die ganze Welt nur darauf warten, nach ihrer Pfeife zu tanzen. Sie benahm sich, als wäre sie so was von supertoll, was bei ihr aber gar nicht abgehoben wirkte – zumindest empfand das Evie so –, denn, nun ja, es traf einfach zu. Velma war lediglich ehrlich.

Evie schluckte einen Mundvoll Wein herunter und folgte mit der Rückseite ihres Fingernagels dem Umriss von Velmas Wange.

Velma hatte die Wertschätzung der Büchersnobs errungen, indem sie gegen literarische Trends gewettert hatte. Über Vampirromane hatte sie sich jahrelang besonders gern echauffiert. Dann hatte sie selbst einen geschrieben. *Milchzähne* handelte von Blutsaugern, Succubi, den Untoten. Velma schien es einen besonderen Kick zu geben, für eine Meinung bewundert zu werden und sich dann um hundertachtzig Grad zu drehen. *Milchzähne* war Evies liebster Wolff-Roman bislang.

Zwischen ihren Schenkeln regte sich ein begehrliches Prickeln.

Evie öffnete ihren Online-Dating-Account. Drei neue Nachrichten. Allesamt von Männern. Kein Wort von Quinn. Enttäuschend. Die erste Mitteilung stammte von curry_heaven: Du bist hübsch. Gehst du mit mir aus lol? Die zweite stammte von WineNot: Würdest du es mir übelnehmen, wenn ich sage, dass du einen wunderschönen Körper hast? Was, wenn ich sagen würde, dass ich mir gern deinen Hintern in diesen Jeans anschauen würde? Und dann noch die dritte von Fun2BeAround: Auf diesem Foto siehst du aus wie ein Mann.

Evie löschte alle drei Nachrichten und bemühte sich, nicht der beißenden Enttäuschung nachzugeben, die drohte, sie zu verschlingen.

Es war nicht so, dass Evie unbedingt mit jemandem zusammen sein wollte, der besonders gut aussah. Immer wieder sagte sie sich, dass Aussehen nicht wichtig war. Doch tief im Innern wusste sie, dass sie so dachte, weil das Aussehen nicht wichtig sein *durfte*.

Weil sie selbst nicht gutaussehend war.

Eine der Ängste, die sie in ihrer Höhle der Scham vergraben hatte, war jene: Ihr äußeres Erscheinungsbild bremste sie aus. Es verhinderte, dass sie ein einflussreicher Mensch werden konnte, jemand, dem man zuhörte, auf den man einging. Es verhinderte, dass sie einen spektakulären Lebenspartner fand, der alles um sich herum erstrahlen ließ, und dass sie erstklassigen Sex haben konnte. Dass sie ihre Karriere vorantreiben konnte. Denn selbstverständlich, *selbstverständlich*, hatte sie verdammt noch mal mehr als genug Persönlichkeit, um für *Extra Salt* vorzusprechen. Und obwohl sie es geflissentlich verdrängt hatte, tat es dennoch verflixt weh, dass Jan sie nicht einmal eine Sekunde lang für die Moderation in Betracht gezogen hatte.

Doch Evie hasste Gedanken wie diese.

Sie rollte sich vom Bett und redete sich ein, sie wolle nur einen Snack holen. Beinahe schaffte sie es, sich weiszumachen, dass sie das Fläschchen mit dem Pretty unbewusst vom Wohnzimmertisch nahm. Die lavendelfarbige Flüssigkeit lag auf ihrer Handfläche: Shakespeare'sche Narretei in der Flasche.

Verstandesmäßig wusste sie genau, wie falsch es von der Gesellschaft war, Schönheit zu einem Wert zu erheben, zu *dem* Wert für Frauen schlechthin.

Aber konnte das Pretty ihr Leben verbessern?

11

Eigentlich rechnete Willow damit, dass Krista sie irgendwohin bringen würde, wo es laut war und schillernd und wo es eine Tanzfläche gab und Cocktails für zwanzig Dollar. Doch sie irrte sich. An den vom Zigarettenrauch vergilbten Wänden der Bar hingen signierte Schwarz-Weiß-Fotos von alten Männern, die Willow nicht kannte. Männer in Jeans tranken aus beschlagenen Biergläsern. Es roch nach Schweiß und Pommes Frites. Krista informierte sie, dass es sich bei der Bar um einen wichtigen Treffpunkt für Comedians handelte und dass sie oft nach ihrem Impro-Kurs hergekommen war. Das Verhältnis zwischen Männern und Frauen betrug fünf zu eins, und die Mädchen hier trugen einfach nur T-Shirts und Jeans. Prickelndes Unbehagen überkam Willow. Sie fühlte sich in Kristas superknappem Kleidchen fehl am Platz. Krista bestellte zwei Gläser Weißwein, einen Cheeseburger – höllisch blutig – und Tater Tots als Beilage. Als der Wein gebracht wurde, nahm Krista einen Schluck, ließ den Blick rasch durch den Raum wandern und begann dann, an ihren Haaren herumzuspielen. *Sie ist immer in Bewegung*, dachte Willow. Wie ein Kind oder jemand auf Speed. Doch dann erstarrte Krista wie vom Donner gerührt. »Heilige Scheiße, sieh dir das mal an.«

Drei Männer hatten gerade die Bar betreten. Der mittlere kam ihr vage bekannt vor, er hatte ein hübsches Gesicht und dunkle Haut. Willow vermutete in ihm einen Schauspieler. Die trugen immer schickere Uhren und Schuhe als alle anderen. Und dieser Kerl hatte eine Rolex, und unter dem Saum seiner Jeans lugten lederne Budapester mit geschwungener Flügelkappe hervor. »Irre, das ist Ravi Harlow«, zischte Krista.

»Wer?«

»Er ist ein total berühmter Stand-up-Comedian. Er spielt bei dieser Serie *Too Many Chefs* von Comedy Central einen der Köche. Und vergangene Woche war er bei Jimmy Fallon. Er ist urkomisch, ich finde ihn richtig klasse«, sagte Krista, während sie verfolgte, wie die drei Männer sich an einen Tisch setzten.

Einer von ihnen warf einen Blick zu den beiden Freundinnen hinüber und stieß Ravi daraufhin an.

Krista blickte wild hin und her. »Mist, hat er mich gesehen?«

»Ähm, ja, schon.« Willow lächelte. »Du hast ihn angestarrt.«

»Es ist nur, er ist berühmt, also so richtig berühmt«, flüsterte Krista vernehmlich. »Er hat auf Instagram eine Million Follower. Ich folge ihm, und letzte Woche hat er ein Foto von sich zusammen mit Bill Murray hochgeladen, der übrigens inzwischen richtig alt geworden ist, aber ich glaube, ich finde ihn trotzdem noch attraktiv –«

»Hi«, sagte eine maskuline Stimme.

Ravi stand hinter ihnen. »Hi«, antwortete Willow.

Krista sagte kein Wort. Willow stieß sie mit dem Fuß an. »Hey«, presste Krista hervor und blickte nervös zu ihm auf.

Ravi deutete auf seinen Tisch. »Würdet ihr euch vielleicht gern zu uns setzen?«

»Klar!« Krista stieß ihn fast um. Sie konnte gar nicht schnell genug von ihrem Stuhl aufspringen.

Gleich darauf saßen Krista und Willow bei Ravi, Colin (Brille) und Dan (groß), die Ravi ihnen als Freunde aus L.A. vorstellte.

Willow fingerte am Stiel ihres Weinglases herum und sagte, ihr Name sei Caroline. Die Männer lächelten ihr zu, bevor sie sich an Krista wandten.

»Und wer bist du?«, fragte Colin.

»Was?« Sie zitterte vor Aufregung. Ihre Augen klebten geradezu an Ravi. »Tut mir leid, aber ich bin *so* ein Riesenfan. Du bist so witzig.«

»Vielen Dank.«

»Diese Folge von *Too Many Chefs*, als der Gast das Essen zurückgibt und du ihn am Ende für dich kochen lässt.« Krista schüttelte kichernd den Kopf. »Zum Totlachen.«

»Ja, das war witzig.« Ravi nickte. »Dan hat am Drehbuch für diese Episode als Co-Autor mitgewirkt.«

»Unglaublich«, sagte Krista. Sie starrte Ravi unablässig in die Augen. »Unglaublich. Das ist so cool«, verkündete sie den am Tisch Versammelten. »Einfach fantastisch.«

Obwohl Willow fand, dass Krista sich schlicht und einfach wie eine Irre benahm, schienen die Männer von ihr begeistert zu sein, ja, sie sogar anzuhimmeln, als wäre Krista hier die Berühmtheit, die sie mit ihrer Gegenwart beehrte.

»Bist du Schauspielerin?«, erkundigte sich Ravi.

»Ich? Oh, in gewisser Weise. Ich meine, ja, ich denke schon.«

»So geht es mir auch.« Ravi senkte die Stimme. »Verrate es niemandem, aber ich mogle mich auch so durch. Als ich anfing, war mein ›Agent‹ einfach nur ich mit verstellter Stimme.«

Dan und Colin lachten beide auf eine Art, die Willow zu dem Schluss kommen ließ, dass die Geschichte offenbar der Wahrheit entsprach. Krista spähte grinsend zu Willow hinüber. Willow lächelte zurück und fühlte sich dabei papieren.

Ravi wandte sich an Krista. »Und, was hast du als Nächstes in der Pipeline?«

»Was meinst du damit?«

»Woran arbeitest du gerade?«

Kristas Lächeln wurde unsicher. »Ich versuche, einen Agenten zu bekommen.«

Ravi neigte den Kopf.« Einen Agenten zu *bekommen*?«

»Den Agenten zu wechseln. Mein letzter hat nichts auf die Reihe gebracht.« Krista nippte nervös an ihrem Wein.

»Bei wem warst du?«, fragte Ravi interessiert.

Krista warf Willow einen panischen Blick zu. Willow starrte zurück. Krista könnte alles behaupten – CAA, William Morris –, den Männern würde es bestimmt nicht auffallen. Oder doch? Mit welchen Agenten mochten sie zusammenarbeiten? Bevor sie losgezogen waren, hätten sie doch lieber noch ein wenig ausführlicher an ihren Vorgeschichten arbeiten sollen.

»Cheeseburger?« Eine pausbäckige Kellnerin stellte einen Teller mit einem ganzen Berg an Essen vor Krista ab. Der Burger war so groß wie ihr Kopf. Vom Duft von frisch gebratenem Fleisch lief Willow sofort das Wasser im Munde zusammen.

»Hervorragend, ich bin am *Verhungern.*« Krista schaffte es, beide Hände unter den Burger zu schieben, und biss so viel ab, wie sie nur konnte. Genüsslich verdrehte sie die Augen. »Mm. *So gut.*« Erst, als sie bereits die Hälfte des Burgers vertilgt hatte, bemerkte sie, dass alle am Tisch sie schweigend beobachteten.

»Möchtest du auch etwas?«, bot sie Ravi an.

»Nein. Danke.« Er betrachtete sie, als wäre sie ein exotisches Tier. »Ich habe nur noch nie zuvor jemanden so essen sehen.«

Krista stopfte sich eine Handvoll Tater Tots in den Mund. »Was meinst du?«

Willow entschuldigte sich und machte sich auf die Suche nach der Toilette.

Sie erwies sich als klein und relativ schmuddelig. Sie deckte die WC-Brille mit einer ganzen Schachtel Toilettensitzauflagen aus Papier ab, setzte sich dann vorsichtig hin und nahm ihr Telefon zur Hand. Zwei Anrufe in Abwesenheit. Einer von ihrem Vater und einer von Mark. Mark hatte außerdem eine Textmitteilung geschickt. Bist du zu Hause? Ich würde dich gern sehen. Sie tippte: Geht nicht ... Bin mit Krista unterwegs ... Bald. Er antwortete sofort. Das wäre schön. Bin im Lenny's, falls du Lust hast, vorbeizukommen.

Willow schaltete das Handy aus.

Lenny's war Marks Lieblingskneipe, die in unmittelbarer Nähe von seiner Wohnung im East Village lag. Sie stellte sich vor, wie er dort Erdnüsse aß und sich im Fernsehen Baseball ansah. Ihr Magen krampfte sich unwillkürlich zusammen.

Wann immer Spannungen zwischen ihnen aufkamen, lösten sie ihre Konflikte meist, indem Mark versuchte, sie wieder für sich zu gewinnen, sich mit seiner tröstlichen, beständigen Zuwendung um sie bemühte. Insgeheim genoss sie diesen Teil eines Streits: Nachdem sie sich für ein oder zwei Tage unsichtbar gemacht hatte, schlich sie sich quasi auf Zehenspitzen zu ihm zurück, behutsam und zurückhaltend. Doch in diesem Moment wollte sie ihn genauso dringend sehen wie ihm aus dem Weg gehen. Ein Gefühl, das man wahrscheinlich nicht für seinen Freund empfinden sollte. Obwohl sie das eigentlich nicht genau wissen konnte. Keine ihrer bisherigen – wie konnte man das nennen? Affären? – war jemals etwas Offizielles gewesen. Denn wenn man nichts offiziell machte, dann konnte man auch niemals offiziell verletzt werden. Oder offiziell jemand anderem wehtun. Die Vorstellung, sich ganz an jemanden zu binden, empfand sie als äußerst beunruhigend. *Bindung*, ein hartes, scharfkantiges Wort, wie eine Klinge, die tief ins Fleisch schnitt.

Sie wickelte etwas Toilettenpapier um ihren kleinen Finger und verspürte noch keine rechte Lust, sich wieder zu Krista zu gesellen, die bestimmt gerade nach allen Regeln der Kunst flirtete.

Am Rande ihres Bewusstseins tauchte schon wieder der Sex-vor-dem-Spiegel-Zwischenfall auf, beharrlich wie ein angetrunkener Typ auf einer Studentenparty, der trotz unmissverständlicher *Verzieh-dich*-Signale nicht lockerließ. Willow war in Sachen Sex nicht gerade eine Anstifterin. Manchmal führte sie sogar insgeheim Buch darüber und war immer froh, wenn sie feststellte, dass sie es bereits in der Nacht zuvor getan hatten. Derart die Nerven verloren hatte sie allerdings bisher noch nie. Aber vielleicht war ein Vorfall wie dieser unvermeidlich gewesen. Vielleicht war das ein Grund, weshalb ihr die Vorstellung einer engen Bindung so übel aufstieß: die unumgängliche Intimität, das vertrauliche, erniedrigende Zeigen von Narben. Oder lag es nur daran, dass Willow wusste, was so viele andere zu leugnen versuchten: dass jeder seine Anziehungskraft, seinen besonderen Reiz nach gewisser Zeit verlor …

Die Waschraumtür wurde aufgerissen und knallte gegen die Wand. Zwei junge Frauen kamen herein. Willow hörte ihnen nur mit halbem Ohr dabei zu, wie sie sich über ein Vorsprechen unterhielten, bei dem sie beide gewesen waren, und besprachen, ob sie sich nun noch einen Drink bestellen sollten oder lieber nicht. Hellhörig wurde sie erst, als eine der Frauen sagte: »Hast du gesehen, wie schnell sie mit an den Tisch gegangen ist?«

»Ich weiß, das ist so widerlich«, ächzte die andere. »Diese Comedy-Groupies bringen uns alle in Verruf.«

Sprachen die beiden etwa über sie und Krista?

»Und was ist mit der Blondine? Dass Männer so eine attraktiv finden, kotzt mich an. Sie sieht aus, als hätte sie die Persönlichkeit eines Bleistifts.«

»Ich weiß! Aber ein Bleistift kann wenigstens schreiben.«

Eine Kabinentür knallte auf, und Willow fuhr vor Schreck zusammen. Das Telefon rutschte ihr vom Schoß und fiel klappernd zu Boden.

»War das meins?« Sie sah, wie die Turnschuhe des Mädchens sich vor ihrer Kabine hin und her drehten. Willow zog schnell mit klopfendem Herzen die Füße ein. Geflüster, zu leise, um es zu verstehen. Eine der Frauen raunte: »Oh Shit.« Einen schrecklichen Moment lang befürchtete sie, die beiden würden versuchen, sich zu entschuldigen. Doch stattdessen öffnete sich wieder quietschend die Waschraumtür, und die Frauen eilten hinaus.

Sie wusste, dass sie die Kommentare der beiden nicht persönlich nehmen durfte – dies war nicht ihre Haut, dies war nur eine Maske. Ein Kostüm. Eine Fremde, die sie bewohnte, die sie sich ausgeliehen hatte, um … Warum? Irgendwo in den Tiefen ihres Verstandes verbarg sich sicher der Antrieb dafür, der Grund für alles, aber er ließ sich nicht einfangen. Immer wieder glitt er ihr durch die Finger, rutschte durch die Risse der bewussten Wahrnehmung.

Sie wartete einige lange, stille Minuten ab, bevor sie die Toilettentür wieder öffnete. Seltsamerweise fürchtete sie sich fast davor, das Mädchen im Spiegel anzusehen. Etwas Dunkles schien in ihrem Bauch zu kriechen, aufwärts, in ihre Kehle hinein. Sie sah sich an.

Da stand jemand hinter ihr.

Sie fuhr herum, zu verängstigt, um zu schreien.

Doch dort war niemand. Was sie für ein Gesicht gehalten hatte, war in Wirklichkeit ein Poster, ein Werbeplakat für einen Stand-up-Comedian. Sie war allein im Waschraum.

Sie drehte den Wasserhahn auf und beugte sich vor, um sich Wasser ins Gesicht zu spritzen. *Ich bin betrunken*, dachte sie. *Ich sehe Dinge, die nicht da sind.*

Sie konnte Krista schon hören, ehe sie sie überhaupt sah. Ihre Freundin hielt Hof wie eine Königin. Alle Männer am Tisch hatten sich zu ihr hingeneigt. Willow meinte fast, die unsichtbaren Leinen in Kristas Hand sehen zu können. Auf dem Tisch stand eine neue Runde Getränke – anscheinend hatten sie zu Whisky gewechselt.

Willow setzte sich auf einen freien Barhocker. Sie wollte vorsichtshalber nicht weiter in die Bar hineingehen, damit sie den beiden Frauen aus dem Waschraum nicht noch einmal über den Weg lief. Sie bestellte sich einen Weißwein und überdachte ihr weiteres Vorgehen. Am besten wäre es wahrscheinlich, nach Hause zu gehen. Evie machte sich bestimmt schon Sorgen.

»Kann ich dir noch etwas zu trinken ordern?«

Dan, der Große, der Autor, stand liebenswürdig lächelnd neben ihr.

»Ich habe mir gerade schon etwas bestellt.«

»Stört es dich, wenn ich mich zu dir setze?« Willow zuckte nur mit den Schultern, woraufhin Dan dem Barkeeper zuwinkte. »Ich nehme das Gleiche wie sie.« Er setzte sich auf den Hocker neben ihr. »Caroline, richtig?«

Sie nickte.

»Dan«, sagte er und berührte dabei seine Brust.

Sie nickte wieder. »Ich erinnere mich.«

Er schien erfreut. »Also, darf ich dir die blödeste Frage der Welt stellen?«

»Und die wäre?«

»Was machst du so?«

Sie lachte leise auf. »Das ist wirklich die blödeste Frage der Welt.«

Der Barkeeper stellte zwei Gläser mit hellgelbem Wein vor sie hin. Dan griff in seine Brieftasche und zog einen Zwanzig-

Dollar-Schein heraus. »Lass mich das übernehmen.« Sie konnte sein Interesse an ihr so deutlich spüren, als würde er sie damit überziehen wie mit einer Gipsschicht.

Sie drehte sich schwungvoll auf dem Hocker zu ihm um. »Ich bin ein Model«, sagte sie. »Das mache ich so.«

Er lächelte verschmitzt. »Das dachte ich mir schon.«

»Warum?«

Er zuckte mit den Schultern, und sein Lächeln wirkte mit einem Mal nervös. »Weil du so wunderschön bist.«

Willow wiederholte die Worte noch einmal im Kopf. *Weil du so wunderschön bist.* Mark sagte auch solche Dinge zu ihr, aber mit ihm war sie ja auch zusammen. Kein Mann hatte jemals zuvor etwas Derartiges zu ihr gesagt, jedenfalls hatte es nicht so geklungen, als wäre es aufrichtig gemeint – als wäre es eine Feststellung, kein Anmachspruch. Interesse erwachte in ihr, das jedoch weniger ihm galt als der Situation an sich. »Du findest mich schön?«

»Ich bitte dich«, sagte er und lachte auf. »Du weißt doch, dass es so ist.«

Sie musterte ausgiebig sein Gesicht. Er errötete. »Willst du Sex mit mir haben?«

Er zwinkerte, einmal, zweimal. »Tut mir leid«, sagte er. »Ich muss wohl halluziniert haben, denn das klang gerade so, als –«

Willow fiel ihm ins Wort. »Willst du mit mir irgendwohin gehen, wo wir unsere Kleider ausziehen und mit den Mündern den Körper des anderen berühren und einander zum Höhepunkt bringen?« Ihr Inneres fühlte sich an wie Quecksilber: flüssig, gefährlich. »Willst du Sex mit mir haben?«

Er senkte den Blick auf seine Hände, die er um das Weinglas gelegt hatte, sah dann wieder zu ihr auf. Seine Stimme klang sanft. »Selbstverständlich will ich Sex mit dir haben, Caroline.«

Willow würde nicht mit diesem verängstigten, jungen Autoren schlafen. Das würde sie Mark niemals antun. Aber dieses Spiel machte Spaß. Sie spielte eine Rolle, jemanden aus der Vergangenheit, jemanden Unvermeidlichen und Lüsternen, und jemanden, der *in* ihr war, auf eine Art, die sie nicht genau definieren, aber ebenso wenig leugnen konnte. So gefährlich prickelnd die ganze Situation auch war, so hatte sie doch auch etwas seltsam Tröstliches, etwas Bekanntes. Etwas Altvertrautes. »Wo?«

»Ich, ähm …« Er schluckte. Als wäre es die wichtigste Offenbarung der Menschheitsgeschichte, verkündete er: »Ich habe ein Hotelzimmer.«

Ihr Puls raste. »Du hast keine Freundin?«, fragte sie scherzhaft.

Er starrte sie an. Auf seiner Stirn glitzerte Schweiß. »Scheiße.«

Nun war sie es, die irritiert zwinkerte. Sie hatte doch nur einen Spaß gemacht. »Du … hast eine Freundin?«

Er atmete schwer und sah gequält aus. »Ich habe eine Verlobte.«

Zorn loderte in Willow auf, heiß und unerwartet. Ihre Stimme wurde scharf wie ein Messer. »Na, das ist wirklich Scheiße.«

»Wie bitte?«

»Du Mistkerl! Du würdest es mit mir treiben? Du würdest deine zukünftige Frau betrügen?« Sie verspürte den Drang, ihm den Wein ins Gesicht zu schütten. Mit Glas. »Leck mich.«

»Caroline, warte.«

Sie schnappte sich ihre Handtasche. »Ach, verzieh dich.«

Draußen vor der Tür brodelte die Stadt. Willow taumelte in einen Trupp angetrunkener junger Männer hinein. Sie lachten und griffen nach ihren Armen. Ihr Atem stank nach Hot Dogs und Bier. Ein Mann mit einem Gesicht wie aus Porenbeton lallte: »Hey, Süße. Willst du feiern?«

Sie rammte ihm den Ellbogen in den Magen. Er fluchte und beschimpfte sie als Nutte. Seine Freunde lachten. Die Straße war ein einziges Durcheinander aus Autos, die über die Asphalthaut der Stadt krochen. Alles kroch, alles war erbärmlich. Sie winkte sich ein Taxi heran, und als der Fahrer sie fragte, wo sie hinwolle, antwortete sie: »East Village.«

12

»Selbstverständlich sollten sie einen Film über sie drehen!« Krista hieb mit der Faust auf die Tischplatte, spürte jedoch nichts dabei. »Ben und Jerry sind *amerikanische Helden.*«

»Ein Piobic.« Ravi stieß auf. »Bio. Pic.«

Krista hob ein Glas an die Lippen, stellte jedoch zu ihrer Überraschung fest, dass es bereits leer war. »Also. Wer sollte mitspielen? In so was bin ich verdammt gut. Ben … Stiller natürlich.«

»Natürlich.« Ravi nickte schlaff.

»Ja, mit ihm kann man nichts falsch machen, zumindest in der Regel nicht – Ben Stiller und … Ach, wie heißt sein Vater doch gleich noch mal, er ist so verdammt witzig –«

Krista und Ravi begriffen im selben Moment und sahen einander mit großen Augen an. Dann schlugen sie beide mit den Handflächen auf den Tisch, sodass die Gläser klirrten.

»Jerry!«

»Ben und Jerry!«

»Oh Mann!« Das war zu viel für Krista. »Oh Mann!«

»Also, hat er seinem Kind etwa mit Absicht diesen Namen gegeben?«

»Oh Mann! Ben und Jerry! Ben und Jerry!«

Sie starrten einander an, fassungslos vor Verblüffung.

Eine Sekunde später warf sich Krista auf Ravi Harlow.

Der Lagerraum war muffig und roch nach Ketchup, doch das fiel Krista überhaupt nicht auf, weil ihre Zunge nämlich in Ravis Mund steckte. »Mein Gott.« Seine Stimme klang gedämpft. »Du bist … leicht erregbar.«

»M-hm.« Krista schlang ein Bein um seinen Schenkel und drängte sich mit Schwung gegen ihn.

Er geriet ins Stolpern, verlor fast das Gleichgewicht.

»Hoppla.« Krista unterbrach die wilde Knutscherei und wischte sich den Mund. »Ich bin es nicht gewohnt, so üppig zu sein.«

»Wie bitte?«

Sie schubste ihn grinsend rückwärts. »Nicht wichtig.«

Zungen, Arme und Beine ineinander verschlungen taumelte das Pärchen an Schachteln mit Servietten und Bierpaletten vorbei. Als Krista die Augen öffnete, nahm sie eine Bewegung wahr. Es war noch ein anderes Paar hier drinnen. Und der Mann sah genauso aus wie …

»Shit, das ist ein Spiegel.« Das Haar ihres Spiegelbilds sah wild und zerzaust aus, die Beine waren lang und der Po perfekt … »Ich bin so verdammt heiß«, stöhnte sie und drehte sich ein kleines Stück, um sich selbst lüstern zu begaffen.

Ravis Mund war an ihrem Hals. »Und ein Riesenego hast du obendrein.«

Krista hörte ihn nicht. Ihr schwirrte der Kopf. Ihre Haut juckte. Sie brauchte Sex. Sofort. Sie zerrte Ravi mit sich zu einer niedrigen Gefriertruhe, die in der Ecke stand. Als sie sich auf den Deckel gesetzt hatte, konnte sie sich noch immer in dem gesprungenen Spiegel sehen. Perfekt.

Sie zog Ravis Lippen an ihre. Er stank nach Whisky. »Willst du meine Muschi lecken?«

»Das ist … Das ist keine Frage, oder?« Sein Blick war ein wenig glasig. »Eher … Eher ein Befehl.«

Sie fuhr mit der Zungenspitze am Rand seines Ohrs entlang. Das Bild, das sich ihr dabei im Spiegel bot, sah aus wie ein Werbespot für Axe. »Du willst es.«

Er nickte wankend. »Das stimmt.« Er presste die Fingerspitzen zwischen ihre Beine, woraufhin ein Ruck durch ihren ganzen Körper ging.

Erst stöhnte sie auf, dann musste sie lachen. »Verdammt noch mal.« Das versprach, ein denkwürdiges Ereignis zu werden.

Unterwäsche, bereits feucht und klebrig, wurde entfernt. Finger packten die Innenseiten ihrer Schenkel. All ihre Nervenenden schienen bereit zum Sprung aus dem fliegenden Flugzeug: gierig, kochend vor Adrenalin. Und dann … absolute Glückseligkeit. Heiße, scharfe, intensive Wonnen. Lust schoss von ihrer Klitoris durch ihr Rückgrat.

Sie keuchte, stöhnte dann lauthals. Es war *der Wahnsinn*. Fast kam es ihr so vor, als hätte sie einen wilden Dreier mit dem Typen zwischen ihren Schenkeln und der heißen Frau im Spiegel. Oder als würde sie sich einen Porno ansehen. Oder *in* einem Porno mitwirken, aber in einem von den richtig guten, für die man freiwillig Geld bezahlte. »Yeah, Baby«, stieß sie halb grunzend, halb stöhnend hervor. »So ist es richtig. Leck meine Muschi.« Sie keuchte jedes Wort einzeln. »Du kleine, sexy Bitch, oh ja.«

Normalerweise redete Krista beim Sex nicht, doch die Frau im Spiegel erwies sich als … geschwätzig. »Du kleiner, sexy Mann. Du kleiner, sexy Mann, der meine Muschi leckt, meine nasse, nasse Muschi –«

Ravi hielt inne. Krista blickte nach unten und erkannte, dass er sie stirnrunzelnd ansah. »Mensch, ich habe nicht gesagt, dass du aufhören sollst.«

Ravi verfiel wieder in seinen bisherigen Rhythmus, woraufhin sie ihren Unterleib noch schneller an seinem Mund rieb. »So ist es richtig. So ist es richtig. Ja, du bist hungrig. Du hast schon seit Tagen nichts Leckeres mehr bekommen, nicht wahr, du sexy, hungriger, kleiner Mann.«

Dieser Körper, dieser Mann, das war *besser* als in ihrer Fantasie.

Der Mund zwischen ihren Schenkeln bewegte sich fordernder auf und ab, und eine Welle rollte heran, ein Tsunami, sie konnte es spüren. »Leck mich ordentlich! Nimm dir einen Nachschlag! Lang richtig zu! Ja! Ja!«

Das Pretty zu nehmen war die beste Entscheidung *aller Zeiten* gewesen.

»Fuck. Fuck, ich komme gleich …«

Und dann … der freie Fall. Der Augenblick, in dem sich der Orgasmus nicht mehr aufhalten lässt, der Punkt, von dem an man segelt, gleitet, im Schuss den Hang hinuntersaust, in den Abgrund, den leeren Raum, ins Himmelreich.

»Nicht aufhören, nicht aufhören, nicht aufhören …« Ihre Augen waren nun geschlossen, ihre Beine durchgedrückt.

Bingo. Kawumm. Volltreffer. Der Orgasmus durchfuhr sie mit der Subtilität einer Marschkapelle. Ravi, der sich noch immer mächtig ins Zeug legte, verminderte den Druck ein wenig, bewegte seine Zunge aber weiter. Glühendheiße Blitze durchzuckten peitschend ihren Körper und ließen sie zucken wie eine Marionette. »Ja! Fuck! Ja! Fuck!«

Nach und nach ließen die Wallungen nach. Ravi erhob sich, o-beinig, das Haar völlig zerzaust. »Verdammt, Kleines. Du hast ein ganz schön schmutziges Mundwerk.«

Krista ließ den Kopf in den Nacken fallen und lachte auf. Die Welt war so schön. Alles war so gut.

Alles würde sich so *perfekt* fügen.

13

Mark zu beobachten kam ihr illegal vor. Alles in ihr sträubte sich intuitiv dagegen. Was sie tat, war falsch, als ob ein verurteilter Verbrecher vor einem Polizeirevier herumlungerte. Aber sie konnte sich nicht bewegen. Und sie hatte sich bereits seit zwanzig Minuten nicht mehr bewegt. Stattdessen saß Willow ein Stück weit entfernt von ihrem Freund, am anderen Ende der Bar, und beobachtete ihn dabei, wie er ein Spiel der Red Sox im Fernsehen verfolgte.

Beobachtete ihn dabei, wie er ein dunkles Bier trank.

Beobachtete ihn dabei, wie er Erdnüsse aus einer hölzernen Schale nahm und sie knackte.

Beobachtete ihn dabei, wie er hin und wieder sein Telefon checkte.

Beobachtete ihn einfach nur.

Es schien ihm nicht unangenehm zu sein, dass er alleine in der Bar saß. Er wirkte mit sich selbst zufrieden und hielt es offenbar nicht für nötig, anderen vorzugaukeln, dass er noch auf jemanden wartete. Das war ein neuer Mark; der Mark, der er war, wenn sie nicht bei ihm war.

Eigentlich hatte sie ihn schon einmal so erlebt, an jenem Abend, an dem sie sich kennengelernt hatten. Sie hatte die Weihnachtsparty von Evies Buchklub-Freundin in Park Slope besucht. Als Willow und Evie dort eintrafen, war es bereits relativ voll: laut, schwitzig, und die Käseplatten sahen aus, als hätte sich ein Wolfsrudel durch sie hindurchgefressen. Zu jener Zeit unternahmen Willow und Evie bereits relativ regelmäßig etwas gemeinsam, doch eine private Party in einer Etagenwohnung ohne Fahrstuhl und Portier, bei der die Gäste sich nicht über Nächte in diversen Clubs, sondern über Promotionen unterhielten, stellte dennoch eine Ausnahme dar. Schließlich landete Willow in einer Ecke in der Küche, wo sie Prosecco nippte und zuhörte, wie Evie einem jungen, asiatischen Mann einen Monolog über die Privilegien der Weißen hielt, während er nickte und immer wieder heimlich auf ihre Brüste schielte. Ihre Gedanken drifteten ab, zu einem neuen Fotoprojekt, das sich mit den Ringen des Saturn und Dantes *Inferno* und neugeborenen Kätzchen, die noch nicht die Augen geöffnet hatten, beschäftigte. Da fiel ihr plötzlich Mark auf. Er stand im Wohnzimmer vor einem riesigen Bücherregal und unterhielt sich mit einer kleingewachsenen Frau mit einer Brille im Cat-Eye-Stil auf der Nase. Er hatte so eine gewisse Art, die sie sofort … angenehm fand. Wenn er Augenkontakt aufnahm, war sein Blick fest, aber unaufdringlich, wenn er sprach, lächelte er, und als die Frau augenscheinlich einen Witz machte, lachte er. Willow, die zu jener Zeit mit einem Filmstudenten von der NYU schlief, der Kokain mehr liebte als sie, ertappte sich dabei, wie sie ihn bedrückt anstarrte und dabei dachte, dass er genau der Typ Mann war, mit dem sie eigentlich zusammen sein sollte. In genau diesem Augenblick hob er beiläufig den Kopf und blickte direkt zu ihr. Als er lächelte, fühlte es sich an wie eine Umarmung.

Daraufhin starrte sie ihn an, doch er sah schon nicht mehr in ihre Richtung.

»*Schätzchen?*«

Sie riss schuldbewusst den Kopf hoch. Der Barkeeper – ein älterer Mann, den sie nicht kannte – sah sie fragend an. »Entschuldigung, was haben Sie gesagt?«

»Möchten Sie noch einen Wein?«

»Ähm. Nein. Danke.«

Der Barkeeper spähte gelangweilt zu Mark hinüber. »Manchmal muss man selbst den ersten Schritt machen.«

»Wie bitte?«

Doch er hatte ihr bereits wieder den Rücken zugedreht und angefangen, saubere Biergläser einzuräumen.

Manchmal muss man selbst den ersten Schritt machen.

Wie vielen Frauen hatte der Barkeeper diesen Rat wohl schon gegeben? Wie viele Frauen hatten in ihrer Abwesenheit mit Mark geflirtet? Bei wie vielen hatte er sich darauf eingelassen? Mit wie vielen –

Mark drehte sich um. Sie erstarrte. Sein Blick glitt über die wenigen anderen Gäste. Fiel auf sie. Sirrende Energie schoss durch ihren Körper. Dann wanderte sein Blick weiter, zum Barkeeper. Mark signalisierte ihm, dass er ein neues Bier wollte, und widmete sich anschließend wieder dem Spiel im Fernsehen.

Willows Herz hämmerte wild. Selbstverständlich war sie erleichtert, dass Mark nicht versucht hatte, Augenkontakt mit ihr aufzunehmen. Doch andererseits verspürte sie auch ... Enttäuschung.

Sie rutschte von ihrem Hocker. Als sie noch knapp einen Meter von ihm entfernt war, nahm Mark sie wahr und hob den Kopf. Sie sah ihn forschend an, rechnete damit, bei ihm ein gewisses Interesse zu erkennen. Doch da war nichts. Nur höfliche Neugier, die sich schnell in Verwirrung verwandelte, als sie beklommen vor ihm stehen blieb. »Dürfte ich ... dein Handy ausleihen?«

»Oh. Aber sicher.« Mark schob ihr sein iPhone über den Bartresen zu und lächelte. Ein hilfsbereites, freundliches Lächeln, das keine Grenzen überschritt. Sie nahm behutsam sein Telefon auf, unschlüssig, was sie weiter unternehmen sollte. Wie automatisch tippten ihre Finger seinen Code ein, 9891. Sein Geburtsjahr rückwärts.

Mark riss den Kopf hoch. »Woher kennst du meine Geheimzahl?«

»Das … Das ist auch deine Geheimzahl?«

»Was?«

»Ich …« Sie lachte nervös auf. »Oh, das ist ja verrückt. Ich habe einfach instinktiv meinen Code eingegeben –«

»Du hast denselben wie ich?«

»Sieht so aus.«

Sie starrten einander an. Dann begann Mark zu lächeln. »Das ist irre. Die Wahrscheinlichkeit dafür ist … Das ist wirklich verrückt.«

Willow blickte auf den Startbildschirm seines Handys. Was jetzt? Wen konnte sie anrufen? »Ich habe mich aus meiner Wohnung ausgesperrt.«

»Das ist blöd.«

Sie gab ihm das Telefon zurück. »Ich kenne die Telefonnummer meiner Mitbewohnerin nicht.«

Er sah sie an, als wolle er fragen *Warum hast du mich dann um mein Telefon gebeten*?

»Tut mir leid.« Sie zuckte mit den Schultern, lachte matt über sich selbst. »Ich bin ein bisschen neben der Spur.«

»Schick ihnen doch eine E-Mail«, schlug Mark vor. »Oder einen Tweet? Sind deine Mitbewohner auf Twitter?«

Typisch Mark. Selbst nicht existente Probleme wusste er zu lösen. »Nein, ist schon okay, ich habe eine Nachricht hinterlassen. Ich denke, sie wird bestimmt bald hier sein.«

»Okay.«

Die beiden betrachteten einander. *Das ist es*, dachte Willow. *Das ist die Bewährungsprobe.* Würde er der verzweifelten, hübschen Blondine mit dem perfekten pinkfarbenen Mund anbieten, ihr einen Drink auszugeben? Stellte er sich gerade vor, wie es wäre, sie zu küssen?

Sie zu vögeln?

»Viel Glück«, sagte Mark. »Ich hoffe, du musst nicht allzu lange warten.«

Damit wandte er seine Aufmerksamkeit wieder den Red Sox zu.

»Darf ich mich zu dir setzen?« Willow wagte sich einen Schritt voran, ehe die Gelegenheit verstrich. »Solange ich warte?«

In Marks Gesicht flackerte etwas auf. Eine kurze Pause entstand, doch ehe sie unangenehm wurde, sagte er bereits: »Klar.«

Willow setzte sich, vorsichtig und triumphierend. Sie war ein Vampir, den man über die Schwelle gebeten hatte. Ein Killer, den man auf eine Tasse Tee ins Haus gebeten hatte. Die tolle, pinkfarbene Handtasche, die sie auf die Bar legte, gehörte Krista, doch sie bezweifelte, dass Mark sie wiedererkennen würde.

»Wohnst du hier in der Nähe?«, erkundigte sich Mark. Freundlich. Hilfsbereit.

»Ähm, ja. In der Achten Straße.«

»Ich wohne in der Zehnten, zwischen A und B.«

Willow nickte. *Ich weiß.* »Schöne Gegend.«

Er dachte einen Augenblick über ihre Bemerkung nach. »Ja, ganz nett. Meine Freundin und ich ziehen dieses Jahr noch nach Brooklyn.«

Das zu hören überraschte sie. Sie verstand sofort, dass er das Wort *Freundin* bewusst fallen gelassen hatte. Der gute, verlässliche Mark ließ die hilflose Blondine, die sich aus ihrer Wohnung ausgeschlossen hatte, wissen, dass er eine Freundin hatte. Doch darüber, dass sie zusammenziehen wollten, hatten sie bisher nie gesprochen. Hin und wieder hatte es Anspielungen gegeben, im Scherz, *Wenn wir zusammenziehen, dann kaufen wir uns dieses oder jenes.* Wollte er der Blondine nur vermitteln, dass er nicht zu haben war? Oder war das tatsächlich Marks Plan, und sie – seine echte Freundin – wusste nichts davon?

»Ich habe noch nie mit jemandem zusammengelebt«, bemerkte Willow wahrheitsgemäß. Genauso wenig wie Mark. Wenn sie wirklich zusammenziehen würden, wäre es für sie beide eine Premiere.

Mark knackte unbekümmert eine Erdnuss. »Ich schon.«

Willow ließ sich ihre Verblüffung nicht anmerken. »Tatsächlich?«

»Im Jahr nach dem College.«

Im Jahr nach dem College war Mark mit … Michelle zusammen gewesen? Oder Marissa? Irgendein Name mit *M.* Willow versuchte, sich die Details wieder ins Gedächtnis zu rufen. Es war eine miese Beziehung gewesen. Sie hatte viel billigen Gin getrunken und dadurch ihren scharfen Verstand vor allem für Boshaftigkeiten eingesetzt, weshalb Mark emotional nur mit halbem Herzen involviert gewesen war. Sie hatten sich oft gestritten. Sie hatten *zusammengewohnt*? Willow versuchte, sich ins Gedächtnis zu rufen, ob sie Mark jemals direkt gefragt hatte, ob er bereits mit jemandem zusammengelebt hätte, oder ob das Thema einfach nie zur Sprache gekommen war und sie deshalb automatisch davon ausgegangen war, dass er das noch nie getan hatte. Aber sie konnte sich nicht mehr erinnern.

»Wie viele Mitbewohner hast du?«, fragte Mark.

»Wie bitte? Oh, einen.« Willow verhaspelte sich fast. »Nur eine Mitbewohnerin.«

»Cool.« Mark trank einen großen Schluck Bier. »Ich lebe allein.«

Sie verfielen in Schweigen. Mark trank noch mehr Bier. Sein Blick zuckte zwischen ihr, dem Spiel und dem Telefon hin und her. War er nervös? Oder nur gelangweilt? Wieder musste sie an die Weihnachtsparty in Park Slope denken. Es war bereits nach Mitternacht gewesen, als er es endlich geschafft hatte, ihr wie zufällig zu begegnen – als sie beide Tortillachips in ein Glas mit schwarzem Bohnendip tunken wollten und ihre Hände sich berührten. Hinterher konnte sich keiner von ihnen mehr daran erinnern, was in diesen ersten Augenblicken befangenen Smalltalks gesagt worden war, aber Willow wusste noch, dass sie befürchtet hatte, er könne sich langweilen. Während sie gesprochen hatte, hatte er sie angesehen, mit geneigtem Kopf und einem merkwürdigen, andeutungsweisen Lächeln auf den Lippen. »Was ist?«, hatte sie schließlich gefragt, in der Befürchtung, dass sie vielleicht lallte oder ihr Dip im Gesicht klebte. Daraufhin hatte er gesagt: »Du erinnerst mich an jemanden.« Wochen später, in einem atemlosen Augenblick wilder Verliebtheit, hatte er ihr gestanden, dass sie ihn an seine zukünftige Freundin erinnert hatte.

»Freust du dich darauf, mit deiner Freundin zusammenzuziehen?« Die Frage lenkte Mark von dem Spiel ab. »Das ist ein großer Schritt«, fuhr sie fort. »Zusammenzuleben.«

Mark nickte bedächtig. Sein Gesichtsausdruck ließ sich schwer deuten. »Ja. Das tue ich. Ich meine, es ist der nächste logische Schritt, oder?«

Willow zuckte mit den Schultern. »Ist es das?«

Er lachte leise. »Ja, schon. Daten, zusammenziehen, heiraten, Babys kriegen. Die ganzen schönen Sachen.«

»Willst du sie heiraten? Deine Freundin meine ich?«

Und obwohl Willow sich bemüht hatte, die Frage beiläufig, ja scherzhaft klingen zu lassen, starrte Mark sie verblüfft an, bevor er stockend antwortete: »Ich weiß nicht, ob … Das ist etwas –«

»Oh, entschuldige bitte. Ich wollte nur Konversation machen.« Willow klopfte leise mit den Handflächen auf die Bar. »Es ist nur – du bist so jung.« Sie beugte sich zu ihm, hob gespielt lasziv eine Augenbraue. »Willst du nicht noch ein bisschen deinen Samen verteilen, bevor du sesshaft wirst?«

Mark hob das Glas an die Lippen. »Ich hätte nicht gedacht, dass jemand so etwas wirklich sagt.«

»Was sagt?«

Er schluckte, bevor er antwortete. »Den Samen verteilen.«

»Nun ja, ich sage so etwas.« Sie verzog das Gesicht über sich selbst – *du Dummkopf! Du kannst nicht mal mit deinem eigenen Freund flirten!*

Mark lachte wieder leise, und als sie aufsah, bemerkte sie, wie er sie musterte.

»Was?«, fragte sie und fühlte sich plötzlich befangen.

Mark schüttelte den Kopf und leerte sein Bier. Dann stellte er das Glas wieder auf die Bar und beugte sich ein wenig vor. Seine braunen Augen schimmerten warm. »Du erinnerst mich an jemanden.«

Willows Herz blieb stehen. Alle Geräusche verpufften in einem Vakuum.

Du erinnerst mich an jemanden.

Ein Handy begann zu klingeln. Sie brauchte volle fünf Sekunden, um zu begreifen, dass es ihr eigenes Telefon war, das in Kristas Handtasche schrillte. Beharrlich. Verräterisch. Sie schnappte es sich, doch es war bereits zu spät. Mark riss verwundert die Augen auf.

»Tut mir leid«, murmelte sie. Sie rutschte von ihrem Hocker. »Ich hätte nicht herkommen sollen.«

»Warte doch einem Moment – «

»Nein, wirklich.« Sie wich seiner ausgestreckten Hand aus. Hinter ihren Augen brannte Scham. »Du verdienst mich nicht.«

14

Kristas Kater war ein bösartiges Vieh. Ein riesenhafter Geier, der in irgendeiner gottverlassenen Wüste an einem verrotteten Kadaver *pick-pick-pickte.* Verschmierter Eyeliner ließ sie aussehen wie einen sexy Zombie. Sie riss an der Badezimmertür. Sie öffnete sich. Eine Fremde stand vor ihr.

Krista schrie.

Die Fremde schrie.

Willow fuhr senkrecht von der Couch hoch.

»Kris, ich bin's. Ich« – die Fremde schluckte – »Evie.« Die Frau trug Evies Bademantel und einen verdutzten, schuldbewussten Ausdruck im Gesicht. Unter feuchten, braunen Ponyfransen spähten Augen hervor, die so rund waren wie Planeten und so strahlend blau, dass sie schon fast purpurfarben wirkten.

Krista ächzte erstickt, hatte ihren Kater sofort vergessen. »Oh, Mann.« Sie rieb sich den Schlaf aus den Augen, um die Frau näher zu betrachten, ihre porzellanweiße Haut, die himbeerroten Lippen, ihren um mehrere Zentimeter gewachsenen Körper. »Du siehst verdammt noch mal aus wie Zooey Deschanel. Wie sehen deine Titten aus?« Sie zupfte an Evies Bademantel.

»Kris!« Evie schlug Krista auf die Finger. »Gefängnisvorschrift Nummer eins: Nicht anfassen.«

Willow kam verschlafen angetapst, reckte die langen Glieder. »Aber du hast doch gesagt, du würdest es nicht tun.«

»Es ist nur für eine Woche«, sagte Evie entschieden und zog ihren Bademantel fester. »Und ich habe einen Plan.« Sie reckte mutig das Kinn. »Ich werde die neue Moderatorin von *Extra Salt*.«

»Fantastisch.« Krista grinste wissend und nickte. »Nur zu.« Dann runzelte sie die Stirn. »Moment mal, was ist das überhaupt?«

Evie setzte den Wasserkessel auf und öffnete eine Dose Kaffee. Dabei erklärte sie ihren Freundinnen, dass heute die letzten Vorsprechen für die Webserie stattfanden. Sie hatte bereits eine E-Mail an Ella-Mae geschickt und behauptet, ihre Großmutter sei gestorben, weshalb sie nun zur Beerdigung nach Florida fliegen müsse. Das würde ihr eine Woche Luft verschaffen.

»Cool.« Krista gähnte. Dass sie vor acht Uhr morgens auf den Beinen war, war zum letzten Mal noch nie vorgekommen. Sie saß zusammengesunken auf einem der drei nicht zusammenpassenden Holzstühle, die allesamt aus dem Sperrmüll stammten und um den streichholzschachtelkleinen Küchentisch herumstanden. Willow duschte im Badezimmer, das gerade zum zweiten Mal binnen vierundzwanzig Stunden einer Komplettreinigung unterzogen worden war. »Und dann … was?«

»Dann betätige ich mich quasi als trojanisches Pferd. Die Moderatorin darf ihre eigenen Storys schreiben.« Evie gab drei Teelöffel Kaffeepulver in die French-Press-Kanne, fügte dann in Anbetracht von Kristas Zustand noch einen vierten hinzu. »Ich unterwandere mithilfe von Schönheit das System. Wie in *Glamorama*, nur nicht so terroristisch.« Evie betrachtete trotzig ihr Spiegelbild in der Mikrowellentür. Das Gesicht einer

Unbekannten blickte zurück. Die Welt um sie herum schien zu kippen und zu verschwimmen, wie in einem Traum, irreal. Doch sie hielt dem Blick ihres Spiegelbilds stand, und die Welt wurde wieder normal. Trotz ihrer feuchten Haare und obwohl ihr immer noch ein wenig übel war, war das Mädchen auf dem Glas der Mikrowelle so … hübsch. Mehr als hübsch. Wunderschön. Verlegen wandte sie den Blick ab und errötete.

Sie hatte einen Plan. Sie würde das System unterwandern. Und dazu gehörte nicht, sich hirnverbrannt in einer Mikrowelle zu begaffen.

»Super.« Krista rieb sich müde das Gesicht. »Ist das Casting eigentlich offen für alle?«

Evie goss geschäftig kochendes Wasser über das Kaffeepulver. »Hm?«

»Ist es offen für alle? Du meintest, es geht um eine Webserie?« Die unterschwellige Botschaft war überdeutlich – *kann ich auch vorsprechen?*

Evie zwang sich zu einem ruhigen und vernünftigen Tonfall. »Nein. Es ist ausschließlich für geladene Bewerber. Sie haben mir die Aufgabe übertragen, die Namensliste zu führen. Eine Bewerberin hat sich krankgemeldet, und ich werde einfach ihren Platz einnehmen.«

»Wie verschlagen. Sieht dir gar nicht ähnlich.«

»Nicht?«, fragte Evie, obwohl sie wusste, dass Krista recht hatte. Eine derartige Dreistigkeit war wirklich untypisch für sie. Und genauso untypisch war es, dass sie ihrer besten Freundin den Casting-Termin stahl, einen Termin, den Evie ursprünglich selbst für Krista organisiert hatte. Wirkte sich das Pretty etwa nicht nur aufs Aussehen, sondern auch aufs Verhalten aus? Oder waren das lediglich Effekte, die es mit sich brachte, hübsch zu sein: tief sitzendes Anspruchsdenken und Listigkeit im Sinne von »der Stärkere überlebt«?

»Nein. Das tut es nicht.« Krista sah Evie nachdenklich an, blickte ihr forschend in ihr neues Gesicht. Sie war erschreckend gut darin, Evie beim Lügen zu ertappen – eine Fähigkeit, die sie auch zu einer guten Anwältin in spe gemacht hatte –, doch in diesem Augenblick wirkte sie eher verunsichert als misstrauisch.

Evie senkte den Blick und gab vor, mit der Kaffeekanne beschäftigt zu sein. »Du bist früh auf. Sag bloß nicht, dass wir ab sofort eine brandneue Krista erleben.«

Krista nickte energisch und richtete sich kerzengerade auf. »Heute ist der erste Tag meines wirklichen –« Sie verzog das Gesicht und sackte nach vorn. »Ich fühle mich beschissen.«

»Du solltest vorsichtig sein. Vielleicht lässt durch einen Kater die Wirkung schneller nach.«

Krista schüttelte den Kopf. »Penny hat gesagt, sie würde eine Woche anhalten. Zudem war sie, als ich sie getroffen habe, in einer Bar. Sie hat etwas getrunken. Wir können ihr vertrauen.«

»Keiner von uns kennt sie wirklich«, entgegnete Evie. »Oder weiß, wobei es sich bei diesem Zeug eigentlich handelt. Welche Nebenwirkungen es hat. Oder welche Langzeitfolgen.«

Krista öffnete den Mund, um zu widersprechen. Doch dann hielt sie inne. An dem, was Evie gesagt hatte, gab es nichts zu leugnen. Evie reichte ihr mit einem mulmigen Gefühl im Magen eine Tasse Kaffee. Womöglich war das alles ein Fehler gewesen. Doch nun war es zu spät für Reue.

Krista wimmerte und rieb sich die Augen.

Evie musterte sie skeptisch. »Willst du dich trotzdem mit einem superschicken Agenten treffen?«

»Ja«, gab Krista bissig zurück. »*Ja*.«

»Schon okay. Du musst nicht gleich so in die Defensive gehen.«

»Ich gehe nicht in die Defensive«, protestierte Krista. »Es ist nur so, dass ich gerade wirklich deine Unterstützung gebrauchen könnte. Kannst du nicht mit mir kommen?«

»Tut mir leid, Babe. Ich habe ein Vorsprechen, bei dem ich alle umhauen muss.« Evie blieb auf der Türschwelle stehen. »Hm.«

»Was?«

Evie nippte an ihrem Kaffee und bemühte sich, das ungute Gefühl in ihrer Magengrube in Vorfreude zu verwandeln. »Normalerweise ist das dein Text.«

»Ja«, sagte Krista. Sie starrte Evie lang genug an, um mächtige Schuldgefühle in ihr zu wecken. »Sieht so aus, als würdest du heute meine Rolle übernehmen.«

Evie verschluckte sich fast am Kaffee.

In das Heimert-Schwartz-Gebäude hineinzukommen war eine gute Übung im »Sich-dumm-stellen«. *Ich darf meinen Sicherheitsausweis nicht benutzen. Ich darf niemanden grüßen. Ich darf mich nicht an Lukas' Namen erinnern.* Nachdem sie sich als Besucher registriert hatte, erspähte sie sich plötzlich selbst im Spiegel des Aufzugs. Es dauerte einen Augenblick, ehe sie begriff, dass das hübsche, verschüchterte Gesicht, das ihr entgegenblickte, ihr eigenes war. Sie hätte schwören können, dass die beiden Männer, die mit ihr im Aufzug standen, ihr anzügliche Blicke zuwarfen. Das war so ungewohnt, dass sie absolut nicht wusste, wie sie darauf reagieren sollte. Gefiel der neuen Frau, in die sie sich verwandelt hatte, so etwas? Oder war es passé für sie, hatte sie so etwas viel zu oft erlebt, um es aufregend oder auch nur lästig zu finden?

Wenigstens wusste sie, was sie beim Casting erwarten würde. Ein Raum voller aufgestylter Frauen, die alle eine sorgsam konstruierte Lässigkeit ausstrahlten. Um zu einer der ihren zu werden, waren eine Fönfrisur und fünf Outfit-Wechsel nötig gewesen. Schließlich hatte sie sich für ein Vintage-Blumenkleid mit Peter-Pan-Kragen entschieden, das ihr eigentlich nie richtig gepasst hatte – es gehörte zu ihren Wenn-ich-mal-einen-Magen-Darm-Virus-bekomme-und-fünfzehn-Pfund-abnehme-Outfits –, sowie für rote Peep-Toe-Pumps, die sie von Krista geliehen hatte. Die beiden bemerkenswertesten Ergänzungen bestanden jedoch darin, dass etwas fehlte. Zuerst einmal brauchte sie keine Brille mehr. Evie hatte sie schon seit der Mittelstufe tragen müssen. Doch nun war da eine Leichtigkeit in ihrem Gesicht, ein merkliches Fehlen von etwas, an das sie sich erst einmal gewöhnen musste. Zweitens war ihr Tattoo verschwunden. Das erschien ihr merkwürdig. Sie mochte ihre Tätowierung, aber mit den Jahren waren die Linien verlaufen und vom Sonnenlicht ausgeblichen. Die Stelle an ihrem Unterarm, an der es sich einst befunden hatte, glich nun eher makellosem Marmor.

Wie schon tags zuvor hoben die Schauspielerinnen, als Evie um die Ecke bog, alle zusammen die Köpfe. Doch im Gegensatz zum Vortag sahen sie diesmal nicht gleich wieder weg. Sie betrachteten das dunkelhaarige Mädchen mit dem herzförmigen Gesicht einen Moment länger, begutachteten ihre Ballerina-Schultern und ihre Anime-Augen. Und als das Mädchen, das ihr am nächsten saß, den Blick wieder senkte, hätte Evie schwören können, dass es dabei ein wenig entmutigt aussah.

Gestern hatte man sie nicht weiter beachtet. Heute war sie Konkurrenz.

»Hi.« Lukas erschien in *Und-täglich-grüßt-das-Murmeltier*-Manier neben ihr. »Füll die hier bitte aus, ihr werdet in der Reihenfolge, in der ihr gekommen seid, aufgerufen.«

Evie nahm die Formulare entgegen, zu nervös, um etwas zu

erwidern, weil sie zu große Angst hatte, sich zu verraten: *Vielen Dank, und ich bin Evie Selby und habe heute Morgen einen Zaubertrank genommen, wodurch ich jetzt ganz anders bin!*

Sie setzte sich. Die junge Frau neben ihr rutschte lautlos ein Stück beiseite. Sie war sehr stark gebräunt, platinblond und duftete nach Pfefferminzbonbons. Die Zeit schlich dahin. Alle paar Minuten musste sie sich versichern, dass sie noch immer ein anderer Mensch war, indem sie vorgab, ihr Make-up zu überprüfen. Es war ein ständiges Auf und Ab zwischen Angst, Erleichterung, Angst, Erleichterung.

Endlich hörte sie ihren Namen. Ihren neuen Namen. »Chloe Fontaine?«

Auf diesen Moment hatte sich Evie schon die ganze Zeit mental vorbereitet, seitdem der winzige, purpurfarbene Tropfen auf ihrer Zunge gelandet war und ihre Gedärme in spektakuläre Wallungen versetzt hatte. Auf den Moment, in dem ihre Vorgesetzte, eine Casting-Agentin und der Rest des Teams lächelnd jemanden begrüßen würden, der sich hinter einer unglaublichen Maskerade verbarg. Es war wie eine Zeitschleife, als würde sich die Realität aufbäumen, doch sie hielt die Zügel in der Hand. Ihr Herz verhielt sich wie ein in ihrer Brust gefangener Kolibri. Als Lukas sie in den Raum hineinführte, war sie so verwirrt, dass sie direkt auf den Platz zusteuerte, auf dem sie am Vortag gesessen hatte.

»Nein.« Lukas hielt sie zurück. »Hier drüben.« Er bugsierte sie in Richtung des leeren Stuhls, der vor der Kamera stand. »Außer natürlich, du möchtest dich selbst casten«, fügte er gutmütig hinzu.

»Das wäre toll.« Evie setzte sich. »Dann würde ich den Job bekommen.«

Rich, Kelly, Laurel und Carmen lachten. Selbst Jans Mundwinkel hoben sich zu einem Lächeln. Evie lachte leise mit und dachte bei sich: *Meine Güte, so witzig war das nun auch wieder nicht*. Ihre Kollegen lachten sonst nie über ihre Witze.

Laurel stellte zuerst sich und dann die anderen Anwesenden vor: Rich im College-Alter, Kelly mit seinen Stahlkappenstiefeln und dem nach hinten gegelten, blonden Haar. Die ordentlich herausgeputzte Carmen in einem Definitiv-von-Zara-Blazer. Und natürlich Jan, die ein dünnes Sweaterkleid aus Kaschmir trug und engagiert-interessiert dreinblickte.

Evie bedachte jeden Einzelnen mit einem Lächeln. Ihre Lippen spannten sich über ihre Zähne, fühlten sich voller und breiter an als sonst. Chloe Fontaine hatte fraglos ein absolut umwerfendes Lächeln.

Lukas warf einen Blick auf Evies Formular. »Und das hier ist Chloe.«

»Mit C«, ergänzte Evie.

»Das ist wohl wichtig?« Kellys Tonfall rangierte zwischen scherzhaft und abwertend.

»Na, Sie sind doch wahrscheinlich auch nicht Kelly-mit-einem-I«, entgegnete sie.

Sie rechnete mit verhaltenem Kichern. Doch die allgemeine Reaktion ließ sich eher als schallendes Gelächter bezeichnen. Kelly zuckte nur mit den Schultern und grinste, als wolle er sagen: *Das habe ich herausgefordert*. »Haben Sie denn auch ein Casting-Foto, Chloe-mit-einem-C?«

Evie schüttelte den Kopf. Dabei strich ihr Haar lang und schwer über ihre Wangen. »Ich habe mir gerade eine neue Frisur zugelegt und noch keine Gelegenheit gehabt, aktuelle Fotos anfertigen zu lassen.«

»Oh. Okay.« Kelly drückte den Aufnahmeknopf an der Kamera.

»Bitte fangen Sie an und nennen Sie Ihren Namen und Ihre Agentur«, forderte Laurel sie auf.

Evie blickte hinab in das gewölbte, schwarze Auge der Kameralinse. Sie hatte das Gefühl, hineingesaugt zu werden. »Chloe Fontaine. Ohne Agentur.«

Kelly drückte die Pausetaste. »Wie haben Sie denn hiervon erfahren?«, fragte er verwundert.

Evie wandte sich direkt an Jan und betete dabei zum Himmel, dass ihr Schachzug klug wäre. »Ich bin Evie Selbys Mitbewohnerin.«

»Oh.« Jan war sichtlich überrascht. »Sie hat von Ihnen gesprochen. Ich dachte, Ihr Name wäre Chrissie –«

»Krista«, verbesserte Laurel.

»Sie muss sich versprochen haben«, sagte Evie. »Wir wohnen erst seit wenigen Wochen zusammen. Ich bin vergangenen Monat hergezogen.« Es war ihr überdeutlich bewusst, wie aufmerksam alle Anwesenden ihr zuhörten. Sogar Richs Telefon lag unangetastet vor ihm auf dem Tisch. Sie konnte geradezu spüren, wie sie über sie nachdachten.

»Willkommen in New York.« Carmen lächelte ein strahlendes Gebleichte-Zähne-und-glänzender-Lippenstift-Lächeln. »Gefällt es Ihnen hier?«

»Ja.« Evie setzte ebenfalls ein Lächeln auf. »Abgesehen von den riesengroßen Ratten. Ich schwöre, heute Morgen habe ich eine gesehen, die war so groß wie ein Football. Ich habe schon befürchtet, sie würde mich ausrauben.«

Alle am Tisch brachen in Gelächter aus. Und obwohl es mehr nach Erleichterung als nach aufrichtigem Amüsement klang, spürte Evie die warmen Strahlen der Zustimmung. Sie mochten sie. Und das fühlte sich *gut* an.

»Oh, und Sie haben sehr niedliche Grübchen.« Carmen verzog verzückt das Gesicht. Offenbar mochten die Sponsoren Grübchen.

»Fangen wir an«, sagte Kelly. »Haben Sie das Skript?«

Evie nickte. Kelly drückte wieder auf Aufnahme, und Evie begann. »Schöne Lippen sind das ganze Jahr hindurch ein Muss. Doch welcher Lippenstift bietet die beständigste Deckkraft?« Sie senkte ein wenig die Stimme, damit es verführerischer klang. »Wir haben Ihre Lieblingsmarken getestet, um es herauszufinden. Aber Achtung – wir nehmen kein Blatt vor den Mund.« Und obwohl es ihr ein wenig albern vorkam, fügte sie dem Ganzen am Ende noch ein Augenzwinkern hinzu.

Rich nickte, augenscheinlich zufrieden. »Können Sie das noch einmal wiederholen, aber diesmal versuchen, den Anfang mehr wie eine Frage klingen zu lassen?«

Krista hatte ihr schon erklärt, dass Regisseure oft darum baten, eine Aufnahme etwas abgewandelt zu wiederholen, um sicherzugehen, dass die Bewerber Regieanweisungen umzusetzen wussten. Evie wiederholte gehorsam den Text, legte dabei die Betonung auf das Wort *welcher* und versuchte, am Anfang des Satzes ein ratloseres Gesicht zu machen.

»Sehr schön«, lobte Laurel, nachdem sie fertig war. Die Casting-Agentin sah heute besonders schick aus mit ihrer strukturierten, schwarzen Bluse und der Perlenkette, von der Evie annahm, dass sie echt war.

»Haben Sie irgendwelche Ideen für mögliche Beiträge?« Jan klang so hoffnungsvoll, wie Evie es noch nie bei ihr gehört hatte.

»Das habe ich.« Evie zog einen Aktenordner aus der Tasche und reichte jedem Anwesenden einen Ausdruck. »Hier habe ich zehn Ideen aufgelistet, inklusive des jeweiligen Aufhängers, Vorschlägen zu Grafiken und Interviewpartnern. Plus einige ergänzende Literaturtitel, mit denen ich mich in das jeweilige Thema einlesen könnte.«

Kelly las laut vor: »*Die feministische Actionheldin erhebt sich.*«

Evie nickte eifrig. »Ich habe mir gedacht, wir könnten mit Heldinnen der Jugendliteratur beginnen, in der es eine ganze Reihe interessanter, von Frauen ersonnener Heldinnen gibt, dann aber tiefer gehen und uns damit beschäftigen, wie viele weibliche Actionhelden überhaupt etwas bewirken und wie viele einfach nur als, na ja, unterwürfige, sexy Gehilfinnen fungieren.«

Die Versammelten nickten, verblüfft und gleichzeitig fasziniert.

»Jetzt kann ich verstehen, weshalb Sie mit Evie zusammengezogen sind«, murmelte Jan, während ihr Blick rasch über den Ausdruck huschte. »Sie beide haben bestimmt immer viel Gesprächsstoff.«

Evie nickte und lächelte mit aufeinandergepressten Lippen.

»Das hier klingt cool: ›Wer ist das bessere Date?‹« Rich blickte zu ihr auf. »Können wir das mal sehen?«

Evie setzte sich zurecht, beschwor ihre innere Krista herauf: quirlig, lebhaft, immer zum Flirten aufgelegt. Das fiel ihr nicht schwer. Sie konnte spüren, wie sich die Energie des versammelten Gremiums ausbreitete und verstärkte, sie umgab wie ein Feuerhauch. Sie warteten darauf, dass sie den Volltreffer landete. »Vergangene Woche hatte ich zwei erste Dates. Beim ersten bekam ich ein Abendessen spendiert und Pfingstrosen geschenkt, das zweite endete damit, dass ich eine Familientragödie vortäuschte, um mich so schnell wie möglich aus dem Staub machen zu können. So weit, so normal. Doch in meinem Fall habe ich mich bei einem Date mit einer Frau und beim anderen mit einem Mann getroffen. Nach den fünf Jahren, in denen ich mich nun schon mit beiden Geschlechtern verabrede, habe ich mich gefragt: Wer ist das bessere Date, ein Mann oder eine Frau?« Evie machte eine kurze Pause und sah die Versammelten an. »Also habe ich mir fünf Kategorien überlegt: Selbstvertrauen, Benehmen, Sex, Begeisterung und Folge-Dates. Wir könnten eine Punktetafel erstellen und einige coole Grafiken hinzufügen. Außerdem könnten wir Menschen auf der Straße zu ihren schönsten und schlimmsten Verabredungen interviewen oder sie darüber befragen, von wem sie glauben, dass er das bessere Date abgibt.«

Die Gesichter der Gremiumsmitglieder waren wie erstarrt, zu seltsamen Grimassen verzogen. Dann atmeten sie alle gleichzeitig auf und begannen, in einer Mischung aus Schock und Erleichterung zu lachen.

»Wow«, sagte Carmen. »Das war fantastisch. Ich finde sie *fantastisch*.«

Kelly lehnte sich auf seinem Stuhl zurück und reckte Rich die Hand zum High five entgegen. »Bumm.«

Evie fühlte sich, als wäre gerade der Todesstern in ihrem Inneren explodiert. Ihr Herz raste, galoppierte, hämmerte. Diese Akzeptanz. Diese Begeisterung. Sie konnte sie praktisch *schmecken*.

Laurel wechselte einen Blick mit Jan und nickte überzeugt. Jan sah Evie unablässig in die Augen. Sie nickte ebenfalls. »Ich bin froh, dass Evie Sie … vorgeschlagen hat.«

Evies Freude wurde schlagartig ein Dämpfer versetzt. Warum hatte sie vor *vorgeschlagen* gestockt? Wirkte Jan skeptisch? Nein, entschied Evie. Wahrscheinlich ging sie einfach nur davon aus, dass Evie Chloe auf das Vorsprechen vorbereitet hatte, ihr vorab genau erklärt hatte, wonach der Ausschuss suchte, und daran war nichts verkehrt.

Niemand hatte Verdacht geschöpft.

15

»Hallo? Claire?« Willows Stimme klang so vorsichtig und zaghaft wie ein kleines Kätzchen. »Maria?«

Nichts. Genau, wie sie es erwartet hatte. Claire gab Sommerschulkurse an der Columbia, ihr Vater hielt sich noch bis zur kommenden Woche in Europa auf und Maria kam donnerstags nie. Willow stand lauschend im Foyer. Es war seltsam, wieder hier zu sein. Sie kam sich vor, als würde sie einbrechen. Eigentlich hatte sich kaum etwas verändert, abgesehen von dem neuen Blumenarrangement auf dem Beistelltischchen bei den Aufzugtüren. Gelbe Lilien. Willow meinte, sich dunkel daran erinnern zu können, dass gelbe Lilien Falschheit symbolisierten. Lügen.

Sie bewegte sich wie ein Geist durch die leeren Räume. Die Küche wirkte fremdartig: zu groß und aggressiv blank, still, das einzige Geräusch das Summen des Wasserfilters. Wie immer war der Kühlschrank voll, Claires Grünkohl und Heidelbeeren und Mandelmilch ordentlich arrangiert: Sie lebte widerlich gesund. Willow nahm sich eine halbvolle Flasche Weißwein.

Der Inhalt von Claires Badezimmerschrank war ebenso geordnet, ebenso gesund. Vitamin D, Tigerbalsam, Bio-Sonnencreme. Der Schrank ihres Vaters erwies sich als nützlicher. Rivotril, Zolpidem und, ja, Valium. Vor einigen Jahren hatte Willow Paroxetin in geringer Dosis verschrieben bekommen, doch die abstumpfende Wirkung war ihr zu stark gewesen, das Medikament hatte nicht nur ihre Sozialphobie, sondern auch ihre Kreativität unterdrückt. Aber derzeit schadete ein bisschen Valium hin und wieder nicht. Sie mochte das Gefühl, als befände man sich hinter Glas, als würde man die Welt beobachten wie eine Bühnenshow. Sie steckte sich eine Handvoll der Tabletten in die Tasche.

Fast rechnete Willow damit, ihr Zimmer aufgeräumt und sauber vorzufinden, obwohl es Maria eigentlich strengstens verboten war, irgendetwas dort anzurühren. Sie malte sich aus, wie Claire aus einer Art passiv-aggressivem Impuls heraus beschloss, die schmutzigen Kaffeetassen wegzuräumen, die aufgeklappten Bücher und die vertrockneten Blumen, die sich in den Teppich getreten hatten. Doch im Zimmer herrschte dämmriges, vertrautes Chaos. Wie enttäuschend. Willow sehnte sich fast nach einem Vorwand, um richtig in die Luft gehen zu können.

Unterwäsche, Oberteile, flache Schuhe. Schlafmaske, Handyladegerät, Vaporizer. Noch immer war es seltsam, diesen neuen Fingern, schlanker und länger als ihre richtigen Hände, dabei zuzusehen, wie sie die Gegenstände aufsammelten, die sie benötigte. Noch merkwürdiger war es, wie schnell sie sich an diese Gliedmaßen gewöhnte.

Ein Mundvoll Wein floss ihre Kehle hinab, dann noch einer.

Sie fuhr ihren Mac hoch und startete Photoshop. Die letzten Bilder, die sie importiert hatte, öffneten sich. Mark. Die Porträts, die sie an jenem Abend aufgenommen hatte, als sie Pretty geworden war. Sein Mund, geöffnet, mitten in einer Frage. Ein alberner Gesichtsausdruck, um sie zum Lachen zu bringen. Die ernste Miene, um die sie ihn gebeten hatte. In ihrem Kopf hatten diese Porträtaufnahmen stimmungsvoll und düster ausgesehen, etwas von der aller Männlichkeit anhaftenden Traurigkeit transportiert. Doch davon war auf diesen Bildern nichts zu erkennen. Nichts Trauriges oder Geheimnisvolles oder Enthüllendes. Und ganz sicher nichts, was vorzeigenswert war.

Eine Woge von Traurigkeit, von unausweichlichem Versagen stieg in ihr auf wie ein leichter Nebel.

Sie war nicht einfach nur eine schlechte Künstlerin.

Sie war überhaupt keine Künstlerin.

Sie verschob die Dateien in den Abfalleimer.

Als ihr Telefon klingelte, fuhr sie erschrocken hoch. Mark. Ihr Magen krampfte sich zusammen. »Hallo?«

»Willow?« Mark klang schockiert.

»Ja.«

»Hi! Hey.«

Sie kippte sich noch mehr Wein in den Mund und schluckte. »Hi.«

»Warte einen Moment, ich muss nur schnell ...« Sie hörte gedämpfte, undeutliche Geräusche, dann Schritte. Im Hintergrund Gespräche und Musik. Sie schloss daraus, dass er von der Arbeit aus anrief. Dann verstummten die Gespräche. Marks Stimme war wieder zu hören, diesmal deutlicher. »Ich habe nicht damit gerechnet, dass du abnehmen würdest.«

»Tut mir leid.« Sie ließ sich auf dem Hocker nieder, auf dem sie Mark hatte Platz nehmen lassen, den Rücken gebogen wie der Buchstabe C. »Ich war krank.«

»Ja, deine Stimme klingt auch merkwürdig. Hör mal, ich möchte wirklich gern über jenen Abend sprechen.«

Willow erstarrte, bevor sie begriff, dass er damit ihren Ausraster vor dem Spiegel meinte. Es schien ihr, als wäre das alles einem ganz anderen Mädchen widerfahren, einem, von dem sie nur gehört, das sie jedoch nie persönlich kennengelernt hatte. »Mach dir deswegen keine Gedanken. Ich war ... Mach dir keine Sorgen deswegen.«

»Ich mache mir aber deswegen Sorgen«, entgegnete Mark. »Ich –« Und für eine Sekunde befürchtete sie, dass er sagen würde »Ich liebe dich«, doch dann stutzte er und sagte einfach nur: »Selbstverständlich sorge ich mich deswegen. Du hast auf meine Anrufe nicht reagiert.«

»Ich weiß. Tut mir leid.« Willow rieb sich das Gesicht, das ihr Haar wie ein Vorhang verhüllte. »Ich hätte zu dir ins Lenny's kommen sollen.«

Kurze Pause, und dann: »Ich bin gar nicht hingegangen.«

Sofort schrillten bei Willow die Alarmglocken, wie bei einem Tier, das den Jäger wittert. »Wie bitte?«

Mark atmete hörbar aus. »Ich musste länger arbeiten. Hier geht es gerade wild zu.«

Willow bemühte sich, weiterhin ruhig zu klingen. »Du warst nicht im Lenny's? Da hast du dich bestimmt geärgert, dass du das Spiel verpasst hast.«

»Ja, hör mal, warum essen wir nicht gemeinsam zu Abend? Bei dem Japaner, den du so gern magst, Noshi, Sushi, Sumi oder wie immer er heißt. Heute Abend? Ich kann hier um sieben Schluss machen.«

»Ich muss los.« Willow trennte die Verbindung, ließ ihr Handy auf den Teppich fallen. Das Zimmer schwankte, neigte sich zur Seite wie bei einer Achterbahnfahrt.

Mark hatte sie belogen.

Sie konnte es nicht fassen. Mark, der niemals weniger als zwanzig Prozent Trinkgeld gab und jeden Sonntag seine Mutter anrief. Warum sollte er das tun?

Wegen Caroline. Weil er die blonde, wunderschöne Caroline weiterhin allein treffen wollte. Was sah er in ihr? Wer war dieses Mädchen?

Willows Kamera war noch immer aufgebaut, das Objektiv auf den Hocker ausgerichtet. Sie schaltete auf Automatik und setzte sich wieder, hielt die kabellose Fernbedienung wie eine Granate in der Hand. Sie sah nur Mark, wie er nervös lächelnd neben ihr im Lenny's saß.

Eine einzelne heiße Träne rann ihre Wange hinab.

Das Blitzlicht flammte grell auf, blendete sie.

16

Krista kam um ein Haar nicht bei CPU an, weil sie die Adresse in ihrem Telefon abgespeichert hatte, dann jedoch ihr Akku leer war und sie sich zu erinnern glaubte, die Agentur befände sich Fünfte und Zwanzigste (nein) oder vielleicht Sechste und Zwanzigste (wieder falsch), woraufhin sie mehrere Leute fragte, bis schließlich jemand die Adresse wusste.

Creative Professionals United, Ecke Fifth Avenue und Dreißigste Straße.

Das Foyer war um einiges nobler als das von Clever Casting. Allein die Sofas waren viel hübscher als alles, was in ihrer eigenen Wohnung stand: leuchtend rot und fest, ohne Armlehnen und ohne Dekokissen. Das einzige Kunstwerk im Raum war ein Gemälde von einem Mann im Anzug, dessen Gesicht von einem grünen Apfel verdeckt wurde. Ganz offensichtlich eine Metapher, doch Krista war noch zu verkatert, um begreifen zu können, wofür. Außerdem stand sie unter starkem, exzessivem Koffeineinfluss. Um besagten Kater loszuwerden, hatte sie nämlich den gesamten Inhalt der Kaffeekanne, den Evie übriggelassen hatte, ausgetrunken. So viel Koffein hatte sie schon seit Jahren nicht mehr zu sich genommen. Ihr Herz schlug besorgniserregend schnell. Auf ihren Unterarmen prickelte Schweiß.

»Kann ich Ihnen helfen?« Eine junge Frau mit ordentlich

gekämmtem, dunklem Haar saß hinter einem imposanten Empfangstresen und lächelte Krista zu.

»Das hoffe ich. Ich meine, ja, absolut. Ich bin hier, um Cameron Mitchell zu treffen?« Sie hatte den Namen des jungen Promi-Agenten noch gegoogelt, bevor sie von zu Hause aufgebrochen war.

»Ihr Name?«

»Lenka.«

»Nachname?«

Was hatte sie sich gleich noch einmal ausgedacht? Aus einer Auswahl von Hunderten von ungewöhnlichen, wohlklingenden Namen hatte sie sich schließlich den coolen, kunstvollen Namen Lenka herausgesucht. Mishra, Prajapati, Dwivedi ... Eine Kurzauswahl erschien vor ihrem inneren Auge, doch wollte sich kein solider, glaubhafter Name herauskristallisieren.

»Ihr Nachname?«

Krista starrte die Rezeptionistin an. Vor ihr lagen ein Filzstift und ein Block Post-its. »P... Penka.«

»Lenka Penka.«

»Ja.«

Am liebsten hätte sie sich selbst in den Hintern getreten. Das war der dümmste Name auf der ganzen Welt.

Die Rezeptionistin musterte Krista kaum merklich von Kopf bis Fuß. Dann nahm sie ein Telefon zur Hand und wählte. »Ich habe hier eine gewisse Lenka Penka für Cameron?« Sie hörte einen Moment zu, ehe sie wieder auflegte. »Cameron ist gerade nicht in seinem Büro. Wenn Sie sich einen Augenblick setzen möchten, er wird in ungefähr zehn Minuten wieder zurück sein.«

»Mensch, klasse«, erwiderte Krista. »Super.«

Sie stöckelte zu einem der Sofas hinüber. Der Rock, den sie trug, war so verflixt kurz, dass sie unmöglich die Beine übereinanderschlagen konnte, ohne dem Kerl, der ihr wartend gegenübersaß, einen Panoramablick auf ihre Mumu zu gewähren. Sie durchwühlte ihre Umhängetasche nach einem Kaugummi und wünschte sich dabei sehnlichst, ihr Telefon wäre nicht tot, freute sich gleichzeitig aber auch darüber, weil sie nun nicht mehr die Anrufe ihres Vaters wegdrücken musste. Sie konnte sich nicht dazu überwinden, seine Nachrichten auf der Mailbox abzuhören: fraglos weitausholende Ansprachen darüber, weshalb sie ihr Jurastudium unbedingt wiederaufnehmen müsse. Betroffen erkannte Krista, dass sie keine von Lenka Penkas potenziellen Schauspielerfolgen als Gegenargument einsetzen konnte: Derzeit würde ihr Vater seine eigene Tochter nicht erkennen. Hoffentlich käme er nicht auf die Idee, unangemeldet vor ihrer Wohnung aufzutauchen …

»Schöne Stiefel.«

Der Mann, der ihr gegenübersaß, lächelte ihr zu. Weiches, welliges Haar, ein weiches, angenehmes Gesicht. Verblichene Jeans, Flanellhemd. Der Typ Mann, der bei einem Disneyfilm weinte und Folk hörte. Erster Gedanke: *Kein Interesse.* Zweiter Gedanke: *Ich würde diesen Kerl für eine Zigarette umbringen.* »Oh, vielen Dank.« Krista blickte auf ihre Schuhe hinab. »Heute habe ich mich wohl eher an das Motto ›Mehr ist mehr‹ gehalten.« Jedes Mal, wenn sie sich bewegte, klirrte es.

»Das sehe ich.« Wieder lächelte der Mann, wobei er ihre pelzige Weste, ihre gefiederte Ohrklemme und ihre sieben Millionen Ringe in Augenschein nahm.

»Tja, aber um ehrlich zu sein, fühle ich mich in diesem Outfit weniger nach It-Girl, sondern mehr nach Garagenflohmarkt.«

Der Mann lachte leise. »Du siehst toll aus. Bei deinem Garagenflohmarkt würde ich ganz sicher fündig.«

Aus irgendeinem Grund klang das aus seinem Munde nicht

anzüglich. Krista fand endlich den Kaugummi und steckte ihn sich in den Mund, erleichtert, eine Beschäftigung zu haben.

»Ich heiße Greg.«

»Kris- Lenka. Ich bin Lenka.«

»Waren deine Eltern Hippies oder Ausländer?«

»Ähm, beides?«

Wieder lachte er. Ein sympathisches, verlockendes Lachen. »Und was führt dich in diese heiligen Hallen, Lenka?«

»Ich bin Schauspielerin. Ich meine, ein Schauspieler. Ich schauspielere.«

Greg sah sie nachdenklich an. »Hast du vor ein paar Jahren bei *True Blood* mitgespielt?«

»Nein. Zum Großteil in Indiefilmen. Und in Theaterstücken. Vielen Theaterstücken.«

»Zum Beispiel?«

Das einzige Stück, in dem Krista es bisher geschafft hatte, mitzuspielen, war ein schräger Einakter beim New York Fringe Festival gewesen, in dem sich eine Familie aus der Vorstadt in Topfpflanzen verwandelt hatte. Sie hatte einen Farn gespielt. Sie dachte zurück an ihre Highschool-Zeit, grub sich durch Erinnerungen an Bierbongs und Fummeleien. »Ähm, *Hamlet.*«

»Fantastisch.«

»*Unsere kleine Stadt.*«

»Wow.«

»Gerade arbeite ich mit der Wooster Group zusammen«, fügte sie hinzu, da sie sich daran erinnerte, kürzlich einen entsprechenden Artikel im *New Yorker* gelesen zu haben.

Greg nickte, und sie erkannte in seinem Blick dezente Ehrfurcht. »Gehörst du zum aktuellen Ensemble?«

Krista nickte, nur ganz leicht, als könnte diese winzige Bewegung ihr falsches Spiel abschwächen.

»Woran arbeitet ihr denn gerade?«

Ihr Blick zuckte zum Gemälde an der Wand. »›Apfel … Gesicht … Mann‹. Und was machst du so?«

»Ich bin Spielfilmregisseur.« Er verkündete es ziemlich stolz, als wäre es etwas ganz Neues.

Dass Greg Regisseur war, war definitiv cool. Aber Krista hatte den Eindruck, dass wunderschöne, coole Miminnen wie Lenka Penka jeden Tag auf Spielfilmregisseure trafen. Also nickte sie zurückhaltend und beschwor ihre innere Erbin herauf. »Toll.«

Greg schnippte mit den Fingern. »Daher kenne ich dich.« Er zog sein Telefon hervor. »Ravi Harlow!«

Krista verschlug es den Atem. »Was?«

Greg wischte über sein Telefon. »Wie klein die Welt doch ist.« Er hielt das Handy hoch. »Das bist doch du, oder?«

Auf dem Display sah man Ravis Instagram-Account. Und ja, das auf dem Bild war sie. Ravi befand sich auf allen vieren, während sie auf seinem Rücken saß und ihn wie ein Pferd durch die Bar ritt, in die sie Willow am Vorabend mitgenommen hatte. Sie war vollständig bekleidet, aber auch völlig betrunken. »Oh mein Gott«, flüsterte sie, bemüht, nicht loszukichern. Das Foto war zum Schießen.

»Du musst schon ziemlich voll gewesen sein, um dich von ihm zu so etwas überreden zu lassen«, meinte Greg.

»Mensch, das war zu hundert Prozent meine Idee.«

»Tatsächlich?« Greg klang beeindruckt. »Lenka, mit wem bist du hier verabredet?«

»Cameron Mitchell.«

»Cameron ist dein Agent?« Greg hob beide Hände, als wolle er sagen *Was für ein Zufall.* »Hervorragend.« Er spähte über Kristas Schulter hinweg. »Ah! Wenn man vom Teufel spricht.«

Ein Mann mit kantigem Kinn kam durch die schweren Glastüren geschlendert. Er trug einen marineblauen Anzug und ein pinkfarbenes Hemd mit gemustertem Einstecktuch. Cameron Mitchell. Er telefonierte, doch als er Greg entdeckte, streckte er beide Arme aus. »G-Man!«

Die beiden Männer umarmten sich und klopften einander auf den Rücken.

»Dreh *bloß* nicht durch«, begann Cameron. »Ich habe schon fünf Mädchen parat, die perfekt für die Rolle sind. Wenn du sie erst einmal gesehen hast, wirst du vor Begeisterung Tapioka-Pudding von meinem Hintern essen wollen. Ernsthaft: Du wirst nur wenige Sekunden brauchen, um –«

Aber Greg winkte bereits ab und beteuerte: »Keine Sorge, alles in Ordnung.« Er deutete auf Krista. »Ich habe sie gefunden. Lenka.«

Cameron nahm Krista mit einem Haiblick ins Visier. »Lenka?«

Krista selbst wusste ganz genau, dass dies alles eine ganze Nummer zu groß für sie war, doch die anderen behandelten sie nicht so. Sie war eine von ihnen. Sie konnte es spüren. Also spielte sie einfach mit. »Hey.« Sie trat vor, um Cameron die Hand zu schütteln. »Wie geht's?«

»Lenka.« Cameron nickte beifällig. »Wo hast du dich denn die ganze Zeit versteckt, junge Dame? Wenn du jetzt sagst, bei CAA, dann drehe ich dir den Hals um.« Er lachte. Er hatte Veneers auf den Zähnen.

»Moment mal«, sagte Greg. »Ihr beiden kennt euch gar nicht?« Er schüttelte den Kopf. »Macht nichts.«

Cameron ließ seinen Blick über Kristas Körper gleiten. Er begann, entschlossen zu nicken. »Ein bisschen exotisch, ein bisschen anders. Scheiß auf Weißbrot. Ja. Ich bin dabei!«

Greg lächelte Krista herzlich an. »Lenka, ich würde dir gern eine Rolle in meinem nächsten Film anbieten.«

»Was?« Krista stand der Mund offen. »Ist das dein Ernst?«

Greg nickte. »Das ist es.«

»Dann lass es uns tun!« Cameron ließ seine Hüften in Richtung Krista zucken. »Geben wir dir eine Rolle in einem Film!«

Krista strahlte übers ganze Gesicht. Sie hatte es geschafft. Sie hatte eine Rolle ergattert, in einem Film, im gottverdammten *Foyer*. Endlich hatte jemand das samtene Absperrband beiseite genommen und sie durchgelassen.

Nach Hollywood.

In die verdammte Welt der Stars.

17

Sie fühlte, wie er sie bemerkte.

Trotz der chaotischen Energie der Spitzenverkehrszeit in Soho konnte sie spüren, wie er sie wiedererkannte: Caroline, die große, gertenschlanke Blondine, die behauptet hatte, sich aus ihrer Wohnung ausgesperrt zu haben. Sie drehte schwungvoll den Kopf, um seinem Blick zu begegnen.

Mark zuckte zusammen. Er hatte sie ausgiebig gemustert. Nicht nur kurz angesehen.

Für einen Augenblick sagte keiner von ihnen ein Wort: zwei Spieler, die nicht genau wussten, wie sie das Spiel beginnen sollten. Dann räusperte Mark sich. »Du hast dein Telefon gefunden.« Dabei nickte er in Richtung ihrer Hand.

Errötend zog sie den Kopf ein. »Tut mir leid«, sagte sie leise.

Eine Woge aus Pendlern begann, sich zwischen ihnen beiden hindurchzuschlängeln, wodurch Mark genötigt wurde, dichter an sie heranzutreten. »Hattest du dich überhaupt ausgesperrt?«

Willow schüttelte den Kopf. »Ich … Ich bin schüchtern.« Sie zuckte hilflos mit den Schultern und lachte. »Ziemlich lahm, oder?«

Er lächelte sie an. »Du bekommst auf jeden Fall Punkte für Erfindungsreichtum. Und Mut. Und beim nächsten Mal – schalte dein Telefon auf stumm.«

Willow verzog ein wenig das Gesicht und strich sich eine Haarlocke hinters Ohr. »Hör mal, es tut mir leid, falls ich –«

»Kein Grund, sich zu entschuldigen. Ernsthaft.«

»Okay.« Erneut spürte sie, wie er sie ausgiebig musterte, ehe er sich wieder fing.

»Hab noch einen schönen Abend.« Mark nickte ihr kurz zu und wandte sich ab.

»Ich heiße Caroline«, rief sie ihm nach. »Nur so nebenbei.«

Er drehte sich noch einmal um. Kurz verzog er das Gesicht, als hätte er seinen eigenen Namen vergessen. Oder als würde er abwägen, ob er lügen solle. »Mark.«

»Du siehst auch wie ein Mark aus.« Der Luftzug eines vorbeifahrenden Taxis fuhr unter ihr Kleid, durch ihre Haare, unbekümmert und warm. Sie konnte spüren, welche Wirkung ihre Augen auf ihn ausübten, diese weit auseinanderstehenden Augen in der Farbe des Mittelmeers. Sie waren hypnotisierend. Wie eine Droge.

»Bis dann.« Er marschierte wieder davon. In die falsche Richtung. Seine U-Bahn-Station lag in der entgegengesetzten Richtung.

Willow beobachtete, wie ihr Freund in dem wogenden Meer aus Pendlern und Shoppern und Touristen verschwand, die die gepflasterten Straßen von Soho füllten. Sie sah ihm nach, bis die Stadt ihn verschluckte.

Jetzt wusste sie es.

Sie wusste, wie sich der Anfang eines Verrats anfühlte. Eine seltsame Mixtur aus süß und sauer. Aus Triumph und Niederlage.

Sie begann, in die andere Richtung davonzugehen, von der Sehnsucht erfüllt, in den Menschenmassen unterzugehen.

18

Als Evie wieder nach Hause kam, verspürte sie eine geradezu überschäumende, spritzige, kribbelnde Aufregung. Obwohl sie sich bemühte, ihre Emotionen hinter Chloes geschmeidiger Haut zu verbergen, drangen sie doch hervor und erfüllten das Wohnzimmer wie Fische ein Aquarium. Sie stieß einen kurzen Schrei aus. Sie lachte laut auf.

Ich habe es geschafft!

Ich habe Krista hintergangen.

… Ich habe es geschafft!

Sie schnappte sich das Pretty, das noch auf dem Wohnzimmertisch stand. In ihrem Kopf drehte sich alles, und sie fragte sich, warum Penny Krista das Pretty gegeben hatte, wo sie es aufbewahren sollten und was genau sich eigentlich in der winzigen Flasche befand, in dieser winzigen Flasche, die schon so viel verändert hatte …

Die Wohnungstür wurde aufgerissen. Krista stürmte herein. »Mensch, du wirst nie im Leben glauben, was mir heute passiert ist! Ich werde in einem Film mitspielen!«

»Was? Das ist ja unglaublich!« Evie schluckte. »Ich habe ebenfalls Neuigkeiten –«

Krista fing an, auf der Stelle zu joggen und ihre Hände vor dem Körper zu schütteln. »Du rätst nie, mit wem. *Tristan McKell!*«

»Tristan McKell?«, staunte Evie.

»Tristan McKell! Tristan McKell! Tristan McKell!«

»Okay.« Evie fuhr mit den Fingern durch Chloes langes Haar und versuchte, wieder zu Atem zu kommen. »Wir werden Folgendes tun. Wir werden aufs Dach hinaufgehen –«

»Klasse.«

»Wir werden uns den Sonnenuntergang ansehen –«

»Finde ich toll.«

»– und wir werden uns to-tal zu-dröhn-en.«

Krista kreischte auf und reckte die Faust.

Die Mädchen stiegen nicht oft auf das Dach ihres Apartmenthauses. Zwar hatte man von dort einen guten Ausblick auf South Williamsburg und konnte sogar ein kleines Stückchen des East Rivers sehen, doch das Dach war baufällig und schmutzig und nur über eine gut einen Meter achtzig lange, klapprige Eisenleiter erreichbar, die Evie nur als Todesfalle bezeichnete. Doch nun verliehen ihnen die Triumphe des Tages den Mut, hinaufzuklettern. Sie hinterließen Willow einen Zettel, auf dem lediglich DACH stand, und schon bald darauf lehnten sie sich in verwaschenen Bikinis und mit billigen Sonnenbrillen auf der Nase auf Plastikklappstühlen zurück. Unter ihnen rumpelte leise Brooklyn und leuchtete im Licht des Spätnachmittags mandarinenfarben. Die Luft war warm und roch leicht nach geschmolzenem Teer und Sonnencreme: der Sommerhauch der Stadt. Chloes Körper fühlte sich lang und schmal an, wie ein Schwert. In der Vergangenheit hatte die Auswahl passender Strandkleidung Evie stets vor komplexe Probleme gestellt, da es ihr schwerfiel, etwas zu finden, worin sie sich genauso selbstsicher fühlte wie sie sich gab, und sie sich in einem Bikini (wegen zu deutlicher Fettröllchen) ebenso unwohl fühlte wie in einem Badeanzug (weil sie sich damit zu sehr gesellschaftlichen Erwartungen unterwarf). Doch dank Chloe hatte sich dieses Dilemma nun erledigt.

Evie musste die Freude darüber, dass Krista eine Rolle in einem Spielfilm bekommen hatte, nicht vortäuschen. Dadurch war die Sache mit dem Vorsprechen für *Extra Salt* nicht länger von Bedeutung. Krista würde niemals herausfinden, dass Evie einfach ihren Platz eingenommen hatte. Und selbst wenn jemand es ihr verraten sollte, was unwahrscheinlich war, würde Evie es einfach abstreiten. Die Leute glaubten alles, was Chloe Fontaine ihnen weismachte.

Krista berichtete, dass der Film den Titel *Funderland* trug. Er handelte von zwei guten Freunden, die erfuhren, dass der Besitzer von Funderland, dem Lieblings-Freizeitpark ihrer Kindertage, gestorben war und ihnen den Park hinterlassen hatte. Also zogen sie von New York zurück in ihre Heimatstadt, um ihn zu übernehmen. Er würde in einem echten Freizeitpark in Connecticut gefilmt werden, und die Dreharbeiten würden am Montag beginnen. »Sie schicken einen Wagen, der mich abholen soll. Einen Wagen! Glaubst du, ich bekomme eine Limo?«

Evie leckte das Zigarettenpapier mit der Zunge an. »Welche Figur spielst du?«

»Halt dich fest: Dream Girl.«

»Dream Girl? Was soll das denn sein?«

»Da bin ich mir auch nicht sicher. Nachdem ich gehört hatte, wie viel sie mir bezahlen, hatte ich irgendwie einen Filmriss.« Sie sah Evie verschlagen von der Seite an.

»Wie viel bekommst du – «

»Fünfzigtausend Dollar!«

»Nein!«

»Ich weiß! Wir haben das Studio von ursprünglich fünfunddreißigtausend hochgehandelt. Und ich habe erreicht, dass ich nach dem Dreh meine Garderobe behalten darf.« Krista lächelte stolz. »Es hat tatsächlich richtig Spaß gemacht, den Vertrag auszuhandeln. Cameron meinte, ich sei ein Naturtalent.«

»Das bist du«, sagte Evie. Sie spielte inzwischen mit Krista kein Monopoly mehr, weil das stets auf endlose Verhandlungen und zwielichtige Geschäfte hinauslief und Evie am Ende immer pleite war.

»Ich habe ihnen meine Sozialversicherungsnummer gegeben. Glaubst du, das funktioniert? Also, dass sie mich bezahlen werden?«

Evie drehte schulterzuckend die Spitze des Joints zusammen. »Ich denke schon. Ich meine, du kannst ja immer noch behaupten, dass der Name, den du angegeben hast, dein Künstlername ist. Wie lautet er denn?«

»Lach jetzt nicht – Lenka.«

Evie zündete den Joint an. »Hübsch.«

»Penka.« Krista verzog das Gesicht. »Lenka Penka.«

»Lenka Penka?« Evie lachte bellend auf. »Das klingt wie der Name eines russischen Pornostars.«

»Halt die Klappe.« Krista pflückte den Joint aus Evies Fingern. »Kommen wir noch einmal auf Tristan McKell zurück.«

»Ach ja, Ex-Disney-Kids. Die interessanteste Spezies überhaupt.« Evie wusste, dass das Bild, das sie in ihrem Kopf heraufbeschwor, überholt war. Perfektes, welliges Haar, eine volle Unterlippe und traurige Augen, die die Herzen von vorpubertierenden Mädchen höher schlagen ließen: Tristan McKell, auf dem Höhepunkt seines Erfolgs mit Boyz Unbridled, der ultimativen Boyband der Nullerjahre, die inzwischen aber zur ironischen Musiknummer degradiert worden war, die um drei Uhr morgens als Witz in irgendwelchen Clubs gespielt wurde. Damals war er wie alt gewesen? Fünfzehn? Sechzehn? Evie schätzte, dass er inzwischen mindestens zehn Jahre älter war. Nachdem Boyz Unbridled sich aufgelöst hatten, hatte er Berichten zufolge ein spirituelles Erweckungserlebnis gehabt und war dann bizarrerweise vor einigen Jahren in einem Film von PT Anderson aufgetaucht. Er hatte einen mürrischen Wachmann in einem Einkaufszentrum gespielt, eine Nebenrolle in einem Ensemble vieler weiterer Schauspieler, und dafür sogar einige Preise gewonnen. Vielleicht hatte er danach noch einen anderen Film gedreht, doch Evie konnte sich nicht mehr genau erinnern. Und nun würde Krista gemeinsam mit ihm in einem Film mitspielen. Krista. Ihre Mitbewohnerin. Mit Tristan. Dem ehemaligen Popstar.

»Du stehst doch nicht auf ihn, oder?«, fragte Evie. »Ist er dir nicht zu hübsch?«

»Er war mein erster, großer Schwarm«, sagte Krista. »Der allererste. Er hat meine Libido geweckt. Ich muss mit ihm Sex haben.« Krista atmete seufzend aus. »Das ist einfach Karma.«

»Du hast schon dieses Gerücht über ihn gehört, oder?« Evie grinste Krista an. »Anscheinend … ist er der König des Cunnilingus.«

Krista knuffte Evie in den Arm. »Nein!«

»Autsch! Und doch.«

»Woher weißt du das?«

»Solche nützlichen Informationen schnappt man eben auf, wenn man für ein Hochglanzmagazin arbeitet«, meinte Evie gleichmütig.

»Oh mein *Gott.*« Krista strampelte wild mit den Beinen. »Jetzt *muss* ich einfach mit ihm Sex haben. Er ist die Nummer eins auf meiner Vagenda. Ravi Harlow hat mich gestern geleckt.«

»Der Typ von *Too Many Chefs*?«

»Jep.« Krista schob ihre Sonnenbrille ein Stück nach unten. »Aber zwischen meinen Beinen war genau die richtige Anzahl Köche.«

Evie zog wieder am Joint. »Wie kann es sein, dass diese Männer dir nie das Herz brechen?«

»Aber das ist doch schon passiert! Erinnerst du dich noch an Edward Cullen?«

»Schon, aber er ist fiktiv.« Evie atmete aus.

»Was ist mit dir?« Krista riss eine Tüte mit Jalapeno-Käse-Bällchen auf. »Du meintest, du hättest Neuigkeiten?«

Evie schloss die Augen und begann, sich geschmeidig und weich zu fühlen, als bestünde sie aus Nougat. »Ich habe es geschafft. Ich wurde als Moderatorin engagiert.«

»Mensch, das ist ja fantastisch! Glückwunsch! Das wirst du bestimmt super machen, ich weiß es. Wann geht die erste Folge online?«

»Nächsten Mittwoch.«

»Cool. Aber was ist mit der zweiten Folge?«

Evie ließ sich entspannt in den Plastikstuhl sinken. »Ich brauche nur eine.« Sie würde Storys schreiben. Kluge Storys, gute Storys. Wie eine richtige Journalistin. Man würde ihr zuhören. Der Plan mit dem trojanischen Pferd war aufgegangen. Genauso, wie sie es von Anfang an erwartet hatte. Das Bild der kleinen, purpurfarbenen Flasche erschien vor ihrem inneren Auge, verlockend und mysteriös. »Was glaubst du, warum hat Penny es dir gegeben?«

Krista drehte seufzend das Gesicht ins Sonnenlicht. »Weil ich nett zu ihr war.«

»Aber findest du das nicht auch merkwürdig? Dass sie es dir umsonst gegeben hat?«

»Vielleicht hat sie ja mehr davon als sie braucht. Oder vielleicht, keine Ahnung, war sie in Spendierlaune.«

»Es ist nur so … merkwürdig. Wir wissen … nichts darüber.« Doch noch während Evie die Worte aussprach, drifteten sie davon wie Rauch.

Krista mampfte glücklich und high Käsebällchen. »Hey, Evie?«

»Ja?«

»Was glaubst du, tut Amy Poehler gerade?«

Evie lächelte verträumt. »Etwas Großartiges. Etwas Heldenhaftes. Etwas Cooles.« Sie neigte den Kopf, um zu Krista hinüberzusehen. Ihre beste Freundin leckte sich Käsepulver von den Fingern und sah groß und schimmernd und absolut wunderschön aus. Sie hatten es geschafft. Sie hielten die Zügel des Pretty in ihren Händen. Sie hatten jetzt das Sagen. »Genauso wie wir.«

Teil zwei:

Shadow

19

Das Pretty war ein Trank, der Türen öffnete.

Im wortwörtlichen wie auch im metaphorischen Sinn.

Der metaphorische Teil umfasste den Gratiskeks, den die aknegeplagte Barista Evie zu ihrem Latte schenkte, oder den Enthusiasmus, den ein völlig Fremder plötzlich an den Tag legte, während er ihr ein Taxi herbeiwinkte. Oder dass ihr Vermieter, der äußerst knurrige, sehr misstrauische Mr. Gorbul, sich völlig unbeeindruckt zeigte, als er Evies »Schwester« dabei erwischte, wie sie ihren Schlüssel benutzte, obwohl das *strengstens* untersagt war. »Bleiben Sie, solang Sie möchten!«, insistierte er mit gurkensaurem Atem, eine feuchte Hand fest um ihre Schulter geschlossen. »Wirklich. *Solang Sie wollen.*«

Sie hatte ihm erklärt, sie wäre nur für eine Woche zu Besuch.

Ein Tropfen. Eine Woche.

Im Lauf des Wochenendes hatten die Mädchen beschlossen, dass sie das Pretty im Badezimmerschrank aufbewahren würden und dass keine von ihnen irgendjemandem ein Sterbenswörtchen darüber verraten durfte, ohne Ausnahme. Krista versprach, dass sie versuchen würde, Penny Baker ausfindig zu machen, um von ihr mehr darüber zu erfahren, worum es sich bei dem Trank eigentlich handelte und woher sie ihn bekommen hatte. Sie klebten einen Zeitplan an den Badezimmerspiegel. Evie trug darin ein, dass sie das Pretty am Donnerstagmorgen genommen hatte, einen Tag nach Krista, zwei Tage nach Willow. Ihr würde gerade genug Zeit bleiben, um eine Folge von *Extra Salt* zu drehen. Wenn sie allerdings gleich für einen Monat, oder vielleicht auch zwei, Chloe Fontaine bliebe, dann ... Nein. Sofort verwarf sie diesen Gedanken. Es wäre viel zu gefährlich: physisch wie auch emotional. Was, wenn jemand ihr auf die Schliche käme? Was, wenn ihr plötzlich alle Haare ausfallen oder einige zusätzliche Gliedmaße wachsen würden? Wenn man bedachte, wie furchtbar der Verwandlungsprozess gewesen war, konnte Pretty eigentlich nichts anderes als eine Art Gift sein.

Eine Woche war ein Abenteuer. Alles, was darüber hinausging, bedeutete Gefahr. Alles, was darüber hinausging, würde sie wahrscheinlich hochgradig durcheinanderbringen.

Schließlich war es Evie Selby nicht entgangen, dass Chloe Fontaine von ihren Mitmenschen um einiges besser behandelt wurde. Und das war definitiv schräg.

Fast war es so, als wäre sie ein liebliches, leicht verwundbares, wildes Tier – ein Rehkitz zum Beispiel –, dessen Nähe die Menschen unauffällig, aber doch auch mit Begeisterung suchten. Ihre Blicke verweilten auf ihrem Gesicht, und wenn sie sie dabei ertappte, wie sie sie anstarrten, wandten die Menschen schnell den Blick ab, damit sie sich nicht erschrak und die Flucht ergriff. Selbstverständlich wollten einige Menschen – Männer – das Kitz gern erlegen. Die Bauarbeiter, die auf der gegenüberliegenden Straßenseite vom Heimert-Schwartz-Gebäude arbeiteten, brüllten auf sie ein, während sie darauf wartete, die Straße überqueren zu können.

»Hey! Hey, Sexy!«, rief einer.

»Sexy! Sexy Mädel!«, stimmte ein weiterer mit ein und bewies damit, dass er über die mentalen Fähigkeiten eines Kleinkindes verfügte.

Evie kniff wütend die Augen zusammen und kochte innerlich. Welche Reaktion genau erwarteten sie denn von ihr? *Oh, hallo! Ja, ich bin sexuell an euch interessiert. Warum führt ihr mich nicht aus, damit ich über die Postmoderne sprechen kann und ihr über das Gießen von Beton?*

Und das Pretty öffnete auch wortwörtlich Türen. Studiotüren mit rotweißen Achtung-Aufnahme-Schildern.

Am Montagmorgen fuhr Evie mit dem Fahrstuhl in den zwölften Stock, einen ihr bisher gänzlich unbekannten Teil des riesigen Heimert-Schwartz-Komplexes. Als die Aufzugtüren sich öffneten, blickte sie in einen breiten Korridor, mit Decken, die doppelt so hoch waren wie im *Salty*-Büro, und grauem Beton anstelle von glänzenden Holzfußböden. Kelly wartete schon mit verschränkten Armen. Er trug eine Jeans mit einem Gürtel, den eine riesengroße, silberne Gürtelschnalle in Form einer zischenden Schlange zierte. »Chloe-mit-C«, sagte er. »Danke, dass du pünktlich bist.«

Sie gingen durch eine Doppeltür aus Glas, bogen um die Ecke und erreichten eine große, quadratische Fläche. Hier rollten zahlreiche Menschen, an deren Hosen Klebebandrollen in verschiedenen Farben baumelten, Kameras herein oder trugen Scheinwerfer umher. »Die Studios befinden sich alle hier.« Kelly deutete auf vier verschiedene Türen, alle mit einem Achtung-Aufnahme-Schild versehen. »Wir werden die ganze Zeit in Studio B arbeiten.« Kelly warf einen Blick auf die Uhr. »Sie werden gleich rauskommen.«

Evie spähte durch die schmale Glasscheibe, die in die Tür zu Studio B eingelassen war. Eine Unmenge Scheinwerfer und Kameras waren auf drei Männer gerichtet, die hinter einem hell erleuchteten Schreibtisch vor einer grün gestrichenen Wand saßen – ein Greenscreen, wie sie vermutete. Die Männer trugen Anzüge und hatten Hälse wie Baumstümpfe. »Was machen die da drin?«, erkundigte sich Evie.

Kelly warf ebenfalls einen Blick hinein. »Ich glaube *Sports Weekly*.«

Evie verfolgte, wie die Männer unhörbar miteinander diskutierten. Gleich wäre sie diejenige, die vor der grünen Wand stand. Heute sollten alle Intros und Outros für die Beiträge der anderen Reporter sowie die Werbeclips gedreht werden. Kelly hatte ihr übers Wochenende das Skript an ihre neue (getürkte) E-Mail-Adresse geschickt, seitenweise »Sie wollen noch mehr Klatsch und Glamour? Abonnieren Sie *Extra Salt*!« und »Ein Augenschmaus vom Eyeliner bis zu den Wimpern – wir zeigen Ihnen, wie Sie das Augen-Make-up der Stars hinbekommen«. Evie hatte beim Lesen so sehr die Augen verdreht, dass sie ihr fast aus dem Kopf gefallen waren.

Die Studiotür öffnete sich. »Okay, Leute!«, verkündete eine dröhnende Stimme. »Wir haben alles im Kasten.« Evie trat beiseite, als die Crew begann, das Studio zu verlassen.

»Sobald alle raus sind, bringen wir unsere eigene Ausrüstung rein«, erklärte ihr Kelly. »Aber erst kümmern wir uns mal um deine Haare und dein Make-up.« Kelly winkte über Evies Schulter hinweg jemandem zu. Ein umwerfend aussehender, dunkelhäutiger Mann schlängelte sich zu ihnen durch. Er zog ein kleines Rollköfferchen hinter sich her. Ein weißer Fedora saß schief auf seinem Kopf. Die hochgekrempelten Ärmel seines schwarzen Hemdes mit roten Knöpfen enthüllten durchtrainierte Arme. Als er näherkam, erkannte Evie, dass auch seine Unterlippe und die Nägel der kleinen Finger knallrot waren.

»Marcello«, begrüßte Kelly ihn.

»Australien.« Marcello schnupperte an seinen Haaren. »Mmm, du riechst aber *gut*. Was ist das? Eau de Nikotin?«

Kelly schlug ihm auf die Schulter. »Leck mich, du weißt, dass ich aufgehört habe. Wirklich!«

»Mm-hmm.« Marcello musterte ihn skeptisch. »Und ich bin die Queen von England.«

»Eine Queen bist du auf jeden Fall.«

Marcello hob eine wohlgeformte Augenbraue. »Als ob ich das nicht wüsste.«

Kelly schnaubte. »Mein Freund, das hier ist Chloe Fontaine, unsere Moderatorin.«

»Schrägstrich Journalistin«, fügte Evie hinzu. »Stimmt«, sagte Kelly, ohne zu zögern. »Moderatorin Schrägstrich Journalistin.«

Marcello musterte sie höflich. Auf den oberen Wimpern trug er einen Hauch Wimperntusche. »Hallo, Chloe.«

Zum ersten Mal seit ihrer Ankunft fühlte Evie sich ein wenig eingeschüchtert. Nicht nur wegen Marcellos Aufmachung, sondern weil er überdeutlich ausstrahlte, dass er ein Mensch war, den man unmöglich beeindrucken konnte. »Yo«, antwortete sie und bereute es sofort.

Sie folgte Marcello zu einer kleinen Tür mit der Aufschrift *Garderobe 4*. Unter einem langen Spiegel, an dessen Seiten runde Glühlampen in der Größe von Orangen angebracht waren, war ein Schminktisch in die Wand eingelassen, vor dem ein gepolsterter Ledersessel stand. In einer Ecke befand sich ein schwarzes Waschbecken. Marcello warf seinen Hut auf den Schminktisch und stellte seinen Koffer schwungvoll daneben. Er ließ die Schlösser aufschnappen. Im Inneren befanden sich, ordentlich aufgereiht, zahllose Lippenstifte, Puderdöschen, Mascaras und mehr. Mit geübten Bewegungen begann er, alles auszupacken. Evie blieb unsicher auf der Türschwelle stehen. Er winkte ihr mit einem Rouge-Pinsel zu. »Setz dich ans Waschbecken, meine Schöne, wir haben nicht den ganzen Tag Zeit.«

Sag es. Trojanisches Pferd. Schon vergessen?

»Musst du vorher noch mal zur Toilette?« Marcello klang

argwöhnisch. »Die findest du den Flur hinunter, zweite Tür links, aber, Schätzchen, wenn du den Trip für eine *Schnelldiät* nutzt, merke ich das.« Er tat so, als würde er sich einen Finger in den Hals stecken. »Und ich *werde* es Australien sagen, weil ich *nicht* mit Frauen arbeite, die glauben, sich die Seele aus dem Leib zu kotzen ist –«

»Was? Oh Gott, nein«, fiel Evie ihm ins Wort. »Es ist nur …« Sie holte tief Luft und versuchte, Marcellos überheblich-trotzige Art zu kopieren. »Ich brauche dich nicht für Haare und Make-up.«

Marcello runzelte die Stirn. »Australien hat nichts davon erwähnt, dass ihr alle eure eigenen Leute mitbringt.«

Evie schüttelte den Kopf. »Ich habe niemanden mitgebracht. Ich möchte einfach nur nicht, dass jemand meine Frisur oder mein Make-up macht.«

Marcello sah sie an, nicht ganz überzeugt, aber ganz sicher auch nicht gelangweilt. »Warum nicht?«

Evie spannte sich an, bis Chloe sich zu ihrer vollen Größe aufgerichtet hatte. »Weil wir dadurch für Frauen und Mädchen unerreichbare Schönheitsstandards setzen. Weil es Frauen dazu animiert, ihren Wert an ihrem Aussehen zu messen. Weil wir Vorbilder brauchen, die wie *richtige Frauen* aussehen.«

Marcello stand reglos da und sah sie wie vom Donner gerührt an. Dann warf er den Kopf zurück und brach in schallendes Gelächter aus. »Das ist gut!«, sagte er genüsslich kichernd. »Du bist gut, Chloe.« Er zog ein weißes Spitzentaschentuch aus der Tasche und tupfte sich damit die Augenwinkel. »Ooh, deinetwegen verschmiere ich mich noch ganz. Na los, setz dich ans Waschbecken, meine Schöne.«

Evies Wangen fühlten sich warm an. Ihre Nervosität wurde langsam, aber sicher von Verärgerung abgelöst. »Ich scherze nicht. Ich will beim Dreh kein Make-up tragen.«

Marcello lächelte sie fragend an. »Du möchtest nicht, dass ich dir die Haare mache?«

»Nein.«

»Und du willst kein Make-up.«

Evie schüttelte den Kopf.

Er öffnete den Mund, schloss ihn, öffnete ihn erneut. »Weil du dich selbst schminken möchtest?«

Evie schüttelte den Kopf.

»Weil du ... deine eigenen Schönheitsprodukte mitgebracht hast?«

Als Evie diesmal den Kopf schüttelte, musste sie lächeln. Sie brachte diesen armen Mann völlig aus dem Konzept.

Marcello blickte zur geschlossenen Tür hinüber. »Weiß Australien darüber Bescheid?«

»Nein. Aber ich werde ihn nicht um Erlaubnis bitten«, ergänzte Evie. »Dies ist meine Entscheidung.«

»Und das tust du, weil du glaubst, Make-up ist« – Marcello wedelte mit einer Haarbürste – »schlecht für Frauen.«

»Weil wir dadurch unerreichbare –«

»Okay, okay«, unterbrach Marcello sie. »Komm wieder runter, wir sind hier nicht bei *Oprah.*« Er lehnte sich an den Schminktisch vor dem Spiegel und starrte sie nachdenklich an. Evie konnte sehen, wie hinter seinen Katzenaugen eine Million Gedanken vorbeisausten. Würde er sie bestechen? Sie anflehen? Sie mit einer Dose Haarspray niederschlagen und stylen, während sie ohnmächtig war?

Er zuckte mit den Schultern. »Na gut.«

»Na gut?«, wiederholte Evie überrascht.

Er machte sich daran, seine Utensilien wieder einzupacken. »Mädel, du musst tun, was du für richtig hältst. Wenn du meine Hilfe nicht willst, ist mir das auch recht.«

Evie nickte und versuchte, dabei nicht allzu dankbar zu

wirken. »Tut mir leid, dass wir nicht zusammenarbeiten werden.«

Marcello stellte seinen Koffer wieder auf den Boden. »Oh, wir werden zusammenarbeiten. Das kannst du mir glauben.« Er hielt kurz inne, musterte sie kühl und eigentümlich. Als er weitersprach, klang es eher, als würde er mit sich selbst reden. »Mir sind schon eine Menge Anfänger begegnet, aber so etwas habe ich noch nicht erlebt.«

Kelly hatte Marcello gegenüber nichts davon erwähnt, dass sie zum ersten Mal vor der Kamera stand. Aber irgendwie klang es auch nicht so, als würde der Visagist darauf anspielen. Er sah sie genauso an wie Jan es beim Vorsprechen getan hatte: als würde Evie etwas verbergen. Als ob er *Bescheid wüsste.* Sie bemühte sich, sich ihre Beunruhigung nicht anmerken zu lassen. »Woher weißt du, dass ich Anfängerin bin?«

»Oh Süße. Weil es dir mitten in dein *Anfängerinnengesicht* geschrieben steht.« Er musterte sie noch einmal ausgiebig und vielsagend, bevor er aus dem Raum rauschte.

20

Gemma und Rose, die Moderedakteurinnen von *Salty*, warteten bereits mit vier vollen Kleiderständern draußen vor der Garderobe. Sofort wurde die stechende Verunsicherung, die Marcellos Kommentar verursacht hatte, schlimmer. Genau wie die beliebten Mädchen in ihrer Highschool waren auch Gemma und Rose nie gemein zu ihr gewesen, zumindest nicht direkt. Sie behandelten sie einfach nur, als wäre sie unwichtig: jung und uncool. Instinktiv wappnete sie sich innerlich dagegen, dass die beiden, wie sonst auch, schlichtweg durch sie hindurchsehen würden.

»Chloe, hi! Ich bin Rose –«

»Und ich bin Gemma.« Sie klimperte mit ihren falschen Wimpern, während sie Chloes Taille beifällig begutachtete. »Oh, ich bin ja so froh, dass du wirklich Größe 34 hast –«

»So viele Mädchen lügen in diesem Punkt«, flüsterte Rose.

»Aber dir wird alles passen, was wir mitgebracht haben. Sticht dir vielleicht etwas besonders ins Auge?«

Evie starrte das Duo an: Sie standen vor ihr wie zwei folgsame Backenhörnchen in Couture. Mit geneigten Köpfen und erwartungsvollen Gesichtern harrten sie darauf – unglaublich, aber wahr – *ihren Anweisungen zu folgen*. Evie spürte Wut in sich aufkeimen, bemühte sich jedoch, sich auf die Kleidungsstücke zu konzentrieren. Alles sah viel zu grell, viel zu glänzend aus. Sie zupfte an dem ersten Stück Stoff, das ihr zwischen die Finger kam. »Ähm, das da?«

»Unbedingt!«

»Finde ich toll!«

Stirnrunzelnd legte Evie die Finger auf ein beliebiges anderes Teil. »Oder das hier?«

»Noch besser!«

»So süß!«

Sie benahmen sich wie abgerichtete Äffchen, die auf Kommando tanzten. Doch ehe Evie darüber nachdenken konnte, wie sich dieses Verhalten für ihre Zwecke nutzen ließe, zog Rose einen grünen Catsuit aus Schlangenleder hervor. »Wenn dir die gefallen, wirst du das hier *lieben*.«

»Von Luksus«, merkte Gemma an und streichelte den Anzug liebevoll. »Unglaublich, nicht wahr?«

Evie las das Preisschild: dreitausendeinhundertfünfzig Dollar. Das war mehr als sie in einem Monat verdiente. Und sie hatte einen Vollzeitjob in Manhattan. Sie versuchte, möglichst überschwänglich zu klingen, als sie antwortete: »Total unglaublich. Aber eigentlich habe ich sogar eine noch bessere Idee. Was, wenn ich einfach das hier trage?« Dabei wies sie auf das weiche, graue T-Shirt, das sie bereits anhatte.

Die Backenhörnchen sahen sie irritiert an, sichtlich bemüht, ihr zu folgen. »Was meinst du damit?«, fragte Gemma.

»Ich meine damit, dass ich das hier tragen werde. Es wurde in Brooklyn hergestellt, und die Firma finanziert mit einem Teil ihrer Gewinne Mikrokredite in Südamerika. Ist das nicht … irgendwie total neu und frisch?«, sagte Evie und versuchte dabei, sich an den Jargon zu erinnern, den diese Frauen immer benutzten. »Gewissenhafter Konsum ist total mein Ding.«

Rose glotzte das Shirt an, als wäre es ein schmutziges Küchenhandtuch. »Aber es ist nur ein *T-Shirt*.«

»Du kannst nicht einfach nur ein T-Shirt tragen«, sagte Gemma. »Das kannst du nicht. Das kannst du einfach nicht.«

»Doch, das kann ich«, entgegnete Evie lächelnd. »Ich finde, das ist so cool. Ich liebe dieses Shirt, das ist mein absolutes Lieblingsteil.«

Die beiden Frauen musterten Evie unzufrieden. Evie begriff, dass die beiden nichts gegen sie ausrichten konnten. Das Talent hatte das Sagen. Sie war das Talent.

Gemma zeigte ihr einen dünnen, purpurfarbenen Schal. »Wie wäre es, wenn wir den hier dazunehmen?«

»Ja!«, stieß Rose hervor und begann, ihn Evie fachmännisch um den Hals zu wickeln.

Der Schal fühlte sich luxuriös weich auf Evies Haut an. »Er ist wunderschön«, gab Evie zu.

Sofort sprang Gemma auf ihr andeutungsweises Interesse an. »Das ist Bio-Seide.«

»Bitte?« In Roses Augen stand die blanke Not geschrieben. »Er sieht so hübsch an dir aus.«

»Na gut«, lenkte Evie ein. »Ich trage den Schal, aber nur, wenn ich das T-Shirt anbehalte.«

Rose nickte mit gequälter Miene.

Gemma gab sich gleichgültig. »Juhu?«

Evie kehrte siegestrunken ins Studio zurück. Zwar konnte auch Evie Selby online entschieden, ja geradezu richtig fies sein, doch in der Realität war sie ganz anders. Chloe Fontaine dagegen nicht. Chloe schien sich nicht so sehr darum zu scheren, was andere Menschen dachten. Sie war wie eine russische Spionin, die am Tage Wodka trank und Pelz trug, obwohl das politisch riskant war. Jetzt musste Chloe nur noch für einige weitere Tage bleiben und durfte ja nicht plötzlich vor der Kamera verschwinden. Nicht auszudenken, wenn sie sich vor all diesen Menschen in Evie Selby zurückverwandelte. Was, wenn die Rückverwandlung obendrein ebenso erniedrigend und schmerzhaft wäre? Dieser Gedanke erfüllte Evie schlagartig mit derart überwältigendem Entsetzen, dass sie sich bewusst zwingen musste, tief zu atmen, bis es endlich wieder abebbte.

Ein Tropfen. Eine Woche.

Das hoffte sie zumindest.

Der Tisch und die Stühle von *Sports Weekly* waren verschwunden. An ihrer Stelle standen nun ein knallroter Stuhl und ein grell pinkfarbener Tisch, der mit einer Glasschüssel voller Süßigkeiten und einer Vase mit weißen Tulpen dekoriert war. Die Mädchenfee hatte dem Studio einen Besuch abgestattet.

Kelly trat zu Evie. »Gibt es Probleme mit deinem Style-Team?«

Evie schüttelte den Kopf. »Nein.«

Eines der Crewmitglieder rief: »Kamera steht. Wir wären dann soweit, Kell.«

Kelly stieß einen leisen Fluch aus. »Dir ist schon bewusst, dass wir uns bestimmt hundert Mädchen angesehen haben. Ich habe mich für dich eingesetzt.«

»Und ich werde nach wie vor einen wirklich guten Job abliefern«, sagte Evie. »Ich bin dieselbe Person, die du letzte Woche gesehen hast.«

Rich kam anmarschiert, rieb sich nachdenklich das Kinn. »Sie sieht gar nicht mal so schlecht aus«, sagte er und begutachtete Evie dabei von Kopf bis Fuß, als wäre sie eine Schaufensterpuppe.

Kelly warf einen Blick auf die Uhr. »Wir haben keine Zeit für irgendwelche Fisimatenten. Filmen wir sie einfach so, wie sie ist. Chloe, setz dich.«

Evie gehorchte. Von ihrem Platz aus konnte sie das gesamte Studio überblicken. Ihr fiel auf, dass mehrere Crewmitglieder sie verwirrt anschauten. Ein älterer Herr mit silbrigem Haar trat an Kelly heran, doch Kelly scheuchte ihn mit der Hand gleich wieder davon und zischte nur: »Ich weiß, ich weiß.«

Evie senkte den Blick auf die Hände und gab vor, von alledem nichts zu bemerken. *Bleib stark. Du hast das Sagen.*

»Okay, Chloe«, sagte Rich, der neben der großen Kamera stand, die auf sie gerichtet war. »Du liest einfach nur vom Teleprompter ab. Bereit?«

Evie nickte. »Jep.«

»Na dann – Ton ab.« Die Crew verständigte sich kurz miteinander, dann begann die Aufnahme.

In der darauffolgenden halben Stunde las Evie das Skript wieder und wieder vor. Rich ließ sie Dinge wie »So viel Klatsch und Glamour, wie Sie es sich nur wünschen können« und »Sie wollen ein bisschen mehr? Abonnieren Sie *Extra Salt*!« ungefähr eine Million Mal wiederholen, wobei sie jedes Mal ein anderes Wort betonen oder ein gelegentliches Zwinkern hinzufügen musste. Ihre Wangen schmerzten vom Lächeln. Doch sie war fest entschlossen, Kelly und der Crew zu beweisen, dass sie ein Vollprofi war. Ein Vollprofi, der keine zentimeterdicke Make-up-Schicht oder einen Fick-mich-Ausschnitt nötig hatte, um seinen Job zu erledigen.

Schließlich wurde es Zeit für eine Pause. Bevor Evie überhaupt Gelegenheit hatte, aufzustehen, kam Kelly mit einer weißen Plastikbox zu ihr. Er kippte ihren Inhalt auf den Tisch. Ein Dutzend verschiedene Dildos purzelten fröhlich heraus.

»Ah, okay.« Evie schmunzelte vorsichtig. »Du pflegst unterhaltsame Hobbys und scheust dich offenbar nicht, sie mit deinen Mitmenschen zu teilen.«

»Jan möchte einen davon als Dildo der Woche vorstellen«, verkündete Kelly.

»Dildo der Woche? Ist das nicht ein bisschen geschmacklos?«

»Ach wo, das ist frech und witzig«, widersprach Kelly. »Such dir irgendeinen aus. Und keine Sorge«, fügte er rasch hinzu, als Evie ansetzte, zu protestieren. »Wir sagen selbstverständlich, dass die Auswahl auf der Meinung der Zuschauer beruht und nicht auf deinen persönlichen Vorlieben.«

Damit stiefelte Kelly davon und ließ Evie mit den Dildos zurück. Was für eine lächerliche Aufgabe: den Dildo der Woche wählen. Wenn Chloe erst einmal ihre Autorität bewiesen hätte, würden sie mit Sicherheit keine derart albernen Beiträge mehr bringen. Evie nahm behutsam den Dildo, der ihr am nächsten lag: ein monströses, schwarzes Ding von der Größe eines Kinderarms. *Ich verleihe dir den Namen Morgan Freeman.* Sie wedelte ein wenig mit Morgan Freeman herum, versuchte den Bleistift-Zaubertrick mit ihm. Schau an, es funktionierte. Schon sah der stocksteife, alte Morgan Freeman ganz wabbelig weich aus …

Eine neue Idee schoss ihr plötzlich durch den Kopf. Eine herrlich aufregende und absolut perfekte Idee, die sogar den Schreibtisch voller Dildos übertraf. »Kelly?«, rief sie und schielte in die Schwärze des Studios hinein.

Kelly erschien einige Meter vor ihr. »Was gibt's?«

Evie klopfte mit Morgan Freeman gegen ihre Wange und versuchte, nachdenklich und nicht allzu übereifrig zu wirken. »Wir sollten von Velma Wolffs Buchpremiere heute Abend berichten.«

»Die Lesbe?«

Evie war viel zu aufgeregt, um sich über ihn zu ärgern. »Es geht um *Milchzähne*, ihren neuen Roman. Er handelt von –«

»Hab davon gehört.« Kelly zog sich die Jeans hoch. »Das ist sicher heute Abend?«

»Im Pembly. *Salty* berichtet im Magazin darüber. Daher weiß ich, dass es Jan bestimmt gefallen würde.«

»Wie hast du denn davon erfahren?«

Evie schluckte, fing sich jedoch rasch wieder. »Evie hat mir davon erzählt. Meine Mitbewohnerin Evie. Sie war bei der Themenbesprechung mit dabei.«

Kelly warf einen skeptischen Blick auf die Uhr.

»Ich kann die Fragen vorbereiten«, fügte Evie hinzu. »Ich habe all ihre Bücher gelesen. Sie ist eine *New-York-Times*-Bestsellerautorin«, bemerkte sie. »Und es werden stapelweise Promis kommen. Wortwörtlich. Dort werden so viele Berühmtheiten herumlaufen, dass sie sie wahrscheinlich stapeln –«

»Okay, okay, immer mit der Ruhe. Ich hole Jan ans Rohr.«

Evie vermutete, dass das in Australien ein Ausdruck für *telefonieren* war. »Fantastisch!«

»Wir machen es nur, wenn sie Ja sagt«, warnte Kelly sie. »Und wir brauchen ein richtiges Interview mit ihr.«

»Selbstverständlich.«

»Und du musst dich« – Kelly schürzte die Lippen – »schick machen. Keine Widerrede. Ich weiß nicht mal, ob diese dämlichen Werbeclips überhaupt brauchbar –«

»Ich mache mich schick«, versprach Evie. Ihre Wangen glühten. Ihr war ein wenig schwindelig. Velma Wolff. Die wunderschöne, stilvolle Chloe Fontaine würde Velma Wolff interviewen. Die niederschmetternde Begegnung mit der Autorin im Fahrstuhl war das einzige Mal gewesen, dass sie überhaupt eine Berühmtheit getroffen hatte – wenn man nicht mitzählte, wie sie einmal James Franco beim Rumknutschen mit jemandem beobachtet hatte, dessen Babysitter er hätte sein können.

»Hast du einen Dildo ausgesucht?«, wollte Kelly wissen.

Mit einem ekstatischen Grinsen schloss Evie die Arme um die gesamte Auswahl. »Wie könnte ich nur einen auswählen?«, fragte sie aufgekratzt. »Sie sind doch alle meine Babys.«

21

Krista träumte gerade einen richtig guten Sextraum, der von Tristan McKell handelte und in dem außerdem noch irgendetwas mit Zwergen vorkam, als ihr Handy klingelte. In ihrem Zimmer war es noch unglaublich dunkel, als sie nach dem widerlichen Geräusch tastete, schließlich dessen Ursprung fand und krächzend hervorstieß: »Hallo?«

Sie hörte eine männliche Stimme, leise und mit Akzent. »Mes Penka? Ihr Wagen ist hier.«

»Mein Wagen?«

»Supernew Pictures? Lenka Penka?«

Ihr Wagen. Der Film. Ihr Wagen zum Film. Krista drückte die Handfläche fest auf die Augen. »Ach ja. Mist. Ich komme gleich runter.«

Es war fünf Uhr morgens. In der Dispo, die sie am Wochenende per Mail erhalten hatte, hatte etwas von Abholung um fünf Uhr morgens gestanden, aber Krista war davon ausgegangen, dass es sich dabei um einen Fehler handeln musste. Als sie jedoch fünfundzwanzig Minuten später das Haus verließ und die Erleichterung in den Augen ihres Fahrers sah, begriff sie, dass man ja tatsächlich von ihr erwartete, dass sie um fünf Uhr früh bereitstand. Am Morgen. Wie ein … Bäcker.

Im Geiste hatte sie sich ausgemalt, wie es wohl wäre, als berühmte, bedeutende Schauspielerin auf dem Rücksitz eines

Wagens mit Chauffeur zu sitzen und zu beobachten, wie draußen die Straßen der Stadt vorbeiglitten. Doch in der Realität schlief sie sofort wieder ein. Verkatert. Schon wieder. Hinter ihr lag ein Wochenende, das … nun ja, es *monumental* zu nennen, wäre eine Untertreibung gewesen. Am Sonntag war sie um vier Uhr nachmittags nach Hause gekommen. Auf ihrem linken Schienbein hatte ein Bluterguss geprangt, von dem sie nicht mehr wusste, wo sie ihn sich zugezogen hatte, in ihrem Kopf war »Copacabana« in Endlosschleife gelaufen und aus irgendeinem Grund hatte sie den Satz »Also *das* nenne ich mal einen Burger!« urkomisch gefunden, hatte aber nicht mehr gewusst, weshalb. Ihr war die Nase gelaufen. Das ganze Wochenende über hatte sie keinen ihrer Drinks selbst bezahlt. Unglaublich.

Kurze Zeit später war sie dann durch ein sanftes »Mes? Hallo, Mes?« geweckt worden.

Die schmutzig graue Dämmerung war dem rauen, pinkfarbenen Morgen gewichen. Sie bogen gerade auf einen Parkplatz voller Lastwagen ein. Krista zog einen Handspiegel aus der Tasche, um rasch zu überprüfen, ob es noch immer Lenka Penka war, die auf dem Rücksitz saß. Sie war es. »Alles gut«, beschwichtigte sie ihr Spiegelbild. »Du schaffst das.«

Ein junger Mann mit einem Headset auf dem Kopf öffnete ihr die Tür. Er hatte sehr stark gelocktes, hellblondes Haar, das Schambehaarung glich. »Lenka, hi, guten Morgen.«

»Hi. Hey«, antwortete Krista und stieg ziemlich unelegant aus dem Wagen.

»Ich bin Damian. Wir sind etwas spät dran. Deshalb bringe ich dich sofort in die Maske.«

Damian marschierte davon. Krista folgte ihm. Alle Schläfrigkeit war verflogen. Eine geradezu fühlbare Spannung lag in der Luft. Sie konnte nicht glauben, dass so viele Menschen schon *so früh* auf den Beinen waren. Überall sah man Mitglieder der Crew: Sie trugen Ausrüstungsgegenstände, marschierten mit Klemmbrettern herum oder schoben volle Kleiderständer vor sich her. Als sie den Parkplatz verlassen hatten, bemerkte Krista, dass sie sich tatsächlich auf dem Gelände eines richtigen Vergnügungsparks befanden, der allerdings nicht mehr in Betrieb zu sein schien. Von den hohen Toren, die sie durchschritten, blätterte rote Farbe. Die Fahrgeschäfte und Buden sahen ausgeblichen aus und waren geisterhaft still. »Gehört das hier zu den Kulissen?«, erkundigte sich Krista.

»Nein, hier befindet sich lediglich das Basislager«, erklärte Damian. »Wir drehen nur in etwa einem Viertel des eigentlichen Parks, und diese Stellen befinden sich weiter vorne. Okay, da wären wir.«

Sie blieben vor einem großen, silberfarbenen Wohnwagen stehen. Aus dem Inneren drangen das Brummen von Haartrocknern und der Geruch von Nagellackentferner. »Bis später«, verabschiedete sich Damian.

Krista beobachtete, wie er davonging, ebenso effizient, wie er gekommen war. Dann winkte sie sich das nächstbeste Crewmitglied herbei und fragte, wo sie Greg finden könne.

Sie wurde zu dem Teil des Vergnügungsparks geschickt, der zu einer Filmkulisse umgewandelt worden war. Gerade wurden Scheinwerfer rund um eine Bude herum aufgestellt, die, im Gegensatz zu den meisten anderen, frisch gestrichen und wie neu aussah. Als Krista an Greg herantrat, betrachtete er gerade Storyboard-Skizzen auf einem iPad. Wieder trug er weiches Flanell und eine ausgewaschene Jeans: bereit, eine Kuh zu melken oder bei einem Spielfilm Regie zu führen.

»Lenka!«, rief er. »Hi!«

Sie umarmten sich herzlich.

»Das ist so aufregend.« Krista strahlte. »Ich wollte nur ganz kurz mit dir über meine Rolle sprechen.«

»Na klar. Was gibt's?«

»Ich habe übers Wochenende das Drehbuch gelesen – übrigens sehr witzig, Riesenglückwunsch –«

»Dankeschön.« Greg lächelte.

»Aber Dream Girl hat nicht gerade viel Text.« Krista sah ihn mit geneigtem Kopf an. »Stimmt«, antwortete Greg. »Wie gesagt, es ist eine kleine Rolle, aber eine äußerst wichtige.«

»Das verstehe ich. Wirklich. Aber aktuell wirkt es, als wäre Dream Girl lediglich – das meine ich nicht als Beleidigung oder so – ein paar Titten in einem Rock. Doch selbst superheiße Mädchen verfügen unbestreitbar über eine gewisse Tiefe. Heiße Mädchen wie ich«, fügte sie rasch hinzu.

Greg runzelte ein wenig die Stirn. »Unbestreitbar.«

»Also habe ich überlegt, wie es wäre, wenn Dream Girl nicht nur heiß, sondern dazu noch witzig wäre? Was, wenn sie ein paar Marotten hätte oder einen Running Gag aufführen würde?«

»Zum Beispiel?«

Krista warf einen Blick auf die Liste mit Vorschlägen, die sie in ihrem Telefon gespeichert hatte. »Wie wäre es, wenn sie eine richtig große Vagina hätte?« Greg verzog das Gesicht. »Eine was?«

»Eine witzige, *Mary-Poppins*-artige Muschi, in der sie tonnenweise Kram aufbewahrt.«

»Eine große … Vagina«, wiederholte Greg langsam. »Ich kann mir nicht recht vorstellen, wie das funktionieren soll.«

»Nenn irgendetwas.«

»Was?«

»Nenn irgendetwas. Etwas, was eine der anderen Figuren benötigt.«

Greg verschränkte die Arme und wirkte leicht beunruhigt. »Einen … Hut.«

Krista tat so, als würde sie einen zwischen ihren Beinen hervorziehen. »Einen Hut, sagst du? Ich habe einen, gleich hier!« Sie gab vor, ihn sich auf den Kopf zu setzen, und lächelte. »Natürlich wäre es im Film ein richtiger Hut. Jetzt nenn etwas anderes.«

»Ich glaube nicht, dass wir mit einer sehr großen Vagina den richtigen … Ton treffen würden«, meinte Greg.

»Keine Sorge.« Krista warf wieder einen Blick auf ihr Telefon, wild entschlossen, ihm weitere Ideen zu präsentieren. »Oh, das hier ist gut: Wie wäre es, wenn Dream Girl insgeheim den Wunsch hegen würde, Sängerin zu werden? Also, wann immer sie sich mit jemandem unterhält, fängt das Gespräch ganz normal an.« Und nun begann Krista, mit weit ausgebreiteten Armen und voller Inbrunst zu singen: »*Und dann stimmt sie ein Liieehiieed an! Sie singt jedes einzelne Wort, genauso, wie ich es jetzt gerade tuuuuue!*«

Greg musterte sie mit einem merkwürdigen Blick. Zum ersten Mal spürte Krista, dass sie die Verbindung zu ihrem Gegenüber verloren hatte. Ein Anflug von Besorgnis nagte an ihrem Optimismus. Ihre Ideen waren doch witzig, oder? Sie machte sich doch nicht etwa zum Narren, oder?

Plötzlich winkte Greg jemandem, der hinter ihr stand, und sah äußerst erleichtert aus. »Yo!«, rief er »Kumpel!«

Ravi Harlow kam zu ihnen geschlendert. Als er Krista bemerkte, schwand das Grinsen, das er eben noch zur Schau getragen hatte. Doch es war zu spät. Greg war bereits an Krista vorbeigetreten, um den Schauspieler in die Arme zu schließen.

»Hey«, begrüßte Ravi Greg, doch sein Blick klebte dabei unablässig an Krista. »Was … Ähm … Was gibt's?«

»Überraschung!«, verkündete Greg mit einem Lachen in der Stimme. »Wir haben dein Dream Girl gefunden!«

»Ta-da!«, sagte Krista mit einem Grinsen und wunderte sich, dass Ravi es nicht erwiderte.

»Moment mal … Was?« Ravis erstarrtes Lächeln wurde brüchig.

»Ja, deine Freundin Lenka«, sagte Greg. »Ihr beide kennt euch doch, richtig?«

»Jep«, bestätigte Krista in dem Augenblick, in dem Ravi »Nö« sagte.

Krista sah Ravi verwirrt an. Jemand rief Greg. Er stahl sich davon, sichtlich erfreut über die Ablenkung.

»Mensch, wie geht's so?«, erkundigte sich Krista. »Hey, du hast nicht zufällig eine Zigarette, oder?«

Ravi sah Krista an, als hätte sie gerade nach seiner Privatadresse gefragt. »Ähm, nein.«

»Hey.« Krista machte einen Schritt vorwärts auf ihn zu und senkte die Stimme. »Hör mal, das zwischen uns muss dir nicht unangenehm sein oder so. Wenn du willst, dass wir nur Kumpel sind, ist das total in Ordnung.«

»Ich habe nie versprochen, dass ich dich anrufen würde«, sagte Ravi und wich einen Schritt zurück.

Krista spürte, wie sie sauer wurde. »Genauso wenig wie ich.«

»Wie auch immer.« Ravi wandte sich ab und ging davon.

Krista starrte ihm verdattert nach. In der Vergangenheit war sie davon ausgegangen, dass manche Männer sie nicht wiedersehen wollten, weil sie schlicht nicht auf kleine, braunhäutige Frauen standen. Doch langsam wurde ihr klar, dass manche Männer einfach Arschlöcher waren.

22

Als Willow erwachte, befand sich ihr Körper in Aufruhr: bohrende Bauchkrämpfe quälten sie. Sie krümmte sich, stöhnte, die Schmerzen verschleierten ihr den Blick. Bekam sie etwa ihre Periode? Nein, die hatte sie erst letzte Woche gehabt. Eine Lebensmittelvergiftung? Da registrierte sie ihre Finger: knochig, bleich. Willows Finger. Sie rappelte sich in eine sitzende Position auf, verzog das Gesicht. Im Spiegel über dem Sofa sah sie strähniges, aschblondes Haar mit einem letzten, blassen Rest pinkfarbener Tönung darin, und Haut in der Farbe von Kondensmilch.

Sie war wieder normal.

Der Morgen war schwül und bewölkt. Der Himmel hatte eine dumpfe, schmutzigweiße Farbe, als hätte die Natur oder Gott oder wer auch immer am heutigen Tage schlicht und einfach vergessen, Wetter zu machen. Diesmal verging die Übelkeit schneller als bei der ersten Verwandlung. Offenbar war es einfacher, normal zu werden, als sich in die Pretty-Version zu verwandeln. Willow nahm die U-Bahn von Williamsburg zurück an die Upper East Side. Hier gehörte sie nun wieder hin, eingezwängt zwischen gleichgültigen Geschäftsleuten mit grauen Haaren, grauer Haut und grauen Herzen. Die Straßen wirkten schmutzig und farblos. Der Pförtner sah müde aus, winkte ihr nur matt zu. Selbst die Aufzugtüren öffneten sich im Apartment mit einem Geräusch, das wie ein gelangweiltes Seufzen klang.

Neben dem Beistelltisch stand eine Reisetasche aus Leder. Ein Paar abgewetzte Herrenschuhe. Ihr Herz krampfte sich zusammen.

Ihr Vater war zu Hause.

Sie konnte sie in der Küche hören. Claires beherrschter, unerschütterlicher Tonfall. Matteos dröhnende Stimme, durchdringend laut, selbst in seinem eigenen Zuhause. Obwohl er bereits als Teenager in die Vereinigten Staaten gekommen war, sprach er noch immer mit seinem rollenden, stumpfen niederländischen Akzent. Manchmal fragte sich Willow, ob er ihn vorsätzlich beibehielt. Um seine Mitmenschen damit für sich einzunehmen. Oder einzuschüchtern.

Matteo und Claire hatten sich kennengelernt, als Claire ihre Doktorarbeit über Matteo geschrieben hatte. Sie trug den Titel *Verlorene Jungs, Machos und liederliche Frauenzimmer – die Kinofilme von Matteo Hendriksen.* Das Interessanteste an ihrer Beziehung war ihre Dauerhaftigkeit. In früheren Tagen war Matteo ein notorischer Frauenheld gewesen. Wenn man seinen Namen bei Google eingab, erhielt man Bilder von einem grinsenden jungen Mann in Gesellschaft von halbnackten Frauen mit Farrah-Fawcett-Fönfrisuren. Claire war (ungefähr) Freundin Nummer sechs und das Ende einer langen Kette von Frauen, die auf die Scheidung von Willows Eltern gefolgt war. Damals war sie gerade zehn Jahre alt gewesen.

Sie hörte ein zischendes Geräusch und roch bratende Zwiebeln. Willow verharrte noch kurz im Eingangsbereich, atmete dreimal tief durch. Sie setzte eine ausdruckslose Miene auf. Dann trat sie ein.

Die beiden unterbrachen ihr Gespräch. Claire stand am Herd, die Hand am Griff einer Bratpfanne. Ihr Vater hatte sich an die große Kücheninsel gelehnt. Vor ihm lag eine aufgeschlagene Tageszeitung. Zwei Finger, mit denen er gerade hatte umblättern wollen, hingen wie erstarrt in der Luft.

Claire ergriff zuerst das Wort. »Willow!«

Ihr Vater sagte nichts.

Willow auch nicht.

Claire blickte zwischen den beiden hin und her. Dann ging sie über den sauberen Fliesenboden hinüber zu Willow und umarmte sie schnell und fest. »Hey. Wir, ähm …« Sie spähte kurz zu Matteo. »Wir wussten nicht, wann du zu Hause sein würdest.«

Willow zuckte unverbindlich mit den Schultern.

Matteo blätterte seine Zeitung um, sah dabei jedoch Willow an.

Claire kümmerte sich wieder um ihre Zwiebeln. Sie begannen bereits zu rauchen. »Möchtest du vielleicht zum Mittagessen bleiben? Ich mache eine Gemüsepfanne.«

Ein weiteres blasiertes Schulterzucken.

»Sie wird bleiben«, sagte Matteo. Selbst, wenn er leise sprach, fühlte es sich an, als ließe seine Stimme die Gläser in den Regalen erzittern.

»Werde ich das?«, gab Willow zurück. Mal wieder typisch ihr Vater. Wollte ihr vorschreiben, was sie zu tun hatte.

»Sie wird bleiben«, fuhr Matteo ungerührt fort. »Andernfalls bekommt sie eben nicht das Geschenk, das ich für sie gekauft habe.« Er blickte auf. Seine Miene wirkte nun ausgelassen. Schelmisch.

Willow bemühte sich, weiter ein finsteres Gesicht zu machen. Aber sie schaffte es nicht. Obwohl ihr Vater viele, viele Fehler hatte, brachte er ihr von seinen Auslandsreisen jedes Mal geradezu frustrierend schöne Geschenke mit. Die venezolanische Totenmaske. Die präparierte Spinne aus Marokko.

Die silberne Pfeife aus Joni Mitchells Pariser Zweitwohnung. Obwohl sie es eigentlich nicht wollte, hatte er ihr Interesse geweckt.

Claire blickte sichtlich erleichtert zwischen ihrem Lebensgefährten und dessen Tochter hin und her. »Fünfzehn Minuten«, sagte sie zu Willow.

Sie aßen im Esszimmer, zu dritt um das Ende eines Tisches gruppiert, an dem mit Leichtigkeit zwanzig Personen Platz gefunden hätten. Claires Gemüsepfanne schmeckte hervorragend – kurz angebratener Tofu, in feine Streifen geschnittene Karotten und gelber Paprika auf braunem Reis –, doch Willow aß absichtlich langsam, um zu verhehlen, wie gut es ihr schmeckte. (Bildete sie es sich nur ein, oder hatte sich ihr Geschmackssinn nach der Rückverwandlung geschärft? Schwer zu sagen.) Das Glas mit Sauvignon Blanc, das sie sich eingegossen hatte, leerte sie deutlich schneller als ihren Teller. Ihr Vater redete permanent von neuen, potenziellen Drehorten, die er auf seiner Reise ausgekundschaftet hatte: die wundervolle, alte Kirche in Prag, das winzige Gasthaus mit dem versteckten Hof in Rom, der von der Zeit vergessene Zoo in Madrid. »Übrigens habe ich in genau diesem Zoo«, verkündete Matteo, »das hier gefunden.« Er hob eine goldene Papiertüte auf, die am Boden zwischen seinen Füßen gestanden hatte, und ließ sie über die glänzende Tischplatte gleiten. Sie war leicht. Willow griff hinein und zog etwas in hauchdünnes, purpurfarbenes Papier Eingewickeltes heraus. Während sie es auspackte, konnte sie deutlich spüren, dass Claire und ihr Vater sie beobachteten.

Es war eine hölzerne Löwenfigur. Etwa sieben Zentimeter groß und akribisch aus honigfarbenem Holz geschnitzt. Willow drehte sie in ihren Händen, betrachtete die fließende Mähne ihres Löwen, den peitschenden Schwanz und die gefletschten Zähne. Er war wild und zerbrechlich zugleich. Brutal und edel. Einfach wundervoll.

Sie lächelte. »Vielen Dank.«

Ihr Vater schob mit einem zufriedenen Grunzen seinen leeren Teller fort. »Also«, sagte er in den Raum hinein. »Du warst bei Mark.«

Eine Feststellung. Keine Frage. Auch Willow schob ihren Teller weg. »Ja.«

»Bist du bei ihm eingezogen? Hast endgültig das Nest verlassen?«

Die Frage kam überraschend für sie. »Nein«, entgegnete sie. »Ich – « Sie sah Claire an. »Ich brauchte eine Auszeit von meinem Leben hier.«

Ihr Vater schnaubte sarkastisch. »Oh ja«, sagte er. »Ich kann nachvollziehen, dass all dies« – er hob die Hand und wies damit auf das Esszimmer, das Apartment an sich – »furchtbar langweilig für dich sein muss.«

»Matty«, meldete sich Claire zu Wort. »So meint sie das nicht.« Sie fixierte Willow. »Oder?«

Willow sank in sich zusammen, spürte, wie das Gewicht von Matteos und Claires Blicken sie niederdrückte. Sie wusste nicht genau, ob sie sich wieder wie vierzehn fühlte, weil ihr Vater sie wie einen Teenager behandelte oder weil sie tatsächlich angefangen hatte, sich wieder wie einer zu benehmen. Schließlich konnte sie keine glaubwürdig klingende Erklärung für ihre Abwesenheit vorbringen. Im Grunde ging es ihr also wieder genauso wie zu Teenagerzeiten: Es gab Gefühle, die sie nicht erklären konnte, und Erinnerungen an Handlungen, die sie bereute. Sie wusste nicht, was sie sagen sollte. Also schwieg sie.

Matteo tupfte sich die Lippen mit einer Serviette ab. »Warum bist du noch nicht ausgezogen?«

»Du willst, dass ich ausziehe?«, entgegnete Willow lauter als beabsichtigt.

»Das war nicht das, was ich gesagt habe, oder?«, sagte Matteo.

Willow hob schulterzuckend ihr Weinglas. »Ich habe kein Geld.« Und dann, bevor ihr Vater Protest einlegen konnte, ergänzte sie: »Kein eigenes Geld.«

»Was ist mit deinen Fotografien?«, erkundigte sich Matteo.

Willow sah ihn gereizt an.

»Deine Ausstellung«, beharrte er. »Hast du nichts verkauft von –«

»Ich habe eines verkauft, Dad, okay? Ich habe ein beschissenes Foto verkauft.« Willow griff sich die Weinflasche und goss wütend ihr Glas voll.

Claire sah sie verständnisvoll an, obwohl sie sich sichtlich unwohl fühlte. »Oh Schätzchen. Ich bin mir ganz sicher, dass du noch mehr verkaufen wirst. Wenn du möchtest, kann ich ja für dich bei uns in der Studenten-Lounge ein paar Postkarten auslegen.«

»Spar dir die Mühe«, sagte Willow. »Die Bilder sind alle Mist. Alles, was ich tue, ist dämlich.«

Sie schluckte einen Mundvoll Wein herunter und machte sich auf die unvermeidlichen aufmunternden Worte ihres Vaters gefasst. Matteo pulte in seinen Zähnen. »Arbeite weiter an dir.«

»Wie bitte?«

»Arbeite weiter an dir. Du hast recht. Deinen Fotos fehlt …« Er blickte ins Leere, suchte nach dem passenden Wort. »Lebendigkeit. Sie sind flach. Wie … Werbefotografien.«

Willow blinzelte hastig mehrmals hintereinander. »Du hast sie doch gar nicht gesehen –«

»Ich bin heute Morgen dagewesen. Gleich nach meiner Rückkehr.«

Von Scham befeuerte Wut breitete sich in Willows Brust aus, stieg heiß in ihre Wangen. »Sie gefallen dir nicht?«

»Ich habe schon Besseres von dir gesehen.« Matteo beugte sich vor und hob die Hand, um seine Worte zu unterstreichen. »Kleines, tu etwas, was dir Angst macht. *Lass dich auf die Unsicherheit ein.*«

Willow ertappte sich dabei, wie sie sich hilfesuchend nach Claire – Claire! – umwandte. »Ich …«, stammelte sie. »Ich … Leck mich!«

Matteo lehnte sich auf seinem Stuhl zurück und wirkte geradezu amüsiert. »Die ewigen Worte des verschmähten Künstlers. ›Leck mich‹. Süße, du wirst lernen müssen, mit Kritik umzugehen. Niemand ist von Anfang an gut. Sieh dir doch nur *Rauch und Sommer* an«, bemerkte er und verwies damit auf seinen ersten Film, der weltweit mit Begeisterung von den Kritikern zerrissen worden war. Er blickte zu Claire hinüber, die unbehaglich auf ihrem Stuhl herumrutschte und schwach lächelte.

»Vielen Dank auch«, fuhr Willow sie an. »Wirklich nett.«

»Aber nein«, protestierte Claire. »Willow, ich wollte nur –«

Willow rutschte so hastig mit ihrem Stuhl zurück, dass es quietschte. Nie im Leben hätte sie damit gerechnet, dass ihr Vater von ihrem ersten Soloprojekt nicht begeistert sein könnte, nicht vor Stolz auf sie platzte. Sie war so dumm. Natürlich reagierte er so gemein. *Klar doch.* »Warum fällt es dir nur so verdammt schwer, dich wie mein Vater zu verhalten?«

»Ich bin nur ehrlich, Willow. Um dir dabei zu helfen, weiter zu wachsen.«

»Ach, ehrlich nennst du das? Du willst also Ehrlichkeit?« Schwer atmend drehte sie sich zu Claire um, die nun höchst alarmiert aussah. »Er wird dich für eine Frau in meinem Alter verlassen.«

Claire gab ein leises, ersticktes Geräusch von sich. Matteo lief dunkelrot an.

Mit schwirrendem Kopf rannte Willow zum Aufzug. Kaum hatten sich die Türen hinter ihr geschlossen, sank sie kraftlos in sich zusammen.

23

Krista war vor das große, weiße Zelt getreten, in dem das Mittagessen serviert wurde, um Evie anzurufen. Es klingelte so oft, dass Krista schon befürchtete, die Mailbox würde anspringen. Aber dann nahm Evie doch noch atemlos ab. »Lenka Penka, Film- und Bühnenstar. Wie läuft's?«

»Katastrophal wäre eine riesige Untertreibung.« Krista zündete sich eine Zigarette an und nahm einen tiefen Zug.

»Was? Was ist denn los?«

Während diverse Crewmitglieder mit Tellern voll dampfendem Essen an ihr vorbeizogen, zählte Krista die zahlreichen Fehlschläge des Morgens auf: dass sie überhaupt keinen guten Text hatte, dass Ravi Harlow sie nicht nur wie eine Stalkerin behandelte, sondern obendrein ebenfalls in dem Film mitspielte, und dass sie, weil sie im Grunde nur eine Statistin war, eine Nachwuchs-Maskenbildnerin zugeteilt bekommen hatte, die in etwa über so viel Erfahrung in Sachen Make-up verfügte wie ein Amish-Schulmädchen. »Was soll ich tun?«, jammerte sie ins Telefon. »Soll ich Cameron anrufen? Soll ich einfach gehen? Evie? Verflucht, bist du überhaupt noch dran?«

Es dauerte einen Augenblick, ehe Evie antwortete: »Tut mir leid. Ich versuche gerade, ein Outfit für heute Abend zu finden. Du rätst nie, wen ich interviewen –«

»Evie!« Krista stampfte mit dem Fuß auf. »Könnten wir uns

vielleicht für fünf verdammte Sekunden auf mich konzentrieren? *Was soll ich tun*?«

»Nichts!«, rief Evie. »Du solltest überhaupt nichts tun. Du bist dort, um so schnell und so unauffällig wie möglich Geld zu verdienen. Wen interessiert es, dass du keinen Text hast? *Du* spielst nicht in dem Film mit, sondern Lenka Penka. Und die ist noch nicht einmal real!«

»Aber das ist so ungerecht! Und wie soll ich mit Ravi umgehen? Unfassbar, dass er sich so besch-«

»Ich weiß es nicht. Ich muss los, tut mir leid –«

»Warte, ich bin noch nicht fertig –«

»Babe, entschuldige bitte, wir reden heute Abend. Oder morgen. Eventuell komme ich erst spät nach Hause. Bye!«

Evie legte auf. Krista starrte ungläubig das Telefon an. Dieser Anruf hatte kein einziges ihrer Probleme gelöst. Genau genommen interessierte sich Evie kein bisschen für das fraglos größte Drama, das Krista in ihrem Leben jemals widerfahren war. Mit einem wütenden Schnauben rammte sie ihre Zigarettenkippe in den Boden.

Alle – und – alles – waren – scheiße.

Wenigstens war Mittagszeit.

Sie stolzierte ins Zelt zurück und entdeckte sogleich das Buffet. »Ach, du heilige Scheiße.« Das Buffet sah aus, als hätten sich wilde Hunde darauf gestürzt. Alle guten Sachen waren weg. Die großen Servierplatten aus Metall mit Hühnchen-Cordon-bleu und Steak und Kartoffeln waren restlos leer gegessen. Nur noch Obst, Bagels und Plastikschalen mit schlaffem Salat waren übrig. Pfeif drauf, entschied Krista. Dann gab es eben Nachtisch zum Mittagessen.

Doch auch in dieser Abteilung war nicht viel übrig geblieben – es gab noch eine Schüssel mit glibberigem Obstsalat, einen Haufen langweiliger, trockener Kekse und – *einen Cupcake.*

Einen einzigen, perfekten Cupcake.

Saftiger Schokoladenkuchen. Eine dicke Haube Glasur obendrauf. Bestreut mit kleinen, mit Erdnussbutter gefüllten Zuckerlinsen. Stichwort für strahlendes, weißes Licht und himmlische Klänge. Kristas Zorn verebbte, und sie konnte nichts anderes mehr denken als *Cupcake*. Der Cupcake würde alles wieder ins Lot bringen. Ihre Füße bewegten sich auf ihn zu, ihre Hand streckte sich nach ihm aus –

Jemand griff ihn sich.

Krista zuckte zusammen. Ihr Kopf fuhr zu dem Cupcake-Kidnapper herum ... Ravi Harlow.

Sie starrten einander an.

Was sollte sie sagen? Hallo? Verpiss dich? Gib mir den Cupcake, und wir sind quitt?

Doch bevor sie es überhaupt schaffte, ihrem Mund die Anweisung zu erteilen, etwas zu sagen, stellte Ravi den Cupcake auf seinen Teller und steuerte auf eine Gruppe Männer zu, die sich in der Ecke des Zelts niedergelassen hatte.

Einfach so. Ohne ein Wort. Ohne sich auch nur *andeutungsweise* anmerken zu lassen, dass erst vor wenigen Tagen der Mund, den er dazu benutzen würde, diesen edlen Cupcake zu verspeisen, an ihrer edlen Muschi geleckt hatte. Evie hatte recht: Männer wie Ravi behandelten Frauen, als wären sie Wegwerfartikel, genau wie ihre bescheuerten Rasierer.

Und nun wurde Krista stinksauer.

»Hey«, rief sie. Er drehte sich zwar nicht um, doch sie wusste, dass er sie gehört hatte. »Hey!« Sie marschierte hinter ihm her, packte ihn an der Schulter und drehte ihn zu sich herum. Entsetzen stand ihm ins Gesicht geschrieben.

»Du willst nicht mein Freund sein?«, sagte sie lautstark. »Auch gut – ich habe ungefähr eine Million Freunde. Aber wir hatten Sex miteinander, du Sackgesicht. Du weißt es, und ich weiß es.« Ravi stand wie erstarrt mit offen stehendem Mund da und ließ Krista ungebremst wüten. »Wir – hatten – Sex. Da kannst du doch wenigstens *meine Existenz zur Kenntnis nehmen*. So machen das erwachsene Menschen nämlich.« Sie nahm den Cupcake von seinem Teller und biss ein großes Stück ab. Ihre letzten Worte klangen, bedingt durch die Glasur, etwas undeutlich: »Das gebietet verdammt noch mal die Höflichkeit.«

24

»Willow! Schätzchen! Wie ich mich freue, dass du da bist!«

Willow wurde abrupt aus dem traumgleichen Zustand gerissen, in dem sie sich die letzte Stunde befunden hatte. Nachdem sie ihr Zuhause verlassen hatte, war sie benommen zur U-Bahn-Linie sechs gestolpert, einzig beseelt von dem Wunsch, von der Upper East Side fortzukommen und nach Williamsburg zurückzukehren. Dort angekommen, war sie einfach losgelaufen. Sie lief, ohne etwas wahrzunehmen, versuchte, der Gemeinheit ihres Vaters zu entkommen, Claires Gesicht und allem, was sie gesagt hatte. Darum reagierte sie so schockiert, als sie plötzlich ihren Namen hörte. Noch erschrockener war sie, als sie realisierte, dass die Stimme zu Meredith gehörte, der Kuratorin der Wythe Gallery. *Ihrer* Galerie. Wo ihre schrecklichen Fotos hingen. Vor denen sie nun stand. Ohne dass sie es bemerkt hatte, hatte ihr zielloser Streifzug sie zurück zum Schauplatz des Verbrechens geführt. Sie zu den Zeugnissen ihres Versagens gebracht.

Meredith ließ die Zigarette fallen, die sie gerade rauchte, und hob eine Hand zum Gruß. Der Haarknoten auf ihrem Kopf wurde von knallroten Essstäbchen zusammengehalten, und ihre modische, schwarz umrandete Brille mit übergroßen Gläsern verlieh ihr eine künstlerische, einschüchternde Aura.

Willow verschränkte die Arme vor der Brust. »Hi, Meredith.«

Meredith gab Willow rechts und links einen lautstarken Wangenkuss in die Luft. »Komm rein, komm rein«, trällerte sie. Ihre Stimme klang ein wenig überheblich, leicht kehlig. »Unterhalten wir uns ein bisschen.«

Willow bemühte sich, nicht die Fotos anzusehen, während sie gemeinsam durch die Galerie schritten – die, wie Willow bemerkte, menschenleer war – und auf Merediths vollgestopftes, kleines Büro im hinteren Bereich zusteuerten. Dort kochte Meredith erst einmal einen Oolong-Tee und plapperte dabei die ganze Zeit über von einer *fantaaaastischen* Gruppenausstellung, die sie am Vorabend besucht hatte, von Künstlern, von denen Willow allesamt noch nie gehört hatte. »Du hättest mit mir kommen sollen, Süße«, meinte Meredith entschieden. »Du musst dich zeigen, andere Künstler treffen. Das ist eine kleine Welt, in der jeder jeden kennt.«

Willow nahm die Teetasse, die Meredith ihr reichte, mit einem Nicken entgegen.

»Arbeitest du gerade an etwas Neuem?«

»Ähm ...« Willow ließ den Blick durch Merediths volles Büro wandern, über Kunstbildbände und Pappröhren und Rollen mit Luftpolsterfolie.

»Denn ich finde wirklich, dass du sehr viel Potenzial hast«, fuhr Meredith fort. »Und ich weiß, dass diese Ausstellung ... bisher nicht wirklich erfolgreich war. Es würde helfen, wenn du online aktiver wärst. Du bist die Marke, Willow. Du musst dir eine Fangemeinde aufbauen. Instagram, Twitter, Facebook.« Dann fügte sie, merklich vorsichtig, hinzu: »Was ist mit deinem Vater?«

Die Frage traf Willow schmerzlich. »Was soll mit meinem Vater sein?«

»Es würde wirklich helfen, etwas von ihm zu haben. Vielleicht einen Tweet? Oder ein Zitat –«

Willows Stimme klang blechern, als sie antwortete: »Eigentlich arbeite ich tatsächlich gerade an etwas Neuem.«

Merediths Miene hellte sich auf. »Hervorragend!«

»Ich habe mit einem neuen Model gearbeitet«, erklärte Willow. »Caroline. Sie ist … wirklich anders. Richtig … unberechenbar.«

»Mit welchen Themen setzt du dich auseinander?«

»Doppelgänger. Schatten-Ich. Mit der Idee, dass man sein eigener schlimmster Feind sein kann.«

Meredith sah aus, als könne sie sich nicht recht entscheiden, ob das, was sie gerade gehört hatte, genial oder schwachsinnig war. »Zeig mir, was du bis jetzt hast.«

Willow sank tiefer in ihren Stuhl. »Eigentlich haben wir noch nicht richtig angefangen. Es existieren nur ein paar Testaufnahmen.«

»Zeig sie mir«, forderte Meredith. »Ich bin deine Kuratorin. Ich kann helfen.«

Widerstrebend nahm Willow ihr Telefon zur Hand. Die Selbstporträts, die sie an jenem Tag aufgenommen hatte, an dem Mark sie belogen hatte, waren in ihrer iCloud gespeichert. Caroline, wunderschön in ihrem Leid, herzzerreißend tränenüberströmt, starrte sie vom Display aus an: ein früheres Leben, ein Geist. Ihre Hand zitterte, als sie Meredith das Handy reichte.

Meredith wischte sich durch die ganze Serie. Ihre Miene war undurchdringlich. Dann presste sie die Hand an ihre Brust. Als sie aufsah, stellte Willow überrascht fest, dass ihre Augen feucht waren. »Die sind fantastisch.«

»Tatsächlich?«

»Diese rohen Emotionen«, hauchte Meredith. »Schmerz.

Qual. Ich kann sie spüren. Und dein Model ist hervorragend. Wie hieß sie doch gleich wieder?«

»Caroline«, antwortete Willow, bevor sie hinzufügte: »Aber sie ist kein professionelles Model.« *Versuch also erst gar nicht, sie ausfindig zu machen.*

»Noch besser!«, rief Meredith. »*Du* hast sie entdeckt. Genau aus diesem Grund habe ich dich unter Vertrag genommen. Ich wusste, dass du Tiefe hast. Ich konnte es fühlen. Wann kann ich noch mehr zu sehen bekommen?«

»Du glaubst also tatsächlich, dass diese Aufnahmen gut sind?«

»Ich glaube es nicht. Ich weiß es. Weil ich es fühlen kann. Diese Fotografien lassen es mich fühlen.« Meredith beugte sich vor, um Willow ihr Telefon zurückzugeben. Als sie das tat, verschoben sich plötzlich die Schatten in ihrem Gesicht, schienen sich unter ihren Augen zu sammeln. Der Effekt war beunruhigend, merkwürdig unheilverkündend, ja sogar bedrohlich. Dann lehnte sich Meredith wieder zurück, und es war vorbei. »Wann kann ich richtige Fotos sehen?«

»Bald«, antwortete Willow. »Bald.«

25

Krista saß in sich zusammengesunken in einer Ecke im Zelt für Statisten und kam sich unsichtbar vor. Wann konnte sie nach Hause gehen? Sie hatte noch nicht einmal einen Wohnwagen – noch so eine Gemeinheit des Schicksals. Lieber Himmel, sie saß auf einem Milchkasten. *Einem Milchkasten.*

Sie scrollte sich durch ihr Telefon. Krista Kumars überraschende Abwesenheit zog bereits erste Folgen nach sich: Da war eine SMS von einer Bekannten, die sie am Morgen im Sportstudio versetzt hatte, ein Planungsthread für eine Überraschungsparty, die sie verpassen würde, eine Nachricht von einem Freund aus dem Impro-Kurs, der gern gemeinsam mit ihr eine Show besuchen wollte. Die Angst, etwas zu verpassen, beunruhigte und deprimierte sie in gleichem Maße, und es war dieser seltene Augenblick der Verletzlichkeit, der sie dazu animierte, den Anruf ihres Vaters entgegenzunehmen. »Hey, Papa.«

»Krishnakali!« Krista verzog das Gesicht. Wenn er ihren indischen Namen benutzte, bedeutete das immer eine Strafpredigt. »Warum hast du nicht auf meine Anrufe reagiert?« Krista murmelte etwas davon, dass sie beschäftigt gewesen sei.

»Mit Schauspielern? Krista, das ist keine geeignete Aufgabe für dein Gehirn. Du musst dich wieder in Boston einschreiben. Du musst dein Studium abschließen.«

»Krista?« Ihre Mutter meldete sich auf der zweiten Leitung zu Wort.

»Hi, Mama –«

»Schatz, warum suchst du dir nicht einfach einen Job, so wie Evie?«, begann ihre Mutter. »Sie ist ein so gutes Mädchen. Mal abgesehen von dieser Tätowierung.«

»Warum willst du nicht Anwältin werden?«, fragte ihr Vater. »Jahrelang erzählst du mir, dass du Anwältin werden willst, und dann überlegst du es dir anders?«

»Also –«, versuchte Krista einzuwerfen, aber ihre Mutter fiel ihr ins Wort.

»Sie darf es sich anders überlegen! Sie muss sich nur einen Job suchen.«

»Nein, sie *muss* ihr Studium beenden.«

Krista lauschte benommen dem Gezanke ihrer Eltern. Vielleicht würden sie es ja schaffen, sie zu zermürben. Vielleicht wäre es einfacher, zu kapitulieren und sich zumindest den Forderungen von einem von ihnen zu fügen. In diesem Augenblick wünschte sie, sie hätte ihre Klugheit besser vor ihnen verborgen. Wer hätte aber auch ahnen können, dass all die überschwänglichen Mittelstufenbeurteilungen über die »hochintelligente, aber auch leicht ablenkbare« Krista Kumar dazu führen würden, dass ihre Eltern sich jetzt noch, lange nach ihrem Highschoolabschluss, als Berufsberater aufführen würden. Warum lastete auf ihren Brüdern nicht so viel Druck? Vielleicht, weil keiner von ihnen sich so sehr den Eltern widersetzt hatte wie die jüngste Tochter, das Kind, das die besten Durchschnittsnoten der ganzen Familie hatte. Sie wusste, dass ihre Eltern sie liebten. Sie wünschte nur, sie würden es nicht so furchtbar übertreiben.

Ihr Telefon summte. Evie rief an. Sie tippte aufs Display, um den Anruf entgegenzunehmen. »Hey, ich habe meine Eltern auf der anderen Leitung. Allerdings dürfte es ihnen kaum auffallen, dass ich nicht mehr dran bin –«

»Krista.« Evie sprach leise und mit Nachdruck. »Du bist im Internet.«

»Das sind wir alle, Schlaukopf. Wir schreiben schließlich das Jahr 2016.«

»Nein, ich habe dir gerade einen Link geschickt. Verflixt noch mal, Krista.« Evie atmete aus. »Du solltest dich doch *bedeckt halten*.«

Krista riss das Telefon vom Ohr und sah Evies Mitteilung. Ein Link. Zu einer quietschbunten Klatschseite. Sie tippte darauf. Eine knallige Überschrift erschien, und ein Video poppte auf. Der Titel lautete: *Cupcake Girl bedient Ravi Harlow!* Das Video startete.

Da war sie.

Und Ravi.

Im Buffetzelt.

Sie hörte Lenkas Stimme. Blechern. Aber deutlich zu verstehen. »Du willst nicht mein Freund sein? Auch gut – ich habe ungefähr eine Million Freunde. Aber wir hatten Sex miteinander, du Sackgesicht –«

Krista schloss die Internetseite. Sie bekam keine Luft mehr. Wie? Wer? Jemand hatte das gefilmt? Zitternd hielt sie das Telefon wieder ans Ohr. »Wie hast du das gefunden?«

»Wie hätte ich es *nicht* finden können?«, gab Evie bissig zurück. »Man sieht es überall auf Facebook. Es gibt ein GIF von dir, wie du in den Cupcake beißt. Krista, du bist ein Hashtag!«

»Ich bin ein Hashtag?«

»Ja!«, explodierte Evie. »Hashtag *CupcakeDerWahrheit!* Kelly hat mich gerade angerufen, er will darüber morgen in der Show einen Beitrag bringen, anstelle des Dildos der Woche. Ich brauchte zehn Minuten, um es ihm wieder auszureden!«

»Was ist der Dildo der Woche?«, fragte Krista, denn ehrlich gesagt taugten die, die sie besaß, nicht besonders viel –

»Krista!«, brüllte Evie. »Konzentrier dich! Du – bist – viral. Die anderen am Set können es jeden Augenblick herausfinden!«

Krista hob den Kopf. Greg und Ravi kamen wutentbrannt auf sie zumarschiert. »Ich glaube, sie wissen es bereits.«

Greg schaffte es zumindest, sich zu beherrschen, bis sie alle drei in seinem Wohnwagen standen. Sobald die Metalltür geschlossen war, nahm er sich Ravi und Krista vor.

»Wer?« Es klang, als koste es Greg große Anstrengung, die Fassung zu wahren. »Wer zum Teufel hat das gefilmt?«

Ravi nuschelte seinen Schuhen etwas zu.

»Wie bitte?«, fragte Greg ihn.

»Mein Bruder. Mein kleiner Bruder. Er war gerade bei den Caterern.«

Greg ballte die Hände zu Fäusten. »Im Hintergrund stehen Stühle mit der Aufschrift *Funderland*! Alle werden wissen, dass das an *meinem* Filmset passiert ist.«

»Was ist mit mir?« Ravi stieß Krista mit dem Finger an. »Diese verrückte Schlampe hat mich wie einen totalen Scheißkerl dastehen lassen!«

Krista stürzte sich auf ihn. Ravi wich mit einem Aufschrei zurück. Greg packte Krista an den Schultern und brüllte: »Stopp, stopp, stopp!«

Die Wohnwagentür öffnete sich. Eine Frau kam, ohne anzuklopfen, hereingerauscht. Anfang fünfzig, auf eine strenge Art attraktiv, mit silbernem Haar, das zu einem Bob geschnitten war. »Hört alle auf, herumzuschreien.« Brüsk wandte sie sich an Krista. »Lana Lockhart, Pressesprecherin von *Funderland*.«

Krista ergriff ein wenig atemlos ihre Hand und schüttelte sie. »Lenka Penka«, antwortete sie. »Hure vom Dienst.«

»Verflucht noch mal!«, beklagte sich Greg. »Es war schon schwer genug, das Studio davon zu überzeugen, mir den Dreh von *Funderland* anzuvertrauen, und nun das! Das sieht ja so aus, als wäre ich nicht in der Lage, die Kontrolle über meine –«

»Beruhige dich«, ordnete Lana an. »Das lässt sich alles in Ordnung bringen.«

Greg raufte sich mit beiden Händen die Haare. »Wie denn?«

»Wir behaupten, es war eine Probe«, antwortete Lana. »Für eine Szene im Film.«

»Aber sie kommt in dem Film doch kaum vor!«, rief Greg aus. »Und eine Szene wie diese gibt es nicht!«

Lana blieb unbeeindruckt. »Dann war es eben eine Szene, die wir rausgeschnitten haben. Du musst nur die Größe ihrer Rolle ein bisschen aufblasen, und schon ist alles vergessen.« Lana legte Greg eine Hand auf die Schulter und drückte sie. »Herzchen, wir können das für unsere Zwecke nutzen. Cupcake Girl entwickelt sich gerade auf Facebook zum Trend. Wir müssen mit einsteigen, es für uns beanspruchen und in eine Story über *Funderland* ummünzen. Cupcake Girl ist *unser Mädchen*.«

Ravi nickte. »Ja. Ja. Eine Probe. Nicht echt, genau.«

Lana wandte sich Ravi und Krista zu und redete in einem beruhigenden Tonfall auf sie ein, so wie eine Mutter auf ein weinendes Kind einreden würde. »Ihr beide seid Freunde. Ihr hattet niemals eine sexuelle Beziehung.«

»Ja.« Ravi nickte. »Freunde.«

»Seht ihr?«, sagte Lana. »So gewinnen wir alle etwas.«

»Und ich … bekomme im Film eine größere Rolle?« Kristas Mundwinkel zuckten nach oben. »Wollt ihr dafür einige von meinen Ideen verwenden?«

Greg lächelte Krista matt an und ließ die Schultern sinken. »Klar. Warum nicht?«

26

Vor dem Pembly drängten sich massenweise geschniegelt aussehende Menschen. Frauen mit zotteligen Frisuren und Porkpie-Hüten auf den Köpfen zündeten Männern mit farbenfrohen Krawatten und gestreiften Shorts Zigaretten an. Evie zog den Ausschnitt von Kristas mit goldenen Pailletten besetztem Kleid ein paar Zentimeter weiter nach unten. Sie hoffte, dass sie es mit ihrem Outfit nicht zu sehr übertrieb. Aber hier ging es nun mal um Velma Wolff. Sie wollte einen bleibenden Eindruck hinterlassen.

Sie bahnte sich einen Weg durchs Gedränge und versuchte dabei, auf ihren Schuhen mit acht Zentimeter hohen Absätzen das Gleichgewicht zu halten – eine Outfit-Entscheidung, die sie bereits jetzt bereute. Mal ernsthaft, wie schafften es Frauen, in diesen Dingern zu laufen?

Ihre aus zwei Personen bestehende Crew folgte ihr treu auf den Fersen: Adrian, ein korpulenter Kerl, der die Kamera geschultert hatte, und die Tonassistentin Lo, eine junge Koreanerin, die ein Comic-Con-T-Shirt trug. Am Eingang des Hotels teilte Evie einer streng aussehenden Frau mit einem Klemmbrett mit, wer sie waren, woraufhin sie rasch hereingewinkt wurden.

Du weißt, dass du es wirklich geschafft hast, dachte Evie, *wenn es für deine Buchpremiere eine Gästeliste gibt.*

Als das Pembly im Jahre 1921 zum ersten Mal seine Tore öffnete, wurde dort der beste Badewannen-Gin an die umschwärmtesten Gestalten von Hollywood ausgeschenkt: John Gilbert, Charlie Chaplin, Alla Nazimova und Pepper Rose. Es war eines von diesen Hotels, das Künstler, Musiker und Schriftsteller als langfristige Bewohner wie auch als vorübergehende Unruhestifter aufnahm. Es ging das Gerücht, dass Elizabeth Taylor während ihrer Ehe mit Richard Burton in Zimmer 42 eine Affäre mit John F. Kennedy gehabt haben soll. Debbie Harry nahm dort zweimal eine Überdosis. Ernest Hemingway geriet dort regelmäßig in Schlägereien.

Und nun würde dort wieder einmal Geschichte geschrieben. Evie Selby besuchte in der Haut einer anderen Frau ihre allererste Promi-Buchpremiere.

Mit goldenen Lettern versehene Schilder hingen an Wänden aus dunklem Holz und wiesen den Weg zur Party, obwohl das im Grunde überflüssig war. Musik, Stimmengewirr und das Kribbeln, das in der Luft lag, führten einen direkt in den Ballsaal des Hotels. Als Evie ihn betrat, war sie sprachlos. Der Raum war von königlicher, fast schon lächerlicher Pracht. Ein riesenhafter Kronleuchter hing von der Decke wie ein weihnachtlich dekoriertes außerirdisches Raumschiff. Die erhöhte Bühne vorne im Saal wurde von einem glänzenden, weißen Piano dominiert, auf dem eine Frau in einem weißen Smoking gerade *All of Me* spielte. Über ihr hing ein riesiges Banner, auf dem *Milchzähne* stand. Die Wände zierten kühne, modernistische Gemälde: grelle, aggressive Farbstriche. Auf einem Tisch türmten sich Käsekuchen und Beeren.

»Champagner?« Ihr wurde ein silbernes Tablett mit hohen Gläsern hingehalten. Evie meinte an der Art, wie die Kellnerin lächelte – vielsagend, einladend –, etwas eindeutig Lesbisches zu erkennen. Sofort spürte sie, wie ihr Interesse erwachte, und errötete prompt. »Danke«, sagte sie und nahm zwei Gläser. Die Kellnerin grinste und ging davon.

Jemand murmelte im Vorbeigehen: »Tolles Kleid.«

Das Kompliment kam von einer Frau in einem fließenden, erbsengrünen Kleid, die Julianne Moore verdammt ähnlich sah. Nein, halt. Es *war* Julianne Moore. »D-danke«, stotterte Evie verlegen.

Sie ließ den Blick durch den Raum schweifen und identifizierte gleich noch mehr Prominente: Neil Patrick Harris unterhielt sich mit Samira Wiley und Ingrid Nilsen, Ellen und Portia kicherten mit Rachel Maddow. Alison Bechdel ließ sich mit den Schauspielern von *Girls* fotografieren. Ruby Rose und Jane Lynch teilten sich ein Stück Käsekuchen. Der Anblick war seltsam und aufregend und vollkommen irreal, als würde man Zootiere die Madison Avenue entlang galoppieren sehen.

»Entschuldigen Sie bitte.« Jemand zwängte sich an ihr vorbei.

Sofort erkannte Evie die Frau wieder. »Quinn!«

Das Ellen-Page-Double aus der Wythe Gallery, das Date, das schiefgelaufen war. Evie konnte buchstäblich sehen, wie es im Kopf der zierlichen Brünetten arbeitete, als sie versuchte, die statueske Chloe einzuordnen. »Ähm, hi.«

In Anbetracht von Quinns kühler Reaktion empfand Evie sofort einen Anflug von Einsamkeit. Für einen Moment fühlte es sich an, als wäre sie in Chloes Körper ausgesetzt worden, als wäre sie gefangen in der Haut einer Fremden, die Quinn nicht einmal kannte. Das Schweigen wurde langsam peinlich, weshalb Evie sich rasch eine Erklärung einfallen ließ. »Ich habe dich vergangenen Monat in der Show gesehen. Du warst toll.«

»Oh. Danke. Sehr nett von dir.«

»Also, wie geht es dir?« Evie trat ein wenig dichter zu ihr. »Arbeitest du an etwas Neuem?«

»Ja. Immer.« Quinn wich ein Stück zurück. »Ich hole mir mal etwas zu trinken. Schön, dich kennengelernt zu haben.« Damit wandte sie sich ab und steuerte auf die Bar zu.

Evie sah ihr verdutzt nach. Die meisten Menschen waren geradezu versessen auf eine Gelegenheit, sich mit Chloe Fontaine unterhalten zu dürfen. Vielleicht hatte sie sich zu aufdringlich verhalten, zu vertraulich. Oder vielleicht war Chloe auch einfach nicht Quinns Typ – was auf eine seltsame Art und Weise schmeichelhaft war.

»Wo ist Velma?« Adrians Frage holte Evie in die Realität zurück.

»Vermutlich dort drüben.« Evie wies mit ihrem Glas in eine Ecke des Ballsaals. Dort drängten sich Dutzende Menschen vor einem großformatigen Plakat des *Milchzähne*-Buchcovers. Sie begaben sich ebenfalls dorthin, und je weiter sie sich vorkämpften, desto dichter wurde das Gedränge. Evie konnte eine ganze Mauer aus Büchern erkennen, Hunderte Exemplare des gebundenen Romans. Eine kleine Gruppe stand ganz in ihrer Nähe im Blitzlichtgewitter. Evie verschlug es den Atem.

Velma.

Velma Wolff in Fleisch und Blut, wunderschön, unbekümmert und zu hundert Prozent direkt vor Evies Nase. Sie trug einen der für sie typischen Dior-Anzüge: ein weißes Hemd, das am Kragen offen stand, und eine maßgeschneiderte schwarze Hose. Ihre Haare waren zu einem glänzenden, tiefsitzenden Pferdeschwanz gebunden, der sich um eine ihrer Schultern wand. Evie war durchaus bewusst, dass sie sie anstarrte, aber sie konnte nicht anders. Trotz der Menschenmenge, die sich zwischen ihr und Velma drängte, spürte Evie, dass Velma puren Sex ausstrahlte. Es lag an ihren Augen, an ihrem verhangenen, beinahe behäbigen Blick. An ihrer Haltung, aufrecht und selbstbewusst. Und selbstverständlich lag es auch an ihrem Lächeln, das alle um sie herum kribbelig machte.

»Das ist sie vermutlich«, murmelte Lo und nahm Evie das zweite Glas Champagner aus der Hand.

Evie bemerkte es nicht einmal. Sie fühlte sich benebelt, als wäre sie gerade erst aufgewacht.

»Yo«, sagte Adrian. »Legen wir jetzt los?«

Evies Herz schlug schneller. »Loslegen« bedeutete, Velma Wolff zu interviewen. Velma Wolff, die Berühmtheit. Velma Wolff, die Autorin. Velma Wolff, die Sexgöttin. Warum bekam ausgerechnet sie bei Velma Wolff eine zweite Chance? Sie war das Mädchen, das hysterisch geheult hatte, als es nicht in die Studentenvertretung gewählt worden war, und das bis zu seinem siebzehnten Lebensjahr Angst gehabt hatte, Tampons zu benutzen. Sie konnte das nicht. Sie konnte es einfach nicht!

»Chloe?« Adrian stieß sie an. »Ich will ja kein Spielverderber sein, aber ich muss heute Abend wirklich noch unbedingt an meinem Fantasy-Baseball-Team arbeiten und – «

Adrians Monolog trat in den Hintergrund, übertönt von einem einzigen Wort. Chloe. *Chloe.* Sie war nicht mehr Evie; die mit den schiefen Zähnen und den versteckten Speckröllchen. Sie war Chloe, ein wunderschöner Schwan, die in ihrem Kleid, das selbst Joan Rivers gefallen hätte, einfach klasse aussah. Sie trank den Rest ihres Champagners aus. »Ich gehe und hole sie.«

Kelly hatte bestätigt, dass Velmas Pressesprecherin wusste, dass sie kamen. Velma sollte also eigentlich nicht überrascht sein. Sie ist ein Profi, rief sich Evie ins Gedächtnis, und trifft (zumindest soweit Evie wusste) Tag für Tag berühmte Menschen. Noch einmal übte sie im Kopf, was sie sagen wollte: *Hi Velma, ich bin Chloe von* Extra Salt. *Würde es Ihnen etwas aus-*

machen, wenn wir nach der Lesung ein kurzes Interview mit Ihnen filmen würden?

Endlich stand sie nur noch wenige Meter entfernt. Velma schüttelte gerade die Hand eines begeisterten jungen Fans, die ihr erzählte, dass *sie* der Grund wäre, weshalb sie sich überhaupt geoutet hätte, und dass sie all ihre Bücher liebe und es kaum erwarten könne, *Milchzähne* zu lesen, dass sie es einfach *kaum erwarten* könne.

»Vielen Dank«, sagte Velma »Vielen herzlichen Dank.«

Velma hob träge den Kopf. Ihr Blick heftete sich auf Evie. Ihre Mundwinkel hoben sich zu einem behäbigen, zahnlückigen Lächeln. »Hi.«

Evie hatte augenblicklich ihren Text vergessen. Sie wusste auch nicht mehr, wie man den Mund bewegte.

Velma kam auf sie zu. Evie konnte sie riechen: schweren Lavendelduft. »Ich bin Velma«, sagte sie und hielt ihr die Hand hin.

Evie starrte die Hand an, die wenige Zentimeter von ihrem Bauchnabel entfernt in der Luft hing. Die Welt um sie herum schien sich zu verzerren. Sie konnte nichts anderes denken als: *Das ist Velma Wolffs Hand, das ist Velma Wolffs Hand, das ist Velma Wolffs Hand.* Sie nahm sie und fühlte sich dabei, als befände sie sich in einem Traum. Sobald sie Velmas sanften, aber bestimmten Händedruck spürte, erschauerte sie am ganzen Körper. Evie öffnete den Mund, um das Einzige zu sagen, was sie sagen konnte, das Einzige, dessen sie sich in ihrem ganzen Leben absolut sicher gewesen war. »Ich liebe Sie.«

Velma schien amüsiert. »Ich liebe Sie auch.«

»Nein!« Evie schüttelte den Kopf. »Ich meine, hi. Ich bin Ev- Chloe.« Die Verbindung zwischen ihrem Hirn und ihrem Mund war ungefähr so stabil wie Badeschaum. »Ich heiße Chloe Fontaine.«

»Ich heiße Velma Wolff.«

»Ja, ich weiß. Über der Bühne hängt ein ziemlich großes Bild von Ihnen.«

Velma betrachtete es mit verzogenem Gesicht und trat dabei einen halben Schritt näher an Evie heran. »Grässlich. Pressesprecher, Sie wissen ja. Das war nicht meine Idee.«

Es klang fast so, als wäre es ihr wichtig, dass Evie ihr das glaubte. »Ich bin hier, um Sie zu interviewen. Für *Extra Salt*. Eine Webserie. Kann ich mich nach der Lesung mit Ihnen treffen?«

»Sicher.« Velma sah sich um. »Wo wollen Sie es denn … tun?«

Evie errötete. Sie konnte es nicht verhindern.

Velma hob die Augenbrauen und sah überrascht aus. Und dann erfreut.

Evie schaffte es nicht, Velma in die Augen zu sehen. »Drüben beim Schokoladenbrunnen. Ich werde diejenige sein, die darin herumschwimmt.«

Velma lachte. Ein aufrichtiges, unerwartetes Lachen. »Okay.«

Eine Frau mit einem Headset tippte Velma auf die Schulter. »Babe. Du bist dran.«

Velma nickte. »Wir sehen uns anschließend«, sagte sie zu Evie. »Schokoladenbrunnen.«

»Ich schwimme.« Evie sprach weiter, obwohl Velma sich bereits abgewandt hatte. »Dann kann ich ein bisschen …« Ihre Stimme wurde immer leiser, während sie fasziniert Velmas Po anstarrte, der sich immer weiter entfernte. »… an meiner Kondition arbeiten.«

27

Sie hatte schon eine Stunde im Lenny's gesessen, als Mark schließlich eintrat. Als sich ihre Blicke trafen, blieb er wie angewurzelt stehen. Nach einer Sekunde drehte er sich abrupt um, doch hinter ihm befand sich eine Gruppe Menschen, und während der paar Sekunden, in denen er festhing, blickte er noch einmal zu ihr zurück. Sie lächelte ihn an, lachte. Er schüttelte den Kopf und lächelte zurück.

»Hallo mal wieder«, sagte Willow.

»Hallo Caroline.« Mark nickte dem Barkeeper zu und bestellte ein Brooklyn Lager. Er warf einen Blick auf den leeren Hocker neben ihr. »Sitzt da …«

»Nein. Bitte.« Es gefiel ihr, dass Carolines Stimme so luftig und ausladend klang, wie ein Haus aus Glas. Sie war sich nicht sicher gewesen, ob Caroline noch ein zweites Mal auftauchen würde: Krista hatte nichts darüber gesagt, ob das Pretty bei jeder neuen Dosis gleichermaßen wirkte. Doch der einzelne, purpurfarbene Tropfen, der auf ihre Zunge gefallen war, nachdem Evie die Wohnung verlassen hatte, hatte ihr blondes Alter Ego zurückgebracht. Kurz hatte sie erwogen, über ihr Vorhaben mit Evie zu sprechen, der Freundin, auf deren moralisches Barometer sie sich stets verlassen konnte. Doch Evie war es viel wichtiger gewesen, Willows Meinung über Schuhe und Frisuren und Katzenaugen-oder-keine-Katzenaugen zu hören, und so hatte sie am Ende die Entscheidung ganz allein getroffen, und nun war Caroline wieder da.

Mark nahm umständlich Platz, als hätte er vergessen, wie man sich auf einen Barhocker setzte. »Was liest du da?«

Sie zeigte ihm das Cover eines zerfledderten Taschenbuchs, das aussah, als stamme es aus den Siebzigerjahren: *Lacan und das Schatten-Ich* von Dr. med. Thomas F. Pfiefferson. »Schwerer Stoff.«

Willow berührte schulterzuckend die Seiten. »Hierin steht vieles, was ich nachvollziehen kann.«

»Tatsächlich? Bist du vielleicht Philosophiestudentin oder so?«

Sie senkte den Blick schüchtern auf das Buch. Als sie wieder aufblickte, huschte er nervös umher. »Ja. Genau.«

»Wirklich? Wow. Das ist so cool.«

»Ist es das?«

»Das klingt jetzt sicher albern, aber das ist etwas, von dem ich mir immer gewünscht habe, ich hätte es getan. Philosophie zu studieren, meine ich.«

Ich weiß. »Ich wette, du hast so etwas wie Industriedesign studiert.«

Mark sah sie verblüfft an. »Du musst ja Gedanken lesen können. Genau das habe ich studiert!«

»Und was machst du jetzt?«

Er tippte die Brille auf seiner Nase an. »Ich designe Brillen. Ich habe mit einem Freund vom College ein Startup-Unternehmen gegründet. Wir kreieren hier in New York nachhaltige Brillen und nutzen dafür Materialien, die wir direkt vor Ort beziehen.«

Als Mark ihr zum ersten Mal von seinem Unternehmen erzählt hatte, nach Mitternacht auf der Party in Park Slope, war Willow keine besonders schlaue Erwiderung eingefallen.

»Mir war gar nicht klar, dass es Leute gibt, die Brillen designen«, hatte sie damals gesagt, woraufhin er sie so schräg angesehen hatte, als hätte sie ihn gerade gefragt, aus welcher Sorte Käse der Mond gemacht sei. In der darauffolgenden Woche hatte sie diesen Augenblick wieder und wieder in ihrem Kopf durchgespielt, gepeinigt von diesem Moment der intellektuellen Erniedrigung. Mark war klüger als sie. Er wusste es, und sie wusste es auch. Sie hegte den Verdacht, dass ihm das gefiel: Willow verfügte zwar über Geld und Beziehungen, doch er war schlauer.

Aber Mark war nicht unbedingt klüger als Caroline.

»Ist die optische Industrie nicht ein perfekt integriertes Monopol?«, fragte sie. »Ich wette, dass du deinen Erfolg auch den niedrigen Preisen, die du anbieten kannst, zu verdanken hast.«

»Ganz genau!« Mark wirkte überrascht und erfreut. »Das ist absolut richtig!«

Als sie schließlich ihre Unterhaltung über die sozialen Auswirkungen bezahlbarer Brillen beendeten, hatte Mark schon sein ganzes Bier ausgetrunken. Während er zur Toilette ging, warf sie einen Blick auf ihr Telefon: 21:45 Uhr. Um zehn Uhr war sie – Willow – mit ihm für ein spätes Abendessen verabredet. Seine Idee. Sie schickte ihm eine Textmitteilung. Sorry, ist etwas dazwischengekommen. Sehen wir uns im Lauf der Woche?

Als sie auf »Senden« drückte, überkam sie ein merkwürdiges Gefühl. Eine Woge blendender, freudiger Sorglosigkeit ergriff sie, unterströmt von Traurigkeit, von Schmerz. Sie wollte nicht, dass Mark die Bar verließ. Sie amüsierte sich mit ihm. Sie wollte ihm wehtun. Er flirtete mit einer anderen. Sie fühlte sich fast wie bei einem Ladendiebstahl: die Spannung und die Angst, die sich zu einem Rauschgefühl vereinigten, das von ihrem ganzen Körper Besitz ergriff. Oder genauer gesagt: Sie fühlte sich als Künstlerin. Sie erlangte hier Einsicht in etwas, das jenseits des Alltäglichen lag, in etwas Gefährliches und Tiefes und Wahrhaftiges.

Lass dich auf die Unsicherheit ein.

Mark setzte sich wieder neben sie und deutete auf ihr leeres Glas. »Noch einen?« Es klang herausfordernd.

Willow stützte den Kopf in eine Hand, die Wange an die Handfläche gepresst. »Musst du nicht zu deiner Freundin?«

Er zuckte heftig zusammen.

Willow kicherte. »Ganz ruhig. Ich habe einen Freund.«

»Ach ja?«

Sie nickte und strich sich verlegen einige blonde Haarsträhnen hinter die Ohren. »Selbstverständlich.«

Mark atmete hörbar aus. »Klar. Selbstverständlich hast du einen.«

»Wir tun hier doch nichts Verwerfliches.«

Mark nickte unsicher. Er gab dem Barkeeper ein Zeichen, bestellte eine neue Runde.

»Wie ist sie so?« Wen sie damit meinte, musste sie nicht genauer ausführen.

Mark rutschte auf seinem Hocker herum. »Sie ist toll. Wie ist dein Freund? Ist er auch Student oder –«

Doch Willow unterbrach ihn. »Du hast meine Frage nicht beantwortet.« Sie neigte den Kopf und sagte leise, beinahe drohend: »Ich wette, sie ist wunderschön.«

Mark lachte nervös auf. »Klar. Selbstverständlich.«

»Das klingt nicht sehr überzeugend.«

Er trank einen Schluck Bier. »Ich weiß nicht recht, ob ich sie als wunderschön bezeichnen würde.«

Sie sah ihn scharf an. »Nicht?«

»Das ist so ein abgedroschenes Wort.« Er runzelte nachdenklich die Stirn. »Willow ist eher … ungewöhnlich. Mehr etwas für Kenner.«

Etwas begann sich, in ihr auszubreiten, etwas Dickflüssiges und Feuchtes und Heißes. Sie drehte sich leicht, um ihn direkt ansehen zu können. »Liebst du sie?«

Er verlagerte sein Gewicht auf dem Hocker, fühlte sich merklich unwohl. »Ich weiß es nicht. Liebst du deinen Freund?«

»Ich weiß auch nicht.« Plötzlich musste sie lachen. »Keine Ahnung.«

Nun lächelte er. Sein Mienenspiel rangierte irgendwo zwischen Faszination und Entsetzen. »Wenigstens bist du ehrlich.«

Willow streckte beide Arme vor sich aus. »Wenn ich ehrlich bin«, sagte sie, »dann würde ich sagen, dass ich meinen Freund nicht für vertrauenswürdig halte.« Sie drehte die Arme um. Unter der Haut an ihrem Handgelenk zogen sich kaum sichtbar blaue Blutgefäße entlang. *Dieser Körper ist eine Landkarte. Wo führt er mich hin?* »Oder vielleicht trifft das auch eher auf mich zu.« Sie blickte auf und sah Mark an. Er starrte zurück, vollkommen gefesselt. Gefangen. »Schwer zu sagen.«

28

Obwohl der Ballsaal bis auf den letzten Platz gefüllt war, kam es Evie so vor, als wäre sie die Einzige, die Velma dabei zuhörte, wie sie vorlas, in einem Tonfall, so träge wie ein Sonntagmorgen.

»›*Du hast noch nie etwas geschmeckt. Du glaubst, du hast Limonade geschmeckt. Du glaubst, du hast gesalzene Pommes Frites geschmeckt. Du glaubst, du hast Apfelkuchen und Hamburger und zarte Pralinen aus Schweizer Schokolade geschmeckt. Aber du hast nichts von diesen Dingen geschmeckt. Weil du noch nie Blut geschmeckt hast.*‹« Velma blätterte um. Im Saal war es vollkommen still. »›*Nach drei Tagen gab der Junge seine Fluchtversuche auf. Drei Tage waren die übliche Zeitspanne. Dafür, dass jemand die Hoffnung aufgab. Dafür, dass jemand aufhörte zu schreien. Dafür, dass jemand einfach mit allem aufhörte. Nachdem er drei Tage lang im Keller der alten Skihütte eingesperrt gewesen war, hörte der Junge auf, gegen die Wände zu schlagen, sich gegen sie zu werfen wie ein Vogel, der sich durch ein geöffnetes Fenster hereinverirrt hatte. Stille stahl sich in das Halbdunkel. Sie ließ sich auf den robusten, hölzernen Sparren nieder. Sie streckte sich lässig auf dem gescheckten, samtenen Sofa aus, auf dem Lita saß, versunken in ein vergilbtes Taschenbuch. Im Keller war alles still. Sie hob den Kopf. Es war so weit.*‹« Wieder blätterte sie um. Evie hatte eine Gänsehaut. »›*Blut ist nicht metallisch*‹«, fuhr Velma fort. »›*Es ist nicht nass oder rot oder schmutzig. Blut, müsst ihr wissen, ist Folgendes: Gelächter, das angefangen hat, wehzutun. Die Wärme eines Raums, in dem in einer scheußlichen Nacht ein Feuer brennt. Ein großherziges, mitfühlendes Lächeln.*« Velma blickte auf, lakonisch und verlegen. Sie schlug ihren Roman zu. Im Saal brandete tosender Applaus auf.

Evie aß gerade ihre dritte schokoladenüberzogene Erdbeere, als Adrian sie anstupste. »Da kommt sie.«

Seit Evie Velma Wolff ihre unsterbliche Liebe gestanden hatte, war schon eine ganze Stunde vergangen, doch das bedeutete noch lange nicht, dass ihre überspannten Nerven sich beruhigt hatten. Velma glitt durch den Saal wie ein Hai. Evie wischte sich unauffällig die schokoladenverschmierten Finger an der Tischdecke ab und versuchte, nicht allzu verängstigt auszusehen.

Velma nickte Adrian und Lo kurz zur Begrüßung zu, bevor sie sich an die junge Frau im goldenen Paillettenkleid wandte. »So. Offensichtlich bin ich nicht Ihre einzige große Liebe.«

Evie erstarrte. »W-Was?«

Velma leckte über die Rückseite ihres Daumens und rieb damit über Evies Mundwinkel. Evie verlor fast das Gleichgewicht, als hätte man sie in einen Trockner geworfen, der mit voller Geschwindigkeit lief. Dann erkannte sie, dass Velma ein wenig Schokolade wegwischte. Als wäre sie ein Kind.

»Oh Gott.« Evie berührte ihren Mund. »Ist sie weg?«

»Bedauerlicherweise ja.« Velma steckte beide Hände in die Hosentaschen und trat einen Schritt zurück.

Lo hob das Mikrofon. Velma blickte zu Adrian hinüber, der sich nun vor ihr postierte und die Kamera schulterte. »Alles bereit?«

Das Licht an der Kamera erstrahlte rot. »Aufnahme.«

Das Interview begann so abrupt, dass Evie bei der ersten Frage einen kompletten Aussetzer hatte. »Hi«, platzte sie heraus.

»Hi«, antwortete Velma.

»Ich bin Chloe. Von *Extra Salt*.«

»Ja, ich weiß.«

Evie hörte, wie jemand kicherte. Sie zwang sich, die Kamera und die vielen Augen dahinter zu ignorieren. »Velma Wolff. Ihre Romane sind für ihre unzuverlässigen Erzähler bekannt. Es bereitet Ihnen Freude, sich um hundertachtzig Grad zu drehen und die Erwartungen der Leser zunichte zu machen. Wie ist Ihre Haltung zur Wahrheit in der erzählenden Literatur?«

Nun geriet Velma ins Schlingern, eine Sekunde nur, ehe sie eine Antwort fand. »Eigentlich glaube ich nicht wirklich daran, dass fiktionale Literatur Wahrheit erschaffen kann, weil jeder Leser seine oder ihre eigene Wahrheit erschafft.«

»Und wie, glauben Sie, erschaffen sich Ihre Romanfiguren ihre eigene Wahrheit?«

»Ich glaube, der Großteil meiner Figuren leidet unter Wahnvorstellungen«, erwiderte Velma gedehnt, was ihr leises Gelächter eintrug.

Evie hob die Augenbrauen. »Mehr oder weniger wie reale Menschen?«

»Genau so.«

»Dann glauben Sie also nicht, dass die Menschen über eine besonders ausgeprägte Eigenwahrnehmung verfügen.«

Velma hob ein wenig die Stimme, klang überrascht. »Nein.«

Evie wurde selbstsicherer. »Lita behauptet, es zu hassen, ein Vampir zu sein, doch gleichzeitig gibt sie sich ihrer Blutlust immer wieder und voller Genuss hin. Warum tut sie das?«

»Sie ist eine Heuchlerin.«

»Warum?«

»Weil der Körper stets den Geist besiegen wird.«

»Ist das Ihre generelle Einschätzung der Menschheit?«

Velma blickte rasch zu jemandem unter den Zuschauern. »Wollen Sie mich nicht darüber befragen, was ich heute trage?«

»Was Sie anhaben, ist mir ziemlich gleich.« *Außer natürlich, du ziehst es aus.*

Als hätte sie den Gedanken hören können, hielt Velma ihrem Blick stand, sah sie direkt an. Für eine Sekunde. Für zwei. Drei. Ihre Augen: grau wie Geschützmetall, wie die Farbe des Regens. Evies Brust krampfte sich zusammen.

Velma blinzelte. Es sah aus, als müsse sie sich bewusst sammeln, nach diesem Augenblick, den sie offensichtlich so nicht geplant hatte. »Ich glaube, wir sind hier fertig.« Sie nickte Evie zu, und ihr Blick schweifte davon.

Adrian schaltete den Scheinwerfer an der Kamera aus, Lo senkte das Mikrofon, und urplötzlich war alles vorbei. Evie atmete scharf aus und war sich nicht sicher, ob sie nun wütend, aufgeregt oder enttäuscht war. Vielleicht alles gleichzeitig. Dieser Blick von Velma hatte sie aus dem Konzept gebracht. Dieser wissende, intime Blick, als wären sie bereits ein Liebespaar und Velma hätte etwas vollkommen Skandalöses vorgeschlagen – ein schnelles Nümmerchen auf der Toilette. Velma war der Dirigent; Evie war das Orchester, das auf Kommando spielte, beinahe willenlos …

»Chloe.«

Sie war es. Sie hatte eine Hand auf Evies Arm gelegt, drückte ihn leicht. Ihr Tonfall war so diskret wie der eines Spions. »Einige meiner Freunde treffen sich oben in einer der Suiten. Würdest du uns gern Gesellschaft leisten?«

29

Evie hatte viel zu lange gebraucht, um zu begreifen, dass Velmas Frage als direkte Einladung gemeint gewesen war, und als sie es endlich verstanden hatte, wurde Velma längst wieder von irgendwelchen hippen Literaturtypen mit Beschlag belegt, die ihr schon den ganzen Abend hinterherschwänzelten. Höchstwahrscheinlich handelte es sich dabei um besagte Freunde. Evie hatte keine Ahnung, ob von ihr erwartet wurde, dass sie ihnen folgte. Darum beschäftigte sie sich erst einmal damit, Adrian und Lo zu danken und sie nach draußen zu begleiten. Anschließend blieb sie beim Eingang stehen. Hier befand sie sich in gleicher Entfernung zu der großen Treppe, die nach oben zu den Suiten des Hotels führte, und zu den gepflasterten Straßen von Soho. Allerdings konnte sie nicht ewig hier herumstehen wie ein verrückter Fan. Gerade als sie sich entschlossen hatte, zu gehen, kam Velma aus dem Ballsaal gerauscht.

»Chloe. Ich bin so froh, dass du noch da bist.« Velma bot ihr einen Arm an. Gemeinsam stiegen sie die Stufen hinauf, Evie inmitten von Velmas Gefolge, wie ein Trümmerteil in einem Wirbelsturm.

Als sie in der Suite ankamen, war es dort bereits sehr voll. Überall Musik und Gelächter und der Geruch von Gras. Genau wie im Ballsaal vereinten sich auch hier bei der Inneneinrichtung Renaissance und Moderne. Samt traf auf Chevron-

Zickzackmuster. An den hellroten Wänden hingen plakative, in Schwarzweiß gehaltene Kunstwerke. Die Balkontüren standen weit offen und ließen das leise Dröhnen von New York City herein. Velma verschwand, wurde von ihrer applaudierenden Gästeschar verschluckt. Evie blieb in der Nähe der Tür und versuchte, sich nicht allzu sehr von der Tatsache einschüchtern zu lassen, dass die Suite größer war als ihre komplette Wohnung und wahrscheinlich pro Nacht so viel kostete wie sie pro Monat an Miete zahlte.

»Tolles Kleid.« Eine Frau mit einem langen, schwarzen Flechtzopf in einem kurzen, grünen Kleid stand plötzlich neben Evie. Sie schnalzte mit der Zungenspitze Salz vom Rand eines Margaritaglases und lächelte anerkennend. »Woher kennst du Velma?«

»Eigentlich kenne ich sie gar nicht richtig. Ich habe sie gerade interviewt.«

»Oh!« Nun drehte die Frau sich ganz zu Evie um. »Bist du Journalistin?«

»Ja«, antwortete Evie mit stolzgeschwellter Brust.

»Vielleicht kannst du ja mich interviewen.« Die Frau klimperte kokett mit den Wimpern. »Ich bin Designerin. Mein Name ist Luksus.«

»Von dir habe ich schon gehört!«, rief Evie aus. »Ich meine, ich habe schon mal eines deiner Stücke gesehen. Einen grünen Schlangenleder-Catsuit?«

»Ja!«, sagte Luksus erfreut. »Du bist ganz schön clever!«

»Mein Style-Team hat ihn mir gezeigt. Als Outfit-Option für einen unserer Drehs.« Es fühlte sich ziemlich cool an, *Style-Team* zu sagen. Und *Drehs*.

»Du stehst vor der Kamera? Oh, du musst ihn unbedingt tragen! Er würde großartig an dir aussehen!«, schnurrte Luksus. »Versprich es mir, versprich mir, dass du ihn anziehen wirst!«

Evie lachte, überwältigt und aufgeregt. »Okay, vielleicht! Aber nur, wenn ich ein kurzes Interview mit dir führen darf.« Sie war sich nicht sicher, wo das alles hinführen würde, aber die Gelegenheit war einfach zu günstig, um sie vorbeiziehen zu lassen.

»Selbstverständlich! Aber vorher holen wir dir erst einmal etwas zu trinken.« Luksus hakte sich bei Evie unter. Sie roch nach Tequila und Vanilleparfüm. »Wie heißt du denn, meine Hübsche?«

»Chloe.«

»Aus dem Weg! Chloe braucht einen Drink!« Luksus zog Evie von der Wand fort und hinein ins Getümmel der Aftershowparty.

Eine Stunde später hatte Evie Velmas Agentin, den Lebensgefährten von Velmas Agentin, den besten Freund vom Lebensgefährten von Velmas Agentin und so ziemlich jeden, der bei drei nicht auf den Bäumen gewesen war, kennengelernt. Sie hatte erwartet, nur auf Prominente zu treffen, doch bislang schien es sich bei den Gästen hauptsächlich um Normalsterbliche zu handeln. Hannah Hart unterhielt sich angeregt mit Carrie Brownstein, oder zumindest mit einer Frau, die genau wie Carrie Brownstein aussah, und Evie meinte, in der Warteschlange vor dem Badezimmer Cara Delevingne erkannt zu haben, aber davon abgesehen waren alle Berühmtheiten verschwunden.

Doch das war nicht weiter schlimm, denn nachdem sie mit Luksus das Interview geführt hatte, begann die Designerin plötzlich, sie als »die nächste Alexa Chung« oder »das Heißeste, was es gerade im Netz zu sehen gibt« vorzustellen. Die anderen Gäste machten große Augen, nickten eifrig und glaubten ihr jedes Wort. Nach einer gewissen Zeit glaubte Evie fast selbst daran. Obwohl Velma nirgends zu sehen war, amüsierte sie sich prächtig. Je mehr Margaritas sie herunterstürzte, desto leichter fiel es ihr, mit den anderen ins Gespräch zu kommen. Und die Leute wollten mit ihr sprechen. Oft führte sie gleich mit drei oder vier Gästen auf einmal eine Unterhaltung, stand im Mittelpunkt der Aufmerksamkeit, ohne sich dafür anstrengen zu müssen. Nach einer Weile hatte Evie sogar ihr eigenes Gefolge: Imogen und Ivy, zwei makellos gekleidete Style-Bloggerinnen (»eigentlich halten wir uns selbst eher für ›Kuratorinnen‹«), und zwei sarkastische, gutaussehende schwule Männer, die beide Declan hießen. Sie füllten ihr das Glas auf, lachten über ihre Witze und raunten ihr schmutzigen Klatsch ins Ohr. Sie nannten sie »legendär« und »unverzichtbar« und »total abgefahren«. Wann immer sie ihr eine Frage stellten, lauschten sie anschließend ihrer Antwort so gebannt, als verriete sie ihnen das Geheimnis der ewigen Jugend.

Das sie im Grunde wirklich kannte. Es befand sich in einer kleinen purpurfarbenen Flasche in ihrem Badezimmerschrank.

»Entschuldigt mich bitte«, sagte sie zu den beiden Declans. »Ich brauche ein wenig frische Luft.«

»Baby«, säuselte einer von ihnen. »Du *bist* die frische Luft.«

Als sie draußen auf dem Balkon stand, breitete sich New York City vor ihr aus, hell und eindringlich. Sie schlüpfte aus den hohen Schuhen, lehnte sich ans Geländer und atmete die Stadtluft ein. Sie konnte nicht aufhören zu grinsen. Sie fühlte sich wie ein Rockstar, als würde sie leuchten, als wäre sie wirklich und wahrhaftig *lebendig*.

Jemand trat an ihre Seite. Es überraschte sie nicht, zu sehen, wer es war.

Velma sagte: »Du steckst in Schwierigkeiten.«

Als Evie sprach, richtete sie ihre Worte an die Stadt und nicht an die Frau neben ihr. »Ach, wirklich?«

»Du bist begehrter als ich, und das hier ist meine Party.«

Evie wurde ganz heiß. Velma hatte sie beobachtet. »Du solltest mal versuchen, ein goldenes Paillettenkleid zu tragen.«

Velma lachte leise. »Ich glaube nicht, dass es daran liegt.«

»Nicht?«

Velma schob sich etwas näher an sie heran. »Es liegt an deinem Charisma. Deinem Esprit. Sie blenden einen geradezu.«

Evie musste sie ansehen. Ihr Anblick, so nah bei ihr, in diesem Anzug, machte sie ganz kribbelig. Ihre nächsten Worte waren ein raues Schnurren, ein Femme-fatale-Filmdialog und absolut untypisch für Evie. »Vielleicht solltest du dir eine Sonnenbrille aufsetzen.«

Velma grinste. »Vielleicht.« Für einen Moment erwiderte sie Evies Blick, lange genug, um Evie einen Schauer über den Rücken zu jagen. Dann widmete Velma sich der Aussicht. »Wie lange bist du schon Journalistin?«, fragte sie in einem Tonfall, in dem man sich bei einem Wildfremden nach der Uhrzeit erkundigen würde.

Evie schluckte. »Eine schwer zu beantwortende Frage.«

»Ach ja?«

»Wie lange bist du schon Schriftstellerin?«

Velma schnaubte. »Touché.« Im gleichen unverbindlichen Tonfall fragte sie weiter: »Hast du einen Freund?«

Evies Stimme klang piepsiger als beabsichtigt. »Nein.«

»Eine Freundin?«

Wie frech. Wie schamlos. Diesmal antwortete Evie in bewusst doppeldeutigem Ton. »Nein …«

Velma trat einen Schritt, zwei Schritte dichter an Evie heran. Ihre Stimme kitzelte Evie im Ohr. »Unten wartet ein Fahrer.«

Begierde erhob sich in ihrer Brust wie ein sprungbereiter Jaguar. Sie wollte Velmas Mund auf ihrem spüren. Sie wollte ihre Haut fühlen, wie sie sich an sie presste, an ihr rieb, sich wand, schwitzend, klebrig, explosiv –

Doch Evie wich zurück. »Da musst du dir schon etwas mehr einfallen lassen.«

Sie hob ihre Schuhe auf und machte sich barfuß auf den Weg zurück zur Party. In den Glastüren der Suite spiegelte sich eine große, verlockende Brünette in einem glitzernden Kleid, die Kraft und Kontrolle ausstrahlte. Nicht jemand, der sprang, sobald der Meister rief.

»Chloe. Warte eine Sekunde.«

»Tut mir leid, Velma«, rief Evie ihr über die Schulter hinweg zu. »Ich glaube, wir sind hier fertig.«

30

Cupcake Girl zu sein war schlichtweg fantastisch. Sie hatte ein ganzes Blech voller Cupcakes in ihren Wohnwagen geliefert bekommen (ja, sie hatte jetzt einen eigenen), zusammen mit einer Mitteilung: *Für Cupcake Girl von deinen Fans bei der Magnolia Bakery.* Krista hatte einen Freudenschrei ausgestoßen. Aber das Beste von allem war, dass sie einen guten Text bekommen hatte. Greg hatte sich auf die Dream-Girl-als-verkappte-Sängerin-Idee eingelassen und ihr gestattet, an der Ausarbeitung einer kurzen Musicalnummer mitzuarbeiten, die kurz vor dem Finale des Films eingebaut werden sollte. Krista saß unter der Trockenhaube und schrieb freudestrahlend ihre Vorschläge auf. Inzwischen arbeitete nur noch Ora, die Chefmaskenbildnerin, an ihr, und nicht mehr die verschüchterte Nachwuchskraft.

Die erste Szene, in der sie mitwirken würde, sollte draußen gedreht werden, in jenem Teil des Parks, der mit Hilfe von frischer Farbe und Requisiten wieder zum Leben erweckt worden war. Dream Girl arbeitete in einer der Buden.

»Lenka.« Greg sah aus, als hätte er nicht besonders viel geschlafen, umarmte sie aber dennoch kurz zur Begrüßung. »Dein erster Drehtag. Bist du aufgeregt?«

»*Total* aufgeregt«, antwortete Krista überschwänglich. »Überall im Internet sieht man Cupcake Girl, ich bin richtig berühmt, und das auch noch auf so coole Weise –«

»Toll«, unterbrach sie Greg. »Also, in dieser Szene stehst du in deiner Bude und arbeitest, und dann kommt Tristan von dort drüben –«

»Moment.« Krista riss die Augen auf. »Diese Szene ist mit Tristan McKell?«

Greg sah sie sonderbar an. »Du hast das neue Skript doch gelesen, oder?«

»Ich war mir nicht sicher, wer wen spielt.«

»Tristans Figur heißt Zach.«

Es fiel Krista immens schwer, es laut auszusprechen. »Dann ist Tristan McKell mein Geliebter –«

Und genau in diesem Augenblick sah sie ihn. Sie hatte ihn sich viel jünger vorgestellt, mehr wie den Tristan von vor zehn Jahren. Doch er war kein Jugendlicher mehr. Tristan war ein junger Mann. Krista schnappte nach Luft. Er sah noch immer aus wie der typische Mädchenschwarm in einem Teenie-Film, jemand, der Lacrosse spielte, jedoch auch überraschend tiefsinnig war und es verabscheute, zu den Schönen und Begüterten zu gehören. Kiefer: wie gemeißelt. Haare: perfekt. Genital: anscheinend ungefähr so groß wie ein Dackel. Benommen, als wäre sie betrunken, beobachtete Krista, wie der göttliche Tristan ans Set spaziert kam. Greg entdeckte. Und *direkt auf sie zukam.*

»McKell.« Greg drückte Tristan kurz und klopfte ihm auf den Rücken. »Ich möchte dir gern Lenka vorstellen. Dein brandneues Dream Girl.«

Tristan streckte ihr lächelnd die Hand hin. »Hi, ich bin Tristan.«

Das war alles nicht real. Vielleicht hatte Evie recht gehabt. Vielleicht stimmte das mit dem Hirntumor. »Hi. Ich bin Tristan. Krista!« Hastig verbesserte sie sich. »Nein. Ich meine Lenka. Mein Name ist Lenka.«

»Sieht ganz so aus, als würden wir zusammen einen Film drehen.« Tristan zwinkerte ihr zu. »Starke Sache.«

Krista versuchte zu nicken. »Stark. Mächtig stark. So richtig total.« Was bitte?

Greg blickte zwischen Krista und Tristan hin und her. »Hey, Trist, kannst du dich bei Jen melden? Sie hat schon nach dir gefragt.«

Tristan nickte, lächelte noch einmal und steuerte dann wieder auf die Crew zu.

»Hör mal, Lenka, er ist einfach nur ein Schauspieler wie alle anderen auch«, sagte Greg. »Behandle ihn also nicht anders.«

»Hm?« Krista starrte ihm noch immer nach und spielte dabei verträumt mit einer Haarsträhne.

»Lenka!« Greg lächelte angestrengt. »Das ist eine sehr simple Szene. Tristan kommt von dort drüben. Er wird dich bemerken, dir leicht zulächeln. Du reagierst nicht. Bleibst desinteressiert. Okay?«

»Aber warum sollte meine Figur kein Interesse an Tristan McKell haben? Ich meine … Sieh dir doch nur diesen Hintern an.« Krista kaute an ihrem kleinen Finger. »Auf diesen Backen könnte man ein Steak weichklopfen.«

Krista hörte jemanden leise lachen, doch Greg schnaubte nur unamüsiert. »Es ist einfach so. Okay?«

Min, die winzige aber nichtsdestotrotz furchteinflößende Sino-Amerikanerin und ihres Zeichens Regieassistentin, klatschte in die Hände. »Letzte Vorbereitungen bitte!«

Eine Maskenbildnerin stäubte noch etwas Puder auf Kristas Wangen. Die Crewmitglieder zogen sich vom Set zurück, und es wurde still. Die Kamera, die auf einer Vorrichtung stand, die wie Bahngleise aussah, wurde an ihre Startposition gezogen.

»Ruhe am Set!«, rief Min. »Und Ton ab.«

Jemand rief: »Ton läuft.«

»Kamera ab«, rief Min.

Eine andere Stimme: »Läuft.«

Plötzlich stand jemand mit einer Klappe vor Krista. »Szene 14A, Take eins.« Die Klappe klackte.

»Ruhe bitte«, rief Min. Am Set wurde es übernatürlich still. »Kamera bereit?«

»Bereit.«

Nun rief Greg von seiner Position hinter einem Monitor: »Und Action!«

Tristan trat hinter einer der Buden hervor und lief selbstbewusst ins Bild. Die Kamera folgte ihm. Plötzlich störte Musik die Stille. Boyz Unbridled. Krista schnaubte ungehalten. Irgendein idiotischer Tristan-Verehrer hatte sein Telefon nicht abgeschaltet. Die Kamera blieb stehen. Unzählige Köpfe drehten sich in ihre Richtung. Plötzlich begriff sie: Es war *ihr* Telefon. Sie hatte den Klingelton aus Spaß geändert. Hastig fummelte sie es aus der Tasche, doch bevor sie erkennen konnte, wer anrief, wurde es ihr schon aus der Hand gerissen. »Hey!« Sie fuhr herum. Damian hielt wutentbrannt das Handy in der Hand.

Einige Minuten später waren alle wieder bereit, weiterzumachen. »Und … Action!«

Noch einmal schlenderte Tristan um die Ecke, und diesmal hielt ihn nichts davon ab, den Rasen vor Kristas Bude zu überqueren. Er nahm Blickkontakt mit Krista auf. Und lächelte.

Krista seufzte. Und erwiderte das Lächeln.

»Schnitt!«, rief Greg. Er richtete sich hinter dem Monitor auf, zog sich die Kopfhörer vom Kopf. »Lenka! Desinteressiert!«

»Tut mir leid, tut mir leid!«, brüllte Krista zurück. »Entschuldige«, rief sie auch Tristan nach, der sich wieder zu seiner Startposition begab. Sie schüttelte den Kopf, um ihre Gedanken zu ordnen und sich zu konzentrieren, wie sie es früher auch immer vor Impro-Shows getan hatte. *Bleib fokussiert*, ermahnte sie sich selbst. *Du kannst das.*

Wieder fing alles von vorne an. Greg rief »Action«. Tristan erschien. Der Anblick von Tristans perfektem Gesicht versetzte sie unfreiwillig in Verzückung, weshalb sie entschied, dass es am sichersten wäre, sein Gesicht einfach nicht anzusehen. Also schlug Krista die Augen nieder.

»Schnitt!«, brüllte Greg. »Lenka! Was machst du da? Du musst ihn *ansehen*.«

»Oh, okay!«, rief Krista zurück. Uff. Einen Film zu drehen war schwieriger als gedacht.

Wieder wurde ein Neustart vorbereitet.

Sie brauchten fünfundzwanzig Anläufe, bis die Szene endlich im Kasten war.

31

Evie schleppte sich ins Studio B und fühlte sich ziemlich scheintot. Dass sie vergessen hatte, zum Abendessen mehr zu essen als mit Schokolade überzogene Erdbeeren, und dann ihr eigenes Körpergewicht in Champagner und Margaritas getrunken hatte, hatte ihr einen Kater eingebracht, der sich nur mit Sonnenbrille ertragen ließ. Selbst drinnen. Sie betete im Stillen, dass er die Wirkung des Pretty nicht beeinträchtigen würde. Ihre Fähigkeit, mit unvorhergesehenen Problemen fertig zu werden, ging momentan gegen null. Kelly, Rich und einige weitere Crewmitglieder hatten sich um einen Laptop versammelt. Sie schaffte es gerade so, »Was macht ihr da?« hervorzupressen, ehe sie sich setzen musste.

»Adrian hat die Aufnahmen von gestern Abend geschickt.« Kelly drehte den Bildschirm zu ihr um. Die Aufnahme stand auf Pause, zeigte gerade ein Bild von Velma und Chloe. Beide Frauen grinsten wie Honigkuchenpferde. Der Anblick von Chloe in Kristas knappem Kleid, aufgestylt und mit vor Aufregung geröteten Wangen, war einfach …

»Umwerfend«, sagte Kelly. »Gute Outfit-Wahl, Fontaine.«

Evie konnte nicht antworten. Kaum zu glauben, dass sie dort mit Velma stand. Selbstverständlich war sie es nicht wirklich … aber in gewisser Weise … in gewisser Weise war sie es doch irgendwie. Evie konnte den Blick nicht von Chloes riesigen

Augen abwenden, die durch den Eyeliner noch größer wirkten, von dem weißen Streifen Zähne, der cremefarbenen, reinen Haut.

»Wir haben auch die Aufnahmen für die Werbeclips und Intros bekommen«, sagte Rich. Er trug ein T-Shirt mit der Aufschrift »Harvard Law«, darunter stand die Textzeile »Nur Spaß«. Er drückte einige Tasten, woraufhin sich die Bilder veränderten. Ebenso wie Evies Begeisterung.

Die junge Frau, die an dem pinkfarbenen Tisch saß, sah blass aus. Und das nicht auf sexy, vampirische Art. Eher britisch-schwindsüchtig. Sie war nicht hässlich – schließlich war es noch immer Chloe Fontaine. Nur im Vergleich zu der herausgeputzten Chloe Fontaine, die Velma Wolff getroffen hatte, wirkte das Mädchen auf dem Bildschirm … ausgeblichen. Wie eine Goldmünze, die ihren Glanz verloren hatte.

Sie wollte nicht, dass Velma sie so sah.

Kelly klappte den Laptop zu. »Dreißig Minuten, dann sind wir bereit, deine ›Wer ist das bessere Date‹-Story zu drehen, Chloe.« Er wandte sich an die Männer, die die Scheinwerfer einstellten. »Leute, können wir in fünf Minuten mit den ersten Probeaufnahmen loslegen?«

Okay, sagte Evie sich. *Stellen wir doch mal einiges klar. Das bist nicht du. Du findest nur, dass Chloe schlecht aussieht, weil du darauf getrimmt wurdest, zu denken, dass es für Frauen normal ist, tonnenweise Make-up zu tragen, obwohl es das nicht ist. Chloe sieht gar nicht so übel aus. Ich meine, sie sieht nicht gut aus, aber richtig schlecht auch nicht.*

Marcello kam ins Studio geschlendert. Er hatte einen fliederfarbenen Sommeranzug an und zog sein Make-up-Köfferchen hinter sich her. Er lehnte sich an die hintere Wand. Als er Evies Blick bemerkte, grüßte er mit seinem Hut in ihre Richtung, auf eine Art, die ihr irgendwie … bedeutungsschwer vorkam. Ein Gefühl düsterer Vorahnung ergriff von Evie Besitz. Hegte Marcello tatsächlich einen Verdacht? Oder litt sie nur unter Verfolgungswahn? Oder – schon wieder eine neue Sorge – war Verfolgungswahn eine Nebenwirkung von Pretty?

»Was will Marcello hier?«, zischte Evie Rich zu.

»Er hat einen Vertrag über vier Wochen. Er bekommt sein Geld, ob er nun arbeitet oder nicht.«

»Oh.« Evie schürzte die Lippen. »Was würdest du sagen, wie habe ich in den Werbeclips ausgesehen?«

»Wie jemand, der kein Make-up trägt«, antwortete Rich.

Evie rieb sich die Stirn mit den Fingerspitzen, versuchte, nachzudenken. Sie sah auf den Filmaufnahmen einfach so … bäh aus. Auch der Kater war nicht gerade vorteilhaft für ihr Aussehen. Sie könnte Marcello ein wenig auf Abstand halten. Außerdem, selbst wenn er etwas ahnte, was sollte er schon groß sagen? Evie wandte sich an Rich. »Vielleicht sollte ich mal einen natürlichen Look ausprobieren.«

Rich nickte. »Ich glaube, das wäre sicherlich von Vorteil.« Er winkte einen seiner Assistenten heran. »Bring mir eine Diät-Bongo, aber nur, wenn noch Zitronenscheiben da sind, und wenn es keine mehr gibt, dann bring eine normale Bongo mit Eis.«

»Okay.« Der Assistent nickte.

»Das Eis ist sehr wichtig«, betonte Rich.

»Verstanden.«

Rich wandte sich wieder an Evie. »Versuch das mit dem natürlichen Look auf jeden Fall.«

In Garderobe 4 ließ Evie sich von Marcello ans Waschbecken setzen. Sanft gruben sich seine Finger in ihre Kopfhaut, während warmes Wasser ihre Haarwurzeln umspülte. Obwohl sie sich eigentlich vorgenommen hatte, diese Prozedur nur zu ertragen und nicht zu genießen, schmolz sie geradezu dahin.

Das zitronig duftende Shampoo linderte ihren Kater, und als Marcello am Ende das Wasser aus ihren Haaren drückte, hatte er sich von furchtbar in beinahe erträglich verwandelt.

Als er einen Fön auf sie richtete, warnte ihn Evie: »Keine federnde Frisur.«

»Federnde Frisur?«

»Ja, ich meine diesen Nullachtfünfzehn-Look, den alle Schauspielerinnen immer tragen. Diese großen, lockeren Wellen«, versuchte Evie zu erklären und bewegte dabei die Finger um ihr Gesicht herum. »Ich will einfach normale Haare.«

Marcello nickte kühl. »Kommt sofort.«

Wieder so eine alberne Beauty-Norm, dachte Evie, während Marcello begann, ihre Haare trockenzupusten. *In der Filmindustrie lassen sich Frauen mit glattem Haar Locken machen und Frauen mit Locken die Haare glätten … um sich dann wieder Locken machen zu lassen. Würde man all diese Zeit stattdessen darin investieren, sie beispielsweise am Skript mitarbeiten zu lassen oder ihnen beizubringen, wie man Scheinwerfer einstellt, wäre Hollywood bestimmt ein besserer Ort.* Evie hatte so viele Ideen, wie man die Welt verbessern konnte, dass es wirklich seltsam war, dass es so lange gedauert hatte, bis die Menschen endlich angefangen hatten, ihr zuzuhören.

Nachdem Marcello mit ihrer vollkommen normalen Man-merkt-kaum-dass-es-eine-Fönfrisur-ist-Fönfrisur fertig war, strich er ihr die Haare aus dem Gesicht und steckte sie fest. Seine Fingernägel hatten eine andere Farbe: Heute trug er ein hübsches dunkles Pink, außer an den Ringfingern, die rabenschwarz lackiert waren. Er legte ihr die Hände auf die Schultern und sah sie im Spiegel an. »Also«, sagte er. »Der natürliche Look.«

Evie betrachtete das bleiche, unglamouröse Gesicht im Spiegel und versuchte, keine Grimasse zu ziehen. »Genau.«

Marcello gab etwas Gesichtsreiniger auf ein Wattepad und rieb damit über ihr Gesicht. Sofort zeigten sich dunkle Schlieren auf dem Weiß. »Wie ich sehe, hast du gestern Abend Make-up getragen«, murmelte er.

»Ja«, sagte Evie ein wenig unbehaglich. Und obwohl sie sich fest vorgenommen hatte, keine zu enge Bindung zu Marcello aufzubauen – nur für den Fall, dass er ihr wirklich auf der Spur war –, ertappte sie sich dabei, wie sie sich rechtfertigte. »Ich war bei einer Veranstaltung. Und, in gewisser Weise auch … einem Date. Mehr oder weniger.«

Marcello hob eine Augenbraue. »Wer war denn der glückliche Gentleman?«

Evie sah ihn ebenfalls mit erhobener Braue an. »Eigentlich war es eine Frau.«

Marcello verharrte mitten in der Wischbewegung. Seine Miene veränderte sich, als bräche die Sonne hinter dicken Wolken hervor. »Tatsächlich? Ich wusste gar nicht, dass du zur Regenbogenfamilie gehörst.«

»Lesbisch mit Leib und Seele.« Sie sah ihn mit großen Augen an und stellte sich dumm. »Du willst mir doch nicht etwa erzählen, dass du schwul bist?«

Er brach in Gelächter aus. »Du bist witzig«, sagte er. Er ließ die Fingerspitzen über die Fläschchen mit Foundation gleiten, die er auf dem Schminktisch aufgereiht hatte, ein Dutzend verschiedene Brauntöne. Als er weitersprach, klang seine Stimme herzlicher. »Also, wie war dein Date mit der glücklichen *Lady*?«

Evie berichtete ihm knapp von den Geschehnissen der Nacht, die mit ihrem coolen Abgang geendet hatten, mit dem sie Velma demonstriert hatte, dass sie nicht so einfach zu haben war. Marcello gratulierte ihr zu diesem Vorgehen. »Genauso habe ich auch meinen Kerl bekommen«, sagte er und tupfte ein wenig Foundation auf ihre Wangen und Schläfen. »Er hat mich jedes Wochenende gebeten, mit ihm auszugehen, ein Jahr lang, und ich habe jedes Mal Nein gesagt. Das hat ihn verrückt gemacht. Und so hat er sich wie verrückt in mich verliebt«, fügte er hinzu.

»Warum hast du immer Nein gesagt?«

Marcello verrieb die dickliche Flüssigkeit auf ihrer Haut. »Er war ein Aufreißer. Und ich hatte keine Lust auf Spielchen. Also habe ich dafür gesorgt, dass er sich anstrengen muss. Genau das wollte er. Jemanden, der Nein zu ihm sagt.«

»Du bist ein echter Menschenkenner.«

Marcello gab einen zustimmenden Laut von sich. »Oder vielleicht hatte ich auch einfach nur Angst. Ich weiß es nicht.«

»Wovor hattest du Angst?«

Marcello widmete sich schulterzuckend wieder seinen Schminkutensilien. »Vielleicht davor, mich zu verlieben. Etwas nachzujagen, das ich will. Verflixt noch mal, Kleines.« Er drehte sich zu ihr um. »Du hast mich dazu gebracht, mich bei dir auszuheulen wie bei meinem Friseur.«

»Entschuldige.« Evie unterdrückte ein Lächeln.

Marcello drückte den Rouge-Pinsel sacht auf ihre Wangenknochen. »Entschuldige dich nicht. Das gehört schließlich zu deinem Job, oder? Menschen zu interviewen.«

»Ja«, sagte Evie. »Ja, wahrscheinlich schon.«

»Dann sieht es ganz so aus, als hätten sie sich die Richtige ausgesucht.«

»Zumindest werde ich jetzt als die Richtige durchgehen«, sagte Evie und bewunderte ihre rosigen Wangen. »Dank dir.«

Marcello lächelte. Ein leichtes, zurückhaltendes Lächeln. »Oh ja, Chloe Fontaine. Jetzt gehst du definitiv als die Richtige durch.«

Als Marcello fertig war, fühlte sich Evie deutlich besser. Marcellos natürlicher Look, für den er nur zwanzig Minuten gebraucht hatte, gab ihr das Gefühl, noch einmal von vorne anfangen zu können. Und außerdem zählte er nicht wirklich als Schminke.

Kellys Blick huschte rasch über Evies Gesicht, fiel auf das fliederfarbene Top, das sie trug. Evie hatte sich gegenüber Gemma und Rose durchgesetzt. Keine Designerkleidung und nichts Teures hatten sie ihr versichert, nur ein simples Top mit V-Ausschnitt von einem ortsansässigen Designer, der Biobaumwolle verwendete. Aber sie hatte sich bereiterklärt, von grau zu fliederfarben zu wechseln, von locker geschnitten zu körperbetont. Das sah schlicht ein wenig schmeichelhafter aus. Velma würde schließlich zusehen.

Sie nahm auf dem knallpinkfarbenen Moderatorensessel Platz. Auf dem Teleprompter, der neben der riesigen Kamera stand, die auf sie gerichtet war, konnte sie den Anfang eines Scripts erkennen. Rich stand mit verschränkten Armen daneben. Sie verspürte kribbelige Vorfreude. Ihr erster Beitrag, der auf Sendung ging. Und dazu noch eine Story, die Bisexualität als vollkommen normal darstellte. Zwar war das für ihren eigenen Freundeskreis keine bahnbrechend neue Erkenntnis, denn von ihnen waren alle entweder homosexuell oder bisexuell oder irgendwo dazwischen oder kannten ungefähr eine Million Menschen, die homosexuell oder bisexuell oder irgendwo dazwischen waren, doch es war ihr mehr als deutlich bewusst, dass das in der amerikanischen Mittelschicht ganz anders aussah. Aber das würde sich nun ändern. Sie würde die Speerspitze der sexuellen Revolution sein. Eines Tages würde ihr wahrscheinlich irgendjemand irgendwo ein Denkmal setzen.

Rich rief »Action«.

Evie lächelte strahlend und fing an. »Es ist eine Frage, so alt wie die Zeit, eine Frage, die wir von *Extra Salt* entschlossen sind, zu beantworten: Wer ist besser im Bett? Haben Männer die besseren Techniken? Oder heimsen die Frauen in dieser Kategorie die Goldmedaille ein? Wir sind auf die Straße gegangen, um es herauszufinden – halt, halt, stopp.« Evie spähte suchend nach Kelly. »Das ist nicht richtig.«

Kelly erschien vor ihrem Tisch. »Was ist los?«

»Dort steht ›Wer ist besser im Bett?‹« Evie deutete auf die Worte, die ihr missfielen. »Aber es sollte heißen ›Wer ist das bessere Date?‹«

»Wir mussten es ein wenig abändern«, erklärte Kelly. »Im Grunde ist es noch immer die gleiche Story.« Er senkte den Blick zum Studiofußboden. »Okay, noch mal von vorn –«

»Nein, warte, *warte*.« Evie packte Kelly am Arm. »Das ist nicht das Gleiche! In meiner Geschichte ging es darum, wer das bessere Date ist, für mich, eine Frau. Aber das hier ist nur banaler Krieg-der-Geschlechter-Mist.«

»Nein«, hielt Kelly dagegen. »Es ist eine lockere, schlüpfrige Story, in der die sexuelle Macht von Männern und Frauen gleichgestellt wird.«

Evie sah ihn vernichtend an. »Behandle mich nicht so von oben herab. Der Beitrag sollte von Bisexualität handeln. Ich dachte, das hätte euch gefallen. Ich dachte, ihr wolltet etwas anderes. Was ist denn jetzt mit all dem Gerede darüber, dass ihr eine Moderatorin wollt, die ›verdammt noch mal ein bisschen Persönlichkeit hat‹?«

Kelly runzelte nachdenklich die Stirn.

Zu spät fiel Evie auf, dass es Evie gewesen war, die diese Aussage mitgehört hatte, und nicht Chloe. »Evie hat das wohl erwähnt. Meine Mitbewohnerin.«

»Wir wollen ja auch etwas über Bisexualität bringen«, sagte Kelly. »Nur ... nicht in der ersten Folge.«

»Dann ist es also *doch* ein ganz anderer Beitrag«, sagte Evie. »Heteronormaler Mist.«

Kelly kniete sich neben sie. »Chloe, ich stehe auf deiner Seite. Aber wenn wir gleich mit einer Geschichte wie dieser an den Start gehen, vergraulen wir die Zuschauer. Wir werden zum Nischenprodukt, obwohl wir eigentlich die breite Masse ansprechen wollen.« Er sagte das, als würde er sie gerade in ein äußerst wichtiges Geheimnis einweihen. »Auf diese Weise gewinnen wir erst einmal Zuschauer, lassen sie Vertrauen zu uns fassen, bauen uns ein Publikum auf. Danach können wir Grenzen überschreiten. Ich verspreche es.«

Evie sah ihren Produzenten skeptisch an. »Werdet ihr bei den Straßeninterviews wenigstens auch Homosexuelle befragen?«

»Aber sicher.« Kelly nickte. »Unbedingt. Falls wir welche finden, dann auf jeden Fall.«

»*Falls* ihr welche findet? Das hier ist New York –«

»Kleine, je länger wir herumtrödeln, desto weniger Zeit bleibt uns heute Nachmittag für den ›Feministische Actionheldin‹-Dreh«, sagte Kelly.

»Kelly?«, rief Rich. »Können wir weitermachen?«

Kelly wandte sich noch einmal zu Evie. »Sind wir uns einig?«

Das war alles ein einziger, großer Mist, und außerdem konnte sie nicht beurteilen, ob Kelly sie belog oder nicht. »Ich weiß nicht recht.«

»Komm schon, Kleines.« Kelly drückte Evies Schulter. »Wir wollen doch nicht, dass Marcello umsonst so hart gearbeitet hat. Du siehst umwerfend aus.«

Ein Lächeln stahl sich auf Evies Lippen. Schnell verkniff sie es sich. »Nein, das tue ich nicht.«

»Ist das dein Ernst?« Kelly beugte sich dichter an ihr Ohr. Sein Atem roch nach Kaffee und Zigaretten. »Ich kann nachvollziehen, was sie in dir sieht.« Er nickte in Richtung des Studioeingangs. Auf einem kleinen Tisch stand ein riesengroßer Blumenstrauß. »Sie wurden gerade für dich abgegeben. Es sieht ganz so aus, als hättest du bei Velma Wolff einen tiefen Eindruck hinterlassen.«

Kelly zog sich wieder hinter die Kamera zurück. Evie bekam überhaupt nicht mit, wie er fortging. Der Strauß war *gigantisch groß*, ein wunderschöner Garten aus Lilien und Rosen und Hortensien. Und er kam von *Velma Wolff*. Es fiel ihr schwer, nicht sofort quer durchs Studio zu rennen und nach einer Karte zu suchen. All ihre Nerven prickelten und pulsierten. Velma Wolff hatte ihr *Blumen* geschickt.

»Bereit für einen Neuversuch?«, rief Rich.

Evie blickte wieder auf den Teleprompter. Sie trug ein breites Grinsen im Gesicht, von dem sie wusste, dass es ihre entzückenden Grübchen hervorragend zur Geltung bringen würde.

»Bereit.«

32

Nachdem sie endlich den Dream-Girl-ignoriert-den-göttlich-heißen-Tristan-Moment gemeistert hatte, wurde es Zeit zum Mittagessen. Krista drückte sich geschlagene zehn Minuten vor Tristans großem silbernen Wohnwagen herum, bis sie endlich den Mut fand, zu klopfen. Sie musste von dem holzig duftenden Rauch, der in der Luft lag, ein wenig husten und blinzelte ins Halbdunkel. »Hallo?«

Tristan saß im Schneidersitz auf einer weißen Ledercouch, die Hände locker auf die Knie gelegt. Er öffnete die Augen. »Lenka.«

»Tut mir leid.« Krista verharrte im abgedunkelten Eingangsbereich. »Ich wollte nicht stören.«

»Ist schon okay.« Tristan stand auf und streckte sich. »Komm rein.«

Adrenalin schoss durch ihren Körper. Sie – war – in – Tristans – Wohnwagen. Und das hatte sie nur dem Pretty zu verdanken. Krista Kumar hatte im Allerheiligsten eines ehemaligen-Pop-Schrägstrich-aktuellen-Filmstars nichts verloren. Aber Lenka Penka? Oh ja, bei ihr sah das ganz anders aus.

»Ich bin gerade erst von einem Meditationsseminar in Phuket zurückgekehrt.« Tristan holte ein Glas aus einem Küchenschrank und drehte den Wasserhahn auf. »Es ist schon unglaublich, wie laut es in unseren Köpfen sein kann.«

»Oh ja, total, das kann ich nicht ausstehen.« Krista sah sich eifrig um, versuchte, jedes Detail aufzusaugen. Kochnische mit Spüle, Herd mit zwei Gasflammen, Minikühlschrank und Mikrowelle. Die weiße Couch stand an einer Wand. Neben ihr ein Resopaltisch mit einigen Stühlen. An der gegenüberliegenden Wand, wo sie gerade stand, befand sich eine schmale Tür, durch die man einen Teil einer Toilette und eine Duschkabine erkennen konnte. Daneben eine weitere Tür. Höchstwahrscheinlich führte sie ins Schlafzimmer. Das würde sie sich später noch genauer ansehen können.

Auf der Küchentheke lag etwas, eingeschlagen in Luftpolsterfolie. Eine goldene Statue in Form eines kleinen Mannes mit kahlem Kopf. Eine Trophäe. *Tween King! –Auszeichnung für das Lebenswerk* war auf ihrem Sockel eingraviert. Sie hatte sich angesehen, wie er die Auszeichnung live auf MTV entgegengenommen hatte. »Oh mein Gott«, sagte sie und streckte die Hand danach aus.

»Hey!« Er packte ihr Handgelenk, als ihre Fingerspitzen nur noch wenige Zentimeter von dem kleinen, glatzköpfigen Mann entfernt waren.

Krista zog erschrocken die Hand zurück.

»Lenka.« Tristan fing sich wieder. »Entschuldige. Ich wollte nicht schreien. Es ist nur –« Seine Lippen formten sich zu einem *O*, als suche er nach den richtigen Worten. »Das ist keine Trophäe. Nicht mehr. Es ist vielmehr ein Talisman. Umsa hat ihn für mich gesegnet.« Als er Kristas verwirrten Gesichtsausdruck bemerkte, fügte er hinzu: »Umsa ist mein spiritueller Ratgeber.«

»Dein … was?«

»Mein Guru. Mentor. Nein, mehr ein … Führer würde ich sagen.« Tristan seufzte. »Das ist kompliziert. Vielleicht werde ich es dir eines Tages erklären. Aber einstweilen … Berühr ihn bitte nicht.«

»Oh«, sagte Krista eingeschnappt. »Na gut.«

Tristan stellte sich zwischen sie und die Statue. »Also, Lenka. Was kann ich für dich tun?«

»Ich dachte, wir könnten eventuell einige unserer Szenen noch einmal proben. Vielleicht bin ich dann beim nächsten Mal nicht mehr so grottenschlecht«, fügte sie mit einem reumütigen, aber sexy Lächeln hinzu.

Tristan atmete tief durch die Nase ein und schloss halb die Augen, offenbar taub für Kristas Selbstzerfleischung. »Verstehe. Sicher, warum nicht?« Er nahm ein Drehbuch zur Hand, das auf dem Tisch lag.

Krista ließ sich mitten auf dem Sofa nieder. Tristan setzte sich ganz ans Ende. »Okay, die Jahrmarktsszene«, sagte er und schlug sein Drehbuch auf. »Meiner Empfindung nach ist das der Punkt, an dem Zach beginnt, Dream Girl in einem neuen Licht zu sehen. Was denkst du?«

Sie dachte gerade, dass Tristan ihre Annäherungsversuche à la »subtil wie eine Straßenwalze« irgendwie nicht bemerkte. »Hey, befreien wir uns doch davon.« Krista nahm Tristan das Drehbuch aus den Händen und warf es beiseite. »Ich finde es viel zu einengend. Ich wende eine Methode an, die weitaus … ursprünglicher ist.«

Ihr Filmpartner schüttelte den Kopf. »Wie meinst du das?«

»Ich arbeite mit –« Kristas Blick fiel auf ihre Sandalen. Sandalen mit Leopardenmuster. »Mit Tiermetaphern.« Die Idee schoss ihr blitzschnell in den Kopf und setzte sie noch mehr unter Strom. Für Tristan Lenka zu spielen war tausendmal einfacher, als für Greg das Dream Girl zu mimen. »In dieser Szene zum Beispiel bin ich eine Löwin und du bist der Löwe.«

Tristan nickte höchst interessiert. »Ja. Ja, das gefällt mir. Urtümlich. Intensiv. Sollen wir es mal ausprobieren?«

»Ja!« Krista sprang auf. »Okay, ich fange hier an. Und du

gehst dort hinüber.« Sie wies auf das andere Ende des Wohnwagens.

»Super!« Tristan war mit einem Satz an der ihm zugewiesenen Stelle. »Auf Händen und Knien? Auf dem Boden?«

»Jep.« Krista nickte. Das wäre für ihr Dekolleté vorteilhafter. »Du musst dich darauf einlassen, okay?«

Er nickte ernst. »Selbstverständlich, Lenka.«

Tristan schloss die Augen. Krista unterdrückte ein Grinsen. Dann versenkte sie sich in sich selbst. *Ich bin eine Löwin*, instruierte sie sich, *die Königin der Serengeti. Tristan ist mein Gefährte: mein starker, löwenhafter Gefährte.* Sie drückte den Rücken durch und wackelte mit dem Po. Als sie sich neu konzentrierte, bemerkte sie, dass Tristan sie anstarrte. Er hielt den Kopf gesenkt, und in seinen Augen loderte es. Ein Prickeln durchfuhr sie wie ein elektrischer Schlag.

Tristan stieß ein tiefes Grollen aus.

Krista beantwortete es.

Er pirschte sich einen Schritt näher an sie heran.

Sie blieb, wo sie war.

Er kam noch ein wenig näher. Dabei sah er sie unverwandt an. Während er sich ihr näherte, glaubte sie fast, einen dumpfen, gleichmäßigen Trommelrhythmus zu hören, der stetig intensiver wurde. Sie sahen einander fest in die Augen. Spannung lag in der Luft.

In diesem Augenblick war sie eine Löwin, und er war ein Löwe, mit goldenem, rauem Fell, das ihre muskulösen Körper bedeckte, riesigen Pfoten, scharfen Zähnen und leuchtenden, braungoldenen Augen.

Er kam noch näher. Sie hatte das Gefühl, dass etwas sie zu ihm hinzog, unmittelbar und elementar. Es war ein Urinstinkt, ein unmoralisches Angebot.

Er knurrte.

Sie knurrte.

Er richtete sich ein Stück weit auf in die Hocke, bereit, zuzuschlagen, bereit, sie sich zu nehmen, und sie wollte, dass er es tat, sehnte sich danach, dass er es tat. Er brüllte, im Begriff, sie zu küssen, sie zu verschlingen –

Krista schnellte nach vorn, in der Erwartung, auf Tristans Mund zu treffen, doch da war nur Luft. Tristan war aufgesprungen. »Oh Mann«, sagte er außer Atem. »Ich konnte das *wirklich* spüren.«

Beißende Enttäuschung durchzuckte sie. Doch überraschenderweise war da auch noch ein anderes Gefühl, das viel kraftvoller war … Befriedigung. Kreative Klarheit. Das Erfolgsgefühl, das sie durchflutete, war ebenso warm, ebenso bestätigend wie Applaus. »Ich auch«, gestand Krista. »Ich habe mich wirklich wie ein Löwe gefühlt.«

»Wenn wir das vor der Kamera umsetzen können, wird das für ein ordentliches Knistern zwischen Dream Girl und Zach sorgen.« Er grinste begeistert. »Hervorragende Technik, Lenka.«

»Dankeschön.« Krista erwiderte sein Grinsen.

Tristan blickte auf die Uhr seines Telefons. »Okay, ich muss zum Set, aber lass uns, wenn ich zurückkomme, doch mal die Hotdog-Szene probieren. Vielleicht können wir Affen sein.«

Krista nickte. »Unbedingt! Ja!«

Tristan legte ihr eine Hand auf die Schulter und drückte sie. Für eine wilde Sekunde dachte sie, er würde sie an sich ziehen und seinen Mund auf ihren pressen. Doch stattdessen lächelte Tristan sie nur an und eilte dann aus dem Wohnwagen.

Mit wackligen Knien sank Krista aufs Sofa, zitternd vor Glück. Es passierte. Zwischen ihnen knisterte es. Genau wie zwischen Dream Girl und Zach. Krista schloss die Augen. Sie stellte sich Tristans Mund auf ihrem vor, wie er sie sanft, zärtlich küsste, die Hände in ihrem Haar vergraben. Er trug einen schicken dunklen Smoking, sie ein langes, weißes Kleid. Und es war Krista und nicht Lenka, die Tristans Kuss erwiderte …

Krista riss die Augen auf.

Das war eine *Hochzeits*fantasie. Eine unerwünschte. Sie schlug sich mit der flachen Hand gegen die Schläfe. Tristan würde sich doch nicht in Lenka Penka *verlieben*. Und ganz sicher würde er sich auch nicht in Krista Kumar verlieben – er würde sie ja nicht einmal kennenlernen.

Krista holte tief Luft und stieß einen Seufzer aus. Nun hieß es wieder warten. Vielleicht gab es ja beim Catering noch Cupcakes. Doch ein Blick hinaus auf die stinknormale Welt jenseits von Tristans Wohnwagen ließ sie innehalten. Das Pretty war ihre Eintrittskarte in diesen Wohnwagen. Und seine Wirkung würde nicht ewig andauern. Und wenn man ein engagierter, vorausdenkender Erwachsener sein wollte, dann gehörte dazu auch, Ja zum Leben zu sagen, Gelegenheiten beim Schopf zu packen und nicht mehr loszulassen. Und Tristan hatte sie nicht gebeten zu gehen – nicht ausdrücklich.

Langsam zog Krista die Wohnwagentür wieder zu.

33

Der Schlüssel glitt mit trügerischer Leichtigkeit ins Schloss. Eigentlich hatte sie ihn nie haben wollen. »Für Notfälle«, hatte Mark damals gesagt und ihr das Metallstück mit seinen bronzefarbenen Zähnen in die Hand gedrückt. Sein Atem hatte nach Whisky gerochen; flüssige Courage für ein gewagtes Angebot. »Sicher ist sicher.«

Willow hatte ihn nie benutzt. Bis jetzt. Eigentlich hätte es viel schwieriger sein müssen. Doch der Schlüssel rutschte an seinen Platz wie ein Messer, das durch Seide schnitt.

Sie stand auf der Schwelle und nahm die Stille in sich auf. Hier klang das Stimmengewirr der Zehnten Straße gedämpft, wie ein kaum hörbarer Soundtrack. Durch die halb geöffneten Jalousien stahl sich das Nachmittagslicht.

Marks Wohnung.

Sie wusste, dass er nicht da war, hatte sich dieser Tatsache erst vor wenigen Minuten unten im Foyer versichert. Außerdem hatte sie bei seiner Arbeit angerufen und erfahren, dass Mr. Salzburg bis fünf Uhr in einem Meeting säße.

Sie war also allein.

Sie zog die Tür hinter sich zu. Das Schloss klickte träge, leise wie ein Kuss. Ihr Herz raste, sein Hämmern ein krasser Gegensatz zu der Stille, die sie umgab: ein Junggesellenbuden-Stillleben.

Ordentlich. Sauber. Bescheiden.

Genau wie Mark.

Genau wie ihr Freund Mark.

Sie schlenderte durch seine Wohnung, berührte sacht mit den Fingerspitzen die Lehne des Sofas, den Rand einer Lampe. Der Inhalt seines Kühlschranks war spärlich wie erwartet: ein Sixpack Sierra Nevada, matschiges Essen vom Chinesen, ein trauriges Glas Gurken. Das Geschirr war gespült, stand trocken im Abtropfgitter. Ein Teller, eine Schüssel, ein Wasserglas. Nichts Überraschendes.

Will ich denn überrascht werden?

Die schwarze Tasche voller Kameraausrüstungsteile stand unter Marks Bett. Ein Postproduktions-Studio hatte sie ihrem Vater als Geschenk geschickt. Er hatte ihr die Ausrüstung geschenkt, und sie hatte sie Mark geschenkt. Ihre eigentliche Kamera befand sich noch bei ihr zu Hause und war damit unerreichbar. Sie ging Matteo und Claire so gut wie möglich aus dem Weg.

Sie öffnete den Reißverschluss und entdeckte die Kamera, Objektive, sogar ein kleines Stativ. Mark würde nicht merken, dass die Sachen fehlten. Aber das war noch nicht alles. Sie suchte noch … etwas anderes.

Mit dem Zeh berührte sie ein Handtuch, das auf dem Badezimmerboden lag, noch immer ein wenig feucht. Sie betätigte die Toilettenspülung. Das plötzliche Rauschen des Wassers klang fast melodisch. Zurück im Wohnzimmer sah sie die Post durch, die sich auf dem Beistelltischchen neben der Tür angesammelt hatte. Eine Rechnung von Time Warner, im Voraus genehmigte Kreditkarten von der Citibank und ein Flyer für Barry's Bootcamp und dann … noch etwas.

Ihr Herz, das sich gerade wieder beruhigt hatte, hämmerte erneut wie wild los.

Unter dem Stapel Post lag ein Bierdeckel. Eine dicke, runde Pappscheibe, bedruckt mit einem Logo, der URL einer Website und einer Adresse. Rote Flecken waren darauf. Wie Blutstropfen. Oder Rotweinspritzer.

Ein Untersetzer vom Lenny's.

Sie drehte ihn um. Auf der Rückseite befand sich eine Zeichnung. Simpel skizziert, wahrscheinlich mit einem der Druckbleistifte, die Mark stets bei sich trug.

Es war eine Frau mit unglaublich großen Augen, einem unglaublich langen Hals, unglaublich verführerischen Lippen.

Caroline.

Ihre Brust hob und senkte sich schwer, und der erste Schock verwandelte sich langsam in etwas anderes, etwas Ansteckendes und Endgültiges, das sich in ihrem ganzen Körper ausbreitete. Als ihr klar wurde, dass die Zeichnung höchstwahrscheinlich vom Vorabend stammte, als sie mit Mark zusammengesessen und dabei drei Gläser Schiraz getrunken hatte, drang dieses Gefühl von ihrer Brust in ihre Gliedmaßen vor, erfüllte ihren Kopf mit einem dumpfen Grollen – ein furchterregendes, wundervolles Gefühl, als wäre sie dieser Untersetzer, der alles absorbierte, befleckt wurde, immer schwerer wurde.

Lass dich auf die Unsicherheit ein.

Und dann setzte sie sich in Bewegung.

Hastig öffnete sie die Tasche, die noch immer auf Marks Bett stand, schraubte ein Objektiv auf, positionierte das Stativ. Schnell, um den Augenblick nicht zu verpassen.

Sie verpasste ihn nicht.

Denn als Meredith weniger als eine Stunde später eine E-Mail öffnete, krampfte sich der Brustkorb der Kuratorin zusammen. Die E-Mail enthielt keine Worte, sondern lediglich zwölf Schwarzweißporträts. Caroline, deren Gesicht ein perfektes Meer des Leides war. Caroline, der eine einzige Träne die Wange hinabrann. Caroline, deren Lippen zu einem lautlosen Schluchzen geöffnet waren.

Die Bilder zeigten die Agonie der Jugend, die Ekstase der Schönheit, und während sich diese Worte in Merediths Kopf formten, wusste sie, dass sie etwas entdeckt hatte. Wahrhaftig etwas entdeckt hatte.

Merediths E-Mail, mit der sie auf Willows antwortete, bestand nur aus einem einzigen Wort.

»Brillant.«

34

Die Erregung, die sie dabei empfand, sich in Tristan McKells Wohnwagen aufzuhalten, wollte einfach nicht verebben. Obwohl es dort eigentlich aussah wie in einem nicht besonders schönen Hotelzimmer, besaß er eine gewisse Aura. Krista konnte sie spüren. Außerdem konnten sie, wenn Tristan wieder zurückkäme, so tun, als wären sie Affen – Tiere, die in Sachen Sex eine erfrischend liberale Einstellung an den Tag legten.

Sie zog die Beine unter sich, kuschelte sich in das Sofa, ließ sich fallen. In ihre Fantasie stahl sich wieder Tristans Gesicht, sein perfektes, leicht stoppeliges Gesicht. Starke Schultern, die im Anzug hervorragend aussahen, und da war er auch schon, eifrig lächelnd, unter einem Bogen aus roten Rosen, in der Hand einen Ring mit einem Diamanten von der Größe eines Golfballs … Krista zuckte zusammen und riss erschrocken die Augen auf. *Nein*, wies sie sich selbst zurecht. *Keine Hochzeit. Sex. Nur Sex.*

Sie schloss wieder die Augen, in der festen Absicht, nur noch schmutzige Fantasien zuzulassen. Sie stellte sich Tristan vor, wie er sie auf ein großes Bett warf und sich dann, elegant wie ein Stripper, die Hose herunterriss. Tristan, der sie mit seinen athletischen Armen an sich zog. Ein heißer Funken zischte durch ihren Körper, entfachte ein kleines Feuerwerk in ihrer Klitoris. Sie schob die Finger unter das Gummiband ihrer Unterwäsche. Sie konnte masturbieren. In Tristans Wohnwagen. Wie verdorben. Wie erregend.

Tristan, der sie, strahlend wie ein Gott, von hinten nahm. Tristan, das Gesicht tief in ihrer Muschi vergraben, während sie seinen Mund ritt wie ein preisgekrönter Jockey. Tristan, der gefesselt und hilflos vor ihr lag und es in vollen Zügen genoss. Tristan, Tristan, *Tristan*!

Sie merkte selbst kaum, wie sie nach der Tween-King-Trophäe griff. Ihre Geilheit umhüllte sie wie ein heißer Schleier, weckte in ihr das unstillbare Verlangen, von *irgendetwas penetriert zu werden*.

Als der glatte, goldene Kopf in sie glitt, stöhnte sie auf. Er hatte die ideale Größe, und schon erschien Tristan wieder in ihre Fantasie, kristallklar und mit Surround-Sound. Tristan, der es regnen ließ, während sie in einem nuttigen Stripperinnen-Outfit um eine Stange herumwirbelte. Tristan, der sie fesselte und ihr wie einem unartigen Schulmädchen den Hintern versohlte. Tristan, auf ihr, mit bebendem Bizeps, während er in sie stieß, wieder und wieder und wieder, der gleich kommen würde, dem Höhepunkt so nah, fast da, ja, ja, *ja* –

»Oh mein Gott!«

Eine männliche Stimme – die jedoch nicht aus ihren Fantasien stammte. Krista riss die Augen auf.

Damian und eine junge Assistentin standen wie angewurzelt und mit völlig entgeisterten Mienen in der geöffneten Tür des Wohnwagens. Krista zog, verschwitzt und noch immer etwas weggetreten, die Trophäe zwischen ihren Beinen hervor.

Die Assistentin ächzte. Damian gab ein würgendes Geräusch von sich.

»Ich habe nur … darauf gewartet, dass Tristan zurückkommt.« Hastig bemühte sie sich, ihre Unterwäsche wieder nach oben und den Rock herunterzuziehen.

Als Damian schließlich etwas sagte, klangen seine Worte gedehnt und fassungslos. »Du hast Tristans Tween-King-Trophäe gevögelt.«

Krista blickte hinunter auf die-Trophäe-Schrägstrich-den-Dildo in ihrer Hand, der im Schein der Deckenbeleuchtung feucht glänzte. »Schon. Aber sie hat mich zuerst angebaggert.« Sie lachte lahm.

Niemand lachte mit ihr. Die beiden Assistenten wechselten entsetzte Blicke. Damian sagte mit quäkiger Stimme: »Lenka, warum kommst du nicht mit mir? Wir müssen dich von hier wegbringen.«

»Ich wasche sie ab«, bot Krista an, doch Damian hob sofort protestierend die Hand.

»Gib sie, oh Gott, gib sie mir einfach.«

Krista tat es.

Mit gesenktem Kopf ließ sie sich von den beiden Assistenten vom Wohnwagen wegführen.

Sie hatte sich kein bisschen verhalten wie eine vorausdenkende Erwachsene, die Ja zum Leben sagt.

Sie hatte sich verhalten wie eine komplett durchgeknallte Irre.

35

Entscheiden zu müssen, was sie zu einem richtigen Date mit Velma Wolff anziehen sollte, trieb Evie in einen minderschweren Nervenzusammenbruch. Der Fußboden ihres Zimmers hatte sich in ein Meer aus verworfenen Optionen verwandelt. Selbstverständlich war es ausgeschlossen, dass mit Velma etwas laufen würde. Also, etwas richtig Ernsthaftes laufen würde. Chloe war eine Hochstaplerin. Eine Spionin. Eine Doppelagentin mit begrenzter Lebensspanne. Doch das bedeutete noch lange nicht, dass sie nicht aufgeregt war. Und neugierig. Könnte sie, Evie Selby, sich bei einem Date mit einer waschechten Berühmtheit behaupten?

Sie hatte keine Ahnung, nur eins wusste sie genau: Sie war spät dran. Der Dreh der »Feministische Actionheldin«-Story hatte länger gedauert als geplant. Kelly hatte sich zu ihrer Überraschung sehr unterstützend verhalten und sie für geschlagene zehn Minuten darüber sprechen lassen, dass die Literatur für junge Erwachsene eine Hochburg von und für Frauen geschaffener Heldinnen war, weit entfernt von den sexualisierten Heldinnen in patriarchalisch geprägten Superheldenfilmen, und noch über eine ganze Reihe anderer, prägnanter Punkte, die ihr allerdings gerade nicht mehr einfielen, weil sie *absolut nichts anzuziehen hatte*. Nicht nur das, auch um ihre Ponysträhnen musste sie sich noch kümmern. Sie waren gerade so lang, dass sie sie an den Wimpern kitzelten. Das sah zwar indierockmäßig und auf jeden Fall sexy aus, aber verdammt noch mal, sie fingen langsam an zu nerven. Hätte Evie sich ihre Pretty-Form aussuchen dürfen, hätte sie sich schon allein aus praktischen Gründen gegen Ponysträhnen entschieden.

Das Telefon klingelte. Sie ging davon aus, dass es Krista war, die schon den ganzen Nachmittag Textnachrichten bezüglich eines »ernsthaften Schauspiel-Notfalls« schickte. Doch die Nummer auf dem Display kannte sie nicht. Das Restaurant vielleicht? Oder jemand von *Extra Salt*? »Hallo, hier spricht –« Moment, vorsichtig … »Ich bin's.«

»Hallo mein Liebling. Ich hatte so ein Gefühl, dass du drangehen würdest.«

»Mom.« Ihre Stimme kiekste vor Überraschung. Evie überprüfte noch einmal das Display. »Ich habe dich gar nicht erkannt. Was für eine Nummer ist das?«

»Die neue Festnetznummer. Ich weiß, Festnetz. Deine Mutter ist altmodisch.«

»Oh stimmt. Ja. Du hattest so etwas erwähnt.« Evie sah sich in ihrem Zimmer um, mit dem Gefühl, gerade etwas verlegt zu haben, ohne sich daran erinnern zu können, es aus der Hand gelegt zu haben. »Wie geht es dir? Wie … läuft es so?«

»Nun, ich will für den Rest meines Lebens jedenfalls keine Umzugskisten mehr sehen. So viel ist sicher.«

»Lebst du dich gut ein?« Die Journalistin in ihr flüsterte, dass sie die gleiche Frage gerade schon einmal gestellt hatte, doch sie war zu sehr durch den Wind, um klar denken zu können. Sie sank auf eine Ecke ihres Bettes und versuchte, sich daran zu erinnern, wann genau ihre Mutter umgezogen war.

»Das tue ich.« Ihre Mutter atmete tief und zufrieden durch. »Die Luft ist so frisch. Ich kann schon spüren, wie die Giftstoffe aus meiner Haut sickern.«

Das meinte ihre Mutter wörtlich: In den vergangenen sechzehn Jahren hatte sie im edelsten Frisörsalon ihres Wohnviertels gearbeitet (wo ein Frauenhaarschnitt allerdings trotzdem nur fünfundvierzig Dollar gekostet hatte). »Das kann ich mir vorstellen.« Evie hörte den angenehm unmelodischen Klang mehrerer Windspiele. Sie versuchte, sich ihre Mutter Tina vorzustellen, wie sie den Sonnenuntergang über den Adirondack Mountains beobachtete, doch das Bild war verschwommen. Ging ihr Ausblick nach Osten oder Westen hinaus? Hatte sie sich das graue Haar zu einem Knoten gebunden, oder hing es ihr locker über die Schultern? Sie konnte immer noch nicht recht fassen, dass ihre Mutter den viel diskutierten Traum davon, die Vorstadt zu verlassen und in ein Städtchen in den Bergen zu ziehen, tatsächlich verwirklicht hatte.

»Du musst mal zu Besuch kommen. Es wird dir hier sehr gut gefallen. Jeden Sonntag ist Bauernmarkt. Ich überlege, ob ich dort nicht meine Marmelade verkaufen soll.«

Die Aussicht, New York zu verlassen, holte Evie schlagartig in die Gegenwart zurück. »Das würde ich gern. Aber im Moment nicht. Gerade ist … so viel zu tun.« Evie verrenkte sich vor dem Spiegel, um einen Blick auf ihren Po werfen zu können.

»Dann eben demnächst. Du klingst ein wenig … verschnupft. Bist du erkältet?«

»Ähm, ja, ich glaube, ich habe mir etwas eingefangen.« An der Po-Front war alles bestens.

»Hast du Echinacea eingenommen? Du hast doch noch diese Rescue-Remedy-Tropfen?«

Das Wort *Remedy* jagte Evie jedes Mal, wenn sie es hörte, einen Schauer über den Rücken. Remedy Dashall war die Kaugummiblasen knallende, mit den Haaren schwingende Bienenkönigin von Evies Jahrgang gewesen. Evie war nicht zu ihrem

Abschlussball gegangen. Doch Evies Mutter hatte Remedy und all ihren kleinen Arbeitsbienchen für den großen Abend die Haare frisiert. Evie war sich sicher, dass Remedy ihr damit nur eins hatte auswischen wollen. Sich vorzustellen, wie Remedy, mit Folien in den Haaren, ihre Mutter herumkommandiert hatte, war einfach furchtbar.

Evie gab einen verhaltenen Laut von sich. »Ich kann jetzt nicht reden. Ich habe eine Verabredung.«

»Wirklich? Mit wem?«

Natürlich hätte Evie ihr nur allzu gerne die Wahrheit gesagt – dass *die* Velma Wolff Blumen geschickt und für sie beide zum Abendessen einen Tisch im Whitewood reserviert hatte, einem schicken Restaurant in Tribeca, das zum Teil Jeff Goldblum gehörte. Doch das hätte zu viele Fragen nach sich gezogen. »Online-Date. Ich habe sie noch nicht kennengelernt.«

»Herzchen, ich bin so froh, dass du dich noch immer mit Frauen triffst. Lesbianismus ist die ultimative Ausdrucksform der weiblichen Energie, die wir brauchen, um diese Erde zu heilen.«

»Genau aus diesem Grund tue ich es«, erwiderte Evie trocken, woraufhin sie beide kicherten. »Tut mir leid, aber ich kann jetzt gerade wirklich nicht reden. Ich bin spät dran.«

»Aber wir haben uns schon seit Wochen nicht mehr unterhalten.« Ihre Mutter klang enttäuscht, woraufhin Evie sofort gegen Schuldgefühle ankämpfen musste.

»Ich weiß, aber ich werde im Restaurant erwartet in genau« – sie spähte auf ihr Telefon: 19:40 Uhr – »zwanzig Minuten! Verdammt, ich habe noch nicht mal mit meinem Make-up angefangen.«

»Ach Liebling, du brauchst doch kein Make-up.« Vollkommen aufrichtig fügte sie hinzu: »Du bist auch so wunderschön.«

Evie, die sich gerade die Haare hatte richten wollen, erstarrte mitten in der Bewegung. Das war normalerweise das Stichwort für sie, die Augen zu verdrehen und zu murmeln: »Nein, bin ich nicht« oder »Ein Gesicht, das nur eine Mutter lieben kann«. Doch als sie im Spiegel Augenkontakt mit Chloe aufnahm – eine lebensgroße Puppe, die mitten in ihrem Zimmer saß –, bekam sie lediglich ein »Dankeschön, Mom« heraus.

»Hab dich lieb.«

»Hab dich auch lieb. Bis bald.«

36

Die übrigen Vorbereitungen für das Date erledigte sie im Schnellverfahren. Ihr Make-up musste Evie im Taxi vollenden. Marcello sagte immer, der Trick liege darin, sanfte Übergänge zu schaffen. Sie versuchte, das sachte Reiben seiner Fingerspitzen zu imitieren, in der Hoffnung, dass das Endergebnis sexy und nicht wie ein blaues Auge aussehen würde.

Sie erreichte das Whitewood mit zehnminütiger Verspätung. Der Eingang lag diskret in einer Seitengasse verborgen. Kein Name an der Front, nur eine schwere Eisentür. Sie öffnete sie und betrat eines der schönsten Restaurants, das sie jemals gesehen hatte. Auf dem glänzenden Holzfußboden standen verstreut nur etwa ein Dutzend Tische. Sie waren mit cremefarbenen Tischdecken und viereckigen Vasen dekoriert, in denen weiße Rosen standen. Üppig grüne Pflanzen wucherten kunstvoll arrangiert von den Wänden herab und zwischen den Tischen, wo sie eine Art Sichtschirm bildeten. Das Licht der unauffälligen Wandleuchter war gedämpft, romantisch. Alles – vom schweren Silberbesteck bis zu den großformatigen, schwarz-weißen Gemälden an den Wänden – sah kostspielig aus.

Sie erklärte der Empfangsdame – einer schwanengleichen, dunkelhäutigen Frau in einem wunderschönen gelben Kleid –, dass sie unter dem Namen Velma Wolff reserviert hätte. Die

Empfangsdame informierte Evie, dass Ms. Wolff bisher noch nicht eingetroffen sei, und fragte sie höflich, ob sie zwischenzeitlich nicht an der Bar Platz nehmen wolle.

Ein lächelnder Barkeeper in einem makellosen, weißen Hemd und mit einer Fliege um den Hals stellte ihr ein großes Glas Wasser hin. Als er sich erkundigte, ob sie die Weinkarte sehen wolle, nickte sie etwas zu energisch. Ein bisschen Alkohol, um ihre Nerven zu beruhigen. Ein paar Minuten, um den Stress der hektischen Fahrt durch die Stadt abzuschütteln.

Das billigste Glas Wein kostete vierzehn Dollar. *Vierzehn Dollar*. Das war mehr, als sie sonst für eine ganze Flasche auszugeben pflegte. *Was soll's*, dachte sie grimmig. *Man muss mit den Wölfen heulen*. Sie bestellte, doch als sie ihre (beschämend schäbige) Geldbörse zückte, hob der Barkeeper vornehm die Hand. »Das schreiben wir auf den Tisch.«

»Oh. Natürlich.« Evie versuchte, es so klingen zu lassen, als sei ihr diese Tatsache nur kurz entfallen.

Sie saß da. Und wartete.

Fünf Minuten verstrichen.

Dann zehn.

Die Gelegenheit, sich zu entspannen, verwandelte sich in eine Gelegenheit, sich Sorgen zu machen. Velma hatte ihre Handynummer auf die Karte geschrieben, die den Blumen beigelegen hatte. Zuvor hatte Evie ihr noch eine Mitteilung geschickt, um die Verabredung zu bestätigen. Velma hatte zurückgeschrieben: Ich treffe dich dann dort. Seitdem war keine neue Nachricht mehr eingetroffen, die ihre Abwesenheit erklärt hätte.

Um halb neun erwog sie ernsthaft, zu gehen. Sie hatte anderthalb Gläser Wein intus. Wenn sie jetzt noch ein drittes bestellte, wäre sie bereits vor der Vorspeise betrunken. Anrufen oder eine Mitteilung schicken wollte sie auch nicht – das schien ihr zu verzweifelt. Sie hatte das richtige Restaurant und die richtige Uhrzeit. Sie würde gehen. Sie würde die Rechnung selbst übernehmen und einfach gehen. Schließlich war sie Chloe Fontaine, und eine halbe Stunde zu spät zu kommen, das war absolut und vollkommen –

»Hi.«

Eine männliche Stimme. Gedämpft und samtig.

Es war Jeff Goldblum.

Ihr Mund war wie ausgetrocknet. Sie bekam kein Wort heraus.

»Es tut mir leid, Sie zu belästigen, ich wollte nur Hallo sagen.« Er trug eine elegante, rahmenlose Brille. Sein Blick war angenehm und freundlich. Sein Mund war so weich wie Hotelkissen.

»Zu mir?« Evie wünschte sich inständig, es klänge nicht so erschrocken-Schrägstrich-verblüfft.

Jeff Goldblum lachte leise und streckte ihr die Hand hin. »Ich bin Jeff.«

»Ev- Chloe.« Sie bremste sich gerade noch rechtzeitig. Er hielt ihre Hand ein wenig länger als nötig fest, woraufhin sie errötete.

Jeff Goldblum nickte in Richtung ihres halbleeren Weinglases. »Möchten Sie noch ein Glas Rosé?«

»Sicher«, presste Evie hervor. »Ja, bitte.«

Jeff Goldblum, auch bekannt als der erotischste Chaostheoretiker in der Geschichte der Monsterfilme, nickte dem Barkeeper zu. »Ich kam nicht umhin, zu bemerken, dass Sie bereits fast eine halbe Stunde hier sitzen.« Er lehnte sich neben ihr an die Bar. Nur fünfzehn Zentimeter lagen zwischen ihr und Jeff Goldblum. »Warten Sie auf jemanden?«

»Ja. Sie kommen zu spät.«

»Eine halbe Stunde ist zu viel, so lange lässt man eine schöne Frau nicht warten.« Er legte sacht die Hand auf die Bar, nur wenige Zentimeter von ihrer entfernt. Seine Fingernägel waren unglaublich. »Darf ich es wagen, Sie zu fragen, ob Sie vielleicht mit mir essen würden?«

Jeff Goldblum lud sie zum Abendessen ein. Ihr Kopf drehte sich wie ein Karussell, doch bevor sie Gelegenheit bekam, eine Antwort zu formulieren, hörte sie jemanden knurren: »Goldblum.«

Es war Velma. Sie hatte die Hände lässig in die Hosentaschen gesteckt und funkelte gutmütig den Mann an, der neben Evie stand. »Baggerst du etwa meine Verabredung an?«

Jeff Goldblum blickte zuerst zu Velma, dann zu Evie, dann wieder zurück zu Velma und begriff offensichtlich. Er grinste. »Velma, du alte Schlampe. Wie geht es dir?«

Wenige Minuten später wurde Evie ehrerbietig zu ihrem Platz an einem der besseren Tische des Whitewood geführt, von einem höchst attraktiven Kellner, der locker als Unterwäschemodel durchgegangen wäre.

»Wir hätten gern eine Flasche von dem Lancaster Estate Cabernet Sauvignon«, sagte Velma zu ihm.

»Hervorragende Wahl.« Das Unterwäschemodel lächelte.

Evie mochte Rotwein nicht besonders, und außerdem kam es ihr etwas merkwürdig vor, dass Velma ihn bestellt hatte, bevor Evie sich überhaupt richtig hingesetzt hatte, aber allein die Tatsache, dass Velma dazu nicht einmal auf die Weinkarte hatte blicken müssen, war so beeindruckend, dass Evie beschloss, nicht weiter darüber nachzudenken. Für einige Augenblicke waren sie damit beschäftigt, sich die Servietten auf den Schoß zu legen, die bequemsten Sitzpositionen zu finden. Sie lächelten einander befangen an, als würden sie noch auf eine dritte

Person warten, die sich verspätete. Velma wies auf Evies Kleid. »Du siehst wunderschön aus.«

Um ein Haar hätte Evie geantwortet »Du ebenfalls«, doch sie bremste sich, um nicht unterwürfig zu erscheinen. »Vielen Dank.«

Eine Pause entstand.

Eine peinliche Pause.

Evie sah sich suchend um, in der Hoffnung, ihren Kellner zu entdecken, der sich mit der Speisekarte oder Wasser oder irgendetwas anderem, mit dem sie beide sich beschäftigen könnten, auf dem Weg zu ihnen befand, doch er war spurlos verschwunden. *Sag etwas!* Ihr Hirn brüllte sie an. *Irgendwas, sag irgendwas!*

»Ich habe mich im Taxi geschminkt –«, platzte Evie heraus, im selben Augenblick, in dem Velma sagte: »Das ist ein hübsches Kleid.«

»Wie bitte?«, fragte Velma nach.

»Nichts.« Evie schüttelte schnell den Kopf.

Velma lachte leise in sich hinein und legte beide Hände flach auf den Tisch. »Es tut mir leid«, sagte sie und sah Evie dabei direkt in die Augen. »Ich bin nervös.«

Evie starrte sie verdattert an.

»Erste Verabredungen mit mir sind immer grässlich«, fuhr Velma fort. »Ich weiß auch nicht, woran das liegt, aber beim ersten Date stelle ich mich nie gut an.«

»Ich habe fünfmal das Kleid gewechselt«, gestand Evie.

Nun schien Velma überrascht. »Tatsächlich?«

Evie nickte. »Ich bin so aufgeregt, dass ich das Gefühl habe, mich gleich übergeben zu müssen.«

»Tu dir keinen Zwang an. Dann hätten wir wenigstens etwas, worüber wir uns unterhalten könnten.«

Evie lachte.

Der Kellner erschien wieder, mit einer Flasche Wein und zwei ledergebundenen Speisekarten.

»Gott sei Dank«, stieß Velma theatralisch hervor, woraufhin Evie wieder kichern musste.

Zwei Gläser mit dunklem Wein wurden vor sie auf den Tisch gestellt. Velma hob ihres zum Toast. »Auf erste Verabredungen. Auf dass wir so wenige erleben wie nur möglich.«

Evie lächelte. Sie sah sie beide, als stünde sie am anderen Ende des Raumes: zwei Frauen, eine davon berühmt, beide wunderschön, die mit bauchigen Gläsern mit fraglos hochpreisigem Wein anstießen. Dieses Bild ließ sie wohlig erschauern. Hätte doch nur Remedy Dashall sie jetzt sehen können. »Prost.«

Sie stießen an. Es klang, als würde eine Glocke ertönen. Der Wein schmeckte nach Brombeeren und dunkler Schokolade.

»Also, erzähl mir mehr über *Extra Salt*«, bat Velma aufrichtig interessiert. »Ist das eine Fernsehsendung?«

»Eine Webserie. Ich wurde erst letzte Woche als Moderatorin gecastet. Du warst mein erstes Interview.«

Das schien Velma zu überraschen. »Ich finde, du hast dich richtig gut geschlagen. Viel besser als die meisten.«

»Ach, wirklich?«, fragte Evie. Sie verschränkte die Finger und stützte das Kinn darauf. Diese affektierte Geste kam ihr sehr kokett vor, passte nicht ganz zu ihr. »Erzähl mir mehr.«

Velma berichtete Evie vom schlimmsten Interview, das sie jemals geführt hatte – mit einer britischen College-Zeitung, deren Buchredakteur Velma verabscheute und sie als »den Teufel in Menschengestalt, jedoch weitaus weniger charmant« titulierte. Evie kicherte, atemlos, nicht ganz bei sich. *Velma Wolff bringt mich zum Lachen. Sie sitzt direkt vor mir. Sie sieht mich direkt an!*

Als der Kellner zurückkehrte, um ihre Bestellung aufzunehmen, hatte keine von ihnen die Speisekarte auch nur aufgeschlagen. Velma teilte ihm mit, dass sie noch ein wenig Zeit bräuchten.

»Bist du hier in New York aufs College gegangen?«, erkundigte sich Velma.

»New York State. Sarah Lawrence.« Mit einem Teilstipendium, aber das zu erwähnen, schien ihr zu angeberisch.

»Und dein Hauptfach war …?«

»Ein kulturelles Klischee.« Evie lächelte reizend. »Nebenfach Journalismus, Hauptfach Geschlechter-, Sexuelle und Feministische Forschung.«

Velma lächelte amüsiert. »Und was fandest du daran anziehend?«

Velmas gedehnte Aussprache des Wortes »anziehend« machte Evie ganz kribbelig. Es gab für sie niemanden mehr im Restaurant, in der ganzen Stadt, auf dem Planeten, außer der Frau, die ihr gegenübersaß. »Höchstwahrscheinlich eine ganze Reihe komplexer sozio-politisch-ökonomischer Faktoren. Aber ausschlaggebend war Nenn-mich-Charlie.«

»Wie bitte?«

Evie rutschte auf ihrem Stuhl nach hinten. »Okay. Ich bin in der zehnten Klasse, und die meiste Zeit langweile ich mich in der Vorstadt von Chicago zu Tode. Da, wo ich wohne, betrachtet man Olive Garden als gehobene Küche, und ein Augenbrauen-Piercing hat die gleiche kulturelle Bedeutung wie ein Hakenkreuz.« Velma lachte, und Evie legte eine kurze Pause ein, um einen Schluck Wein zu trinken. »Eines Tages komme ich in die Schule und stelle fest, dass unser karbonitgefrorener Geschichtslehrer Mr. Dillard unerklärlicherweise verschwunden ist und wir eine Vertretungslehrerin haben.«

»Nenn-mich-Charlie?«

»Ganz genau. Nenn-mich-Charlie hat rotgefärbte Haare, trägt fünf Ohrringe in jedem Ohr und Doc-Martens-Stiefel. Als wir in den Klassenraum kommen, sitzt sie *im Schneidersitz* auf Dillards Tisch.«

»Wow.«

»Ganz sicher war sie die krasseste Frau, die wir alle jemals getroffen hatten. Und zu meinem Glück hatte sie ausgerechnet in der Frauengeschichtswoche Vertretung. Wir behandelten die Geschichte der Suffragetten, die erste, zweite und dritte Welle des Feminismus, die Werke von Germaine Greer, bell hooks und Naomi Wolf. Ich kann mich noch erinnern, wie leidenschaftlich und mutig sie diese Themen anging.« Evie schüttelte den Kopf. »Mir ist von dieser einen Woche mehr im Gedächtnis geblieben als von einem ganzen Jahr normalen Unterrichts. Ich glaube, wir hatten alle entweder furchtbare Angst vor ihr oder vergötterten sie. Vielleicht auch beides.«

»Wie cool.«

»Gab es für dich auch solch eine Person? Jemanden in der Schule, der dir eine neue Perspektive eröffnet hat?«

Velma lehnte sich auf ihrem Stuhl zurück. Ihr Lächeln wurde komplex, fast schüchtern. Evie spürte, dass sie eine Art unsichtbare Grenze überschritten hatte. »Und deshalb hast du dich für die Frauenforschung entschieden?«

Evie überlegte kurz. »Höchstwahrscheinlich habe ich mich aus diesem Grund gleich dem Women's Action Collective angeschlossen. Ich assoziierte mit Feminismus diese sehr coole, krasse Sache, auf die coole, krasse Frauen stehen. Und, zumindest an meinem College, erwies sich das am Ende auch als zutreffend. Ich meine, wahrscheinlich haben wir mehr Zeit mit Trinken und Karaoke und miteinander herummachen verbracht als mit echtem Aktivismus, aber trotzdem hat es Spaß gemacht.« Evie rollte den Stiel ihres Weinglases zwischen den Fingern, lächelnd in Erinnerungen versunken: verschwommene, nach Gras riechende, bis-vier-Uhr-morgens-wach-um-die-Revolution-zu-planen-Erinnerungen. »Sie wurden mein Freundeskreis, und alle von ihnen hatten Frauenforschung als Haupt-oder Nebenfach belegt. So verstand sich meine Studienwahl quasi von selbst.«

»Und Journalismus?«

»Nun, mein Onkel ist Radiojournalist. Wahrscheinlich lag es mir also im Blut. Onkel Mike. Er ist ebenfalls schwul. Das scheint also auch in der Familie zu liegen.«

Velma hob die Mundwinkel zu einem Lächeln und zog die Augenbrauen zusammen. »Interessant.«

Evie schlug die Augen nieder und hatte das Gefühl, zu glühen. Velma Wolff fand sie interessant. Evie war kein so unsicherer Mensch, dass sie gedacht hätte, sie sei es nicht – Journalismus und grundlegendes Selbstwertgefühl hatten sie gelehrt, dass jeder eine Geschichte hatte –, aber trotzdem … Velma Wolff fand sie interessant. Es gab noch so viel mehr, was sie ihr erzählen wollte: wie sie nach einem kurzen Abstecher zu einer Studentenzeitung der Ansicht gewesen war, es wäre kinderleicht, die Medienwelt zu erobern, und wie sie später zu der niederschmetternden Erkenntnis gelangt war, dass das eben doch nicht stimmte; dass ihr Sommerpraktikum bei *Salty* nur ein Mittel zum Zweck gewesen war, um überhaupt irgendeinen Job im Königreich von Heimert-Schwartz zu ergattern, und wie schlimm das ins Auge gegangen war; wie ihr Onkel sich im Alter von vierzig Jahren als schwul geoutet hatte und daraufhin von ihren Großeltern verstoßen worden war, ihre Mutter sich jedoch geweigert hatte, ihren Bruder nicht mehr zu lieben – doch ehe sie dazu Gelegenheit bekam, kehrte der Kellner zum zweiten Mal zurück.

»Es tut mir leid«, entschuldigte sich Velma ohne eine Spur von Bedauern. »Wir suchen jetzt etwas aus, versprochen.« Der Kellner bat sie lächelnd, sich Zeit zu lassen.

Evie blickte in die Karte, ohne sie zu lesen. *Lief es gut? Ja. Oder nicht?* Sie spähte verstohlen zu Velma hinüber. Beim Studieren der Karte spielte ein leichtes Lächeln um die Lippen der Schriftstellerin. Evie wandte den Blick wieder ab, noch immer von dem Gefühl beseelt, zu leuchten.

»Ich glaube, ich nehme die Ente«, verkündete Velma.

Evie schlug ihre Speisekarte zu. »Genau das Gleiche habe ich auch gedacht.«

Nachdem der Kellner ihre Bestellung aufgenommen hatte – zweimal Ente und einen Salat des Hauses zum Teilen –, ging ihre Unterhaltung weiter, jedoch nicht mehr so unverkrampft wie noch zuvor. Bei allem, was sie sagten, schwang eine unterschwellige Dringlichkeit mit. Die Neckereien blieben oberflächlich und glichen in ihrer Dynamik weniger Ebbe und Flut, sondern eher Blitzeinschlägen. Sie landeten, von Hast getrieben, bei ihrem Gespräch immer wieder in Kaninchenlöchern und wussten nicht mehr, wie sie dort hingekommen waren. Evie wiederholte sich zweimal. Velma ließ ihre Gabel fallen. Sie waren beide gleichermaßen aufgeregt und nervös, was Gelächter heraufbeschwor, das zu laut war, und Pausen, die erschreckend lang gerieten. Von dem verzweifelten Wunsch getrieben, das Adrenalin, durch das sich ihre Muskeln verkrampften, zurückzudrängen, griff Evie immer wieder nach dem Weinglas, das der Kellner mit der Anmut eines Zauberers kontinuierlich nachfüllte. Die Flasche war leer, bevor der Hauptgang gebracht wurde, und so bestellten sie eine neue. Als der Kellner sie entkorkte, erkundigte sich Velma bei Evie, ob sie Geschwister habe. Evie stützte stöhnend den Kopf in die Hand. »Geschwister? Oh Gott, sind wir jetzt schon bei solchen

Themen?« Eine leise Stimme in ihrem Hinterkopf warnte sie, dass sie sich unhöflich verhielt. Sie wurde langsam betrunken. Sie befahl der Stimme, die Klappe zu halten.

»Es interessiert mich!«, protestierte Velma. »Ich möchte wissen, ob ich es hier mit dem Nesthäkchen der Familie oder einem klassischen Einzelkind zu tun habe.«

Evie schlürfte etwas von ihrem Wein. »Ich habe eine Schwester.« Die Worte kamen ihr so automatisch von den Lippen, dass sie sich fast wie die Wahrheit anfühlten. »Evie.«

»Evie«, wiederholte Velma. »Hübscher Name.« Merkwürdigerweise verspürte Evie einen Anflug von Eifersucht – Chloe hatte Velma bezüglich *ihres* Namens kein Kompliment gemacht –, doch ehe sie das Gefühl entwirren konnte, beugte sich Velma vor und bat: »Erzähl mir von ihr.«

»Okay.« Evie lehnte sich zurück, lockerte sich die Haare mit leicht tauben Fingern. »Sie ist dreiundzwanzig –«

»Wie alt bist du?«

»Fünfundzwanzig«, antwortete Evie.

Velma zuckte kurz, entweder aus Erleichterung oder aus Besorgnis.

»Sie arbeitet bei einem Magazin als Korrektorin«, fuhr Evie fort. »Sie ist sehr verantwortungsbewusst. Sie ist ein gutes Mädchen.« Sie verdrehte die Augen.

»Ein gutes Mädchen?«

»Direkt nach dem College wurde ihr in der Firma, in der sie vorab ein Praktikum absolviert hatte, ein Job angeboten. Sie hat ihn sofort angenommen.« Evie konnte sich noch an dieses verzweifelte Gefühl erinnern, daran, wie begierig sie auf die Position auf der untersten hierarchischen Stufe gewesen war. »Sie war eines dieser Mädchen, die so tun, als wäre unbeliebt zu sein ihre eigene, aus Rebellion getroffene Entscheidung, obwohl sie in Wirklichkeit keinerlei Einfluss darauf haben.«

»Warst du beliebt?«

Evie gab sich zurückhaltend. Selbstverständlich wäre Chloe beliebt gewesen. Beliebt und einflussreich und als Date heiß begehrt. »Für mich lief es ganz gut.«

»Was gibt es sonst noch zu erzählen?«

»Sie ist ein ziemlicher Snob.«

»Wieso?«

»Sie hält sich für klüger als alle anderen.«

»Stimmt das denn?«

Evie zuckte mit den Schultern. »Ich weiß es nicht. Vielleicht. Sie hat einen Blog. *Achtung, bissig*. Er ist nicht schlecht. Sie liebt dich«, fügte sie mit gesenkter Stimme hinzu. »Du bist ihre Lieblingsautorin.«

»Dann hat sie also einen guten Geschmack.« Velma klang, als ob sie das nur halb im Spaß meinte.

»Oh, in solchen Dingen hat sie wirklich einen guten Geschmack.« Objektiv betrachtet stimmte das tatsächlich. »In Sachen Beziehungen dagegen nicht so sehr. Sie war noch nie verliebt.«

»Und du?«

»Was ist mit mir?«

Velma ließ ihren Blick langsam über Evies Gesicht wandern. »Warst du schon einmal verliebt?«

Hitze schoss mit unerwarteter Heftigkeit in Evies Wangen. Trotzdem unterbrach sie den Blickkontakt mit Velma nicht. »Nein.«

»Meine Damen.« Es war der Kellner, mit zwei Tellern so groß wie Autoreifen. Das Essen war da.

Evie hatte schon seit Jahren keine Ente mehr gegessen. Hätte sie die Speisekarte tatsächlich gelesen, hätte sie sie niemals gewählt. Doch als sie nun in das zarte, pinkfarbene Fleisch biss, war sie froh, es getan zu haben. Sie teilte mit Velma eine identische Sinneserfahrung. Ihre vegetarische Lebensweise schien ihr auf einmal weit entfernt, wie eine alberne Idee angesichts dessen, dass sie beide sich genüsslich seufzend darüber austauschten, wie perfekt der Koch das Essen zubereitet hatte. Es schweißte sie nur noch enger zusammen.

Alles lief weit besser als erwartet. Sie wusste nicht, ob es an Evies wachem Geist oder Chloes Schönheit lag, doch sie fühlte sich hier, in diesem intimen Restaurant, weniger als Velmas Publikum, sondern hatte eher den Eindruck, auf derselben Stufe mit ihr zu stehen. Velma war es peinlich, als sie einräumen musste, dass sie keinen von Joan Didions Essays gelesen hatte (Evie: »Aber sie ist eine Ikone!« Velma: »Es gibt einfach so viele Bücher!«), als sie *Degas* falsch aussprach (»Wirklich? So sagt man das?«), und als der Kellner kam, um ihren Tisch abzuräumen, stieß sie ihn versehentlich mit dem Ellbogen an (»Das war Absicht.«). Er offerierte ihnen die Dessertkarte.

»Interessiert?«, fragte Velma.

»Ja«, antwortete Evie. »Das bin ich.« Diesmal las sie die Karte wirklich. »Oh, wie wäre es mit Tiramisu?«

»Nach der Ente vielleicht etwas zu schwer. Wie wäre es denn mit dem Olivenölkuchen?«

Obwohl es der uninteressanteste Nachtisch auf der ganzen Karte war, nickte Evie. »Perfekt.«

Velma bat um einen Espresso, und Evie tat es ihr natürlich gleich. Velma entschuldigte sich, um sich frisch zu machen. Selbst ihre Art zu gehen, war in höchstem Maße selbstbewusst, wie Moses, der das Rote Meer teilte. *Und*, dachte Evie, *sind wir doch ehrlich. Die Frau hat einen Hintern wie ein Pfirsich.* Sie nahm den Dessertlöffel auf und betrachtete ihr Spiegelbild in dem gekrümmten Silber. Ihr Eyeliner war ein wenig verschmiert, was jedoch nicht ungepflegt, sondern rebellisch aussah. Ihr Haar war zerzaust. Ihre Lippen waren verfärbt vom

Wein, setzten sich blutrot von ihrer sonst ebenmäßigen Haut ab.

Kein Zweifel.

Sie sah heiß aus.

Nicht süß. Nicht cool.

Heiß.

Der Löffel fiel klirrend zu Boden. Evie traf keine Anstalten, ihn aufzuheben.

Evie Selby war tot.

Lang lebe Chloe Fucking Fontaine.

37

Mark war ein guter Junge.

Er zahlte pünktlich seine Steuern, half Frauen, Kinderwagen über die Treppen zum U-Bahnhof zu tragen, und erledigte den Abwasch ohne Aufforderung. In der Vergangenheit hatte er genau zwei One-Night-Stands gehabt, denen er beiden seine Telefonnummer gegeben hatte. Es waren die Frauen gewesen, die ihn nicht zurückgerufen hatten.

Was teilweise die Sache mit Willow erklärte. Willow war kein gutes Mädchen. Nicht auf diese Art. Sie hatte genau gemerkt, dass Marks Eltern nicht viel von ihr hielten. Sie konnten Willow nicht so durchschauen, wie sie Mark durchschauten, und das beunruhigte sie. Bei den wenigen Gelegenheiten, bei denen sie sich für schier endlos hinziehende Mahlzeiten getroffen hatten, hatte niemand es dem anderen recht machen können: Willow sprach nicht darauf an, bemuttert zu werden, und Mark wurde einmal mehr der provinzielle Geschmack seiner Eltern überdeutlich – und schmerzhaft – bewusst. Mark und Willow funktionierten am besten allein: als *nur wir beide* in ihrer eigenen, gemütlichen Höhle. Mark hatte einmal zu ihr gesagt, sie sei für ihn wie ein Roadtrip ohne Landkarte. Da Mark selbst dann, wenn er nur wenige Blocks weit fahren musste, immer sein Navi dabeihatte, konnte sie nachvollziehen, wie aufregend das für ihn sein musste.

Sie hatte jetzt auch keinen Plan.

Wie gewöhnlich.

Er betätigte den Türöffner, ohne nachzufragen, wer draußen stünde. Als er die Haustür öffnete, konnte sie ihm ansehen, dass er eigentlich mit Willow gerechnet hatte.

»Caroline?« Mark blickte eilig den leeren Korridor auf und ab, als rechnete er damit, dass jemand hervorspringen und »Erwischt!« rufen würde.

Die Worte sprudelten nervös aus ihr heraus. »Du hast das hier vergessen. In der Bar. Deine Adresse stand darin.« Sie hielt ihm ein kleines Moleskine-Notizbuch hin, das er normalerweise in einem Seitenfach seiner Tasche aufbewahrte.

»Oh.« Er klappte das Notizbuch auf. Seine mathematisch präzise Handschrift bestätigte, dass es ihm gehörte.

Sie trug dasselbe Kleid, das sie angehabt hatte, als sie ihn vor seinem Büro in Soho getroffen hatte: ein langes, fließendes Etwas, das mit winzigen, gelben Blümchen bedruckt war; ein Stück, das ganz hinten im Kleiderschrank gehangen hatte und aus der Prä-Mark-Zeit stammte. Es fiel ihr schwer, sich an die Prä-Mark-Zeit zu erinnern. Oder? »Du solltest deine Adresse vielleicht nicht in solche Gegenstände hineinschreiben. Irgendein Verrückter könnte sie benutzen, um dich aufzuspüren.«

Er blinzelte sie hinter seiner Brille an. »Vielleicht ist das schon passiert.«

Willow kniff den Mund zusammen.

»War doch nur Spaß«, beteuerte er rasch.

»Ich bin keine Verrückte.« Sie wich einen Schritt zurück.

»Ich weiß, ich weiß, ich wollte dich doch nur ausziehen, *aufziehen*. Ich wollte dich aufziehen.« Er lief rot an. »Meine Güte, Caroline, bitte komm herein.«

»Bist du sicher?«

»Ja. Ich habe gerade – wortwörtlich nichts zu tun, weshalb ich mich sehr über Gesellschaft freuen würde. Bitte.«

Er trat beiseite. Als sie an ihm vorbeiging, hörte sie, wie er den Duft ihrer Haare einatmete, und ihr Mund entspannte sich zu einem Lächeln.

»Richtig schön hier.« Sie stellte ihre Handtasche auf der Couch ab und sah sich in dem vertrauten Apartment um. »Toll, dass es nach Süden ausgerichtet ist.«

Mark überspielte seine Verblüffung. »Das ist einer der Gründe, weshalb ich die Wohnung genommen habe. Den wenigsten Menschen scheint klar zu sein, wie wichtig das ist.«

»Durch die Wintersonne kann man enorm Heizkosten sparen, nicht wahr?« Wieder so ein Punkt, in dem Willow sich blamiert hatte. Wer konnte aber auch ahnen, dass die Sonne Einfluss auf die Heizkosten haben könnte? Sie setzte sich an das eine Ende des Sofas, kickte die Flipflops von den Füßen und zog bequem ihre Beine unter sich.

»Möchtest du etwas trinken? Ich habe keinen Wein …«

»Bier ist auch in Ordnung.« Sie streckte die Arme über dem Kopf aus, bog ihren Rücken durch wie eine Schlange. »Du hast nicht zufällig Sierra Nevada da?«

»Du wirst es nicht glauben …« Mark verschwand in die Küche und kehrte kurz darauf mit einem Sixpack, genauer gesagt Sierra Nevada, zurück. Er grinste von einem Ohr zum anderen.

Sie saßen jeder an einem Ende der Couch, tranken ihr Bier und unterhielten sich dabei mit einer seltsamen, unangestrengten Vertrautheit über ihren jeweiligen Tag. Willow erinnerte sich, dass für Mark eine wichtige Präsentation angestanden hatte. Er schien erleichtert, endlich jemanden zu haben, mit dem er darüber bis ins kleinste Detail sprechen konnte. Sie erzählte ihm von ihrem Tag an der Uni: ein wundervolles Doppelleben, ausgefüllt mit Vorlesungen und Hausarbeiten und Professoren.

Als sie ihre Biere ausgetrunken hatten, fingen sie übergangslos mit der nächsten Runde an.

Willow erzählte Mark von den unkonventionellen Verhältnissen, aus denen Caroline stammte, eine Erfindung, die genauso warm und tröstlich war wie erlogen: eine Mutter, die malte, ein Vater, der kochte, bis über beide Ohren verliebt ineinander und in das Leben selbst. Häuser in der Toskana und auf den griechischen Inseln und auf einer Insel vor der Küste von Australien – zusammengestückelte Details aus Reisemagazinen und Filmen, in denen sich eine geschiedene Frau in einen sonnengebräunten, jungen Fischer verliebt und lernt, wie man Pasta und Liebe macht. In ihrem neuen Leben gab es nichts Schwieriges oder Schmerzhaftes oder Enttäuschendes. Nur Wärme und Akzeptanz und Liebe von einem Vater, der sich mit Hingabe um seine Familie kümmerte, und von einer Mutter, die gleichermaßen brillant und unkonventionell war. Ganz anders als Willows reale Mutter, die sich von Matteo hatte scheiden lassen, als Willow zehn Jahre alt gewesen war, und anschließend nach Maryland gezogen war, um dort in aller Stille einen harmlos-todlangweiligen Versicherungsvertreter namens Phil zu heiraten. Willow hielt es in deren fantasielosen Vorstadtzuhause nie länger als ein langes Wochenende aus. Bei allem, was darüber hinausging, hatte sie das Gefühl, als würde sich ihre Seele langsam in ein Kunstblumenarrangement verwandeln.

»Wo bist du zur Schule gegangen?«, erkundigte sich Mark.

»Ach, überall«, sagte sie mit einem unbeschwerten, schwärmerischen Lachen.

Mark meinte, dass es wundervoll klinge.

Das tat es. Es klang wirklich wundervoll.

Caroline zu sein hatte so etwas unglaublich Befreiendes. Sie trug keinen unsichtbaren Schild mit sich herum. Manchmal hatte Willow das Gefühl, dass sie mit der Welt immer zwei Unterhaltungen gleichzeitig führte: die, die sie laut aussprach, und die, die sie in ihrem Inneren trug, in ihrem Kopf. Caroline war nicht so. Caroline versteckte ihren Körper nicht. Caroline dachte nicht zwei Mal darüber nach, was sie sagen sollte, nur um sicherzugehen, dass ihre Aussagen auch klug genug klangen. Caroline wusste, wie man flirtete. Caroline war ein freier Mensch.

Und selbstverständlich auf der Suche.

Aus diesem Grunde war sie ja hier.

Sie trank ihr Bier aus und hielt die Flasche hoch. »Noch eins?«

»Wirklich?« Mark warf einen Blick auf seine Armbanduhr. »Du hast doch morgen Vorlesung.«

»Ich muss aber nicht vor elf Uhr da sein.«

»Mann, du hast es gut.« Mit einem Stöhnen stand Mark auf. »Na gut. Aber um Mitternacht muss ich dich rauswerfen, sonst bekommst du noch mit, wie ich mich in einen Kürbis verwandle.«

»Das fände ich toll«, rief sie, woraufhin er leise lachte. Dann öffnete er zwei neue Flaschen und hob die Hand zum Toast. »Auf neue Freunde.«

Sie lächelte. »Auf neue Freunde.«

Sie stießen mit den Flaschen an. Als sie zum ersten Schluck ansetzte, wandte sie den Blick nicht von ihm ab. Auch er sah nicht weg.

»Ich freue mich immer über neue Freunde«, sagte sie.

»Ich auch. Man kann nie zu viele Freunde haben, oder?«

In der vorhergehenden Minute hatten sie das Wort *Freunde* so oft wiederholt, dass es nun bedeutungslos und merkwürdig klang.

Vielleicht war jetzt der richtige Zeitpunkt für Merkwürdigkeiten gekommen.

Willow ließ den Hals ihrer Flasche in der Luft kreisen. »Du hast noch gar keine Besichtigungstour mit mir gemacht.«

Mark setzte sich beklommen zurecht, blickte unruhig von links nach rechts.

Willow stand auf. »Führ mich herum.«

»Da gibt es nicht viel zu sehen –«

»Ach, komm schon.« Sie lachte, als hätte sie vorgeschlagen, ein Spiel zu spielen.

»Okay.« Mark stand auf und blickte sich in der gepflegten Wohnung um, als wäre sie ihm selbst fremd. »Das hier ist das Wohnzimmer, in dem wir es uns ja schon ausgiebig haben gutgehen lassen.«

Sie strich sich lächelnd einige Haarsträhnen hinters Ohr. »Okay, verstanden.«

»Die Küche.« Er ging voran. »Kühlschrank. Spüle. Regale. Ähm, ein Obstkorb. Man beachte die Abwesenheit von Obst.« Er trat auf der Stelle, tänzelte wie ein Stepptänzer. »Alles in allem klein, aber zweckmäßig.«

»Ich hoffe doch, dass du dich selbst nicht so beschreiben würdest.« Sie lächelte verschlagen, und er brauchte volle fünf Sekunden, um zu begreifen, dass sie gerade einen Peniswitz gemacht hatte. Er erstarrte.

Sie kicherte hemmungslos. »Nur Spaß, nur Spaß!«

»Ähm, ja.« Mark lief schon wieder rot an. Schnell durchquerte er noch einmal das Wohnzimmer. »Hier geht es zum Badezimmer. Es ist mit dem üblichen Badezimmerzubehör ausgestattet.«

»Mmm.« Sie musterte flüchtig die weißen Fliesen.

»Und als Letztes bleibt dann noch … Also, hier geht es zum Schlafzimmer.« Er blieb auf der Schwelle stehen. »Aber es ist ziemlich unaufgeräumt, weshalb ich an deiner Stelle lieber nicht –«

»Cool.« Sie stieß die angelehnte Tür weit auf.

Mark sammelte ein Handtuch und ein T-Shirt vom Boden auf. »Ich hatte nicht mit Gesellschaft gerechnet.«

Willow setzte sich ans Bettende und sah unschuldig zu ihm auf. »Kein nächtlicher Besuch von deiner Freundin? Wie hieß sie doch gleich?«

Mark verzog ein wenig das Gesicht. »Willow.« Verlegen sah er zu dem gerahmten Foto hin, das sie beide bei einer Hochzeit Anfang des Jahres in den Hamptons zeigte. Willow, die nur verhalten lächelte, in einem einfachen Seidenkleid und mit einem Gänseblümchenkranz im Haar. Er mit einem leutseligen Grinsen auf den Lippen, die schwarze Seidenkrawatte gelockert, einen Arm besitzergreifend um ihren Hals gelegt.

»Stimmt.« Sie nickte. »Willow.« Ihre Stimme war nur ein Raunen, leise und eigentümlich. »Ich habe noch nie verstanden, warum dir dieses Bild so gefällt.«

»Was meinst du damit?«

»Es ist nur – eine so seltsame Aufnahme von ihr.« Sie hasste dieses Foto. Sie wünschte, er hätte es niemals gerahmt.

Marks Stimme klang nun deutlich schärfer. »Warum solltest du …«

Doch in diesem Augenblick lehnte sich Willow zurück auf ihre Ellenbogen. Marks Worte verloren sich. All der neckische Spaß des Abends verpuffte und wurde abrupt von etwas Weißglühendem, Knisterndem verdrängt, als hätte jemand einen Schalter umgelegt. Sie waren nur einen Meter voneinander entfernt. Ein Meter zwischen seinem Mund und ihrem. Er sah auf die Armbanduhr, ohne die Zeit abzulesen. »Ich sollte jetzt lieber für heute Abend Schluss machen.«

Sie lehnte sich noch weiter zurück, öffnete ihm ihren Körper. Eine ihrer Brustwarzen lugte schon fast aus dem Ausschnitt ihres Kleides hervor. Immer wieder zuckte sein Blick an diese Stelle. »Bist du sicher?«, fragte sie kokett.

Mark wich von der Tür zurück, richtete seine Worte an den Korridor. »Ja, ich muss morgen raus. Früh raus.«

»Okay.«

Sie hörte, wie er ihre vier leeren Flaschen in den Altglasbehälter warf und die Reste in den beiden anderen in die Spüle kippte. Sie schlüpfte wieder in ihre Flipflops und schwang sich den Rucksack auf den Rücken. Als er aus der Küche zurückkehrte, stand sie schon an der Tür. »Danke für das Bier, Mark.«

»Danke, dass du das Notizbuch zurückgebracht hast.« Er öffnete die Wohnungstür, spähte unauffällig in den Flur. »Bis bald.«

Willow neigte den Kopf zur Seite. »Bekomme ich nicht wenigstens eine Umarmung?«

»Ich bin mir nicht sicher, ob –« setzte er an, doch sie bewegte sich bereits auf ihn zu und streckte die Arme aus. Eine Hand stahl sich um seinen Nacken. Die andere legte sie auf seinen Rücken, und dann presste sie sich mit dem ganzen Körper an ihn. Sie spürte Widerstand, wie sich seine Muskeln zu einer physischen Barriere verhärteten. Doch sie hielt die Arme um ihn geschlungen, um seinen vertrauten, unterschwellig athletischen Körper. Und dann gab er nach. Er umarmte sie. Er hielt sie. Ließ zu, dass er schmolz wie Butter in der Sonne. Als sie sich ein wenig zurückzog, so langsam, so gefährlich langsam, wirkte Mark berauscht. Für eine Sekunde waren ihre Lippen nur Zentimeter weit voneinander entfernt.

Sie konnte sich losmachen.

Sie beide auseinanderreißen.

Aber er war ihr so unglaublich nahe. Sie hatte es fast geschafft. Sie konnte es fast spüren.

Ihr Mund traf auf seinen. In ihrem Inneren fiel gleichzeitig alles zusammen und entstand von Neuem. Es dauerte eine, zwei, drei Sekunden, bevor er zurücktaumelte. »Nein, nein, nein. Nein. Nein.«

»Schon gut«, flüsterte sie. »*Lass dich auf die Unsicherheit ein.*«

»Geh. Bitte.«

Willow trat in den Flur hinaus, hielt das Gefühl in ihrer Brust fest, drückte es an sich wie ein Baby. »Caroline.« Seine Stimme klang kratzig; er musste sich räuspern, um wieder Kontrolle über sie zu erlangen. »Wir dürfen uns nicht wiedersehen.«

Nun drehte sie sich zu ihm um. Ihre Wangen waren gerötet. Ihre Augen fühlten sich an wie strahlende Sterne, die vom Nachthimmel gerissen worden waren. Als sie sprach, klangen ihre Worte leise, aber sicher. Scherzhaft, und fast wie eine Drohung. »Das ist nicht möglich.«

Sie rannte leichtfüßig den Korridor hinab. Im Treppenhaus würde es gehen. Das Licht dort war eigentümlich matt, angemessen trist. Mark würde die Wohnung in nächster Zeit nicht verlassen. Sie holte alles Nötige aus dem Rucksack. Kamera. Stativ. Fernbedienung.

Sie trat vor die Linse.

Sie beschwor alles herauf, was in ihr war, alles, was die vergangenen Stunden hatten entstehen lassen.

Und sie begann zu arbeiten.

38

Selbstverständlich bezahlte Velma für das Essen, schob eine silberne Kreditkarte in die Mappe aus Leder. In der Vergangenheit war das das Stichwort für Evie gewesen, nervös nach ihrer Geldbörse zu suchen und das Ganze zu würzen mit »Moment, bist du sicher?«, »Es macht mir nichts aus.«, »Danke vielmals, das ist so großzügig, bist du sicher, dass du dir sicher bist?«.

Chloe Fontaine dagegen erfüllte die Vorstellung, dass jemand für ihr Essen bezahlen wollte, nicht mit derart unangenehmen, beunruhigenden Schuldgefühlen. Nachdem Velma die Rechnung unterschrieben hatte, lächelte Evie nur und sagte: »Vielen Dank. Das Essen war gut.« Und das war alles.

Als Evie vorschlug, sie könnten sich ein Taxi teilen, räumte Velma ein, dass sie nur wenige Blocks entfernt wohne. *Ach, wirklich* … Sie bestand darauf, Velma zu Fuß nach Hause zu begleiten. Sie schlenderten in angenehmem Schweigen die stille Straße entlang, ihre Hände schwangen nur wenige Zentimeter voneinander entfernt hin und her, jedes Schwingen so deutlich spürbar wie ein Pinselstrich. Evie fühlte sich durch und durch zufrieden, und sie war betrunken, herrlich betrunken: vom Wein, von der Nacht, von der Stadt, vom Leben, von den Frauen, von Velma. Der Himmel sah aus wie ein Gemälde von van Gogh, die Luft roch nach Geißblatt, und alles war möglich, alles war wahrscheinlich.

Natürlich war das hier kein richtiges Date, weil sie nicht wirklich sie selbst war, aber aus irgendeinem Grund schien das unerheblich zu sein. Velma war von Chloes breitem Lächeln und ihren dunklen, blauen Augen fasziniert. Doch es waren Evies Witze, die sie zum Lachen gebracht, Evies Ansichten, die die Schriftstellerin verblüfft hatten. Velma verlieh ihr das Gefühl, clever zu sein. Intelligent. Faszinierend. Sie musste daran denken, wie auch Willow ihr vor Jahren dieses Gefühl gegeben hatte. Doch das hier war etwas anderes. Von Willow hatte sie nicht geküsst werden wollen.

»Da sind wir.« Velma blieb vor einem schönen Gebäude aus rotem Backstein und mit klassischen, rund geformten Fensterumrahmungen stehen, das majestätisch über der gepflasterten Straße thronte. Das Foyer war in gelbes Licht getaucht, und an den Wänden hingen diverse Kunstwerke.

Evie nickte lächelnd und wartete darauf, dass Velma für sie die Tür öffnete.

»Chloe. Miss Chloe Fontaine«, sagte Velma mit leichtem Tadel und schob die Hände in die Hosentaschen. »Ich glaube nicht, dass du mit nach oben kommen solltest.«

Evie kam sich wie eine Schauspielerin vor, die den Text vergessen hatte. »Oh.«

»Ich möchte es. Versteh mich nicht falsch. Es ist nur …« Velmas Gesichtsausdruck wurde kompliziert, als würden mehrere Emotionen um den Spitzenplatz ringen: Besorgnis, Unmut, Kummer. Evie fröstelte unheilverkündend. Die Nachtluft war plötzlich gar nicht mehr so lau. »Ich mag dich, Chloe. Ich mag dich wirklich. Aber im Moment befinde ich mich in einer Situation, in der es mir unmöglich ist, mich auf jemanden einzulassen.«

Evie schluckte. Noch immer fiel ihr nicht ein, wie es im Drehbuch weiterging »Oh.«

Velma sprach weiter, bedächtig, und jedes ihrer Worte klang nun handverlesen: »Vor sechs Monaten endete eine meiner Beziehungen. Wir waren … sagen wir mal, eine ganze Weile zusammen.«

Emiko Aki, das wunderschöne japanisch-amerikanische Model/Schauspieltalent, mit dem Velma rekordverdächtige vier Jahre lang zusammen gewesen war. Letzter gemeinsamer Auftritt in der Öffentlichkeit: in L.A. bei der Premiere des Michael-Bay-Films *Sterben geht schnell*, in dem Emiko eine Rolle gehabt hatte. Evie sagte: »Das wusste ich nicht.« Und dann, ermutigt vom Wein und davon, dass sie so dicht beieinanderstanden: »Weshalb ging es zu Ende?«

»Wir hatten keine ausreichend starke Verbindung zueinander«, sagte sie mit wohlerwogener Gleichgültigkeit, die nichts von dem Schmerz der Vergangenheit preisgab.

Wir haben diese Verbindung.

Die Worte formten sich augenblicklich in Evies Kopf, unmittelbar und unaufgefordert.

Sie ließ sie noch einmal ablaufen, diesmal langsamer, bewusster.

Wir haben diese Verbindung.

Sie konnte sie spüren, wie sie zwischen ihnen summte, in der Nachtluft knisterte. Evie griff sanft nach Velmas Hand, verflocht ihre Finger langsam, forschend ineinander. Das Gefühl rauschte wie eine Woge durch ihren ganzen Körper. Sie sahen einander in die Augen.

»Ich möchte nur sichergehen«, sagte Velma leise, »dass wir die gleiche Wellenlänge haben.«

Evie nickte. Sie verstand. Velma war verletzt worden. Von jemandem, der zwar talentiert und wunderschön war, seelisch jedoch nicht mit ihr verwoben. Velma konnte sich nicht auf das erstbeste, hübsche Mädchen einlassen, das sie zum Abendessen ausführte. Und selbstverständlich sollte auch sie sich nicht auf Velma einlassen. Früher oder später würde Evie Selby wieder auftauchen. Doch das Potenzial für die Liebe – die große Liebe, weltbewegende Liebe – war vorhanden. Es war schlichtweg unübersehbar, ließ sich genauso wenig leugnen wie die Existenz der Sonne. Die naive, von Selbstzweifeln erfüllte Evie Selby wäre vielleicht nicht in der Lage, dieses Potenzial zu erkennen. Doch Chloe konnte es sehen, so strahlend und überdeutlich, dass es fast in den Augen schmerzte. Verzweiflung, Traurigkeit und Lust prallten in ihrem Inneren aufeinander, zwangen sie, einen Schritt näher zu treten. Die Distanz zu wahren war unmöglich.

»Ja«, flüsterte Evie. »Wir haben die gleiche Wellenlänge.«

Velmas Pupillen waren geweitet; große, feuchte Teiche aus Schwärze. »Gut.«

Evie neigte den Mund nach oben, gierte, verzehrte sich danach, dass ihre Lippen sich trafen.

Doch Velma drehte den Kopf weg. Evies Lippen landeten auf Velmas Wange. Ungeschickt presste sie sie auf ihre Haut.

Velma lachte leise und kehlig. »Baby.« Sie machte einen Schritt rückwärts, in Richtung ihres Wohngebäudes. »Kein Grund zur Eile.« Mit einem schiefen Lächeln zog sie die Hand aus Evies Griff. »Wir haben alle Zeit der Welt.«

39

Krista graute es vor dem dritten Drehtag.

Der gestrige Nachmittag war furchtbar gewesen. Furcht-bar. Damian, die alte Petze, musste Tristan von dem Zwischenfall mit der Trophäe erzählt haben. Nachdem Tristan eine Stunde lang immer wieder seinen Text verpatzt hatte, hatte Greg ihn schließlich beiseite genommen, um mit ihm zu reden. Als die beiden anschließend wieder ans Set zurückgekehrt waren, war wohl niemandem Gregs ungläubige, angeekelte Miene oder der gequälte Blick, mit dem er Krista bedacht hatte, entgangen. Das Wissen breitete sich wie ein unsichtbares, aber stinkendes Gas am Set aus: Lenka Penka war dafür verantwortlich, dass Tristan Mist baute. Kein Wunder also, dass Lenka Penka nicht besonders begeistert war, als ihr Fahrer Eduardo sie mit dem üblichen »Mes? Mes?« weckte, was bedeutete, dass sie am Set angekommen waren.

Sofort bemerkte sie die Schmerzen. Krämpfe, als würden ihre inneren Organe von tausenden glühenden Schürhaken gepeinigt. Anscheinend bekam sie ihre Periode. *Verdammt.* Sie hatte sie doch eigentlich gerade erst gehabt, oder? Sie stöhnte auf.

Die Autotür wurde geöffnet. In Damians dämliches, fröhliches Gesicht war ein Lächeln gepflastert. »Guten Morgen Lenka –« Doch dann verschwand das Lächeln abrupt. »Oh, tut mir leid, ich dachte, Lenka würde in diesem Wagen sitzen.«

Krista hievte sich mit schmerzverzerrtem Gesicht aus dem Auto. »Oh Mann. In meinem Höschen ist anscheinend die Ketchupwoche angebrochen.« Seltsam. Ihre Jacke kam ihr irgendwie viel zu groß vor. Wie vorher, als sie –

»Entschuldigung.« Damian musterte sie. »Wer sind Sie? Wo ist Lenka?«

Sie hatte sich verwandelt. Sie hatte sich zurück in Krista Kumar verwandelt. Als sie ins Auto gestiegen war, war sie noch Lenka gewesen; dessen war sie sich sicher. Doch nun war sie plötzlich und völlig unerklärlicherweise eine andere Person.

Kleiner.

Dunkelhäutiger.

Und sie hatte wieder stämmige Männerarme.

»Ich – ich – ich –« Krista suchte verzweifelt nach einer Erklärung, die es nicht gab. Die Krämpfe waren längst vergessen.

Das Auto rollte davon, die Reifen knirschten langsam über den Kies. Damian blickte verwirrt zwischen ihr und dem Wagen hin und her. Plötzlich begriff sie, dass Damian nicht bei Eduardo nachfragen könnte. Eduardo hatte Lenka Penka abgeholt. »Ich bin ihre Assistentin«, brabbelte Krista drauflos. »Ja, ja, ja genau, ihre Assistentin. Sie ist gleich hinter mir.«

Damian sah zu der Kolonne schwarzer Autos und Trucks hinüber, die gerade auf das Grundstück fuhren. »Hinter Ihnen?«

»Ich meinte vor mir. Sie ist schon hier. Gibt es hier eine Toilette? Ich muss wirklich dringend.«

Sie drängte sich an Damian vorbei und steuerte im Schnellschritt den Toilettenblock an. Dabei beugte sie sich vornüber, ihres schmerzenden Bauchs wegen, und auch, um ihre Identität zu verbergen. Jetzt gab es nur eine Sache, die wichtig war, nur eine Sache, die sie retten konnte. Das Pretty. Hatte sie daran gedacht, es in ihre Umhängetasche zu packen?

Dank des Zeitplans, der am Badezimmerspiegel klebte, wusste sie, dass sie sich eigentlich an diesem Morgen zurück verwandeln müsste – sie hatte das Pretty an einem Mittwoch genommen, und heute war wieder Mittwoch –, aber als sie aufgewacht war, war sie noch immer Lenka gewesen. Eine immense Erleichterung. Noch ein Tag länger, bevor sie sich wieder heftig in die Hosen scheißen musste, um hübsch zu bleiben. Doch nur, um auf Nummer sicher zu gehen, hatte sie beschlossen, das Pretty trotzdem einzustecken. Oder nicht? Oder gehörte das zu den Dingen, die sie sich vornahm zu tun, aber dann doch nicht tat, wie zum Yoga zu gehen oder die Pille zu nehmen?

Ihr Handy begann zu vibrieren. Damian. Er rief Lenka an. Sie hieb aufs Display, um den Anruf zurückzuweisen. Vor lauter Anspannung hatte sie das Gefühl, als würden auf ihrem ganzen Körper Ameisen krabbeln.

Gott sei Dank war der Toilettenblock menschenleer. In der Nähe des Eingangs gab es zwei davon, und offensichtlich war sie nicht die einzige Frau, die festgestellt hatte, dass dieser der widerlichere von beiden war. Nun war sie dankbar dafür, dass es hier keine Papiertücher gab und nach Urin stank. Sie schloss die Tür der Kabine ab und begann, in ihrer Umhängetasche zu wühlen. Schlüssel, Geldbeutel, Telefon, Stift, Lipgloss, Lippenstift, Dispo, *Salty*-Magazin, Pizzaschneider (warum das?), Wimperntusche, noch mehr Lippenstifte. Aber kein Pretty. Krista begann panisch, ihren Kram auf den Boden zu werfen. Sie hatte es eingesteckt! Oder nicht? Wieder vibrierte ihr Telefon, aufdringlich, nicht willens, ignoriert zu werden. Mit einem schrillen Schrei riss sie das plärrende Handy aus der Tasche. Dabei flog das Fläschchen mit Pretty ebenfalls heraus und landete klatschend in der Toilettenschüssel.

»Ja!« Blitzschnell steckte Krista die Hand ins Wasser und

wischte anschließend das Fläschchen an ihrem Shirt trocken. Mit zitternden Händen schraubte sie die Pipette ab. Sie spürte die Nässe, die ihre Zunge traf. Schnell riss sie sich die Unterhose herunter, positionierte ihren Hintern über der Kloschüssel und wartete auf das Unumgängliche.

Zehn Minuten später hörte Krista jemanden hereinkommen. »Mein Gott.« Die Frau klang angewidert. »Ist hier jemand drin?«

Krista riss ihre Tür auf. In den schmutzigen Spiegeln sah man die Reflexion einer statuenhaften Frau mit mokkabrauner Haut und Augen in der Farbe des Waldbodens. Glänzendes, schwarzes Haar fiel ihr wie ein Umhang über die Schultern.

Die Assistentin riss die Augen auf und erkannte in der Frau vor ihr zweifellos Lenka Penka: Cupcake Girl, Tristans Filmpartnerin, Unruhestifterin. Sie wich einen Schritt zurück.

»An deiner Stelle würde ich da für eine Weile nicht hineingehen«, sagte Krista und wischte sich den Mund mit dem Handrücken ab. »Jemand, aber nicht ich, hat sich dort drinnen ordentlich ins Zeug gelegt.«

40

Als Evie aufwachte, stellte sie erleichtert fest, dass sie das Zimmer um sich herum noch immer vollkommen scharf sehen konnte.

Das Pretty wirkte noch.

Sie rollte sich herum und wurde wieder einmal vom dumpfen Brummen eines Katers begrüßt. Aber das war es wert. Denn der gestrige Abend – und sie konnte nicht einmal die Worte *der gestrige Abend* denken, ohne sofort breit zu grinsen –, der gestrige Abend war perfekt gewesen. Ihr Grinsen wurde noch breiter, als sie sich an die kribbelnde Energie erinnerte, die das ganze Abendessen durchdrungen hatte, ein perfektes Abendessen in einem perfekten Restaurant. Mit einer perfekten Frau. Einer perfekten Frau, die sie … nie mehr wiedersehen würde.

Heute musste ihr letzter Tag sein. Ein wenig erleichterte es sie, dass sie sich in Zukunft nicht mehr permanent Sorgen um Nebenwirkungen oder unerwartete Verwandlungen machen müsste. Aber hauptsächlich war sie enttäuscht. Sie wäre wieder normal. Ein Gesicht in der Masse. Eine Korrektorin. Wenigstens könnte sie sich damit ablenken, dabei zuzusehen, wie *Extra Salt* auf Sendung ging. Die Erinnerung an die Verabredung mit Velma Wolff war lediglich ein Souvenir. Ein schönes, süßes Souvenir, von dem sie Schmetterlinge im Bauch bekam.

Gerade, als Evie aufbrechen wollte, rief Krista an. »Hey«, sagte Evie. »Wie läuft es im Filmgeschäft?«

Kristas Stimme war nur ein heiseres Flüstern. »Ich habe mich heute Morgen zurückverwandelt. Nach meiner Ankunft am Set.«

Evie ließ ihre Handtasche fallen. »Shit –«

»Kein Problem, kein Problem, ich hatte das Pretty dabei. Aber du solltest vorsichtig sein. Es scheint so ein bisschen wie die Periode zu sein. Vielleicht gibt es Abweichungen?«

»Na klar.« Sich am Set zurückverwandeln. Genau das, wovor sie sich fürchtete. »Wo finde ich die Portion, die du für mich hiergelassen hast?«

Kurze Stille. Krista klang plötzlich kläglich. »Ähm, was?«

»Vom Pretty«, sagte Evie gereizt. »Erzähl mir nicht, dass du die ganze Flasche mitgenommen hast.«

»Du hast gesagt, du wolltest es nur einmal nehmen!«

»Aber was, wenn ich mich, genau wie du, am Set zurückverwandle? Was dann?«

»Wenn du jetzt immer noch Chloe bist, wird es wahrscheinlich den ganzen Tag vorhalten. Ich glaube, es passiert immer, wenn man schläft –«

»*Wahrscheinlich*? Du *glaubst*?«

Evie hörte ein gedämpftes Klopfen und wie jemand »Lenka?« rief.

»Ich muss los«, wimmerte Krista. »Es tut mir leid. Ich habe nicht nachgedacht –«

»Natürlich hast du das nicht«, gab Evie zurück. »Wie bin ich nur darauf gekommen?«

Diese verdammte Krista mit ihren durchgeknallten Plänen. Am Ende bekam sie doch immer die Quittung dafür. Warum sollte es diesmal anders sein? Sich die Nase mit einer Sicherheitsnadel piercen. Eine Kneipentour auf Staten Island.

Rauschpilze vor einem Flug. Lauter idiotische Ideen, die mit Schmerzen und/oder Grauen endeten.

Sie konnte das Screening ausfallen lassen. Zu Hause bleiben, eine Krankheit vortäuschen. Das würde Evie Selby tun. Auf Nummer sicher gehen. Aber das war doch genau der Grund, weshalb sie das Pretty überhaupt erst genommen hatte. Dies sollte ihr Tag werden, ihre Chance, zu glänzen. Evie betrachtete ihr Abbild im Wohnzimmerspiegel. Unter dicken Ponysträhnen hervor sahen sie riesengroße, azurblaue Augen an, wunderschön und herausfordernd.

Scheiß drauf.

Chloe Fontaine scheute keine Risiken.

Bei Chloe Fontaine klappte immer alles.

Eine Assistentin führte sie in einen Greenroom. Als sie den Raum betrat, hörte sie, wie mehrere Stimmen gleichzeitig ihren Namen sagten. Auf drei schwarzen Ledersofas, die alle vor einem Flachbildfernseher standen, hatte sich die Crew versammelt und dazu noch vier Musterbeispiele für kalifornische Blondinen: die anderen Reporterinnen. Die vier Frauen waren recht nett, zumindest zu Evie, was, wie sie vermutete, etwas damit zu tun hatte, dass sie sie fälschlicherweise für eine von ihnen hielten: eine heiße Frau, und dazu noch in einer Position, auf die sie es selbst abgesehen hatten. Sie empfand ein merkwürdiges, beschützerisches Mitgefühl für diese jungen Frauen, die, genau wie Chloe, ihre Jobs nur ihres Aussehens wegen bekommen hatten. Sie blickte auf ihre Hände. Noch immer hatte sie Chloes feste, klare Nägel und ihre langen Pianistenfinger. Liebe Güte, fast hatte sie damit gerechnet, Evies Hände zu sehen …

Jemand drückte ihren Arm. Sie fuhr zusammen.

»Entschuldige, meine Schöne.« Es war Marcello. »Ich wollte dich nicht erschrecken.«

Evie rang sich ein zaghaftes Lachen ab. »Wahrscheinlich nur Lampenfieber.« Sie ballte die Hände zu Fäusten, beschwor sie, nicht zu verschwinden.

Rich erhob sich und wandte sich an die Anwesenden. »Okay, Leute, so sieht es aus: Die erste Folge von *Extra Salt* geht in T minus fünf Minuten auf Sendung. Natürlich mit unserer Chloe Fontaine.« Es wurde leise applaudiert. Evie lächelte und neigte bescheiden den Kopf. »Kann jemand mal das Licht ausmachen?«

Das *Extra Salt*-Logo erschien in grellem Pink und Rot auf dem Bildschirm. Gemma kreischte. Evie atmete aus. Sie war so aufgeregt und nervös, dass es sich anfühlte, als würden zwei riesige Hände ihren Brustkorb zusammendrücken. Quirlige Popmusik setzte ein: die Titelsequenz. Chloe Fontaine erschien bildschirmfüllend, hübsch, aber auch ein wenig unscheinbar in ihrem grauen T-Shirt. Dann folgten mehrere, schnell hintereinander geschnittene Szenen. Chloe, die schmierig grinste. Chloe, die lachte. Chloe, die mit einem schwarzen Dildo herumwedelte.

Die anderen Anwesenden brachen in Gelächter aus.

Evie setzte sich kerzengerade hin.

Chloe mit einem Arm voller Vibratoren, die sie an sich drückte, als wären sie wertvoller als Gold.

Das war Material von dem Tag, als Kelly gewollt hatte, dass sie den Dildo der Woche auswählte. Sie hatte nicht gewusst, dass die Szene mitgefilmt worden war. Es war furchtbar demütigend. Die junge Frau auf dem Bildschirm grinste in die Kamera, das *Extra-Salt*-Logo erschien wieder und die Musik endete schmissig.

»Hey, ich bin Chloe Fontaine.« Sie grinste breit. Das Videomaterial war stark nachbearbeitet worden, war nun so überbelichtet, dass sie kaum noch menschlich aussah. Man konnte nicht einmal mehr erkennen, dass sie kein Make-up trug. »Willkommen zu *Extra Salt.* Wir haben alle Neuigkeiten und Fakten, die Frauen interessieren. Lassen Sie uns als Erstes über Lippen sprechen. Schöne Lippen sind das ganze Jahr hindurch ein Muss …« Damit begann ihre Anmoderation des ersten Beitrags, doch das dumpfe Dröhnen in Evies Ohren übertönte ihre Worte. Kelly hatte sie ausgetrickst. Die Dildos waren eine Falle gewesen. Im Augenwinkel nahm sie wahr, wie der Produzent ihr rasche, vorsichtige Blicke zuwarf. Sie erwiderte sie nicht, blickte stur nach vorn. Eine der blonden Reporterinnen drückte gerade ihre Lippen auf die Wange eines Mannes und begutachtete dann kopfschüttelnd den Abdruck, den der Lippenstift hinterlassen hatte. Evie schämte sich viel zu sehr, um sich darüber aufzuregen. Das Bild, wie sie mit Morgan Freeman herumgewedelt hatte wie ein penisbesessener Clown, hatte sich tief in ihr Gehirn gebrannt.

Die »Wer ist besser im Bett«-Story stellte sich als Ansammlung von Straßeninterviews mit unzähligen kichernden, peinlich berührten Mädchen und nervigen, angeberischen, jungen Männern heraus, allesamt geführt von Klonreporterin Nummer zwei. Jeder einzelne New Yorker, der befragt worden war, war hetero und weiß. Zwei Minuten kaum verhohlener Eugenik.

Danach kam ein Zusammenschnitt: verschiedene Prominente auf dem roten Teppich, die lächelten, sich drehten und Küsschen in die Kamera schickten. Plötzlich kam Velma Wolff ins Bild, zusammen mit der aufgestylten Chloe, und fragte: »Wollen Sie mich nicht darüber befragen, was ich heute trage?« Das war bei Velmas Buchpremiere gefilmt worden. Doch bevor man sie überhaupt richtig wahrnehmen konnte, wechselten die Bilder bereits wieder zu einem Countdown der heißesten Red-Carpet-Looks, moderiert von Klonreporterin Nummer drei.

Evie stand der Mund offen. Sie konnte es nicht fassen. Das konnte doch nicht alles sein, oder? Sie würden noch einmal auf das Interview zurückkommen, oder? Doch die Folge ging weiter, der Beitrag vom roten Teppich wurde von einem über die Must-have-Handtasche des Herbstes abgelöst, und Evie musste einsehen, dass sie das nicht tun würden. Das war der ganze Zusammenschnitt ihres Interviews mit Velma Wolff gewesen. Sie hatte Velma gebeten, es sich anzusehen. Sie hatte praktisch damit angegeben. *Wenigstens werde ich mit dem »Feministische Actionheldin«-Beitrag noch ein Zeichen setzen.* Evie klammerte sich an diese Hoffnung wie an ein Rettungsboot. Kelly hatte es ihr versprochen. In der Sendung würde es nicht ausschließlich um billige Sex- und Make-up-Tipps gehen.

Sie konzentrierte sich wieder auf das Screening, sehnte sich verzweifelt danach, endlich die einleitenden Worte des Beitrags zu hören, an dem sie so hart gearbeitet hatte: *Der Feminismus hat im angesagtesten Genre des Buchmarkts einen neuen Freund gefunden. Der Feminismus hat im angesagtesten Genre des Buchmarkts einen neuen Freund gefunden. Der Feminismus hat im angesagtesten Genre des Buchmarkts –*

»So, das war's für diese Woche.« Chloe grinste dämlich in die Kamera. »Und nicht vergessen: Nicht Diamanten sind der beste Freund einer Frau –« Ein Schnitt auf Chloe, wie sie mit dem Dildo wedelte. Eine weibliche Stimme, die nicht die ihre war, säuselte: »Sondern die hier.«

Der Bildschirm wurde schwarz. Im Raum brandeten Gelächter und Applaus auf, und überall hörte man begeisterte Kommentare. »Das war so toll!« »Du hast so hübsch ausgesehen!« »Machst du Witze? Ich hasse meine Nase.«

Der Raum geriet ins Wanken, bekam Schlagseite wie ein Schiff in rauer See. Evies Stirn kribbelte vom Schweiß. Vor Wut. Vor Scham. Sie musste daran denken, wie Luksus sie den

Gästen bei Velmas Aftershowparty vorgestellt hatte, als heiße, neue Journalistin mit dem Finger am Puls der Zeit. Als Ira Glass im Minirock. Offenbar war sie nur ein Minirock. Jemand zog an ihrem Arm. Sie riss sich los und stürmte aus dem Raum.

41

»Keinesfalls. Ausgeschlossen.« Evie stützte sich mit beiden Händen auf Jans ausladenden Schreibtisch. »Ihr werdet den Vorspann nicht verwenden.«

»Ich fand ihn klasse«, bemerkte Rich. »Superlustig.«

Er lümmelte neben Kelly und wischte auf seinem Handy herum. Ärgerlicherweise schien der junge Regisseur sich nicht davon beeindrucken zu lassen, dass sie hier in Jans Eckbüro saßen.

»Falls wir ihn noch einmal drehen«, fuhr Rich fort, »könntest du dann so tun, als hättest du mit dem Dildo Fellatio?«

Evie starrte ihn entgeistert an.

»Du weißt schon.« Er stellte pantomimisch die Fellatio nach. »So. Als würdest du –«

»Ich weiß, was Fellatio ist«, fauchte Evie. »Nein! Wir wiederholen die Aufnahmen ohne Dildos. Ich wusste nicht einmal, dass ihr mich gefilmt habt! Das ist hochgradig illegal, eine Vertragsverletzung!«

Rich schnaubte verächtlich. »Du hättest deinen Vertrag etwas sorgfältiger lesen sollen.«

»Ist das wahr?«, fragte Jan Kelly. Ihr ruhiger, britischer Akzent durchschnitt die allgemeine Aufregung. »Hast du sie ohne ihre Zustimmung gefilmt?«

Kelly seufzte. »Ja. Aber wir brauchten –«

»Schneidet für die zweite Folge etwas Neues zusammen«, ordnete Jan an.

»Die zweite Folge?«, rief Evie. »Nein! Ihr müsst jetzt etwas Neues zusammenstellen, bevor die Folge online geht.«

»Sie ist bereits online«, erklärte Rich und hielt sein Telefon hoch. »Wir hatten auf YouTube schon über tausend Views.«

»Nein!«, ächzte Evie. »Ihr müsst den Vorspann neu schneiden, meine Story wieder in die Sendung nehmen –«

»Chloe«, unterbrach Jan sie.

»*Und* das Interview mit Velma. Verdammt noch mal!«, sagte Evie aufgebracht. »All meine guten Beiträge sind nicht mehr da!«

»Chloe!«, sagte Jan scharf. Sie sah Evie durchdringend an. »Bitte. Setz dich.«

Nach langem Zögern ließ sich Evie schließlich auf einen Stuhl sinken. Sie atmete tief durch, versuchte eine rationale Herangehensweise. »Mir wurde versichert, dass die Moderatorin – also ich – Gelegenheit hätte, zur Sendung etwas beizutragen. Warum wurden all meine Beiträge herausgeschnitten?«

»Das Velma-Wolff-Interview war komplett unbrauchbar«, informierte Kelly Jan.

»Das stimmt nicht!«, protestierte Evie.

»*Ihre Romane sind für ihre unzuverlässigen Erzähler bekannt*?«, sagte Kelly höhnisch. »Wir sind hier bei *Extra Salt* und nicht in der Komparatistik-Grundvorlesung. Keiner unserer Zuschauer hätte verstanden, wovon du da überhaupt redest.«

»Und ihre Actionheldin-Story?«, fragte Jan.

Kelly fuhr sich seufzend mit einer Hand durchs Haar. »Das war ein tonales Problem. Sie passte nicht zum Rest.«

Rich sah zu Evie auf. »Du hast fünfunddreißigmal *Feminismus* gesagt.«

»Ach ja?«, fragte Evie laut.

»Innerhalb von zwei Minuten«, ergänzte Rich gelassen. Auf seinem T-Shirt stand heute »T-Shirt-Gag«. »Das ist ziemlich verrückt.«

»Willst du wissen, was wirklich verrückt ist?« Evie sprang wieder auf. »Zwangsprostitution! Illegale Abtreibungen, Date-Vergewaltigungen. Zehnjährige Mädchen, die unter Zwang beschnitten werden –«

»Du lieber Himmel!«, rief Rich aus, während Kelly gleichzeitig sagte: »Chloe –«

»Okay, okay.« Jan hob eine Hand. »Jetzt atmen wir alle tief durch.«

Evie japste. Sie war belogen worden. Sie war *benutzt* worden. Plötzlich sah sie vor ihrem geistigen Auge Kelly, der leise kicherte und sie als naives Dummchen verhöhnte, während sie einen Take nach dem anderen absolvierte. »Du hattest nie die Absicht, meine Sachen auszustrahlen. Darum hast du mich auch sagen lassen, was immer ich wollte – weil du sie von vornherein niemals *ausstrahlen* wolltest.«

Kelly hob einen Finger. »Das kannst du nicht beweisen –«

»Kelly wird den Vorspann für die zweite Folge neu schneiden«, fiel Jan ihm ins Wort. »Alles andere bleibt wie gehabt.«

»Was?«, fragte Evie fassungslos.

Jans Tonfall wurde scharf. »Chloe, Kelly ist der Produzent. Rich ist der Regisseur. Du bist die Moderatorin.«

»Richtig«, sagte Evie. »Ich bin die *Moderatorin.* Und darüber, *was* ich moderiere, sollte ich mitbestimmen dürfen.«

»Chloe, meine Liebe«, sagte Kelly. »Wir sind doch alle Profis. Warum lässt du uns nicht unsere Jobs erledigen, und wir lassen dich dafür deinen Job machen.«

»Welcher darin besteht, alles zu sagen, was auf dem Teleprompter steht«, meinte Evie. »Selbst, wenn es all meinen moralischen Wertvorstellungen zutiefst widerspricht.«

»Sieh an.« In Richs nasaler Stimme schwang Amüsement mit. »Gerade hat sie kapiert, was schauspielern bedeutet.«

Evie setzte zu einem Konter an, doch bevor sie zu Wort kam, verkündete Jan: »Nun gut, das war alles.« Sie blickte auf ihren Computerbildschirm. »Vielen Dank.«

Das war ihr Stichwort, das Büro zu verlassen. Rich und Kelly begaben sich zur Tür. Evie folgte ihnen, kochend vor Wut.

»Ach, Kelly?«, rief Jan. »Hast du vielleicht etwas von Evie Selby gehört?«

Evie blieb wie angewurzelt stehen. Ihr Name schnellte in ihrem Kopf herum wie eine Flipperkugel.

»Nein. Absolute Funkstille«, antwortete Kelly. »Schade, wir könnten sie für die Recherchen gut gebrauchen.«

»Der Meinung bin ich auch.« Sie sah Evie direkt an, und ihre nächsten Worte klangen wohlüberlegt und fest: »Hoffentlich lässt sich Evie sehr bald wieder blicken.«

42

Krista saß auf einem Milchkasten hinter dem Catering-Bereich, zog an einer Zigarette und versuchte, ihre Nerven zu beruhigen. Eigentlich war Krista kein ängstlicher Mensch. Nicht so wie Evie. Doch nun nagte ein undefinierbares, unheilverkündendes Gefühl an ihr, das alle rationalen Gedanken wie Säure verätzte.

Alles fühlte sich falsch an. Das lag nicht nur daran, dass sie die meistgehasste Person an diesem ganzen dämlichen Filmset war. Es lag auch am Pretty.

Sie zog rasch einen Taschenspiegel hervor und betrachtete aufmerksam ihre Augen. Sie schienen verändert: nicht mehr so strahlend grün wie zuvor. Aber vielleicht hatte sie sich inzwischen auch nur an ihren Anblick gewöhnt. Sie wusste es nicht genau. Sie war nicht in der Lage, es zu beurteilen, und das machte sie ganz paranoid.

Hatte Damian mit Eduardo über den Morgen gesprochen? Sie konnte sich diese Unterhaltung lebhaft vorstellen, Eduardo mit seiner leisen Stimme, wie er darauf beharrte, bei seinem *Leben* schwor, dass er Lenka Penka abgeholt hatte. Was, wenn sie weitere Nachforschungen über Lenka Penkas nicht existente Vergangenheit anstellten? Was dann?

Sie rammte ihre Zigarette ins Gras, bedauerte, sie sich überhaupt angezündet zu haben. Noch immer verspürte sie von ihrer Verwandlung eine unterschwellige Übelkeit, die einfach nicht verschwinden wollte. Diesmal war es eindeutig schlimmer als beim ersten Mal. Was, wenn die Übelkeit nie mehr verging? Was, wenn das Pretty ein Gift war? Was, wenn es ihr Inneres zerfraß, sie langsam garte wie ein Grillhähnchen?

Evies Misstrauen war durchaus berechtigt gewesen. Sie wussten nicht genug über das Pretty. Warum hatte Penny es ihr gegeben? Sie spielte ihre Begegnung bei McHale's Ales noch einmal im Geiste durch, versuchte sich daran zu erinnern, ob sie bei der wunderschönen Blondine Anzeichen von Angst oder Schmerz bemerkt hatte. Doch das Einzige, was ihr im Gedächtnis geblieben war, war, wie herrlich Pennys volle, pinkfarbene Lippen gewesen waren und wie elegant sie in ihrem schwarzen Seidenjumpsuit ausgesehen hatte.

Ihr Telefon gab einen Ton von sich. Eine E-Mail. Hi Krista, ich bin Ella-Mae, die stellvertretende Chefredakteurin von *Salty*. Du bist in unseren Unterlagen als Evies Notfallkontakt hinterlegt. Ich weiß, dass sie sich in Florida aufgehalten hat, aber ich habe es bisher leider nicht geschafft, Kontakt zu ihr aufzunehmen – sie reagiert nicht auf Textmitteilungen, und alle Anrufe landen sofort auf der Mailbox. Ich müsste nur wissen, wann sie wiederkommt. Alles Gute, Ella-Mae Morris. PS: Wenn du möchtest, kann ich ihren Notfallkontakt in Chloe Fontaine ändern. Da sie Evies Mitbewohnerin ist, wäre das vielleicht sinnvoller.

Krista war überrascht. Es sah Evie gar nicht ähnlich, Mist zu bauen. Sie leitete die Mail an Evie weiter und schickte ihr noch eine eigene Nachricht. Hey Mann, sieht so aus, als müsstest du dich mal bei *Salty* melden. Wie geht's dir? Was läuft mit Velma? Wann kommst du nach Hause? Ich vermisse dich. Hast du etwas von Willow gehört? Immer, wenn ich zu Hause bin, ist sie entweder weg oder weggetreten. Ich gehe mal davon aus, dass das ihre Weinflaschen sind, die sich inzwischen in der Küche türmen – sehr LiLo-mäßig, haha. Amüsierst du dich? Ich weiß nicht, ob ich noch –

Doch sie wurde beim rekordverdächtig schnellen Tippen unterbrochen, denn sie hörte, wie jemand, der hinter der Ecke des Catering-Zeltes stand, ihren Namen flüsterte.

»... Jen hat Lenka Penka heute Morgen dabei ertappt, wie sie sich übergeben hat.«

»Nein!«

»Doch. Im Toilettenblock beim Eingang.«

»Tatsächlich. Das erklärt so einiges.«

»Ganz ehrlich. Ich habe sie noch nie ohne einen Cupcake in der Hand gesehen.«

»Igitt, das ist ja widerlich.«

»Ich wette, sie hat es darauf angelegt, erwischt zu werden. Ich meine, warum ist sie dafür nicht in ihren Wohnwagen gegangen?«

»Genau.«

Na toll. Jetzt hielt die Crew sie dank des Pretty für bulimisch. Sollten sie doch zum Teufel gehen. Gemächlich bog sie um die Ecke des Zelts. Die beiden Frauen erstarrten vor Schreck. Es waren zwei cool aussehende, dunkelhäutige Frauen – eine war schwarz, die andere sah indisch aus –, und Krista stellte verblüfft fest, dass sie unter normalen Umständen wahrscheinlich mit den beiden hier gestanden und gelästert hätte, zu ihrer Clique gehört hätte. Krista baute sich vor den beiden jungen Frauen auf, zornig und gleichzeitig verletzt. »Wenn ihr mir etwas mitzuteilen habt, dann tut das. Sagt es mir ins Gesicht.«

Die beiden Crewmitglieder waren zu Tode erschrocken. Keine von ihnen regte sich.

»Erstens bin ich nicht bulimisch«, sagte Krista. »Ich habe mich einfach nur übergeben, wie jeder andere normale Mensch auch. Zweitens: Was, wenn ich bulimisch wäre? Was, wenn der allgemeine Druck, dünn und perfekt auszusehen, mir so sehr zusetzen würde, dass ich das Bedürfnis verspüren würde, mir den Finger in den Hals zu stecken? Ist das eure Lösung? Darüber zu tratschen? Gar nicht toll. Ihr fallt jemandem eifersüchtig in den Rücken, der vielleicht eure Hilfe bräuchte, wenn ich denn bulimisch wäre, was ich nicht bin.«

Eine der beiden fand endlich ihre Stimme wieder. »Es tut uns aufrichtig leid, Ms. Penka.«

»Wisst ihr eigentlich, wie hart ich dafür gearbeitet habe, jetzt hier zu sein?«, fuhr Krista fort. »Wie viel ich geopfert habe? Zieht aus Äußerlichkeiten keine voreiligen Schlüsse, okay? Nur weil ich wie ein Playmate aussehe, bedeutet das nicht, dass ich keine Probleme habe. Die habe ich. Eine Menge. Ich habe sehr viele Probleme.« Da ihre Argumente langsam den Anschein erweckten, sie litte unter mentalen Problemen, schwang Krista rasch um. »Bestraft mich nicht für eure eigene Unsicherheit.«

»Es tut uns leid«, meldete sich die andere junge Frau zu Wort. »Es wird nicht wieder vorkommen.«

»Okay.« Krista schnaubte. »Cool.«

Betreten schwiegen sich die drei an.

»Also, ähm, was macht ihr gerade?«, erkundigte sich Krista.

Die beiden Frauen wechselten einen sonderbaren Blick. »Wir müssen zurück ans Set«, sagte die Dunkelhäutigere.

»Ich auch.« Krista drehte sich auf dem Absatz um und warf eine Strähne ihres glänzenden, dunklen Haares über die Schulter. Theatralisch stampfte sie davon, obwohl sie in Wirklichkeit nichts lieber wollte als den beiden Frauen die Wahrheit über absolut alles zu erzählen.

Krista überprüfte gerade die Konturen ihres Gesichts (Hatte es sich verändert? Warum war ihr noch immer übel?), als jemand an die Tür ihres Wohnwagens klopfte. »Hallo? Lenka?«

Sie steckte den Spiegel weg. »Ja?«

Eine Frau betrat den Wohnwagen. Schicker schwarzer Blazer, eleganter Bleistiftrock und dickes braunes Haar, das zu einem makellosen Pferdeschwanz frisiert war. Sie sah aus wie jemand, der einen Klacks Farbe als »unterhaltsam« bezeichnen würde.

»Hi meine Liebe. Darf ich reinkommen?« Die Frau kam bereits mit ausgestreckter Hand auf sie zu. »Ich bin Gillian.«

»Hey.« Krista schüttelte argwöhnisch Gillians Hand. Ihre Handfläche war babyweich. Ihre Maniküre war perfekt. »Braucht ihr mich am Set?«

»Nein, gerade nicht.« Gillian zog sich einen Stuhl heran und setzte sich Krista gegenüber. Obwohl sie eine überhebliche Art hatte, zu sprechen, als wäre ihr Mund voller Bonbons, war ihre Stimme doch auch voller Anteilnahme. »Wie fühlen Sie sich?«

»Hungrig.«

»Oh. Wir können Ihnen etwas besorgen …« Gillian drehte sich auf ihrem Stuhl, als könne sie durch diese Bewegung bereits einen Cheeseburger herbeizaubern.

»Nein, ist schon gut.« Krista seufzte. »Entschuldigung, aber wer sind Sie? Was wollen Sie?«

Gillian beugte sich vor und legte besorgt die Stirn in Falten. »Sie haben hier mit einigen Schwierigkeiten zu kämpfen gehabt, nicht wahr?«

Sie wirkte auf Krista wie eine Psychiaterin. Vielleicht hatte Greg sie zu ihr geschickt. »Ja, das stimmt. Niemand redet mit mir. Alles ist … Na ja, alles ist irgendwie Mist.«

»Warum?«, fragte Gillian. »Was ist geschehen?«

Krista zögerte.

»Schätzchen, Sie können es mir ruhig anvertrauen.« Gillian tätschelte Kristas Hand. »Es bleibt doch unter uns Mädels.«

Krista holte tief Luft und begann, der vermeintlichen Psychiaterin alles zu berichten, was sich in der vergangenen Woche ereignet hatte. Dass sie das Pretty genommen hatte, erzählte sie selbstverständlich nicht – sie wollte schließlich nicht im Irrenhaus landen oder, noch schlimmer, dass ihr jemand die kleine Glasflasche wegnahm. Doch sie weihte sie darin ein, dass sie mit Ravi geschlafen hatte, dass ein Video davon, wie sie ihm gegenüber die Beherrschung verloren hatte, sich im Internet verbreitet hatte und dadurch Cupcake Girl entstanden war, dass sie für ihre erste Szene fünfundzwanzig Versuche gebraucht hatte, dass sie Tristans Trophäe gevögelt hatte und man ihr vorgeworfen hatte, bulimisch zu sein. »Und jetzt hat mich Greg für heute komplett von den Aufnahmen ausgeschlossen, was er nicht darf, weil er mir versprochen hat, dass ich mitspielen darf, und niemand spricht mit mir, und ich glaube langsam, dass dieser Film von vornherein ein Riesenfehler war, der sich einreiht in all die anderen Riesenfehler, aus denen mein Leben besteht.«

Gillian saß reglos auf dem Stuhl. Ihr Gesichtsausdruck rangierte irgendwo zwischen Fassungslosigkeit und Entsetzen.

»Ähm, Gillian.« Krista schnippte mit den Fingern. »Hallo?«

In Gillians Gesicht kam wieder Leben. »Entschuldigen Sie, Schätzchen. Ich weiß nur nicht recht, was ich dazu sagen soll.«

»Sie könnten mir vielleicht Valium verschreiben?«

»Wie bitte?«

»Psychiater können das doch, oder? Oder vielleicht ein paar kleine Percocet-Pillchen? Xanax? Benzedrin –«

»Lenka!« Gillian lachte auf. »Ich bin keine Psychiaterin. Ich arbeite fürs Studio. Und Sie sind gefeuert.«

Krista hatte das Gefühl, als hätte sie gerade jemand abrupt wachgerüttelt. »Was?«

»Sie sind entlassen. Mit sofortiger Wirkung.«

Die Welt geriet ins Wanken. Krista versuchte, sich zu konzentrieren. »Sie können mich nicht feuern! Mit welcher Begründung? Das ist – das ist eine ungerechtfertigte Entlassung!«

Gillian erhob sich und strich ihren Rock glatt. »Lenka. Sie sind eine einzige Katastrophe. Zwingen Sie mich nicht, mich zu wiederholen.«

»Wo bleibt da die Verfahrensgerechtigkeit? Mir wird mein Naturrecht verweigert! Das ist eine Vertragsverletzung –«

»Lenka, bitte –«

»Ich habe Jura studiert, Miststück!« Krista sprang auf. »Sie können mich nicht feuern, Sie haben dafür keine Begründung!«

»Erstens: Das kann ich sehr wohl, ich bin die Produktionsleiterin.« Gillians Stimme war kalt wie schwarzes Eis. »Ich kann Greg rauswerfen. Ich kann Sie rauswerfen. Zweitens: Ich lasse mich nicht als Miststück titulieren, von niemandem, und schon gar nicht von Ihnen. Sie – sind – gefeuert.«

Krista sank in sich zusammen. Ihre Stimme wurde flehentlich. »Aber … ich brauche das Geld. Ich meine, ich brauche es wirklich unbedingt. Können wir … uns nicht irgendwie einigen?«

»Nein«, sagte Gillian. »Und wenn Sie gegenüber der Presse oder in den sozialen Medien auch nur ein Sterbenswörtchen hierüber verlieren, werden wir Sie verklagen müssen.« Gillian sah Krista mitleidig an. »Danke, Schätzchen, dass Sie so aufrichtig zu mir waren. Viel Glück noch.« Ihr Gesichtsausdruck besagte: *Sie werden es brauchen.*

43

Willow stand allein an einer Straßenecke und beobachtete Männer dabei, wie sie Frauen beobachteten.

Sie verfolgte, wie sich ihre Blicke ungebeten, ungewollt auf die bloßen Schultern der Frauen hefteten, auf ihre Hälse, auf ihre Hintern. Sie verfolgte, wie sie die Bäuche der Frauen umkreisten, über ihre Schenkel huschten, in ihren Ausschnitten versanken. Sie verfolgte, wie die Männer sich gegenseitig ansahen, nachdem sie ihre Blicke auf vorbeigehende Frauen abgefeuert hatten: sich beglückwünschend, aufgeblasen.

Männer betrachten Frauen, und Frauen sehen dabei zu, wie sie betrachtet werden.

Das hatte sie irgendwo gelesen oder bei Evie aufgeschnappt. Die Männer stolzierten herum, als würden sie ihr Revier abgehen. Die Frauen dagegen schienen bestrebt, unauffällig zu schleichen. Immer in Eile, auf der Flucht.

Flucht.

Das Wort klang in ihrem Kopf süß und verlockend. Sie spielte ein wenig damit, ließ sich davon durchdringen, schob es unter ihre Haut.

Flucht.

Ohne ein spezielles Ziel im Kopf zu haben, schlug sie den Weg Richtung Innenstadt ein. Menschen drängten sich auf den Straßen. Die Nachmittagshitze machte alle müde und reizbar. Willow ließ sich herumschubsen und mitziehen. Treibgut in der Strömung der Stadt. Sie kam an zwei jungen Frauen vorbei, die eine dritte trösteten, die weinte, ihre Gesichter eine Spiegelung der Besorgnis der anderen. »Er *verdient* dich überhaupt nicht«, beteuerten sie inständig. »Du kannst jemanden finden, der *viel* besser ist.«

»Aber ich *liebe* ihn«, jammerte die weinende Frau. Ihre Augen waren tränennass. »Ich *liebe* ihn, verflucht noch mal.«

Straßenverkäufer verhökerten von ihren Klapptischen aus billigen Bronzeschmuck. Sie wedelten sich frische Luft zu, schwitzten im Sonnenschein, kniffen die Augen vor dem grellen Licht zusammen. Sie kam an Künstlern vorbei, die gesprayte Bilder vom U-Bahn-Netz an Touristen verkauften, und blieb schließlich bei einem Händler stehen, der Drehbücher an Menschen verscheuerte, die im Stillen davon träumten, einmal selbst eines zu verfassen. Ihre Finger begrüßten lauter alte Freunde: *Shining, Being John Malkovich, Stranger Than Paradise, Das wissen die Spatzen allein*. Von Matteo Hendriksen.

Ihre Finger verharrten mitten in der Bewegung.

Ihr Vater.

Selbst hier, wo sie allein im Gedränge der Straße stand, fand er sie noch.

»Wollen Sie das haben?« Der rotgesichtige Mann hinter dem Stand lächelte ihr freundlich zu. »So richtig romantisch, was?«

Willow zog die Hand zurück.

»Wissen Sie was, einem so hübschen Mädchen wie Ihnen mache ich einen Sonderpreis. Zehn Dollar. Normalerweise kosten sie fünfzehn, aber –«

»Nein«, sagte Willow. »Ich bin kein Fan.«

Sie arbeitete sich aus dem Gedränge der Straße heraus und mischte sich unter die Menschenmassen auf dem Broadway.

Wenn sie nur permanent die Augen abwandte, sah sie nichts. Doch sobald sie die Menschen ansah, sobald sie die Männer ansah, starrten die zurück. Ganz offen. Ohne Scham.

Männer waren immer hungrig. Und sie erwarteten, gefüttert zu werden.

Sie überquerte eine belebte Kreuzung, blieb stehen, um ihr Telefon zu checken. Nachrichten von Mark, Evie, Krista und Meredith. Vor Angst schnürte sich ihr die Brust zu. Für eine Sekunde erwog sie ernsthaft, das Telefon durch das Kanalgitter zu ihren Füßen zu werfen, stellte sich vor, wie sie es verschwinden sehen würde, wie Krill, der von einem Wal aufgesaugt wurde.

Sie hob den Kopf, fragte sich, wo sie sein mochte. Eine Reklametafel blickte anzüglich auf sie herab.

Eine Frau, mit nichts weiter als einer aufgeknöpften Jeans bekleidet, lag ausgestreckt auf einem Teppichboden. Über ihr thronte ein Mann, doch man konnte nur den oberen Teil seiner Jeans, einen Teil seines Rückens und einen Arm von ihm sehen. Die Frau hielt ihre Brüste locker in den Händen. Zwischen ihren Fingern lugte eine halbe Brustwarze hervor. Ihre Lippen waren leicht geöffnet. Ihre Augen halb geschlossen. Als wäre sie betrunken. Als stünde sie unter Drogen. Als wünsche sie sich nichts sehnlicher, als durchgevögelt zu werden.

Wie aus dem Nichts stieg sengend heiße Finsternis in Willows Kehle auf, und sie musste die Hand vor den Mund schlagen, um nicht laut aufzuschreien. Sie wollte dieses Plakat abfackeln, es zerstören, mitsamt dem Fotografen und der Firma, die es gemacht hatte, und den Leuten, die es dorthin gekleistert hatten, und den Männern, die nach Hause gingen und an ihren armseligen Penissen herumrubbelten, während sie an diese Frau dort oben dachten, ausgestreckt und nackt und hilflos. Sie wollte jeden vernichten, der daran beteiligt gewesen war, dass in New York City eine Reklame aufgehängt worden war, die sagte, die Gott verdammt noch mal geradezu flehte: FICK MICH.

Aber meine Fotos werden anders sein, dachte Willow und wandte den Kopf ab, wünschte sich, sie hätte die Tafel nie gesehen. *Weil ich schon gefickt wurde.*

44

Als Evie nach Hause kam, stellte sie enttäuscht fest, dass die Wohnung dunkel und verlassen war. In der Küche füllte sie sich Wasser in ein Glas. Als sie Eiswürfel hineingeben wollte, war der Behälter leer. Krista hatte ihn nicht aufgefüllt. Wieder einmal. Evie betrachtete ihn, eher nostalgisch als verärgert. Genau jetzt brauchte sie ihre beste Freundin mehr denn je. Kurz erwog sie, ihre Mutter anzurufen, doch die würde wissen wollen, wie ihr Date am Vorabend verlaufen war. Ihr Date mit Velma.

Velma.

Velma hatte keine Mitteilung geschickt. Der Nachrichtenverlauf sah deprimierend verkrüppelt aus: Zuerst ihre eigene Mitteilung, in der sie die Einladung zum Abendessen annahm, und darauf Velmas simple Erwiderung. Danach nur endlose Leere. Selbstverständlich sollte Evie sich nicht bei ihr melden. Morgen wäre sie wieder die unscheinbare, alte Evie Selby und Velma nur noch Stoff für mitternächtliche Masturbationsfantasien und sinnloses Google-Stalking. Doch das konnte Velma nicht wissen. Warum hatte sie sich nicht gemeldet?

Evie warf wimmernd ihr Telefon beiseite. Die Wahrheit lautete, dass sie an beiden Fronten kläglich versagt hatte. Velma hatte kein Interesse, und *Extra Salt* war der letzte Mist.

Sie stellte sich vor den Wohnzimmerspiegel. Sie legte die

Hand auf die Hüfte und ahmte mit gesenktem Kinn und leeren Augen die Modelpose nach, die sie an jenem Abend gemacht hatte, als Krista sich verwandelt hatte. Das Mädchen im Spiegel blickte finster zurück: mysteriös und düster, wie einer Parfümwerbung entsprungen.

Chloe Fontaine konnte haben, wen immer sie wollte. Und sie würde nur noch für ein paar Stunden bleiben.

Scheiß drauf.

Sie nahm ihr Telefon und tippte eine Nachricht an Velma. Fühle mich wie Dorothy, jenseits des Regenbogens: Deinetwegen sehe ich alles in Technicolor.

Sie wartete auf eine Antwort.

Und wartete.

Und wartete.

Nichts.

Sie versuchte, sich mit Taylor Swifts Instagram-Posts abzulenken, mit Hangrid Tumblrs, mit den Kommentaren der *Achtung, bissig*-Leser, die nach ihrem wöchentlichen Post verlangten. Doch je mehr sie sich bemühte, vor ihren Gefühlen davonzulaufen, desto mehr Geschwindigkeit nahmen sie auf.

Nullpunkt, skandierten sie. *Nullpunkt.*

Morgen wäre sie wieder am Nullpunkt angelangt.

Wieder bei peinlichen ersten Dates, bei denen zwei enttäuschte Menschen sich nach Kräften bemühten, fröhlich zu wirken. Sie würde wieder bei Partys unauffällig die Gäste begutachten, als wäre jemanden kennenzulernen ein Job, den sie niemals bewusst angenommen hatte und den sie gleichzeitig nicht wieder loswurde. Sie wäre wieder bei den Gedanken angelangt, die sie ganz tief drinnen in ihrer Höhle der Scham vergraben hatte.

Du bist hässlich.

Du bist nicht liebenswert.

Wenn schon Chloe Fontaine keine Antwort bekam, wie wenig Hoffnung bestand dann erst für die normale, alte Evie Selby?

Die Haustür öffnete sich. »Hey«, krächzte Krista.

Evie sprang auf, mehr als dankbar für die Ablenkung. Wie manisch plapperte sie los. »Hey! Oh Gott, ich bin so froh, dass du zu Hause bist!«

Krista hielt die Flasche mit dem Pretty hoch. »Ich stelle sie zurück. Nochmals sorry deswegen.«

»Ach, das ist schon in Ordnung. Ich hatte *so* einen beschissenen Tag«, sagte Evie, erleichtert, sich nun mit dem etwas weniger bedrückenden Drama um die Webserie befassen zu können. »Hast du *Extra Salt* gesehen?

»Nein.«

»Gut. Lass es sein. Die Girls-Gone-Wild-Erotikfilmchen sind dagegen absolut fortschrittlich. Alles von mir wurde herausgeschnitten, eine einzige Katastrophe! Und jetzt weiß ich nicht, was ich tun soll. Ich habe versagt.« Sie schlug sich fassungslos gegen die Brust. »Ich, Evie Selby, bin verantwortlich für noch mehr hirnlosen Schwachsinn, durch den man mal wieder versteht, warum in dem Wort Sexist das Wort sexy vorkommt. Und morgen wird höchstwahrscheinlich das Pretty bei mir nicht mehr wirken. Damit heißt es Adiós Velma Wolff, und hallo Online-Verabredung. Oder sollte ich lieber Online-Verscheißerung sagen? Sie führen nämlich nie zur ›Paarung‹, und das erhöht die ›Verärgerung‹.«

Krista fand eine fast leere Flasche Whisky im Schrank über der Spüle und goss die Reste, die sich noch darin befanden, in einen Kaffeebecher.

»Ich hätte niemals auf Kelly hören dürfen«, stöhnte Evie. »Dieser blöde Großstadt-Cowboy hat mich – Hey, geht es dir gut?«

»Heute gab es am Set eine Art Zwischenfall«, nuschelte Krista.

»Was für einen Zwischenfall?« Evie schüttelte den Kopf. »Warte, wir reden gleich darüber, sobald wir besprochen haben, was ich tun sollte – «

Krista wandte Evie das Gesicht zu. Ihre Augen waren geschwollen und rot. »Ich wurde gefeuert.«

»Was?«, keuchte Evie.

»Ich wurde gefeuert. Vom Studio.« Krista schlurfte ins Wohnzimmer und erzählte die ganze üble Geschichte: alles, was sie auch schon Gillian berichtet hatte, alles, was dazu geführt hatte, dass sie kurzerhand vom Set weggebracht worden war. »Jetzt werde ich nicht bezahlt, und Tristan hasst mich, und alles ist am Arsch.«

»Wow«, sagte Evie. »Oh Kris, es tut mir so leid.« Es war schon eine Weile her, seit sie das letzte Mal die Rolle der tröstenden besten Freundin hatte spielen müssen, weil Krista mal wieder Mist gebaut hatte und ihr Mitgefühl brauchte. Doch obwohl sie ihre Freundin bemitleidete, ärgerte sie sich auch über sie: Hatte Krista nicht versprochen, das Pretty zu benutzen, um ihr das Geld zurückzuzahlen, das sie ihr praktisch gestohlen hatte? »Wie geht es weiter?«

Krista nippte an dem Becher. »Ähm. Ich weiß nicht genau.«

»Gibt es keinen Notfallplan?«, bohrte Evie nach. »Kein neues Projekt?«

Krista schüttelte den Kopf. »Hey, hast du in letzter Zeit Willow mal gesehen?«

Evie merkte sehr wohl, dass ihre Mitbewohnerin das Thema wechselte, instinktiv jedem Gespräch über Verantwortung aus dem Weg ging, aber es funktionierte. »Nicht seit, lass mich nachdenken, Montagnachmittag. Sie hat mir dabei geholfen, mich für mein Interview mit Velma fertig zu machen.« Allerdings hatte sich Evie bei dieser Begegnung mehr auf ihr Kleid als auf ihre Freundin konzentriert. »Aber ich habe sie – Caroline – heute Morgen, bevor ich gegangen bin, auf der Couch schlafen sehen, weshalb ich vermute, dass sie wieder Pretty genommen hat.«

»Tatsächlich?«, fragte Krista verwundert. »Na so was.«

»Was ist?«

»Es überrascht mich wohl einfach nur. Ich dachte, sie wollte es nur einmal ausprobieren, na ja, um es erlebt zu haben.«

»Also, du hast es auch ein zweites Mal genommen«, bemerkte Evie.

»Schon, aber mein Grund war *Funderland.* Was hat Willow vor?«

Evie atmete langsam aus. Sie wusste es nicht. Und um ehrlich zu sein, konnte sie noch nicht einmal raten. »Sie ist so … rätselhaft.«

Krista nickte und machte dabei große Augen. »Absolut. Manchmal glaube ich, sie durchschauen zu können, und manchmal denke ich nur ›Wer bist du? Wie sieht dein Leben aus?‹«

»Kinder, die in New York aufwachsen, sind eben anders«, sagte Evie und lehnte sich auf der Couch zurück. »In der Mittelstufe machen sie Schulausflüge in die Oper, und sie lernen Analysis, bevor sie Fahrrad fahren können.« Ganz kurz erwog Evie, Krista von Willows Nachricht auf ihrer Mailbox zu erzählen. Derjenigen, von der sie vermutete, dass Willow von einem Krankenhaus aus angerufen haben könnte. Doch sie entschied sich dagegen, weil sie nicht hinter Willows Rücken über sie klatschen wollte – schließlich handelte es sich nur um eine Vermutung. »Manchmal bin ich so eifersüchtig auf sie – sie hat den ganzen Tag Zeit, sich ihrer Kunst zu widmen, und muss sich keine Gedanken um einen blöden Job machen.«

»Ich nicht«, sagte Krista zu Evies Verblüffung. »Mensch, wenn ich so viel Freizeit hätte wie sie, säße ich schon längst im Irrenhaus. Überleg doch mal: Wir müssen uns in der Schule anstrengen, um auf ein gutes College zu kommen, um einen guten Job zu bekommen, damit wir Karriere machen können. Willow muss das alles nicht, weil sie ihren Vater hat. Ich bezweifle, dass jemandem wie ihr viel Freizeit guttut. Zu viel Zeit hierfür.« Krista tippte sich gegen die Schläfe.

»Mein Gott, du hast recht«, sagte Evie. »Verdammt, ich wünschte, ich wüsste, was sie in letzter Zeit gemacht hat. Sie antwortet nicht auf meine Nachrichten. Ich frage mich, ob sie merkt, dass das schräg ist.«

»Vielleicht machen das introvertierte Menschen so«, meinte Krista. »Oder prominente Menschen.«

»Ich hoffe nur …«

»Was?«

»Ich hoffe nur, es war kein Fehler von uns, sie das Pretty nehmen zu lassen.«

»Was meinst du damit?«

»Ich meine damit, dass ich Willow für relativ zerbrechlich halte. Ich weiß auch nicht, manchmal glaube ich, sie kann ein wenig selbstzerstörerisch sein. Zum Beispiel, weil sie sich immer mehr betrinkt als wir. Und sie trinkt auch am Tag. Sogar mittwochs.«

»Das ist mir noch nie aufgefallen«, sagte Krista.

»Und sie geht wegen diesem ganzen Kunstkram immer so hart mit sich selbst ins Gericht. Ich denke, dass Willow glaubt, dass sie eine vollkommene Versagerin ist, wenn sie es nicht schafft, so erfolgreich wie ihr Vater zu werden.«

Krista nickte betrübt. »Lass uns ein Abendessen organisieren. Sie zurück in die Wohnung holen. Damit wir wissen, was bei ihr los ist.«

»Großartige Idee. Oh, apropos, ich muss Ella-Mae noch eine Nachricht schicken.« Evie holte ihr Telefon hervor. »Danke, dass du mir diese Mail weitergeleitet hast.«

»Keine Ursache.« Krista trank den letzten Rest Whisky aus. »Wie hast du denen bei *Salty* eigentlich das mit Chloe erklärt?«

Evie konzentrierte sich gerade auf die E-Mail von Ella-Mae, auf den Teil, in dem Ella-Mae erwähnte, dass Chloe Evies Mitbewohnerin sei. »Das habe ich doch schon erzählt: Ich habe behauptet, wir wohnen zusammen.«

»Stimmt.« Krista nickte. Dann schüttelte sie den Kopf. »Nein, Moment mal: Hast du nicht gesagt, du hättest einfach den Platz von jemand anderem eingenommen?«

»Hm?« Evie zwirbelte eine Haarsträhne um eine Fingerspitze. »Ach ja. Richtig.«

Kurzes Schweigen. »Evie?«

Evie war mit ihrem Telefon beschäftigt. Noch immer kein Wort von Velma.

»Evie.« Kristas Stimme klang merkwürdig.

»Was?«

»Du verbirgst etwas. Das sehe ich dir an.«

»Was?« Evie hob den Kopf und bemühte sich, ein gekränktes Gesicht zu machen.

»Du belügst mich.«

»Das tue ich nicht.«

»Du spielst an deinem Haar herum, du bist sichtlich nervös.« Krista klang eher misstrauisch als wütend.

»Es ist nichts.« Evie sprang auf. »Ich muss duschen –«

»Sag es mir!« Krista rückte Evie auf die Pelle. »Evie, sag es mir!«

Evie wappnete sich. »Als ich noch normal war, habe ich ihnen angeboten, dass du vorsprechen könntest. Krista Kumar, meine Mitbewohnerin. Als ich dann Chloe wurde, habe ich« –

Evie zuckte mit den Schultern, hob die Hände – »behauptet, du zu sein. Dass Chloe Evies Mitbewohnerin wäre.«

Krista erwiderte nichts. Evie dröhnte ihr eigener Herzschlag dumpf in den Ohren. Krista stellte ihren Whisky vorsichtig auf dem Beistelltisch ab, als hätte sie gerade erst bemerkt, dass er vergiftet war. »Du, die mir wegen der Rechnungen so eine Szene gemacht hat, hast mir meinen Platz geklaut?«

Evie sprach hastig: »Du wolltest an jenem Tag sowieso zu CPU, und dann hast du ja die Rolle in *Funderland* bekommen. Am Ende ist also alles gut ausgegangen.«

»Ich hätte eine tolle Moderatorin abgegeben. Und selbst, wenn ich den Job nicht bekommen hätte, war dort ein Casting-Agent anwesend, oder?«

»Ja, schon. Aber –«

Krista fiel ihr ins Wort. Sie war stinksauer. »Als ich mit dem Schauspielunterricht anfing, warnte man mich, dass es in New York mörderisch zugeht. Dass die Schauspieler versuchen würden, sich gegenseitig zu unterminieren, Ankündigungen für Vorsprechen abhängen oder Kollegen bei den Besetzungschefs schlechtmachen würden. Man warnte mich, wachsam zu bleiben.« Ihr Tonfall wurde scharf. »Aber ich hätte nie geglaubt, dass die erste Person, die mich verarscht, ausgerechnet meine beste Freundin sein würde.« Damit fuhr Krista herum und steuerte auf ihr Zimmer zu.

»Tut mir leid.« Evie packte Krista an der Schulter. »Ich brauche dich wirklich.«

Krista wand sich aus Evies Griff. »Mir egal. Dafür habe ich gerade den Kopf nicht frei.«

45

In der Vergangenheit war Willows Verlangen nach Sex mit einem trägen Faultier vergleichbar gewesen, das müde blinzelnd nach einem langen Nickerchen aufwachte und, wenn man es ließ, genauso schnell wieder in tiefem Schlaf versank. Doch als sie an der Zehnten Straße um die Ecke bog, fühlte sie sich ganz und gar nicht wie ein Faultier. Caroline war ein fauchendes, wildes Tier, das bereit war, die Fangzähne in jemandes Fleisch zu schlagen.

Mark betätigte den Türöffner, ohne zu fragen, wer vor der Tür stand.

Sie war zu ungeduldig, um auf den Fahrstuhl zu warten. Sie riss die Tür zum Treppenhaus auf, nahm auf dem Weg nach oben immer zwei Stufen auf einmal.

Ihr hämmerndes Herz zerschlug ihr fast die Rippen. Ihr Atem brannte heiß in ihrer Kehle.

Erster Stock. Zweiter, dritter, 3A, 3B –

Kaum hatte sie die Hand auf seine Wohnungstür gelegt, öffnete sie sich bereits.

Mark sah sie aufgewühlt an, hungrig wie ein Vampir.

Sie nahmen sich nicht die Zeit, Hallo zu sagen.

Sie prallten aufeinander.

Ihr Mund ein Gewitter, seine Hände hungrige Haie.

Sie zog Mark so kraftvoll mit sich in Richtung des Schlafzimmers, dass er beinahe stolperte. Feuer durchflutete sie, eine Flut silberfarbenes Adrenalin, das ihr das Gefühl verlieh, einen Zug hochheben und von einem Kliff schleudern zu können. Sie schubste ihn aufs Bett. Er landete mit einem »Uff«. Sie hockte sich breitbeinig auf ihn, fuhr mit den Lippen grob über seine, während sie sich an der Ausbuchtung in seiner Hose rieb.

Er keuchte, versuchte, sich hochzustemmen, um sich auf sie zu rollen, doch sie bäumte sich auf, nagelte ihn mit den Knien unter sich auf dem Bett fest. Sie zog ihm die Hände hoch über den Kopf und presste sie in die Kissen.

»Oh nein«, sagte sie, erregt und atemlos. »Nicht bewegen. Nein«, wiederholte sie entschlossen, als er die Hände wieder nach ihr ausstreckte. »Nicht – bewegen.«

Als er gehorchte, rutschte sie von ihm herunter und suchte rasch in seinem Schrank nach einer schwarzen Seidenkrawatte. Mark verfolgte mit großen Augen, wie sie sie um seine Handgelenke und die hölzernen Latten am Kopfende seines Bettes schlang und ihn fesselte.

»Kannst du dich bewegen?«, flüsterte sie.

Er zerrte an den Knoten. »Nein. Ich bin dein Gefangener.«

»Gut.«

Ohne den Augenkontakt zu ihm zu unterbrechen, ließ sie die Finger über seine Brust gleiten, während sie die Knöpfe an seinem Hemd öffnete. Er keuchte atemlos, als sie ihm das Hemd aufzog, seine nackte Brust hob und senkte sich, hob sich erneut. Ihre Finger wanderten weiter, zum Bund seiner Jeans. Der Knopf war aufgesprungen. Langsam, quälend langsam, machte sie sich daran, den Reißverschluss aufzuziehen.

Mark wand sich in seinen Fesseln, stieß ein Wimmern aus.

Willow sah ihm sofort wieder direkt in die Augen. Ihre Worte waren ein Befehl. »Nicht – bewegen.«

Sie zog ihm die Jeans ein Stück herunter. Er trug enge Boxershorts. Die dunkelblauen, neuen, die er, wie ihr schlagartig klar wurde, immer anzog, wenn er wusste, dass er Sex haben würde. Sie erstarrte, überrumpelt von der Wahrheit dieser Unterwäsche.

»Was ist?«, hörte sie ihn flüstern.

Er hatte gewusst, dass Caroline vorbeikommen würde. Eine irre Sekunde lang fragte sich Willow, ob Mark und Caroline es irgendwie geschafft hatten, diese Begegnung ohne ihr Wissen zu planen. Ob Caroline sich tatsächlich von ihr getrennt hatte und eine richtige Frau war, die ihr eigenes Leben führte.

»Caroline?«

Sie schob die Hand in seine Hose und zog seinen Penis heraus. Mark atmete hastig und flach. Für einen langen Augenblick betrachtete sie das Ding in ihrer Hand.

Das Ding, das Mark, ihren Freund, zu ihr geführt hatte. Zu Caroline.

Das Ding, das Männer dazu brachte, Reklametafeln mit üppigen, nackten Frauen zu entwerfen. Ihre persönlichen Fantasien in die Öffentlichkeit zu tragen, schamlos, ohne Bedenken oder Schuldgefühle.

Das Ding, das Versprechen brach. Das Ding, das Verrat beging.

Sie betrachtete sein Gesicht, während sie begann, das Ding zu streicheln.

Er verzog das Gesicht, kniff die Augen zu, sah sie nur flüchtig mit flatternden Lidern an, ihr Gesicht, ihren Körper, ihre Brüste, die sich durch ihr Kleid hindurch abzeichneten, ehe er sie wieder fest schloss. Unter seiner Haut wanden sich Tausende Schlangen.

Hitze zwischen ihren Schenkeln. Sie war erregt.

Der Rhythmus in Verbindung mit der Unrichtigkeit verwandelte sie in eine feuchte, glitschige Kreatur, die aus Lava und Hitze und Licht bestand.

Sie bewegte die Hand schneller.

Sie atmeten im Gleichklang, Ächzen und Schniefen und Stöhnen.

Schneller.

Auf die Felskuppe zu. Pferde, die blindlings voranpreschten, der Kutscher, der die Kontrolle verloren hatte, eine Kutsche, deren Räder über Felsen schlitterten, auf die Felskante zu, fast da, fast –

Willow ließ ihn los.

»Nicht aufhören!«, schrie Mark auf.

Willow schlüpfte aus ihrer Unterwäsche, die klebrig war, durchweicht, und zog den Rock bis zu den Knien hoch. Dann schwang sie sich herum und senkte sich langsam auf Marks Mund herab, das Gesicht in Richtung seiner Füße und des Ganzkörperspiegels an der gegenüberliegenden Wand.

Seine Zunge fand ihre Muschi, glitt ungeschickt über ihre Klitoris. Sie schaffte es nicht, einen Aufschrei zu unterdrücken; jede seiner Bewegungen löste Tausende Funken aus, jedes ihrer Nervenenden nahm Hunderte, Tausende, Millionen strahlender Sternschnuppen in sich auf.

Etwas Derartiges hatte sie noch nie getan, obwohl er sie oft darum gebeten hatte. Es erschien ihr vulgär, zumindest theoretisch; wie etwas, was Frauen taten, wenn sie dafür bezahlt wurden.

Doch nun fühlte es sich anders an.

Sie fühlte sich wild. Waghalsig. Machtvoll. Sie zog sich das Kleid vom Körper. Ihre Finger fanden ihr Haar, ihre Brustwarzen, ihre Haut, samtig und verschwitzt, geschmeidig und stark. Der Spiegel reflektierte diese Wahrheit: Caroline mit ihren vollen Lippen und Brüsten und muskulösen Schenkeln, Caroline, eine erotische, prachtvolle, vitale Kreatur. Eine Schlange.

Ein Teufel.

Ein Dämon im Kleid.

Eine Gezeitenwelle baute sich in ihr auf, ein Orgasmus, der so unaufhaltsam war wie sie selbst.

Ihr Blick fiel auf die Fotografie. Aufgenommen bei einer Hochzeit in den Hamptons. Mark und Willow.

Sie. Nicht sie.

Sie bewegte rabiat die Hüften.

Sie begann, laut zu stöhnen.

Die Frau im Spiegel war perfekt.

Die Frau im Spiegel war pures Gift.

Sie kam, lauthals, herrlich, ohne Hemmungen.

Ihre Schreie gellten durch die Backsteinmauern der Wohnung, in die Nacht hinaus, über Flüsse und Highways und Wolkenkratzer und hinauf in die Stratosphäre. Sie befand sich jenseits ihres Bewusstseins, jenseits aller Kontrolle.

Sie flog, manipulierte mit dem Schlag ihrer breiten Flügel die Luft, stieg höher, unaufhaltsam, der grausamen Sonne entgegen.

46

Evie konnte nicht schlafen, wegen des Streits mit Krista und weil sie noch immer darauf wartete, dass Velma sich meldete. Während die Stunden verstrichen, schlug ihre anfängliche, vage Neugier (*Warum hat sie nicht zurückgeschrieben?*) in ein quälendes, obsessives Delirium um (*Verdammt noch mal,* warum *hat sie nicht* zurückgeschrieben*?*).

Kurz vor zweiundzwanzig Uhr beschloss sie, Plan B, den sie sich auf gut Glück zusammengeschustert hatte, in die Tat umzusetzen. Sie würde sich selbst zu einem Schlummertrunk einladen, in eine Bar, die zufälligerweise in der Nähe der Williamsburg Bridge lag. Falls Velma sich noch meldete, wäre Evie praktischerweise nur einen Steinwurf entfernt. Sie malte sich aus, wie sie eine Antwort tippen würde: *Ich steige schnell in ein Taxi. Ich bin gleich da.*

Das war keine Verzweiflung.

Das war clever.

Dazwischen gab es einen deutlichen Unterschied.

Evie saß drei Stunden lang allein in einer finsteren, lauten Bar und wehrte währenddessen eine ganze Reihe Annäherungsversuche zunehmend betrunkenerer Männer ab. Anfangs blieb sie noch höflich: »Nein, danke, ich warte noch auf eine Freundin« oder »Ich habe schon etwas zu trinken, danke schön.« Doch am Ende verdrehte sie genervt die Augen und stöhnte »Muss das sein?« oder fauchte einfach nur »Nein«.

Anscheinend fühlten sich die Menschen durch ihre Schönheit dazu verpflichtet, sich ihr strategisch zu nähern. Das war das Schlimmste: Sie konnte die Gedankengänge in den Köpfen ihrer Verehrer so deutlich erkennen, als bestünden ihre Schädel aus Zellophan.

Da gab es die gefügigen Nullachtfünfzehn-Typen: Führungskräfte mittlerer Ebene, Lehrer, Yogatrainer. Sie waren harmlos und gaben schnell auf, wie Kühe: »Darf ich dir einen – Nein, okay, schönen Abend noch.«

Dann waren da noch die abgedrehten Künstlertypen mit viel zu starker Gesichtsbehaarung, die mit vorsätzlich schrägen Anmachsprüchen zu punkten versuchten: »Willst du jetzt sofort mit mir nach Coney Island fahren?«, »Hast du schon mal jemandes Blut probiert?«

Am meisten taten Evie die jungen, intelligenten Männer leid, die seltsam aussehenden Jungs, die bei ihr die größten Chancen gehabt hätten, wäre ihr Hirn nicht ein Kabelkanal gewesen, der ausschließlich Velma huldigte. Ihre hektischen Blicke täuschten darüber hinweg, wie viel in ihren Hirnen vor sich ging, und Evie konnte praktisch die kritische innere Stimme hören, die selbst bei einem banalen Zusammentreffen mit einer Frau keine Ruhe gab. Auf diese Männer übten so ausnehmend schöne Frauen wie Chloe die gleiche widersprüchliche Anziehungskraft aus wie ein guter Thriller: unterhaltsam, verlockend und gleichzeitig furchteinflößend.

Und dann gab es da noch die Aufreißer, die unter dem, wie Evie es nannte, Kleiner-Prinz-Syndrom litten: Unbewusst anmaßend führten sie sich auf, als wäre die ganze Welt ihr persönlicher Spielplatz. Sexuelle Rowdys, die als Komplimente getarnte Beleidigungen verteilten: »Dieses Kleid ist cool, aber deine Vorzüge kommen darin nicht zur Geltung«, »Bist du mit der Frau dort drüben befreundet? Sie ist so heiß«. *Im Endeffekt*, dachte Evie, *mögen solche Männer einfach keine Frauen*. In ihren Augen war das weibliche Sehnen nach einer emotionalen Verbindung nur Ausdruck von Bedürftigkeit. Empfindsamkeit betrachteten sie als Schwäche. Ästhetischer Genuss? Albern. *Sie mögen uns nicht, und trotzdem wollen sie uns vögeln*. Sie steckten in ihrem eigenen höllischen Dilemma fest. Ihre sexuellen Winkelzüge waren wie ein Spiegelkabinett: Frauen, die sich ihren sexuellen Forderungen nicht fügten, waren frigide, und die, die es taten, waren Schlampen. Auf ein ignoriertes »Hey, meine Schöne« folgte unweigerlich ein »Dämliche Zicke«.

Um ein Uhr nachts beendete sie schließlich das Ganze und lief durch die feuchte, schwere Nachtluft nach Hause, geschlagen und allein.

Als sie erwachte, war sie noch erschöpfter als zuvor. Ihr Bauch fühlte sich an, als würde er mit einem Messer aufgeschlitzt. Sie wusste, weshalb. Ihre Freundinnen hatten sie gewarnt.

Evie Selby war zurück.

Ihre Brille lag nicht an ihrem angestammten Platz neben dem Bett. Als es ihr schließlich gut genug ging, um sich wieder zu bewegen, fand sie sie auf der Kommode. Widerstrebend setzte sie sie auf und sah dem Ungeheuer in die Augen.

Der Anblick des Gesichts im Spiegel verblüffte sie so sehr, dass sie einige Schritte zurückwich. Eine plumpe, junge Frau mit teigigem Gesicht, schrecklich schmalen Lippen und unregelmäßigen, vom Kaffee verfärbten Zähnen glotzte sie an. Cinderellas abstoßende Stiefschwester. Das »Vorher« eines Film-Umstylings.

Sicher nicht. Hatte das Pretty sie irgendwie hässlicher gemacht, eine grausame List, um eitle Menschen zu täuschen?

Nein. Trotz des widerwärtigen Anblicks erinnerte sie sich klar und deutlich daran, dass das im Spiegel sie war: Evie Elizabeth Selby. Dies war ihr normales Ich. Nichts hatte sich verändert.

Und doch war alles anders.

Schockierend, wie schnell sie sich daran gewöhnt hatte, Chloe jeden Morgen in ihre Rehaugen zu blicken, an ihre strahlende Haut, so geschmeidig und glatt wie eine Muschel, an ihren breiten Mund voller weißer Zähne.

Sie konnte sich der Frau im Spiegel nicht mehr länger stellen und griff nach dem Telefon.

Velma hatte ihr eine Mitteilung geschickt.

Um 1:37 Uhr.

Wo bist du?

Evie konnte es nicht fassen.

Velma hatte sich gemeldet. Gleich, nachdem sie ins Bett gegangen war. Sie hatte ihre Nachricht nur um wenige Minuten verpasst. Um *Minuten*!

Evie ließ sich seitlich aufs Bett sinken. Ihre Beine versagten ihr den Dienst.

Wenn sie das Pretty nicht mehr nahm, würde sie Velma nie wiedersehen. Denn wie könnte sich Velma, mit ihren Dior-Anzügen und ihren silbernen Kreditkarten, jemals für die unscheinbare, alte Evie Selby interessieren?

Geistesabwesend öffnete sie ihr E-Mail-Postfach.

Und Velma Wolff war augenblicklich vergessen.

Am Tag, als Evie den Part als Moderatorin bekommen hatte, hatte sie Google Alerts für »Chloe Fontaine« und »*Extra Salt*« eingerichtet. Bislang hatten sie keine Ergebnisse geliefert. Doch nun war ihr kompletter Posteingang voll. Sie tippte auf den ersten Eintrag.

Salty startet Webserie, Internet lacht sich tot. Das Team von

Salty, üblicherweise schwer damit beschäftigt, Sex in der Schubkarrenstellung zu haben, hat sich die Zeit genommen, eine Webserie namens *Extra Salt* ins Leben zu rufen. Dabei handelt es sich um den üblichen Schwachsinn, den man von diesem hirnlosen Verein erwarten darf, zusammengehalten von Model-Schrägstrich-Dummchen Chloe Fontaine, die es hervorragend schafft, ein Rehkitz darzustellen, das gerade eins auf die Schnauze bekommen hat. Zu den Höhepunkten gehören –

Sie schaffte es nicht, weiterzulesen. Ihr Gesicht fühlte sich kochend heiß an. Das war sie. In diesem Beitrag ging es um sie.

Sie klickte auf den nächsten.

Achtung, scharfer Feger! Meine Herren, dürfen wir Ihnen den aktuellsten Neuzugang für Ihre Sammlung heißer Sexfantasien vorstellen? Chloe Fontaine. Diese dunkelhaarige Schönheit wird Sie und Ihren Johnny für genau dreieinhalb Minuten bestens unterhalten. Kleiner Tipp: Video ohne Ton laufen lassen.

Der Eintrag stammte von einer Popkultur-Seite, deren Zielgruppe Männer waren; Bilder von Frauen in Bikinis wechselten sich mit Berichten über Werkzeug ab. Unterhalb des Textes war die *Extra-Salt*-Episode eingebettet. Erstaunlicherweise gab es dazu bereits fünfundvierzig Kommentare.

Mmmm ... Das gefällt Papi.

Warum hat sie denn so ein komisches Gesicht?

Ich würde es ihr besorgen.

Das ist das Dämlichste und Albernste, was ich jemals gesehen habe. Warum ist sie überhaupt am Leben?

BÜCK DICH, SCHLAMPE, ICH STECK DIR –

Evie ließ das Telefon fallen. Sie hatte eine Gänsehaut. Bekam kaum Luft. Diese Kommentare waren so außerordentlich gemein, so unglaublich respektlos. Sie bezogen sich auf Chloe! Auf die süße, idealistische Chloe, die nur versuchte, ihr Bestes zu geben, die eigentlich ein sehr netter Mensch war. Lieber

Himmel, und das war nur eine Webseite. Wie viele Kommentare würde sie erst auf YouTube finden? Hunderte? Tausende? Wie viele Menschen lachten über sie, lehnten sie ab, verdrehten die Augen über die hirnlose Chloe Fontaine mit ihren bescheuerten Dildos?

»Eigentlich wollte ich doch dafür sorgen, dass alles *besser* wird!«, heulte sie in ihrem Zimmer auf.

Und es gab nur eine einzige Möglichkeit, um einen zweiten Versuch zu unternehmen.

Nur einen Weg, um dieses grässliche Schreckgespenst im Spiegel auszulöschen.

Nur einen Weg, um Velma wiederzusehen.

Sie holte tief Luft und atmete ruhig wieder aus.

Nur noch ein einziges Mal.

47

Das Knallen der zuschlagenden Wohnungstür riss Krista aus dem Schlaf. Wimmernd zog sie sich die Decke über den Kopf.

Dass sie gefeuert worden war, war nicht ihr einziges Problem. Sie wurde auch das Gefühl nicht los, dass das Pretty … ihr zusetzte. Jedes erfolglose Vorsprechen, jede Kapitulation vor ihrem Vater, jede deprimierende Trennung – all die Misserfolge in ihrem Leben schienen sich zu brodelnder Beklemmung zu ballen, so konzentriert wie das Pretty selbst.

Ein derart unbezähmbares, nagendes Unbehagen kannte sie gar nicht. Normalerweise legte Krista auf ihr Äußeres nicht übermäßig viel Wert. Es gehörte zu den tausend anderen alltäglichen Belangen, wurde manchmal einfach vergessen, geriet nur sehr selten zu einem Drama. Doch nun war dieses Gesicht, dessen Reflexion der Badezimmerspiegel zurückwarf, das ebenso umwerfend wie besorgt aussah, alles, woran sie denken konnte.

Es gab nur eine einzige Person, die ihr Antworten liefern könnte.

Penny Baker.

Pennys Facebook-Seite war seit einem halben Jahr inaktiv. Eine Stunde Online-Schnüffelei förderte lediglich ein einziges Bild der Frau zutage, die sie bei McHale's Ales getroffen hatte. Sie war bei einer schicken Party in Abu Dhabi fotografiert worden, hing am Arm eines dunklen, gutaussehenden Mannes mit kunstvoll rasierter Gesichtsbehaarung. Die Bildunterschrift lautete *Penelope Worthington, geborene Baker*. Krista wurde klar, dass Penny sich womöglich nicht mehr in New York aufhielt. Trotzdem würde sie versuchen, sie zu finden. Sie hatte nichts zu verlieren.

Während der Fahrt mit der U-Bahn fühlte sie sich ängstlich und nervös. Zu viele Menschen, die sie anzustarren schienen, jede ihrer Bewegungen beobachteten. Am Union Square stieg sie geduckt aus einem vollen U-Bahn-Waggon aus, fest davon überzeugt, dass ein Mann in einem schwarzen Mantel ihr folgte, wodurch sich ihre unterschwellige Beunruhigung prompt zu ausgewachsener Panik steigerte.

Niemand ist hinter dir her. Du machst dich ja lächerlich.

Oder vielleicht doch?

Das hell erleuchtete Foyer des Trainingscenters ihrer alten Impro-Schule wirkte augenblicklich beruhigend auf sie. Vertraut, ungezwungen, heimelig. Junge Männer und Frauen hatten es sich auf den durchgesessenen Sofas bequem gemacht, unter Postern von berühmten Comedians und alten Sketch-Shows. Krista musste an die Zeit denken, als sie vorübergehend zu ihnen gehört hatte – als sie kurze Stücke mit ihren Kommilitonen eingeübt hatte, sich mit ihnen über die neuen Impro-Teams unterhalten hatte oder darüber, bei welchem Lehrer sie unbedingt als Nächstes einen Kurs belegen mussten. Damals war ihr Leben einfach gewesen, einfach auf eine Art, die ihr erst bewusst geworden war, als es nicht mehr so gewesen war.

Der junge Mann hinter der Empfangstheke hatte ein blasses Gesicht, das von einem roten Haarschopf überschattet wurde. Wie sie es bereits öfter erlebt hatte, musste auch er zweimal hinschauen, als sie sich ihm näherte, weil er wohl, wie die meisten, in ihr entweder Cupcake Girl oder schlichtweg eine superheiße Frau erkannte. Allerdings verbarg er es gut. »Hey, was gibt's?«

Krista schenkte ihm ein breites Lächeln. »Ich habe Anfang des Jahres hier einen Kurs belegt, zusammen mit einer Freundin, Penny Baker. Sie ist … ausgestiegen … und wie vom Erdboden verschluckt. Ich mache mir Sorgen um sie. Wäre es irgendwie möglich, dass du mir ihre Adresse gibst?«

Der junge Mann lächelte verwirrt. »Tut mir leid, aber wir dürfen keine Informationen über unsere Schüler herausgeben.«

»Ja, das habe ich mir schon gedacht, aber es handelt sich um einen Notfall. Ich glaube, dass ihr etwas zugestoßen sein könnte.«

»Wenn du ihre Freundin bist, warum hast du dann nicht ihre E-Mail-Adresse? Oder ihre Handynummer?«

Krista beugte sich vor, sodass sich ihr Ausschnitt ein wenig nach unten verschob. »Meine Güte, du hast unglaubliche Augen. Wie würdest du sie bezeichnen: himmelblau?« Sie klimperte mit den Wimpern und sprach jedes Wort aus, als würde sie an einer Zuckerstange lutschen. »Oder babyblau? Sind sie babyblau?«

Der Rotschopf ließ sich nicht beeindrucken. »Ich bin schwul.«

Schnaubend zog Krista ihr Oberteil wieder hoch. »Hör mir mal zu, ich brauche verdammt noch mal ihre Adresse, okay? Ich versuche wirklich nur jemandem, der meines Erachtens in Schwierigkeiten steckt, zu helfen. Also sei nicht so ein feiger Schlappschwanz und hilf mir. Bitte?«

Diese Herangehensweise fruchtete.

Penny hatte als Adresse eine Wohnung in South Park Slope in der Nähe des Gowanus Canal angegeben. Krista brauchte eine Stunde, um sie zu finden, und dann noch eine weitere

Stunde, um den aktuellen Mieter dazu zu überreden, ihr die Nachsendeadresse zu verraten, die »Penelope Worthington« hinterlassen hatte: 500 Park Avenue.

Eine hübsche Adresse.

Ein Portier in einem makellosen, marineblauen Anzug öffnete dort die breite Glastür für sie. Das Innere des Gebäudes strotzte vor Marmor und Kerzenleuchtern und Geld. Als Krista der gepflegten Dame am Empfang mitteilte, dass sie Penelope Worthington einen Besuch abstatten wolle, hätte sie schwören können, dass die Frau blitzschnell einen Anflug von Verwunderung überspielte. »Sie heißen?«, erkundigte sie sich, während sie bereits ein Telefon ans Ohr drückte.

»Krista Kumar.« Es war das erste Mal, dass sie Lenka als Krista vorstellte.

Die Frau sprach den Namen in den Telefonhörer. Dann legte sie auf und lächelte Krista an.

Es war ein vorsichtiges Lächeln. Ein Lächeln, in dem eine Art Warnung mitschwang.

»Penthouse.«

48

»Fantastisch. Ich kann gar nicht in Worte fassen, wie stark du dich weiterentwickelt hast, Willow. Diese Arbeit beeindruckt mich einfach *zutiefst.*«

»Danke, Meredith.« Willow stellte sich vor, wie ihre Kuratorin in ihrem Büro saß und sich durch die neuen Porträts klickte, die sie ihr eben per Mail geschickt hatte. Sie selbst saß zusammengekauert in einem ruhigen Café im Süden von Williamsburg am Fenster, ein unangetasteter schwarzer Tee vor ihr auf dem Tisch. Sie hatte Mark leise schnarchend in seinem Bett zurückgelassen. Die Erinnerung an die vergangene Nacht umhüllte sie wie ein leichter, fremdartiger Dunstschleier. Sie hatte abwechselnd das Gefühl, zu fallen oder zu fliegen, was ihre Eingeweide auf eine übelkeiterregende und dennoch angenehme Weise in Aufruhr versetzte. »Ich bin froh, dass die Bilder dir gefallen.«

»Gefallen? Süße, ich liebe sie. Oh, dieser Schmerz. Diese Dramatik. Ich liebe es!«

Dieses Lob zu hören – so ungekünstelt, so echt – wärmte sie von innen, brannte ihren Kater fort. Sie musste sich selbst ermahnen, nicht wie ein Volltrottel zu grinsen. »Gut.«

»Okay, was soll's. Ich werde mich jetzt einfach auf mein Bauchgefühl verlassen. Ich möchte eine weitere Ausstellung mit dir machen. In zwei Wochen.«

Willow richtete sich auf. Ihre erste Ausstellung hatte eine Vorlaufzeit von sechs Monaten gehabt. »Was?«

»Eigentlich habe ich schon etwas anderes geplant, aber das werde ich zurückstellen. Bei dieser Sache habe ich einfach ein sehr gutes Gefühl, Willow Hendriksen. Ich glaube, dass diese Arbeiten dich zum Star machen werden!«

»Wow. Danke. Das ist unglaublich. Ich habe nur nicht …«

»Was hast du nicht?«

Willow schluckte. »Ich habe mir wohl einfach nie ernsthaft vorgestellt, dass die Bilder einmal an einer Wand hängen könnten. In einer Galerie.«

Meredith lachte trällernd. »Wo hast du sie dir denn dann vorgestellt? Du bist eine Künstlerin, Willow, und Kunst braucht ein Publikum.«

Du bist eine Künstlerin. Die Worte sprangen in ihrem Kopf herum, immer schneller, bis ihr fast schwindelig wurde. »Stimmt.«

»Ich denke, wir brauchen nur noch eine weitere Fotoserie, und dann haben wir genug für die Ausstellung zusammen. Bitte sag mir, dass Caroline sich noch immer in New York aufhält. Oh, ihr Gesicht.« Meredith seufzte. »Ich könnte es *stundenlang* einfach nur anstarren.«

Sie sah sich im Fenster tief in die eigenen, weit auseinanderstehenden Augen, deren Spiegelung geisterhaft wirkte. Im Kopf stellte sie sich vor, das Wort *Nein* auszusprechen. Meredith mitzuteilen, dass Caroline die Stadt verlassen hatte, dass alles vorbei war. Schließlich verletzte sie Mark, durch ihre Handlungen, die sie nicht vollständig kontrollieren konnte, dadurch, dass sie Trieben folgte, die einem unergründlichen, fast schon mythischen Ort entsprangen.

Doch Mark handelte aus freien Stücken. Er traf seine eigenen Entscheidungen. Und es war besser, jetzt die Wahrheit über ihren Freund zu erfahren, bevor es zu spät war. So, wie es für ihre Mutter zu spät gewesen war. Zehn Jahre ihres Lebens waren beim Teufel, weil sie einen Mann geheiratet hatte, der höchstwahrscheinlich jedes Wochenende eine andere Frau gevögelt hatte.

Und, wie Meredith gesagt hatte, war sie eine Künstlerin.

Und für die Kunst musste man Risiken eingehen.

»Ja«, antwortete sie. »Caroline ist noch hier.«

49

Als Krista ihren Finger hob, um den kleinen, goldenen Klingelknopf des Penthouse zu drücken, ließ sie eine unerwartete Woge aus Angst mitten in der Bewegung erstarren. Was, wenn Penny … anders aussah? Entstellt? Abscheulich? Wollte sie das wirklich wissen? Wollte sie wirklich einen sichtbaren Beweis für das Schicksal, das sie alle für sich selbst besiegelt hatten?

Sie klingelte an der Tür.

Schritte näherten sich.

Krista erstarrte, wollte plötzlich nur noch davonlaufen, doch ihre Glieder verweigerten ihr den Dienst.

Die Tür öffnete sich.

Krista keuchte erstickt. Hastig schlug sie die Hand vor den Mund.

Das Mädchen, das die Tür geöffnet hatte, war Penny: die pummelige, normale Penny, die sie aus ihrem Kurs kannte. Doch ihre Augen waren blutunterlaufen. Ihre Haut gerötet und aufgedunsen. Ihre Mundwinkel wiesen nach unten wie bei einer Kröte.

»Krista?«, röchelte die Gestalt. »Bist du das? Wie um alles in der Welt hast du mich gefunden?«

»Penny!« Krista taumelte einen Schritt rückwärts. Sie hatte recht gehabt. Das Pretty war ein Todesurteil, eine schlechte Droge, eine böse Tat, Quasimodo, die Bestie –

»Komm rein.«, sagte Penny gestikulierend. »Normalerweise lasse ich nicht zu, dass mich jemand in diesem Zustand sieht. Du stellst wohl eine Ausnahme dar.«

Widerstrebend trat Krista ein und ließ erst einmal die unglaublich hohen Wände auf sich wirken, von denen Pennys Stimme widerhallte. Die makellosen Designermöbel. Die geometrischen Sprossenfenster. Es war so kalt, dass sie beinahe zitterte.

Penny sah sie prüfend an. »Was ist los?«

Krista schluckte. »Dieselbe Frage könnte ich dir stellen.«

Penny verdrehte die Augen und zog den Gürtel ihres pinkfarbenen Satinmorgenrocks enger. »Männer«, sagte sie mit einem kläglichen Lächeln.

Da verstand Krista endlich. Penny war nicht entstellt. Sie hatte nur geweint. Urplötzlich empfand sie so große Erleichterung, dass sie unwillkürlich zusammensackte und sich an einer gigantischen chinesischen Vase abstützen musste.

Penny zog einige Taschentücher aus einer goldenen Schachtel, um sich die Nase zu putzen. »Möchtest du einen Drink?«

Es war um die Mittagszeit. »Ähm, klar.« Sie folgte Penny in die riesengroße Küche. »Diese Wohnung ist der Wahnsinn.« Im Vergleich zu ihr wirkte Willows Apartment bescheiden.

»Du hast Glück, dass du mich überhaupt hier erwischst. Ich habe mich diesen Sommer nur zwei Tage in New York aufgehalten. Heute und an dem Tag, an dem wir uns begegneten.«

Krista strich über die glänzenden Granitarbeitsflächen, bewunderte die Regale mit glänzenden Weingläsern. »Wo warst du denn in der Zwischenzeit?«

»London. Danach Monaco. Dann wieder zurück nach London.«

»Cool.«

»Es ist ermüdend.« Penny öffnete einen Kühlschrank, dessen Tür die Größe einer Reklametafel hatte. »Ist Wodka in Ordnung?« Sie entnahm dem mit diversen Alkoholika vollgestopften Kühlschrank eine klobige Flasche.

»Du achtest auf ausreichend Vorräte, was?«, bemerkte Krista.

»Irgendjemand tut das. Das gehört zu den gewissen …›Vorzügen‹.« Penny goss zwei Gläser ein, fügte einen Spritzer Mineralwasser hinzu und ging dann voraus zu einer Couch, die einem der hohen, winkeligen Fenster zugewandt stand. Die Couch war knallorange, äußerst unbequem und sah, wie alle anderen Möbelstücke auch, brandneu aus. Penny reichte Krista ihr Glas. »Prost«, sagte sie. Das Klirren der aufeinandertreffenden Gläser hallte eine Sekunde nach, bevor der große Raum es verschluckte.

»Wem gehört die Wohnung?«, erkundigte sich Krista. Auch wenn sie sich deswegen schuldig fühlte, fand sie, dass Penny hier deplatziert wirkte.

»Meinem …« Penny suchte einen Moment lang nach dem richtigen Wort. »Freund. Obwohl wir uns derzeit in einer unserer weniger freundschaftlichen Phasen befinden.« Sie wies vage auf Kristas Gesicht und Körper. »Mir gefällt, was es bei dir bewirkt hat. Es ist anders. Genießt du es?«

Krista blickte an sich hinab und fühlte sich plötzlich unpassenderweise beschämt. »Was ist es?«

Penny lächelte und lachte kurz auf. »Ich weiß es nicht.«

»Verdammt. Ernsthaft?«

»Tut mir leid. Ich habe genauso wenig Ahnung wie du.«

»Warum hast du mir nicht erzählt, welche schlimmen Auswirkungen es hat, direkt, nachdem man es eingenommen hat?«

»Habe ich das nicht?« Sie klang verwundert. »Ist mir wohl entfallen.«

Krista fand es kaum vorstellbar, dass man sich so sehr an die Verwandlung gewöhnen konnte, dass man ihre unangenehmen Nebenwirkungen schlichtweg vergaß. Was für eine beängstigende Vorstellung. »Von wem hast du es bekommen?«

Penny schwieg einen Augenblick. Dann wies sie mit ihrem Glas auf die fußballfeldgroße Wohnung.

»Von dem Mann, dem das alles gehört?«, riet Krista.

Penny nickte. »Mehr oder weniger.«

»Nimmt er es auch?«

Penny legte einen Finger auf die Lippen. »Wenn du es jemandem verraten würdest, würde er dich umbringen.«

Sie sagte das so leichthin, dass es fast wie ein Witz klang, aber aus irgendeinem Grund wusste Krista, dass sie es nicht scherzhaft meinte. Ihre Arme überzogen sich mit einer Gänsehaut. Penny sah sie schweigend an, schwenkte den Wodka in ihrem Glas.

»Warum hast du es mir gegeben?«, wollte Krista wissen.

»Habe ich dir doch schon erklärt. Du warst nett zu mir –«

»Aber wir kannten einander nicht mal richtig.«

Penny wandte seufzend den Kopf, blickte aus dem Fenster. Ihre Wange war von Aknenarben zerfurcht. »Vielleicht hast du mich einfach in einem schwachen Moment erwischt.« Sie trank einen weiteren Schluck. »Bist du etwa unglücklich darüber, dass ich es dir gegeben habe?«

»Nein. Hey, ich wache jeden Tag mit diesen großartigen Möpsen auf. Es ist wie eine Brustvergrößerung, die ich nicht bezahlen muss.« Krista stieß ein Lachen aus, doch selbst in ihren Ohren klang es hohl. »Es hebt die Welt irgendwie ganz schön aus den Angeln. Aber manche Menschen haben nicht mal genug zu essen. Wie könnte ich mich also beschweren?«

Penny nickte. »Verstehe.«

»Hast du versucht, es loszuwerden?«, fragte Krista, der erst in diesem Augenblick auffiel, dass diese Möglichkeit tatsächlich bestand.

Penny sah sie mit ihren blutunterlaufenen Augen an, die so groß und traurig und ernst wirkten. »Meine Güte, es ist wirklich schön, dass du da bist, Krista. Manchmal … Manchmal habe ich das Gefühl, dass –« Doch das Geräusch eines Schlüssels, der sich im Schloss der Wohnungstür drehte, unterbrach sie. Penny zuckte zusammen, nicht nur wegen des unerwarteten Geräuschs. Die Angst stand ihr im Gesicht geschrieben. Ein Mann mit dunklen Zügen schritt durch die Eingangstür. Er trug einen Anzug und hatte eine elegante Aktentasche aus Leder bei sich. Krista erkannte in ihm den Mann mit der kunstvoll zurechtgestutzten Gesichtsbehaarung, dessen Foto ihre Google-Suche zutage gefördert hatte.

Als er die beiden Frauen registrierte, blieb er wie angewurzelt stehen.

Obwohl es in der Wohnung ohnehin schon sehr kühl war, schien es nun noch kälter zu werden.

Penny beeilte sich so sehr, aufzustehen, dass sie fast hinfiel. Ihre Augen waren weit aufgerissen, panisch. Sie deutete auf Krista, ohne sie anzusehen. »Ich mache sie für Naseem zurecht. Er hat sie hergeschickt. Das ist Carlos«, erklärte Penny Krista und wies dabei auf den Mann im Anzug. »Der, von dem ich dir erzählt habe.«

»Hi.« Krista erhob sich ebenfalls und stellte sich neben Penny, rückte instinktiv ein wenig dichter an sie heran.

Doch Carlos betrachtete Krista nur für eine Sekunde. Dann konzentrierte er sich auf Penny. Sein Gesichtsausdruck veränderte sich, als hätte er einen unangenehmen Geruch wahrgenommen.

Penny zog den Morgenrock enger um sich. »Ich dachte, du wolltest nach Shanghai aufbrechen. Was ist mit deinem Meeting?«

Carlos antwortete nicht. Stattdessen deutete er auf ihr Gesicht. »Was soll das?« Seine Stimme klang weich, aber auch deutlich ungehalten.

Penny schob das Kinn vor. Sie atmete durch die Nase. »Du warst nicht da. Ich muss meine Mutter sehen.«

Carlos lachte schnaubend. Noch nie im Leben hatte Krista so dringend die Flucht ergreifen wollen. Aber das hätte bedeutet, Penny mit diesem Mann allein zu lassen. »Wir haben Regeln«, sagte Carlos.

»Du hast Regeln!« Penny ging einen Schritt auf ihn zu. »Ich kann das nicht andauernd tun.«

Obwohl sie hörbar mit den Tränen kämpfte, sah Carlos sie verächtlich an, als wäre sie nur ein Kind: einfältig und unwichtig. »Ich muss heute zu einem Abendessen. Sei um sechs Uhr fertig.«

Penny sog scharf die Luft ein. »Heute Abend? Nein. Ich kann nicht.«

Carlos steuerte auf die Küche zu.

»Ich gehe!«, sagte Penny mit erhobener Stimme. Das ließ ihn innehalten. »Ich gehe weg«, sagte sie. »Ich werde es tun.«

Carlos drehte sich um, ganz langsam, bis er sie wieder direkt ansehen konnte. Ein verkniffenes, düsteres Lächeln verzog seinen Mund, während er wieder auf sie zuging, wie eine Katze, die sich einem verletzten Vogel näherte. Penny zitterte. Eine Träne rann über ihre Wange, dann noch eine.

Kristas Brust war wie zugeschnürt, und die Spannung im Raum bereitete ihr geradezu körperliche Schmerzen. Sie hatte Angst, sich zu bewegen, und Angst, es nicht zu tun.

Nun stand Carlos wieder vor Penny und legte ihr beide

Hände auf die Schultern. Fast mitleidig blickte er auf sie herab. »Und wohin«, fragte er ruhig, »könntest du gehen?«

Auf der Fahrt im Fahrstuhl zurück nach unten brach Krista in Tränen aus. Die Anspannung und die niederschmetternde Schrecklichkeit dessen, was sie gerade erlebt hatte, überwältigten sie. Sie hatte Penny nicht allein lassen wollen, doch Penny hatte darauf bestanden. »Ich muss mich fertig machen«, hatte sie gemurmelt. Krista hatte ihr versichert, dass sie das nicht musste, dass sie einfach gehen konnte, dass sie auf der Stelle mit ihr fortgehen könne.

»Und wo sollte ich hingehen?«, fragte Penny. »Und was sollte ich tun?«

»Ich weiß auch nicht. Du könntest ein paar Tage auf meiner Couch schlafen. Dir einen Job suchen.«

»Einen Job?«, wiederholte Penny. »In New York? Ich war nie auf dem College. Die Hälfte der Barkeeper hat promoviert. Das hier ist die beste Möglichkeit, die sich mir bietet.« Sie rieb sich seufzend die Augen. Sie sah mehr als müde aus. Einfach nur fix und fertig. »So schlimm ist es wirklich nicht.«

Krista verließ das Gebäude mit dem Gefühl, als wäre sie gerade auf Kaution freigekommen. Benommen wanderte sie ins Sonnenlicht hinein und landete schließlich in einem weitgehend menschenleeren Coffeeshop, wo sie sich einen Latte bestellte, den sie nicht anrührte.

Sie musste etwas ändern, das wusste sie. Auch wenn sie es manchmal schaffte, ihre Schulden als etwas anzusehen, das sich in Ordnung bringen ließ, etwas, das sich irgendwie von selbst regeln würde, schämte sie sich in Wahrheit abgrundtief dafür. Mehr noch: Sie verwirrten sie. Jeder Kauf, der ihre Schulden weiter hatte anschwellen lassen, war ihr zu seiner Zeit vollkommen logisch erschienen. Wie das Zac-Posen-Kleid beim Gilt-

Sample-Sale: nicht nur ein Schnäppchen, sondern eine kluge Investition, mit der sie bares Geld sparte. Die Erkenntnis, wie unzuverlässig ihr eigenes Gehirn sein konnte, wie leicht es sich vom rechten Weg abbringen ließ, war erschreckend. Woher sollte man wissen, was falsch und was richtig war?

Krista holte ihr Telefon hervor und begann, eine Nachricht zu tippen.

Hey, Tristan,

hier ist Lenka Penka. Was neulich vorgefallen ist, tut mir sehr, sehr leid. Ich habe weder dich respektiert, noch das, was dir wichtig ist. Meine Handlungen waren bedauerlich, und es lag nie in meiner Absicht, jemanden zu kränken.

Ich hoffe, du kannst mir vergeben. Viel Glück mit dem Film. Ich vermisse es, dabei sein zu können.

Lenka xxx

Sie schickte die Nachricht an die Handynummer, die auf der Dispo unter seinem Namen aufgelistet stand. Dann saß sie einfach nur da, fast reglos, starrte stumpfsinnig die Gäste an, die in dem Coffeeshop ein- und ausgingen, oder beobachtete das Dreieck aus Sonnenlicht, das träge über die beschichtete Tischplatte kroch. Eine Stunde verstrich. Dann eine weitere. Plötzlich wurde sie vom Klingeln ihres Telefons aufgeschreckt. Es war eine Nummer, die sie nicht kannte. »Hallo?«

»Lenka. Hier spricht Cameron Mitchell. Dein Agent.« Eine Pause, die wahrscheinlich nur dem dramatischen Effekt diente. »Ich habe überraschende Neuigkeiten.«

50

»Ich könnte den ganzen Morgen lang an dir arbeiten, Madame Chloe, aber wir werden es nie schaffen, dich hübsch zu machen, wenn du so miesepetrig dreinschaust.« Marcello richtete vorwurfsvoll eine Tube mit flüssigem Eyeliner auf Evie. »Was ist passiert? Und, nein, ›nichts‹ werde ich nicht als Antwort akzeptieren.«

Evie sank noch tiefer in ihren Stuhl. Das Pretty hatte ihren Magen ordentlich durchgekaut und aus ihrem Hintern wieder ausgespuckt. Um den Geschmack von Erbrochenem wieder loszuwerden, hatte sie sich bereits fünf Mal die Zähne geputzt.

Aber nicht nur das hatte ihr die Laune verhagelt.

Kelly zeigte sich von den bösartigen Internetattacken gegen *Extra Salt* kein bisschen beunruhigt. Er hatte ihr geraten, den Hassern keine Beachtung zu schenken, und sie als »männerhassende Feminazis oder notgeile Säcke, die im Keller ihrer Eltern wohnen« bezeichnet. Jan hatte angerufen, um ihm zu gratulieren: Alle fanden *Extra Salt* fantastisch. Selbstverständlich taten sie das. Sie waren alle Vollidioten. »Wie hat es dir gefallen?«, fragte sie Marcello.

»Meinst du mit ›es‹ die erste Folge?«

Evie nickte.

»Ich fand, es war – « Marcello verzog das Gesicht.

»Lahm? Lahmer als Tiny Tim?«

Marcello lächelte. »Es war genauso, wie ich es erwartet hatte.«

Evie stöhnte auf und legte den Kopf in die Hände. »Das Schlimmste ist, dass ich mich aus irgendeinem gottlosen Grund gefreut habe, dabei zu sein. Ich dachte, ich könnte etwas Gutes und Bedeutungsvolles erschaffen. Etwas, worauf ich stolz sein könnte!«

»Das ging mir ebenso.« Marcello sah sie mit geschürzten Lippen an. »Aber jetzt muss ich wieder von vorne anfangen.«

Evie sah sich selbst im Spiegel. Sie hatte gerade Wimperntusche und Lidschatten auf ihren Wangen verschmiert. »Mist. Tut mir leid, Marcello. Ich bin so ein Tollpatsch.«

»Kein Problem, meine Schöne.« Marcello gab Gesichtsreiniger auf ein Schwämmchen und begann, die dunklen Schmierflecken wegzutupfen. »Aber wir sparen uns die dramatischen Gesten, bis die Aufnahmen beendet sind, einverstanden?«

Evie hielt brav still, während Marcello sich daranmachte, seine Arbeit zu reparieren. Kurz hielt er inne, um ein einzelnes, verirrtes Augenbrauenhärchen zu zupfen. Evie jaulte auf. Er schmunzelte nur. »Sei froh, dass du nicht während der Renaissance gelebt hast«, sagte er. »Damals haben sich die Damen den Haaransatz gezupft, um, wie es damals *en vogue* war, eine hohe Stirn zu bekommen.«

»Igitt.« Evie erschauerte. »Warum war es eigentlich schon immer so verdammt schmerzhaft, den gängigen Schönheitsidealen gerecht zu werden? Warum können wir nicht einfach beschließen, dass wir, ich weiß auch nicht, ab sofort Zellulite und Milchbärte toll finden?«

»Stört dich das?«, fragte Marcello, der gerade Foundation auf Evies Haut tupfte. »Dass du nicht bestimmen kannst, wie du aussiehst?«

Evie erstarrte. Durchaus möglich, dass er nur sich selbst gemeint hatte – schließlich war er derjenige, der Chloes Look vor der Kamera festlegte. Aber es hatte fast so geklungen, als spiele er auf das Pretty an, und auf die Tatsache, dass es sie zwar in ein Ideal verwandelte, jedoch nicht notwendigerweise in eines, das ihren Vorstellungen entsprach. Evie musste sich zwingen, nicht auf ihren Unterarm zu spähen, auf die Stelle, wo sich ihre Tätowierung befunden hatte. Sie antwortete ihm mit einem Laut, der alles Mögliche bedeuten konnte, und wechselte das Thema. »Warum magst du es so gerne?«

»Was meinst du?«

»Make-up.«

»Weil ich mich damit hübsch fühle«, antwortete er mit einem koketten Lächeln.

»Schminkst du deswegen auch so gern andere Menschen?«

»Mmm-hmm.«

»Weil sie dadurch hübsch aussehen?«

»Weil sie sich dadurch hübsch *fühlen*.« Marcello zog sich einen Stuhl heran und setzte sich so hin, dass er Evie direkt in die Augen sehen konnte. »Meine Aufgabe ist es, Frauen, und einigen äußerst fortschrittlich eingestellten Herren, das Gefühl zu geben, so gut auszusehen wie nur möglich. Und ich weiß, dass du findest, dass Make-up unrealistische Schönheitsideale diktiert, blablabla, aber ich sehe es so, dass ich den Menschen lediglich helfe, ihre innere Göttin hervorzuholen. Ich kann dich nicht schön machen, Chloe. Ich kann dir nur, mit ein bisschen Farbe hier und ein bisschen Farbe da, helfen zu erkennen, dass du bereits schön bist.«

»Das verstehe ich«, sagte Evie. »Wirklich. Als ich vor kurzem Velma traf, habe ich mich ziemlich sexy gefühlt, und ich glaube, das hatte durchaus etwas mit ein bisschen Farbe hier und ein bisschen Farbe da zu tun. Aber trotzdem werde ich das Gefühl nicht los, dass es falsch ist.«

»Warum?«

Evie kaute nachdenklich auf ihrer Lippe. »Als ich ungefähr zehn oder elf Jahre alt war, war ich ganz versessen auf roten Lippenstift. Ich wollte ihn ständig tragen: in der Schule, im Park, beim Fernsehen, im Bett. Aber meine Mutter meinte nur: ›Nein, nein, das ist nichts für den Alltag. Nur für besondere Tage.‹« Evie sah zu Marcello auf. »Aber heute ist es für jede Frau, die im Fernsehen oder in der Politik aktiv ist oder die einfach nur möchte, dass man ihr zuhört, alltäglich geworden. Hollywood ist es scheißegal, ob Frauen sich schön fühlen. Frauen sollen nur schön aussehen. Und das permanent.«

Marcello neigte den Kopf und erhob keinen Einspruch.

»Wenn man nicht mit guten Genen geboren wurde und auch keine Lust hat, sich Tag für Tag tonnenweise Mist ins Gesicht zu schmieren, dann ist man weniger einflussreich. Schönheit bedeutet Macht«, erkannte Evie. »Aber sie ist keine richtige Macht.«

Marcello nickte nachdenklich. »Ich glaube, was du sagst, ist zutreffend.«

»Diese ganze Schminkerei ist so bescheuert!«, rief Evie aus. »Das Zeug ist teuer, und es dauert ewig, bis man damit fertig ist, und außerdem ist es schlecht für die Haut.« Evie deutete auf ihre Wange, wo sich eben noch die verschmierte Wimperntusche befunden hatte. »Ich kann mich damit nicht mal wie ein ganz normaler Mensch verhalten, weil ich es sonst sofort zerstöre. Und es ist wirklich absolut nicht in Ordnung, dass man nicht einfach mit jemandem knutschen kann, wenn man Lippenstift trägt, oder?«

Marcello lachte.

»Ich meine, dafür betreibt man doch diesen ganzen Aufwand.« Nun musste Evie ebenfalls lachen. »Das ist so blöd!«

»Ich kann dich durchaus verstehen, Chloe Fontaine. Wirklich. Ich finde, was du sagst, klingt äußerst logisch. Und ich habe den Eindruck, dass jemand wie du sich in …« Er hielt inne, schien seine nächsten Worte mit Bedacht zu wählen. »… der *einzigartigen* Position befindet, daran etwas zu ändern.«

Evie begegnete seinem wissenden Blick mit einer ausdruckslosen Miene, die seine unausgesprochene Anschuldigung weder bestätigte noch leugnete. »Du hast recht«, sagte sie. »Ich befinde mich in einer einzigartigen Position.«

Marcello lehnte sich auf seinem Stuhl zurück und sah sie auffordernd an. »Und, was hast du als Nächstes vor?«

51

Als Evie zu Hause ankam, war die Wohnung in warmes, spätnachmittägliches Licht getaucht, still und leer. Sie ließ sich auf die Couch fallen. Ihr Körper summte wie ein bis zum Anschlag aufgedrehter Lautsprecher. Sie und Marcello hatten einen Plan ausgeheckt, der a) fehlerlos, b) niederträchtig und c) herrlich war. Mit ihrem ersten Trojanisches-Pferd-Plan hatte sie nicht hoch genug hinaus gewollt. Mit diesem schon.

Obendrein würde sie am Abend auch noch mit Velma ausgehen. Evie hatte ihr einige Stunden zuvor zurückgeschrieben, was eine Kette neckischen, koketten Geplänkels ausgelöst hatte. Velma hatte fast augenblicklich vorgeschlagen, sich wieder zu treffen. Daraufhin hatte Evie geantwortet, dass sie lediglich an diesem Abend Zeit hätte, was eine Lüge war, aber eine, die ihre Wirkung nicht verfehlte. Velma lud sie zu einem »kleinen Zusammensein mit einigen Freunden« ein.

Ihr Telefon pingte. Velma. Kann mich nicht entscheiden, was ich anziehen soll. Heißt das, ich bin aufgeregt?

Evies Daumen flogen geradezu über die Tastatur. Schritt 1: Kleiderschrank öffnen. Schritt 2: schwarze Hose, weißes Top mit V-Ausschnitt und schwarzen Blazer auswählen. Schritt 3: endlos wiederholen.

Sekunden später traf bereits die Antwort ein. Darüber musste ich gerade lachen. Bis heute Abend.

Evie hatte das Gefühl, zu glühen, und ihr ganzer Körper kribbelte. Sie warf das Telefon auf die Couch und spähte zum Wohnzimmerspiegel. Eine aufgekratzte, glückliche Frau mit gerötetem Gesicht sah ihr in die Augen. In Chloes Augen. In aller Ruhe bewunderte sie Chloes geschmeidige Haut, ihre anmutige Statur und ihren flachen Bauch. Sie war froh, ihre Komplizin zurückzuhaben. Ihre Schwester. Ihre perfekte Tarnung.

Und obwohl Chloe genau das war – eine Tarnung, eine Maske –, spürte Evie, wie ihr Herz schneller schlug, als sie einen neuen Gedanken zuließ.

Könnte Velma Evie mögen?

Ihr wahres Ich?

Velma sprach auf Evies Sinn für Humor an, auf Evies College-Vorgeschichte, auf Evies Sichtweise der Dinge.

Evie atmete schnaubend aus und vertrieb den Gedanken so rasch wie er gekommen war. Sie spielte hier Verkleiden auf hohem Niveau, aber am Ende würde sie ihr Kostüm wieder an den Haken hängen und ins wahre Leben zurückkehren müssen.

Allerdings jetzt noch *nicht*.

Sie schulterte ihre Tasche in der Absicht, mit den Vorbereitungen für ihre Verabredung zu beginnen. Dabei bemerkte sie etwas im Durcheinander auf dem Couchtisch. In den vergangenen anderthalb Wochen hatte sich in der ganzen Wohnung mehr und mehr Chaos ausgebreitet, hauptsächlich, weil sie nicht mehr dazu kam, Krista oder Willow oder sich selbst hinterher zu räumen. Doch nun lag da, inmitten der fettigen Essensverpackungen und ungelesenen *New-Yorker*-Magazine, etwas Neues.

Ein großer rechteckiger Umschlag, an einer Seite aufgerissen. Evie erkannte das Logo des Absenders wieder: Eden Photographics. Hier ließ Willow immer ihre Fotos drucken. Neugierig hob sie ihn auf, um zu sehen, ob es sich bei den Bildern um neue Arbeiten handelte. Willow hätte nichts dagegen einzuwenden gehabt.

Auf den Fotos war Caroline zu sehen.

Es waren Dutzende; silbrige Schwarz-Weiß-Aufnahmen auf dickem, glänzendem Papier.

Evie blätterte sie durch. Etwas Kaltes und Schwarzes begann, in ihrem Inneren aufzusteigen, ihre Brust mit stillem Entsetzen zu erfüllen.

Die Fotografien waren albtraumhaft.

Willow als Caroline, die weinte.

Verzweifelt.

Zerstört.

Schneller und schneller arbeitete sich Evie durch die Fotografien, in der Hoffnung, etwas zu finden, das das alles erklärte. Jedes Mal, wenn sie Willows Augen sah – diese weit auseinanderstehenden, außerirdischen Augen –, spürte sie einen Stich im Magen; einen abrupten, schmerzhaften Hieb. Sie musste an eine Werbekampagne denken, die *Salty* Anfang des Jahres gezwungen war, zu drucken. Auf den Fotos hatten wunderschöne Frauen mit blaugeschlagenen Augen und Striemen auf der Haut teure Handtaschen präsentiert. Evie hatte auf *Achtung, bissig* dagegen gewettert, und ihre Leser hatten zu den lautstärksten Gegnern der Kampagne gehört. Und nun produzierte Willow Kunst wie diese, erotisierte Leid. Selbst mit tränennassem Gesicht war Caroline immer noch wunderschön.

Leidend.

Und umwerfend.

Warum schuf Willow derartige Bilder? Was zum Teufel war da los?

Ein Schlüssel drehte sich in der Wohnungstür. Krista. Seit dem Streit vom Vorabend hatte Evie nicht mehr mit ihr gesprochen. Als Krista Evie bemerkte, blieb sie stehen. »Hey«, begrüßte sie sie argwöhnisch.

Evie schleuderte Krista den Stapel verstörender Bilder entgegen. »Hast du die hier schon gesehen?«

Krista betrachtete nachdenklich das erste Foto auf dem Stapel: Caroline, die nackt in einer leeren Badewanne kauerte und mit flehentlichem Gesichtsausdruck in die Kamera starrte. »Was sind das denn für seltsame Selfies?«

»Ich bezweifle, dass es Selfies sind.« Die junge Frau in der Badewanne erinnerte Evie an ein mitleiderregendes Hündchen. Ihre Freundin. Das war ihre Freundin, die so erbärmlich aussah.

»Sie sind irgendwie cool«, meinte Krista. »Aber andererseits …« Brüsk drückte sie Evie die Fotos wieder in die Hand. »Ich mag sie nicht. Ist es das, was Willow die ganze Zeit über gemacht hat?«

»Sieht ganz so aus.« Evie verzog das Gesicht. »Igitt, ich kann sie mir nicht mal ansehen, sie sind zu verrückt.« Sie hatte geahnt, dass das Pretty Willow nicht gutgetan hatte. Irgendwie hatte sie es von Anfang an gespürt. Hatte es Willows Kopf durcheinandergebracht? Ihre Gedanken so verändert, wie es auch ihr Aussehen verändert hatte? »Hast du dich um dieses Abendessen mit ihr gekümmert?« Die Frage klang mehr wie ein Vorwurf.

»Was?«, fragte Krista verblüfft.

»Das Abendessen! Du hast doch gesagt, du würdest ein gemeinsames Abendessen mit ihr organisieren. Damit wir herausfinden können, wie es ihr geht.«

Krista wich rasch einen Schritt zurück. »Ich dachte, du wolltest das übernehmen.«

»Nein, das war deine Aufgabe!«

»Hör auf, mich anzuschreien!«

Wieder öffnete sich die Wohnungstür.

Caroline, die Frau von den Fotos, kam in die Wohnung gerauscht. Evie und Krista erstarrten wie zwei Rehe im Scheinwerferlicht.

»Oh, hi Leute.« Sie klang abwesend, und ihre Stimme war ein wenig belegt. Evie vermutete, dass sie etwas getrunken hatte. Willow bemerkte die Fotos in Evies Hand und seufzte. »Es ist noch so viel Arbeit nötig.«

Evie und Krista sahen sich fragend an.

»Wieso Arbeit?«, hakte Evie nach. »Will, was ist das?«

»Meine neue Fotoserie«, antwortete sie. »In zwei Wochen mache ich eine weitere Ausstellung. Ich habe erst heute davon erfahren.«

»Du veranstaltest eine Ausstellung? Mit diesen Fotos von Caroline?«

Willow nickte, ein benommenes Lächeln auf den Lippen. »Ziemlich toll, was?«

Evie versuchte, den wilden Strudel in ihrem Kopf zu verlangsamen. Hätte sie die junge Frau auf den Fotos nicht gekannt, hätte sie die ganze Angelegenheit womöglich etwas anders gesehen. Aber sie kannte sie nun mal. »Also, als *toll* würde ich sie nicht gerade bezeichnen.«

»Was soll das heißen?«

»Du weinst auf diesen Bildern. Du weinst *wirklich*.«

Willow nickte. »Genau deshalb sind sie ja so gut.«

Nein, genau deshalb sind sie so bizarr. Evie ballte die Hände zu Fäusten, bemüht, nach außen hin ruhig zu bleiben. »Bist du okay?«

Willow sah sie merkwürdig an. »Mir geht es gut.«

»Es ist nur … Ich meine, du bist offensichtlich betrunken, was im Grunde total in Ordnung ist, aber wir haben erst fünf Uhr nachmittags.« Evie atmete aus, fühlte sich ein wenig durcheinander. »Hör mal, ich weiß, dass deine letzte Ausstellung eine ziemliche Pleite war, und ich kann mir vorstellen, dass es hart für dich ist, dass du Mark nicht sehen kannst, während du ›Caroline‹ bist. Also, vielleicht hat diese ganze Sache mit dem Pretty dich ein wenig aus der Spur geworfen. Lass uns doch darüber reden.«

Willow stierte Evie an, als hätte sie Französisch gesprochen. »Weißt du eigentlich, wie herablassend du klingst?«

»Ich will doch nur wissen, ob mit dir alles in Ordnung ist.«

Nun hob Willow die Stimme. »Ich habe dir bereits gesagt, dass es mir gut geht.«

»Verdammt noch mal!« Evie verlor langsam die Geduld. »Ich mache mir Sorgen um dich. Wir beide tun das. Diese Bilder sind für mich wie ein Hilferuf –«

»Ihr macht euch also *Sorgen* um mich? Wirklich. Du auch, Kris?«

»Ja«, sagte Evie. »Sie auch.«

»Jetzt sprichst du also schon für sie?«, meinte Willow höhnisch. »Das war ja absehbar.«

»Was soll das nun wieder bedeuten?«, entgegnete Krista.

Willows Stimme klang eiskalt. »Was hältst du von meinen Fotos, Krista?«

Krista wand sich unbehaglich vor ihren beiden Freundinnen. »Ähm, ich weiß nicht recht.«

»Doch, das tust du«, widersprach Evie. »Du hast mir gesagt, dass du sie nicht magst.«

»So habe ich das nicht gemeint.« Krista fummelte an ihrem Ärmel herum. »Hört mal, wir befinden uns alle drei in einer ziemlich merkwürdigen Situation. Vielleicht sollten wir nicht so vorschnell übereinander urteilen.«

Evie schnaubte wütend. »Toll, wie du zu mir hältst.« Sie wandte sich wieder an Willow. »Will, was ist los? War etwas mit Mark?«

Willow erschauerte vor Zorn. Sie riss Evie die Fotos aus der Hand und steckte sie zurück in den Umschlag. Evie ließ es schweigend geschehen. Unangenehme Spannung lag in der Luft. Willow stürmte zur Wohnungstür und riss sie auf. Dann wandte sie sich noch einmal abrupt nach Evie um. »Du findest es gut, dass ich als Künstlerin keinen Erfolg habe.«

»Das ist doch verrückt«, konterte Evie. »Warum sollte ich das gut finden?«

»Weil du dich dann selbst besser fühlst.«

Willow warf die Tür hinter sich zu. Der Knall hallte durch die Wohnung wie ein Gewehrschuss.

52

Evie stand unter der Dusche, bebend vor Wut, und ließ das kochend heiße Wasser auf ihre Haut hämmern.

Es mochte ein kleiner Trost sein, dass ihre Freundinnen noch immer auf der Suche nach sich selbst waren, aber dass Willow so sehr kämpfen musste, gefiel ihr überhaupt nicht. Sie wollte, dass Willow erfolgreich war. Selbstverständlich wollte sie das. Aber ungeachtet dessen musste sie aufrichtig zu ihr sein. Willow würde lernen müssen, mit Kritik umzugehen. Denn wenn sie erst einmal diese entsetzlichen Fotos in einer Galerie ausstellte, würde sie eine ganze Menge Kritik ernten. Jedes Mal, wenn sie an die Bilder dachte – Carolines matte, verweinte Augen –, meinte sie, sich übergeben zu müssen. Diese Darstellung von Frauen als sexy, traurige Kreaturen, halbnackt und hilflos, repräsentierte alles, wogegen Evie ankämpfte. Die Bilder waren für jeden, der die Meinung vertrat, dass Frauen stark, unabhängig und couragiert sein konnten, ein Schlag ins Gesicht. Und ausgerechnet Willow – Willow! – musste diese Botschaft verbreiten. Hatte sie denn nichts von ihr gelernt?

Aber war es denn überhaupt ihre Aufgabe, Willow zu belehren? War das nicht nur selbstgerechter Narzissmus, um Willows Kunst bis ins kleinste Detail steuern zu können, damit sie Evies eigene Philosophie besser widerspiegelte? Vielleicht sollte sie Willow einfach Willow sein lassen. Doch irgendetwas stimmte mit Willow nicht, nicht in künstlerischer Hinsicht, sondern ganz allgemein. Die Grenze zwischen Einmischung und Sorge war fließend. Ihr fiel keine Handlungsmöglichkeit ein, die richtig zu sein schien, und das machte sie ganz verrückt.

Doch davon würde sie sich nicht ihre Verabredung mit Velma verderben lassen. Nein, *absolut nicht*.

In ein Handtuch gewickelt, stand Evie zögerlich vor Kristas Tür. Beinahe hätte sie gekniffen, doch sie zwang sich zu klopfen.

»Komm rein.«

Krista lag zusammengerollt in ihrem ungemachten Bett. Als sie Evie erblickte, setzte sie sich auf. Die beiden sahen einander distanziert an.

Evie ergriff als Erste das Wort. »Kris, das mit dem Vorsprechen tut mir aufrichtig leid. So zu handeln war absolut falsch. Du hättest diese Chance viel dringender gebraucht als ich, und ich wünschte wirklich, ich hätte es nicht getan. Es tut mir leid.«

Krista nickte. »Schon in Ordnung. Ich kann nachvollziehen, warum du es getan hast.« Sie knabberte nervös an ihrer Lippe. »Ich, ähm, bin wieder bei dem Film dabei.«

»Tatsächlich?« Evie ließ sich auf den Rand von Kristas Matratze sinken. »»Wie kam es dazu?«

Krista zuckte mit den Schultern. »Ich habe Tristan eine Entschuldigung geschickt. Mein Agent hat mich vor einigen Stunden angerufen.«

»Das ist großartig.«

»Da gibt es noch etwas.« Krista senkte die Stimme. »Ich habe Penny Baker gefunden.«

Krista berichtete von ihrem Nachmittag: von dem Penthouse unter der Anschrift Park Avenue 500, vom Streit mit Carlos und davon, wie sehr Penny den Eindruck erweckt hatte, in einer Art Falle zu sitzen. »Ich denke, wir können daraus folgende Erkenntnis ziehen: Wir müssen aufpassen, dass uns das Pretty nicht in die gleiche Falle lockt. Du nimmst es doch nicht mehr, oder?«

»Na ja.« Evie zögerte. »Also, ich habe es heute Morgen noch einmal genommen. Es ist meine einzige Chance, Velma wiederzusehen«, fügte sie hinzu. »Und dieses Fiasko mit *Extra Salt* wieder in Ordnung zu bringen.«

»Hey.« Krista hob die Hände. »Du musst dich vor mir nicht rechtfertigen. Ich habe es auch schon zweimal genommen. Wir sollten nur vorsichtig sein.«

»Unbedingt.« Evie nickte. »Ich benutze es nur noch diese eine Woche.«

»Ich auch«, sagte Krista. »Und sobald die Dreharbeiten für *Funderland* abgeschlossen sind, ist Schluss damit.«

Die Freundinnen sahen einander an, Evie war sich nicht ganz sicher, wer von ihnen beiden weniger überzeugend klang. »Darf ich mir ein Kleid von dir ausleihen?«, fragte sie.

Krista wies nickend auf ihren Kleiderschrank. »Wohin gehst du?«

»Nur ein unspektakuläres Treffen mit Velma.« Evie versuchte, sich lässig zu geben. »Und mit ihren Freunden.«

»Sie stellt dich ihren Freunden vor?«, sagte Krista beeindruckt. »Mann, das ist ja der Hammer.«

»Einige ihrer Freunde habe ich bereits kennengelernt«, sagte Evie. »Bei der Aftershowparty ihrer Buchpremiere. Aber damals war es mehr ›Komm doch auch zu dieser Party, zu der ich alle Frauen in einem kurzen Kleidchen einlade‹. Diesmal ist es eher ›Willkommen in meiner Welt, dies sind die Menschen, die mich am besten kennen‹.«

Krista nickte verstehend. »Damit begibst du dich eindeutig auf die Feste-Freundinnen-Ebene.«

»Ich weiß. Und ich weiß, dass das mit uns niemals etwas werden kann, aber trotzdem.« Sie grinste ein wenig einfältig. »Sie möchte, dass ich *ihre Freunde* kennenlerne. Sie hat mich gebeten, mich ordentlich in Schale zu werfen.« Damit hielt sie zwei Kleider hoch: eines rot, eines schwarz.

»Rot«, entschied Krista. »Keine Frage. Das sagt viel deutlicher ›Passt auf, ihr Bitches, ich bin höllisch scharf‹.«

Normalerweise wäre das Evies Stichwort gewesen, um das schwarze Kleid auszuwählen. Aber heute Abend gab sie Krista recht. Wenn Chloe eines besonders gut konnte, dann sich verdammt noch mal mächtig in Schale werfen. »Alles klar.«

Krista beugte sich vor, zog die Knie an die Brust. »Wegen dieser Sache mit Willow. Das ist nicht gut, oder? Diese Fotos, meine ich.«

Evie warf das Kleid beiseite. »Nein, ich glaube nicht. Aber sie ist erwachsen. Sie kann ihre eigenen Fehler machen.« Doch noch während sie die Worte aussprach, nagten bereits Zweifel an ihr. Sollte sie mehr für Willow tun? Mark anrufen? Evie war sich sicher, dass Mark zu Willow durchdringen könnte, vielleicht sogar besser als sie selbst. Aber würde sie sich damit nicht schon wieder einmischen?

»Hey, Evie?«

»Ja, Babe?«

Krista sah überraschend ernst aus. »Was, glaubst du, tut Amy Poehler wohl gerade?«

Evie holte tief Luft und antwortete seufzend: »Ich glaube, sie versucht einfach, ihr Bestes zu geben, Kris. Ich glaube, sie lässt einfach jeden Tag neu auf sich zukommen.«

53

Evie knallte die Taxitür zu. Während der Wagen rumpelnd in der Nacht verschwand, verharrte sie einige Sekunden, versunken im Anblick, der sich ihr auf der gegenüberliegenden Straßenseite bot.

Velma Wolff, das Telefon am Ohr.

Sie wartete. Auf sie.

Zur selben Zeit, als ihr Interesse an Frauen begonnen hatte, sich zu festigen, sich als weit mehr erwiesen hatte als nur sexuelle Fantasien, als nur Gedanken, von denen sie (fälschlicherweise) angenommen hatte, dass sie allen Frauen im Kopf herumgingen, waren die dazugehörigen Beziehungs-Fantasien erblüht. Ganze U-Bahn-Fahrten lang hatte Evie davon geträumt, wie es wäre, die Freundin einer bedeutsamen Frau zu sein, diejenige, der in Ansprachen gedankt oder die in Interviews erwähnt wurde. Selbstverständlich war Evie in diesen Fantasien ebenso berühmt wie ihre Partnerin – eine gefeierte Kolumnistin wie Carrie Bradshaw, allerdings ohne die furchtbare Beziehung, oder eine hochverehrte feministische Ikone Mitte zwanzig – eine Lena, eine Tavi, das nächste kulturelle Phänomen mit vier Buchstaben.

Während sie so in Fort Greene auf der Straße stand, gegenüber einer nett aussehenden Bar namens Sweet & Lowdown, erkannte sie, dass dieser unmögliche Traum gerade wahr wurde.

Auf eine absolut unglaubliche und jeglicher Logik widersprechende Art wurde er tatsächlich Realität.

Vielleicht hatte ihre Mutter doch recht. Vielleicht war es tatsächlich möglich, sein eigenes Schicksal zu bestimmen.

Als Evie Velma fast erreicht hatte, rief sie ihr zu: »Entschuldigen Sie bitte.«

Evie stolzierte in ihrem feuerroten Kleid auf sie zu. Velma fielen bei diesem Anblick wortwörtlich die Augen aus dem Kopf. Sie schienen mehrere Meter weit aus ihren Höhlen hervorzuzischen, wie bei einer Cartoonfigur. Bei einem Outfit wie diesem setzte in einer Filmmusik der Kontrabass ein und fielen Zigaretten aus offen stehenden Mündern. Zugegeben, sie hatte zwei Stunden gebraucht, um diesen Look zu kreieren, und obendrein war er auch noch höchst unbequem, doch dieser Moment allein war alle Mühen wert gewesen …

»Bitte entschuldigen Sie, dass ich Sie belästige.« Evie schloss die Hände um Velmas Jackenaufschläge. »Aber sind Sie nicht … Velma Wolff?«

Velma fing sich wieder. »Könnte sein.«

Evie näherte sich ihr, bis ihre Lippen wenige Zentimeter vor Velmas Mund schwebten. Sie konnte eine süße Alkoholnote im Atem der Schriftstellerin riechen. »Kann ich ein Autogramm bekommen?«

Velma beugte sich ebenfalls ein wenig vor, ließ ihren Mund jedoch nicht auf Evies treffen. »Vielleicht. Wenn du ein braves Mädchen bist.«

Evie wurde feucht. »Und was passiert, wenn ich ein böses Mädchen bin?«

Velma legte die Hände an Evies Hüften. Ihre Stimme klang rau. »Ich glaube, du weißt genau, was mit bösen Mädchen geschieht.«

Für eine lange, elektrisierende Sekunde standen die beiden

Frauen sich einfach nur gegenüber. Evie wollte, dass Velma diejenige war, die zuerst einknickte.

Velma sagte: »Gehen wir hinein.«

Abrupt zog sie sich von Evie zurück und ging um sie herum, um die Eingangstür der Bar für sie zu öffnen. Die Musik und die Stimmen, die aus dem Inneren drangen, lösten die Spannung zwischen ihnen. Evies ganzer Körper vibrierte.

Diese Nacht würde wundervoll werden.

»Vielen Dank«, sagte sie zu Velma und betrat die Bar.

Das Innere von Sweet & Lowdown war weitaus hübscher als das bescheidene Äußere erwarten ließ: überall gemütliches Holz und tiefhängende Edison-Glühlampen. Die Besucher der Bar waren gut gekleidet, ohne aufgetakelt zu wirken, und trotz der Geräuschkulisse war es nicht so laut, dass man hätte schreien müssen, um sich verständlich zu machen. Die Männer hinter der Theke trugen schwarze Hemden, rote Hosenträger und kunstvolle Schnurrbärte. Eine Bar für Leute um die dreißig, befand Evie. Eine Bar für Erwachsene.

Velma führte sie weiter nach hinten. Vor einer hölzernen Treppe, die nach oben führte, stand ein Schild: Bar im ersten Stock wegen privater Veranstaltung geschlossen. Velma hakte die rote Samtkordel auf. »Nach dir.«

Evie hegte den Verdacht, dass Velma, während sie die abgedunkelte Treppe hinaufstiegen, ihren Po begutachtete. Vorsichtshalber schwang sie deshalb die Hüften ein wenig stärker als gewöhnlich.

Die Treppe führte in einen großen, privaten Raum, der jedoch kleiner war als die Bar im Erdgeschoss und auch nicht so voll. An der hinteren Wand zog sich ein Bartresen entlang. Einer der Barkeeper mixte gerade etwas in einem Cocktail-Shaker, während ein anderer mit einem silbernen Tablett herumging und Champagner und Wein anbot. Louis Armstrongs sanfte, gutturale Stimme untermalte das Geplapper einer kleinen Gruppe geschniegelt aussehender Menschen, die eher in Velmas als in Evies Alter waren. Doch am stärksten fiel Evie das Transparent ins Auge, das dort aufgehängt worden war. Goldene Buchstaben auf einem schwarzen Banner: Herzlichen Glückwunsch, Karyn + Mitch OO!

Die beiden Os sollten offenbar Ringe darstellen. Eheringe.

»Ist das eine Verlobungsfeier?«, fragte Evie Velma überrascht.

Velma nickte. »Das dort drüben ist Karyn.« Sie zeigte auf eine Frau, die inmitten einer Gruppe lachender Frauen stand, im Zentrum ihrer Aufmerksamkeit. Mit ihrem vornehmen, schwarzen Kleid, ihren nicht zu hohen Schuhen und dem perfekt geflochtenen französischen Zopf sah Karyn auf konservative Weise hübsch aus. Wie jemand, der Mitglied im Fitnessstudio war und auch tatsächlich hinging; wie jemand, der nicht sehr oft fluchte. »Mitch steht … dort drüben. Bei den Fenstern.« Velma deutete auf einen Mann mit kurzem, lockigem Haar und einem angenehmen, offenen Gesicht, der sich gerade ernst mit einem anderen Mann unterhielt, der ihm optisch ähnelte – vielleicht war er sein Bruder.

Der Kellner mit den Getränken trat zu ihnen. Dankbar nahm sich Evie ein Glas Champagner. Sollte sie es merkwürdig finden, dass Velma nicht erwähnt hatte, dass es sich um eine Verlobungsparty handelte? Vielleicht. Aber hätte das überhaupt einen Unterschied gemacht?

Karyn blickte zu ihr herüber. In ihrem Gesicht zuckte es kaum merklich, als hätte sie Rauch entdeckt. Dann bemerkte sie Velma. Nun sah sie abgrundtief schockiert aus. Sie brauchte einige Sekunden, um sich wieder zu fangen. Sie entschuldigte sich bei den Umstehenden und steuerte auf Evie und Velma zu, wobei sie befangen ihre Flechtfrisur berührte.

Velma legte lässig-beschützerisch die Hand um Evies Taille.

»Velma, oh mein Gott.« Karyn lächelte strahlend. Fast zu strahlend. Sie drückte die Wange an Velmas und gab ihr ein Luftküsschen. »Ich hätte nicht gedacht, dass du wirklich kommst.«

Velma entgegnete schulterzuckend: »Du hast mich eingeladen. Herzlichen Glückwunsch übrigens.«

Karyn starrte Velma an. Evie fiel es schwer, ihren Gesichtsausdruck zu deuten: Entweder war sie hocherfreut oder zu Tode erschrocken. Es dauerte einen langen Augenblick, bis Velmas Worte zu Karyn durchdrangen. »Was?« Sie schüttelte den Kopf. »Oh, dankeschön. Mitch wird sich …« Sie lächelte Velma breit an und neigte den Kopf. »Ich glaube, er wird sehr überrascht sein, dich hier zu sehen.« *Genauso wie ich* stand ihr überdeutlich ins Gesicht geschrieben.

»Das ist Chloe«, sagte Velma.

Evie streckte die Hand aus. »Hi. Gratuliere.«

Karyns Händedruck war flüchtig und kühl. »Hi.« Sie betrachtete ausgiebig Evies Gesicht, und schließlich begann sie zu nicken, als hätte die Inspektion von Chloes Äußerem ihr etwas bestätigt. Karyn wandte sich wieder an Velma. »Nun, sie ist wunderschön!«

Evie war verblüfft und wütend. »Und sie steht direkt vor dir«, bemerkte sie und zwang sich, weiterzulächeln.

Karyn stieß ein lautes, befremdliches Lachen aus. Velma schmunzelte ebenfalls und verstärkte den Griff um Evies Taille. Die Situation war wirklich äußerst unangenehm. Hatte Velma sie etwa mitgenommen, um mit ihr anzugeben?

Karyn wandte sich erneut an Velma. »Herzlichen Glückwunsch zu *Milchzähne*.« Karyn drückte die Hand an die Brust. »Ich habe es am vergangenen Wochenende gelesen. Ich konnte überhaupt nicht mehr aufhören. Himmel, ich liebe es einfach, wenn du mit Brett zusammenarbeitest. Er weiß wirklich ganz genau, wie er dich anspornen kann.«

»Brett ist mein Lektor«, erklärte Velma Evie. »Karyn und ich … Wir haben früher zusammengearbeitet.«

»Das ist diplomatisch ausgedrückt!«, rief Karyn aus. »Ich habe früher *für dich* gearbeitet.«

Velma sah aus, als wolle sie widersprechen. »Nein, ich sehe es eigentlich so – «

»Ich habe für dich gearbeitet«, entgegnete Karyn schon fast barsch. Und zu Evie sagte sie: »Ich war ihre Pressesprecherin.«

»Oh.« Evie nickte, bemüht, höflich interessiert zu wirken und ihr tiefes Unbehagen zu verbergen.

Karyn betrachtete aufmerksam Evies Gesichtsausdruck. »Das wusstest du nicht? Sie hat dir nicht erzählt …« Dann, flüsternd: »Nein, selbstverständlich hat sie das nicht.«

Evie drehte sich nach Mitch, Karyns Verlobtem, um. Er starrte sie von der anderen Seite des Raumes aus an.

»Ich muss mich wieder unters Volk mischen«, verkündete Karyn bemüht fröhlich. »Es war schön, dich kennenzulernen, Chloe, und … Ich … sehe euch dann später.«

Damit widmete sich Karyn wieder der Party.

Velma nickte in die Richtung einiger Ledersofas. »Setzen wir uns.«

Sobald sie Platz genommen hatten, wandte sich Evie verdutzt an Velma. »Okay. Also?«

»Also?«, gab Velma zurück.

Evie stieß sie sacht mit dem Ellbogen an. »Stell dich nicht dumm. Erzähl es mir einfach.«

Velma schürzte spöttisch die Lippen. »Was soll ich dir erzählen?«

Evie sah Velma streng an. Sie würde sich nicht für dumm verkaufen lassen. Sie griff nach ihrer Handtasche und machte

Anstalten, aufzustehen. Velma hielt sie am Arm fest. »Hey, geh nicht. Es tut mir leid, ich werde aufhören, mich wie eine Zicke zu benehmen.«

»Und, wart ihr beiden zusammen oder so?«

»Ja.« Velma nickte. »Eigentlich ... Wir waren verlobt.«

»Verlobt?« Evie spürte, wie sie kreidebleich wurde. »Also ... Um zu heiraten?«

»Nein, um Astronauten zu werden.«

Evie spähte verstohlen zu Karyn, die gerade ein älteres Paar, das eben eingetroffen war, mit Luftküsschen bedachte. »Wann war das?«

Velma runzelte die Stirn.

»Wenn es weniger als ein Jahr her ist, dann ist das, was du hier tust, schon sehr bedenklich«, fügte Evie hinzu. »Weniger als sechs Monate und ich gehe.«

»Liebe Güte, nein, das war vor einer Ewigkeit«, beteuerte Velma. »Vor acht Jahren. Oder neun?«

Karyn schien um die dreißig zu sein. Vor acht Jahren wäre sie somit zweiundzwanzig gewesen. Ungefähr so alt wie Evie jetzt.

»Damals war sie also lesbisch«, sagte Evie.

»Sie war in eine Frau verliebt«, meinte Velma gleichmütig.

»Warum habt ihr nicht geheiratet?«

Velma rollte ihr Glas zwischen den Handflächen. »Es war ... kompliziert.«

»Wer hat Schluss gemacht?«, wollte Evie wissen.

»Hm?«, sagte Velma, obwohl Evie sich sicher war, dass sie sie sehr wohl verstanden hatte.

»Wer hat Schluss gemacht?«

Velma hielt Evies Blick stand.

Eine dröhnende, männliche Stimme rief: »Scheiß die Wand an, Velma Wolff!«

Ein Mann mit breitem Brustkasten und einem verlotterten Bart stand grinsend mit weit ausgestreckten Armen vor Velma.

»Theo!«, rief Velma. Sie erhob sich in einer einzigen, anmutigen Bewegung. »Ich dachte, du wärst noch in Tokio!«

Theo schrieb über Extreme Food und hatte aus seinem Blog *Wetten, dass ich es esse?* das gleichnamige Buch gemacht. Er war aus Japan ausgewiesen worden, weil er seine Visafrist überzogen hatte, eine Geschichte, die er gut gelaunt zum Besten gab, während er zwischen Velma und Evie saß.

Noch mehr Gäste trafen ein. Bald wurde es in dem relativ leeren Raum voll.

Velmas Date zu sein, verlieh Evie eine Aura von Coolness. Sie merkte, wie die anderen Gäste sich nach ihrer Aufmerksamkeit sehnten, ihrem Wohlwollen, fast so sehr wie nach dem von Velma. Und das fühlte sich großartig an. Denn wenn eine ganz besondere Person beschloss, einem ihre Aufmerksamkeit zu schenken, dann machte einen das selbst ebenso besonders.

Außerdem war sie sehr zufrieden damit, wie sie mit den Neuigkeiten über Karyn umgegangen war, und insbesondere damit, dass sie instinktiv hatte aufstehen und gehen wollen, als Velma nicht mit der Wahrheit herausrücken wollte. Sie begriff, dass Velma das gefiel. Sie mochte es, wenn Evie sich taff und geistreich gab. Und während diese Frau – diese mutige, wunderschöne junge Frau, die Velma gern neckte und die es auch nicht störte, selbst geneckt zu werden – Velma zu bezaubern schien, passte Evie bei Weitem nicht so gut zu ihr. Evie wollte sich an Velma schmiegen, wollte von ihr eine Minute in den Arm genommen werden. Doch daran schien Velma kein Interesse zu haben. *Weil du ihr Date bist*, rief Evie sich ins Gedächtnis. *Und nicht ihre Freundin.*

Während es langsam auf Mitternacht zuging, drifteten Evie

und Velma auseinander. Aber als erfahrener Langzeit-Single kam Evie auch gut allein zurecht. Doch als sie in ein furchtbar langweiliges Gespräch mit einem Investmentbanker verwickelt wurde, fiel ihr plötzlich auf, dass sie Velma bereits seit einer Stunde nicht mehr gesehen hatte. »Sie müssen jetzt schon anfangen, für die Rente zu sparen«, sagte der Banker gerade zu ihr. Sein dunkles Haar war durch zu viel Gel wie zementiert. »Sind Sie Schauspielerin?«

Evie spähte suchend über seine Schulter hinweg nach Velma. »Gewissermaßen.«

»Das dachte ich mir.« Er grinste selbstzufrieden. »Frauen wie Sie gehen davon aus, dass sie mit ihrem Aussehen für immer Geld verdienen können, aber das können Sie nicht. Sie brauchen eine Finanzstrategie für das, was passiert, wenn Sie erst einmal vierzig sind.«

Endlich entdeckte sie Velma, die auf der anderen Seite des Raumes, fast gänzlich von einer riesigen Topfpalme verborgen, mit Karyn sprach. Karyn hatte die Arme vor der Brust verschränkt. Die Unterredung wirkte sehr intensiv.

»Haben Sie so etwas?«, fragte der Banker.

Evie versuchte, Velma auf sich aufmerksam zu machen. »Ob ich was habe?«

Der Banker starrte Evie unverhohlen in den Ausschnitt, bevor er ihr wieder ins Gesicht sah. »Eine Finanzstrategie.«

Gleich erzähle ich dir mal, wie meine aktuelle Strategie aussieht, dachte Evie. *Sie beinhaltet eine nicht zurückverfolgbare Kugel und einen Leichensack.*

Velma hob den Kopf. Ihr Blick wanderte durch den Raum. Er landete auf Evie. Evie riss die Augen auf und machte ein *Rette-mich-*Gesicht. Velma wandte sich wieder Karyn zu, legte ihr eine Hand auf die Schulter und raunte ihr etwas ins Ohr. Karyn lachte und stieß Velma sacht an, woraufhin Velma schmunzelte. Doch sie traf keine Anstalten, sich von ihr wegzubewegen. Evie versteifte sich.

Der Banker stahl sich näher an sie heran. Sie konnte seinen Schweiß riechen. »Die Sache mit Frauen wie Ihnen ist –«

»Die Sache mit Frauen wie mir ist, dass wir genau wissen, wann wir von einem Widerling wie Ihnen genug haben.« Scheiß drauf. Sie würde von hier verschwinden. Sie drängte sich an ihm vorbei, in der Absicht, ihre Handtasche zu holen.

»Chloe, richtig?« Mitch, Karyns Verlobter, trat ihr in den Weg.

»Ähm, ja. Hi.« Evie versuchte, ihre Gedanken zu sortieren. »Herzlichen Glückwunsch … Hochzeit.«

Mitch blinzelte benommen. Er schien in gleichem Maße wild entschlossen und betrunken zu sein. »Ich habe mich gefragt, ob du deine Freundin nicht dazu überreden könntest, jetzt zu gehen.«

»Meine was?«

Mitch wedelte mit den Händen. »Ich weiß, dass alle so verdammt beeindruckt sind, dass die berühmte Velma Wolff gekommen ist, aber das hier ist *meine* Verlobungsfeier.« Dabei schlug er sich auf die Brust. »Hier geht es um *mich* und um *meine* Frau, meine zukünftige Frau, und ich finde, hier mit einer perfekten Sexbombe aufzutauchen« – dabei wies er auf Evie, um klarzustellen, dass sie die fragliche Bombe war – »hat einfach keine Klasse, verstehst du? Karyn hat lange gebraucht, um über sie und den ganzen Mist, den sie ihr angetan hat, hinwegzukommen. Ich würde es einfach *vorziehen*, wenn sie so nett wäre, sich von hier zu verpissen.«

Evie glotzte Mitch schweigend an. Mitch nickte, und sein Blick glitt an Evie vorbei. Er hielt sich kurz etwas unsicher an ihrer Schulter fest und torkelte dann in Richtung Bar.

Velma stand noch immer mit Karyn in der Ecke. Evie beobachtete, wie Velma eine Hand hob und sacht Karyns Wange berührte. Karyn begann zu strahlen.

Für Evie fühlte es sich an wie ein Schlag in den Magen. Velma scherte sich nicht um sie. Chloe war nur eine Schachfigur, eine Requisite. Sie schnappte ihre Handtasche und marschierte schnurstracks mitten über die Tanzfläche, konnte diesen ganzen Schlamassel gar nicht schnell genug hinter sich lassen.

Unten auf der Straße suchte sie verzweifelt nach einem Taxi. Wie dämlich von ihr, anzunehmen, dass Velma sie tatsächlich mochte! Sie war dumm, sie traf andauernd grottenschlechte Entscheidungen, wie zum Beispiel diese hier, und so würde es auch für den Rest ihres Lebens –

»Chloe!« Es war Velma.

Evie beachtete sie nicht. Ein Taxi mit eingeschaltetem Licht erschien am Ende der Straße. Evie gab dem Fahrer Handzeichen.

»Chloe, warte!« Velma joggte auf sie zu. »Wo willst du hin?«

»Ich wollte dir und Karyn den nötigen Freiraum gewähren«, antwortete Evie. »Ihretwegen bist du doch eigentlich hergekommen, nicht wahr?«

»Was? Nein!« Velma raufte sich frustriert die Haare. »Ich meine, ja, schon, sie ist schließlich meine Freundin, also –«

»Sie ist deine *Ex*.« Evie spuckte das Wort förmlich aus. »Aber es hat ganz den Anschein, als würdest du sie lieber in einer anderen Rolle sehen.« Das Taxi blieb stehen. Evie öffnete die Tür. Bevor sie jedoch einsteigen konnte, legte Velma sanft eine Hand darauf.

»Karyn heiratet«, sagte Velma. »Einen Mann. Ende der Geschichte.« Sie holte scharf Luft. »Wollte ich heute Abend die Wogen zwischen uns glätten? Ja. Das habe ich auch getan. Ich möchte mit all meinen Ex-Freundinnen befreundet bleiben.«

»Muss schön sein, so beliebt zu sein«, gab Evie bissig zurück.

Der Taxifahrer rief: »Steigen Sie jetzt ein?«

»Du hast mich heute hergebracht, um sie eifersüchtig zu machen«, fuhr Evie erbost fort. »Du hast den ganzen Abend lang keine zwei Worte mit mir gewechselt!«

»Ich weiß, und es tut mir leid. Es waren eine Menge Leute da, die ich schon eine Weile nicht mehr gesehen habe. Du meintest, dies wäre dein einziger freier Abend, und ich wollte dich sehen. Eigentlich hatte ich mir unser zweites Date so nicht vorgestellt.«

»Miss?« Der Taxifahrer ließ ungeduldig den Motor aufheulen.

»Einen Moment noch«, sagte Evie und hielt weiter die Tür auf. Sie musterte Velma unentschlossen. »Wie hattest du dir denn unsere zweite Verabredung vorgestellt?«

Nun lächelte Velma. Vorsichtig nahm sie die Hand von der Taxitür und legte sie auf Evies Schulter. »Ich wollte für dich Abendessen kochen. Drei Gänge. Eine besondere Flasche Wein öffnen. Kerzen. Das Porzellan meiner Großmutter. Ich wollte«, fuhr sie fort, »dich umwerben, Chloe Fontaine. Weil du eine Frau bist, die es verdient, dass man ihr den Hof macht.«

Evie schmolz dahin. Das klang alles so … schön. Niveauvoll. Sexy.

Velma sah Evie durchdringend an. »Lass mich dich nach Hause bringen. Bitte. Beenden wir unsere gemeinsame Nacht nicht auf diese Weise.«

Evie betrachtete abwechselnd die offene Taxitür und die Frau, die vor ihr stand. Sie wollte nicht, dass diese Nacht mit einer einsamen Taxifahrt nach Hause endete. Verdiente sie es denn nicht, einmal, nur ein einziges Mal, nach Hause gebracht zu werden, wie eine Frau, die es verdient hatte, den Hof gemacht zu bekommen?

Evie knallte die Taxitür zu. »Bring mich nach Hause«, flüsterte sie Velma zu. »Aber zuerst möchte ich, dass du mich küsst.«

Während das Taxi schnell über die leere Straße davonfuhr, zog Velma Evie an sich. Ihr weicher Körper, der Duft ihrer Haut, die Vorfreude auf den Kuss, das alles raubte Evie die Sinne. Sie schloss die Augen. Als ihre Lippen sich berührten, schoss ein prickelnder Schauder durch ihren ganzen Körper. Was zärtlich begann, wurde rasch leidenschaftlicher. Evie wollte Velma, mit Haut und Haaren. Sie wollte eine Tür in ihrer Brust öffnen und in sie hineinklettern. Das Gefühl, diesen sexy Hengst von einer Frau zu küssen, war beinahe zu viel für sie, und hätte Velma sie nicht so sicher mit ihren starken, behutsamen Händen gehalten, hätte sie wahrscheinlich das Gleichgewicht verloren.

In ihrem Kopf gab es nur noch einen einzigen Gedanken, der sich niederließ, seelenruhig wie eine Katze, die ein sonniges Plätzchen zum Schlafen gefunden hatte. Nur ein einziges Wort, das unausweichlich schien, während sie sich küssten, aneinander knabberten und leise und fiebrig lachten.

Zuhause.

Teil drei:

Concealer

54

Krista kehrte am Freitag mit einem gänzlich neuen Schlachtplan ans Set von *Funderland* zurück. Diesmal würde sie die Sache ernst nehmen. Diesmal würde sie sich wie ein Profi verhalten.

Es gab für alles ein erstes Mal.

Sie stellte sich den Wecker so früh, dass sie bereits unten an der Treppe stand, als Eduardo sie mit dem Wagen abholen kam. Sie war höflich und freundlich zu den Crewmitgliedern. Doch ihre wichtigste neue Regel betraf Tristan. Dieses Mal war Sex mit ihm vom Tisch. Sofern er es zuließ, würden sie diesmal einfach nur Freunde sein.

Zu ihrer Überraschung klappte das problemlos. Tristan verzieh ihr rasch und großmütig den Zwischenfall mit der Trophäe. Und sie hatten zwischen den Aufnahmen ausgesprochen viel Leerlauf. Das Wochenende verbrachten sie gemütlich auf Tristans weißem Ledersofa, schlürften Grüntee-Kohl-Smoothies, nach denen Tristan süchtig war, und unterhielten sich einfach nur.

Krista erzählte ihm, wie es gewesen war, mit brauner Haut im ländlichen, nördlichen Westchester County zu wohnen, dem entlegenen Außenbezirk von New York City, jenseits der Bronx. Wie sie als kleines Mädchen unter der Dusche ihre Haut abgeschrubbt hatte, um sie weiß zu machen. Wie sie das durchdringend riechende Essen versteckte, das sie immer für die Schulpause mitbekam und das so ganz anders war als das Essen aller anderen. Wie ihre Mutter sie ständig mit Essen vollstopfte und sie dabei gleichzeitig permanent wegen ihres Gewichts kritisierte, Kritik, wie sie an ihren drei älteren Brüdern niemals geübt wurde. Vom aussichtslosen Balanceakt, zwischen zwei Kulturen zu leben – sich einerseits sagen lassen zu müssen, dass ihre Ausdrucksweise oder ihre Kleidung oder ihre Persönlichkeit »zu amerikanisch« wurden, und andererseits Ärger zu bekommen, weil ihre Leistungen in ihrer amerikanischen Highschool nicht gut genug waren, um den amerikanischen Traum zu leben. Wie sie, wenn sie bei einem Test fünfundneunzig Prozent erreicht hatte, zu Hause gefragt wurde, wo denn die übrigen fünf Prozent geblieben seien, und wie jeder Versuch, sich dagegen aufzulehnen, eine einstündige Standpauke darüber nach sich zog, wie schwer es ihre immigrierten Eltern gehabt hatten – aus dem Mund ihrer Mutter klang es so, als wäre sie den ganzen Weg von Indien zu Fuß gelaufen, während ihr Vater höchstpersönlich Seeungeheuer und Grenzbeamte niedergerungen hatte, um von Sri Lanka einzuwandern. Dass ihr Entschluss, Anwältin zu werden, einzig dadurch motiviert gewesen war, dass sie es hasste, nach der Schule in der langweiligen Arztpraxis ihres Vaters am Empfang zu sitzen, und dass Anwältin zu werden, abgesehen von der Laufbahn als Ärztin, die einzige akzeptable (das heißt lukrative und respektable) Karrieremöglichkeit dargestellt hatte.

Sie erinnerte sich daran, wie sie drei Wochen vor ihrem fünfzehnten Geburtstag ihre Jungfräulichkeit verloren hatte, hinten in Tim Klinchins blauem Ford, einen Schaltknüppel im Rücken, während sein oder ihr Ellbogen sporadisch die Hupe traf. Ein klassischer Fall von verschwitzter, unbeholfener und gleichzeitig überraschend erfreulicher Rebellion. Sie stellte fest, dass Sex etwas war, was ihre Eltern nicht kontrollieren konnten, was sie nur für sich ganz allein hatte, und sie beschloss, dass sie darin so gut werden wollte, wie sie es auch in allem anderen war. Nach und nach begriff sie, dass sie ihre Eltern zwar liebte, in ihrer Gegenwart jedoch nie wirklich sie selbst war. Sie wollte sich – sehnlichst – einfach so verhalten, wie sie sich fühlte, sich, wann immer ihr danach war, ihren Begierden hingeben und sie nicht permanent leugnen müssen.

Sie berichtete Tristan, wie sie ihre beste Freundin Evie auf dem Sarah Lawrence College kennengelernt hatte, wo sie sich im ersten Studienjahr ein Mehrbettzimmer geteilt hatten, wie unzertrennlich sie gewesen waren, vom Gefühl, die Schwester gefunden zu haben, die sie sich immer gewünscht hatte. Sie erzählte ihm, wie irrsinnig stolz ihr Vater gewesen war, als sie zum Jurastudium in Boston zugelassen worden war, wie er geweint und ihr einen silbernen Tiffany-Ring gekauft hatte, und auch, wie zornig er geworden war, als sie das Studium abbrach, kein halbes Jahr später, nachdem ihr auf Acid die Erkenntnis gekommen war, dass sie eigentlich *niemals Anwältin hatte werden wollen*. Dass sie ihren Vater zufriedenstellen, ihm jedoch nicht blindlings gehorchen konnte, und wie schwer es war, ihm das verständlich zu machen, und wie deswegen derzeit jedes Gespräch mit ihm im Streit endete und dass sie nicht wusste, wie sie dem ein Ende setzen sollte. Sie erzählte ihm von ihrer Entscheidung, es mit der Schauspielerei zu versuchen, wie sie ihren ersten Agenten gefunden hatte, gerade so viele Aufträge ergattert hatte, um ihren Plan nicht als totales Desaster abschreiben zu müssen, aber auch nicht genug, um ihn als Erfolg bezeichnen zu können, und von ihren Schulden, und von dem Mann von Con Ed, und wie das Zusammentreffen mit Greg und die Rolle in *Funderland* alles verändert hatten, ihr Hoffnung gaben, und na ja … Nun saß sie eben hier.

Tristan hörte sich alles geduldig an. Er stellte die richtigen Fragen. Er war aufrichtig interessiert.

Im Gegenzug teilte auch er seine Lebensgeschichte mit ihr. Er erzählte ihr, dass er schon als Kind immer vor der Kamera herumgealbert hatte, gesungen, getanzt, sich verkleidet oder die Lippen zu Liedern im Radio bewegt hatte, lauter »unmännliche« Dinge, zumindest nach Ansicht seines Vaters, einem Mann, der einen stillen Groll hegte und in der Bay Area auf Fischtrawlern arbeitete. Tristans Freude an künstlerischen Darbietungen wurde so vehement unterdrückt, dass seine Mutter eine Lüge vorschieben musste, um ihn zu einem offenen Vorsprechen für eine Show auf dem Disney Channel fahren zu können, jenem Vorsprechen, das ihm im Alter von elf Jahren eine Hauptrolle bescherte. Krista wusste all das, ließ Tristan aber dennoch erzählen: dass von *Heartache High* zwei Staffeln gedreht wurden und die Produzenten im Zuge dessen entdeckten, dass er singen konnte. Dass die Songs aus der Serie beinahe Goldstatus erreichten, ein bescheidener Erfolg, aber dennoch ein Erfolg. Dass er mit dreizehn Jahren in die Band Boyz Unbridled »hineingesteckt« wurde – »ich kann mich nicht entsinnen, eine Wahl gehabt zu haben. Es wurde einfach so beschlossen.« Krista konnte diesen Tristan fast deutlicher vor sich sehen als den aktuellen: das jüngste von fünf Kindern, mit goldenem Haar, engelsgleich, vollkommen unschuldig. In den darauffolgenden vier Jahren war die Band mehr oder weniger durchgehend mit Touren und Plattenaufnahmen beschäftigt.

»Anfangs war noch alles neu und ungewohnt und aufregend«, sagte er. »Wir gewannen bei den Teen Choice Awards 2002 den Preis für den besten neuen Act. Zogen ein immer größeres Publikum an. Immer verrücktere Fans. Belegten den ersten Platz in Hitparaden von Ländern, von denen ich noch nie gehört hatte.«

Zwei Jahre später kam der Wendepunkt. Tristan war fünfzehn und hatte sich von einem süßen, dankbaren Jungen in einen »reizbaren, egoistischen Irren« verwandelt. Er feuerte seine Mutter, die bis dato als seine Managerin fungiert hatte. Jahre später wurde ihm bewusst, wie effektiv sie ihn eigentlich vor vielem Schlechten abgeschirmt hatte, aber zu jenem Zeitpunkt fühlte er sich durch sie nur eingeengt. Welcher Teenagerjunge will schon mit seiner Mutter im Tourbus reisen?

Er begann, exzessiv Drogen zu konsumieren.

»Es klingt wie ein Klischee, aber sie waren einfach überall. Und niemand sagte jemals Nein zu mir. Kein einziges Mal. Ich musste niemals Schlange stehen oder einen Scheck abholen. Wir waren immer VIPs, kamen immer durch den Hintereingang. Ich vergaß, was Normalität bedeutete. Das war alles so verrückt, Lenka. Ich erinnere mich noch, wie ich mit irgendwelchen Leuten sprach und in deren Augen erkannte, dass diese Unterhaltung – worum auch immer sie sich drehte, meistens eigentlich um nichts – das Aufregendste war, was sie jemals erlebt hatten. Ein Teil von mir wollte sie packen und schütteln und schreien ›Lasst das, ich bin niemand, ich bin genau wie ihr!‹. Aber ein anderer Teil von mir glaubte daran, dass ich ein Gott oder dergleichen war. Ein Teil von mir glaubte daran, dass ich besser war als alle anderen. Alle Mädchen wollten mit mir ins Bett: andere Künstlerinnen, Leute, die für uns arbeiteten, Fans. Die *Mütter* von Fans. Einfach nur, um von sich sagen zu können, dass sie es getan hatten. Verstehst du? Nur für eine gute Geschichte.«

»Ich möchte wetten, dass du mit Tausenden Mädchen geschlafen hast«, sagte Krista staunend.

»Nein.« Tristan setzte sich auf. »Das habe ich nicht. Klar, mit einigen hatte ich ein bisschen Spaß. Aber ich habe nie mit Fans geschlafen, im Gegensatz zu den anderen Jungs.«

Krista starrte ihn fassungslos an. »Warum denn nicht? Ich meine, du warst damals sechzehn und bestimmt total notgeil.«

Tristan presste einen Augenblick die Lippen aufeinander, bevor er weitersprach. Er erzählte ihr von der Pressesprecherin, die nach einer Routine-Fettabsaugung an einem Blutgerinnsel gestorben war, von den zweihunderttausend Dollar Provision, die er dafür erhalten hatte, dass er die diamantbesetzten Manschettenknöpfe einer chinesischen Firma trug, von dem Stalker, der mit einem Schraubenzieher in sein Hotelzimmer in Seoul eingebrochen und ihm ins Bein gestochen hatte. Wie ein einziger Tweet seinerseits die Karriere eines Freundes von null auf hundert gebracht hatte, und wie ermüdend das gewesen war, und wie sehr er die Nase voll davon gehabt hatte, ständig gebraucht zu werden, von allen, die ganze Zeit über. Dann die Implosion von Boyz Unbridled, ein schmutziges, wildes, drogenbeeinflusstes Ende, Streitereien, die sich endlos im Kreis drehten, bitter und aufreibend. Die Solokarriere, die im Sande verlief. Die peinliche Anzeige wegen Trunkenheit am Steuer, als man ihn am Vorabend seines zweiundzwanzigsten Geburtstags mit 2,1 Promille erwischte. Sein Entschluss, clean zu werden. Reha für etwa ein Jahr. Sein Zusammentreffen mit Umsa. Sechs Monate in Nepal. Wie er Klarheit erlangte. Und endlich sauber wurde und es blieb.

Er berichtete ihr, wie er sich mit richtigen Musikern angefreundet hatte, talentierten Menschen, die hart arbeiteten und Familien gründen wollten. Wie er den anderen Mitgliedern von Boyz Unbridled, die alle die gleichen verwirrenden Phasen von Neubesinnung und Neuausrichtung durchmachten, Wiedergutmachung geleistet hatte. Wie er einige kleine Rollen in Indiefilmen angenommen und dabei festgestellt hatte, wie viel Spaß es machte, als Teil des Teams an einem Film mitzuarbeiten. Wie er Greg bei einem Gruppenskiwochenende in Montana kennengelernt, sich in Nächten, die sie auf den Pisten unter den Sternen zubrachten, mit ihm angefreundet und beschlossen hatte, dass er diesem netten, aufrichtigen Kerl helfen würde, einen Film zu verwirklichen: einen lustigen, harmlosen Film, ein Drehbuch, das Greg verfasst und dem er den Titel *Funderland* gegeben hatte.

»Dieser Film ist meine zweite Chance«, sagte Tristan. »Um mehr zu sein als nur der junge Kerl von Boyz Unbridled.«

»Ich verstehe, was du meinst«, sagte Krista. »Für mich fühlt er sich auch wie eine zweite Chance an.«

»Ich bin wirklich froh, dass wir zusammenarbeiten, Lenka.« Tristan drückte ihr Knie. »Es fühlt sich richtig an.«

Krista lächelte. Eine Woge aus Wärme hüllte sie ein, erfüllte sie mit Zuneigung für ihren Filmpartner und für Greg und für alle, die draußen vor dem Wohnwagen so hart daran arbeiteten, diesen Film so gut zu machen wie nur irgend möglich. »Ja«, sagte sie ein wenig verwundert. »Das tut es wirklich.«

55

»Das klingt ja ganz so, als hätte sich jemand verknallt.« Evie, die vor dem Spiegel saß, lächelte ihrer Mitbewohnerin zu, die ausgestreckt auf Evies Bett lag und eine alte Ausgabe von *Salty* durchblätterte.

»Eigentlich nicht. Wir sind nur Freunde.« Krista klang sonderbar und ungewöhnlich aufrichtig.

Evie hob eine Augenbraue und zupfte ein widerspenstiges Härchen aus. »Von wegen. So etwas geht bei Krista Kumar doch gar nicht.«

»Jetzt schon.« Krista schlug die Seite um. »Ich bin einfach nur gern mit ihm zusammen. Außerdem könnte selbst, wenn ich es wollte, nichts passieren. Wir dürfen uns nicht zu sehr emotional binden, Eve. Das weißt du, oder?«

»Selbstverständlich«, behauptete Evie. »Dass mit Velma und mir, das ist ganz … unverbindlich.«

Das war eine dicke, fette Lüge.

Seitdem Velma Evie nach der Verlobungsfeier nach Hause gebracht hatte, hatte sich ein emotionales Ventil geöffnet. Sie hatten nonstop Textmitteilungen ausgetauscht. Wortwörtlich: Evie hatte das gesamte Wochenende zu Hause verbracht und an ihrem Telefon geklebt. Und dabei handelte es sich nicht nur um seichtes, neckisches Geschäker, in dem Velma, wie Evie zugeben musste, ebenso gut war wie sie selbst. An diesem Nachmittag drehte sich ihre schier endlos lange Mitteilungskette um alles von Urlaubstraumzielen bis zu Überlegungen Kinder betreffend. Sie hatten ihren zukünftigen Kindern sogar Namen gegeben – Dings eins und Dings zwei, was natürlich nur ein Witz war, aber trotzdem … Evie hatte noch niemals ernsthaft über Kinder nachgedacht. Deshalb war es auch so merkwürdig, dass sie sich während der kompletten halben Stunde, die sie unter der Dusche zubrachte, zusammenfantasierte, wie es wäre, gemeinsam mit Velma eben jene Kinder aufzuziehen. Sie malte sich alles aus, vom Augenblick, in dem das Baby die ersten Schritte machte, bis zu ihren von Stolz erfüllten Freudentränen bei der Schulabschlussfeier.

Das Problem war nur, dass sie in diesen Fantasien Chloe war. Anscheinend gab es in dieser Zukunft für Evie Selby keinen Platz.

Krista rollte sich auf den Bauch, um Evies Outfit zu begutachten: ein glockiges blaues Kleid, das ihre Augen so groß erscheinen ließ wie die von Betty Boop. »Du siehst gerade dermaßen nach Instagram aus. Das tust du wohl alles ihr zuliebe.«

Evie betrachtete sich im Spiegel. »Findest du, dass mein Kinn spitz aussieht?«

»Wie bitte?«

Evie drückte mit den Fingern darauf herum, wandte den Kopf, um es aus einem anderen Winkel sehen zu können. »Ich habe den Eindruck, es ist spitzer geworden.«

Krista setzte sich auf. »Ich habe auch geglaubt, dass meine Augen anders aussehen. Beim zweiten Mal. Und Willow hat etwas davon erwähnt, dass sie nach der Rückverwandlung dachte, dass das Essen anders schmeckt.«

Die Freundinnen sahen sich unbehaglich an. Krista drängte Evie vom Spiegel weg. »Siehst du?«, sagte sie mit der Nase direkt am Glas. »Sie sind anders, nicht wahr? Nicht mehr so grün.«

»Ich könnte schwören, dass es spitzer aussieht.« Evie schob Krista wieder beiseite. »Das gefällt mir ganz und gar nicht.«

»Nun ja, wir haben bis jetzt auch noch nicht viel darüber in Erfahrung bringen können.«

Eigentlich hatte Evie ihr Kinn gemeint, aber auf das Pretty traf ihre Besorgnis ebenfalls zu. »Stimmt.«

»Nicht einmal Penny wusste, was es ist«, bemerkte Krista.

»Wahrscheinlich die Seelen von Frauen, die an Magersucht gestorben sind«, murmelte Evie. »Die hatten am Ende bestimmt auch ein ziemlich spitzes Kinn.« Evie betrachtete sich im Spiegel. Chloe blickte ihr entgegen, die Stirn in tiefe Sorgenfalten gelegt. Wenn sie so das Gesicht verzog, sah sie ganz und gar nicht hübsch aus. Evie beschwor ihren inneren Yogi herauf, atmete tief aus und entspannte sich, bis ihr Gesicht wieder einer unbefleckten Leinwand glich. Na also. Schon besser. Spitzes Kinn hin oder her, Chloe war eindeutig hübscher, wenn sie sich nicht aufregte. Sie beobachtete, wie Chloes wunderschöner, breiter Mund selbstbewusst verkündete: »Ich bin unbesiegbar. Ich bin verdammt noch mal Chloe Fontaine.«

Krista glotzte sie perplex an.

»Was denn?«, fragte Evie und fühlte sich plötzlich befangen.

»Vielleicht sollten wir nach diesem Mal aufhören.« Krista sprach betont langsam, als wolle sie Evie nicht beunruhigen. »Das findest du doch auch, oder?«

Evie sah Chloe im Spiegel ins Gesicht. Ihre großen, blauen Augen blickten verwirrt, ja sogar verängstigt drein, fast als wolle sie sie anflehen, bleiben zu dürfen. Als Evie nickte, brachte sie es nicht über sich, sich selbst anzusehen. Genauso wenig, wie sie Krista ansehen konnte.

Als Evie zum letzten Mal in der Jay Street gewesen war, hatte sie nicht in das herrliche, aus roten Ziegelsteinen gemauerte Gebäude, in dem Velma wohnte, hineingedurft. Diesmal erwartete sie der Portier am Empfangstresen bereits. Velma lebte im PH2, einem von zwei Penthouses im Obergeschoss. Als die Fahrstuhltüren sich auf einen harmlos aussehenden Korridor öffneten, stieg Evie sofort ein beißender Geruch in die Nase.

Angebrannter Toast?

Die Wohnungstür war nur angelehnt. »Hallo? Velma?« Evie betrat das weitläufige, luftige Loft. Mehrere breite, gerippte, schwarze Säulen trugen eine weiße, mit Stuck verzierte Decke, die bestimmt an die fünf Meter hoch war. Evie fielen außerdem mehrere übergroße Bücherregale ins Auge und eine Wand, die gänzlich aus hohen, rechteckigen Fenstern bestand, die oben rund zuliefen. Auf dem schönen Parkettboden lagen hier und dort bunte Teppiche, und es gab mehrere Stehlampen. An einer Wand hing eine riesengroße Fotografie, auf der die milchig weiße Kehle einer Frau zu sehen war, ihr rundes Kinn und ihre blutroten Lippen, die verschlagen lächelten. Die Wohnung war etwas unordentlicher, als sie erwartet hatte, und vielleicht auch etwas kleiner, aber mehr oder weniger ganz genau so, wie sie sich Velmas Zuhause vorgestellt hatte.

Womit Evie allerdings nicht gerechnet hatte, war der Anblick, wie Velma versuchte, ein kleines, aber dennoch enthusiastisch loderndes Feuer zu bekämpfen, das auf dem Edelstahlherd ausgebrochen war. Sie bediente sich dazu eines Küchenhandtuchs, das just in diesem Moment ebenfalls Feuer fing, weshalb Velma gezwungen war, es in die Spüle zu werfen.

»Verdammt, *verdammt*!« Velma sah Evie panisch an. »Da steht ein Feuerlöscher. Im Schrank – «

Evie rannte bereits in den Korridor, auf den Velma hektisch

gezeigt hatte. Hinter der ersten Schranktür, die sie aufriss, fand sie nur Handtücher und Betttücher. Hinter der zweiten befanden sich Winterjacken, Brettspiele und, jawohl, ein kleiner Feuerlöscher. Evie schnappte ihn sich und rannte zurück in die Küche.

»Ich habe so etwas noch nie zuvor benutzt!«, schrie Evie.

»Ich auch nicht!« Velma hakte den langen, schwarzen Schlauch aus und zielte mit dem zylindrischen Ende auf das Feuer. Evie drückte die beiden Metallhebel auf der Oberseite des Feuerlöschers zusammen. Nichts geschah.

»Warum funktioniert das nicht?« Velma machte sich ebenfalls an den Hebeln zu schaffen.

Evie nahm Velma den Schlauch ab und spähte hinein, genau in dem Moment, in dem Velma an einem silbernen Ring an der Oberseite des Feuerlöschers zog und erneut die Hebel drückte. Ein kraftvoller, weißer Strahl traf Evie mitten ins Gesicht. Kreischend taumelte sie rückwärts.

»Alles okay?«, schrie Velma.

Evie fasste sich keuchend ins Gesicht. »Das Feuer! Kümmere dich um das Feuer!«

Velma zielte auf den Herd. Wenige Sekunden später waren die Flammen gelöscht.

Die beiden Frauen standen atemlos in der stillen Küche. Erst jetzt fiel Evie auf, dass Velma überhaupt nicht für ein Abendessen angezogen war. Sie trug eine alte Jogginghose und ein Trägerhemd, kein Make-up, und das Haar nur zu einem unordentlichen Knoten zusammengefasst.

Ihr eigenes Spiegelbild, das sie in den hohen Fenstern, die das Apartment vom Balkon draußen trennten, erkennen konnte, verriet Evie, dass ihr sorgsam kreierter Look komplett ruiniert war. Sie war über und über mit weißem Pulver und schwarzem Schmutz besudelt.

»Meine Güte, geht es dir gut?« Velma ließ den Feuerlöscher fallen und eilte besorgt zu ihr.

Evie traten Tränen in die Augen. »Ich fühle mich, als hätte mir gerade ein Schneemann einen Kinnhaken verpasst.«

Velma lachte. Sie legte Evie beide Hände auf die Schultern. »Es tut mir sehr leid. Ich habe Zwiebeln gebraten und mich dabei ablenken lassen. Völlig das Zeitgefühl verloren. Es tut mir wirklich sehr, sehr leid, Chloe«, sagte Velma aufrichtig.

»Schon in Ordnung«, flüsterte Evie. Sie ließ den Blick durch die Küche wandern, entdeckte aber abgesehen von einigen schwarzen verbrannten Zwiebeln keine anderen Zutaten für ein Essen. »Es klingt vielleicht komisch, aber darf ich dich fragen, wie deine weiteren Pläne aussehen? Ich habe nämlich ziemlichen Hunger.«

Velma grinste. »Nein, das klingt überhaupt nicht komisch. Mal sehen ... Wie fändest du es, wenn ich uns Essen beim Thailänder bestellen würde?«

Dreißig Minuten später saßen Velma und Evie gemeinsam im Schneidersitz an Velmas großem, quadratischem Couchtisch und genossen ein asiatisches Festmahl. Während Velma das Essen bestellt hatte, hatte Evie geduscht. Obwohl sie es enttäuschend fand, das umwerfende Ergebnis ihrer zweistündigen Vorbereitungen auf das Date zu zerstören, genoss sie es doch auch, sich an einem solch intimen Ort wie Velmas Badezimmer zu entkleiden. Überall entdeckte sie teure Schönheitsprodukte, die sie sich nie im Leben hätte leisten können, und dicke, weiße Handtücher, die sie nie geschafft hätte, so sauber zu halten. Unter der Wasserfalldusche schäumte sich Evie mit Lavendelseife ein und fragte sich dabei, wie lange es wohl noch dauern würde, bis sie und Velma gemeinsam duschen würden.

Velma hatte ihr etwas zum Anziehen ausgeliehen: ein übergroßes weißes Hemd und schwarze Leggings. Evie verließ das

Bad nur im Hemd. Das wohlgefällige Lächeln, das sie dafür von Velma erntete, ließ sie lustvoll erschauern.

Nun nahm Evie das Glas mit Wein entgegen, das Velma ihr anbot, und sie neigten die Gläser zum Toast. »Du bringst mich dazu, all meine eigenen Regeln zu brechen«, schalt Velma. »Abendessen auf dem Boden findet in dieser Wohnung eigentlich ausschließlich als Soloaktivität statt.«

Evie strahlte. Sie genoss das Gefühl, dass Velma Ausnahmen für sie machte. Wie man es für seine Freundin tat. »Was hattest du eigentlich ursprünglich vor, zu kochen?«, erkundigte sich Evie und nahm sich noch etwas von dem Phat Thai. »Ich meine, vor dem großen Feuer von vor fünf Minuten.«

Velma spießte ein Stück Hähnchen mit ihrem Essstäbchen auf und überlegte. »Vermutlich irgend so ein Pasta… Dings.«

»Du bist nicht gerade eine Nigella Lawson, oder?«, bemerkte Evie.

»Ich hätte jedenfalls nichts dagegen, wenn sie für mich kochen würde«, entgegnete Velma. »Aber nein. In diesem Bereich bin ich schmählich unzulänglich. Meine Mutter war auch keine besonders gute Köchin«, fügte sie hinzu und steckte sich noch eine Wasserkastanie in den Mund. »Das habe ich wohl von ihr.«

»Wo bist du aufgewachsen?« Auf diese Frage kannte Evie die Antwort bereits.

»North Carolina.«

»Spießig«, meinte Evie, und Velma nickte. »Und wann hast du festgestellt, dass du lesbisch bist?«

Velma lächelte und schluckte einen Mundvoll Essen herunter. »Jetzt habe ich das Gefühl, wieder bei deiner Sendung zu sein.«

Evie schüttelte energisch den Kopf. »Nein, das bleibt ganz unter uns.«

Velma runzelte die Stirn und tat skeptisch.

»Ernsthaft.« Evie lachte. »Ich höre diese Geschichten darüber, wie alles anfing, einfach nur so gern. Na los.«

»Okay.« Velma tupfte sich den Mund mit einer Papierserviette ab. »Ich weiß noch, dass ich damals ungefähr in die sechste Klasse ging und das Gefühl hatte, an mir sei etwas anders, doch ich wusste nicht genau, was. Meine Freundinnen begannen damals, sich über Jungs zu unterhalten, die sie mochten, doch da ich solche Gefühle nicht hatte, tat ich einfach nur so. Ich glaube, ich dachte damals, dass alle das so machen. Einfach nur so tun als ob. Und dann kam eines Tages Prue Wilfred-Scott, ein Mädchen aus meiner Klasse, in die Schule und erzählte, dass sie am Wochenende unseren Lehrer Mr. Sullivan gesehen hatte, wie er mit einem anderen Mann *Händchen gehalten hatte*.«

Evie keuchte in theatralischem Entsetzen.

»Ganz genau.« Velma schmunzelte. »Das war damals sehr skandalös und verwirrend. Ich hatte noch nie von etwas Vergleichbarem gehört; ich wusste nicht genau, was es bedeutete, wie so etwas überhaupt möglich war. Und dann sagte einer der Jungs, dass Mr. Sullivan schwul wäre, dass man das Homosexualität nennen würde. Und ich weiß noch, wie ich dachte: Genauso bin ich auch. Ich bin auch schwul, aber ich mag Mädchen.« Velma sah Evie emotionslos an. »Das war eine schreckliche Erkenntnis. Die anderen Kinder sprachen über Mr. Sullivan, als wäre das, was er tat, etwas Schlechtes. Etwas Krankhaftes. Ich wusste augenblicklich, dass es auf mich zutraf, und gleichzeitig wurde mir klar, dass ich für den Rest meines Lebens niemals in der Lage wäre, es irgendjemandem anzuvertrauen oder es auszuleben.«

»Meine Güte, das ist ja furchtbar«, sagte Evie.

»Mm. Bedauerlicherweise nicht gerade ein Nenn-mich-

Charlie-Erlebnis.« Velma neigte nachdenklich den Kopf. »Möchtest du das wirklich alles hören? Ist nicht unbedingt romantisch –«

»Doch, das möchte ich«, antwortete Evie und war selbst überrascht, wie nachdrücklich sie klang. »Wirklich.«

Velma trank noch etwas Wein. Für einen Augenblick befürchtete Evie, dass sie eine Grenze übertreten hätte und Velma sie gleich mit einer halbgaren Entschuldigung, dass sie am nächsten Tag früh raus müsse, nach Hause schicken würde. Doch stattdessen räusperte sich Velma und sprach weiter. »Als ich fünfzehn war, erwachte ich eines Morgens und dachte ›Besser als jetzt wird es niemals werden, nur schlimmer‹. Also ging ich ins Badezimmer, suchte alle Tabletten zusammen, die ich finden konnte, und schluckte sie auf einmal.«

»Oh, mein Gott«, sagte Evie.

»Meine Mutter fand mich ohnmächtig auf dem Badezimmerfußboden, rief einen Notarztwagen, ließ mich ins Krankenhaus bringen. Ich musste einige Tage bleiben. Und dort lernte ich Ann Jackson kennen.« Velma lächelte ironisch. »Wenn sich meine Mutter mit etwas auskannte, dann mit Therapeuten. Ich danke Gott für Ann Jackson. Diese Frau hat mein Leben gerettet. Ich begann, dreimal wöchentlich zu ihr zu gehen, und binnen des ersten Monats schaffte sie es, mich dazu zu bringen, zuzugeben, dass ich lesbisch war. Noch niemals zuvor hatte ich diese Worte laut ausgesprochen, und was für eine unglaubliche Erleichterung das war!« Velma stöhnte. »Es fühlte sich wahrhaftig so an, als fiele mir ein riesiger Stein vom Herzen. Es war ein Wendepunkt. Es dauerte weniger als ein Jahr, bis ich es auch meinen Eltern beichtete, die es deutlich besser aufnahmen als ich erwartet hatte. Sie willigten ein, mich die Schule wechseln zu lassen, wodurch ich mein vorletztes und letztes Schuljahr auf einer sehr liberalen, künstlerisch orientierten Highschool absolvieren konnte, auf der die Hälfte aller Schüler homosexuell war. Meine Klassenlehrerin war eine Transe. Gleich am ersten Tag erzählte ich allen, dass ich eine Lesbe sei, doch das juckte niemanden. Ich lernte meine erste Freundin kennen, ging mit ihr zum Abschlussball. Und jetzt« – Velma hob die Hände – »sitzen wir hier.« Sie runzelte besorgt die Stirn. »Chloe, weinst du etwa?«

Evie rieb sich energisch die Augen. »Nein, nein, nein, ich habe nur …«

Velma rutschte näher zu ihr und reichte ihr eine Serviette. »Hier.«

Evie nahm sie und putzte sich die Nase. »Entschuldige«, sagte sie und fühlte, wie sie errötete. »Ich übertreibe. Es ist nur … Verdammt, ich kann die Vorstellung nicht ertragen, dass du so unglücklich gewesen bist.«

Velma musterte Evies Gesicht. »Meine Güte, du bist so süß.« Sie sagte es, als wäre es ihr gerade erst aufgefallen.

Evie erwiderte Velmas Blick. Ihre Stimme klang weich wie Regen. »Es ist so traurig, dass manche Menschen es so furchtbar finden, wenn zwei Frauen sich lieben, obwohl es doch das Schönste auf der ganzen Welt ist.«

Mit ernster Miene legte Velma Daumen und Zeigefinger an Evies Kinn. Dann neigte sie sich zu ihr und küsste sanft ihre Lippen.

Evie schloss die Augen und erwiderte den Kuss. Sie war so dankbar. Dankbar, dass es Velma gab. Dankbar, dass die Welt in Veränderung begriffen war. Und dankbar für das Pretty, diesen besonderen Schlüssel, diesen geheimen Handschlag, der es ihr ermöglichte, hier zu sein, in dieser hübschen Wohnung, diesen leckeren Wein zu trinken und von dieser schönen Frau geküsst zu werden.

Ihre Küsse begannen, sich zu verändern. Von sanft und zärtlich zu fordernd und drängender. Evie öffnete den Mund weiter und spürte, dass Velma das Gleiche tat. Velma schob die Hände in ihr noch immer feuchtes Haar und hielt ihren Kopf fest. Ein tiefes Stöhnen drang aus Evies Kehle.

Velma zog sich ein wenig zurück. In ihren Augen loderte es. Ihr Atem ging stoßweiße. »Schlafzimmer?«

Evie nickte, ohne zu zögern.

Sie fielen gemeinsam auf Velmas großes Bett, die Beine ineinander verschlungen, ihre Münder feucht und suchend. Velma riss Evie das Hemd auf. Knöpfe flogen wie Gewehrkugeln. Evie stieß ein Lachen aus, das sich jedoch sofort in Keuchen verwandelte, als sie Velmas Lippen an ihren Brustwarzen spürte, wie sie saugten, kreisten, spielten. An Chloes pinkfarbenen, perfekten Brustwarzen, die sich mitten auf Chloes wohlgeformten, perfekten Brüsten aufgerichtet hatten. Zu beobachten, wie Velma sie berührte, war in etwa so, als würde sie sich einen Porno anschauen, der nur in ihren wildesten, feuchtesten Fantasien existieren konnte.

Sie zog Velma das Oberteil über den Kopf und küsste auch ihre Brüste, ihre Kehle, ihren Hals, ihre Lippen. Sie presste ihre Brust an Velma, gierig nach dem Gefühl zweier Frauenkörper, die sich aneinanderschmiegten, zwei weiche, üppige, sich windende Frauen, die ihren Fantasien freien Lauf ließen.

Velma fuhr mit den Fingerspitzen über die Außenseite von Evies Unterwäsche. Sofort zuckte sie unwillkürlich zusammen. Velma grinste, ihr Gesicht lediglich beleuchtet von einer Lampe auf dem Nachttisch. Ihr lockerer Haarknoten hatte sich gelöst, und das Haar fiel ihr in Strähnen ums Gesicht. Velma zog Evie die Unterwäsche herunter, hielt sie vor ihre Nase und atmete tief ein. »Du riechst so gut.«

Sogar der Klang ihrer Stimme brachte Evie zum Wimmern. Sie wurde nervös, sehnte sich danach, dass Velma ihre Klitoris berührte, und fürchtete sich gleichzeitig fast vor den Empfindungen, die sie damit heraufbeschwören würde.

Velma positionierte Evie so, dass sie auf einem kleinen Kissenstapel lag. Sie küsste bedächtig ihren Mund, bevor sie flüsterte: »Darf ich dich lecken?«

Evie nickte.

»Darf ich die Finger in dich stecken?«

Evie nickte erneut und wisperte »Such meinen G-Punkt«, da sie davon ausging, dass Velma in dieser Hinsicht versiert wäre.

Velma begab sich hinab zwischen Evies Beine.

»Warte.« Evie zog Velma wieder hoch. Sie atmete stockend. »Sag mir, dass ich schön bin.«

Velma stutzte, bevor sie Folge leistete. »Du bist wunderschön, Chloe.«

Evie schüttelte sacht den Kopf. »Anders.«

Velma raunte ihr die Worte direkt ins Ohr. »Du könntest Kriege beenden. Du könntest Engel zum Weinen bringen. Du bist alles, woran ich denken kann.«

Evie seufzte verträumt, erregt und glücklich. »Mach, dass ich komme.«

Und das tat Velma auch.

Drei Mal.

56

Sie musste dreimal klingeln, bevor Mark sich meldete. Er klang desorientiert. »Willow?«

Die Nacht hielt sie fest mit ihren Händen gepackt, drückte sie zusammen, verletzte sie mit ihrer Finsternis. Es fühlte sich an, als müsse ihr Blut schwarz werden. »Hier ist Caroline.«

Nichts. Sie drückte noch einmal auf die Klingel, wobei sich die Haut unter ihrem Fingernagel weiß verfärbte. *Lass mich rein. Hol mich hier raus.*

»Caroline, ich kann dich nicht rauf lassen. Tut mir leid.«

Die Nacht zeigte ihr die Zähne, alles war zu laut, zu heiß, zu gefährlich. Ihre Stimme war nur noch ein Wimmern. »Mark … Bitte.«

»Nein, Caroline, ich –«

»*Bitte.*«

Als sie vor seiner Tür eintraf, stand Mark mit verschränkten Armen hinter einem Sessel. Alle Lampen waren eingeschaltet. »Hey«, sagte sie leise.

Er sprach, ohne sich zu regen. »Hey.«

Sie wartete, in der Hoffnung, hereingebeten zu werden. Als die Einladung ausblieb, trat Willow trotzdem über die Schwelle. Sie hatte eine große Reisetasche dabei.

»Nun.« Mark lehnte sich auf den Fersen zurück. »Was gibt's?«

Willow ließ die Reisetasche aus den Fingern gleiten. »Warst du schon mal in Paris?«

»In Paris? Nein.«

Willow bewegte Carolines Körper vorwärts wie eine Marionette, jedes Glied gefühllos und schwer. »Ich habe einen Sommer in Paris verbracht. Oder vielleicht war es damals auch Herbst, ich weiß es nicht mehr.« Sie setzte sich auf die Kante von Marks Sofa. »Ich erinnere mich noch an den Geruch des Feuerwerks über der Seine – dort wurde jeden Abend Feuerwerk veranstaltet. Explosionen, die den Himmel erleuchteten.« Sie schlang die Arme um sich selbst. »Ich liebe Feuerwerk. Weißt du, ich ging damals allein am Ufer des Flusses spazieren, folgte einfach den Mustern des Feuerwerks, die sich im Wasser spiegelten. Eines Abends war ich wieder dort unten, allein, und traf auf eine Gruppe Männer, die am Fluss saßen und tranken.« Sie sah Mark direkt an. »In Paris leben sehr viele Afrikaner. Wusstest du das?«

»Was soll das, Caroline? Was ist los?«

»Sie haben getrunken«, fuhr Willow fort, als hätte er nichts gesagt. »Und gelacht. Sie luden mich ein, mich zu ihnen zu setzen. Sie tranken aus einer Flasche, die in einer Papiertüte steckte. Sie gaben mir etwas ab.« Ihr Blick ging in weite Ferne. »Es schmeckte wie Feuerwerk. Sie wollten wissen, woher ich käme. Ich antwortete, ich sei Amerikanerin. Sie meinten, ich wäre sehr schön. Auf Französisch heißt das *très jolie. Très jolie fille.*« Willow hielt kurz inne. »Sie fragten, ob ich nicht Lust hätte, meine Kleider auszuziehen.«

Mark krallte sich an den Sessel.

»Es war eine sehr warme Nacht, in der man sich mit Sicherheit keine Erkältung holen konnte.« Willows Stimme klang wehmütig. »Also dachte ich: Warum nicht? Gemeinsam zogen wir mich aus, bis ich nackt war. Wir verbrannten mein Kleid im

Feuer. Sie hatten sich ein kleines Lagerfeuer angezündet. Als ich dann nackt war –«

»Caroline, ich kann nicht noch einmal mit dir schlafen –«

»Als ich schließlich nackt war, hoben mich die Männer hoch und trugen mich zum Wasser. Sie gingen so behutsam mit mir um; ich weiß noch genau, wie vorsichtig sie waren. Sie trugen mich den ganzen Weg hinab zum Wasser. Bald war es tief genug, dass sie mich loslassen, mich treiben lassen konnten. Ich trieb nackt in der Seine, während über mir das Feuerwerk explodierte.« Willow schloss die Augen. Tränen rannen über ihre Wangen. Ihre Stimme war nur noch ein Hauch. »Ich will wieder dort sein. Im Fluss. Aber ich kann niemals zurückkehren.« Ihre Gedanken waren wie ein geborstener Spiegel, der ein zerstückeltes Bild zurückwarf, ein Bild, das sie, so sehr sie sich auch bemühte, nicht deutlich sehen konnte. Es war anstrengend. Alles war einfach so anstrengend. »Ich kann niemals zurückkehren.« Sie ließ den Kopf in die Hände sinken und begann zu weinen.

Nach kurzem Zögern ging Mark zur Haustür und schloss sie leise.

57

Evie wurde früh wach und fühlte sich durch die unbekannten Laken und den Duft von Lavendel für einen Augenblick orientierungslos. Fahles, gelbes Licht fiel durch die zarten, weißen Vorhänge, hinter denen sich vage die Konturen der Stadt ausmachen ließen. Dann kam die Realität zurück. Das Feuer. Das thailändische Essen. Der Sex.

Ich hatte Sex mit Velma Wolff.

Sie streckte sich und fühlte sich, so verheddert in die grauen, seidigen Laken, warm und dekadent. Sie konnte einfach nicht aufhören zu lächeln. Es war mehr gewesen als nur fleischliche Lust. Sie waren eine Verbindung miteinander eingegangen. Eine richtige Verbindung. Und Velma war hier, gleich neben Evie, nur Zentimeter entfernt. Das hier, dieser Moment, in dem man mit jemandem im Bett lag, der so majestätisch war wie die Berge, so verlockend wie das Mondlicht: das bedeutete alles. *Die Antwort auf eine Frage, die ich schon immer stellen wollte.*

Evie rieb sich die Augen, um den Schlaf zu vertreiben, der ihr die Sicht verschwimmen ließ, damit sie auch jede Kontur, jede Pore der Frau neben ihr erkennen konnte.

Doch ihr Blick blieb verschleiert.

Sie hatte sich zurückverwandelt.

Sie war wieder Evie Selby.

Angst traf sie mit Wucht, wie ein Hammerschlag. *Bitte nicht.*

Bitte, bitte, bitte nicht. Sie betastete in stillem Entsetzen ihre Haare, ihre Wangen, ihre plumpen Oberarme.

Es stimmte.

Sie war ein anderer Mensch.

Einen Sekundenbruchteil später kam auch schon die überwältigende Übelkeit. Unter Aufbietung all ihrer Willenskraft schaffte sie es, tonlos aufzuschreien und sich zusammenzukrümmen, ohne dass die Laken verräterisch raschelten. Schmerz verbrannte sie von innen heraus, und ihre Gedanken überschlugen sich, versuchten zu ergründen, wie das hatte passieren können. Es war Mittwoch. Es war Mittwoch, und sie hatte das Pretty am Donnerstag genommen, und Krista hatte auch sieben volle Tage gehabt und nicht nur sechs, und oh Gott, wie ihr Bauch schmerzte, und oh Gott, sie war wieder normal, und was zum Teufel sollte das, *Gottverdammtnochmal*?

Sie schielte zu Velma. *Sieh mich nicht an. Nicht – hinsehen.*

Flucht.

Sofort.

Evie hob den Rand der Decke ein Stückchen an. Velma schnappte kehlig nach Luft. Evie erstarrte. Jeder Millimeter ihrer Haut kochte vor Anspannung, vor bodenlosem Schrecken, vor Schmerz. Doch Velma beruhigte sich wieder, und so setzte Evie ihre Flucht Zentimeter um Zentimeter fort. Sie glitt aus dem Bett und fiel mit einem weiteren stillen Schrei auf den Boden, wo sie sich zusammenkauerte. Ein paar Sekunden, um wieder zu Atem zu kommen. Dann in gebückter Haltung schlurfend und rennend zur Tür.

Im Wohnzimmer zog Evie mit tauben Fingern den Reißverschluss ihres zerknautschten blauen Kleides hoch. Ihr Herz raste noch immer wie wild. Am besten, sie ging einfach und kam nie wieder. Das war viel zu knapp gewesen.

Viel, viel zu knapp.

Als Velma die Tür öffnete, machte sie ein überraschtes Gesicht. »Hallo.«

»Guten Morgen, Schlafmütze.« Evie rauschte an ihr vorbei.

Velma folgte ihr ins Wohnzimmer, das jetzt von strahlendem Morgenlicht durchflutet wurde. »Ich dachte, du hättest dich aus dem Staub gemacht.«

»Sei nicht albern. Ich bin früh wach geworden und dachte mir, ich besorge uns Frühstück. Kaffee und Croissants?« Sie hielt beides hoch. Ihr Grinsen fühlte sich zwar ein wenig irre an, und ihr Magen hatte sich noch immer nicht ganz beruhigt, aber sie war hier. Sie musste hier sein.

Velma schob die Hände in die Taschen ihrer Pyjamahose und musterte sie nachdenklich. »Na sowas. Du steckst voller Überraschungen. Und du bist so angezogen auf die Straße gegangen?«, fragte sie mit einem Blick auf das Kleid, in dem Evie weggegangen war und in dem sie zwangsweise auch hatte wiederkommen müssen.

»Aber klar«, sagte Evie so bockig wie ein Kinderstar. »Warum nicht?«

Velma schmunzelte. »Setz dich nach draußen. Ich lege die hier auf einen Teller. Eventuell habe ich sogar noch einen Schuss Whisky für den Kaffee, wenn du nichts gegen eine kleine Sünde einzuwenden hast.«

Mit dir sündige ich jederzeit.

Velma nahm ihr das Gebäck und den Kaffee ab und hielt noch einmal kurz inne, um Evie einen Kuss auf den Mund zu drücken. Als sie sich zurückzog, spielte ein merkwürdiges Lächeln um ihre Lippen. Evie blieb fast das Herz stehen – hatte sie das Erbrochene geschmeckt? Hatte Evie etwas vergessen, sich einen Schnitzer erlaubt? »Pfefferminze.«

Evie zermarterte sich hektisch das Hirn nach einer Ausrede – Kaugummi, Pfefferminzpastillen, Zahnpasta (was alles zutraf) –, bevor sie merkte, dass es Velma schon nicht mehr interessierte; sie ging bereits in die Küche.

Evie hatte es geschafft.

Sie hatte Velma zum Narren gehalten.

Draußen auf dem Balkon betrachtete sie den Himmel, der königsblau war und durstig aussah. Evie setzte sich auf einen der Stühle, die an dem kleinen Tisch standen, und nahm sich die Zeitung. Zum ersten Mal, seit sie aufgewacht war, konnte sie durchatmen. Und erst jetzt, mit der Sonne auf der Haut und dem Duft von Kaffee in der Nase, begriff sie das volle Ausmaß dessen, was sie gerade getan hatte.

Das Pretty noch einmal zu nehmen hatte sie weder in ein Dilemma gestürzt, noch war es ihr schwergefallen. Es war eine Notwendigkeit gewesen. Es war die einzige Möglichkeit gewesen. Dass sie kaum vierundzwanzig Stunden zuvor Krista gegenüber beteuert hatte, es nicht noch einmal zu tun, war ihr keine Sekunde in den Sinn gekommen.

Weil ich das hier niemals nicht wollen werde, erkannte Evie. *Diese Frau. Den Sex. Die Aussicht. Ich will, dass das alles mir gehört.*

Und dann urplötzlich, und so gefährlich wie ein gezücktes Messer, kam der nächste Gedanke.

Was, wenn ich einfach nicht aufhöre?

58

Willow erwachte mit dem vertrauten Rauschen des Verkehrs im Ohr, der durch das geöffnete Fenster hereindrang. Neben ihr schlief Mark geräuschlos.

Ihre Beziehung war selbstverständlich vorbei. Er hatte sich als nicht vertrauenswürdig erwiesen, und so war es unvermeidbar. Aber es war ein bitterer Triumph. Denn unter all dem, unter dem Gefühl von Marks Händen auf Carolines Körper, erahnte sie das Gute, das in ihm steckte. Sie hatte das alles nicht geplant. Nichts davon war geplant gewesen. Es war einfach so passiert, Caroline war einfach so passiert, und daran konnte sie nichts mehr ändern. *Alles war von vornherein entschieden*, dachte Willow. *Alles war bereits dem Untergang geweiht gewesen.*

Sie rollte sich zur Seite, und da spürte sie es.

Einen Krampf.

Einen schmerzhaften Faustschlag in die Magengrube.

Alle Müdigkeit verpuffte. Sie kannte dieses Gefühl.

Sie schnappte hektisch und scharf nach Luft. Nein, nein, das konnte nicht sein. Doch ein Blick auf die geschlechtslosen Beulen, die Carolines üppige, volle Brüste ersetzt hatten, bestätigte ihren Verdacht.

Willow war wieder da.

Wie konnte das sein? Sie versuchte, die Tage zu zählen – war schon eine Woche vergangen? Hatte sie dadurch, dass sie so oft wach geblieben war, nachts gearbeitet und nicht geschlafen hatte, ihre Rückverwandlung beschleunigt? Aber im Grunde war das unerheblich. Sie wusste nicht einmal, wo sich das Pretty gerade befand. Bei Evie? Verdammt, verdammt, *verdammt.*

Vorsichtig stieg sie aus dem Bett, hob ihr Kleider auf, die in einem kleinen Haufen am Boden lagen, und eilte ins Badezimmer. In weniger als einer Minute könnte sie von hier – Die Dielen neben Marks Bett knarrten. Schritte. Er war wach, er war schon aufgestanden!

Keinesfalls dürfte er sie hier in seinem Badezimmer entdecken. Wie hätte sie ihm das alles jemals erklären sollen? Wie erklären, wohin Caroline verschwunden war? Sie war gefangen. Panisch zog sie ihre Unterwäsche aus – *Carolines Unterwäsche* – und stopfte ihre Kleider hinter die Toilette.

Die Schritte kamen näher. Er wollte ins Badezimmer. Sie hatte die Tür nicht abgeschlossen. Gerade, als sie die Hand nach dem Riegel ausstreckte, drehte er schon von außen den Knauf und öffnete die Tür.

Marks Blick fiel auf Willow. Die nackte Willow, die unglaublicherweise mitten in seinem Badezimmer stand. Die Augen fielen ihm fast aus dem Kopf. Erschrocken schnappte er nach Luft. »Scheiße!« Er taumelte einen Schritt zurück. »Scheiße, was machst du hier?«

Willow fuhr herum und griff nach einem Handtuch, wandte sich von Mark ab, um sich einen Augenblick der Verwirrung, der Panik zu gestatten. Mit zitternden Händen wickelte sie sich in das Handtuch. Als sie wieder aufsah, bemerkte sie, dass Mark sichtlich verzweifelt mit Blicken das Wohnzimmer absuchte.

Er sucht Caroline.

»Überraschung.« Willow rang sich ein Lächeln ab. »Hi, Baby.« Sie drängte sich an ihm vorbei, berührte seine Wange sacht mit trockenen Lippen.

»W-was?« Mark folgte ihr mit einem wilden Flackern in den Augen ins Wohnzimmer. »Wie bist du reingekommen?«

»Mit meinem Schlüssel, Dummerchen«, versuchte sie eine ausgelassene Neckerei, doch es klang eher durchgeknallt. »Ich dachte mir, ich krieche einfach zu dir ins Bett und … überrasche dich.«

Mark spähte gehetzt nach der Reisetasche, die Willow an der Tür stehengelassen hatte. Ohne es zu wollen, folgte sie seinem Blick. Für einen langen Moment starrten sie beide schweigend auf die Tasche.

»Willst du verreisen?«, fragte Willow fröhlich. »Vergiss nicht, mich mitzunehmen.«

Mark marschierte eilig in die Küche, um, dessen war Willow sich sicher, zu überprüfen, ob die flachsblonde Caroline sich dort nicht irgendwo in einer Ecke versteckte. Als er schließlich zurückkehrte, war er merklich ruhiger. »Ähm, ja«, antwortete er und trommelte dabei leicht mit beiden Fäusten auf die Kante des Sessels. »Geschäftsreise. Ich habe versucht, dir davon zu erzählen. Ich habe die ganze Woche lang versucht, dich zu erreichen.« Es klang vorwurfsvoll.

»Oh, tatsächlich?« Willows Miene verhärtete sich. »War das so?«

Sie ging steifbeinig ins Schlafzimmer.

»Was hast du vor? Wo sind deine Kleider? Was –« Seine Stimme brach. »Verdammt noch mal, warum bist du hier?«

Sie sparte sich die Antwort. Stattdessen schlüpfte sie in eine seiner Jeans, ein T-Shirt und ein paar Flipflops, alles mehrere Nummern zu groß für sie. Mark stand mit geballten Fäusten in der Schlafzimmertür, beobachtete sie. Als Willow sich an ihm vorbei zurück ins Wohnzimmer drängte, folgte er ihr. »Was, und das war's jetzt?«

»Was willst du von mir?«

Mark öffnete und schloss mehrmals den Mund. Dann raufte er sich mit beiden Händen die Haare, rieb sich die Augen. Er sah furchtbar aus.

»Ich will, dass du gehst«, sagte er. »Ich will einfach nur, dass du gehst.«

Seine Worte trafen sie härter, als sie erwartet hatte. Sie nickte, triumphierend und vernichtet. Der letzte Stoß, den sie ihm zum Abschied versetzte, schmeckte metallisch. »Ich weiß nicht, was schlimmer ist: dass du mich enttäuscht hast oder dass ich immer dachte, du würdest mich niemals enttäuschen.«

59

Als sich die Aufzugtüren in ihrer Wohnung öffneten, hatte Willow das Gefühl, eine Lüge zu betreten. Die hohen Decken, die farbenfrohen Kunstwerke und die überirdische Stille fühlten sich fremd und merkwürdig an.

Auf dem geschnitzten Flurtisch stand ein neuer Blumenstrauß. Die Gerberas, Sonnenblumen und blassrosa Rosen waren bereits etwas angewelkt, als stünden sie dort schon einige Tage. Daneben lag ein kleiner, weißer Umschlag mit ihrem Namen. Sie riss ihn auf.

In Liebe, Dein Mark.

Sein Name traf sie mitten in die Brust, ein heftiger, wirkungsvoller Hieb. Sie legte eine Hand auf die Vase und stieß sie vom Tisch. Sie zersplitterte spektakulär, explodierte wie eine Supernova. Das Geräusch hallte melodisch wider, wurde von den Wänden zurückgeworfen.

Schritte eilten auf sie zu. Ihr Vater kam aus der Küche. Er registrierte das zerbrochene Glas, die auf dem Boden verstreuten Blumen und seine reglose, halsstarrige Tochter, die schweigend mit eisigem Blick vor ihm stand.

»Aha«, sagte er. »Jetzt geht das also wieder los.« Er nahm die Lesebrille ab und putzte sie mit dem Saum seines Hemdes. »Willow, wenn du meine Aufmerksamkeit möchtest, kannst du einfach darum bitten.«

Als ob das funktionieren würde, dachte Willow säuerlich. *Und außerdem – wo bliebe da der Spaß?*

Scherben knirschten unter den Sohlen ihrer Flipflops. »Willst du mich nicht ermahnen, wegen des zerbrochenen Glases vorsichtig zu sein, Daddy?«

»Willow, du bist einundzwanzig und damit ganz bestimmt alt genug, auf dich selbst aufzupassen.«

Sie lächelte finster. »Ich bin zweiundzwanzig.«

In der Küche holte sie eine Flasche Weißwein aus dem Kühlschrank. Matteo verfolgte teilnahmslos, wie sie sich ein Glas bis zum Rand füllte. »Prost«, sagte sie. Sie hob das Glas an die Lippen und trank zügig. Nach drei Schlucken stoppte Matteo sie. Er klang angespannt. »Willow, hör auf. Ich kann nicht …«

Sie hielt inne. Ihre Kehle brannte angenehm. »Was kannst du nicht?«

»Ich kann nicht dabei zusehen, wie du das tust.«

»Oh, *Gott*.« Sie knallte das Glas mit solcher Wucht auf den Tisch, dass es sie selbst überraschte, dass es nicht zerbrach. »Fang jetzt nicht damit an.«

»Womit?«

Sie sah ihn scharf an. »Damit zu versuchen, ein guter Vater zu sein.«

Matteo schlug wütend auf die Arbeitsfläche. »Ich war bei jedem deiner Geburtstage zu Hause, Willow, bei jedem einzelnen! Ich war an Weihnachten zu Hause, an Thanksgiving zu Hause. Weißt du eigentlich, was ich dafür geopfert habe? Wie viele Filme ich deinetwegen ablehnen musste?«

»Du bist mein Vater. Selbstverständlich musstest du zu meinen Geburtstagen hier sein!«, schrie Willow. »Das war dein *Job* –«

»Nein, mein Job war es, Filme zu drehen«, entgegnete Matteo. »Ein Job, der signifikant gefährdet wurde durch –« Er schlug die Hand vor den Mund, als wäre gerade etwas Furchtbares – die Wahrheit – daraus hervorgekrochen.

Willow wankte, taumelte ein Stück rückwärts. Dann fing sie sich wieder. »Vielleicht hättest du an deine ach so wertvolle Karriere denken sollen, bevor du beschlossen hast, dich fortzupflanzen.«

Die Worte sprudelten aus ihm heraus. »Das war nicht meine Entscheidung.«

Willow kam es so vor, als hätte er ihr mitten ins Gesicht geschlagen. Ihr Blick verschleierte sich. Für einen langen Augenblick sagte keiner von ihnen ein Wort.

Matteo stolperte einige Schritte vorwärts. Seine Stimme klang jetzt belegt und flehentlich. »Willow. Ich liebe dich. Ich habe dich immer geliebt. Es tut mir leid. Bitte verzeih mir. Ich habe die Beherrschung verloren. Es tut mir leid.«

Aber Willow hörte ihm nicht zu. Eine Erinnerung nahm Gestalt an, zeigte sich endlich als vollständiges Bild. »Darum also«, flüsterte sie. »Darum bin ich … Deinetwegen …« Willow fixierte ihren Vater. »Damals war ich sechs, oder vielleicht sieben, also muss es in der alten Wohnung in der Fünfundsiebzigsten passiert sein. Ich kann mich noch daran erinnern, wie ich im Flur stand und dich sah. Diese Visagistin, mit der du immer zusammengearbeitet hast, war bei dir. Die blonde. Die hübsche. Ich weiß noch ihren Namen.« Sie sah ihn emotionslos an. »Caroline.«

Matteo hob eine zitternde, knorrige Hand an die Stirn und drückte die Stelle zwischen seinen Augen.

Und nun hatte Willow das Gefühl, als würde die Erinnerung sie hochheben und aus sich herausholen und gleichzeitig in sie eindringen, mit vielen Fingern, vielen Händen, und ihr das zeigen, wovon sie wusste, dass es die Wahrheit war. »Und ich erinnere mich noch, dass ich glaubte, du würdest ihr wehtun, weil ihr beide so aussaht, als hättet ihr Schmerzen. Heute weiß ich selbstverständlich, dass du« – Willow holte zitternd Luft – »sie gevögelt hast. In unserer Küche. In Moms Küche. Und ich weiß, dass sie nicht die Letzte war, und ich gehe davon aus, dass sie auch nicht die Erste war. Und nachdem ihr beide mich bemerkt hattet, hast du mir versprochen, dass du mir, wenn ich Mom nichts verrate, ein Geschenk kaufen würdest, und ich habe mich daran gehalten und du auch. Du hast dein Versprechen gehalten.« Ihre Worte troffen vor Sarkasmus. »Wie ein guter Vater.«

Tränen rannen über Willows Wangen, und ihr Herz, ihr Herz zerbarst in tausend Stücke aus flammendem Licht, die von einem dunklen, reißenden Gewässer davongetragen wurden. »Du hast ja keine Ahnung, *keine Ahnung*, wie sehr du mich vergiftet hast.«

60

»Hey.« Krista klopfte an die Tür von Tristans Wohnwagen. »Morgen, T-Bird.«

»Was gibt's, L. P.« Er klopfte neben sich auf den freien Platz auf dem Sofa. »Damian hat gerade eine neue Dispo für heute vorbeigebracht. Wir drehen Szene einundsechzig.«

»Welche ist das?« Krista blätterte in ihrem Drehbuch. »Oh.« Sie sah zu Tristan auf und wusste plötzlich nicht, was sie sagen sollte.

Auch Tristan hatte inzwischen die Seite gefunden. »Ah«, sagte er in verändertem Tonfall. »Die Kussszene.«

Selbstverständlich wusste Krista, dass sie eine Kussszene hatten. In der vergangenen Woche war sie von dieser Vorstellung noch begeistert gewesen. Doch nun kam es ihr eigenartig vor. Tristan war ihr Freund. Freunde küssten sich nicht. Krista wusste nicht, wo sie hinsehen sollte. »Willst du trotzdem mit mir proben?«, fragte sie.

Tristan schüttelte kaum merklich den Kopf. »Na klar. In *Heartache* mussten einige der Älteren auch Kussszenen spielen. Sie sind nicht romantisch. Oder, na ja, du weißt schon, sexy …« Er verstummte, doch das Wort *sexy* hing weiterhin in der Luft.

Krista verspürte ein merkwürdiges Kribbeln. Schnell sprang sie auf und konzentrierte sich auf das Drehbuch. »Fangen wir bei meiner Textzeile ›Ich habe noch nie einen so tollen Sommer erlebt‹ an.«

»Okay.« Tristan stellte sich ihr gegenüber.

Es dauerte einen Moment, bis sie sich in das Symboltier ihrer Figur, ein Babyeinhorn, hineingefunden hatte. Dann begann sie: »Ich habe noch nie einen so tollen Sommer erlebt, Zach.«

Tristan sah sie an. »Ich auch nicht. Als Arj und ich hier zu arbeiten anfingen, hätte ich nicht gedacht, dass es hier irgendetwas oder irgendjemanden für mich geben könnte. Aber jetzt glaube ich, dass ich mich womöglich geirrt habe.«

Er trat einen Schritt auf sie zu und legte eine Hand auf ihren Unterarm. Wie ein Blitz schoss Energie ihren Arm hinauf, so unerwartet, dass sie aufjaulte.

»Was denn?«, unterbrach Tristan die Probe.

»Nichts.« Krista rieb sich den Arm. »Ich habe nur so einen trockenen Mund.«

»Ich auch.« Tristan ging eilig zum Waschbecken und füllte zwei Gläser mit Wasser. Beide tranken sie sie in einem Zug aus, ohne sich dabei anzusehen.

»Noch mal von vorn?«, fragte Tristan.

Krista nickte und versuchte, wieder einen klaren Kopf zu bekommen. *Ich bin professionell. Professionell. Professionell.* »Ich habe noch nie einen so tollen Sommer erlebt, Zach.«

»Ich auch nicht. Als Arj und ich hier zu arbeiten anfingen, hätte ich nicht gedacht, dass es hier irgendetwas oder irgendjemanden für mich geben könnte. Aber jetzt glaube ich, dass ich mich womöglich geirrt habe.«

Diesmal brachte seine Berührung sie nicht aus der Fassung. »Was meinst du damit?«

»Ich meine, dass du für mich da bist. Oder nicht?«

Krista näherte sich ihm ebenfalls, bis sie direkt vor ihm

stand. Nur Zentimeter trennten sie noch. Ihr Herz raste. »Ja, Zach. Das bin ich.«

Tristan schluckte und regte sich nicht.

Krista wisperte mit erhobenen Augenbrauen: »Das ist jetzt die Stelle, an der du mich küsst.«

»Richtig.« Tristan sah ziemlich gequält aus, und auch er flüsterte. »Es fühlt sich nur komisch an.«

»Ich weiß«, antwortete sie. Sie lagen sich praktisch in den Armen.

»Du bist meine Freundin«, sagte er. Sie spürte, wie seine Finger sich in ihre Arme drückten, als würden sie ihre Haut erforschen.

»Ich weiß.«

»Und Freunde …«

»Küssen sich nicht.« Das Wort fühlte sich so weich wie Lammwolle an.

Sie sahen einander tief in die Augen.

Tristan senkte den Mund auf Kristas, und plötzlich küsste er sie. Als täte er es nicht nur für die Rolle, sondern *in Wirklichkeit*. Krista war so überrumpelt, dass es eine erregende Sekunde lang dauerte, bis ihre Instinkte erwachten und sie den Kuss erwiderte. Sie zog ihn an sich, wollte die Hände in seinem Haar vergraben, um seinen Hals schlingen, seine Brust berühren, alles gleichzeitig. Taumelnd fielen sie gemeinsam aufs Sofa, nur noch Lippen und Hände und schwerer, heißer Atem. So ging es bestimmt eine geschlagene Minute, bis Tristan sich mit mehreren sanften, bedächtigen, kleinen Küssen von Krista löste.

Er schlug die Augen auf. Zuckte zurück.

Ohne ein weiteres Wort stand er auf und verließ den Wohnwagen.

Krista blieb allein zurück. Sie rieb sich mit einer Hand die Lippen, überwältigt und sprachlos.

Was?
Zum?
Teufel?

61

»Morgen, Kelly!«, trällerte Evie und marschierte in sein Büro.

»Chloe-mit-C.« Kelly sah von seinem Computer auf. »Du hast ja gute Laune.«

»In New York City herrschen zweiundzwanzig Grad, und ich habe den besten Job auf der ganzen Welt. Wie könnte ich mich da beklagen?«, flötete Evie. »Das hier ist für dich. Ein doppelter Macchiato mit extra viel Schaum.« Sie stellte den Becher auf Kellys Schreibtisch. »*Und* ein Muffin mit Himbeeren und weißer Schokolade. Deine Lieblingssorte.«

»Was willst du, Chloe?«, fragte Kelly misstrauisch.

Evie schlug übertrieben schockiert die Hand vor die Brust. »Es entsetzt mich, dass du glaubst, ich könnte jemals auf die Idee kommen, dich zu *bestechen*. Aber da wir gerade dabei sind: Ich habe tatsächlich eine Idee, über die ich gern mit dir sprechen würde. Hast du schon mal von den Arzners gehört?«

»Diese Preisverleihung für Tussis?«

Evie strahlte und ignorierte geflissentlich das Wort *Tussis*. »Ganz genau! ›*Die Arzners, benannt nach einer der ersten weiblichen Regisseurinnen in Hollywood, versammeln die besten und klügsten Köpfe Hollywoods, um die atemberaubenden Beiträge zu zelebrieren, die Frauen Jahr für Jahr in der Kunst erbringen.*‹«, zitierte Evie die Webseite im Wortlaut. »*Extra Salt* könnte einen

Livestream vom roten Teppich bringen. Einen ganz besonderen *Extra-Salt*-Event.«

Kelly runzelte die Stirn. »Keine allzu üble Idee«, räumte er ein. »Könnte etwas werden. Aber ich bekomme nie im Leben dafür einen Presseausweis für dich. Dafür sind wir nicht groß genug. Wir sind nur eine Webserie.«

»Das habe ich bereits bedacht. Erinnerst du dich noch an Cupcake Girl?«

Kelly schnaubte. »Wie könnte ich die vergessen?«

»Sie ist gewissermaßen eine Bekannte von mir. Lenka. Wir waren zusammen auf dem College.«

»Du kennst sie?« Kelly klang gereizt. »Warum hast du mir dann ausgeredet, einen Beitrag über sie zu bringen?«

Evie erinnerte sich, wie sie sich, nachdem Kristas Video viral geworden war, vehement für den Dildo der Woche eingesetzt hatte, um Lenka Penka nicht noch mehr bloßzustellen. »Ich hätte nicht gedacht, dass sie sich noch an mich erinnern würde. Aber das tut sie! Sie dreht gerade einen Film mit Tristan McKell. Sie hat ihre Beziehungen spielen lassen. Und …« Sie hielt eine Handvoll Schlüsselbänder mit Karten hoch, auf denen das Wort Presse stand. »Ta-ta.«

»Wow.« Kelly lehnte sich verblüfft auf seinem Stuhl zurück. »Wann findet die Preisverleihung statt?«

»Kommenden Dienstag. Ab sechzehn Uhr geht es auf dem roten Teppich los. Marcello kann mitkommen, und Gemma und Rose warten nur noch auf deine Freigabe, damit sie anfangen können, ein Kleid auszuwählen.« Evie versuchte, nicht zu selbstzufrieden zu klingen. »Also … Ist das ein Ja?«

»Klar«, antwortete Kelly. »Sicher.«

Evie wich zur Tür zurück. »Danke Kelly! Du wirst es nicht bereuen!« In ihrem Kopf überschlugen sich die Gedanken. Es hatte funktioniert!

Draußen traf sie auf Marcello, der sich vor Kellys Büro positioniert hatte, um heimlich zu lauschen. Er strahlte. »Phase eins abgeschlossen«, sagte er und hob auffordernd die Faust.

Evie stieß mit ihrer Faust dagegen und grinste ebenfalls. »Zeit für Phase zwei.«

62

»Lenka, Süße.« Ora wedelte mit einem Lippenstift vor ihr herum. »Hör auf, auf deinen Lippen herumzukauen, du knabberst den ganzen Lippenstift wieder ab!«

Krista sah die Chef-Visagistin schuldbewusst an. »Tut mir leid, Ora.«

»Was ist dir denn über die Leber gelaufen, hm?«

Die Kussszene. Sie sollte diesen Nachmittag gedreht werden. Was, wenn Tristan sie nicht schaffte? Der Gedanke, dass sie schon wieder daran schuld wäre, dass er versagte, war unerträglich. Außerdem wusste sie, dass Gillian nur auf einen Vorwand *lauerte*, um sie noch einmal feuern zu können. Aber sie musste Evie unbedingt das Geld für die Rechnungen zurückbezahlen. Sie hatte es versprochen.

Er verhielt sich einfach so *sonderbar*. Beim Mittagessen waren sie nebeneinander gelandet. Anfangs hatte er es kaum geschafft, sie anzusehen, und später hatte er dann viel zu sehr über einen lahmen Witz gelacht, den sie erzählt hatte. Fast gewann sie den Eindruck, dass ihre Gegenwart ihn nervös machte.

Greg wollte, dass die Kussszene während der »goldenen Stunde« gedreht wurde, in dem kurzen Zeitfenster des warmen, nachmittäglichen Lichts, kurz bevor die Sonne unterging. Die Crewmitglieder wuselten eifrig umher, wie Ameisen vor einem Gewitter. Tristan war nirgends zu sehen.

»Okay, alle auf Position«, rief Min. »Wir haben bald nicht mehr genug Licht, weshalb wir die Probe gleich mitfilmen.«

Jemand bat Krista, die Augen zu schließen, damit sie abgepudert werden konnte. Als sie sie wieder öffnete, stand Tristan vor ihr. Seine Haare waren zu voller Boy-Band-Pracht gestylt, doch sein Blick war so traurig wie der eines Welpen. Er sah aus wie ein Albumcover.

»Hi«, sagte sie.

»Hi.« Er schenkte ihr ein zurückhaltendes Lächeln, woraufhin sofort Schmetterlinge in ihrem Bauch flatterten.

»Nicht vergessen«, flüsterte sie. »Roar.«

Er nickte und schien sich wieder an das löwenzentrierte, sinnliche Knistern zu erinnern, das sie in seinem Wohnwagen heraufbeschworen hatten. Die Szene gut in den Kasten zu bekommen war für Krista allerdings nicht ganz so wichtig, wie sich zu vergewissern, dass mit Tristan alles in Ordnung war. Beides keine leichten Unterfangen.

Die Crew verständigte sich untereinander, und dann rief Greg: »Action.«

Krista blickte zu Tristan auf. »Ich habe noch nie einen so tollen Sommer erlebt, Zach«, beteuerte sie aufrichtig.

Tristan ergriff Kristas Hände. Sie waren schweißnass. »Ich auch nicht. Als Arj und ich hier zu arbeiten anfingen, hätte ich nicht gedacht, dass es hier irgendetwas oder irgendjemanden für mich geben könnte.« Er rieb mit dem Daumen über ihren. »Aber jetzt glaube ich, dass ich mich womöglich geirrt habe.«

Krista schüttelte den Kopf. »Was meinst du damit?«

Tristan sah sie fest an. »Ich meine, dass du für mich da bist. Oder nicht?«

Krista trat dichter an Tristan heran, vom instinktiven Wunsch beseelt, ihm nahe zu sein. »Ja, Zach«, flüsterte sie kehlig. »Das bin ich.«

Und in diesem Augenblick waren sie wirklich nur zwei junge Leute, die eines schönen Sommers die Liebe gefunden hatten, zwei Menschen, deren Herzen eine Verbindung miteinander eingegangen waren, deren Seelen sich verflochten hatten. Obwohl es nicht das erste Mal war, dass Tristans Mund ihre Lippen berührte, fühlte es sich in diesem Moment doch so an. All die Aufregung war da, und die Freude und das Wunder der wahren Liebe, als ihre Lippen sich trafen. Zärtlich. Leidenschaftlich. Auf eine Art, die sich anfühlte, als wäre es für immer.

»Schnitt!«, rief Greg. Er klang begeistert. »Verdammt, das war spitze!« Einige Mitglieder der Crew begannen sogar zu applaudieren. »Ähm, hallo?«, rief Greg. »Ich sagte *Schnitt.*«

Tristan und Krista hatten nicht aufgehört, sich zu küssen. Tristan hielt Kristas Hinterkopf, und sie presste sich im Gegenzug an ihn, hatte alles um sich herum vergessen. Als sie eine volle Minute später schließlich doch voneinander abließen, brachen sie beide in Gelächter aus. Tristan legte sacht die Lippen auf Kristas Stirn. Sie schlang die Arme um seine gestählte Taille und drückte ihn, fühlte sich als seine Beschützerin und gleichzeitig geborgen.

Damit standen zwei Dinge unmissverständlich fest.

Krista hatte gerade ihre wichtigste Szene mit Bravour gemeistert. Und zwischen Lenka Penka und Tristan McKell lief nun auch offiziell etwas.

63

Die darauffolgende Woche verbrachte Evie abwechselnd damit, sich auf die Arzners vorzubereiten und immer vernarrter in Velma Wolff zu werden.

Eines Abends blieben sie gemeinsam zu Hause und sahen sich alte Folgen von *The L Word* an. Evie zog Velma damit auf, dass sie Jenny, die altkluge, ich-besessene Femme, mochte, die es sogar schaffte, auf einer Beerdigung alle Aufmerksamkeit auf sich zu ziehen. Evie gestand ihr im Gegenzug, dass sie Marina mochte, die sexy Europäerin mit dem Haifischblick, die lüsterne Abenteuer erlebte und ihr eigenes kleines, erfolgreiches Unternehmen führte. Sie kamen gerade einmal bis zur ersten Sexszene, als auch sie miteinander im Bett landeten.

Einige Tage später besuchten sie die Premiere eines Theaterstücks, das einer von Velmas Freunden geschrieben hatte. Es war ziemlich gut – ein absurdes Drama über einen Skorpion, der Beziehungsratschläge verteilte und parallel eine Wendy's-Filiale führte –, doch am besten gefiel Evie die Aftershowparty. Die Fotografen baten, sie fotografieren zu dürfen, und schon fand Evie sich Arm in Arm mit Velma wieder, und beide grinsten sie, als hätten sie Geheimnisse miteinander. Sie entwickelte sich zu einer der Frauen, die man in Verbindung mit Velmas Namen bei Google fand. Doch sie wusste, dass sie noch viel mehr war als das.

Velma sah Evie nicht so an, als wäre sie nur ein Flirt. Nur eine Person, mit der sie gern Sex hatte. Sie sah sie *wirklich* an. Als könne sie durch Chloes Pretty-Maske hindurch in die Abgründe von Evies Seele blicken.

Von ihr getrennt zu sein war unglaublich aufreibend. Wann immer Velma nicht umgehend auf ihre Textmitteilungen reagierte, überkam Evie augenblicklich furchtbare Angst, die ihre Brust erfüllte wie ein albtraumhaftes Unwetter, an ihrem Verstand nagte und ihre Konzentrationsfähigkeit ausschaltete. Wenn sie nicht beieinander waren, verlor sich Evie in Unsicherheit: Velma war zu weit weg, sie durfte sich nicht zu sehr auf sie einlassen. Evie ertappte sich dabei, wie sie das Fläschchen mit Pretty durchdringend anstarrte, sich im Kopf ausrechnete, wie viel noch übrig war. Obwohl sie es alle drei benutzten, fehlte bisher kaum etwas. Aber es würde auch nicht für immer vorhalten. Auch wenn sie wusste, dass Krista nicht begeistert wäre, notierte sie sich Pennys Adresse: Park Avenue 500. Wäre es möglich, mehr zu besorgen? Eigentlich sollten sie es überhaupt nicht so lange einnehmen, dass sie sich diese Frage stellen mussten. Aber was, wenn es mit Velma ernster werden würde?

Nun ergab die Metapher, dass Liebe eine Droge war, in jeder Hinsicht Sinn. Von Velma getrennt zu sein war wie ein kalter Entzug: eine Praxisübung in physischem und emotionalem Schmerz.

Doch all diese Angstgefühle verflogen, sobald Evie wieder ihre Portion von Velmas Gegenwart bekam. Velmas wölfische Augen und ihr zahnlückiges Lächeln waren ein Elixier, das jedes Leid zu heilen vermochte, Narben wegätzte und nur makellose Haut hinterließ. Ob Velma es nun wollte oder nicht, sie merkte deutlich, dass sie beide dabei waren, sich ineinander zu verlieben. Das Loft kam ihr langsam weniger fantastisch und dafür vertraut vor. Das Schloss an der Wohnungstür war nicht in Ordnung (Velma vergaß ständig, dem Hausmeister Bescheid zu sagen), weshalb Evie es auch ohne Schlüssel öffnen konnte. Jedes Mal, wenn sie die Tür aufstieß, fühlte es sich mehr an, als käme sie nach Hause.

Am Wochenende schlug Velma vor, eine Lesung von Chess Hudsen zu besuchen, die im Word Nerd stattfand, einer hübschen Buchhandlung im East Village. Da Evie aus dem Internet gemeinsame Fotos der beiden kannte, erkundigte sie sich, ob Velma einmal mit ihr zusammen gewesen sei. »Vorübergehend«, antwortete Velma. »Aber wir stellten fest, dass wir lieber Freunde sein sollten.« Das empfand Evie als unglaublich reif und erwachsen. Sie hätte sogar Staatsgrenzen überquert, um ihrer Freundin aus College-Zeiten aus dem Weg zu gehen, mit der sie eine hochdramatische Liebesaffäre gehabt hatte, welche mit minderschwerem Stalking und heftigem Alkoholkonsum geendet hatte.

Als sie bei der Buchhandlung ankamen, hatte sich bereits eine lange Warteschlange vor der Tür gebildet, doch Velma ging einfach an ihr vorbei und wurde ganz vorne begeistert von einem Mann mit Klemmbrett begrüßt. Drinnen hatte man Sitzplätze in der ersten Reihe für sie beide reserviert. Mehrere der Anwesenden baten Velma schüchtern und aufgeregt um ein Foto. Evie fragte sich, ob es ihr jemals lästig werden würde, die Freundin eines Superstars der Literaturszene zu sein. Vielleicht eines Tages. Aber vorerst fühlte sie sich dadurch einfach nur besonders.

Nach der Lesung nahmen Chess, Velma, Evie und noch eine Handvoll weiterer Gäste in einem gemütlichen italienischen Restaurant ein spätes Abendessen ein. Über Tellern mit Büffelmozzarella und selbstgemachten Gnocchi driftete die Unterhaltung von Verlagspolitik zur New Yorker Theaterszene und entwickelte sich schließlich zu einem scherzhaften Streit darüber, wer das verwöhntere Gör wäre, Chess oder Velma. Die ganze Zeit über beließ Velma ihre Hand auf Evies Knie, was ein sehnsuchtsvolles Kribbeln zwischen ihren Schenkeln hervorrief und ihr das warme, tröstliche Gefühl gab, zu jemandem zu gehören, Teil einer Gruppe zu sein. Der Rotwein floss in Strömen. Je mehr Evie trank, desto stärker empfand sie das Wunder dieser Nacht. Hier saß sie, Evie Selby, das Mädchen, das niemand zum Abschlussball eingeladen hatte, die Frau, die ihre Jungfräulichkeit erst vor drei kurzen Jahren verloren hatte, in New York City, an einem Tisch mit Künstlern und Denkern auf dem Höhepunkt ihres Schaffens.

Als sie später miteinander schliefen, war der Sex hartnäckig, drängend und dramatisch, erinnerte in seinen Dimensionen an Rachmaninow. Evie schrie ihre Orgasmen heraus. Sie stöhnte nicht oder wimmerte: Sie brüllte, bis ihre Kehle schmerzte. Eines Morgens hatte sie überhaupt keine Stimme mehr. Doch trotz der regelmäßigen Zärtlichkeiten hatte Evie das Gefühl, Velma niemals nahe genug kommen zu können. Und das lag nicht nur daran, dass Velma ihr nicht gestattete, sie zu penetrieren, weil sie Klitorisorgasmen strikt bevorzugte. Sie wollte einfach noch mehr: mehr von ihrer Vergangenheit, mehr von ihrer Aufmerksamkeit. Mehr Intimität. Velma kam mit geschlossenen Augen, Evies dagegen waren immer weit geöffnet, weil sie ihrer Geliebten in die Augen sehen wollte. Sie zögerte den Schlaf hinaus, indem sie Fragen stellte, sanft an einer Strähne von Velmas Haar zupfte und Dinge fragte wie: »Findest du, du bist eine gute Schriftstellerin?«

Die vom Sex ermattete Velma schenkte ihr daraufhin ein müdes, geduldiges Lächeln. »Ich glaube, dass andere Menschen mich für gut halten«, antwortete sie. »Und ich habe gelernt, die Ansichten anderer Menschen wertzuschätzen.«

»Warum?«

»Weil es besser ist, als auf meine eigene Meinung zu hören.«

Evie nickte verständnisvoll.

»Aber das bedeutet noch lange nicht, dass mir all meine Bücher gefallen.« Velma unterdrückte ein Gähnen.

»Was meinst du damit?«

»*Unterhaut* war furchtbar. Sogar für ein Debüt.«

»Nein, das stimmt nicht!«, widersprach Evie überrascht.

»Doch, es stimmt.«

»Das ist ein Kultbuch.«

»Und Kulte sind nicht gerade für ihr gutes Urteilsvermögen bekannt. Außer wenn es darum geht, Menschen auf kreative Weise umzubringen.«

Evie hob die Augenbrauen. Sie konnte eine derartige Behauptung über das Buch, mit dem für sie eine literarische Liebesaffäre begonnen hatte, nicht einfach so stehenlassen. »Es wurde überall hochgelobt.«

»Das wurde es nicht«, entgegnete Velma und richtete ihre Kissen. »Das ist schlichtweg unmöglich. In diesem Universum leben sieben Milliarden Menschen. Und ich muss dir leider sagen, dass manche von ihnen die Beatles nicht mögen.«

»Nein«, sagte Evie mit gespieltem Entsetzen.

»Sie hassen Joni Mitchell.«

»Hör auf.«

»Sie finden *Ghostbusters* dämlich.«

Evie machte ein wütendes Gesicht. »Wenn ich könnte, würde ich sie alle umbringen.«

Velma lachte leise. Evie schmiegte sich dichter an sie. Sie hätte gern den Kopf auf Velma Brust gelegt, wollte ihr jedoch auch weiter ins Gesicht sehen können. »Okay. Ich verstehe, was du meinst. Wahrscheinlich gibt es schon einige miserable Kritiken, irgendwo –«

»Davon gibt es eine Menge«, konterte Velma. »Wenn man nur nach ihnen sucht. Ich suche nicht nach ihnen. Nicht mehr. So viel habe ich gelernt: Man sieht, was man sehen will.« Sie ließ den Blick über Evies Gesicht wandern. Es fühlte sich intimer an als ein Kuss. »Du bist wirklich exquisit, Chloe.« Sie gähnte. Ihre Stimme klang belegt und erschöpft. »Du bist Poesie.«

Das Erlebnis, sich in Velmas Bett in Evie Selby zu verwandeln, hatte seine Spuren bei ihr hinterlassen. Sie hatte klammheimlich im Badezimmer wie auch in den Gästebädern Tabletten gegen Sodbrennen, Badreiniger und Küchenrollen versteckt. Sie hatte sogar eine alte Brille mitgebracht, die sie in ihrem Nachttisch verstecken wollte.

Sie blieb in der Tür zum Schlafzimmer stehen und vergewisserte sich, dass Velma voll und ganz mit der Essensbestellung beschäftigt war. »Indisch oder Japanisch?«, rief Velma, ohne aufzusehen.

Evie zog die Nase kraus. »Wenn ich noch ein einziges Krabben-Sushiröllchen esse, verwandle ich mich selbst in eine Krabbe.«

»Dann bestellen wir also bei Vindaloo.«

Evie schloss lächelnd die Schlafzimmertür. Sie ging rasch zu ihrer Seite des Bettes hinüber und zog die alte Brille aus der Tasche. Das Gestell war nicht so breit oder auffällig wie das, das sie momentan trug. Sie hatte die Brille im ersten Jahr auf der Uni benutzt. Sie jetzt wieder in der Hand zu halten, erinnerte sie an schlechtes Cafeteria-Essen, das immer nach Hähnchennuggets gerochen hatte, das enge Zimmer, das sie sich mit Krista geteilt hatte, und die spannenden Gruppentreffen, die sich stets bis spät in die Nacht hingezogen hatten. Damals hatte sich ihr die Welt langsam geöffnet, und sie war gierig auf sie gewesen, gierig darauf, etwas zu ändern und Zeichen zu setzen.

Damals hätte sie nie im Leben geglaubt, dass sie sich eines Tages einmal in ihrer jetzigen Situation befinden könnte. Dass sie eine Brille verstecken würde, um einem weiteren dummen Fehler vorzubeugen. Denn Evie Selby strengte sich sehr an, um sicherzustellen, dass ihr keine dummen Fehler unterliefen.

Der Gedanke, sich selbst zu verlieren – ihr cleveres, umsichtiges, rationales Ich –, packte sie plötzlich. Wer war überhaupt diese Idiotin, diese Frau, die wegen zu viel Sushi genervt die Augen verdrehte? Hatte diese Frau den Bezug zu ihren Idealen, ihren Grundsätzen, der Essenz ihres Selbst verloren?

Denn den Bezug zu ihren Freunden hatte sie definitiv verloren.

Willow.

Wo war Willow?

Evie ballte die Faust, bis ihr einfiel, dass sie ja noch die Brille in der Hand hielt. Schnell versteckte sie sie in der Nachttischschublade und ließ sich auf den Rand der Matratze sinken.

Seit dem Streit über die Fotos war Willow nicht mehr in Evies Wohnung aufgetaucht und reagierte auch nicht mehr auf ihre Anrufe. Allerdings musste Evie zugeben, dass sie auch nicht mehr versucht hatte, sie zu erreichen. Sich mit dem Problem Willow auseinanderzusetzen, hätte sie gezwungen, wieder zu Evie Selby zu werden, obwohl sie sich doch gerade als Chloe Fontaine weitaus wohler fühlte.

Abrupt wurde sie von Scham und Schuldgefühlen überwältigt, als wäre Willow ihre Verabredung zum Abendessen gewesen, an die sie sich jetzt erst wieder erinnert hatte, zwei Stunden zu spät. Sie schlich auf Zehenspitzen zur Tür und zog sie vorsichtig ein Stück weit auf. Velma telefonierte und bemerkte sie nicht. Evie schloss die Tür wieder, stahl sich in das Bad neben Velmas Schlafzimmer und schloss die Tür ab. Willow anzurufen – als Evie, während sie noch immer Chloe war – gab ihr das Gefühl, sich zu entblößen. Sie wählte Willows Nummer. Die Mailbox.

»Willow, hier spricht Evie. Tut mir leid, dass ich mich nicht gemeldet habe. Kannst du mir einfach nur Bescheid geben, ob es dir gut geht? Ansonsten gehe ich davon aus, dass du tot bist, und verständige die Polizei.« Eigentlich sollte das ein Scherz sein, aber wahrscheinlich klang es nicht so.

Eine Stunde später, als Evie gerade mit Velma auf der Couch saß, die Beine mit ihren verschränkt, ging eine Textmitteilung ein: Nicht tot. Bereite meine Ausstellung vor. Evie rief die Website der Wythe Gallery auf. Sofort erschien bildschirmfüllend Carolines tränenüberströmtes Gesicht. Neongelbe Großbuchstaben schrien ihr den Titel der Ausstellung entgegen: SCHÖNHEIT WEISS TREU IN BLUT ZU WANDELN. Evie zog sich vor Schreck der Magen zusammen. »Meine Güte.«

Velma sah von ihrem Notebook auf. »Was?«

Nach kurzem Zögern drehte Evie ihr Telefon herum. »Schmissiger Titel, was?«

»Das ist von Shakespeare«, meinte Velma. »Ich glaube, aus *Viel Lärm um nichts*.« Mit zusammengekniffenen Augen zitierte sie: *Es rede jeglich Auge für sich selbst, und keiner trau dem Anwalt: Schönheit weiß durch Zauberkünste Treu in Blut zu wandeln*.«

Evie lächelte. »Beeindruckend.«

Velma zuckte nur leicht mit den Schultern und las sich den Text der Webseite auf Evies Telefon durch. »Willow Alice Hendriksen. Das ist Matteo Hendriksens Tochter, oder?«

Evie nickte. »Sie ist eine … Freundin.« Willows Ausstellung

hatte für sie einen unangenehmen Beigeschmack. »Ich muss telefonieren.«

Evie trat auf den Balkon hinaus, schlang die Arme um sich selbst und drückte auf die Nummer. Die Abendluft war frisch. Unter ihr glitzerte die Stadt.

Ihre Stadt.

Ihr New York.

»Hallo?« Die männliche Stimme am anderen Ende klang verwundert.

»Mark, hi, hier ist Evie.«

Eine kurze Pause entstand. »Ja, ich habe deine Nummer in meinem Telefon gespeichert.«

»Wie geht es dir?«

»Gut«, antwortete er ungewohnt knapp.

»Hast du in letzter Zeit mit Willow gesprochen? Ich bin zurzeit oft bei –« um ein Haar hätte sie *meiner Freundin* gesagt, bremste sich jedoch gerade noch rechtzeitig. »Einer Freundin und weiß deshalb nicht, ob sie zwischenzeitlich in der Wohnung war.«

Wieder eine lange Pause. Dann sagte Mark mit eintöniger Stimme: »Willow und ich haben uns getrennt.«

Evie ließ fast das Telefon fallen. »Was?«

»Wir haben Schluss gemacht.«

Willow und Mark waren nicht mehr zusammen? *Willow und Mark?* »Oh Mist. Aber … Warum? Was ist passiert?«

»Das geht nur mich etwas an, Evie.«

Evie rieb sich verzweifelt das Gesicht. »Mark, ich mache mir Sorgen um sie. Wir alle machen gerade ziemlich merkwürdige Zeiten durch.«

»Was soll das heißen?«

Evie betrachtete ihre Reflektion im Glas der Balkontüren. Sie trug Velmas Bademantel, Evies Unterwäsche und Chloes

Haut. »Wie das Leben mit Anfang Zwanzig eben so ist«, antwortete sie zaghaft. »Ein ziemlich wilder Ritt.«

Sie hörte ein gedämpftes Geräusch, als würde Mark den Hörer abdecken. Dann erklang seine Stimme wieder klar und deutlich. »Ich muss los.«

»Warte! Mark … Was ist los? Du klingst nicht wie … du.«

Mark schnaubte verärgert. »Ich bin noch immer ich. Willow ist noch immer Willow. Es hat einfach nur nicht funktioniert.«

»Aber – « Evie meinte, eine weibliche Stimme zu hören, war sich dessen aber nicht sicher.

»Ich muss los«, wiederholte er. »Es ist jemand bei mir.«

Evie klappte der Mund auf. »Eine andere Frau?«

»Auf Wiederhören, Evie.« Dann war die Verbindung unterbrochen.

Evie starrte das Handy an, als hätte es gerade Empfindungsvermögen entwickelt. Was war nur los? Mark war kein Blödmann. Mark nahm an Kundgebungen von Take Back The Night teil und hörte sich geduldig ihre feministischen Tiraden an. Wenn Mark und Willow es nicht schafften, wer dann?

Als sie nach drinnen zurückkehrte, sagte Velma, sie sähe beunruhigt aus. Evie betrachtete sie, wie sie zusammengerollt wie eine Katze auf der Couch lag, das blonde Haar zerzaust und golden.

»Ich bin auch beunruhigt«, antwortete Evie leise.

Velmas Mundwinkel hoben sich, behäbig wie eine Rauchschwade, zu einem Lächeln. Sofort legte sich Evies Angst ein wenig. »Baby«, sagte Velma. »Komm her.«

Evie schmiegte sich in Velmas offene Arme und drückte die Stirn auf die ihrer Geliebten. Velmas Gesicht war wie ein Kaleidoskop, veränderte sich immer wieder zu drei, vier verschiedenen Versionen ihrer selbst, ohne bei einer stehen zu bleiben.

64

Tristan McKells unbestätigtes, vermeintliches Betthäschen zu sein hatte seine Vor- und Nachteile.

Der Nachteil: Paparazzi.

Echte Paparazzi.

Krista hatte eben ihr Apartmenthaus in South Williamsburg verlassen – noch vor Sonnenaufgang, vor dem ersten Kaffee –, als sich auch schon ein ganzer Schwarm von ihnen auf sie stürzte. Blitzlichter leuchteten grell auf wie defekte Stroboskope. Benommen und verwirrt taumelte sie rückwärts, schlug blindlings nach ihnen wie nach Fliegen, bis Eduardo es endlich schaffte, sie ins Auto zu bugsieren. Erst, als er ebenjenes Wort mit seinem weichen, mexikanischen Akzent aussprach, begriff sie, was geschehen war.

Anfangs fand sie es aufregend. Paparazzi! Wie in Filmen, wie in Zeitschriften!

Dann erschien der Artikel.

Bizarrerweise hatten weder Lana noch Greg oder gar Cameron sie vorgewarnt. Sie hatte sich ahnungslos eines der Klatschmagazine, die im Wohnwagen der Visagistin herumlagen, genommen, und da sah sie sich auch schon. Auf der gottverdammten Titelseite. Mit fleckiger Gesichtshaut und halb geöffneten Augen, unter einer knallroten Schlagzeile, die mit der Subtilität eines Güterzuges verkündete: »Stars ohne Make-up!«

Als Ora sich erkundigte, was mit ihr los sei, konnte sie nicht einmal antworten. Sie hielt einfach nur das Heft hoch.

Ihre Visagistin schnalzte mitfühlend mit der Zunge. »Das ist aber nicht sehr schön, oder?«

»Absolut *nicht.*« Krista betrachtete betreten das Bild. »Es war fünf Uhr morgens! Verdammt noch mal, fünf Uhr morgens, und ich war gerade auf dem Weg hierher. In die Maske!«

Ora tätschelte ihre Schulter. »Kleines, daran erkennst du, dass du es wirklich geschafft hast. Wenn die Schundblätter sich auf dich stürzen.«

Krista warf das Magazin in den Mülleimer. Sie fühlte sich schrecklich. Es schien ihr ein furchtbar hoher Preis zu sein, den sie da für den Ruhm zahlen musste. Und obendrein war es einfach nur *gemein*.

Der Vorteil war viel Oralsex.

Sehr viel.

Wann immer sie und Tristan nicht drehten, lagen sie in Tristans Wohnwagen im Doppelbett, und seine Nase steckte zwischen ihren Beinen. Anfangs war das mehr als genug. Sich in einer Umbaupause davonzuschleichen, um es zu tun; wie an einem Sonntagmorgen faul herumzugammeln, obwohl es eigentlich Nachmittag und ein Werktag war: alles sehr befriedigend. Obendrein hatte Evie mit ihrer Behauptung über Tristan recht behalten. Der Kerl war wirklich der König des Cunnilingus. Es fühlte sich an, als könne er seinen Unterkiefer aushaken wie eine Schlange. Seine Zunge: wie Samt. Sein Durchhaltevermögen: übermenschlich.

Doch nach einer Woche oraler Zärtlichkeiten und nichts anderem als das wurde es langsam frustrierend. Sie wollte Tristan *ganz*. Doch jedes Mal, wenn sie die Finger Richtung Süden wandern ließ, zog er sie wieder hoch oder entwand sich ihr. Tristan wollte keinen Sex mit ihr. Zumindest keinen Penistrifft-Vagina-Sex. Irgendwann blieb ihr nichts anderes mehr übrig als ihn deswegen zur Rede zu stellen. »T?«

Tristan hob den Kopf und wischte sich den Mund. »Ja, Babe?«

»Bist du Jungfrau?«

Sie hoffte, dass er verblüfft lachen oder es vehement bestreiten würde. Doch stattdessen spähte Tristan kurz zu der geschlossenen Wohnwagentür. »Wir sollten lieber wieder zum Dreh –«

»Wir haben noch eine Stunde.« Sie bedachte ihn mit ihrem überzeugendsten So-einfach-kommst-du-mir-nicht-davon-Blick.

Tristan holte tief Luft. Krista tat es ihm unbewusst nach. Mit ruhiger Stimme gestand Tristan: »Ich bin keine Jungfrau, Lenks. Aber … Da gibt es etwas.«

Sofort schossen ihr die wildesten Worst-Case-Szenarios durch den Kopf: Geschlechtskrankheiten, verheiratet, Sex nur als Baby verkleidet. »Was ist los?«

Tristan raufte sich mit beiden Händen die Haare. Er war kreideweiß geworden. »Okay. Ich bin bereit.« Er sah sie an. »Ich mag dich, Lenka. Ich finde, wir haben eine Bindung zueinander aufgebaut. Eine echte Bindung, stärker noch als rein physische Anziehungskraft. Bist du nicht auch der Meinung?«

Krista presste die Lippen aufeinander und begriff absolut nicht, worauf er hinauswollte. »Mm-hmm.«

»Ich glaube nicht daran, dass Liebe nur von einem Mann und einer Frau erfahren werden kann. Es können auch ein Mann und ein Mann oder eine Frau und eine Frau sein.«

»Ach was«, sagte Krista. »Heißt das, dass du einen Dreier willst? Denn das habe ich bestimmt schon eine Million Mal gemacht –«

»Nein, was ich damit sagen will, ist, dass man als Paar nicht unbedingt einen …« Er hielt nachdenklich inne.

»Einen was?«

Er neigte den Kopf. »Du hast sicher auch schon gehört, dass blinde Menschen einen besonders ausgeprägten Geruchssinn haben?«

»Tristan!«, sagte Krista laut. »Erklär mir verdammt noch mal einfach, was du mir zu sagen versuchst!«

»Okay!« Er nahm Kristas Hände in seine und drückte sie. »Lenka. Ich habe … einen Mikropenis.«

»Cool«, sagte Krista irritiert. »Was ist das?«

Tristan schien aufrichtig überrascht. »Ein Mikropenis. Du hast noch nie von einem Mikropenis gehört?«

Krista schüttelte den Kopf. »Nö.« Sie war ein wenig erleichtert. Er war nicht verheiratet, hatte keine Geschlechtskrankheit und wollte nicht in einer Windel von ihr mit der Flasche gefüttert werden. Das war doch schon mal sehr gut.

»Ein Mikropenis.«

»Okay.«

»Verstehst du, was ich damit meine?«

»Nein.«

»Mikro«, wiederholte er. »Penis. Mikropenis. Fast eine Million Männer in den Vereinigten Staaten haben einen.«

»Oh!« Endlich ergaben die Worte Sinn für sie. »Du meinst also … Du hast einen kleinen Schwanz?«

Tristan nickte. »Nicht nur klein. Sehr klein.« Er musterte Krista unbehaglich.

»Schon in Ordnung«, antwortete Krista vorsichtig. »Wie die meisten Frauen habe auch ich nichts gegen ein großes Glied einzuwenden, aber ich habe mal mit diesem koreanischen Basketballspieler geschlafen, der auch nicht viel in der Hose hatte. Ich meine, Umfang war da, aber keine Länge. Er kam noch nicht mal auf zehn Zentimeter, aber ungeachtet dessen fühlte es sich ziemlich gut an.«

»Das ist nicht unbedingt – ich bin nicht so wie dieser Mann.«

»Ich weiß«, antwortete Krista. »Du bist kein Koreaner.«

»Das ist nicht, was ich –«

»Tris!«, fiel Krista ihm ins Wort. »Mensch. Ich habe jetzt langsam genug von dem Gefasel.« Sie beugte sich zu ihm und küsste ihn sanft auf die Lippen. »Manchmal versaut Reden die Stimmung.« Sie küsste ihn noch einmal, verharrte mit den Lippen auf seinem Mund. »Es wäre besser, wenn wir uns ohne Kleider weiter unterhalten würden. Verstehst du?«

Tristan nickte, während Krista ihn noch einmal küsste.

»Also, vielleicht sollten wir uns einfach ausziehen und sehen, was passiert«, flüsterte sie.

»Okay«, sagte Tristan unsicher.

Krista schaltete das Licht aus, wodurch es in dem kleinen Schlafzimmer fast dunkel wurde. »Besser?«

»Ja.«

Der Junge hatte also keine Anakonda in der Hose. Sie würden also nicht mit seinem Penis seilspringen können. Es gab Schlimmeres. Binnen weniger Sekunden hatte sie ihm das T-Shirt über den Kopf gezogen. Sie ließ die Finger über seinen Bauch gleiten und keuchte unwillkürlich auf. Seine Bauchmuskeln waren *perfekt*. Perfekt wie ein Weihnachtsmorgen.

Krista zog ebenfalls das Oberteil aus und legte seine Hände auf ihre Brust. Als Tristan ihre Brüste betastete, die dank des Push-up-BHs, den sie extra für diese Gelegenheit angezogen hatte, enorm aussahen, ächzte er.

Wie von selbst begannen ihre Hände, seine Gürtelschnalle zu öffnen. Diesmal ließ er es zu. Bald schon stand nur noch seine enge Boxershorts zwischen ihm und der Nacktheit. Prächtige, wundervolle Nacktheit. Sie hakte die Finger in den Saum seiner Unterhose.

»Warte«, hielt Tristan sie zurück. »Bist du auch ganz sicher bereit?«

»Mensch«, hauchte sie. »Mehr als bereit.« Keine zwei Sekunden später befanden sich seine Boxershorts schon an seinen Knöcheln.

Das war es. Ihre Finger strichen über die zarten Härchen auf seinem Oberschenkel, durch das spröde Schamhaar um seinen Penis … und daran vorbei, zu seinem anderen Oberschenkel hinüber. Sie zog die Hand wieder rückwärts, wühlte sich durch sein Schamhaar, fand jedoch nichts außer einer kleinen Beule. Tristan stöhnte auf. »Ja«, keuchte er atemlos. »Das ist es.«

Krista wich zurück und schaltete beklommen die Lampe wieder an.

Nun sah sie Tristans nackten Körper in vollem Licht. Sein perfektes Sixpack. Seine muskulösen Schenkel. Und … seinen nicht existenten Penis. Es gab nicht mehr zu sehen als die kleine Beule, die sie berührt hatte. Krista klappte der Mund auf, und die Wahrheit traf sie wie eine Granate. Das war alles. Das war sein Penis. Sein Mikropenis. Er hatte die Größe eines Champignons.

»Babe?«, fragte er. »Alles okay?«

Eine innere Stimme ermahnte sie, sich zu beruhigen, Tristans Gefühle nicht zu verletzen, doch diese Stimme wurde von wildem Sausen, furchtbarem Krachen übertönt. Panik stieg in ihr auf, heiß und unerbittlich. »Ich, äh, hatte nicht erwartet, dass er so klein sein würde.«

»Eigentlich ist er vergleichsweise sogar noch recht groß.«

»Im Vergleich mit was?«, fragte Krista mit brechender Stimme. »Mit Babymäusen?«

»Lenka.« Tristan setzte sich auf. Krista zuckte zurück, doch

Tristan ergriff ihre Hände und sagte streng: »Hör mir zu. Jeder von uns hat etwas, das nicht perfekt ist. Aber darum geht es in einer Beziehung – dem anderen zu offenbaren, was uns unvollkommen macht.«

Krista versuchte, ihn direkt anzusehen, doch immer wieder driftete ihr Blick ab, zu dem, was zwischen seinen Beinen fehlte.

»Ich kann trotzdem dafür sorgen, dass du kommst«, sagte er. »Mit meinen Händen. Mit meiner Zunge. Mit einem Vibrator. Können wir es also zumindest einmal versuchen?« Er sah sie mit seinem schmachtenden Blick an. »Bitte?«

Krista schluckte. »Klar.« Sie nickte, nicht ganz sicher, wen im Raum sie zu überzeugen versuchte.

»Gut.« Er legte die Hand in ihren Nacken und zog ihren Kopf zu sich. Er küsste sie zärtlich, wieder und wieder, bis ihre Schultern sich entspannten. Er hob die Hände, um ihre Brüste zu berühren, und im Gegenzug presste sie automatisch ihren Oberkörper an ihn. Ihr Körper bewegte sich instinktiv, geführt von ihrer Leidenschaft.

Noch einmal ließ sie die Hände abwärts wandern.

Sie berührte die winzige Beule.

Tristan stöhnte. »Oh, Lenka.«

Champignons.

»Lenka.«

Babymäuse.

»Lenka – «

»Ich kann das nicht!« Krista wich zurück. »Ich – Tris, ich kann das nicht.«

Tristan rollte sich mit einem frustrierten Ächzen auf den Rücken. Alle Lust, alle Erregung, die sich in ihr aufgebaut hatte, verpuffte und hinterließ eine schmerzhafte Leere. Die Illusion, der Zauber, sie waren verschwunden, wie wenn nach der

Schuldisco die Lichter wieder eingeschaltet wurden und man die banale Aula sah.

Krista zog die Knie an die Brust. »Du musst mich für so oberflächlich halten.«

Tristan antwortete nicht sofort. »Du hast deine Erwartungen. So wie alle schönen Frauen.«

Krista schüttelte den Kopf. »Aber ich bin doch nicht mal ...« Sie war eine Heuchlerin. Krista Kumar war nicht perfekt. Nun wies sie Tristan McKell, den wunderschönen, süßen Tristan McKell wegen einer einzigen kleinen Sache zurück.

Wegen einer wirklich sehr kleinen Sache.

»Ich werde jetzt gehen.« Sie sammelte ihre Kleider zusammen und begann, sich wieder anzuziehen.

»Lenka, warte.«

»Du verdienst jemand viel Besseres als mich.« Sie stieg in ihre Schuhe. »Es tut mir leid, Tristan.«

»Lenka!« Tristan schwang die Beine aus dem Bett. »Warte. Lass uns einfach darüber reden –«

»Es tut mir leid!« Krista riss die Wohnwagentür auf und stolperte dabei über ihre offenen Schnürsenkel. Sie fiel in ein Meer aus Körpern, fiel über jemanden und landete schließlich auf Händen und Knien.

»Lenka!«

Um sie herum wurde plötzlich kollektiv nach Luft geschnappt. Die Bewegungen erstarrten. Damian trieb gerade eine Herde von etwa dreißig Statisten an Tristans Wohnwagen vorbei. Lauter junge Leute für eine Massenszene, die später am Nachmittag gedreht werden sollte, wie Krista sich jetzt wieder erinnerte. Sie war mitten in der Menge gelandet und hatte im Fallen einen jungen Mann mit sich gerissen.

Doch deshalb waren sie nicht alle wie hypnotisiert stehen geblieben.

Tristan stand wie gelähmt in der offenen Tür seines Wohnwagens. Nackt. Und sein fehlender Penis war nicht zu übersehen.

Krista bemerkte das Mädchen, das sich zuerst bewegte. Die Statistin konnte nicht älter als zehn sein, hatte zwei Rattenschwänze. Der Mund stand ihr offen, doch ihre Hand bewegte sich blitzschnell. Krista blieb nicht einmal genug Zeit, um den Kopf zu drehen, da hörte sie schon das Klicken einer iPhone-Kamera.

65

Für die meisten Leserinnen von *Salty* war die Vorstellung, über einen roten Teppich zu schreiten, ein glitzernder, feuchter Traum. Die Aufmerksamkeit, die man erregte, die Pracht und das Kleid, das den Gegenwert des Bruttoinlandsprodukts eines kleinen Landes hatte. Evie Selby teilte diesen Traum nicht. Ihre Erfahrungen mit Mode auf dem roten Teppich beschränkten sich auf das, was sie aus ihren Korrekturabzügen wusste: »Hoppla! Zehn Fehler, die selbst Superstars noch immer auf dem roten Teppich unterlaufen« (fies) oder »Schnappschuss: Wie man für Paparazzi posiert« (lächerlich). Deshalb war ihr erster Impuls, als sie aus dem SUV stieg, der sie, Rich, Marcello und den Kameramann Adrian zum Presseeingang der Arzners kutschiert hatte, den Fahrer zu bitten, sie alle zurück nach Brooklyn zu bringen.

Die Szene, die sich ihnen bot, war chaotisch, brummte vor frischer, nervöser Energie. Ein Abschlussball auf Steroiden. Dutzende Menschen wuselten hin und her. Einige sprachen in Headsets hinein, andere blafften Anweisungen in ihre Handys. Evies Reporter-Kolleginnen waren daran zu erkennen, dass sie die Einzigen waren, die Designerkleider trugen. Evie war deswegen leicht entnervt. Es erinnerte sie an den Vorfall, als sie sich für eine Kostümparty als Krabbe verkleidet und bei ihrem Eintreffen festgestellt hatte, dass die einzige andere Person im Kostüm ein betrunkener Kerl war, der ein fassgroßes Glas Mayonnaise darstellte. Den ganzen Abend lang verfolgte er sie mit seinem glasigen Blick und seinem Bieratem und fragte unablässig: »Krabbencocktail? Hey? Krabbencocktail?«

Evie ließ die Menschenmassen hinter sich und erreichte einen Bereich, bei dem es sich laut der aufgehängten Banner um den Presse-Check-In handelte. Dort zeigte sie die Schlüsselbänder mit den Ausweisen vor, die sie sich mit Hilfe von Tristan-unglaublich-McKell beschafft hatten. Die Frau, die ihren Namen auf der Liste ausstrich, reichte Evie eine Presseerklärung, auf der das Logo von Revlon prangte, und erklärte ihr, dass sie den *Extra Salt* zugedachten Platz im Print-, Radio- und Online-Bereich finden würde, gleich neben den Fotografen und Kamerateams. Evie wurde so sehr von Nervosität geplagt, dass sie sich diese Informationen mehrmals wiederholen lassen musste. Die Frau schenkte ihr ein aufmunterndes Lächeln. »Sie bekommen das schon hin. Sie sehen großartig aus«, fügte sie hinzu, als wäre das allein schon Erfolg genug.

Gemma und Rose hatten für Chloe ein bodenlanges, cremefarbenes Seidenkleid ausgewählt, das, so hatten sie ihr versichert, schlicht und doch elegant war, mit genau der richtigen Dosis Sexappeal. Evie kam es eher so vor, als trüge sie ein Nachthemd. Aber im Großen und Ganzen war das egal. Das Kleid musste lediglich als normales Outfit für den roten Teppich durchgehen.

Velma wird mich in diesem Kleid sehen können, überlegte sie, und dabei fiel ihr auf, dass sie den ganzen Nachmittag noch nicht an sie gedacht hatte. Sie war so sehr vom Geschehen um sie herum eingenommen, dass es – fast – erträglich war, von ihr getrennt zu sein.

Sie zeigten ihre Ausweise an mehreren Sicherheitsschleusen vor. Und dann lag er vor ihnen.

Der Pfad der Privilegierten.

Der verheißungsvollste Bodenbelag, den es gab.

Der Teppich.

Evie war gleichzeitig überwältigt und enttäuscht. Schließlich handelte es sich im Grunde nur um eine vorübergehende Einrichtung, knapp dreißig Meter roten Stoff, der auf das Auditorium zuführte, in dem die Preisverleihung stattfinden würde. Nicht gerade der Eiffelturm oder das Taj Mahal. Doch gleichzeitig hüpfte Evies Herz in ihrer Brust wie ein Gummiball. Sie war tatsächlich hier. Dies geschah wirklich.

Sie fanden die Stelle seitlich vom Teppich, die mit einem ausgedruckten Blatt Papier für sie markiert worden war. Hinter ihnen standen Reihe um Reihe Fans, die sich die Hälse nach den ersten Prominenten verdrehten. Die Organisatoren der Veranstaltung schlenderten herum und schienen die wachsende Menschenmenge überhaupt nicht zu registrieren. Während Rich Adrian dabei half, die besten Kamerawinkel zu bestimmen, tupfte Marcello Evies verschwitzte Stirn ab. »Bist du bereit?«, fragte er.

Sie nickte und versuchte, dabei zuversichtlich zu wirken.

»Nimm die hier.« Sie drückte ihm die Karteikarten mit ihren Notizen in die Hand. »Die kann ich vor der Kamera nicht benutzen.« Außerdem wollte sie vermeiden, dass Rich sie zu sehen bekam.

Marcello steckte sie in die Tasche seines knallblauen Blazers. Der Hut, den er heute trug, passte farblich zu den Ketten um seinen Hals: Er war golden. »Dein Äußeres passt perfekt zur Rolle, die du hier spielst«, raunte er. »Niemand ahnt etwas. Entspann dich einfach und mach alles so, wie wir es geplant haben.«

»In Ordnung.« Evie leckte sich die trockenen Lippen. »Genauso, wie wir es geplant haben.«

Marcello zwinkerte ihr noch einmal zu, bevor er sich zurückzog.

»Kelly möchte, dass du das hier trägst.« Rich reichte ihr einen kleinen, silbernen Ohrempfänger.

Sie konnte leise Kellys Stimme hören. »Hallöchen, meine Liebe. Kannst du mich gut hören?«

»Laut und deutlich.«

»Super. Ich wollte dich nur noch einmal an den dollen Dreier erinnern.«

»Den was?«

»Kleid, Liebe, Rolle«, erläuterte Kelly. »Kleid: Was tragen die Leute, welchen Designer. Liebe: Wie sieht es im Liebesleben aus, wie geht es den Kindern, oder wann wollen sie Kinder bekommen. Und Rolle: Welchen Film drehen sie als Nächstes. Immer kurz und knackig.«

Innerlich verdrehte Evie genervt die Augen. Doch nach außen hin nickte sie eifrig. »Verstanden.«

»Ich werde dir einflüstern, mit wem du sprechen und was du sagen sollst –«

»Ich habe meine Fragen schon vorbereitet.«

»Das ist dein erster Livestream. Ich bin hier, um zu helfen.«

»Aber –«

»Chloe, ich bin der Produzent. Was du hörst, sagst du.«

Evie biss sich auf die Innenseite der Wange. »Aber klar, Kelly. Kein Problem.«

»Na gut. Ich melde mich wieder, wenn es losgeht.«

Die Minuten verstrichen, und mit jeder Sekunde stieg die Spannung. Rich ließ Evie probeweise verschiedene Anmoderationen in ein fettes, kabelloses Mikrofon sprechen, an dem ein grell pinkfarbener Clip angebracht war, auf dessen vier Seiten *Extra Salt* stand. Außerdem machte er ihr Vorschläge für Interviewthemen, die sie nickend ignorierte. Doch im Grunde schlugen sie nur die Zeit tot. Um genau sechzehn Uhr ging plötzlich ein Aufschrei durch die inzwischen beträchtlich angewachsene Menschenmenge. Evie fuhr herum. Umgeben von mehreren normal gekleideten Betreuern bog die Schauspielerin Olivia Wilde um die Ecke.

»Showtime.« Kelly meldete sich wieder in ihrem Ohr.

Adrian schulterte die Kamera. »Alles bereit?«, fragte Rich laut.

Evie hob das Mikrofon an die Lippen. Plötzlich musste sie wieder daran denken, wie sie Velma Wolff zum ersten Mal getroffen hatte, im Aufzug im Heimert-Schwartz-Gebäude. Wie ängstlich sie damals gewesen war, wie unsicher. Olivia in einer glitzernden Robe zu sehen, bei deren Anblick sich selbst die Milchstraße wie ein schlicht gekleidetes Aschenputtel gefühlt hätte, drohte in ihr die altbekannten Ängste erneut aufflackern zu lassen.

Doch sie erstickte die Flammen schon im Keim.

»Alles bereit«, antwortete sie. Das Licht an der Kamera schaltete auf Rot um. Aufnahme. Evie holte tief Luft und lächelte selbstbewusst in die Linse. »Hi, ich bin Chloe Fontaine und melde mich live vom roten Teppich der Arzners, der jährlichen Preisverleihung, bei der Frauen für ihre Leistungen in Film und Fernsehen ausgezeichnet werden.« Sie trat dichter an die rote Kordel heran, die sich zwischen den Reportern und dem Teppich entlangzog. Im Augenwinkel sah sie, wie Rich ihr auffordernd zulächelte. »Zwar gibt es bereits eine Menge zu feiern, doch es liegt auch noch ein weiter Weg vor uns. Darum sprechen wir von *Extra Salt* heute Abend mit all Ihren Lieblingsstars, um sie zu fragen: Wie können wir Hollywood verändern, damit es frecher und weniger sexistisch wird?«

Richs Lächeln verblasste. Er sah verwirrt aus. »Ähm, Chloe?«, hörte sie Kelly sagen. »Was zum Teufel sollte das?«

Olivias Begleiter trieben sie an der Reihe aus Reportern vorbei, und Evie begab sich in Position, versuchte, sich richtig vor die Kamera zu stellen, dabei weiter zu lächeln und sich gleichzeitig an die Fragen zu erinnern, die sie Olivia stellen wollte. Adrians Kamera folgte ihr gehorsam. Einige Sekunden verstrichen ereignislos, dann stand die Schauspielerin direkt vor ihr. »H-Hallo«, sagte Evie mit erhobener Stimme, um sich über das Schreien des Publikums verständlich zu machen. »Guten Tag.«

Olivia hob fragend eine Augenbraue. Evie verspürte einen Anflug von Beschämung. »Einen schönen guten Tag.«

»Okay, sie hat ein Kind«, sagte Kelly. »Frag sie etwas darüber, wie sie Beruf und Privatleben in Einklang bringt.«

Die Worte sprudelten nur so aus Evie heraus. »Chloe von *Extra Salt*, dies ist eine wunderbare Veranstaltung, die Frauen in Film und Fernsehen ehrt, aber es gibt noch immer nicht genügend gute Rollen für Frauen, wie glauben Sie, können wir das ändern?«

»Was zum – Nein!«, brüllte Kelly ihr ins Ohr. »Himmelherrgott, Chloe, ich habe gesagt Beruf und Privatleben –«

Mit einer einzigen, gewandten Bewegung zog sich Evie den silbernen Empfänger aus dem Ohr.

Olivia war sichtlich verblüfft. »Entschuldigung, aber könnten Sie das noch einmal wiederholen?«

Evie wiederholte die Frage und bemühte sich diesmal, nicht wie ein Wasserfall zu klingen. »Es würde mich interessieren, welche Möglichkeiten Sie sehen, etwas gegen die Geschlechterungleichheit in Hollywood zu unternehmen.«

Olivia verkniff sich ein Lächeln.

Oh Gott, dachte Evie, *ich habe etwas falsch gemacht.*

»Wow, über Geschlechterungleichheit wurde ich noch nie auf dem roten Teppich befragt.« Olivia begegnete Evies Blick.

»Wissen Sie, das ist eine ausgezeichnete Frage. Es ist schwierig, Geschichten, die von Frauen handeln, zu realisieren. Geschichten, die sich nicht nur mit Frauen befassen, die entweder einem Mann zur Seite stehen oder von ihm besessen sind. Solche Filme zu machen ist leider kaum möglich.«

»Und wie lässt sich das ändern?«, fragte Evie.

»Es ist von äußerster Wichtigkeit, dass Frauen mehr Drehbücher für Filme schreiben, sie produzieren oder dabei Regie führen«, antwortete Olivia. »Die Männer müssen sich einbringen und Frauen hinter der Kamera unterstützen. Wir müssen über gezielte Fördermaßnahmen nachdenken und über Mentorenschaft.«

»Richtig«, dachte Evie laut nach. »Was, wenn jeder männliche Regisseur, der aktuell in der Branche tätig ist, eine weibliche Regisseurin unterstützen würde?«

»Ich glaube, das würde die Welt verbessern«, antwortete Olivia. »Wissen Sie, wir alle profitieren von einer Gesellschaft, die aktiv nach Gleichheit strebt. Es ist eine kulturelle Bereicherung für die Welt.« Eine Frau mit einem Headset berührte die Schauspielerin leicht am Arm, um ihr zu signalisieren, dass es Zeit wurde, weiterzugehen.

»Herzlichen Dank, ich wünsche Ihnen noch einen schönen Abend«, sagte Evie.

Olivia lächelte Evie zu und drückte ihren Arm. »Ich danke Ihnen.« Während sie aus dem Bild lief, warf sie Evie über die Schulter hinweg noch einmal einen Blick zu und zeigte ihr den erhobenen Daumen.

Evie war zu perplex, um zu reagieren. Sie keuchte atemlos, ihr Inneres war in Aufruhr, und ihr Herz raste. Dann erst begriff sie, dass es funktioniert hatte. Olivia Wilde hatte ihre Fragen beantwortet: keine dämlichen Fragen über Designerkleider, sondern bedeutsame Fragen über wichtige Themen.

Jemand stupste sie an. Es war Adrian. Sie war noch immer auf Sendung. Schnell konzentrierte sie sich wieder. »Das war Olivia Wilde mit einigen weisen Ratschlägen für den Männerverein von Hollywood. Also los, Leute, fordern wir mehr Geschichten von Menschen mit zwei X-Chromosomen ein.« Sie konnte Rich hinter Adrian stehen sehen. Er schüttelte fassungslos den Kopf. Dann ging er an sein Telefon. Bestimmt rief Kelly an.

Aufbrandender Applaus lenkte ihre Aufmerksamkeit wieder auf den Teppich. Evie erspähte eine kleine, über und über mit Diamanten behängte Blondine, die sich auf die Journalisten zubewegte. Das war Juici, ein Plastik-Popstar, die in einer kitschigen romantischen Komödie mitgespielt hatte. Evie versuchte es mit subtilen Bitte-weitergehen-Gesten, doch schon wurde Juici vor sie hingestellt.

»Hi!«, sagte Juici überschwänglich und winkte dabei den hysterischen Fans. Alles an ihr war falsch: ihre Möpse, ihre Zähne, ihre Bräune.

»Sie glitzern heute sehr schön«, sagte Evie, während sie mit einem Auge über Juicis Schulter hinwegschielte.

»Dankeschön.« Juici blies einen Kuss in die Kamera. »Diamonds are a girl's best friend.«

»Nicht, wenn es Blutdiamanten sind«, bemerkte Evie. »Dann sind sie der schlimmste Feind der Unterdrückten.«

Rich, der hinter der Kamera stand, fuhr sich wiederholt mit der Hand über die Kehle. Das Telefon klebte ihm noch immer am Ohr. Doch bevor sie ihr den Stecker herauszuziehen könnten, müssten sie erst einmal Kontakt zu Jan aufnehmen, und die befand sich gerade bei einem Screening. Im Augenwinkel nahm Evie wahr, wie Juici, mit relativ verwirrter Miene, weitergeschoben wurde.

Evie entdeckte die nächste Schauspielerin. Als sie in die Kamera sprach, musste sie nicht extra Begeisterung – oder Aufregung – heucheln. »Sie ist einer der größten Jungstars der Branche, in ihrer Haltung ist sie jedoch immer erfrischend bodenständig geblieben. Jennifer Lawrence, was halten Sie von den Schönheitsidealen Hollywoods?«

»Sie sind schwachsinnig«, antwortete Jennifer, bevor sie lachen musste. »Oh, wollen Sie wissen, warum Männer mit Make-up nicht gut aussehen? Das hat mir gerade jemand erklärt.«

»Warum?«

»Weil ihnen niemand gesagt hat, dass sie ohne schlecht aussehen«, antwortete Jennifer dreist.

»Ooh, das finde ich gut«, sagte Evie. »Das ist richtig gut. Allerdings fällt mir auf, dass Sie gerade auch Make-up tragen.«

Die Schauspielerin verzog das Gesicht. »Ja. Das stimmt. Sie haben mich beim Schminken festgehalten.«

»Sie waren machtlos?«

»Ja, ich wurde gezwungen.« Sie lachte.

»Ich finde, in Hollywood wird zu viel Wert darauf gelegt, wie Frauen aussehen«, sagte Evie abwechselnd zu Jennifer und in die Kamera. »Ich finde, unrealistische Schönheitsideale, die mit Photoshop und Make-up-Pflicht untermauert werden, gehören abgeschafft.«

»Das kannst du laut sagen, Schwester!« Das Filmsternchen reckte die Faust.

»Jennifer Lawrence, ich fordere Sie hiermit heraus, meinem Beispiel zu folgen und die Arzners make-up-frei zu zelebrieren.«

Jennifer sah sich um. »Was, wirklich?«

»Abso-unbedingt. Mein lieber Freund Marcello wartet gleich hier drüben.« Marcello erschien neben Evie, mit Reinigungstüchern, Make-up-Entferner und Wattestäbchen in der Hand. »Ich mache mit, wenn Sie es auch tun.«

Eine kleine Menschentraube hatte sich bereits um die beiden versammelt. Marcello erhob wie ein Zauberer die Reinigungstücher.

»Na schön, ich bin dabei«, sagte Jennifer. »Legen wir los!«

»Pfeif auf Make-up!«

»Das brauchen wir nicht!«

Marcello machte sich eilig ans Werk und entfernte restlos alle Wimperntusche, Rouge und Lippenstift von den Gesichtern der beiden Frauen. Immer mehr Menschen versammelten sich um sie herum. Die Fans deuteten aufgeregt mit Fingern auf sie, fasziniert von dem Spektakel. Während Evie darauf wartete, dass Marcello bei Jennifer fertig wurde, fiel ihr Rich ins Auge. Er hing wieder am Telefon und nickte grimmig. Sein Gesicht war kreidebleich. Während Marcello den letzten Rest von Jennifers Make-up entfernte und die Versammelten um sie herum zu klatschen begannen, marschierte Rich zu Adrian.

Wenige Sekunden später erlosch das rote Licht an der Kamera.

Extra Salt war nicht mehr auf Sendung.

66

Kellys Gesicht hatte die Farbe einer reifen Tomate. »Was zum Teufel war das? Was zum *Teufel* war das? Was zum Teufel … *war das*?«

»Du könntest auch noch ›*Was* zum Teufel war das?‹ nehmen«, schlug Evie vor. »Falls du alle möglichen Betonungen durchprobieren möchtest.«

»Spar dir deine Klugscheißerei, Chloe!«, wetterte Kelly. »Jetzt nicht. Ich habe die Nase gestrichen voll von deiner Klugscheißerei!«

Die beiden befanden sich in Jans Büro; Jan war abwesend. Evie nahm weder die Trophäen noch den Ausblick noch die signierten Fotos an den Wänden wahr. Sie schwebte auf Wolken, überwältigt von ihrem Erfolg. Die Übernahme des roten Teppichs war geglückt.

Kelly tigerte auf dem Dielenboden auf und ab und war sichtlich weniger begeistert. »Kleid, Liebe, Rolle!«, brüllte er. »Kleid, Liebe, Rolle – ist das so verdammt schwer zu –«

Er wurde in seiner Tirade unterbrochen. Jan. Sie knallte die Tür hinter sich zu. Sofort schoss Angst durch Evies Adern.

»Hinsetzen«, befahl Jan.

Sie gehorchten.

Jan drehte schwungvoll ihren Computerbildschirm um, sodass sie ihn beide sehen konnten. Sie hatte das YouTube-Video von den Arzners aufgerufen. Jan tippte auf etwas im Hintergrund. »Kannst du das lesen?«

»Ja« murmelte Evie.

»Was«, fuhr Jan in eisigem Tonfall fort, »ist das?«

Evie verzog das Gesicht. »Das ist ein Revlon-Logo.«

»Genau«, zischte Jan. »Weil Revlon die Arzners sponsert. Und was ist Revlon?«

»Meinst du, also, im metaphorischen Sinn?«, fragte Evie.

»Ein Make-up-Hersteller«, antwortete Kelly.

»Und nicht nur irgendein Make-up-Hersteller«, fügte Jan hinzu. Sie klang fast manisch. »Der größte Make-up-Hersteller in Amerika. Sie werben nicht nur in *Salty*, sie werben in fünfundzwanzig unserer Publikationen. Oder besser gesagt: sie *warben*.« Ihre Stimme war nur noch ein Zischen. »*Vergangenheitsform*. Komischerweise hat dem größten Make-up-Hersteller der Welt der Slogan ›Tragen Sie kein Make-up‹ nicht besonders gut gefallen, denn, weißt du« – und nun begann Jan zu schreien – »sie stellen Gott verdammt noch mal Make-up her!«

Kelly ließ stöhnend den Kopf in die Hände sinken.

»Hast du dazu nichts zu sagen?«, fragte Jan Evie.

Evie hätte um ein Haar gelacht. »Erwartest du etwa, dass ich mich entschuldige? Denn das werde ich nicht tun. Es ist mir scheißegal, ob dein kapitalistisches Imperium um dich herum zusammenbricht, weil ich nämlich etwas Konstruktives für die Frauen getan habe.« Evie stand auf. »Du weißt, dass das Video inzwischen viral geworden ist? Du solltest mir also danken.«

»Oh, mein Gott«, schnaubte Kelly.

»Lass mich nicht einfach so stehen, Chloe«, sagte Jan. »Wage es ja nicht, mich einfach stehen zu lassen.«

»Und ob ich das tue«, entgegnete Evie. Ihre Augen funkelten. Jede Zelle in ihrem Körper vibrierte. Sie fühlte sich stark wie ein Phoenix, wie ein Quell des Lichts. Sie riss Jans Tür auf und holte tief Luft. »Ich – kündige.«

Ella-Mae kam Evie mit wirrem Blick entgegen, stieß sie zur Seite und drängte sich in Jans Büro. In der ausgestreckten Hand hielt sie ein iPhone. Dann kreischte sie schrill: »Tristan McKell hat einen Mikropenis!«

67

Tristans Mikropenis ließ das Internet zusammenbrechen.

Die Statistin, die das Foto geschossen hatte, hatte nur dreieinhalb Sekunden gebraucht, um es auf Twitter hochzuladen, eine Entscheidung, die sie und ihre Eltern im Nachhinein lediglich aus dem Grund bereuten, weil sie das Bild auch für einen siebenstelligen Betrag hätten verkaufen können. Der Tweet fand rund um die Welt Beachtung. Innerhalb von vier Minuten gehörte das Foto zu den am häufigsten retweeteten Bildern aller Zeiten und brachte vorübergehend die Server der Seite zum Absturz. Am Ende des Tages veröffentlichten Tristans Pressevertreter ein Statement, in dem sie bestätigten, dass das Foto echt war, ein Schritt, der gleichzeitig gelobt und belacht wurde. Die Produktion von *Funderland* wurde abrupt auf Eis gelegt. Diesmal gönnte Krista Gillian die Genugtuung, sie feuern zu können, nicht. Sie packte einfach ihre Sachen und ließ sich nach Hause bringen.

Seit Tagen war sie quasi eine Gefangene in ihrer eigenen Wohnung. Überall auf der Straße wimmelte es vor Paparazzi, als wären sie riesige Kakerlaken. Sie hatten sogar den Notausgang entdeckt. Ihr Telefon hörte nicht auf zu klingeln – Cameron, Gillian, Lana Lockhart und sogar Greg. Doch die einzige Person, von der sie gerne etwas gehört hätte – Tristan –, reagierte weder auf ihre Mitteilungen noch auf ihre Anrufe. Das

Gefühl, das an ihr klebte wie ein hartnäckiger, schwarzer Nebel, war ihr gänzlich unvertraut, und es weigerte sich, zu verschwinden, ganz egal, wie viel Whisky sie trank oder wie viel Gras sie rauchte. Schließlich erkannte sie, was für ein Gefühl das war: Reue. Und diese Reue rührte nicht nur daher, dass sie (schon wieder) bei *Funderland* gefeuert worden war. Sie hatte außerdem Tristan ernsthaft verletzt, und sie konnte nicht bei ihm sein, und das alles nur, weil er einen winzigen Schwanz hatte und die meisten anderen Männer nicht. Sie konnte kaum glauben, dass der hündchenblick-niedliche Tristan McKell tatsächlich unter denselben Idealen und Ansprüchen litt wie sie selbst. Genitalgröße und Schönheit waren eigentlich nicht das Gleiche – schließlich hatte Tristan zuvor nie mit Vorurteilen zu kämpfen gehabt –, doch trotzdem bestand zwischen beidem ein Zusammenhang. Oder nicht? Krista war sich nicht ganz sicher, doch eins wusste sie genau: Sie fühlte sich wegen dieser ganzen Sache total beschissen.

Darum entschied sie auch, nachdem sie sich wieder in ihr normales Ich zurückverwandelt hatte, dass sie es nicht verdiente, das Pretty noch einmal zu benutzen. Als Buße. Außerdem brauchte sie unbedingt ein oder zwei Tage, in denen sie ihre Wohnung einfach verlassen konnte, ohne von einer Million aufblitzender Kameras belästigt zu werden. Krista Kumar, die sonst versessen darauf war, im Mittelpunkt zu stehen, hatte offiziell die Nase voll. Könnte bitte irgendjemand den dämlichen Scheinwerfer ausschalten?

Sie versuchte, die Sache auf sich beruhen zu lassen, in Tristan einfach nur einen der Jungs zu sehen, mit denen sie kurz zusammen gewesen war und dann Schluss gemacht hatte. Er würde sie als Krista Kumar ohnehin nicht wiedererkennen. Aber sie schaffte es nicht, loszulassen. Sie musste sich entschuldigen. Persönlich. Weshalb sie um sechs Uhr morgens in Dr.

Wei's Magic Juice Bar in Connecticut saß, ängstlich zusammengekauert an einem der drei Tische im Raum. Dorthin zu gelangen hatte drei Stunden gedauert.

Um viertel nach sechs schwang die Tür auf und Tristan kam herein.

Krista fühlte sich wie eine Saite, die angeschlagen worden war. Jeder Teil ihres Körpers – ihr Herz, ihr Magen, ihre Muschi – summte bei seinem Anblick. Sein verwirrender Status als ehemaliger Geliebter und noch immer Prominenter rief einen seltsamen Gefühlsmischmasch aus zärtlichem Verlangen und Fanbegeisterung in ihr hervor. Er bestellte sich einen grünen Tee und einen Grünkohl-Smoothie.

»Nur einen?«, fragte der alte Chinese, der hinter der Theke stand und bei dem es sich vielleicht oder vielleicht auch nicht um Dr. Wei handelte.

»Nur einen«, wiederholte Tristan. Er nahm Platz und musterte Krista dabei flüchtig.

Sie setzte sich sofort kerzengerade hin. »Hey.«

Er nickte ihr zurückhaltend zu. »Hey«, erwiderte er und nahm sein Telefon zur Hand.

Krista trommelte mit den Händen auf die Tischplatte aus Plastik. »Ich habe gehört, du arbeitest an einem neuen Film.« Ihr Tonfall geriet etwas zu drängend. »*Funderland*.«

Er sah sie kurz an. »Ja.« Dann widmete er sich wieder seinem Telefon: eine höfliche Abfuhr.

Krista sagte: »Es ist bestimmt … schwierig –«

»Grüner Tee und Grünkohl-Smoothie?«, rief der Mann hinter der Theke.

Tristan stand auf, reichte Geld über die Theke und teilte dem Mann mit, er könne das Wechselgeld behalten. Krista erhob sich ebenfalls. Ihre Gedanken überschlugen sich. *Sag etwas! Sprich mit ihm!*

Tristan ging zur Tür, ohne sich noch einmal nach ihr umzudrehen.

»Ich kenne Lenka Penka!«

Tristan blieb stehen. Er wandte sich um. »Was?«

»Ich kenne sie.« Krista machte einen Schritt vorwärts, schob nervös die Hände in die Jackentaschen. »Sie hat mir gesagt, dass du hier sein würdest.«

Der Gesichtsausdruck, mit dem Tristan sie bedachte, erinnerte sie an das erste Mal, als sie sich mit ihm in seinem Wohnwagen unterhalten hatte: misstrauisch und doch interessiert. »Woher kennst du Lenka?«

»College. Wir waren im selben Wettessen-Team.« Krista war besser darin, Lügen zu erkennen, als sie zu erzählen. »Es tut ihr aufrichtig leid, Tristan. Wirklich sehr, sehr leid.«

Halbwegs rechnete sie damit, dass Tristan genervt die Augen verdrehen und ihr sagen würde, sie solle verschwinden, ihr sagen würde, dass Lenka Penka sein Leben ruiniert hatte und er nie wieder etwas mit ihr zu tun haben wollte. Doch stattdessen wurde die Miene des ehemaligen Popstars weicher. »Wirklich?«

Krista nickte. »Ja.«

Tristans Blick wurde abwesend. »Sie fehlt mir. Mit ihr konnte man Spaß haben.« Krista sah ihn an, fühlte sich verloren und war sich des Abgrunds zwischen ihnen plötzlich schmerzhaft bewusst. Sie wollte ihm so gern sagen, dass es ihr leidtat, dass sie ihn seines Körpers wegen zurückgewiesen hatte, und wie wütend es sie machte, dass sie überhaupt auf diese Idee gekommen war. Wie frustrierend es für sie gewesen war, es nicht zu schaffen, ihre Erwartungen herunterzuschrauben. Und sie hatte das Gefühl, dass er ihr gern gesagt hätte, dass Lenka mehr als nur unterhaltsam gewesen war. Doch sie waren Fremde füreinander: Fremde, denen Intimität und Aufrichtigkeit nicht gestattet war. Tristan blinzelte und schien wieder ins Hier und Jetzt zurückgefunden zu haben. »Ich sollte gehen«, sagte er.

Krista folgte ihm nach draußen. Eine schicke, schwarze Limousine wartete im Leerlauf an der Bordsteinkante, die Tür einladend geöffnet. Fast meinte sie, die butterweichen, schwarzen Ledersitze unter ihren Oberschenkeln zu spüren, den kristallklaren Klang der Stereoanlage zu hören, die kostenlosen Snacks zu schmecken. Sie selbst würde mehrere U-Bahnen nehmen müssen, um zurück nach Brooklyn zu gelangen. Im besten Fall durfte sie darauf hoffen, nicht von einem Wildfremden angeniest zu werden.

Tristan verharrte neben der offenen Tür. Eine Sekunde lang dachte Krista, er würde sie vielleicht bitten, mit einzusteigen. »Ich weiß gar nicht, wie du heißt.«

»Krista.«

»Aha.« Er lächelte. »Krista und Tristan. Wir sollten zusammen in einer Kindersendung auftreten.«

Krista seufzte wehmütig. »Oder uns verlieben.«

»Wie bitte?«

»Nichts.« Krista schüttelte den Kopf und errötete. Es war vorbei. »Viel Glück mit dem Film. Ich hoffe, das neue Dream Girl bedeutet dir genauso viel, wie Lenka es getan hat.«

Tristan lächelte. Ein süßes, jungenhaftes, heiteres Lächeln. »Das wäre wirklich ein Segen. Bye, Krista.«

Die Limousine rumpelte leise die leere Straße hinunter. Erst, als sie ganz verschwunden war, lief Krista los.

68

Während Krista das Internet geflissentlich mied, konnte Evie gar nicht genug davon bekommen. Feministische wie auch popkulturelle Internetseiten rund um die Welt befassten sich mit Ausschnitten ihrer Interviews bei den Arzners. Nachdenkliche Stellungnahmen über Interviews am roten Teppich wurden verfasst. Heftige Debatten über »Make-up-Pflicht« entbrannten. Revlon gab drei verschiedene Stellungnahmen heraus. Trolle rasteten völlig aus. Sie hatte ebenso viele Kritiker wie Unterstützer, die zwar nicht gleichermaßen wortgewandt waren, sich in ihrer Leidenschaftlichkeit jedoch in nichts nachstanden.

Es war, als würde man ein Streichholz in ein kerosingetränktes Haus werfen und zusehen, wie es explodierte. Es überraschte sie selbst, wie sehr sie diese Kontroverse genoss. Die Vorstellung, einen öffentlichen Kommentar abzugeben und daraufhin mit der unvermeidlichen sexistischen Gegenreaktion konfrontiert zu sein, wie sie anscheinend jeder Frau mit einer eigenen Meinung entgegenschlug, hatte ihr immer Angst gemacht. Deshalb hatte *Achtung, bissig* auch ein anonymer Blog sein müssen. Doch Chloes wunderhübsche Maske hatte es ermöglicht, dass sie zu einer öffentlichen Persönlichkeit hatte werden können. Trotzdem wurde sie von unzähligen Menschen gehasst. Für die einen war sie eine Heuchlerin, für die anderen eine Heldin. Evie begriff, dass es buchstäblich unmöglich war, es jedem recht zu machen.

Aber letztendlich bemühten sich ja die anderen auch nicht, es ihr recht zu machen.

Evie graute es so sehr vor der Eröffnung von Willows Ausstellung wie sonst nur vor geselligem Zusammensein mit ihren Kolleginnen. Sie musste hingehen. Willow gehörte zur Familie. Weshalb es auch völlig in Ordnung war, mehrere verschiedene Gefühle gleichzeitig zu empfinden: Liebe, Verärgerung und Sorge. »Ich hatte ganz vergessen, dass sie manchmal einfach … verschwindet«, murmelte Evie, während sie den Saum eines goldenen Trägerhemdes in die knappen, schwarzen Hotpants stopfte. »Sie ist wie ein menschlicher Einsiedlerkrebs.«

»Lass uns bitte nicht darüber reden, dass etwas verschwindet, okay?« Krista zog an einer Zigarette und blies den Rauch aus Evies Fenster. »Oder ganz allgemein über kleine Dinge.«

Evie wandte sich grinsend vom Spiegel ab. »Erzähl mir noch mal, wie es gewesen ist.«

»Nein.« Krista drückte die Zigarette aus. »Lass uns einfach gehen.«

Am Himmel über ihnen zogen graue Wolken groß wie Sportstadien entlang. Die Luft war schwül, sodass man leicht ins Schwitzen kam. Obwohl es erst sieben Uhr abends war, war es bereits fast dunkel.

Krista blickte skeptisch zum Himmel auf. »Glaubst du, es wird Regen geben?«

Evie zog sie lachend an sich. »Es wird ein Gewitter geben.«

Sie eilten die Wythe entlang auf die Galerie zu, in der Hoffnung, dem Regen zu entgehen. Evie ließ Krista über »Die fatalen Folgen des Mikropenis« plappern, ohne ihr richtig zuzuhören. Im Anschluss an die Ausstellungseröffnung würde sie die Nacht bei Velma verbringen. Ihr erstes Sommergewitter.

Sie stellte sich vor, wie sie gemeinsam im Bett lagen und dem Regen lauschten, der auf die durstige Stadt niederprasselte. Sie würden eine gute Flasche Wein öffnen, eine von den verstaubten, französischen, die Velma ganz hinten in ihrer Speisekammer aufbewahrte, und den Wein aus großen Gläsern trinken. Sie würden miteinander kichern und sich küssen und tief, herrlich tief, in ihrem eigenen kleinen, albernen Paradies versinken.

Außerdem freute sie sich darauf, von Velma höchstpersönlich ein Kompliment für ihren Auftritt bei den Arzners zu bekommen. Sie hatte fest damit gerechnet, dass Velma ihr diesbezüglich eine Nachricht schicken würde. Sie hatte es nicht getan. Evie hatte daraus geschlussfolgert, dass jemand wie Velma Wolff zu intellektuell war, um sich eine Sendung wie die ihre anzusehen. Also hatte sie ihr den YouTube-Link geschickt. Stunden später hatte Velma geantwortet. Mit nur vier Worten.

Du bist so cool.

Eine elegante Erwiderung, unaufdringlich und leicht kokett, doch Evie war trotzdem enttäuscht. Vielleicht war Velma einfach selbst so cool, dass niemand es schaffte, sie zu beeindrucken. Oder vielleicht war das auch ihre Art, total auszuflippen. Evie war unschlüssig, wer sich ändern müsste: sie selbst oder Velma. Sollte sie ihre Erwartungen entsprechend anpassen oder sie laut aussprechen?

»Oha.« Kristas Stimme holte sie aus ihren Tagträumen. »Sieht irgendwie ziemlich … voll aus.«

Bei Willows letzter Ausstellungseröffnung hatten genau fünf Leute auf der Straße gewartet. Diesmal drängten sich gut einhundert vor dem Eingang. Wenn Kunst der Sport der Denker war, dann fand hier heute Abend ein großes Spiel statt.

»Da ist jemand wohl neuerdings gefragt.« Evie wechselte einen Blick mit Krista. »Wird schon schiefgehen.«

Im Inneren der Galerie war es genauso voll und die Luft feucht und dick wie ein Milchshake. Krista meinte, dass sie etwas zu trinken brauche, und verschwand. Die Gäste mussten praktisch schreien, um sich untereinander verständlich zu machen. Sie hielten Becher mit Champagner in den Händen, ihre Fingernägel waren schwarz oder orange oder blau lackiert. Evie zwängte sich an Frauen mit Undercuts und Männern mit Hipster-Schnurrbärten vorbei. Sie bemerkte, wie einige sie wiedererkannten, und eine unbekannte Person flötete: »Chloe, du bist supi.«

Doch Evie achtete nicht weiter auf die gutgekleidete Menschenmenge. Sie konzentrierte sich auf die Kunst.

An den weißen Wänden der Galerie hingen riesenhafte Fotografien von Caroline in unterschiedlichen Stadien des Leides. Ihre meergrünen Augen waren auf den Fotoabzügen silbrig-schwarz, gerötet und mit Tränen gefüllt. Auf manchen Bildern hatte sie das Gesicht in ihre Hände sinken lassen. Auf anderen war ihr Mund zu einem stillen Schrei geöffnet.

Es war ein Horrorkabinett. Ein Schrein der Traurigkeit. Es ließ Evie das Blut in den Adern gerinnen. Mit Willow war etwas Furchtbares, Furchtbares geschehen.

Für einen Augenblick teilte sich die Menge und gab den Blick auf eine Fotografie auf der anderen Seite der Galerie frei. Dieses Bild war das größte, drei Meter fünfzig hoch, einen Meter achtzig breit. Evie bahnte sich einen Weg dorthin.

Auf dem Foto war nicht Caroline, sondern Willow selbst zu sehen. Sie war vollkommen nackt, trieb auf dem Wasser, die Arme weit ausgebreitet, die Augen offen und doch blind. Dutzende Hände, deren Besitzer nicht zu sehen waren, hielten sie an der Oberfläche, die Finger weiß und schwarz und braun auf ihrer blassen Haut. Evie las, was auf dem kleinen Schild stand. *Wiedergeburt*. Die Frau auf dem Foto sah tot aus.

»Mein Gott«, raunte Evie. »Wir sitzen unter der Glasglocke.«

»Willow!«

Es war Meredith, die einer umwerfenden, blonden Frau in einem langen, schwarzen Kleid und hochhackigen Schuhen Zeichen gab. Evie brauchte volle fünf Sekunden, um in ihr Willow zu erkennen. Sie stand Arm in Arm mit Meredith und posierte mit glasigem Blick für die Fotos, die von drei verschiedenen Leuten gemacht wurden. Ihre Lippen waren scharlachrot angemalt, ihre Augen schwarz umrandet. Willow trug sonst nie Make-up. Das lange, dunkle Kleid lag eng an, betonte ihre Magerkeit, die schon fast unnatürlich wirkte. Sie sah wunderschön aus. Auf die schlimmste denkbare Art.

Evie ging benommen einige Schritte auf sie zu. Willow bemerkte sie. Sie flüsterte Meredith noch etwas zu und kam dann zu ihr herübergeschwebt. Die beiden Frauen standen einander gegenüber, schweigend und befangen. Jemand drückte Willows Arm und hauchte »Gratulation«. Sie ignorierte es.

Evie schlang die Arme um sich selbst. »Ich dachte, du könntest hohe Absätze nicht ausstehen. Zu schmerzhaft.«

Willow sah stumpfsinnig ihre Schuhe an. »Im Moment kann ich meine Füße eigentlich gar nicht spüren.« Ein andeutungsweises, trauriges Lächeln huschte über ihre Lippen.

»Soll das hier vielleicht witzig sein? Denn das ist es nicht.«

»Mein Gott, Evie.« Willow seufzte. »Lass es einfach.«

Evie suchte hastig den Raum nach Velma ab, wünschte, Willow hätte nicht ihren richtigen Namen benutzt. Sie trat etwas dichter zu ihr und senkte die Stimme. »Was soll ich lassen? Mir um dich Gedanken zu machen?«

»Ganz genau«, antwortete Willow säuerlich. »Damit brauchst du jetzt auch nicht mehr anzufangen.«

»Was soll das nun wieder heißen?«, sagte Evie laut, genau

in dem Augenblick, in dem Velma neben ihr auftauchte. Sie hauchte ihr einen Kuss auf die Wange und sagte: »Hey, du.« Dann wandte sie sich an Willow, ohne die Spannung zwischen den beiden Frauen zu bemerken. »Hi, ich bin Velma. Du bist Willow, oder?« Sie reichte ihr die Hand. Willow schüttelte sie lahm, ohne den Blick von Evie abzuwenden. »Herzlichen Glückwunsch«, fügte Velma hinzu. »Deine Arbeiten sind unglaublich.«

»Unglaublich verstörend«, murmelte Evie.

»Warum fällt es dir so schwer, zu akzeptieren, dass ich eine begabte Künstlerin bin? Dass ich eine Stimme und etwas zu sagen habe?«

»Und was genau sagst du, Will? Dass es total cool ist, zu sehen, wie Frauen leiden? Qualen ausstehen? Ich hoffe, du hast Lars von Trier eingeladen«, fügte sie hinzu. »Diese Bilder sind ganz bestimmt genau sein Ding.«

»Hey, Chloe.« Velma legte Evie eine Hand auf den Rücken. »Immer mit der Ruhe.«

»Genau, *Chloe*«, sagte Willow. »Immer mit der Ruhe.«

Evie wurde sauer. Sie bezweifelte zwar, dass Willow Chloe auffliegen lassen würde, doch andererseits hätte sie Willow in diesem Moment fast alles zugetraut. »Kannst du mir etwas zu trinken holen?«, fragte sie Velma.

Velma löste den Blick von Willow, sah Evie an, zögerte kurz, nickte dann und verschwand in Richtung der Bar.

Es kamen immer mehr Besucher, die sich um sie herum drängten. Es wäre ein Leichtes gewesen, ihre Unterhaltung mitzuschneiden und sie als Clickbait ins Internet zu stellen: *Chloe Fontaine crasht Willow Hendriksens tolle, neue Ausstellung!* Evie zischte leise: »Ich weiß nicht, was beunruhigender ist: die Tatsache, dass du etwas vor mir verbirgst, oder deine neu entdeckte Leidenschaft für Hipster-Sexismus.«

Willow musterte Evie einen Moment lang mit kaltem Blick. »Das ist kein Hipster-Sexismus. Das ist das, was ich gerade durchmache. Tut mir leid, wenn das nicht in Einklang mit deinem Weltbild steht.«

»Was machst du durch?«

Willow blickte mit einem Schnauben zur Decke.

Evie versuchte, ruhig zu bleiben. »Willow, rede mit mir, bitte. Ich bin deine Freundin. Ich sorge mich um dich.«

Damit schien sie zu ihr durchzudringen. Willow hörte auf, wütend umherzublicken, und sah stattdessen Evie an. Als sie schließlich sprach, klang es eher resigniert als anklagend. »Mir wird zurzeit nur einiges klar.«

»Und was?«

»Wie es in der Welt wirklich zugeht. Wozu Menschen fähig sind. Wozu ich fähig bin.«

Evie atmete aus. Ihre Kehle fühlte sich an wie zugeschnürt. »Was soll das bedeuten?«

Willow starrte Evie an, als wäre Evie entweder dumm oder naiv, oder vielleicht versuchte sie auch, Evie zu schützen. In diesem Augenblick fiel Evie auf, dass Mark nicht weit von ihnen entfernt stand. Er betrachtete die Wände, als fürchte er sich vor ihnen.

»Mark!«, hauchte Evie. Vielleicht konnte er ja helfen.

»Oh, mein Gott«, sagte Willow verblüfft. »Wie hat er denn hiervon erfahren?«

»Ich habe ihn eingeladen«, sagte Evie. »Er hat mir erzählt, dass ihr beiden euch getrennt habt, aber … Was immer auch los ist, ihr könnt es sicher wieder in Ordnung bringen, oder?«

»Du hast ihn eingeladen?«, fragte Willow fassungslos.

»Warum findest du das denn so verrückt?«

»Weil ich mit Mark *geschlafen* habe.«

Evies Verwirrung wuchs. »Gut. Ich bin froh, dass ihr beiden –«

»Nein.« Willows Lippen waren knochentrocken. »*Caroline* hat mit Mark geschlafen.«

Er stand nun direkt hinter ihnen, sah bestürzt aus.

»Mark.« Evie ergriff seinen Arm. »Mark, ich … Ich …« Doch sie brachte keinen Satz zustande. Ihre Gedanken wirbelten durcheinander. Willow hatte … mit Mark geschlafen. Als Caroline.

Mark musterte Evie verdattert. »Tut mir leid, wer sind Sie?«

Sie war Chloe. Nicht Evie.

Willow stand starr wie ein Eisklotz da.

»Ich weiß nicht, wer ich bin«, sagte Evie heiser. »Ich weiß überhaupt nicht mehr, wer wer ist.«

69

Die Wolken entluden ihre Last, und der starke Regen trieb die, die noch draußen gestanden hatten, in die Galerie hinein. Drinnen wurde es immer voller, bis man sich kaum noch bewegen konnte. Trotzdem blieb die Stimmung elektrisierend. Romantische Popmusik dudelte, der Champagner floss in Strömen, und die feuchte Luft roch nach Gras.

Evies Verlangen nach Velma – nach ihrer Aufmerksamkeit, nach Ablenkung durch ihre Gegenwart, nach ihrer Geborgenheit – verwandelte simples Begehren in blanke Not. Evie brauchte zehn Minuten, bis sie sie schließlich entdeckte. Sie stand mit jemandem zusammen in eine Ecke eingezwängt.

»Hey.« Evie legte Velma die Hand auf die Schulter. »Da bist du ja.«

»Hi.« Velma lächelte sie an. »Chloe, das hier ist Annie.« Sie deutete mit dem Hals ihrer Bierflasche auf die Frau, die Evie sofort für ein Model hielt. Sie hatte kurz geschnittenes, kastanienbraunes Haar, große grüne Augen und um ihre winzige Nase herum niedliche Sommersprossen. Sie war eher in Velmas Alter als in Chloes. Velmas Hand lag locker auf Annies Unterarm.

Evie wurde so abrupt und unerwartet von Eifersucht gepackt, dass sie fast keine Luft mehr bekam. »Hi.« Sie musste das Wort geradezu hervorpressen.

»Hi Chloe.« Annies Stimme klang wie ein Schnurren und viel zu entzückend. »Freut mich sehr, dich kennenzulernen.«

Velma nahm die Hand von Annies Unterarm, in Evies Augen viel zu langsam. »Ist mit Willow alles in Ordnung?«, erkundigte sich Velma.

»Ja«, log Evie. »Alles bestens. Woher kennt ihr euch?«

Die beiden sahen einander amüsiert an. »Velma ist in meine Wohnung eingebrochen«, sagte Annie kichernd.

»Das bin ich nicht!«, widersprach Velma. »Erinnere dich bitte, Tom hat das Schloss aufgebrochen, ich habe lediglich …«

»Doch«, konterte Annie.

»Ich … bin in ihre Wohnung eingebrochen«, räumte Velma nun doch ein. »Aber du hättest einen Schlüssel dalassen sollen!«

»Das habe ich doch auch, aber Tom hat ihn verloren!«, sagte Annie. »Weißt du noch, was er meinem Vermieter erzählt hat? *›Ich habe noch nie etwas verloren –*‹«

»›*– außer meiner Jungfräulichkeit!*‹«, vollendete Velma den Satz, woraufhin beide in Gelächter ausbrachen. Wieder stahl sich Velmas Hand auf Annies Arm.

»Was für eine … urkomische Geschichte«, sagte Evie, unfähig, den Blick von Velmas Fingern zu lösen.

Annie keuchte. »Kannst du dich noch daran erinnern, wie er Karaoke gesungen hat?«

Velmas Augen begannen zu leuchten, und sie sang: »*Hold me closer, Tony Danza –*«

»Es klingt, als wäre Tom ein richtig netter Kerl.« Evie wandte sich an Annie. »Ist er dein Freund oder …«

Die beiden wurden still. »Also weißt du, Chloe«, sagte Velma, »Tom ist vergangenen Sommer bei einem tragischen Polo-Unfall ums Leben gekommen.«

»Oh Gott«, sagte Evie. »Tut mir leid, ich hatte ja keine Ahnung –«

Die beiden brachen in schallendes Gelächter aus. »Ich mache nur Spaß!«, prustete Velma. »Nur Spaß. Er ist verheiratet und lebt in Phoenix.«

»Ach so.« Jetzt war Evie offiziell sauer. »Da bin ich aber verdammt erleichtert.«

»Tut mir leid, Kleines.« Velma wischte sich eine Träne fort. »Ich konnte es mir nicht verkneifen.«

»Ich halte Selbstbeherrschung für eine der wichtigsten menschlichen Fähigkeiten überhaupt«, sagte Evie. »Sie ist es doch, die Männer davon abhält, zu Vergewaltigern und Mördern zu werden, nicht wahr? Die Selbstbeherrschung.«

Evies Bemerkung landete schwer wie ein Amboss zwischen den dreien. Annie schielte auf ihre halbvolle Bierflasche. »Ich werde mal … zur Toilette gehen.«

Als sie sich außer Hörweite befand, fixierte Evie Velma mit verschleiertem Blick. »Warum verschwinden wir nicht von hier?«

Velma sah sich in der vollen Galerie um. »Was, jetzt?«

Evie nickte. Sie schlang die Arme um Velmas Hals und zog sie an sich. »Nur wir beide ganz allein. Wir lauschen dem Gewitter und … Was meinst du?« Velma gab einen leisen, genüsslichen Laut von sich. »Also, eigentlich hat Annie vorgeschlagen, dass wir alle noch in diese kleine Tapas-Bar auf der anderen Straßenseite gehen und etwas trinken sollen.«

»Ach, tatsächlich? Annie hat das vorgeschlagen?« Die Eifersucht floss jetzt so frei durch Evie, dass es sie einige Anstrengung kostete, den Namen der anderen Frau nicht zu fauchen. Sie neigte den Kopf, sodass ihre Lippen fast direkt an Velmas Ohr lagen. »Aber Annie ist nicht diejenige, die dir derzeit die Muschi leckt, oder?«

Velmas Wangen bekamen Farbe.

»Ich möchte unbedingt von hier weg«, flüsterte Evie. »Bitte?«

Velma sah Evie an. Ihr Mund zuckte verräterisch vor Erregung. Ihre Augen waren dunkle, flüssige Monde.

Evie wusste, dass sie gewonnen hatte.

Während Velma den Fahrer verständigte, entdeckte Evie Krista, die schutzsuchend unter dem Vordach der Galerie stand und dem Regen zusah, der herabprasselte. »Ich breche gemeinsam mit Velma auf.«

»Appetit auf ihre Muschi, was?« Krista wischte einige Wassertropfen von ihren Armen. »Hast du mit Willow gesprochen?«

»Ich habe mit Willow gestritten. Zählt das auch?«

»Ach, hast du wieder dieses Ding durchgezogen, bei dem du auf jemanden wütend wirst, weil du dir eigentlich um ihn Sorgen machst?«

Evie runzelte die Stirn und hätte es gern abgestritten, doch an Kristas Worten war etwas Wahres dran. Sie betrachtete den Regen, der in Strömen auf die Wythe Avenue klatschte und klang wie das brüllende Publikum in einem Stadion. »Vielleicht«, murmelte sie.

Krista wich ein Stück vor den Rinnsalen zurück, die sich vom Dach ergossen. »Vielleicht bin ich ja klüger als du denkst.«

Evie sah Krista überrascht an. »Ich denke doch nicht – Ich halte dich für klug.«

»Tust du das?«

»Ja! Verdammt, du wurdest schließlich zum Jurastudium zugelassen.«

Krista zog die Nase kraus. »Aber du hältst mich trotzdem für eine Chaotin. Stimmt's?«

Evie lächelte zurückhaltend, unsicher. Sie stupste Krista an der Schulter an. »Ich dachte, du wärest gern eine Chaotin.«

Krista starrte schweigend in den Regen hinaus, und Evie befand sich plötzlich in der ungewohnten Situation, sich fragen zu müssen, was Krista – die das Herz auf der Zunge trug, die immer alles laut aussprach – wohl in diesem Augenblick denken mochte. Nach einer Weile fragte Krista: »Hast du dich diese Woche schon zurückverwandelt?«

»Nein, noch nicht.« Nach kurzem Zögern wühlte Evie in ihrer Tasche und beförderte schließlich verlegen die kleine, purpurfarbene Flasche mit den verschmierten, schwarzen Buchstaben auf dem Etikett hervor. »Ich habe mir das hier ausgeliehen. Und ich weiß, dass ich dir, als du sie genommen hast, die Hölle heißgemacht habe, aber –«

»Mensch, ist schon in Ordnung«, unterbrach sie Krista. »Ich möchte es im Moment gar nicht. Wie sehen deine Pläne aus?«

»Ich werde mir den Wecker stellen – Velma hört ihn nie im Schlaf – und es dann im Gästebadezimmer nehmen.« Wenn alles wie geplant lief, würde Velma nicht einmal bemerken, dass sie aufgestanden war. Und wenn nicht, konnte sie immer noch eine Lebensmittelvergiftung vorschützen.

»Ziemlich riskant«, sagte Krista. Evie konnte nicht beurteilen, ob sie beeindruckt oder besorgt war.

»Ich habe alles unter Kontrolle.«

»Ich bin mir wirklich nicht sicher, ob das stimmt, Evie.«

Ihre Worte verärgerten Evie, doch da Krista eher beunruhigt als belehrend klang, reagierte sie lediglich mit einem Schulterzucken.

Krista betrachtete wieder seufzend den Regen. »Ich denke, ich werde einfach die Flucht ergreifen.«

»Wo willst du hin?«

»Nach Hause. Ich brauche etwas Zeit für mich.«

Evie versuchte, ihre Verblüffung zu überspielen. Krista hatte noch niemals in ihrem ganzen Leben Zeit für sich reklamiert. Evie holte den Schirm aus der Tasche. »Nimm den hier. Wir fahren in Velmas Wagen.«

»Danke.« Sie legte die Arme um Chloes schlanken Hals. »Viel Spaß«, sagte sie. »Und sei vorsichtig.«

Evie erwiderte die Umarmung. »Kaum zu fassen, dass ausgerechnet du mir das sagst.«

Krista spannte den Schirm auf. »Na ja, du brichst ihretwegen all deine Regeln. Aber das weißt du sicher selbst.« Damit huschte sie davon, die Wythe Avenue hinauf, und wurde fast augenblicklich von dem Unwetter verschluckt.

Evie betrachtete die violette Flüssigkeit in der kleinen Glasflasche. Krista hatte recht: Sie brach all ihre eigenen Regeln. Bei Velma zu übernachten war außerordentlich riskant. Doch die Vorstellung, dass Chloe die Nacht nicht zusammengerollt in Velmas Armen verbringen könnte, war mehr als unerfreulich. Sie war schlichtweg unmöglich.

Die Türen der Galerie öffneten sich, und Musik, Gelächter und gebrüllte Unterhaltungen drangen nach draußen. Zwei junge Männer taumelten auf die Straße und jammerten lautstark: »Heilige Scheiße, es *schüttet*!« Der eine schubste den anderen in den Regen, doch dabei rutschte er mit seinen Turnschuhen auf dem nassen Asphalt aus, stolperte und rempelte Evie an.

Alles ging so schnell.

Eben noch hielt sie das Pretty in der Hand.

Und im nächsten Augenblick nicht mehr.

Die kleine, purpurfarbene Flasche schoss ihr aus den Fingern und flog in Richtung der Straße. Sie landete geräuschlos in den Regenbächen, die den Rinnstein entlangflossen.

»Sorry!«, entschuldigte sich der junge Mann lachend, bevor die beiden flüchteten.

Evie stürzte unter dem Dach hervor, in den strömenden Regen hinaus, und eilte taumelnd dem Pretty hinterher, das von den grauen Wasserströmen mitgerissen wurde. Doch sie hatte kaum zwei Schritte getan, da verschwand es schon in einem Kanalgitter. »Nein«, flüsterte sie. »Nein, nein, nein.« Sie fiel vor dem Gitter auf die Knie, bis auf die Knochen durchnässt, und hoffte verzweifelt, dass das Fläschchen auf einem Vorsprung hängen geblieben wäre, sich noch in Reichweite befände. Doch es war nicht mehr zu sehen. Nur Wasser, endlose Wassermassen, die abwärts flossen, unter der Stadt verschwanden.

Als sie wieder unter das Dach zurückkehrte, fühlte sie sich wie betäubt. Ihr Haar klebte ihr am Schädel, Wasser tropfte aus ihren Kleidern, von ihren Ellbogen und ihrem Kinn.

Das Pretty war fort.

»Oh mein Gott«, sagte Velma lachend. »Was ist denn passiert?«

Evie starrte sie bestürzt an.

»Keine Sorge.« Velma wischte Evie mit den Daumen das Wasser von den Wangen. »Zu Hause bekommen wir dich schon wieder trocken.«

Evie starrte sie einfach nur weiter an. Das Pretty war fort. Chloe war fort: ihre Schwester, ihre bessere Hälfte. Es war vorbei. Alles mit Velma war vorbei.

»Chloe«, versuchte es Velma noch einmal. »Baby. Können wir jetzt gehen?«

»Ich kann nicht mit dir kommen.« Die Worte waren ein grauenvolles Flüstern, nicht ihre Stimme, nicht ihre Wahrheit. »Ich kann dich nie mehr wiedersehen.«

»Was?«

»Es ist einfach … Es ist vorbei.« Evies Magen schmerzte

und ihr Herz … Etwas quetschte ihr Herz zusammen, kalt und grausam.

»Was ist vorbei?«, fragte Velma ein wenig verwirrt.

»Du. Ich.« Evie sah sie kläglich an, und ihre Stimme war nur noch ein Wimmern. »Wir.«

Die Türen der Galerie öffneten sich erneut. Ausstellungsbesucher unterhielten sich, lachten, sahen den Regen, zogen sich wieder nach drinnen zurück. Doch das waren alles nur Hintergrundgeräusche, komplett austauschbar.

»Meinst du das ernst?«, fragte Velma nun merklich irritiert.

»Das ist eigentlich nicht das, was ich tun will.«

»Dann tu es auch nicht.« Velma hob die Stimme, ihr Tonfall zwischen Verärgerung und Beunruhigung. »Ist es wegen Annie?« Sie seufzte auf. »Tut mir leid, ich flirte eben gerne, das wird immer so bleiben. Aber lass uns den Abend nicht so beenden.«

»Das möchte ich auch nicht.« Jedes Wort war wie ein schmerzhafter Stich in ihre Brust. »Ich mag dich wirklich, wirklich sehr. Ich mag dich so gern.«

»Ich mag dich auch, Chloe. Okay? Ich mag dich auch.«

Evie schloss die Augen. Heiße Tränen liefen ihr über die bereits feuchten Wangen. »Hattest du schon mal das Gefühl, dass du jemandem dein Ich – dein wahres Ich – nicht zeigen kannst?«

Velmas Stimme klang sanft an ihrem Ohr, traurig, gütig. »Ging es nicht jedem schon mal so?«

»Genauso fühle ich mich jetzt –«, setzte Evie an, doch sie wurde von Velmas Mund unterbrochen, der sich auf ihre Lippen presste. Ein Kuss. Dann noch einer. Und dann fielen sie übereinander her, leidenschaftlich, verzweifelt, und Evie klammerte sich an Velma, wollte, dass der Kuss niemals endete, weil sie wusste, mit absoluter Sicherheit wusste, dass dies der letzte

Kuss sein musste. Als Velma sich schließlich zurückzog, öffnete Evie langsam die Augen. Sie betrachtete die Frau in ihren Armen, ihre feuchten Lippen und ihre sorgenvollen Augen.

»Leb wohl, Velma Wolff«, sagte Evie, bevor sie sich abrupt umdrehte und losrannte, so schnell sie nur konnte, hinaus auf die vom Regen überfluteten Straßen von Brooklyn.

70

Sie merkte selbst kaum, dass sie ihn in Merediths Büro führte, dass der Lärm von der Party gedämpft wurde, als sie die Tür schloss.

Er weiß es, er weiß es, er weiß es.

Willow griff nach der Tasche, die sie unter Merediths Schreibtisch gestopft hatte, und hoffte inständig, dass sie dort noch ein paar Valium finden würde. Ihre Finger waren gefühllos. Als sie nach den Pillen tastete, fiel ein Taschenbuch heraus. *Lacan und das Schatten-Ich.* Marks Blick zuckte zu Willow. »Das war das Buch – Warum hast du ihr Buch? Bist du – War das eine Falle?«

»Ich weiß es nicht«, flüsterte Willow, unfähig, ihn anzusehen. »Ich weiß nicht, was das hier ist.«

»Aber wie kannst du – Warum hat –« Mark schüttelte den Kopf, nicht in der Lage, einen Sinn in alledem zu erkennen. »An diesem Morgen, als du in meinem Badezimmer standest. Du wusstest – du wusstest, dass Caroline« – er holte tief Luft – »die Nacht mit mir verbracht hatte. Du wusstest es.«

Willow nickte.

»Warum hast du nichts gesagt? Wo ist sie?«, fragte Mark aufgewühlt. »Sag bloß nicht, dass sie hier ist.«

»Sie ist hier.« Willow begann leise zu weinen. »Aber auch … nicht.«

»Will.« Mark stand ihr gegenüber. »Erklär mir einfach, was hier vor sich geht. Bitte.«

»Okay«, flüsterte sie. Sie holte tief Luft. Ihr war übel. »Du solltest dich lieber setzen.«

Das tat er. Sein Gesichtsausdruck schlug von Wut in Angst um.

Willow holte tief und bebend Luft. »Alles begann vor ungefähr einem Monat. Krista. Jemand hat Krista etwas gegeben.«

»Was hat man Krista gegeben?«

Wie sollte sie ihm das nur erklären? »Chaos. Schönheit. Die Wahrheit.«

Sie erzählte ihm alles. Mark saß da und hörte zu, mit glasigem Blick, die Finger gegen die Schläfen gepresst. Zuerst konnte er ihr nicht glauben. Sie machte Witze, sie war auf Drogen, sie versuchte, ihn an der Nase herumzuführen. Doch als Willow begann, Unterhaltungen, die er mit Caroline geführt hatte, genau zu wiederholen, als sie ihm erklärte, dass sie sich an jenem Morgen, als er sie in seinem Badezimmer entdeckt hatte, wieder in Willow zurückverwandelt hatte, als sie ihm eröffnete, dass es Evie gewesen war, die gerade eben noch in der Galerie seinen Arm ergriffen hatte, begann er endlich, es zu akzeptieren. Er schüttelte den Kopf, und seine Worte klangen stupid und merkwürdig. »Warum hast du es genommen?«

Willow zuckte missmutig mit den Schultern.

»Nein, ernsthaft.« Er setzte sich auf. »Warum? Du bist doch schon wunderschön.«

»Ich bin mehr etwas für Kenner«, zitierte Willow verbittert Marks eigene Worte vom ersten Abend im Lenny's. Mark verzog gequält das Gesicht. Für einen Moment schwieg er und musterte sie bedrückt. »Ich werde dich niemals kennen«, sagte er. »Das wirst du nie zulassen.«

Willow senkte den Kopf. Ihr Haar umgab sie wie eine Mauer. Sie widersprach ihm nicht.

Mark stand auf und hängte sich die Tasche über die Schulter. »Weißt du, was am meisten wehtut?« Er sah aus, als müsse er sich beherrschen, um nicht zu weinen. »Dass du nicht eine Sekunde darüber nachgedacht hast, was passieren würde, wenn ich die Fotos sehe.« Seine Stimme brach, doch trotzdem rang er sich die Worte ab, eins nach dem anderen. »Das ist dir nicht einmal in den Sinn gekommen.«

71

Evie stürmte in die Wohnung, schnappte keuchend nach Luft, durchweicht von Kopf bis Fuß. »Ich habe das Pretty verloren! Jemand hat mich gestoßen, und ich habe es fallen lassen, und jetzt ist es *weg*.«

Krista rannte los, um ein Handtuch zu holen. Evie brach auf der Couch zusammen, durchnässte alles, was sie berührte. »Ich habe mit Velma Schluss gemacht.« Evies Augen waren geweitet, ihr Blick wild und verstört. »Ich konnte ihr noch nicht einmal erklären, wieso.« Sie fing an, so heftig zu schluchzen, dass ihr ganzer Oberkörper erbebte.

»Babe. Oh, Babe.« Krista legte das Handtuch um Evie und hielt sie fest, während sie weinte. »Oh, Evie. Ist schon gut.«

»Was ist daran gut?«, jammerte Evie. »Ich glaube … Oh Gott … Ich glaube, ich war dabei, mich in sie zu verlieben.« Evie verbarg das Gesicht in einer Ecke des Handtuchs und begann, noch verzweifelter zu weinen.

»Evie. Eve. Hey. Sieh mich an.« Krista hob Evies Kinn an, damit sie ihrer besten Freundin ins verweinte Gesicht sehen konnte. »Magst du sie wirklich? Ich meine, ganz ernsthaft?«

»Ja«, flüsterte Evie.

Krista presste resolut die Lippen aufeinander. »Dann musst du es ihr zeigen.«

»Was soll ich ihr zeigen?«

»Du musst ihr dein wahres Ich zeigen«, erklärte Krista.

Evie schnaubte mürrisch. »Sei doch nicht albern.«

»Das bin ich nicht.«

»Sie würde sich niemals für mein wahres Ich interessieren!« Es vor Krista laut auszusprechen, machte alles nur noch schlimmer. »Chloe Fontaine könnte ein Model sein. Sie hat einen Job für schöne Menschen, sie moderiert eine Show, verdammt noch mal. Evie Selby ist …« Klein? Fett? Reizlos?

»Evie Selby ist total klasse«, sagte Krista mit erhobener Stimme und so vehement, dass Evie vor Schreck zusammenfuhr. »Evie Selby ist total witzig und höllisch cool. Evie Selby war diejenige, die diese Promis bei den Arzners interviewt hat. Evie Selby ist diejenige, die etwas verändern will. Sie ist mutig, und sie ist klug, und sie kümmert sich um mich.« Sie sah die verdatterte Evie bedeutungsvoll an. »Evie Selby ist die beste Freundin, die ich habe.«

Evie presste die Hand gegen die Brust. Es dauerte einen Moment, bis sie ihre Stimme wiederfand. »Du bist auch meine beste Freundin, Kris.«

Krista nahm Evies Hand und drückte sie. »Wenn sie Chloe mag, dann mag sie auch dich. Du bist doch immer diejenige, die darauf pocht, dass Frauen nicht nach ihrem Äußeren beurteilt werden sollten. Also beurteile dich nicht selbst danach.« Sie klang teilnahmsvoll. Sie klang, als wäre sie sich ihrer Worte sicher. »Lass sie dein wahres Ich sehen, Eve.«

72

Als Evie in das Foyer von Velmas Wohnhaus hineinrannte, wirkte es merkwürdig verlassen. Ein Blitz zuckte am Himmel. Eine Sekunde später rumpelte schon der Donner. Das Gewitter war direkt über ihr, überbordend wie ein Festzug. Doch Evie fürchtete sich nicht. Sie flitzte an den Kunstwerken und Stehlampen vorbei und versuchte, ihren Pulsschlag zu bändigen, der beharrlich laut trommelte. Kraftvoll hieb sie auf den Aufzugsknopf und trat in den verspiegelten Würfel.

Ihre Wangen waren gerötet, ihre Augen leuchteten und ihr Herz raste.

Wie würde Velma es aufnehmen? Würde sie sie für verrückt erklären? Oder wäre es der Anfang von … allem?

Sie wollte die Frau sein, die Krista sah. Mutig. Klug. Höllisch cool. Jemand, der etwas riskierte, jemand, der seinen eigenen Wert kannte. Jemand, der es wert war, geliebt zu werden.

Sie war es wert, geliebt zu werden. Und, ach, es war so romantisch. Als die Lifttüren sich öffneten, konnte sie gar nicht schnell genug zu Velmas Tür eilen. Sie würde alles zurücknehmen, sie würde sich in Velmas Arme werfen und ihr sagen, dass sie sie liebte.

Als sie von drinnen leise »At Last« von Ella Fitzgerald hörte, musste sie lächeln.

Das war ihr Lied.

Als würde Velma schon etwas ahnen.

Sie stieß die vertraute Wohnungstür auf und trat ein in das Loft, in ihr Leben, in ihre Liebe –

Und blieb wie angewurzelt stehen.

Evie Elizabeth Selby hatte im Verlauf des vergangenen Monats einige Überraschungen erlebt. Sie hatte erlebt, dass eine winzige Flasche mit einer purpurfarbenen Flüssigkeit darin auf unerklärliche und nicht nachvollziehbare Weise ihr eigenes körperliches Erscheinungsbild und das ihrer Freundinnen verändern konnte. Dass Willows Freund sie mit ihrer Pretty-Version betrogen hatte. Dass Tristan McKell einen Mikropenis hatte. Doch nichts in der Welt hätte sie auf den Anblick vorbereiten können, der sich ihr nun bot. Velma, auf dem Sofa ausgestreckt, das Hemd aufgeknöpft, das Haar zerzaust, den Mund vor Schreck geöffnet, wie sie hektisch von Annies entblößtem Hals wegzuckte.

Mit einem Schlag wich alle Luft aus Evies Lungen. »Oh, mein Gott.«

Annie sprang auf, bedeckte hastig mit den Händen ihre Brüste. »Oh mein Gott.«

»Chloe.« Velma riss die Augen auf und wich hastig vor der zierlichen Rothaarigen zurück. »Was machst du – Wie bist du –«

Evie starrte Annie an, die verzweifelt versuchte, ihr Oberteil wieder anzuziehen, und dabei Velma ungläubig ansah. »Ich habe ein Taxi genommen«, sagte sie schwach. Draußen erstrahlte grell ein Blitz. Nur Velma und Annie zuckten erschrocken, als der Donner krachte, so laut wie ein Gewehrschuss.

»Wie konntest du nur?«, wisperte Evie. »Ich dachte –«

Velma hatte es geschafft, ihr Hemd zuzuknöpfen, und kam nun auf sie zu. »Baby, reg dich nicht auf –«

»Nicht.« Evie hob die Hand. Und dann wandte sie sich mit einem finsteren und hässlichen Tonfall, von dem sie nicht einmal geahnt hatte, dass sie überhaupt dazu fähig wäre, ihn hervorzubringen, an Annie: »Was zum *Teufel* treibst du hier mit meiner Freundin?«

»Freundin?«, wiederholte Annie.

»Chloe.« Velma sah sie fest an. »Ich bin nicht …« Sie holte Luft, das Gesicht verzerrt. »Ich bin nicht deine Freundin.«

»Wie bitte?« In ihren Ohren summte es laut.

»Ich bin nicht deine Freundin«, wiederholte Velma gleichermaßen nachsichtig und kühl.

»Aber –« Velmas Zunge in ihrem Mund, Velmas Hand auf ihrem Knie unter dem Restauranttisch, Velma, die ihr ins Ohr flüsterte, dass sie unwiderstehlich sei. »Aber –«

Annie sah Evie mit einem Ausdruck an, den sie erst jetzt zu deuten wusste. Mitleid.

Wieder grollte der Donner, und die Lichter flackerten.

Evie wich einen Schritt zurück. »Ich werde jetzt gehen.«

»Geh nicht.« Velma hob eine Hand.

»Nicht!« Evie versagte die Stimme. »Versuch gar nicht erst –«

Im Raum wurde es dunkel. Annie schrie auf. Die Lichter in den Gebäuden, die man vom Balkon aus sehen konnte, waren nicht mehr da. Die Stadt war verschwunden, und an ihrer Stelle breitete sich ein leeres, furchterregendes Nichts aus. Velma und Annie wurden nur noch von einigen Kerzen beleuchtet, die auf dem Couchtisch standen, ihre Gesichter voller kantiger Schatten.

»Ich gehe.« Evies Worte verschwanden in der Finsternis.

»Das kannst du nicht«, sagte Velma.

»Ich *gehe* –«

»Das ist ein Stromausfall«, sagte Velma angespannt. »Du

wirst weder mit einem Taxi noch mit der U-Bahn fahren können. Es ist zu gefährlich, nach draußen zu gehen.«

»Oh Gott.« Velma hatte recht. Evie schlug die Hand vor den Mund, musste sich selbst in die Faust beißen, um nicht zu weinen. »Oh *Gott.*« Sie wandte sich um und rannte blindlings ins Badezimmer.

Das Gästebad wurde von einer einzigen Duftkerze beleuchtet. Lavendel. Velmas Duft.

Sie vergrub das Gesicht in einem weißen, flauschigen Handtuch und begann zu weinen. Sie hätte alles, wortwörtlich alles, darum gegeben, zu Hause in ihrer eigenen Wohnung zu sein, mit den billigen Ikea-Kerzen, die nur einen Abend lang brannten und nach nichts rochen. Wo es nur ein Badezimmer für zwei Personen gab. Doch diese zweite Person war jemand, dem sie wichtig war. Sie wollte zurück nach Hause, in ihre eigene Haut, ihren vertrauten Körper, mit einem Gesicht, das zwar eine Brille benötigte, doch das zweifellos und unwiderruflich *ihr eigenes* war.

Sie wollte Evie Selby zurück.

Teil vier:

Blush

73

Evie erwachte mit einem Aufschrei, herausgeschleudert aus einem Albtraum, der bereits verschwunden war. Irgendwo läutete mit ruhiger Beharrlichkeit ein Handywecker. Die Welt war blass.

Verschwommen.

Schmerzerfüllt.

Sie hatte Krämpfe.

Chloe war fort. Evie war zurückgekehrt.

Irgendwo in ihrer Nähe hörte sie leises, sachtes Schnarchen. Jemand schlief, ein undeutlicher Umriss auf dem Fußboden.

Mit der Schnelligkeit eines Diebes holte Evie das Telefon unter ihrem Kissen hervor und schaltete den nun sinnlosen Alarm aus, der sie daran hatte erinnern sollen, das Pretty wieder zu nehmen. In der Schublade des Nachtischs lag noch immer die alte Brille verborgen, die sie dort für den Notfall deponiert hatte. Der nun eingetreten war.

Die Welt wurde endlich wieder scharf.

Es war früh am Morgen. Sie konnte den Himmel durch Velmas deckenhohe Fenster erspähen. Er war perlweiß. Velma schlief mit einem Arm über dem Gesicht, als wolle sie einen grauenvollen Anblick aussperren. Den grauenvollen Anblick der vergangenen Nacht.

Evie war im Gästebad geblieben, hatte gebetet, dass die

Lichter wieder aufflackern würden, damit sie gehen konnte und niemals mehr wiederzukommen brauchte. Doch das taten sie nicht. Irgendwann hörte sie Annie, die fast schrie: »Wenn es wie eine Ente geht, V! Wenn es verdammt noch mal wie eine Ente geht!«

Später hatte sie sich auf dem Badezimmerfußboden zusammengerollt und erfolglos versucht, eine bequeme Liegeposition auf den Fliesen zu finden, als es zaghaft an der Tür geklopft hatte. »Chloe?«

Evie versteifte sich. Wenn sie nun auch noch die Demütigung ertragen müsste, dass Velma sie auf dem Fußboden liegen sah, würde sie ganz bestimmt wieder in Tränen ausbrechen.

»Annie ist auf der Couch eingeschlafen. Ich lege mich im Schlafzimmer auf den Boden. Das Bett gehört ganz dir.« Dann das Geräusch von sich entfernenden Schritten.

Eigentlich wollte sie Velmas Angebot nicht annehmen. Doch als die Kerze niedergebrannt war und sie im erschreckenden Würgegriff klaustrophobischer Dunkelheit zurückließ, tat sie es doch.

Velma war nur eine dunkle Gestalt auf dem Boden, eine Beule unter einer Decke. Draußen ließ der Regen langsam nach. Evie stand im Türrahmen, gleich weit vom Bett und Velmas improvisiertem Lager auf dem Boden entfernt. Es wäre so einfach gewesen, sich zu ihr unter die Decke zu stehlen. Diesen warmen, sicheren Ort zu finden, der nach Lavendel duftete, wo sie sich zu Hause fühlte.

Sie stieg ins Bett und drehte der Frau, in die sie geglaubt hatte, verliebt zu sein, den Rücken zu.

Nach einer Minute hörte sie Velmas leise Stimme in der Dunkelheit. »Es tut mir leid, dass ich dich enttäuscht habe.«

Ihre Worte trafen sie wie ein Tiefschlag, weckten glühende

Wut in ihr und ließen ihr sofort eine ganze Sturzflut an möglichen Erwiderungen durch den Kopf schießen:

Enttäuscht? Du hast mich verdammt noch mal belogen!

Wirklich enttäuschend ist deine Arroganz.

Du verdienst mich nicht, Velma. Du – verdienst – mich – nicht.

Doch dann war da noch ein letzter Gedanke, ein Gefühl, das sich gerade erst neu zeigte.

Ich habe mich selbst enttäuscht.

Als sie weinen musste, tat sie es so leise, dass Velma es nicht hören konnte.

Nun kroch sie vorsichtig aus Velmas Bett und ging zur Tür. Noch ein letztes Mal sah sie sich in dem großen Schlafzimmer um, das von Anfang an nicht ihres gewesen war. Betrachtete die grauen, seidigen Laken. Die Berge aus Kissen in zusammenpassenden Bezügen. Die wunderschönen Nachttischlampen. Eine hübsche, stilvolle Fassade.

Velma schnarchte nicht.

Sie war wach.

Das merkte Evie genau.

Und obwohl sie nun in einem schlecht sitzenden Outfit mit einem Gesicht, das sie nicht erklären konnte, dastand, wünschte sie sich fast, dass Velma sich zu ihr umdrehen, versuchen würde, die im Aufbruch begriffene Chloe zu stoppen.

Sie tat es nicht. Wie ein Feigling wartete Velma darauf, dass sie ging.

Das machte alles so viel leichter.

Das Wohnzimmer war leer. Decken und Kissen lagen auf der Couch verstreut. Annie hatte nicht mal eine Nachricht hinterlassen. Und obwohl Evie eigentlich erwartet hätte, am Boden zerstört zu sein, war sie es nicht. Das kostspielige, gepflegte Loft kam ihr nun wie eine Kulisse vor, irreal in seiner Perfektion und letztendlich provisorisch. Der Film war vorüber, die Lichter waren wieder eingeschaltet worden, und sie stand nun auf, machte sich bereit, das Kino zu verlassen und ins wahre Leben zurückzukehren: ins unvollkommene, seltsame, wundervolle, wahre Leben.

Die Jay Street war mit Blättern und kleinen Zweigen übersät, ein stilles Abbild des vergangenen Chaos. Wasser strömte in den Rinnsteinen.

Ihr Telefon war tot. Auf Kristas Trost würde sie noch etwas warten müssen. Zuerst käme die U-Bahn der Scham: eine traurige, einsame Fahrt in den Kleidern des Vorabends. Doch als Evie die Haltestelle in der Franklin Street erreichte, war der Eingang mit einem roten Absperrband blockiert: U-Bahn wegen Überflutung geschlossen.

Ein fieses *Leck mich* von einer Stadt, die zu mögen leicht masochistisch anmutete. Für einen Augenblick kämpfte sie wieder mit den Tränen.

Doch dann atmete sie resolut ein. Wenn sie Velma Wolff überleben konnte, dann würde sie auch New York überleben.

Sie würde nach Hause laufen.

Anfangs fühlte sie sich unsicher, weil ihr Bauch sich über den schmalen Bund der Satin-Hotpants wölbte, weil ihre Arme ihr in dem ärmellosen, goldenen Top plump und dick erschienen. Doch keiner der anderen Frühaufsteher nahm davon Notiz. Evie begriff, dass das nicht daran lag, dass sie den Menschen gleichgültig gewesen wäre, sondern daran, dass in New York alles erlaubt war. Niemand scherte sich darum, was andere trugen, wie andere aussahen. Nur man *selbst* machte sich über diese Dinge Gedanken. Und wenn sie einen selbst nicht störten, dann waren sie bedeutungslos.

Sie überquerte die Canal Street, ging dann in Richtung Norden die Wooster hinauf, dann weiter nach Osten auf der Broome. Sie steigerte die Geschwindigkeit, strebte mit großen

Schritten vorwärts. Kühle, frische Luft, noch feucht vom Regen des vergangenen Tages, drang in ihre Lungen und wieder hinaus.

Während sie marschierte, legte sich ihre Verbitterung über Velma ein wenig. In Vergebung verwandelte sie sich noch nicht. Das würde mit Sicherheit noch etwas dauern. Ihr Verrat schmeckte lediglich etwas weniger sauer. Velma hatte sie belogen, oder zumindest stillschweigend akzeptiert, dass Evie der irrigen Annahme verfallen war, Velma würde ernsthafte Gefühle für Chloe hegen. Und das war nicht in Ordnung. Das war egoistisch und eigennützig. Aber zu diesem Spiel gehörten wahrscheinlich immer zwei. Hatte sie selbst vielleicht bewusst einiges falsch verstanden? Hatte sie unterschwellig geahnt, dass Velma nicht vertrauenswürdig war, und trotzdem nichts unternommen?

Sie würde Velma nie mehr wiedersehen, und das nicht nur, weil Chloe fort war. Doch aus irgendeinem Grund bereute sie selbst jetzt nicht alles, was geschehen war. Es war eine Erfahrung gewesen. Eine Lektion. Das Leben – das schmerzhafte, verwirrende Leben – bestand aus ihren Fehlern, ihren Entscheidungen. Dieser Gedanke hatte etwas seltsam Befreiendes an sich.

Sie hatte es bereits zur Williamsburg Bridge geschafft und schlug nun den Weg nach Brooklyn ein. Unter ihr floss ruhelos der silbrige East River, schlängelte sich in Richtung Süden dem Meer entgegen.

Was für ein kurioses Abenteuer sie erlebt hatte. Moderatorin bei *Extra Salt*. Rich und Kelly. Marcello. Morgan Freeman. Sie hatte Gemma und Rose erklärt, dass sie nur ein altes, graues T-Shirt tragen würde. Hatte behauptet, sie würde Velma lieben. Dazu noch alles, was bei den Arzners geschehen war. Einfach lächerlich und unglaublich und *witzig*.

Bald darauf war sie zurück in South Williamsburg, nur noch fünfzehn Minuten von ihrem Zuhause entfernt, ihrem kleinen, unordentlichen, gemütlichen Zuhause, das sie mit der kleinen, unordentlichen, gemütlichen Krista teilte. Sie ging an Hipstern in zerrissenen Jeans und T-Shirt-Kleidern vorbei, die Eiskaffee in Händen hielten und verschlafen dreinblickten. Ihre Leute. Ihr Viertel. Sie kam an einem schäbigen Garagenflohmarkt vorbei, der gerade aufgebaut wurde. Zwischen Plastikschmuck und vergilbten Taschenbüchern erspähte sie einen kleinen Traumfänger aus weißen Fäden, grünen Perlen und gesprenkelten Federn. So etwas gefiel ihrer Mutter bestimmt. Sie bezahlte drei Dollar dafür und wickelte ihn vorsichtig ein, damit sie ihn in die Tasche stecken konnte.

Vor der Scheibe eines Coffeeshops blieb sie stehen, um ihr Spiegelbild zu betrachten. Evie Selby blickte zurück. Kurze, schwarze Haare, eine Brille mit schwarzem Rand und ein Tattoo auf dem Unterarm.

Ihr Körper war wieder da.

Und das fühlte sich *gut* an.

Das waren ihr Gesicht und ihr Körper – die, die bereits seit Anfang ihres Lebens dagewesen waren, und die sie verdammt noch mal auch für den Rest ihres Lebens behalten würde. Sich selbst auf eine schmerzhafte und unnatürliche Art zu verändern, um »schön« zu werden, würde sie niemals glücklich machen. Mit ihrem eigenen Gesicht ohne Scham oder – noch revolutionärer – zufrieden zu leben, war das Mutigste, was sie überhaupt tun konnte.

Sie musste laut, und fast ein bisschen irre, lachen und sagte zu der Frau in der Fensterscheibe: »Ich freue mich, dich zu sehen.«

Und das war ihr voller Ernst.

74

Als Evie die Wohnungstür öffnete, standen Krista und Mark mitten im Wohnzimmer. Sie wirkten seltsam angespannt. Evie zu sehen schien sie zu ernüchtern. Offenbar war sie nicht diejenige, die sie erwartet hatten.

»Hey, Leute –«, setzte Evie an, als Krista auch schon rief: »Willow ist verschwunden!«

»Was?« Evie schloss die Tür hinter sich.

»Willow ist verschwunden.« Krista rannte aufgeregt auf sie zu und umarmte sie.

»Ähm, okay«, sagte Evie. »Willow war ja eigentlich schon während des vergangenen Monats die meiste Zeit untergetaucht, also –« Sie sah Mark an.

»Er weiß alles«, beantwortete Krista Evies unausgesprochene Frage. »Chloe, Lenka, Caroline. Er weiß alles.«

»Hast du schon ihren Vater angerufen?«, fragte Evie Mark.

Er nickte. Er sah erschöpft aus, als hätte er nicht geschlafen. »Sie war vergangene Nacht weder dort noch hier.«

Evie stellte die Tasche auf dem Sofa ab, entschlossen, sich nicht von der Panik anstecken zu lassen, die Krista so überdeutlich ins Gesicht geschrieben stand. »Sie könnte überall sein«, meinte Evie. »Bei Freunden, im Hotel. Habt ihr versucht, sie anzurufen?«

Mark sah sie vernichtend an.

»Zeig ihr die Mitteilung«, bat Krista Mark.

Mark bedachte Evie mit einem grimmigen Blick. Leise Unruhe machte sich in Evies Magengrube breit. »Welche Mitteilung?«

Mark hielt ihr sein Telefon hin. Eine Nachricht von Willow, die sie kurz vor drei Uhr morgens an Mark geschickt hatte. Ich kann das nicht mehr. Mein Geliebter, wir sehen uns auf der anderen Seite.

Evie las sie noch einmal. Und dann noch einmal. Der Wortlaut veränderte sich einfach nicht.

»Was glaubst du, bedeutet das?«, fragte Krista.

Mark nahm Evie sein Telefon wieder ab.

»Evie?« Kristas Stimme zitterte. »Was glaubst du, was das bedeutet?«

Evie sah Willow in der Wythe Gallery vor sich, wie sie ihr mit einem traurigen Lächeln erklärt hatte, dass sie ihre Füße nicht mehr spüren könne. *Das ist das, was ich gerade durchmache*, hatte sie gesagt. Und wie hatte Evie darauf reagiert? Mit einem Vorwurf. Mit dem Gegenteil von Mitgefühl.

»Oh Gott«, hauchte Evie. »Ich war so dumm.« Ihr Blick zuckte zu Mark. »Du glaubst doch nicht, dass sie – Ich meine, sie würde doch nicht wirklich –«

Sie konnte den Satz nicht vollenden.

»Mir ist klargeworden«, sagte Mark, dem es merklich schwerfiel, zu sprechen, »dass ich eigentlich keine Ahnung habe, wozu Willow fähig ist.«

»Mein Telefon!«, schrie Evie fast. »Es ist tot.« Das Wort ließ sie alle zusammenzucken, und Evie musste erst eine Woge aus Angst niederkämpfen, bevor sie, so ruhig wie möglich, weitersprach. »Vielleicht hat sie mir eine Nachricht geschickt.«

Evie rannte in ihr Zimmer und steckte das Ladegerät an. Über das Telefon gebeugt warteten sie, verfolgten voller Hoffnung, wie das schwarze Rechteck blinkend zu neuem Leben erwachte.

»Komm schon«, murmelte Evie. »Los, los, los.« *Bitte Willow*, betete sie im Stillen. *Bitte hab keine Dummheit begangen.*

Es gab keine neuen Nachrichten.

Als sie Willow anrief, landete sie sofort auf der Mailbox. Normalerweise hätte Evie den Anruf gleich beendet, ohne die Mailboxansage abzuwarten. Willow hörte nur sehr selten ihre Nachrichten ab. Doch diesmal ließ sie sie ganz durchlaufen. »Hi.« Willows Stimme klang schwankend. Fast schüchtern. »Hier spricht Willow. Ich bin nicht da.« Ein langer Piepton.

»Will, hier ist Evie.« Sie fühlte sich unsicher, völlig verloren, und kämpfte gegen den Gedanken an, dass sie nur in den Äther hineinsprach, eine Nachricht hinterließ, die niemals abgehört werden würde, niemals abgehört werden konnte. »Wir machen uns alle Sorgen um dich. Bitte ruf mich an. Es tut mir leid. Meine Güte, Willow.« Evie schnappte bebend nach Luft. »Bitte komm einfach nach Hause.«

Sie ließ das Telefon aufs Bett fallen. Krista sank neben sie, ergriff mit ihren kleinen Händen Evies und drückte sie. Evie erwiderte den Druck, zog ein wenig Kraft aus dieser Geste. Dann war sie wieder auf den Beinen. »Mark, warum rufst du nicht alle, ich meine wortwörtlich alle, bei denen sie sein könnte, an: Familie, Freunde, was weiß ich, ehemalige Liebhaber, keine Ahnung.«

»Okay.« Mark nickte eifrig.

»Kris, du klingelst Hotels durch. McCarren Hotel, das Wythe, alles, was hier in der Nähe liegt. Und danach die in der Innenstadt: Lower East Side, das Village. Vielleicht hat sie sich nach der Eröffnung ein Zimmer genommen.« Halb erwartete Evie, dass Krista sich darüber beklagen würde, dass es so unendlich viele Hotels in New York City gäbe.

»Verstanden«, sagte Krista. »Und was hast du vor?«

Evie bemühte sich, einen klaren Blick zu wahren, doch die Welt um sie herum begann zu verschwimmen, wie bei großer Hitze zu flirren. Sie ballte beide Hände zu Fäusten. »Ich werde die Krankenhäuser durchtelefonieren.«

Für die nächsten vier Stunden waren sie fieberhaft mit dem endlosen Kreislauf beschäftigt, eine Nummer anzurufen, in der Warteschleife zu warten und in einer Sackgasse zu landen. Das Unwetter hatte in Lower Manhattan und in Teilen von Brooklyn zu Überflutungen geführt. Im Radio wurde von mindestens drei Todesopfern berichtet: ein Paar, das in Battery Park City vom Wasser mitgerissen worden war, und ein Mann, den in Red Hook ein Baum erschlagen hatte. Hin und wieder überkam Evie der Gedanke, dass sie einfach nur überzogen reagierten. Wie albern! Wie paranoid! Willow war unzuverlässig, so war sie eben. Es ging ihr fraglos gut, und sie verschwendeten hier nur ihre Zeit. So würde dies alles nicht enden.

Doch dann erinnerte sie sich wieder an die Nachricht, die sie auf dem Höhepunkt des Unwetters geschrieben hatte.

Mein Geliebter, wir sehen uns auf der anderen Seite.

Und dann wurde ihr klar, dass sie eigentlich keine Ahnung hatte, wie dies alles enden würde. Dass sie nicht wusste, welche Macht das Pretty hatte.

Und dann wählte sie die nächste Nummer.

Sie hing gerade in der Warteschleife, völlig in Gedanken daran versunken, wie Willow ihr gegenüber einmal geäußert hatte, dass Virginia Woolfes Tod durch Ertrinken mit den Taschen voller Steine »solch eine elegante Art zu gehen« wäre, als Mark plötzlich ins Zimmer stürmte.

Evie brauchte ihm nur ins Gesicht zu sehen. Etwas in ihr

zerbrach, sie hatte das Gefühl, als würde ihr jemand ein Messer in den Brustkorb rammen. Das Geräusch, das aus ihrer Kehle drang, war kein Wort. Es war nur Angst.

»Nein!«, sagte er laut. »Es ist nicht – Ich habe gerade Meredith erreicht. In der Galerie ist etwas passiert.«

»Etwas ist passiert? Was meinst du mit etwas ist passiert?«

»Ich konnte nicht verstehen, was sie sagte.« Mark zog Evie hoch. »Sie hat geweint.«

»Warum hat sie geweint?«

»Ich weiß es nicht!«, schrie Mark. »Sie nimmt nicht mehr ab. Lass uns gehen, los, los!«

Als sie in Sichtweite der Galerie kamen, hatten sie alle gerötete Gesichter und atmeten schwer. Am vergangenen Abend waren noch Hunderte Menschen aus dem Ausgang geströmt. Heute war die Straße leer. Abgesehen vom Wasser. Vor den Eingangstüren hatte sich eine Art Wassergraben gebildet, der gut sechs Meter breit war.

»Seid vorsichtig«, keuchte Mark atemlos, während sie über die Straße wateten.

Die Türen zur Galerie waren offen.

Meredith stand allein unter Willows *Wiedergeburt*-Foto, in knöcheltiefem Wasser, das die Farbe von Rauch hatte. Die Galerie war überflutet. Das Hochwasser hatte an allen Wänden seine Spuren hinterlassen und jede einzelne Fotografie durchweicht. Einige von ihnen trieben sogar im Wasser wie verlassene Rettungsinseln.

Meredith hob den Kopf. Es dauerte ein paar Sekunden, bis sie die drei Gestalten in der Eingangstür wahrnahm. »Verloren«, flüsterte sie.

Zuerst waren sie zu perplex, doch dann redeten sie alle durcheinander. »Was ist verloren?«

»Wo ist Willow?«

»Alles ist verloren.« Meredith deutete kraftlos um sich, auf die Ausstellungsräume. »Meine Versicherung … Sie deckt keine Wasserschäden ab.«

»Sie meint die Galerie«, sagte Evie.

»Meredith!« Mark ging zu der Kuratorin, packte ihre beiden Schultern und zwang sie, ihn anzusehen. »Hast du seit der Eröffnung mit Willow gesprochen?«

Meredith blickte mit wässrigen, geröteten Augen zu ihm auf. »Willow?«, fragte sie. »Nein. Oje.« Sie seufzte. »Sie wird es besonders schwer treffen.«

Mark und Evie sahen sich an. *Wieder eine Sackgasse, ein totes Ende*, dachte Evie und wünschte sich gleich darauf, sie hätte es nicht getan.

Tot.

Ende.

»Gehen wir«, sagte Mark.

Evie sah sich noch einmal in den überfluteten Räumen um. Eine der Fotografien schwamm an ihr vorbei, trieb zwischen Fastfood-Einwickelpapier und Zigarettenkippen dahin, zu Abfall degradiert.

Sie machte einen Schritt vorwärts und blieb stehen.

Ein Stück von ihr entfernt, im grauen Wasser, stach ihr etwas Purpurfarbenes ins Auge.

Sie schnappte nach Luft.

Unmöglich.

Sie watete einige Schritte weiter, spähte dabei unablässig ins Wasser.

Eine kleine, purpurfarbene Flasche lag auf dem Boden der Galerie. Evies Hand schoss ins Wasser, und dann gelang ihr das, was am Vorabend schiefgegangen war.

Sie schnappte sich das Pretty.

Die Flasche war noch intakt, tropfnass und lag völlig unschuldig in ihrer Hand. Ihre Gedanken überschlugen sich.

Die Flasche war im Abfluss verschwunden, sie hatte es genau gesehen.

In einem der Abflüsse, die überflutet worden waren.

Die ihren Inhalt wieder auf die Straße erbrochen und die ganze Galerie überflutet hatten. Blitzschnell, ehe Meredith sich fragen konnte, was sie da anstarrte, steckte sie das Pretty in die Tasche und arbeitete sich platschend durch das Wasser.

Krista und Mark standen an der Straßenecke und kippten schweigend Wasser aus ihren Schuhen.

Wenn sie jetzt wieder in die Wohnung zurückkehrten, wäre die Stimmung sicherlich fast unerträglich …

»Evie?« Jemand sprach ihren Namen aus, so leise und lyrisch, dass es fast unwirklich klang.

Willow stand an der Wasserkante und sah in ihrem langen, schwarzen Kleid wie ein Gespenst aus.

»Willow!« Evie rannte auf sie zu. Hinter sich hörte sie Krista und Mark ebenfalls rufen, ihre klatschenden Schritte auf dem Asphalt, als sie alle drei auf sie zuhielten. »Willow!«

Evie schlang die Arme um ihre Freundin, unendlich erleichtert, und drückte sie, bis Willow aufschrie. Evie wollte gleichzeitig lachen und weinen, und als sie schließlich losließ, bemerkte sie, dass sie wirklich beides gleichzeitig tat.

»Willow!«, kreischte Krista wie ein Schimpanse und stürzte sich auf ihre beiden Freundinnen, sodass sie alle drei fast zu Boden gingen.

»Du lebst, Gott sei Dank, du lebst«, keuchte Evie unablässig. Sie hielt Willow an den Schultern fest und bemerkte erst jetzt, wie mitgenommen ihr Kleid aussah.

»Mensch, wo sind deine Schuhe?« Krista starrte Willows zerkratzte, rote, nackte Füße an.

Willow schüttelte den Kopf, die Augen tränenerfüllt, und versuchte zu lächeln. »Ich konnte hohe Absätze noch nie ausstehen.«

»Wir haben den ganzen Tag nach dir gesucht«, plapperte Evie drauflos. »Wir dachten, du wärst – Wo warst du denn?«

Willow verdrehte die Augen und erschauerte leicht. Als sie Evie wieder ansah, klang ihre Stimme fest. »An einem Ort, an den ich nie wieder gehen werde.«

Evie hatte eine Hand auf Willow und eine Hand auf Krista gelegt, und während sie so bei den beiden stand, noch immer atemlos, noch immer bemüht, wieder Luft zu bekommen, bemerkte sie, dass jede von ihnen sich an den jeweils anderen festhielt. Alle drei waren sie durchnässt und schmutzig und hatten einen roten Kopf. Und zum ersten Mal, seit alles angefangen hatte, waren sie alle normal. Noch einmal wiedergeboren, hatten sie das Unwetter überstanden.

Willow blickte ihren beiden Freundinnen über die Schultern.

Mark stand hinter dem Trio. Sein Gesicht war weiß.

Evie verschränkte ihre Hand mit Kristas. »Wir warten an der Ecke auf dich.«

Damit zog Evie Krista davon, damit Mark und Willow einander gegenübertreten konnten.

Für einige lange Augenblicke standen sie beide einfach nur da. *Ich habe es kaputtgemac*ht, dachte Willow. *Ich hatte es, und dann habe ich alles niedergebrannt.*

»Will, du hast mir Angst eingejagt«, sagte Mark. »Du hast mir verdammt noch mal wirklich Angst gemacht.«

Willow biss sich auf die Unterlippe. Er war solch ein guter Mensch, und sie hatte ihn vergiftet. »Ich weiß.«

Mark trat unsicher einen Schritt vor. »Manchmal habe ich

das Gefühl, dass es mich krank macht, dich zu lieben. Verstehst du? Dass etwas mit mir nicht stimmt.«

In einem Ton, der nicht um Mitleid heischte, der lediglich die Wahrheit deutlich machte, sagte sie: »Ich bin krank.«

Mark nickte einige Male, bevor er tief Luft holte und den Atem wieder ausstieß. Seine Schultern entspannten sich. Die Anspannung wich sichtlich aus seinem Körper. Er sah sie an, als könne er sie tatsächlich sehen. Als würde er sie besser kennen als sie sich selbst. »Dann können wir vielleicht zusammen krank sein«, schlug er vor.

Und dann streckte er ihr die Hand hin.

75

Evie wartete gerade darauf, dass die Ampel umschaltete, als die Bauarbeiter begannen, zu pfeifen.

»Hey, Sexy! Lächle doch mal für uns!«

»Los doch, Schätzchen! Nur ein kleines Lächeln.«

Evie blickte stur geradeaus, in der Hoffnung, dass die Männer zu ignorieren genügen würde, um sie zum Schweigen zu bringen.

»Ach, komm schon, Mäuschen!«

»Lächle für den Mann!«

Sie grub die Fingernägel in die Handflächen. Die Männer pfiffen wieder und lachten.

»Mach schon, Baby! Hey! Hey –«

»Herrgott, haltet verdammt noch mal die Klappe!« Evie fuhr zu ihnen herum. »Ich versuche, diese Welt zu einem besseren Ort für eure *Töchter* zu machen. Damit sie nicht auf der Straße von solchen Vollidioten wie euch belästigt werden! Da ist es doch nicht zu viel verlangt, dass ihr mir wenigstens ein bisschen Respekt zollt!«

Die beiden Männer sahen vollkommen verdattert aus. Sie waren beide um die vierzig, etwas übergewichtig und trugen schmuddelige Sicherheitswesten. »Beruhig dich, Schätzchen.«

»Ja, das ist doch ein Kompliment.«

»Nein, das ist es nicht!«, blaffte Evie. »Eure Aufmerksamkeit ist von meiner Seite her unerwünscht, ich habe euch *keinerlei* Signale gegeben, dass ich Interesse an euch hätte, ich habe euch auch nicht ermutigt, und insgeheim *wisst* ihr, dass es mir unangenehm ist.« Einige Passanten blieben stehen, um zuzuhören. »Ich bin ein menschliches Wesen, genau wie ihr. Ich habe Probleme, genau wie ihr. Also tut mir einen riesengroßen Gefallen und *haltet verdammt noch mal die Schnauze.*« Damit trat sie auf die beiden zu und verkündete betont deutlich: »Hört auf, Frauen auf der Straße etwas hinterher zu brüllen. Wir mögen das nicht.« Sie wies mit den Händen auf die kleine Gruppe New Yorker, die zusah. »*Niemand mag das.*«

Die Umstehenden begannen zu applaudieren. Den beiden Männern war die Situation inzwischen sichtlich peinlich. Evie bedachte sie noch einmal mit einem finsteren Blick und überquerte dann die Straße.

Als Evie in die Büroräume von *Salty* spazierte, saß eine Fremde an ihrem Schreibtisch. Es war eine freie Mitarbeiterin, angeheuert von Ella-Mae.

»Ich wusste nicht, dass du heute wiederkommen würdest«, entschuldigte sich die junge Frau. »Niemand hat mir etwas davon gesagt –«

»Evie!« Ella-Mae stand hinter den beiden, mit einem Stapel glänzender Korrekturabzüge in der Hand. Auf ihrem Gesicht zeichnete sich eine seltsame Mischung aus Überraschung, Erleichterung und Widerwillen ab. »Du bist wieder da.« Junge Frauen in perfekt gebügelten Blusen mit passend abgestimmtem Lippenstift auf den Lippen klackerten an ihnen vorbei. Ella-Mae musterte Evie. »Du siehst … verändert aus.«

»Inwiefern verändert?«, fragte Evie kühl.

»Einfach nur … anders. Hast du eine neue Frisur?«

»Nein.«

»Oh.« Ella-Mae zögerte nur einen kurzen Augenblick, ehe sie Evie die Abzüge überreichte. »Du kannst hiermit anfangen. Und die finale Version von dieser Spa-Reportage brauche ich bis heute Mittag.«

»Welche Reportage?«

»Die Spa-Reportage«, wiederholte Ella-Mae. »Die war schon letzte Woche fällig.«

»Ach, dieser Beitrag über die Schönheitsfarmen!«, erinnerte Evie sich wieder und musste lachen. »Diese Verwechslung mit dem Arabischen Frühling.« Es schien ihr, als wäre das schon vor einer halben Ewigkeit passiert.

»Der Beitrag sollte etwas taugen, denn ich habe heute keine Zeit, ihn zu überarbeiten. Ich ersticke geradezu in Arbeit.« Ella-Mae strich sich behutsam ein unsichtbares Haar aus dem Gesicht. »Und du wirst für mich meine Aufzeichnungen zu dem Real-Girl-Bericht über die junge Frau, die ein Jahr lang nur Lippenstift gegessen hat, transkribieren müssen – «

Evie gab ihr die Korrekturabzüge zurück. »Erstens kannst du deine Aufzeichnungen selbst transkribieren, Ella-Mae. Das ist dein Job, und es ist wirklich lachhaft, dass ich das schon so lange für dich übernommen habe. Und zweitens werde ich die Spa-Reportage nicht schreiben.«

Ella-Mae sah sie schockiert an. »Warum nicht?«, fragte sie eisig.

Evie zuckte mit den Schultern und erwiderte sachlich: »Weil ich Besseres zu tun habe.«

»So.« Jan legte die Fingerspitzen aneinander. »Worüber wolltest du mit mir sprechen?«

Anfangs war ihre Chefin über ihre Abwesenheit besorgt gewesen. Doch nachdem Evie keine lebensbedrohliche Situation als Entschuldigung für eben jene Abwesenheit vorbringen konnte, war ihre Besorgnis in Verärgerung, ja fast schon Argwohn, umgeschlagen. Doch Evie war nicht zu ihr gegangen, um ihr Verschwinden zu rechtfertigen. Stattdessen erklärte sie Jan, dass sie ihre Ihr-könnt-mit-mir-über-alles-reden-Politik in Anspruch nehmen wolle. »Ich habe nachgedacht«, sagte Evie. »Über *Salty*. Und darüber, dass es den Frauen Stärke verleiht.«

»Und weiter?«

»Ich kann mich dem nicht anschließen. Ich habe lange darüber nachgedacht, und ich kann dem nicht zustimmen.«

Der britische Akzent der Chefredakteurin verlieh ihrer Antwort einen eleganten, formellen Klang. »Weshalb nicht?«

Evie zählte die Gründe an ihren Fingern ab. »Erstens: viel zu viel Gewicht darauf, wie man Männern gefällt. Viel – zu – viel. Und für jemanden wie mich, der« – Evie holte kurz Luft – »bisexuell oder möglicherweise sogar lesbisch ist, ist das nichts.«

Jans Tonfall ließ sich nicht deuten. »Verständlich.«

»Zweitens: Ihr könnt noch so viele Phrasen à la ›Zeigt es ihnen, Mädels!‹ dreschen, letzten Endes ist das Ethos von *Salty* fest im Materialismus verankert. Wollt ihr glücklich sein? Gönnt euch eine neue Handtasche. Oder sexy? Dann eine wimpernverlängernde Mascara. Oder clever? Kauft euch ein neues Brillengestell. Und das ist im Grunde keine Überraschung, denn *Salty* ist von seinen Werbekunden abhängig. Und das ist nicht nur schlecht für das magere Einkommen, das der Großteil unserer Leser mit nach Hause bringt. Studien haben gezeigt, dass Menschen, die auf Wohlstand und materiellen Besitz fixiert sind, tendenziell weniger zufrieden und unglücklicher sind. Wir glauben, wenn wir uns etwas kaufen, fühlen wir uns besser, doch das stimmt nicht.« Evie hob die Hände. »Konsum ist eine Droge. Magazine fördern diese Sucht.«

Jan betrachtete Evie amüsiert, als wäre sie ein Haustier, das einen neuen Trick gelernt hatte. »Ich weiß nicht, ob ich so weit gehen würde.«

»Ich würde das schon«, entgegnete Evie. »Und das bringt mich zu Punkt Nummer drei. Warum sind die Leser so anfällig dafür, all den Schei-, den Kram zu kaufen, den sie auf diesen Seiten präsentiert bekommen? Weil sie nicht so aussehen.« Evie nahm die neue Ausgabe zur Hand, die während ihrer Abwesenheit erschienen war. Auf dem Titelblatt schürzte Selena Gomez die pinkfarbenen Lippen zu einem Kuss und wickelte dabei eine aggressiv glänzende Haarsträhne um einen Finger. »Oder so.« Sie schlug eine beliebige Seite auf: drei lachende, junge Frauen in Bikinis neben einem Pool. Bäuche so hart wie Schilde. Lächelnd wie in einer Kaugummiwerbung. »Oder so.« Eine weitere Seite: eine wunderschöne, traurige Frau, die zum Fenster hinausblickte und die Hände behutsam um eine Tasse Tee geschlossen hatte. »In Sachen Körperbild oder hübsche Gesichter ist *Salty* immer noch unfassbar präskriptiv, ganz nach dem Motto: reine Haut, große Titten, weiß ist am besten, ihr müsst aussehen wie Teenies und ficken wie Pornostars. Und selbstverständlich wissen unsere Leser, dass diese Bilder mit Photoshop bearbeitet sind, sie wissen, dass diese Frauen Models sind. Aber ich glaube, uns ist überhaupt nicht klar, wie schnell man die Botschaften solcher Bilder verinnerlicht. Dass *so etwas* hübsch ist. Und dass normale Menschen hässlich sind.«

Jans Miene verhärtete sich ein wenig. »Das ist eine wirklich ungewöhnliche Sichtweise.«

»Ich bezweifle, dass sie so ungewöhnlich ist.«

»Wie dem auch sei, ich glaube, ich habe genug gehört – «

»Nein, bitte. Ich muss mir das unbedingt von der Seele reden«, sagte Evie entschlossen. »Ich glaube, dass viele Frauen sich unattraktiv finden, obwohl das überhaupt nicht zutrifft. Sie sind schlichtweg normal. Und das will mir einfach nicht aus dem Kopf.« Sie fixierte Jan. »Eine von drei Frauen auf diesem Planeten wird geschlagen, misshandelt oder vergewaltigt. Eine von *dreien*. Das sind insgesamt über eine Milliarde Frauen.«

»Ich kenne die Statistiken.« Jans Tonfall wurde zusehends kälter.

Evie nahm noch einmal die neue Ausgabe zur Hand und las die Headlines auf dem Titelblatt laut vor. »›*MIAU! Entdecken Sie das böse Mädchen, das in Ihnen steckt!*‹, ›*KILLT Facebook Ihr Liebesleben?*‹« Evie ließ das Heft fallen. »Ist das hilfreich? Ich weiß, dass wir auch hin und wieder Beiträge bringen, die sexuelle Belästigung anprangern, aber insgesamt betrachtet würde ich sagen, dass das alles nicht hilfreich ist.«

»In Ordnung, Evie. Du musst dich nicht zum Narren machen –«

»*Salty* tut so, als hätte sich der Feminismus erledigt: Wir haben gewonnen, und jetzt können wir konsequenzlos Sex-Marionetten sein –«

»Evie, ich sagte, es ist *genug*.«

»Doch das stimmt nicht!« Erst jetzt bemerkte Evie, wie wild ihr Herz hämmerte. Ihr ganzer Körper befand sich in einem Adrenalinrausch. Jan wollte, dass sie aufhörte, doch das konnte sie nicht. »In so etwas kann ich meine Energie nicht länger investieren. Dafür habe ich zu viel Respekt vor mir selbst. Ich kündige.«

Jan saß kerzengerade auf ihrem Stuhl. Sie sah Evie so scharf an, als könne ihr Blick schneiden. »Nach dieser kleinen Ansprache kann ich nicht mehr behaupten, dass es mir leidtäte, dich gehen zu sehen.« Ihre Stimme klang hart wie Metall. »Und frag gar nicht erst nach einem Empfehlungsschreiben. Oder einem anderen Job irgendwo in diesem Gebäude.«

Evie steckte diesen Schlag ein, ohne mit der Wimper zu zucken. Ihr ganzer Körper kribbelte noch immer von dem Kick, den ihre ungefilterte Aufrichtigkeit bei ihr ausgelöst hatte. Sie nickte gleichmütig, als hätten sie gerade lediglich eine besonders langweilige, geschäftliche Transaktion besiegelt. Als sie aufstand, herrschte im Büro Totenstille. An der Tür blieb sie noch einmal stehen. Evie Selby hätte sich nach einem derart bitteren Erlebnis normalerweise so schnell und so leise wie möglich aus dem Staub gemacht. Doch inzwischen hatte sie von Chloe gelernt, wie man bis zum Äußersten ging, wenn man etwas erreichen wollte. »Ich habe noch eine letzte Frage. Bei dem Vorsprechen für *Extra Salt*, an jenem Tag, bevor du meine Mitbewohnerin kennenlerntest, warum hast du da nicht mich gefragt?«

»Was hätte ich dich fragen sollen?«

»Ob ich vorsprechen möchte. Wir hatten gerade Tiffany oder Brittany oder so gesehen, und du hast mich gefragt, ob ich jemanden für die Moderatorenstelle kennen würde. Warum hast du nicht mir die Chance gegeben, vorzusprechen?« Evie stählte sich für die Antwort. Einerseits wollte sie sie überhaupt nicht hören. Doch andererseits musste sie es wissen.

Jan kniff die Augen zusammen, und für eine Sekunde rechnete Evie fest damit, dass sie sich weigern würde, zu antworten. Doch zu ihrer Überraschung erklärte Jan: »Ich meine mich zu erinnern, dass ich das getan habe. Ich habe gefragt, ob du jemanden kennen würdest. Das hast du verneint.«

Verblüfft spielte Evie die Situation in ihrem Kopf noch einmal durch. Wie Jan sie gefragt hatte, ob sie jemanden kennen würde, der in das Projekt einsteigen könnte. Und wie sie gesagt hatte, dass sie ihre Mitbewohnerin vorsprechen lassen sollten.

»Wenn du etwas willst«, fuhr Jan fort, »dann musst du den

Mund aufmachen.« Sie sah Evie vielsagend an. »Die Welt schuldet dir nichts. Aber sie wird sich deinem Willen beugen.«

Evie nickte. »Okay. Dankeschön.«

»Und jetzt sei bitte so nett und verschwinde aus meinem Büro.« Jan lächelte raubtierhaft. »Ich muss mich um ein Magazin kümmern.«

76

Das Gelände der Columbia University wirkte distinguiert, aber entspannt, wie ein verdienter Staatsmann bei einer Teeparty. Das Herbstsemester hatte noch nicht angefangen, weshalb nur eine Handvoll Studenten den gepflegten Campus bevölkerten. Willow kam nur sehr selten in diese Gegend. Hier schien alles rau und hart und hell, doch sie bemühte sich, sich zu entspannen, ruhig zu bleiben, zu atmen. Eine junge Frau in einem weiten Overall mit einem unordentlichen Dutt auf dem Kopf erklärte ihr, wo sie den Fachbereich Filmwissenschaften finden könne.

Zu behaupten, dass Claire schockiert reagierte, als Willow nervös an ihre Bürotür klopfte, wäre eine Untertreibung gigantischen Ausmaßes gewesen. Der Bleistift, den sie sich zwischen die Lippen geklemmt hatte, landete klappernd auf ihrem Schreibtisch. »Willow!«

»Tut mir leid.« Willow stand schlaff auf der Schwelle. »Ich hoffe, ich störe nicht.«

»Nein! Nein, ich, ähm, habe gerade meine Notizen für die Vorlesung vorbereitet. Bitte komm herein.«

Das Büro war winzig klein, und an den Wänden zogen sich deckenhohe Bücherregale entlang. Für die drei Topfpflanzen, die zusätzlich im Zimmer standen, war eigentlich gar nicht mehr genügend Platz vorhanden, aber sie waren trotzdem da.

Claire befreite einen Stuhl rasch von einem Stapel mit Notizen beschriebenen Papieren und einem leeren Sushi-Karton. »Nimm Platz.«

Willow setzte sich und deponierte ihren kleinen Rucksack unter dem Stuhl. Die Rede, die sie in der U-Bahn geübt hatte, war ihr entfallen. Vielleicht war das alles ein Fehler.

»Schön, dass du da bist.« Claire leckte sich unruhig die Lippen. »Kann ich dir etwas bringen? Auf dem Korridor steht ein Kaffeeautomat –«

»Nein, danke.« Willow begegnete Claires besorgtem, verwirrtem Blick und erklärte: »Ich wollte nur sagen, dass es mir leidtut.«

Claires Gesicht zuckte vor Überraschung. »Oh Willow. Du musst dich doch nicht –«

»Doch, das muss ich«, widersprach Willow. »Ich war wirklich sehr ungerecht. Mein Vater und du ... Ich glaube, du bist gut für ihn. Ich weiß, dass du gut für ihn bist«, korrigierte sie sich. »Du machst ihn glücklich. Und vermutlich macht er dich auch glücklich.«

Claires Wangen verfärbten sich pinkfarben. »Ja, das tut er. Ich liebe deinen Vater, Willow.«

Willow nickte. Dabei fiel ihr das Haar vor die Augen. Sie strich es sich hinter die Ohren. »Ich weiß.« Sie setzte sich auf ihrem Stuhl zurecht, versuchte, selbstsicher zu klingen. Erwachsen. »Ich ziehe aus.«

»Oh. Oh, das ist ... Ähm ...«

»Gut«, vollendete Willow lächelnd den Satz für sie. »Das ist gut. Ich meine, ich bin zweiundzwanzig Jahre alt. Es wird langsam Zeit.«

»Kannst du dir das auch leisten?«

Willow nickte. Sie hatte bei der Ausstellungseröffnung unglaubliche achtundvierzig Bilder verkauft. Auch wenn die Flut die Ausstellung vernichtet hatte, konnte sie noch immer Abzüge von den gespeicherten Dateien machen. Die Gesamtsumme würde ausreichen, um davon eine anständige Einzimmerwohnung in Manhattan für mindestens ein Jahr zu bezahlen. Doch eigentlich war sie nicht dieser Neuigkeiten wegen gekommen. »Hast du mit meinem Vater geredet?«

Claire seufzte mitfühlend. »Das habe ich. Er hat mir von eurem Streit erzählt.«

»Hasst er mich?«

»Ob er dich hasst? Nein. Ich glaube, er befürchtet vielmehr, dass du ihn hasst.«

Willow schlang die Arme um den Oberkörper. »Ich hasse ihn nicht.«

Von Claires Bürofenster aus sah man auf einen kleinen, belaubten Hof hinaus, wo mehrere Studenten im spätnachmittäglichen Sonnenschein saßen, an Eiskaffees nippten und lasen. Die Atmosphäre war ruhig. Friedvoll. Willow überlegte, ob die Columbia wohl Fotografiekurse anbot und wie schwer es sein mochte, einen Platz zu ergattern. »Was hast du morgen Abend vor?«, fragte Willow.

»Morgen Abend? Nichts.«

»Ich habe mir überlegt, dass wir vielleicht zusammen essen gehen könnten. Du, ich und Dad.«

Claires Miene hellte sich auf. *Sie hat ein hübsches Gesicht*, dachte Willow. Man konnte ihr ansehen, wie klug sie war. »Das würde ich wirklich gern, Willow. Ja.«

»Dann reserviere ich uns irgendwo einen Tisch.« Willow erhob sich rasch, um zu gehen, bevor sie es sich am Ende doch noch einmal anders überlegte. »Ich sollte dich jetzt besser wieder arbeiten lassen.« Sie schulterte ihren Rucksack und wandte sich ab. Dabei stellte sie überrascht fest, wie sehr es ihr widerstrebte, aufzubrechen. »Wird es jemals einfacher?«

»Ob was einfacher wird?«

Willow zuckte mit den Schultern, strich mit der Fingerspitze über den Türrahmen. »Einfach … alles.« Das Leben. Die Welt. Andere Menschen.

Claire klopfte mit dem Bleistift auf den Schreibtisch, *rat-tat-tat*, im Rhythmus ihrer arbeitenden Synapsen. »Ich weiß nicht, ob es einfacher wird. Aber ich glaube, man wird besser darin, mit allem umzugehen.«

Willow hoffte inständig, dass das stimmte. Das musste es. »Wir sehen uns dann in der Wohnung.«

Als sie den Korridor durchschritt, war er verlassen. Doch seltsamerweise fühlte sie sich trotzdem nicht allein.

77

Achtungbissig.net – Eure wöchentliche Portion Biss

Seid mir gegrüßt, meine lieben Beißerchen.

Ich bin wieder daaaaaaa. Bringt eure Töchter in Sicherheit.

Ich wette, euch ist nicht mal aufgefallen, dass ich für einen Monat oder so abgetaucht war. Und ich würde euch zu gern erzählen, dass das daran lag, dass ich mir eine supercoole, seltene Krankheit zugezogen habe oder endlich festgestellt wurde, dass ich das Lindbergh-Baby bin, aber die Wahrheit lautet ... Ich habe ein großes Abenteuer erlebt. Folgendes habe ich daraus gelernt:

1. Die Liebe erhebt dich dorthin, wo du hingehörst, doch sie kann dich auch in klitzekleine Stücke zerbrechen, und dann brauchst du deine beste Freundin und eine Menge Wein, um die Einzelteile wieder zusammenzusetzen.
2. Wenn du selbstsicher bist, hören die Leute dir zu.
3. Für das einzustehen, woran man glaubt, ist superkalifragi- Na, ihr wisst schon.
4. Die Welt beugt sich deinem Willen, wenn du es von ihr verlangst.
5. Meine Seele ist kein Stück Kohle. Sie ist ein Wolpertinger.

Das ist vorerst alles. In Kürze poste ich wieder etwas Anständiges.

Eure Freundin und Erlöserin, Madame Bissig

Evie stellte den Post online und schaltete ihr Telefon aus.

Sie saß vor Frankie's Gin Joint, einer in der Nähe gelegenen Bar, die sie bisher immer nur nachts besucht hatte. Das Nachmittagslicht warf ein scheckiges Muster auf die abgenutzte Bank, die zur Straße hin ausgerichtet war. Sie war der einzige Gast. Auf einem Hocker neben ihr stand eine Kunststoffkiste mit all ihrem Kram von der Arbeit. An einem Montagnachmittag ein Bier zu trinken, fühlte sich geradezu hemmungslos an. Fast schon unverantwortlich. Und definitiv nach Freiheit.

Vor ihr stand eine kleine, nur ein paar Zentimeter große, weiße Schachtel. Das Studio hatte sie Chloe Fontaine geschickt, und sie war auf Evies Schreibtisch gelandet, damit sie sie an ihre »Mitbewohnerin« weitergeben konnte. Evie hatte ein wenig Angst davor, sie zu öffnen, weil sie nicht wusste, ob Kelly ihr zum Abschied noch einmal einen Denkzettel verpassen wollte.

Auf einer Unterlage aus weißem Satin ruhte ein ordentlich mit Schreibschrift beschriftetes Kärtchen.

Für Augenblicke, in denen du dich schön fühlst.

MARCELLO

Unter der Karte lag ein schweres, goldenes Röhrchen. Lippenstift. Sie lächelte. Er hatte genau den richtigen Rotton.

Ihr Telefon pingte. Eine Nachricht. Von Velma.

Du möchtest gerade sicherlich weder etwas von mir sehen noch hören, und das ist völlig verständlich. Ich wollte nur sagen, dass es mir leidtut. Ich hatte niemals vor, dir wehzutun. Ich hätte von Anfang an deutlicher kommunizieren sollen, dass ich derzeit nicht in der Lage bin, eine Beziehung zu haben.

Bitte, du sollst wissen, dass du entzückend bist und dass ich froh bin über die Zeit, die wir miteinander verbracht haben. Und wenn du jemals Lust auf einen Drink ohne weitere Verpflichtungen bekommen solltest, hast du ja meine Nummer.

Wenige Sekunden später schickte sie eine weitere Nachricht.

PS: Habe ich ganz vergessen, dir zu sagen: Letzte Woche habe ich ein paar Stunden damit verbracht, den Blog deiner Schwester zu lesen. Sie schreibt sehr gut. Mia, eine Freundin von mir, wäre an ihr interessiert. Hier ist ihre Handynummer. Sag ihr, dass du sie von mir hast.

Jedes Mal, wenn Evie sich die Nachrichten durchlas, wallte eine andere Emotion in ihr auf. Zuerst Schmerz. Der scharfe Stich der Zurückweisung, die behäbige Qual der Traurigkeit.

Dann finstere Belustigung: dass sie es wagte, einen »Drink ohne weitere Verpflichtungen« vorzuschlagen!

Und schließlich Neugier.

Wer war Mia?

Normalerweise hätte Evie Mia anhand ihrer Handynummer auf Google durchleuchtet, Detektiv gespielt, bis sie ihren Nachnamen herausgefunden hätte, damit sie alles über sie lesen konnte, was zu finden war, und anschließend tausend Ängste in Bezug auf das Telefonat entwickelt, das erst einmal bis ins kleinste Detail mit Krista geübt werden musste, bevor sie sich schließlich drei Tage später getraut hätte, Mia anzurufen, natürlich mit zwei zuvor ausgeklügelten, verschiedenen Schlachtplänen in der Hinterhand.

Doch nun tippte sie einfach die Telefonnummer ein. Beim dritten Klingeln meldete sich eine weibliche Stimme. »Hier spricht Mia.«

»Mia, hi, ich heiße Evie Selby. Velma Wolff hat mir deine Nummer gegeben. Sie erwähnte, dass du an meinem Blog *Achtung, bissig* interessiert seist.«

»Evie! Freut mich, dass du anrufst. Ja, Velma hat mich auf dich aufmerksam gemacht.« Mia klang gleichzeitig geschäftstüchtig und herzlich. »Ich bin ein Fan. Sehr witzig, sehr angriffslustig. Eine Menge Potenzial.«

Evie wurde vor Freude ganz warm ums Herz. Da sie ihren Blog anonym veröffentlichte, bekam sie für ihn nur sehr selten Komplimente. »Danke.«

»Meine Partner und ich starten eine neue Website mit Fokus auf weiblichen Kolumnisten. Intelligent, frisch, eigensinnig. Wir möchten mit einem Dutzend Autorinnen mit unterschiedlichen Hintergründen zusammenarbeiten, die alle eine einzigartige Sichtweise haben, sei es in Bezug auf die Geschehnisse im Weißen Haus oder die Privilegien Weißer heutzutage. Die Arbeit wird bezahlt, ein Gehalt, mit dem man ganz gut auskommen kann. Und wir würden dich gern zu einem der Aushängeschilder unter unseren Kolumnistinnen machen.«

»Okay«, sagte Evie überwältigt.

»Wir möchten, dass jede unserer Autorinnen sich eine eigene Gefolgschaft aufbaut, ihr eigenes Markenzeichen entwickelt, jedoch vereint unter unserem Schirm«, fuhr Mia fort. »Und wir wünschen uns eine Mischung aus Texten und Videobeiträgen.«

Die schwerfällige, verwirrende Freude, die sich langsam in Evies Brust aufgebaut hatte, verpuffte schlagartig. »Moment mal. Was?«

»Videobeiträge«, wiederholte Mia. »Ich weiß, dass *Achtung, bissig* bisher anonym war, aber wenn du für uns arbeitest, musst du das ändern. Wir wollen die demaskierte Evie Selby.«

»Aber … Ihr wisst doch noch nicht einmal, wie ich aussehe.«

Mia lachte leicht überrascht auf. »Das ist wirklich gleichgültig. Also, was meinst du? Wie gesagt, ich bin ein Fan. Ich würde dir gern per Mail einen Vertrag zuschicken, und es wäre toll, wenn ich ihn bis heute Abend zurückhätte.«

Evie schloss die Augen. Ihr Herz hämmerte. Ihre Handflächen waren klebrig von Schweiß. Das war alles, was sie sich jemals gewünscht hatte, ganz plötzlich, am anderen Ende der Leitung, in Form einer Frau, die so klang, als hätte sie eine Hypothek laufen und wäre einigermaßen wichtig. Wie konnte es so einfach sein? Nie im Leben konnte es so gut sein, wie es klang. Oder doch?

Aber von ihrem grundsätzlichen Misstrauen Glücksfällen gegenüber einmal abgesehen: Sie sollte sich im Internet zeigen, als eine öffentliche Person? Die Leute würden sie hassen, genauso, wie sie auch Chloe Fontaine gehasst hatten.

»Evie? Bist du noch dran?«

»Ja, einen Augenblick bitte. Ich versuche gerade, nachzudenken.«

»Okay. Aber ich habe nicht den ganzen Tag Zeit.«

Evie lehnte sich zurück, und für eine Sekunde spürte sie Chloes dreiste und doch korrekte Haltung wieder in sich, einen neuen Anflug von Selbstbewusstsein.

Chloe interessierte sich im Grunde nicht für die Leute, die sie hassten – nicht wirklich. Dafür war sie viel zu beschäftigt. Und, das musste Evie zugeben, ihre Unterstützer hatte sie ins Herz geschlossen. Es war toll, die Blog-Einträge und Tweets so vieler kluger, witziger Menschen zu lesen, die ihre Aktion auf dem roten Teppich bei den Arzners kommentierten.

Nun, vielleicht sollte ich es für diese Art von Menschen tun, dachte Evie. Sie schienen ihr ein ziemlich gutes Publikum zu sein. Himmel, sie könnte sogar Chloe wieder ins Internet bringen. Schließlich war sie (je nachdem, wen man fragte) ihre Mitbewohnerin beziehungsweise ihre Schwester. Sie wäre immer da, um sie zu unterstützen.

»Nein.«

»Nein?«

»Ich werde keinen Vertrag unterzeichnen, ohne dich und das Team vorher persönlich kennengelernt zu haben. Ich muss genau wissen, wie viel kreative Kontrolle mir zugestanden wird und wie viel ich von mir preisgeben soll. Und ich möchte gern mein Gehalt und meine Vergünstigungen aushandeln.«

Mia schwieg. Evie wartete auf ihre Erwiderung und fühlte sich dabei sehr ruhig, als würde die ganze Welt den Atem anhalten. Mia lachte leise. »Evie, ich habe das Gefühl, dass wir uns hervorragend verstehen werden. Ich werde meinen Assistenten veranlassen, ein gemeinsames Mittagessen für uns anzusetzen. Bestimmt können wir ein Gesamtpaket ausarbeiten, mit dem wir beide zufrieden sind.« Damit legte sie auf.

Evie starrte ungläubig auf ihr Telefon. Einfach so. Einfach – so. Noch vor fünf Minuten war sie arbeitslos gewesen. Doch nun hatten sich die Dinge vielleicht geändert. Vielleicht war dieser Anruf eine Tür, die zu Orten führte, von denen sie niemals zu träumen gewagt hatte, in eine Zukunft, auf die sie sich freuen konnte …

»Kann ich Ihnen noch etwas bringen?« Eine Kellnerin hatte die Hand auf Evies leeres Glas gelegt.

Evie erkannte sie sofort wieder. Ein Adrenalinschub durchflutete sie. Es war Quinn.

»Oh!« Quinn riss die Augen auf. »Hi.«

»Hi«, erwiderte Evie. »Offenbar erinnerst du dich an mich.«

Quinn lächelte charmant, und ihre Wangen röteten sich leicht. »Hast du mir nicht vorgelogen, dass du bei der *New York Times* arbeitest?«

Evie nickte und verzog dabei das Gesicht. »Ich habe es darauf abgesehen, deine schlimmste Verabredung des Jahres 2016 zu werden. Liege ich denn in Führung?«

»Mmm.« Quinn vollführte eine Geste mit der Hand, als wolle sie sagen *so lala*. »Ich hatte einige richtig schlimme Verabredungen, von daher –«

»Ich habe also eine Menge Konkurrenz. Schon verstanden«,

sagte Evie, woraufhin sie beide lachen mussten. »Wie geht es dir?«, erkundigte sich Evie. Dabei fiel ihr auf, was für eine hübsche Farbe Quinns Augen hatten: ein helles Karamellbraun. »Wie läuft es mit der Musik?«

»Es läuft«, antwortete Quinn. »Ich trete auf. Ich singe meine Songs.« Sie tat so, als würde sie Gitarre spielen. »Zwar unterhalten sich die Leute im Publikum die meiste Zeit dabei, aber ich glaube, ich dringe trotzdem zu ihnen durch.«

»Ist das deine unsichtbare Gitarre?«, fragte Evie und deutete auf die Stelle, an der Quinn gerade noch die Hände bewegt hatte.

»Die meinst du? Ja, das ist sie.« Quinn nickte mit gespieltem Ernst. »Der Sound ist nicht unbedingt gut, aber dafür lässt sie sich einfach transportieren.« Sie tat so, als würde sie sie hinter die Bar werfen. Evie kicherte und erinnerte sich wieder daran, dass Quinn nicht nur hübsch war, sondern auch witzig. »Was ist mit dir? Wie ist es bei *Salty*?«

Sie erinnert sich noch daran, dachte Evie verblüfft. »Eigentlich habe ich gerade gekündigt.«

»Ist nicht dein Ernst.«

»Doch. Ich bin offiziell eine fröhliche Arbeitslose.«

»Das erklärt auch, warum du mitten am Tag trinkst«, meinte Quinn, und Evie nickte. »Ich bringe dir noch ein Bier, aufs Haus.«

Sie nahm Evies leeres Glas. Evie verfolgte, wie sie ein neues Bier zapfte. Als Quinn schließlich mit dem Glas zurückkehrte, fiel Evie auf, dass sie die ganze Zeit über, während sie sie bei der Arbeit beobachtet hatte, sonderbar vor sich hin gelächelt hatte. Quinn war nicht nur richtig süß. Auch sie hatte ein merkwürdiges Lächeln auf den Lippen.

»Bitteschön«, sagte Quinn. »Ein ›Sinnvolle Arbeit oder gar keine Arbeit‹-Bier.«

»Danke.« Evie trank einen Schluck, ohne ihn zu schmecken.

Quinn klatschte in die Hände, offenbar unschlüssig, ob sie noch bei Evie stehenbleiben sollte oder nicht.

Evie wollte definitiv, dass sie blieb. »Hör mal, eins wollte ich noch sagen«, setzte sie an. »Es tut mir aufrichtig leid, dass ich dich belogen habe. Ich war damals nicht besonders gut drauf. Doch inzwischen liegt ein äußerst … transformativer Monat hinter mir. Und ich bin nicht mehr länger der Ansicht, dass ich mich« – Evie suchte nachdenklich nach der richtigen Formulierung – »maskieren muss.«

»Was ist in diesem transformativen Monat geschehen?«

»Mir wurde gewissermaßen das Herz gebrochen«, erklärte Evie. »Ein kleines bisschen.«

»Das ist schlimm«, meinte Quinn mitfühlend.

»Ja und nein. Es war eines dieser ›Was man auf keinen Fall tun sollte‹-Szenarios.«

»Von denen habe ich auch schon einige erlebt.«

»Aber jetzt ist es vorbei«, sagte Evie. »Und … ich bin schon gespannt und freue mich darauf, wie es weitergehen wird.«

»Cool.« Sie starrten einander an, bis sie beide bemerkten, dass sie sich gegenseitig anstarrten, und schnell mit einem peinlich berührten Lachen den Blick abwandten.

»Na, dann lasse ich dich jetzt noch ein bisschen weiter am helllichten Tage trinken«, sagte Quinn, obwohl es ihr merklich widerstrebte. »Es war toll, dich wiederzusehen –«

»Kann ich dich gelegentlich ausführen?«, platzte Evie heraus. »Oder … wie immer die jungen Leute das heutzutage nennen. Dich zu einem Date einladen? Ganz ohne Lügen. Pfadfinderehrenwort.«

Quinn senkte den Blick auf ihre Hände. Als sie wieder aufsah, grinste sie einfältig. »Gerne.«

»Gib mir deine Nummer, dann rufe ich dich an«, sagte Evie. »Dann muss ich dir nicht per App Nachrichten schicken.«

»Oh, gute Idee.« Quinn kramte einen Stift aus der Tasche und nahm sich einen Untersetzer. So verharrte sie einen Augenblick, mit dem Stift in der Luft.

»Hast du es dir anders überlegt?«, neckte Evie sie.

Quinn schüttelte den Kopf und begann zu schreiben. »Nein. Ich hatte nur für einen Moment meine Handynummer vergessen.« Sie reichte Evie den Untersetzer. »Bitteschön.«

»Vielen Dank. Und danke für das Bier.«

Quinn nickte und wickelte ein paar Haarsträhnen um einen Finger. »Dann … Bis bald also.«

»Auf jeden Fall.« Evie nickte. »Ganz zweifellos.«

Quinn schenkte Evie ein letztes Lächeln, bevor sie wieder zurück zur Bar ging.

Evie nahm Marcellos goldenen Lippenstift zur Hand und ließ ihn zwischen den Fingern hin- und herrollen. Sie würde ihn bei ihrer ersten Verabredung mit Quinn benutzen. Nicht, weil sie musste. Weil sie es wollte. Weil Quinn Evie das Gefühl gab, als hätte sie gerade ein Buch geschenkt bekommen, das sie schon immer hatte lesen wollen.

Sie betrachtete den Untersetzer. Quinn hatte neben ihren Namen und ihre Nummer ein kleines Herz gemalt.

78

Evie, Willow und Krista saßen nebeneinander auf dem Sofa und betrachteten den einzigen Gegenstand auf dem Couchtisch.

Das Pretty.

»Wie läuft es denn mit Mark?«, fragte Evie Willow vorsichtig.

Willow schwieg eine Minute. »Wir lassen es langsam angehen, einen Tag nach dem anderen. Er ist wegen allem, was passiert ist, noch ziemlich durch den Wind. Aber ... Ich werde um ihn kämpfen.«

Eine derartige Aussage war so untypisch für Willow, dass Evie und Krista verwunderte Blicke wechselten. »Das ist großartig, Will.« Evie drückte ihre Hand. »Das ist wirklich großartig.«

Sie widmeten ihre Aufmerksamkeit, unausweichlich, wieder dem Pretty.

»Würdet ihr es noch einmal tun?«, wollte Evie wissen. »Nach all dem, was ihr jetzt wisst?«

Willow erschauerte. »Niemals. Das da zu nehmen war der größte Fehler, der mir jemals unterlaufen ist.«

»Wenigstens müssen sich dank dir Legionen von New Yorker Psychotherapeuten für die nächsten Jahrzehnte keine Sorgen um ihre Jobs machen«, meinte Evie, und Willow lächelte.

»Und vielleicht solltest du nicht nur mit ihnen reden«, fügte Evie an. »Vielleicht solltest du auch öfter mit uns sprechen.«

Ein Anflug von Furcht huschte über Willows Gesicht, doch dann nickte sie resolut. »Okay, das werde ich.«

Evie wandte sich an ihre Mitbewohnerin. »Was ist mit dir, Kris?«

Kristas Antwort ließ untypisch lange auf sich warten. »Es war gut für mich«, sagte sie schließlich. »Auf die Art, wie es vielleicht auch ein Gefängnisaufenthalt wäre. Oh, seht euch das mal an!« Sie hielt ihr Telefon hoch. Auf dem Display sah man eine geöffnete Banking-App. Krista tippte auf die jüngste Einzahlung. Sie kam von Creative Professionals United: 9315 Dollar. »Die Abschlagszahlung von *Funderland*! Damit kann ich unsere Rechnungen und einen Teil der Miete begleichen. Ich weiß, es ist nicht alles, aber immerhin ein Anfang, oder?«

»Auf jeden Fall«, bestätigte Evie. »Das hast du super gemacht, Kris. Ich bin wirklich stolz auf dich.«

Evie bemerkte ein Päckchen zu Kristas Füßen, das an Lenka Penka adressiert war. »Was ist das?« Sie wühlte in der Luftpolsterfolie herum und förderte schließlich eine goldene Staue in Gestalt eines kleinen, glatzköpfigen Mannes zutage. Krista reichte ihr eine kleine Karte. Auf ihr stand: *Schwamm drüber. T.*

»Oh, ist das von Tristan?«, fragte Evie beeindruckt. Dann fiel ihr wieder ein, wozu diese Trophäe benutzt worden war. Hastig ließ sie sie wieder in den Karton fallen und wischte sich die Hand an der Couch ab. »Das ist nett von ihm.«

»Ja, ich weiß. Er hat sie Cameron geschickt. Was mich auf eine Idee gebracht hat.« Krista sah die anderen an. »Vielleicht werde ich versuchen, Agentin zu werden.«

»Schauspielagentin?«, fragte Willow nach, woraufhin Krista nickte.

»Wirklich?«, fragte Evie. »Das ist cool.«

»Ja, nicht wahr?« Krista setzte sich auf. »Ich kann gut mit Menschen umgehen, und ich liebe Verträge und Verhandlungen und diesen ganzen Kram. Schauspielerin möchte ich selbst, glaube ich, nicht werden, aber ich mag diese Leute. Ich kann sie verstehen. Dann würden mich auch meine Eltern nicht mehr nerven. Vielleicht kann ich ja sogar Lenka benutzen, um ein paar Meetings zu organisieren.«

»Das klingt tatsächlich nach einer hervorragenden Idee, Kris«, sagte Evie und bemühte sich, nicht überrascht zu klingen.

»Was ist mit dir, Evie?«, fragte Willow. »Würdest du das alles noch einmal tun?«

Evie betrachtete die Flasche mit ihrem purpurfarbenen Inhalt, die vollkommen unschuldig auf dem Couchtisch stand.

»Ich weiß nicht recht«, sagte sie. »Vielleicht … schon? Ich glaube, auf eine seltsame Art und Weise hat es mir geholfen. Es hat mir geholfen, mit mir selbst zufriedener zu sein«, erklärte sie. »Doch gleichzeitig … Im Moment möchte ich einfach nicht so viel über mein Gesicht nachdenken. Versteht ihr?«

Willow und Krista nickten.

»Demnach«, sagte Evie, »gibt es nur noch eine Sache, die wir tun müssen.«

Die drei Frauen standen im Badezimmer. Evie schraubte langsam und feierlich die Flasche auf. Sie sah zuerst Willow und dann Krista im Spiegel an. *Ein Tropfen. Eine Woche.* »Bereit?«

Willow nickte entschlossen.

Krista tat es ihr gleich.

Evie drehte die Flasche auf den Kopf. Die strahlend purpurfarbene Flüssigkeit floss heraus, und der lilafarbene Strom verschwand gurgelnd im Abfluss des Waschbeckens. Es dauerte nur wenige Sekunden, bis das Pretty endgültig und vollkommen verschwunden war.

Sie betrachteten die Flasche, jede einzelne von ihnen versunken in den Erinnerungen daran, wohin ihr Inhalt sie geführt hatte.

Krista holte sie schließlich alle mit einem lauten Seufzen aus ihren Tagträumen. »Na ja.« Sie schmatzte mit den Lippen. »Hättet ihr Lust auf Pizza?«

Zurück im Wohnzimmer befasste sich Krista eingängig mit Pizzabelägen, während Willow eine Playlist zusammenstellte. Evie öffnete in der Küche eine Flasche Sauvignon Blanc und goss ihn in zwei Gläser und einen Becher. *Merken: Vom ersten Gehaltsscheck schicke Weingläser kaufen.*

Es war ein schwüler Abend – der Sommer lungerte noch immer in Brooklyn herum wie ein unhöflicher Hausgast. Als Evie die Kühlschranktür aufzog, schlug ihr kühle Luft entgegen. Im Stillen rechnete sie damit, den Eiswürfelbehälter leer vorzufinden; die Spezialität von Krista Kumar.

Er war voll.

Oh Wunder, Krista hatte ihn aufgefüllt. Evie verspürte Zuneigung für die einstige Lenka Penka aufwallen.

Erst nachdem sie einige Eiswürfel aus der Form gedrückt und in die Gläser hatte plumpsen lassen, fiel ihr das Foto wieder ein. Sie hatte es auf dem Heimweg in einer Drogerie ausgedruckt. Sie befestige es mit einem Magneten in Form eines Cartoon-Fisches am Kühlschrank. Das glänzende Bild und der Moment, der darauf festgehalten war, erfüllten sie augenblicklich mit Wärme.

Auf ihm sah man die drei Mädels in einem Loft in Bushwick, kurz bevor ihnen aufgefallen war, dass sie viel zu viel Tequila getrunken hatten. Krista und Willow lachten gerade über etwas, das Evie offenbar gerade gesagt hatte. Evie grinste spöttisch, Willow und Krista dagegen hatten die Münder aufgerissen und die Augen zugekniffen.

Sie hatten nicht den gewissen Wow-Faktor ihrer Pretty-Versionen. Doch die Schönheit von Chloe und Lenka und Caroline mit der von Evie Selby und Krista Kumar und Willow Hendriksen zu vergleichen, war, als wolle man Erdbeerkaugummi mit richtigen Erdbeeren vergleichen. All das, was sie sich davon, Chloe zu sein, erhofft hatte – sexuelle Raffinesse, Charme, eine Stimme, die gehört wurde –, konnte auch Evie Selby haben. Dessen war sie sich sicher. Sie mochten ihre perfekten, durchschnittlichen, fantastischen Identitäten verloren haben. Aber nun konnten sie sie selbst sein. Und sie konnten versuchen, mitfühlend und klug und neugierig in Bezug auf alles und insbesondere in Bezug aufeinander zu werden. Und ganz besonders, wenn es darum ging, eine Frau in der heutigen Welt zu sein. Das klang wundervoll.

Honigfarbenes Licht fiel durchs Küchenfenster herein. Doch die lauen Sommerabende wie aus dem Märchenbuch würden bald enden. Evie konnte den herannahenden Wetterumschwung schon fast spüren.

Sie sollte ihre Mutter anrufen.

Aber erst nach einem Glas Wein. Schließlich hatten sie etwas zu feiern.

Danksagung

Was für eine große Freude, Megan Reid, meiner wundervollen, endlos begeisterungsfähigen und herrlich scharfsichtigen Redakteurin bei Emily Bestler Books, meinen Dank aussprechen zu dürfen. Mit dir, der herzlichen, weisen Emily B. sowie Hillary Tisman, Kathryn Santora, Matthew Rossiter, Lara Jones, Albert Tang und Judith Currs Team bei Atria/Simon & Schuster zusammenarbeiten zu dürfen, war wie ein Traum, der wahrgeworden ist. Ich werde euch ewig dafür dankbar sein, dass ihr euch, genau wie ich, in meine Prettys verliebt habt.

Ich verdanke allen bei Sanford J. Greenburger Associates so viel, und ganz besonders meiner unerschütterlichen, geduldigen, in jeder Hinsicht wahnsinnstollen Agentin Chelsea Lindman sowie der Leiterin der Lizenzabteilung Stefanie Diaz. Ich bin so dankbar für das Vertrauen, das ihr in mich gesetzt habt: Wir haben es geschafft! Ziehen wir los und besorgen uns eine Käseplatte.

Sarah Cypher: *Du* bist meine Geheimwaffe. Ich habe mit Sarah von The Threepenny Editor zwei Entwürfe erarbeitet, ehe ich mein Manuskript eingereicht habe, und ihr brillantes, redaktionelles Feedback hat *Pretty* von einem unzusammenhängenden, totalen Fiasko in ein inhaltlich schlüssiges, totales Fiasko verwandelt. Liebe Autoren, heuert, bevor ihr eure Manuskripte einreicht, dieses Hirn für euch an. Vertraut mir!

Danke an meine bemerkenswerten Betaleser: Alexandra Collier, Peter Neale, Sarah Oakes, Alecia Simmonds und Nora Tennessen. Die zuverlässigen Freunde sind allesamt versierte, eigenständige, kreative Köpfe – einfach mal ihre Namen googeln.

Ich erhebe meinen Smoothie auf Jason Richman und Johnny Pariseau von UTA: Danke, dass ihr von *Pretty* angetan wart und es als »feministisches Märchen« gepitcht habt (diesen Einfall reklamiere ich für mich – alle guten Schriftsteller sind vor allem begabte Diebe). Außerdem danke ich Addison Duffy für seine wichtige Begeisterung.

Küsschen an meine genialen Erstrezensenten: Brenda Bowen, Caroline Kepnes, Elisabeth Egan, Maggie Grace, Sara Shepard und Scott Westerfeld; an Claire Elizabeth Terry für das Stipendium für das Rocaberti Writers' Retreat in einer spanischen Burg aus dem vierzehnten Jahrhundert; und an Miss Allen für zwölf Jahre Englisch (Was geht, Gosford High?).

Danke auch an alle, die bei meinen Recherchen meine Fragen zu so ziemlich allem von Filmsets bis Juristenjargon beantwortet haben. Es begeistert mich immer wieder, wie großzügig Freunde wie auch Fremde ihr Wissen teilen.

Herzlichen Dank an das Team vom New York Writers' Room und an Justen Ahren von der Martha's Vineyard Writers Residency dafür, dass er eine beruhigende, schriftstellerische Zuflucht bietet, um kreativ sein zu können.

Mum und Dad, ich liebe euch so sehr. Danke, dass ihr mir immer erlaubt habt, beim Essen, bei Familienurlauben, meinen unzähligen Vollbädern etc. zu lesen. William und Louise, die Tatsache, dass wir im selben Jahr eine tapfere, junge Heldin namens Evie erschaffen haben, ist ein Grund zum Feiern!

Meine Freunde in Sydney, New York und LA sind allesamt

herausragende Menschen mit goldenen Herzen und übergroßen Gehirnen: Danke für den Spaß, ihr Dussel.

Und schließlich möchte ich meiner Komplizin, Lebens- und Liebespartnerin danken: Lindsay.

Meine süße Kleine, du inspirierst mich jeden Tag aufs Neue mit deiner unendlichen Liebe für all deine Mitmenschen. Du bist der netteste, verschrobenste, witzigste Mensch, den ich kenne. Du hast mir ein Herz geschenkt, das ewig dir gehören wird. Danke, dass du mich liebst.

Leseprobe

CAROLINE KEPNES

YOU – Du wirst mich lieben

Du betrittst die Buchhandlung, und dabei hältst du die Eingangstür fest, damit sie nicht laut zuschlägt. Du lächelst, weil es dir peinlich ist, so ein nettes Mädchen zu sein, und deine Nägel sind unlackiert, und dein Sweater mit V-Ausschnitt ist beige, und es lässt sich unmöglich erkennen, ob du einen BH trägst, aber ich glaube, du trägst keinen. Du bist so sauber, dass du schon wieder schmutzig wirkst, und murmelnd sagst du das erste Wort zu mir – Hallo –, gehst nicht wie die meisten anderen einfach an mir vorbei, nein, nicht du, in deiner weiten pinkfarbenen Jeans, Schweinchenrosa wie aus Wilbur und Charlotte entsprungen. Wo kamst du überhaupt her?

Du bist klassisch und kompakt, meine eigene kleine Natalie Portman am Ende von *Hautnah*, wenn ihr Gesicht frisch strahlt und sie fertig ist mit den britischen Kerlen und nach Hause zurückkehrt, nach Amerika. Du bist zu mir nach Hause gekommen, endlich eingetroffen, an einem Dienstag um zehn Uhr sechs. Tag für Tag pendle ich von meiner Wohnung in

Bedford-Stuyvesant zu dieser Buchhandlung an der Lower East Side. Tag für Tag schließe ich abends den Laden, ohne jemanden wie dich gefunden zu haben. Doch heute bist du gekommen, wurdest hineingeboren in meine Welt. Ich zittere und würde gern eine Ativan nehmen, aber die Pillen sind unten im Keller, und ich will eigentlich keine Ativan nehmen. Ich will mich nicht beruhigen. Ich will hier sein, mit vollem Bewusstsein, dir dabei zusehen, wie du an deinen farblosen Nägeln kaust und den Kopf nach links wendest, nein, am kleinen Finger knabberst, die Augen weit öffnest, nach rechts blickst, nein, kein Interesse an Biografien hast, oder an Selbsthilferatgebern (Gott sei Dank), und deine Schritte schließlich verlangsamst – bei der Belletristik.

Ja.

Ich lasse zu, dass du zwischen den Regalen verschwindest – Romane, Abschnitt F–K. Du bist aber nicht die übliche verunsicherte Nymphe auf der Suche nach Faulkner, dessen Buch du niemals zu Ende lesen, nicht mal beginnen wirst. Faulkner, der auf deinem Nachttisch hart werden und verknöchern würde – wenn Bücher verknöchern könnten. Faulkner, der nur dazu gedacht ist, One-Night-Stands davon zu überzeugen, dass du es wirklich ernst meinst, wenn du beteuerst, solche Dinge sonst niemals zu tun. Nein, du bist nicht wie diese Mädchen. Du benutzt Faulkner nicht als Requisit, und deine Jeans sind weit, und du bist zu gebräunt für Stephen King und zu wenig trendbewusst für Heidi Julavits, aber wen, wen wirst du kaufen? Du niest, laut, und ich stelle mir vor, wie laut du wirst, wenn du beim Orgasmus schreist.

»Gesundheit!«

Du kicherst und erwiderst prompt: »Danke, Kumpel.«

Kumpel. Du flirtest, und wäre ich einer von diesen Vollidioten, die auf Instagram Bilder hochladen, würde ich das

F-K-Schild fotografieren, eine Menge Filter darüber jagen und drunter schreiben: Oh F–K, ja, ich habe sie gefunden.

Ganz ruhig, Joe. Sie mögen es nicht, wenn ein Mann zu offensiv rangeht. Zum Glück kommt ein Kunde, und es fällt mir schwer, den vorhersehbaren Salinger in die Kasse zu scannen – andererseits fällt mir das immer schwer. Dieser Typ ist wie alt? Sechsundreißig? Und liest jetzt erst *Franny und Zooey*? Und seien wir doch ehrlich. Er liest es nicht. Er braucht es nur als Rechtfertigung für die Dan Browns weiter unten in seinem Korb. Bei der Arbeit in einer Buchhandlung lernt man, dass sich die meisten Menschen dafür schämen, wie sie wirklich sind. Ich packe den Dan Brown zuerst ein, als wäre er ein Kinderporno, und erkläre dem Kerl, dass *Franny und Zooey* genial ist. Er nickt, und du stehst immer noch vor F–K, ich kann deinen beigen Sweater durch die Stapel hindurch sehen, wenn auch undeutlich. Falls du dich noch ein wenig mehr reckst, werde ich deinen Bauch zu Gesicht bekommen. Aber das tust du nicht. Du nimmst dir ein Buch und setzt dich in den Gang, und vielleicht wirst du den ganzen Abend dort bleiben. Vielleicht wird es so kommen, wie in dem Natalie-Portman-Film *Wo dein Herz schlägt*, eine unglaubwürdige Adaption von Billie Letts Buch – und trotzdem für diesen Mist gar nicht schlecht. Dann finde ich dich dort mitten in der Nacht. Nur wirst du nicht schwanger sein und ich nicht die treuherzige Männerfigur aus dem Film. Ich werde mich zu dir beugen und sagen »Entschuldigung, Miss, aber wir haben geschlossen«, und du wirst zu mir aufschauen und lächeln. »Ich bin nicht verschlossen.« Ein Atemzug. »Ich bin für alles offen, Kumpel.«

»Hey«, zischt Salinger-Brown. Er ist noch da? Er ist noch da. »Kann ich den Kassenzettel haben?«

»Entschuldigung.«

Er reißt mir den Beleg aus der Hand. Er hasst nicht mich. Er hasst sich selbst. Hätten die Menschen ihren Selbsthass besser im Griff, wäre im Kundenservice vieles einfacher.

»Hey, Kleiner, weißt du was? Reiß dich mal ein bisschen zusammen. Du arbeitest in einer Buchhandlung. Du machst die Bücher nicht. Du schreibst die Bücher auch nicht. Und wenn du das Bücherlesen einigermaßen draufhättest, würdest du wahrscheinlich kaum in einer Buchhandlung arbeiten. Also spar dir deine abschätzigen Blicke und wünsch mir gefälligst einen schönen Tag.«

Der Kerl kann zu mir sagen, was immer er will. Er bleibt trotzdem der Typ, der sich dafür schämt, Dan Brown zu kaufen. Du hast den Vollidioten auch gehört und tauchst wieder neben dem Regal auf, mit deinem intimen Portman-Lächeln. Ich seh dich an. Du siehst ihn an, und er sieht mich noch immer an und wartet.

»Ich wünsche Ihnen einen schönen Tag, Sir«, sage ich, und er weiß, dass ich es nicht ernst meine, und ärgert sich darüber, wie viel es ihm bedeutet, Plattitüden von einem völlig Fremden zu hören. Als er weg ist, rufe ich ihm, weil du zuhörst, hinterher: »Viel Spaß mit Dan Brown, Arschloch.«

Du kommst zu mir herüber, lachst, und glücklicherweise ist es noch früh am Morgen, und bei uns ist morgens nie viel los. Niemand wird uns stören. Du stellst deinen Korb mit Büchern auf die Theke und sagst frech: »Willst du mich jetzt auch abschätzig mustern?«

»Was für ein Arsch, oder?«

»Ach, wahrscheinlich hat er nur schlechte Laune.«

Du bist ein Schatz. Du siehst das Gute in den Menschen. Du bist mein Gegenstück.

»Na«, sage ich, doch ich sollte die Klappe halten, und ich möchte eigentlich auch die Klappe halten, aber deinetwegen will ich weiterreden. »Wegen Typen wie diesem ist es schade, dass die Blockbuster-Kette dichtgemacht hat.«

Du siehst mich an. Du bist neugierig, und ich will mehr über dich erfahren, aber ich kann nicht direkt fragen, deshalb rede ich einfach weiter.

»Die Leute nehmen sich doch ständig vor, ihr Leben zu verbessern, fünf Pfund zu verlieren, fünf Bücher zu lesen, ins Museum zu gehen, ein Klassikalbum zu kaufen – und zu mögen. Aber in Wirklichkeit wollen sie Donuts essen, Magazine lesen und Popmusik kaufen. Und Bücher? Bücher kann man vergessen. Die kaufen sich lieber einen Kindle. Weißt du, warum der Kindle so erfolgreich ist?«

Du lachst und schüttelst den Kopf, und du hörst mir noch immer zu, obwohl wir den Punkt erreicht haben, an dem die meisten anderen Leute schon das Interesse verloren hätten und mit ihrem Telefon spielen würden. Du bist hübsch, und du fragst: »Warum?«

»Ich verrate dir, warum. Das Internet hat uns die Pornos ins Haus gebracht –«

Ich habe gerade *Pornos* gesagt, wie blöd, aber du hörst immer noch zu. Wie lieb.

»Man muss nicht mehr vor die Tür gehen, um sie sich zu besorgen. Man muss nicht mehr Augenkontakt mit dem Typen im Laden aufnehmen, der dann wüsste, dass es einem gefällt, dabei zuzusehen, wie Mädchen den Hintern versohlt bekommen. Der Augenkontakt ist das, was uns zivilisiert bleiben lässt.«

Deine Augen sehen wie Mandeln aus, und ich rede weiter. »Wir offenbaren uns durch ihn.«

»*Gone Girl* trifft auf eine böse Version von *Girls*.« MARIE CLAIRE

Caroline Kepnes
YOU – DU WIRST
MICH LIEBEN
Aus dem amerikanischen
Englisch von
Katrin Reichardt
512 Seiten
ISBN 978-3-7363-0444-4

Als Guinevere die Buchhandlung betritt, in der Joe arbeitet, ist er augenblicklich hingerissen von ihr. Sie ist atemberaubend schön, clever und so sexy. Für Joe besteht kein Zweifel: Sie ist perfekt für ihn. Natürlich googelt er sofort ihren Namen und such sie auf Facebook. Doch dabei bleibt es nicht. Joe ist besessen von Beck, er beginnt, sie zu stalken. Mehr und mehr findet er über sie heraus. Und als er ihr schließlich »zufällig« das Leben rettet, kann Beck gar nicht anders, als sich in den seltsamen, aber irgendwie süßen Typen zu verlieben, der so perfekt zu ihr zu passen scheint ...

»Clever und eiskalt.« ELLE

LYX